타임 트래블러 II부

타임 트래블러 II부

1판 2쇄 찍음 2015년 12월 30일
1판 2쇄 펴냄 2016년 01월 05일

지은이 윤소리
펴낸이 정 필
펴낸곳 (주)뿔미디어

출판등록 2002년 9월 11일 (제1081-1-132호)
주소 경기도 부천시 원미구 소향로 17, 303(두성프라자)
전화 032)651-6513 팩스 032)651-6094
E-mail bbulmedia@hanmail.net
홈페이지 http://bbulmedia.com

ISBN 979-11-315-6916-0 04810
ISBN 979-11-315-6913-9 04810 (SET)

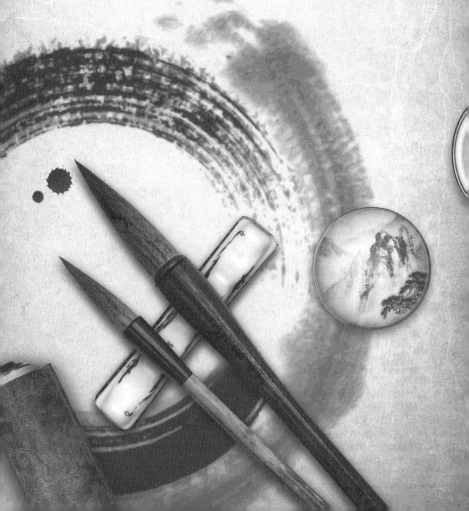

타임 트래블러 ᴵᴵ부

얼굴 없는 미인도 · 윤소리 장편 소설

3권

Contents

19
스승과 제자, 그리고 그의 아내

목멱산 끝자락과 숭례문 사이에 살고 있는 오릿골댁은 최근 마을에 새로 이사 온 새댁네 집에 놀러 가는 재미가 들렸다.

서방의 초가집에 본격 자리를 틀고 앉은 여자는 붙임성이 굉장히 좋았다. 우물가에서 처음 만난 그 여자는 마을에 갓 들어와서 서먹한 것이 있을 텐데도 어렴성도 없이 먼저 인사를 붙였다. 안면을 트고부터는 만날 때마다 바로 고개 숙여 인사도 하고 산에서 캔 나물을 통크게 나눠 주기도 했다. 연장을 빌려 가면 식은 밥 한 덩이라도 뭉쳐 들고 와 대문간에 서서 자자분하게 수다를 떨었고, 농번기가 시작되어 바쁜 집에는 허드렛일도 수억수억 잘 도와주었다. 무엇보다 여자가 마을에 쉽게 자리를 잡은 것은, 여자가 일을 무척이나 잘한다는 점 덕분이었다.

그러잖아도 동네 아낙들은 마을에 새로 들어온 새댁을 궁금해하던 참이었다. 일전에 서방을 붙잡고 길바닥에 앉아 펑펑 울며 잡도리를 하는 바람에 모르려야 모를 수가 없었다.

천리만리 고생 끝에 낭군을 찾아온 불쌍한 새댁에게 이입한 동네 아낙들은 그날 저녁 삼삼오오 모여 앉아 부부에 대한 이런저런 추측으로 이야기꽃을 피웠다. 여자치고는 키가 너무 크고 목통이 우렁차서 겁을 먹은 남편이 도망친 게라고 결론이 났는데 여자는 영 창피한지 진실을 말해 주지는 않았다. 동네 선배들은 이유야 어쨌건, 이번에야말로 저 희멀끔한 서방이 도망치지 못하게 꽉 틀어잡고 살라고 조언했다.

고향이 경기도 천마산 쪽이라 하여 천마산댁이라 불리게 된 새댁은 나이 서른이 넘어서 간신히 혼례를 올리게 되었다고 했다. 세상에, 다른 사람은 손주를 볼 나이에 간신히 시집을 왔다면서, 무슨 사술을 썼는지 몰라도 서른두 살 늙은 새댁의 얼굴은 스무 살 처녀만큼이나 뽀얗고 팽팽했다.

나이는 많아도 새댁은 새댁인지, 동네 아주머니들이 짓궂게 야시시한 것을 물으면 빨개진 얼굴로 히히 웃으면서도 대답은 꼬박꼬박 잘 해 주었고, 궁금한 것도 별로 가리는 것 없이 묻기도 한다. 나이는 어려도 그 방면에선 나름 경력자들인 동네 아줌마들은 기회는 이때다 하고 음담패설을 늘어놓았다.

두 사람은 특이하게 서로를 이름으로 불러 댔는데, 아줌마들은 개, 돼지도 아니고 서방 마누라끼리 서로 맨이름을 불러 대는 법이 어디 있느냐 펄쩍 뛰었다. 하지만 서방님, 불러 보라고 잡아 놓고 연습을 시키자 용감무쌍하던 새댁은 손발을 오징어처럼 배배 꼬면서 죽는소리를 하더니, 죽어도 그 소리는 안 나온다, 그냥 서방아, 하고 부르면 안 되느냐 되물어 모든 동네 아낙들을 충격에 빠뜨렸다.

서방이란 사람은 그 말을 듣고부터 사람들 앞에서 마누라 이름을 깔겨 부르는 일은 없어졌는데, 마땅히 부를 호칭이 없어 꽤 애를 먹는 눈치였다. 동네 아낙들 속에 파묻혀 있는 제 여자를 부를 때, 저,

저기, 음, 민…… 여, 여보, 여……보? 하고 작은 소리로 부르는데, 그때마다 얼굴이 불타오르는 것처럼 빨개졌다. 여자들은 그쯤 되면 놀리기도 미안해져, 눈치껏 엉덩이를 털고 자리를 피해 주었다.

초가집에 먼저 이사 와서 살던 사내는 혼자 살 적에는 워낙 동네 사람과 교류가 없어 다들 쉬쉬하며 도망친 노비라거나 정신이 이상한 사람이라거나 하며 수군거렸다. 하지만 여자의 이야기를 듣고 보니 아무 흠 없는 멀쩡한, 다만 낯을 좀 많이 가리는 사내일 뿐이었다.

여자는 온 지 며칠 되지 않아 두 사람이 일을 할 만한 것이 있는지 동네를 돌며 수소문을 하더니 결국 며칠 전부터 사내가 일을 나가기 시작했다. 오늘은 샘골댁네서 써레질을 하는 날이라 그 일을 도우러 갔단다. 요 며칠 동안 허리도 못 펴고 보리를 베고 논둑을 깎아 정리하고 논물을 채우고 나니 사람이 반쯤 곤죽이 되었더라, 소 한번 만져 본 적도 없는 사람이 쟁기질 써레질은 어찌 하려고 덥석 한다고 나섰는지! 새댁은 그저 걱정이 태산이었다.

그래도 연중 가장 바쁜 때라 그나마 일을 얻을 수 있던 것이 다행이었다. 조금 있으면 모내기 작업이 시작되는 것이다.

샘골댁네 논은 열 마지기는 실히 되는 넓이인데, 그간 부리던 머슴 개동이가 이질로 열흘 설사 끝에 죽은 데다 샘골댁이 갑자기 늦둥이를 해산하는 바람에 김 서방 말고는 일할 사람이 없었다. 그들은 급한 대로 이완을 써 보겠노라 하면서, 힘껏 거들어 주면 선새경으로 겉보리 두어 섬이나마 챙겨 주고, 가을에 벼를 걷으면 나락 넉 섬을 따로 챙겨 주겠노라 약속했다. 죽은 개동이가 벼로 열 섬 새경을 받던 것에 비해 반절도 안 되는 양이지만 그래도 아껴 살면 겨우내 두 몸, 두 입 가리기엔 부족하지 않을 것이다.

물론 동네 사람들이 먼눈으로 보아도 그 멀대 사나이, 농사일을 한 번도 안 해 본 초짜라는 것이 고스란히 드러났다. 남산골샌님들처럼 생전 공부만 한 모양이라 얼굴도 하얗고, 벗어젖힌 웃통도, 허벅지까지 말아 올린 다리까지 하얗기 그지없었다.

낫질은 또 어찌나 서툰지 첫날은 낮에 다리를 몇 번이나 찍혀서 일을 하는지 일을 말아먹는지 알 수 없다고 샘골댁 김 서방에게 얼마나 지청구를 들었는지 모른다. 보릿섬을 나르는 것도 비틀비틀 나락 한 말은 흘리겠다, 단을 묶는 것도 야무지지 못해 줄줄 다 빠져나가겠다, 계속 잔소리를 퍼 듣고 있다. 하지만 폭포처럼 쏟아지는 잔소리를 고개를 숙이고 고스란히 받으면서도 어떻게든 똑같이 따라 하려고 요령 안 부리고 안간힘을 쓰는 것이 보여, 사람들은 딱하게 여기면서도 좋게 보았다.

다만 천마산댁의 말로는 저 사내가 왜놈 말, 뙤놈 말, 양놈 말을 모두 할 줄 안다고 했으니 저 막일을 길게 할지는 알 수 없었다. 뙤놈 왜놈 등쌀에 나라님까지 이리저리 치이는 요즘 같은 때, 사역원 같은 곳에서 모셔 가려 하지 않겠느냐, 저 짓을 오래 할 것 같지는 않다는 것이 중론이었다.

천마산 새댁은 반대로 일을 잘했다. 여자는 온 지 사흘째 되는 날부터 바지게에 진흙을 지고 와 여기저기 금이 간 초옥을 수리하기 시작했는데, 며칠 되지 않아 쩍쩍 갈라진 벽, 흉하게 갈라진 구들이 반들반들 메워지고, 금이 가서 허물어지는 세 개의 아궁이 부뚜막도 새것처럼 반반해졌다.

진흙이 좀 남았노라며 인심 좋게 옆집 부뚜막 수리도 해 주고, 낡아 구멍이 뻥뻥 뚫린 문풍지를 싹 갈아 붙이고, 썩어 구멍 난 이엉을 걷어 내고 새 짚을 얹어 위로 덮기도 하고, 지전에서 옻칠한 육배지 팔배지를 사 와 직접 벽과 바닥을 바르기도 한다.

저녁때 남편과 같이 목멱산에 올라가 서방은 물을 긷고 여자는 새 나물을 뜯어 아침마다 새 반찬을 만든다. 눅눅한 요와 이불을 뜯어내

솜을 햇볕에 바싹 말려 얼금얼금 시침을 해서 큼직한 보료를 만들고, 밤사이 이불 홑청을 다듬이질해서 새로 사 온 솜을 넣어 포실포실 새 이불을 만든다.

남들은 열흘에 한 번씩 하는 빨래를 사흘에 한 번꼴로 잿물을 내려 받아 푹푹 삶아 우물 터나 청계천 너럭바위에 앉아 기운 좋게 방망이 질을 해 댄다. 그래서 땀과 진흙으로 뒤발을 해서 들어오는 서방에게 매일 보송보송한 새 옷을 입혀 주었다. 조금이라도 짬이 나면 산으로 나물을 캐러 가고 마당과 집 주변에 심은 자잘한 먹거리에 거름과 물을 주었다.

점심때가 되면 서방이 먹을 참을 만들어 날랐다. 여자는 오뉴월에 늦둥이를 낳고 골골하는 샘골댁에게 보릿섬 둘을 더 받고, 샘골댁의 남편 김 서방과 제 서방의 점심과 참을 대기로 했다. 서방은 밭둑이나 나무 그늘에 앉아 고개를 수그리고 말 한 마디 없이, 여자가 해 온 것은 한 조각도 남기지 않고 다 먹었다. 그러고서는 함께 일을 했다.

여자는 낫질도 굉장히 능숙했고, 묶어 나르는 것도 수억수억 해치웠다. 여자는 꼼꼼한 편은 아니었지만 요령과 솜씨가 좋아 집안일이든 논일이든 밭일이든 통 크게 후딱후딱 해치웠다. 여자가 거들면 그날의 일이 훨씬 빨리 끝났다.

집에 돌아갈 때 서방은 여자가 들고 온 광주리를 들고 여자의 손을 꼭 잡고 함께 긴 논두렁을 걸었다. 거머리한테 물리면 죽는 것처럼 비명을 질러 대고, 신발이 없으면 큰일이 나는 줄 알던 다리가 허연 그 서방은, 요새는 거머리에게 물려도 얼굴을 찡그리고 말없이 떼어 던져 버릴 줄 알고, 따갑고 긴 논둑길도 맨발로 제법 잘 걸어 다니게 되었다.

"저 새참 갖다 주러 가요! 아마 일도 하고 올 거니까 맛있게 드시고 놀다 가세요!"

여자가 함지박에 무언가를 수북이 담아 부엌에서 나온다. 오전 내
내 대낀 겉보리를 곱삶은 구수한 보리밥에 새금새금 맛이 든 열무김
치와 계란찜, 그리고 녹두를 맷돌에 갈아 다진 것에 돼지고기와 고사
리를 듬뿍 집어넣고 솥뚜껑에 커다랗게 부친 녹두전이 놓였다. 여자
는 평상에 모여 앉은 여자들에게 녹두전을 넉넉하게 얹어 놓고 누구
배고프겠다면서 치마꼬리를 잡아맨다.

울타리를 나서자마자 붕붕 다리에 불이 붙은 듯 날아가는데, 옆에
서 털이 짤막해진 강아지가 큰 소리로 캉캉거리며 함지박에서 흘러
내린 베수건을 물고 따라간다.

"이상하지."

녹두전을 큼직하게 찢어 입에 욱여넣은 간난어매가 꼭 닫힌 안방
을 돌아보며 의뭉하게 웃는다.

"저리 금슬이 좋으면서 서방은 처음에 왜 도망갔을꼬?"

"서방이 순진해서 여자 좋은 걸 몰랐던가베."

"하이고, 순진하기는 개뿔. 밤에 요 집 앞에 지나가지 마라, 아주
못 들어 준다. 서방이건 마누라건 아주 녹아 죽는다, 녹아 죽어."

"나이들은 잔뜩 먹었어도 그래도 새댁 새서방이라 이거지. 하긴
뭐 누군들 안 그랬나. 간난어매도 남 얘기 하구 있어."

"아녀아녀, 저런 집은 또 처음이라. 아주 밤마다 서방이 절절 부레
녹는 소리는 다 내고 앉았다. 여보, 여보, 누구야, 누구야 요상스러운
말을 해 쌓고 낯간지러운 말을 얼마나 해 주는지, 아주 옆에 지나갈
적마다 팔다리가 홀홀 풀려서, 세상에."

얼레얼레! 세상에! 세상에 어머나 세상에. 뭐라는데요? 웬일이랴!
아낙들이 귀가 쫑긋해서 가운데로 모여 앉는다. 누군가 킬킬거리며
옆구리를 꼬집는다.

"그러면 귀 꼭 막고 지나갈 것이지 간난어매 성격도 요상하지."

"여튼 이 집 서방이 아는 건 많은 모양이라. 시전이나 장터에 가끔 오는 전기수(소설을 외워 돈 받고 내용을 들려주는 이야기꾼)들처럼 그렇게 신기하고 자미난 이야기를 많이 해 주는갑데."

아낙들은 평상에서 민호가 부쳐 준 녹두전을 맛있게 먹으며 한참 수다를 떨었다. 그리고 이야기 중간중간 여자의 음식 맛을 한마디씩 칭찬하고 걱실걱실 일 잘하는 솜씨도 한참 주워섬긴다. 그러면서 동네에 들어온 지 몇 달 되지도 않은 새댁의 집이 어느새 동네 사랑방이 되어 버린 것을 우스워하며 깔깔대고 웃는다.

이완은 민호와 함께, 늦게까지 소 두 마리와 씨름하며 써레질을 마쳤다. 생전 처음 소를 몰고 사투를 벌인 탓인지 손에 잡힌 물집이 진작 터져 버렸는데, 그렇다고 중간에 그만둘 수도 없었다. 수건으로 감고 일을 계속하긴 했지만 힘을 줄 때마다 따갑고 쓰라렸다.

그는 몸이 녹아 허물어질 것 같은 통증을 내색하지 않으려고 안간 힘을 썼다. 다른 사람 눈으로 보면 허우대 멀쩡한 놈이 엄살을 부린다 할 것이 틀림없다. 나만 힘든 것이 아니고, 다른 사람도 다 이렇게 힘들게 남의 돈을 번다. 이제 조금 요령을 알았으니, 조금만 버티면 나도 그들만큼 적응할 수 있을 것이다.

그는 힘들다 앓는 소리를 내는 대신 같이 고생한 여자의 손을 끌어 당겨 꼭 잡고는 가까운 개천으로 걸어갔다. 누구랄 것도 없이 온몸이 땀으로 쫄딱 젖었다. 이완은 옷을 입은 채 차가운 물속에 몸을 담그고, 여자는 세수를 한 후 치마를 둥둥 걷어 올려 발을 씻기 시작했다.

이완은 몸을 푹 구부려 머리까지 담갔다. 손이 몹시 따가웠지만 주먹을 지그시 쥐고 꾹 참았다. 겨우 이 정도 가지고 엄살 부릴 생각 하지 말고 집에 가서 민호 씨 시원하게 목욕이라도 하도록 물이라도 미지근하게 끓여 주어야겠다. 어깨와 허리가 내려앉을 것처럼 쑤셨지만 오늘 한 번 더 물을 져 날라 주어야겠다고 생각했다. 그는 여자가 치마를 무릎 위로 걷어 올렸을 때 조금 잔소리를 하려다가 꼴깍 삼켰다.

이완은 개천에서 나와 큰 나무 뒤에서 옷을 갈아입었다. 여자가 광주리 속에 뽀얗게 빨아 말린 새 옷을 챙겨 왔다. 여자는 큼직한 베보자기를 펼쳐서 가려 주고, 검정 강아지는 주변에 사람이 오지 못하도록 아르릉대며 망을 봐 준다. 햇살을 듬뿍 먹은 보송보송한 옷이 피부에 닿을 때, 그는 세상에서 제일가는 호사를 누리는 것 같았다. 여자는 허물이 벗겨진 손바닥을 보고 눈썹을 찡그리며 혀를 차더니, 조그만 베수건으로 손바닥을 곱게 싸 주고 톡톡 두드려 주었다.

이완은 여자의 손을 꼭 잡고 천천히 걸어 집으로 돌아온다. 중간중간 동네 사람을 만나도, 그들이 눈을 동그랗게 뜨고 망측한 듯이 킬킬대며 외면해도 잡은 손을 풀거나 하지 않는다.

이완은 꽃이 무더기로 피어 있는 곳에서 허리를 굽혀 희고 노란 꽃 몇 송이를 따서 여자의 손에 쥐어 주곤 한다. 여자는 그것을 다이아몬드 반지 받은 것만큼이나 기뻐한다. 집이 멀찍이 보이는 언덕 언저리에 다다른 이완은 여자에게 등을 들이댔다. 여자는 별다른 사양 없이 냉큼 손을 내밀어 업힌다.

여자의 손에 쥐어진 작은 꽃들이 뺨을 간질인다. 민호 씨, 꼭 잡아요. 나 안 무거워? 나 밥 많이 먹었는데. 안 무거워. 괜찮아요. 두 배가 돼도 괜찮아요. 그래도 업고 다닐게. 이야, 굿굿, 신난다. 여자가 등에서 엉덩이춤을 춘다. 손과 팔에 느껴지는 여자의 몸이 달강달강 흔들린다.

여자가 바짝 등에 붙어 귀에 뽀뽀를 해 준다. 이완은 숨이 조금 가

빠지는 것을 느낀다. 미칠 것처럼 좋아서. 겨우 이런 걸로, 바보처럼 좋아서, 너무 좋아서 미칠 것 같아. 여기저기 아팠던 것들이 사르르 녹아 없어지는 것 같다.

이제는 억지로 짓는 웃음 대신 정말로 흐뭇한 웃음이 나온다. 등에 업힌 여자에게서도 웃음소리가 들린다. 방울 소리처럼 밝고 경쾌했다.

❀　　　❀　　　❀

이완은 선혜청 앞의 미곡 창고에서 달구지 채를 잡고 길게 줄을 서서 기다리고 있다. 퇴청한 스승은 허리에 술병을 차고 그의 뒤에서 건들건들하며 노래를 하고 있다.

오늘은 27일로, 스승이 월급을 받는 날이다. 녹봉은 품계별로 받는 날짜가 다른데, 감찰직은 정6품으로, 6품관들이 받는 날짜는 매월 27일이었다. 받는 양은 쌀이 한 석 한 말, 그리고 콩이 열 말이었다. 물론 그 양이 제대로 다 나온 적은 없다고 했다. 이런저런 행사가 있을 때마다 까고 줄 때도 많고 추를 속여 덜고 줄 때도 많고, 6품쯤 되면 쌀의 질도 그저 그렇다고 했다.

본래는 관리 본인이 직접 수령하게 되어 있으나, 관복 차림의 관리들이 직접 지게를 지기는 꼴사나운 법, 아랫것들을 데리고 와 지게에 지우거나 달구지에 끌고 가게 했다. 보통 받은 곡식은 돈으로 바꾸어 쓰는데, 온 일가가 먹고 입고 생활하는 데 쓰기는 빡빡하다. 하지만 곡식 무게로만 따지면 200kg이 훨씬 넘어서 지게로 나르기는 무리였다.

지게질에 이력이 난 스승 역시 손수 지게를 지는 대신 만만한 제자를 동원했다. 피곤이 쌓여 있던 이완은 달구지에 기대서 스승이 안 보이게 고개를 돌리고 길게 하품을 했다. 하품하는 것을 보기만 하면 그는 밤에 무슨 짓을 해서 낮에 졸고 있느냐 한 시간씩 놀려 댔다.

그래도 이완은 그에게 큰 불만은 없었다. 외려 고마웠다. 지금 자신을 이곳에 끌고 온 이유만 해도 그렇다.

"늬 집에 녹봉 받은 것 좀 갖다 놓자."

"……예?"

"내가 요새 평양루에서 살고 있잖냐. 그런데 거게다가 녹봉을 갖다 놓고 술값이랑 밥값이랑 그걸로 댄다 했더니 누가 퍼먹었는지도 모르게 이레 만에 다 퍼먹고 또 술값을 내라지 않던? 고런 괘씸한 것들이! 잘못했다고 싹싹 빌 때까지 내가 이제 갖다 주나 봐라. 갖다 놓을 집이 없으니까, 네 집에 쌀 좀 놔두자."

"그야, 편하신 대로 하십시오."

이완은 여전히 어리둥절한 얼굴로 선선히 승낙했다. 스승은 지나가는 말로 덧붙인다.

"그거 빨리 안 먹으면 여름이라 벌레 많이 나. 벌레가 다 먹고 똥으로 만들어 놓기 전에 늬들두 쌀밥 해서 아침저녁으로 밥 먹어. 맨날 보리밥 퍼먹고 방귀 풍풍 뀌는 놈들하곤 안 놀아. 그리고 술도 담아서 기분이 삼삼하면 한 잔씩 나눠 마시고. 대신 나 심심하면 놀러 갈 건데 그때 밥하고 술이나 좀 줘."

아아. 이완은 코끝이 시큰해서 고개를 숙였다. 이곳에 남은 자신의 사정을 어디까지 알게 되었는지 모르지만, 하여간 제자랍시고 있는 놈이 밥벌이 못 하고 꼼짝없이 굶을까 봐 한껏 신경을 써 주는 것이었다. 녹봉 놔둘 곳이 없으니 네놈 집에 가져다 두겠다는 핑계가 거짓말이 아닌 사람은, 조선 팔도에서 저 사람이 유일할 것이다. 눈앞에서 밝은 갈색의 눈동자가 선량하게 반짝였다. 이완은 자존심을 세우며 거절하는 대신 고개를 수그려 호의를 받아들였다.

스승은 허리춤을 뒤적거려 고깃고깃한 종이를 꺼내 고직(庫直)에게 보여 주었다. 녹봉을 받을 때 사용하는 녹표였다. 고직은 이름과 녹봉의 양을 확인하여 명부에 적어 놓고 녹표에 성의 없이 휘리릭 수결을 해서 넘겨준다.

쌀의 양은 한눈에 봐도 한 섬은 턱도 없고 반섬이나 될까 말까 해 보인다. 콩도 양은 비슷하다. 장 화원은 묻지도 따지지도 않고 실으라 한다. 녹봉에 목을 거는 다른 관리들과 달리 그는 여전히 잘나가는 화원이었고, 앞으로는 더 잘나갈 예정이어서 고지기가 몇 말 털어 먹는 일에 신경을 쓰지 않는 듯했다. 그리고 성격상 쫀쫀하게 양이 많네 적네 따지거나 그럴 위인도 못 되었다.

이러니 못된 인간들은 그에게 들러붙어 등쳐 먹으려 안달이고, 선량한 축에 속하는 사람들은 보호 본능을 발동해 그를 보호하고 챙겨 주려 안달인 것이다. 이완은 스승이 받은 녹봉의 양이 잘못되었다, 반밖에 되지 않는다 따지려다가 눈썹을 찌푸렸다.

"······저 사람은?"

볼품없이 달랑대는 염소수염이 눈에 익다. 아하. 얼마 전 시전 거리에서 보았던 병판대감의 별배, 항아리값을 물어내라는 민호를 때려죽이겠다 주둥이를 박살하겠다 험한 소리를 하고, 남이 먹고 입을 물건에 함부로 발길질을 해 대던 사내였다. 민겸호 대감의 우두머리 하인이었던 그가 선혜청 창고지기 역할도 하고 있던가 보았다.

하긴. 중전 민 씨의 총애를 듬뿍 받는 그는 병조판서이면서 신식 군대인 별기군을 창설한 사람이며, 세금으로 올라오는 대동미를 관리하는 선혜청의 당상이기도 했다. 어차피 민씨 척족들의 전횡이 자자한 작금에, 자기 집 하인으로 선혜청 창고를 관리하게 하는 것이 특별히 이상하게 느껴지지도 않는다. 지금 장 화원이 받지 못한 쌀과 콩은 저 하인과 주인인 민겸호의 창고 속으로 살뜰하게 쟁여질 것이다.

이완은 쌀과 콩이 가득 담긴 수레를 힘겹게 끌고 길을 나선다. 뒤에선 드디어 양이 너무 적다 화를 내는 관리와 고직 간에 싸움이 붙었다. 천출인 하인 놈이 반말로 6품 관리에게 욕지거리를 해 댄다. 지금 당장 병판대감 댁에 끌려가 개주리를 틀려 봐야 정신을 차리지! 좋은 말로 할 때 주는 대로 받아 들고 가시오. 지금 녹봉 못 받아 가는 놈들이 진진이야. 지금 무위영 금위영 장졸들은 일 년 열두 달 꼬박 쌀 한 톨 못 받고 있어! 이 정도라도 고마운 줄 알지, 겨우 쌀 닷 말에 다리뼈가 박살이 나 봐야 정신을 차리겠소, 엉? 주인의 권세가 하늘을 찌르니 저도 그 위세에 올라탔다고 생각하는 인간들의 전형적인 모습이었다. 탐람한 주인의 권세에 힘입어 호가호위하는 자들의 모습은 주인보다 더 추했다.

"화무십일홍(花無十日紅)이요 세불십년장(勢不十年長)이니."

"야 이 자식아! 내 앞에서 문자 쓰지 마라!"

"아, 예. 잘못했습니다."

이완은 푸스스 웃고 채를 잡은 팔에 힘을 주었다. 희고 물렁하던 팔다리는 이제 시커멓게 타고 허물이 벗겨졌다. 짚신 사이로 들어오는 돌멩이 조각들이 맨발바닥을 아프게 찔렀지만 이제 그 정도는 적당히 털고 적당히 참으면서 걸을 수 있게 되었다.

장 화원은 새로 생긴 제자가 마음에 들었다. 반듯하고 똑똑하면서 또 묘하게 물렁 허당인 것이 우습고 재미있었다.

그는 팔자걸음으로 제자의 뒤를 따랐다. 썩 높지도 않은 언덕바지를 허덕허덕 올라가는 걸 보면 놈은 힘든 일을 해 본 적이 없는 게 분명했다. 하지만 제자는 꾀를 내는 법이 없었고, 한동안 몹시 몸살을 하는 것 같더니 요새는 힘쓰는 일도 제법 해낸다. 술도 담배도 노름도 안 하고 심심하게 살아온 것은 영 마음에 들지 않지만 그래도 자신을 정말 좋아하고 열렬히 존경하는 것이 눈에 보여서 으쓱했다.

나무 아래서 검은 강아지를 데리고 까치발을 하며 기다리고 있던 여자가 치맛자락을 펄럭대며 뛰어 내려온다. 제자 놈이 수레의 채를 내려놓고 여자를 안아 주는 것이 보인다. 그는 에라이 췌, 침을 뱉어 줄까, 심통을 부릴까 하다가 오늘은 착하게 고개를 돌려 외면해 주기로 했다.

제자 놈은 하는 짓도 점잖고 낯을 많이 가리는 편인데, 애정행각만큼은 상상도 못 할 정도로 대범했다. 여자도 남의 눈 신경 안 쓰고 목에 매달려서는 무언가를 재재자자 떠들어 댄다. 사내는 말을 많이 하는 편이 아니었고 잘 웃는 편은 더더욱 아니었지만, 여자에게만은 웃음이 헤펐다.

"야야! 빨리 집에 가자! 배고프다!"

그는 요 신혼부부가 마음에 들었다. 오늘은 평양루에 가지 않고 저놈들 집에서 밤일이나 훼방해 볼까 싶다.

❀　　　❀　　　❀

이완은 스승에게 본격(?) 그림 수업을 받기 시작했다. 물론 수업이라 하기도 좀 민망한 것이, 그냥 술에 알근하게 취한 사내가 갑자기 집에 들이닥쳐 종이를 내놓아라, 먹을 갈아라 떠들기 시작하면 그게 수업의 시작이었다.

그는 그림 그리는 것에 관해선 분위기를 심하게 탔는데, 이곳에 오면 이완과 민호가 만들어 내는 편하고 유쾌한 분위기 덕에 흥취가 잘 일어난다고 종종 말했다. 얼른 종이를 대령해라, 종이가 없으면 마누라 속치마라도 뜯어서 펼쳐 봐라, 하고는 바로 쌈지를 부스럭부스럭하며 석채가루를 꺼냈다. 먹과 벼루, 석채를 갤 아교 물과 쟁반을 얼른 갖다 바치지 않으면 성미 급한 화원은 기껏 새로 바른 방바닥에 물감을 풀어 버렸다.

자, 학생 여러분, 오늘은 난 치는 법을 배워 볼까요? 붓 잡는 법, 먹 가는 법부터 배우고 선 긋기를 하여 봅시다. 난 치는 요령을 알아볼까요? 기선을 그리고 힘을 줬다 뺐다, 누르고 떼면서 교봉안 파봉안을 차례로 만들어 봅시다, 따위의 친절한 설명은 장 화원에게 당연히 기대해선 안 되었다. 그저 어깨를 실룩대며 마음 내키는 대로 그려 놓으면, 그걸 눈여겨보았다가 알아서 나중에 따라 그리면서 배워야 했다.

밤낮으로 고된 노동에 시달리는 이완은 먹을 갈면서도 방바닥에 코를 박기 일쑤였다. 그러면서도 "그럴 거면 가서 자!" 하는 스승의 고함이 터지면, 거물거물 감기는 눈을 애써 부릅뜨고는 "아닙니다. 안 졸립니다." 하고 버텼다.

스승은 그림을 빠르게 그렸는데, 술이 두세 잔 정도 적당히 들어가고 흥취가 일면 커다란 그림도 곧잘 그렸다. 방의 절반 크기가 되는 매화를 그리기도 했고, 살아 있는 것처럼 싱싱하게 움직이는 동물과 벌레들을 그리기도 했다.

스승의 그림 실력은 정말 물이 올랐다고밖에 말할 수 없었다. 다만 술이 과하거나 집중력이 흐트러지면 애들 낙서 같은 그림도 숱하게 그려 댔다. 그는 그런 그림에는 낙관을 찍지 않고 치울 때가 많았고, 도장이 허리춤에 달려 있지 않을 때도 종종 있었다. 대체 고놈의 도장은 발도 없는 게 왜 툭하면 없어져? 누가 갖고 있더라? 그는 이맛살을 찌푸리고 머리를 긁곤 했다. 어느 기생년한테 줬더라. 매향이? 난향이? 소향이? 아니 소림이 놈이던가? 에이 그까짓 게 뭐 그리 중요해? 아 그래, 박가야, 이 물렁 허당아, 네가 제목 쓸래? 뭐, 한문을 못 써? 읽을 줄은 아는데 쓰진 않아? 에라이, 그건 또 무슨 종류의 바보니?

이완은 자신이 생각했던 것보다도 그림을 잘 그리지 못했다. 하여, 하늘 꼭대기에 닿아 있는 안목과 형편없는 실력 사이에서 상당히 방황했다. 민호는 서방이 벌레를 그리든 졸라맨을 그리든 아무 상관이 없었고 그저 그린 작품을 좀 보여 주었으면 좋겠는데, 그 부끄럼쟁이는 제 그림을 한 번도 보여 준 적이 없었다. 나오는 대로 모조리 폐기처분이었다. 그때마다 스승은 손으로 그렸네 발로 그렸네 구박했고, 불쌍한 제자는 고개를 자라처럼 들이박았다.

민호는 저 노랑눈이라는 작자가 이완을 구박하는 것이 얄밉기는 했지만 한편으로는 저 불쌍한 사나이에게 나름 신경 써 주는 것이 고맙기도 했다. 이완은 자신이 돌아오고 스승이 자주 놀러 오면서부터 표정이 훨씬 밝아졌다. 무엇보다, 당사자가 저런 아스트랄라 아이돌(?)에게 꽂힌 죄가 있다 보니 별수 없었다. 세상은 넓고 취향은 다양하니까!

이완이 치는 난이 나무작대기의 형태를 벗어날 즈음, 두 사람은 까막눈이 스승에게 호를 하나씩 얻게 되었다.

"그래, 너도 이제 장가도 갔고, 나한테 그림도 배우는데 자든 호든 뭔가 있어야지. 장가간 놈 맨이름 불러 대는 거 아니야 이놈아. 아, 네 마누라한테 물어보자, 재미있는 걸 지어 줄 테지. 야야, 꺽실아 요 쥐똥 같은 깔끔쟁이한테 괜찮은 별호가 뭐가 좋겠냐?"

이완은 불길한 예감에 눈을 끔벅이며 눈치를 주었다. 오지 마세요. 호 같은 건 알아서 정할게. 신경 쓰지 말라니까! 하지만 바람도 부질없이, 부엌에서 호박죽을 젓고 있던 여자가 고개를 비쭉 내밀고 대답했다.

"잘 보셨네요. 쥐똥 같은 깔끔쟁이, 그거 쓰시면 되겠는데요."

아아. 어째 불길한 예감은 어긋나질 않아. 스승은 크게 웃으며 고개를 끄덕였다.

"그래, 벌레가 나왔다고 방에 불을 질렀다지? 벼룩이 빈대가 나와서 집을 홀라당 태운 놈이 정말 있구나, 응?"

"불 지른 게 아닙니다, 스승님. 벌레를 죽이려고 연기 좀 피운 거죠. 평소에는 그렇게 막 유난 피우고 하지는 않습니다!"

"아니긴 뭐가 아냐! 이완 씨 누가 마당에 침 뱉었다고 거기다가 독한 약도 들이부었잖아. 거기선 풀도 누렇게 죽어서 안 자라요, 이제. 사실 전부터 저한테 찍히긴 했었는데 그때는 아주 뒷골이 빡 당겼죠. 저놈의 개똥 같은 결벽증 환자를 어쩔까나 하고요."

믿었던 마누라가 끼어들어 고자질도 한다. 너 언제 그런 짓도 했냐. 생각보다 재미있는 놈일세. 그는 노란 눈을 반짝이며 박장한다. 좋다, 쥐똥 같은 깔끔쟁이, 개똥 같은 결벽증 환자! 결론이 정말 바람직하지 않은 쪽으로 흘러가자 이완은 팩 언성을 높였다.

"싫습니다! 그런 이상한 호를 쓰는 사람이 어디 있어요?"

"왜 없어? 선생님인 내가 써 주면 되지! 전혀 이상하지 않아! 아주 딱 맞아!"

"그, 그게 일단 너무 길기도 하고……."

"너무 길면 두세 글자만 따서 써! 개똥이 어떠냐 개똥이. 좀 뭐하면 개동이? 그것도 좋구나! 맨 이름 싸질러 부르는 것보단 낫지 뭘 그래. 왜 얼굴이 그렇게 삶은 시래기 같아? 개동 박이완이 싫으면 쥐동 박이완 어떠냐. 으하하하하하!"

이완은 머리를 싸쥐고 앓는 소리를 냈다. 눈앞이 노랗다. 하지만 스승이 내려 주는 호를 갖다 버릴 수도 없으니 어쩌지. 좀 쪽팔려도 진작 호를 '안락재'로 정했다고 할걸. 하지만 이젠 꿈도 희망도 없다.

반면, 조선 최고의 화원이 될 사람에게 나도 원—오원이라는 호를 지어 주었던 패기만만한 처자에게는 그에 걸맞은 패기만만한 호가 내려졌다. 단원, 혜원의 원은 내가 먼저 찜했으니 넌 다른 걸 골라 봐라. 어, 이완 씨, 단원 혜원만큼이나 유명한 화가가 누가 있어? 오원요. ……아, 농담입니다. 공재 윤두서, 겸재 정선, 현재 심사정, 삼재의 재(齋)가 있습니다. 응 그래, 꺽실이 너는 그럼 '재' 자를 찜하면 되겠구나. 나는 오원 했으니 너는 오재 해라 오재! 윤오재, 폼난다. 여자도 좋다고 손뼉을 친다. 새로 아티스트로 등극한 윤오재 여사는 졸라맨 잡초 대신 맛있는 호박죽과 열무김치를 작품으로 진상했다.

이완은 그날 굉장히 삐쳤다. '쥐똥 박이완'이나 '개똥 같은 결벽증 환자' 따위에 비하면 '오재'는 그야말로 왕후장상의 호처럼 본때가 났다. 맛있는 호박죽을 두 그릇이나 먹고도 분이 풀리지 않았다. 하지만 고집 센 스승은 물러 주지 않았다. 대신 너를 모델로 멋진 그림이나 한 장 그려 주겠노라 약속하며 달래려 하는데, 이완은 더더욱 시큰둥했다.

"네에, 그러시겠지요. 민호 씨한테 멋진 나그네 그림을 그려 주기로 하셨다지요. 그게 벌써 15년도 더 지났는데 나그네는커녕 각설이 그림 한 장 나오지 않았잖습니까? 저도 환갑 칠순 차려 먹을 때까지 그림을 받을 수나 있을지 모르겠습니다."

이완의 비죽대는 소리에 발끈한 스승은 지금 당장 그려 주겠노라 큰 소리를 빽 질렀다. 오오냐, 이게 스승님을 능멸해! 네놈의 얼굴을 대문짝만하게 그려 주지, 응! 아주 마음에 들 거야, 응!

그는 무슨 좋은 생각이라도 했는지 신이 나서 팔을 둥둥 걷어 올린다. 호박죽에 부침개, 곁들여 먹은 맛있는 탁배기 한 사발에 얼굴이 볼그레하게 달아오르기 시작하면서 여전히 심통이 나서 비죽대는 제자를 보고 혼자 킬킬대고 웃고 앉았다.

이완은 방구석에서 길게 말린 종이를 끄집어냈다. 장 화원이 시시때때로 드나들기 시작하면서 이완은 집에 항상 하얀 생명주와 종이를 준비해 두어야 했다. 물론 스승은 종잇값 비단값 따위는 주지 않았다. 하지만 자기가 그려 놓고 간 그림값을 내놓으라고 하지도 않았다. 정말 등쳐 먹기 너무 좋은, 보호 본능을 한없이 유발하는 스승이었다.

"옛날에 왕희지라는 사람이 있었는데."

"예. 중국 진나라 사람 아닙니까. 천하명필 서성(書聖)이라는."

"잘난 척하지 마라, 이놈아! 내가 선생이다! 하여튼, 그 사람이 글씨를 아주 잘 썼느니라."

"예."

이완은 속으로 웃으며 먹을 갈기 시작했다. 스승은 미리 갈아 둔 먹물을 쓰지 않았다. 바로 갈아서 싱싱한 놈을 쓰지 않으면 먹색이 원하는 만큼 매끄럽고 고르게 나오지 않는다 했다. 그리고 스승은 최고급 송연묵만 썼다. 묵향이 차근하게 퍼지기 시작했다. 그는 붓 끝에 먹물을 조금 대 보고 옆의 종잇조각에 붓을 문지르며 농도를 가늠했다.

"그 인간이 오리를 좋아했는데."

"거위입니다."

"잘난 체하지 말라고, 이놈아!"

"예. 죄송합니다."

"하여튼 거위를 좋아해서 글자체도 거위의 모습을 본떠서 만들었다고 하더라."

"거위 모습이 아니고 헤엄칠 때 유연하게 움직이는 모습에서 영감을……."

"시끄러워! 넌 다 좋은데 아는 척하느라고 산통을 깨!"

"아, 예. 죄송합니다."

다시 한참 동안 사그락사그락 먹 가는 소리만 이어졌다. 노란 눈의 사내가 다시 코를 실룩이며 말을 이었다.

"그 글씨가 그렇게 비싸서 돈 주고도 못 사고, 그 왕가 놈도 귀한 글씨를 함부로 써 주지 않고 콧대를 세워서 글씨 한 폭 얻기가 그렇게 힘들었는데."

"예."

"그래 어떤 도사 놈이 거위를 줄 테니 글씨를 써 달라고 한 거라. 거위를 여편네보다 사랑한 왕희지는 홀랑 넘어가서 금강경을 쓰기 시작하는데……."

"황정경입니다. 스승님."

"야 이 썩을놈아아아!"

드디어 옆에서 구경하던 민호가 키들키들 웃기 시작했다. 이완은 스승의 체면상 차마 같이 웃지는 못하고 웃음을 꾹꾹 눌러 참으면서 열심히 먹을 갈았다.

그는 가는 유탄(버드나무 숯)으로 가볍게 직선을 그어 위치를 가늠했다. 이완은 고개를 갸우뚱했다. 어진이나 기록화를 그리는 것도 아닌데 목탄으로 밑그림까지? 직선의 길쭉한 선들이 몇 개 그어졌다. 하긴, 직선의 큰 사물이 가운데 있을 때 미리 위치 표시를 해 두지 않으면 그리기가 모호해질 것이다.

스승의 눈이 빛나기 시작한다. 온몸에서 이글이글 열이 치솟는 것이 보인다. 그는 저고리를 벗어 던지고 붓을 꾹 잡는다. 집중해서 그림을 그릴 때, 장 화원은 옷을 활활 벗어 던지는 버릇이 있다.

젊은 시절 고된 노동으로 시달린 스승의 몸에는 자디잔 상처들이 있었다. 어깨의 앞쪽에는 손톱 크기만큼 폭 파인 상처도 있었고 옆구리에는 긴 상처가 두서너 줄, 아마 지게에 낫을 달고 가다가 다친 자국처럼 보였다. 담뱃불에 덴 듯한 자국들도 자자분하게 보였다. 하지만 어깨는 넓고 근육이 단단했고, 몸통도 두껍고 탄탄한 것을 보니 기본 강골로 타고난 것 같았다. 그러니 그렇게 동가식서가숙 부평초 뜨내기 생활을 하고 술에 젖어 살면서도 큰 병 없이 수많은 작품을 남길 수 있었던 것이다.

양쪽 팔뚝으로 팽팽하게 힘이 들어간다. 팔뚝이 가볍게 움직이나 싶더니, 종이 한가운데 둥글, 둥글, 가늘고 매끈한 얼굴선이 그려진다. 몇 번 선과 점을 찍고 나니 갑자기 검은 수염에 멋지게 두건을 쓴 수려한 사내의 얼굴이 둥실 나타났다. 사내는 은은하게 웃고 있다. 이완은 먹을 갈던 것도 멈추고 눈을 둥그렇게 떴다.

설마…… 저 잘생긴 사람이 나?

주욱, 굵은 선이 시원하게 내려간다. 두건을 쓴 왕희지는 긴 소매를 다른 손으로 걷어쥐고 붓을 든 손을 쭉 내밀고 있다. 왕희지가 글을 쓰기 직전, 팽팽하게 긴장된 일촉즉발의 순간.

파꽉, 팍.

붓 선이 폭발하듯 터졌다. 그는 신들린 듯한 솜씨로 흡사 기름종이 위에 대고 그리는 것처럼, 아니 그보다 더 빨리 굵고 힘찬 선을 내리긋기 시작했다. 글씨를 쓰기 위해 팔을 내민 왕희지의 긴장감이 팽팽하게 드러났다.

그 뒤로 화려한 의자가 매끈하게 그려진다. 본도 없이 그리는데 선이 흐트러지지도 않고 모양이 틀어지지도 않는다. 그 뒤로 까까숭이로 머리를 밀고 정수리에 머리꽁지만 남긴 도토리 동자들이 돌돌 말린 종이를 안고 히히덕거리며 서 있다. 표정과 몸짓만으로 두 제자가 집중하지 않고 수다를 떨고 있는 것이 들리는 것 같다. 커다란 탁자 한구석에는 운치 있게 매화가 놓였고, 얼굴이 공처럼 둥그런 동자 한 명은 매화 곁에서 둥그란 벼루에 먹을 열심히 갈고 있다.

얼굴선이 세심하고 가늘어, 익살스럽게 웃고 있는 동자들의 표정과 살짝 긴장을 하고 있으면서도 여유 있는 왕희지의 표정이 잘 드러났는데, 옷과 몸의 선은 굵직굵직 시원하고 힘이 넘쳐 안에서 꿈틀대는 기운이 그대로 느껴질 지경이었다.

맞은편에서 종이를 펼쳐 들고 있는 동자의 표정은 다른 놈들에 비해 훨씬 진지하다. 그 옆에 왕희지가 받기로 한 커다란 거위가 모가지를 옆으로 틀고 심술궂은 얼굴로 엎드려 있다. 붓의 물기를 적당히 빼서 몇 번 치대는 것만으로 거위의 북슬북슬한 깃털이 파르르 살아난다. 스승은 간결하게 그려진 탁자에는 더 이상 손을 대지 않고 붓을 툭툭 털고 물러앉았다.

이완은 먹을 갈던 것을 멈추고 멍하니 완성된 그림을 바라보았다. 장승업이 그림을 무척 빠르게 그렸다는 것은 익히 들어 알고 있었지만 이 정도일 줄은 몰랐다. 붓이 몇 번 오가는 것만으로도 전혀 다른 표정과 이야기를 담고 있는 사람들이 만들어졌다. 특히 이 그림의 주인공, 붓을 잡고 허리를 굽히고 서 있는 왕희지에게서 느껴지는 역동적인 긴장감이 압권이었다.

스승이 이마의 땀을 문지르며 벌쭉 웃는 모습이 보인다. 자신의 생각보다 그림이 더 마음에 들게 나왔다는 뜻이다. 그는 이완 쪽으로 그림을 쭉 밀어 놓더니, 어깨를 으쓱하며 씩 웃는다.

"자, 받아라. 기분이 풀렸냐?"

"정말, 이, 이 그림을 저 주시는 겁니까?"

"그럼 내가 먹으려고 그렸겠냐? 안 받으면 도로 내놔라, 갖다 주면

술 사 줄 놈 많을걸?"

이완은 얼른 그림을 끌어당겼다. 그럴 리가 있나. 이 그림이 자신의 손에 들어올 줄은 꿈에도 생각해 본 적이 없었다. 이완은 왕희지 이야기가 나올 때, 그가 그린 왕희지와 거위 그림 중 어떤 것이 나오려나 궁금하게 생각했다. 스승은 왕희지와 거위 그림을 적잖게 그렸다.

그래도 설마하니 이 그림이 나오랴 했었는데.

이 그림은 먼 훗날 국립중앙박물관의 전시실에 번듯하게 걸려 있게 될 것이다. 그 전시관에서도 넘치는 힘과 싱싱한 긴장감으로 사람들의 시선을 잡아끌게 될 것이다.

장 화원은 눈앞의 그림처럼 중국 화풍이 두드러진 그림을 많이 그린 편이었다. 인연이 있던 역관들에게 얻어 보고 모사하며 배운 교본이 중국 화집들이었기 때문이다. 그래서 그의 그림을 평가절하하는 사람도 없지는 않다. 하지만 그의 그림이 가진 힘과 빼어난 감각은 감출 수는 없었다.

이완은 떨리는 손으로 그림을 반듯하게 펼쳤다. 꿈만 같았다. 그는 자리에서 일어나 감사하다고 절을 올렸다. 안목이 없는 민호도 그런 대작을 선뜻 이완에게 주는 스승을 보며 눈을 동그랗게 떴다.

"저 그런데, 여기서 저 사람을 닮은 사람이 누군가요? 붓을 들고 있는 요 미남인가요?"

"그럴 리가 없잖냐!"

스승은 발을 뻗고 앉아 큰 소리로 껄껄대며 웃었다. 이완은 눈을 가늘게 하고 고개를 들었다. 음? 내가 왕희지의 모델이 된 게 아니었던가?

"그러면 누구요? 저기 먹을 갈고 있는 얼굴이 찐빵 같은 애요? 아니면 뒤에서 종이 잡고 수다 떨고 있는 꼬꼬마들이요?"

"아냐아냐, 걔들하고 어디가 닮았냐. 꼬꼬마들은 귀엽기라도 하지!"

스승은 남을 술을 훌렁 입에 털어 넣고 아예 껄껄 웃어 댄다. 이완은 점점 신경이 뾰족해졌다. 아니 그럼 누구란 말이지? 분명 나를 그려 주겠다 하지 않았던가?

"거기 종이 잡고 있는 애 옆에 있잖냐. 잔뜩 화가 나서 풍풍거리고 심통을 잔뜩 부리고 있는 그림의 주인공 있잖냐."

이완과 민호는 어리둥절해서 종이를 잡고 있는 소년을 살펴보았다. 소년 뒤에는 아무도 없었다.

퉁퉁하니 깃을 세우고 고개를 외로 꼬고 있는 거위 한 마리 말고는.

몹시 심통이 나 있는 것 같은 거위 한 마리 말고는……?

……설마……!

고마워하는 마음이 썰물처럼 빠져나갔다. 스승은 방구석에서 발을 버둥거리며 큰 소리로 웃기 시작했다. 민호도 불퉁한 거위와 이완을 번갈아 바라보다가 폭소를 터뜨렸다.

소심 쪼잔한 사나이는 이번에야말로 완전히 삐쳐 버렸다. 이번에는 만한전석으로도 풀리지 않았다.

❁　　　❁　　　❁

이튿날 도화서 화원이자 장 화원의 제자라는 사내 둘이 관복 차림으로 찾아와 이곳에 스승님의 그림이 있느냐 물었다. 그들은 그동안 낙관도 않고 쌓아 둔 그림들을 보고 이럴 줄 알았다며 한숨을 푹 쉬었다.

두 사람은 영선사의 제도사로 톈진에 1년 동안 머무르다 얼마 전에 귀국한 도화서 화원들이라며, 규장각에도 도화서에도 스승이 계시질 않아 수소문하여 찾아왔노라 밝혔다. 온 김에 스승이 놓고 간 도장이나 제대로 박아드리고 화제나 달아주고 가겠다 하는 그들에게선, 천재적인 재능을 갖고 있으나 남에게 호구가 되기에 십상인 스승을 보호하는 기사로서의 사명감이 느껴졌다.

조석진, 안중식이라 자신을 소개한 두 화원은 스승이 이완에게 그려 주고 갔던 여러 장의 그림에 일일이 도장을 찍고 스승의 이름을 적어 넣으면서, 그림을 하염없이 부러운 눈으로 바라보았다. 특히 벽의 한 면을 위풍당당 차지하고 있는 매화 그림과 왕희지 황정경 쓰는 그림을 보고는 찬탄을 금하지 못했다.

"기연이로세. 스승과 또 어찌 인연이 닿아서 이런 호사를 누리게 되었을꼬."

"심전, 우리가 일 년간 스승님 곁을 떠난 사이 스승님께서 새로운 경지를 개척하신 게 틀림없어. 아니 어떻게 인물이면 인물, 영모면 영모, 괴석, 산수, 사군자, 화조도, 기명절지까지 못 하시는 게 없지?"

"우승지 영감의 집에 있는 것보다 장히 좋소이다. 여기에 걸려 있기 아깝지 않소? 이 그림들을 보면 사람들 여럿이 찬탄할 터인데."

"아마 그림을 팔려느냐 연통을 할 사람도 있을 터인데. 이보오, 혹시나 넘길 생각이 있소?"

이완은 쓴웃음을 지으며 고개를 저었다.

"누추한 닷 칸 초옥에 어울리지 않는 그림인 것은 알지만, 저도 좋은 그림을 좋다 느낄 눈이 있으니, 가보로 간직하며 그런 호사 정도는 누리고 싶습니다. 송구합니다."

"스승님의 다른 그림을 본 적은 있소?"

"……많이 보았습니다. 산수, 영모, 기명절지, 기묘년에 그리신 화조영모 10폭 병풍도 구경할 수 있었습니다."

허, 기연이로세. 본디 스승님과 인연이 깊은 자였군. 두 사람은 아쉬운 듯 몇 번을 돌아보더니, 스승님을 찾을 수 없으면 종종 들러 보겠다는 말을 남기고 돌아갔다.

다음 날부터 큰 갓에 펄럭펄럭 도포 차림의 사내들이 몇몇씩 초가집을 얼쩡대기 시작했다. 가끔 사모관대 차림의 사람들도 섞여 나타나기 시작했다. 오원의 그림이 여러 점 있다는 소문이 빨리도 퍼진 것이다.

이완은 장 화원의 위명을 새삼 실감했다. 인쇄 기술이나 책자가 없던 시절엔, 안목을 키우거나 그림을 감상하기 위해선 그림을 소장하고 있는 집을 일일이 찾아다니는 수밖에 없었다. 양반집은 문턱이 높아 얼쩡대지도 못할 테지만, 이곳은 일개 가난한 백성의 집이라 만만하니, 대놓고 찾아와서 구경하겠다는 것이다.

그리하여, 일을 마치고 비실비실 들어오는 이완의 눈앞에는 매번 희한한 광경이 펼쳐지기 시작했다. 검둥개 한 마리가 지키고 있는 초가집 마당의 평상에는 동네 아낙들이 모여서 찬거리를 다듬으며 수다를 떨고, 양태 넓은 갓에 호박 갓끈을 늘인 나리님들은 울타리 밖에서 남여나 말을 대 놓고 얼쩡얼쩡하는 것이다.

그림을 구경하러 온 사람 중에 윤 진사 집에서 만났던 텁석부리 역관 응헌이 끼어 있는 것을 보고 서로 깜짝 놀라기도 했다. 장 화원이 새 제자가 그리 마음에 드는지 호까지 지어 내려 주었다 하던데, 하고 궁금해하는 것을 이완은 끝까지 입을 다물고 말았다.

"여긴가? 장 화원이 자주 들른다는 집이?"

약간 톤이 높고 젊은 사내의 목소리가 들린다. 화려하게 투각 장식된 남여가 내려지고 그 위에 앉아 있던 젊은 사내가 내려선다.

"장 화원이 요새 이 집에 그리 열심히 드나든다지? 교수화원 직에 선 쫓겨나고, 도화서에는 거의 매일 식가를 내고 어딜 다니나 했더 니, 평양루도 다른 기방도 아니고 이곳인가?"

"그러게 말입니다, 영감마님."

그는 이완이 집주인인 것을 알아차리고 천천히 앞으로 다가왔다. 이완은 잠자코 고개를 숙였다. 채꾼들 중 낯익은 사람들이 있다. 시 전에서 만났던 민겸호 대감 집의 고약한 채꾼들 같다. 하지만 남여에 서 내린 사람은 병판 민겸호 대감이 아닌, 가늘고 날카로운 눈매와 짧은 수염을 가진 낯선 젊은이였다.

……혹시?

"이곳에 장 화원이 그린 대단한 그림이 있다는 이야기를 듣고 잠 시 들렀네. 나도 그의 그림을 몇 점 갖고 있는데, 궁에서 그리 성화를 해도 그리지 않겠다 뻗대던 이가 이곳에서 그림을 여러 점 그려 두었 다 해서 신기하여 한번 찾아왔지. 잠시 구경을 할 수 있을까?"

"물론입니다. 누추하지만 들어오시지요. 박이완이라 합니다."

"고맙군. 도승지 민영환이라 하네."

역시나. 이완은 고개를 들고 그의 얼굴을 빤히 바라보았다. 장 화 원의 가장 든든한 후원자, 탐욕스럽고 부패한 아비 민겸호와는 많이 다른, 총기 있고 매서워 보이는 젊은 사내가 애늙은이 같은 표정으로 자신을 올려다보고 있었다.

❀   ❀   ❀

최근 장 화원은 조금 이상해졌다. 한낮이나 한밤중에 혹은 초저녁 부터 뜬금없이 찾아오는 때가 잦아졌다. 어떤 때는 파루 종을 치기도 전, 통금을 무릅쓰고 찾아오기도 했다. 평소에는 기분이 좋을 때가 대부분이었지만 오밤중이나 새벽에 찾아올 때는 무섭게 우울한 경우가 많았다.

처음에는 걱정하며 달래던 이완과 민호는 아무것도 묻지 않고 작은방에 자리를 깔아 푹 쉴 수 있게 해 주었다. 스승의 성격에, 말할 수 있는 이야기라면 진작 속을 통통 털었을 것이다.

스승은 며칠 동안 궁에 식가를 내 놓고, 평양루에 가지도 않고 이완의 집에 틀어박혀 시간을 보내곤 했다. 민호는 이렇게 휴가를 자주 내고도 잘리지 않는다니 무슨 녹봉을 이리 날로 먹나 하고 궁금하게 생각했다. 이완은 좁아터진 집에 갑자기 손님과 군식구가 들끓게 된 것이 몹시 미안했지만 민호는 워낙 손님을 좋아하고 사람을 끌어모으는 성격이라 전혀 개의치 않았다.

"야야, 개똥 같은 결벽쟁이 일루 와 봐라."

그는 희멀겋게 퍼진 얼굴로 이완을 붙잡아 골방에 마주 앉았다. 취한 것도 아니었고, 화가 난 것도 아니었다. 그답지 않게 무거운 짐을 짊어진 듯도 하고 고민에 빠진 듯도 했다.

"야야, 이놈아, 물어볼 게 있다."

"예? 예. 말씀하십시오."

"장가가니까 좋지야?"

아. 갑자기 이런 것을 물어볼 줄은 몰랐다. 이완은 한참 만에야 더듬더듬 대답했다.

"예……. 저, 저는 좋습니다."

"흥! 뭐가 좋으냐? 야 이 자식아, 장가들면 뭐가 제일 좋아? 천년 만년 그렇게 좋냐?"

"저, 저는 아직 혼인한 지 몇 달 되지도 않았으니, 그런 건 다른 분들한테 물어보시는 게……."

이완은 난감해하며 대답했다. 그는 무언가 몹시 분하고 못마땅한 듯이 이맛살을 찌푸리고 입술을 실룩거렸다.

"사방 둘러봐야 혼례 올린 본마누라하고 잘 사는 집도 거의 없구만. 방귀깨나 뀌는 나리님들은 열에 아홉 첩하고 같이 살고, 첩을 못 구하는 놈들은 제 마누라하고 악다구니하면서 죽지 못해 같이 살고. 그나마 마누라하고 사이좋던 윤 진사님도 요새 향이하고 말도 안 하고 지낸다지."

"아, 예……."

"혼례를 안 올리고도 옆에서 같이 살 수 있잖냐. 응, 같이 밤일을 할 수도 있고, 아이도 낳을 수 있지. 술도 밥도 같이 먹을 수 있다고! 어이구, 그런데 뭐가 그렇게 좋다고 중뿔나게 장가가고 시집가고 그래? 흥이다! 흥이다, 이놈들아! 하나도 안 부러워 이놈들아! 난 한양 최고의 인기 화원인 장 오라버니라고! 날 봐! 얼마나 자유롭고 신나고 좋으냐! 그깟 것들 하나도 안 부럽다고! 엉!"

그러더니 한숨을 푹 쉰다. 아니 이 인간이 술도 안 마시고 왜 맨정신에 주정인가. 이완은 어쩐지 느낌이 이상해 엉덩이를 뒤로 조금씩 물렸다. 그가 젖은 빨래처럼 푹 늘어져 있다가 또 뜬금없이 묻는다.

"그래도 야 이놈아, 이 개똥 같은 놈아. 좋지야? 각시하고 같이 손잡고 다니고 꼭 붙어 자고 하니까 좋지, 응?"

이완은 피시시 웃고 말았다. 요새 스승이 심각하게 인상을 쓰고 스승답지 않게 심각하게 가라앉아 있던 이유를 알 것 같다.

"스승님, 장가들고 싶으면 들고 싶다고 그냥 말씀하시죠. 놀랐잖아요."

"누가 그래! 누가! 누가 너한테 그런 말을 했냐!"

"보면 알죠."

"시끄러워! 시끄럽다, 이놈아! 네놈이 언제부터 그렇게 눈치가 빨랐다고!"

이완은 희미하게 웃었다. 저 인간이 자신을 놀려 먹은 생각을 하면 자신도 신나게 놀려 주고 싶은데 별로 그럴 마음이 들지 않는다. 진희 씨와 어떻게 헤어졌는지 알기 때문에, 이렇게 기생이든 뭐든 새 인연이라도 생긴 것이 그래도 다행스러우면서도 가슴이 저렸다. 생전 처음, 제대로 사랑한 여자를 놓아 보냈으니 그 마음이 얼마나 헛헛했을까. 민호 씨가 옆에 없을 때, 숨만 쉬고 밥만 먹는 벌레 같던 몇 달간의 기억이 떠오르자 이완은 놀릴 마음이 들지 않았다.

그가 달을 멀끄러미 바라보며 묻는다.

"너 혹시 항아님이 너희 살던 데서 뭘 좋아했는지 아니?"

"예? 갑자기 왜……."

"생각해 보니 어떤 맛난 것을 좋아했는지 아직도 모르겠어. 내가 헛살았지, 이 바보가. 그렇게 좋아한다고 야단을 했으면서 좋아하는 거 하나를 모르고 있으니."

"글쎄요. 저도 잘……."

말을 흐리던 이완은 스승의 얼굴이 푹 쭈그러드는 것을 보고 마음이 찡, 했다. 그러면 그렇지. 우리 앞에선 아무렇지도 않은 척했지만 진희 씨를 그리 쉽게 잊을 리 없다. 항아를 달로 보내고 혼자 남은 예도 그녀가 떠난 기일마다 좋아하는 과일을 차려 놓고 제를 지냈다고 하지 않던가. 그 마음에 원망이나 증오가 어찌 없었을까마는, 그런 감정 역시 변질한 애정의 한 형태인지도 모른다. 이완은 애써 생각을 떠올리다가 간신히 한 가지를 대답할 수 있었다.

"딸기 아이스크림……이란 걸 좋아했던 기억이 납니다."

"응? 그게 뭐니?"

"진희 씨하고 저희가 살던 곳에서 사람들이 많이 먹던 건데요, 달고 시원한 겁니다."

이완은 진희가 좋아하던 딸기 아이스크림을 어떻게 설명해야 할지 몰랐다. 얼음으로 만들어져 아주 시원하고, 꿀처럼 달고, 볼그레한 딸기 색깔에 딸기 맛이 나고, 입에 들어가면 살살 녹는 그 무엇. 그 무엇이 상상조차 되지 않는 스승은 피시시 웃고 만다. 이야, 고조 너거들은 참말로 신기한 걸 먹고 사는구나야. 됐다 됐어, 응응. 그는 투덜대며 고개를 들었다.

"가끔 생각나십니까?"

"시끄럽다! 누가 생각난다고, 흥! 생각나지 않아! 고까짓 것, 고까짓 것!"

이완은 스승이 애써 잊어 가는 상처를 굳이 건드렸나 싶어 얼른 말을 돌렸다.

"스승님 올해 연치가 마흔 되셨습니까."

"이놈이 나이는 왜 물어? 먹을 만큼 먹었다. 배불러 터져 죽었다, 응."

이완은 다시 고소했다. 나이 마흔이면 현대에서도 노총각 소릴 듣고도 남는다. 지금은 나이 서른에 손주를 보는 시대이니 저 인기 많은 화원의 혼인은 늦어도 너무 많이 늦었다.

이후에 일어날 일은 알고 있다. 스승은 올해 아마 기생 출신의 여자와 늦장가를 가게 될 것이다.

그렇게 생각하니 항시 명랑 쾌활하고 속없이 노닐던 스승이 요새 우거지 죽상을 하고 다니는 이유를 조금 알 것 같았다. 지금 장 화원은 누구하고든 둥지를 틀고 싶은 모양이다. 평생 자유로운 영혼이던 스승은, 난생처음 겪는 상실감을 견디지 못하고 옆에서 쉽게 만날 수 있는 여자에게 깃을 내릴 생각을 하는 듯했다. 이완은 넌지시 물었다.

"지금, 혼인하고 싶은 분이 평양루에 있습니까?"

"어! 어! 어떻게 알았어! 야, 야! 어떻게 알았어?"

그렇게 속을 질질 흘리고 다니는데 어떻게 모를 수가 있습니까? 이완이 억지로 웃음을 참자 그는 팔을 붕붕 흔들며 말하지 마라, 다른 사람에게 절대 말하지 마라, 꺽실이한테도 말하지 마라, 온 동네 소문 다 퍼진다, 하고 또 신신당부한다.

페로몬의 유효기간은 어쩌면 2년, 어쩌면 6개월.

장 화원이 진희 씨를 만난 지 얼마 되지도 않은 것 같은데, 벌써 반년이 훌쩍 넘어가고 있었다. 눈에서 보이지 않는 상태라면 6개월이면 충분히 망각할 만한 기간이고, 새로운 여자가 생겼다면 더더욱 쉽게 잊을 만한 기간일 것이다.

민호 씨가 들으면 배신감을 느낄 수도 있겠다. 하지만 이완은 본디 페로몬의 속성이 그러한 것임을 알고 있었다. 그리 열렬히 사랑했던 여자를 빨리 잊었다는 것이 비난할 만한 일은 아니라 생각했다.

이완은 민호 씨 역시 자신을 그렇게 잊을 수가 있을까 잠시 생각해 보다가 생각을 접었다. 그럴 가능성은 얼마든지 있지만, 그것을 막기 위해서 혼인이라는 방법으로 스스로 묶이기를 택한 여자에게 그런 상상을 갖다 붙이는 것이 불경하게 느껴졌다. 만약 먼 훗날 그런 일이 일어난다 해도 지금 사랑하고, 지금 행복했다는 사실이 없어지는 것도 아니었다. 이완은 다시 슬그머니 확인사살을 해 본다.

"혼인하실 생각이 있으신가 봅니다."

"……내가 아무래두 미쳤나 부다. 응, 장오원이가 여자한테 묶일 생각을 해."

과연 어느 기생을 속신하여 혼인을 하려나. 동기나 젊은 기생은 몸값이 보통 비싼 것이 아니다. 장 화원이 그림으로 돈을 많이 번다고 해도 모아 놓은 돈은 그야말로 땡전 한 푼 없으니 제대로 된 기생을 데리고 오기는 어려울 성싶다.

노기일까? 혹은 서른 넘은 퇴기일 수도 있다. 하지만 어린 계집이

든, 시든 계집이든, 과연 어떤 여자가 이 바람 같은 사내를 옆에 잡아 둘 수 있을까? 다시 한숨이 미어지게 흘러나온다. 이완은 스승이 아까 물었던 질문에 대해 뒤늦게 대답했다.

"저는 혼인을 해서 좋습니다. 뭐라 말할 수 없이 좋은데요."

마흔 노총각은 눈을 가느스름하게 뜨고 이완을 노려보았다.

"네 마누라도 좋을까?"

"그리 믿고 살아야죠."

"네 마누라가 좋을 게 뭐가 있냐?"

"그건 잘 모르겠습니다. 여자들은 가끔 보면 굉장히 용감하다는 생각이 들어요."

"용감하긴 무얼! 모질지! 천하 없이 야멸차고 모진 것이 여자다 여자!"

이완은 싱긋 웃었다. 스승은 다시 무섭게 우울해졌다. 이완은 부엌으로 내려가, 민호가 소줏고리에서 받아 둔 맑은 술을 병에 담아 몇 가지 안주와 함께 소반에 얹었다. 밝은 갈색의 눈에 한 꺼풀 그늘이 내려앉았다. 그는 음울한 목소리로 말했다.

"이상하지. 우리 어머니도 좋아하지도 않는 아버지한테 억지로 시집을 가서 나를 낳았다고 했는데."

"예."

"내가 아버지를 꽤 닮았다고 하는데, 뭐가 그렇게 예뻤을꼬? 아버진 양 오랑캐 놈들하고 싸우다가 병신이 되었고, 노름빛 싸움판 휘말려서 마누라까지 팔아먹고 쫓겨 다니다가 뒈졌다고 하더라고. 아직 핏덩이였던 내 이름도 못 지어 주고. 우리 어머니는 그런 놈의 아들이 뭐가 예뻐서 길바닥에 갖다 버리지 않고 혼자 떠돌아다니면서 악착같이 키우셨을까."

이완은 조용히 술을 더 따라 주었다. 스승이 자신의 옛이야기를 하는 것을 처음 들었다. 아버지가 양요 때 참전했던 군졸이었던가. 이렇게 혼돈한 시대에 어려서 아비를 잃었으면, 신산스러운 삶을 살 수밖에 없었을 것이다.

장 화원의 일생에 대해서 알려진 것이 많지는 않지만 대략 아비가 중인 무장이 아닐까 하는 추측과, 부모가 일찍 돌아가셔서 고된 떠돌이 삶을 살았다는 기록이 전해지고 있었다. 고향이 경기도 광주, 혹은 황해도 대원—현재의 안악 지역—이라는 말도 있으나 정확한 것은 아니었다.

"우리 어머니도 참 용감했지. 키는 작고 바짝 말랐던 기억이 나는데, 내 입에 거미줄 안 치게 하려고 동네에서 악다귀 짓은 다 하고 다녔다. 잔칫집에 나 달고 일하러 간 어머니가 나한테 먹을 거 마구 욱여넣어 주다가 그 집 주인 여자하고 가비 년들한테 머리채 잡히고 부지깽이로 얻어맞던 것도 기억난다. 어머니는 나를 끌어안고 맞고, 나는 그 와중에 손에 있는 걸 뺏길까 봐 입에 쑤셔 넣고 볼이 터지도록 씹어서 삼켰지. 나는 어머니가 참 불쌍하고, 사내란 놈들과 엮여서 그리 사는 여자들이 참 불쌍했다."

"예."

"어머니는 돌아가실 때 그러시더라고, 야야, 미안하다. 나 때문에 태어나서 한세상 고생시킨 것두 모딜라서 떠돌이로 맨들었구나야. 너는 펭생 세 갈래 길바닥 위에서 이리저리 떠돌면서 부평초로 살 팔잔가 보다. 미안하다, 응. 나는 그것도 좋다고 걱정하지 말라고 그랬다. 오마니, 걱정 마시라요, 내래 기런 것도 됴아요. 내래 길바닥 아니고 하늘 위를 신선만치 홀홀 날아다니문서 오래오래 살 기야요. 기러니 걱정하디 마시라요! 난 그때 벌써, 내가 평생 그렇게 살게 되리라는 짐작을 했었어. 어머니는 돌아가시기 직전에 그러셨어. 기레, 인제 걱정 안 하마. 고조 사난으로 태어났으니, 삼천세계에 따르르하게 이름 석 자두 날레 보고, 나라님보다 재미나게 신선처럼 살아 보라, 우리 승업이는 틀림없이 그리될 기야, 하고는 히쭉 웃으면서 가셨디."

"예. 그렇군요."

"그런데 내가 왜 이럴까. 천하의 장오원이가 훨훨 신선놀음을 포기하고 여자를 옆에 붙잡아 앉히고 싶어 할 날이 오다니! 참말로 정말로 미쳤나 보다. 응?"

스승은 큼직한 갈색 눈을 내리깔고 벽에 기대앉아 낄낄대고 웃으며 묻는다.

"진짜로 장가갈 만하냐? 정말 그렇게 좋으냐?"

"……예. 그만 좀 물어보십시오. 민망합니다."

"민망하긴 뭐가 민망해. 낮이고 밤이고 할 거 다 하는 놈이!"

"아, 스승님, 제발 좀 그만하세요. 어느 기생인지 모르지만, 장가 드시고 싶으면 드시면 되잖습니까. 저 좀 들들 볶지 마시고요."

"시끄럽다, 이놈아! 시끄러워! 누가 가기 싫어 그런대? 이 못된 놈!"

이완은 그와 마주 앉아 작은 술잔에 술을 계속 따라 주었다. 사랑을 하고, 사랑을 잊고, 다시 또 새로운 사랑을 하고. 사랑은 당신의 의지대로 개화와 낙화를 거듭할 테지만, 미래에서 온 나는 당신이 정해진 하나의 길로 걸어가게 될 것임을 안다.

올해 당신은 박성녀, 혹은 이름조차 확실하지 않은 어느 기생과 혼례를 치를 것이다.

그리고…… 하룻밤 만에 그 여자를 버릴 것이다.

그것이 정해진 길이었다.

승업은 달이 중천으로 올랐을 때에야 술병을 다 비우고 자리에서 일어났다. 시끄럽게 오가던 손님들도 진작 사라지고 옆을 얌전히 지켜 주던 멀대 제자도 밤이 늦어서 자러 가겠다 인사를 하고는 안방으로 들어가 버렸다.

밖으로 나오니 자는 줄 알았던 제자와 그의 마누라는 방문을 걸어 잠그고 열심히 작업을 하고 있었다. 검정 강아지가 방을 지키는 수문장처럼 꼬리를 발딱 세우고 댓돌 앞에 버티고 서 있다. 으그르르르, 우리 주인님들 방해하지 마시오, 으그르르르. 발딱 올라붙은 짤막한 꼬리는 그렇게 말하고 있었다. 에라이. 그는 조금 짓궂은 마음이 들어 마루에 돌멩이라도 던져 방해를 해 볼까 하다가 집어치우고 사립문을 열고 밖으로 나섰다.

"이놈들아, 뭐가 그리 좋으냐. 껵실아, 이 멍충아. 너는 사내놈한테 매인 것이 그리 좋으냐."

구름 위에 올라가 있는 두 사람 귀에 들릴 턱이 없다. 그는 눈을 찌그리고 히히 웃으면서 천천히 걸음을 옮겼다. 평양루에 가 보아야 했다.

"봐라, 항아님. 쟤들 좀 봐라. 얼마나 좋으냐. 사람이 사람 좋아하는 게 뭐 그리 복잡하냐. 그냥 좋아지는 대로 좋아하면 안 되냐? 너 사는 거 별거냐, 나 사는 거 별거냐, 항아야, 항아야. 야아아, 진희야, 내 예쁜 항아야아아."

그는 하늘을 올려다보고 큰 소리로 노래하기 시작했다. 그믐을 앞둔 달은 실처럼 가늘어져 몹시 신경질적으로 보였다. 오랜 가뭄 끝에 비가 오려는지 달무리가 부옇게 끼어 달은 눈물로 축축하게 젖은 여자의 눈 같기도 했다.

둥당덩, 둥당덩, 덩기둥당에 둥당덩. 날씨가 좋아서 빨래터 갔다가 모진 년 만나서 무르팍 까졌네, 아아, 독한 년 모진 년, 모진 년 만나서, 어쩌다…… 만나서. 오지게도 까졌지, 항아야 진희야, 모질기도 하구나, 독하기도 하구나. 덩기둥당에 둥당덩.

스승의 노랫소리가 아득하게 멀어진다. 이완은 여자를 안은 채 이를 꽉 물고 허벅지에 힘을 빡빡하게 주었다. 여자의 몸도 함께 경련한다. 정신이 아득하고 온몸은 펄펄 끓는데, 노래는 멀어지고, 슬픈 노래는 멀어지고, 스승이 남긴 노래 조각은 모기 날갯소리처럼 잉잉거렸다.

진희, 스승의 입에서 나온 진희라는 이름을 오랜만에 들어 본다. 역시 잊은 건 아니었구나. 다른 여자가 생겼다 해도 그렇게 쉽게 잊지는 못하는구나.

다른 시간에 있는 진희 씨는 그를 잊었을까? 금강석처럼 견고한 일상에 파묻혀, 저 황금의 눈을 가진 사내를 잊었을까? 민호 씨, 당신은 놓고 온 것들을 이제 잊었습니까? 이완은 여자를 안을 때마다 그것을 묻고 싶었다. 사랑은 자체로 충만하되 혼자 존립할 수 없는 불안정한 감정이고, 불안은 사랑만큼이나 질긴 감정이었다.

"……이완 씨. 이완 씨."

"하아, 하으, 예……."

"예전에 봤던 영화 중에……."

"하아, 예. 후우우. 흐으."

"가짜 광해군이 보름인지, 한 달인지 왕 노릇 한 영화가 있었어. 승정원일기의 그 날짜를 없애라고 했어. 터프 중년 아저씨가 신하로 나와서……. 정말 광해군 승정원일기에 뭉텅이로 빠진 데가 있어?"

이완은 대답하지 않고 여자의 몸속에 자신을 깊이 박은 후 이를 꽉 물고 몸을 흔들었다. 머릿속으로 희게 안개가 피어오르면서 아득해졌다. 여자도 잠시 숨을 멈추고 기다렸다.

몸의 열은 아주 천천히 식었다. 이완은 옆으로 미끄러져 내려와

숨이 잦아들기를 기다렸다. 몸이 서늘하게 축축해졌다 싶을 때 이완은 여자의 허리에 팔을 감아 끌어당겨 뺨에 입술을 댔다. 입술 끝에서 짠맛이 났다.

"민호 씨. 광해군 시대의 승정원일기는 화재로 소실돼서 애초부터 없어요."

"……애초부터 없어?"

"예. 뭐, 있어도 불가능하긴 하죠. 더더욱 제가 돌아가는 건."

이완은 여자의 긴 머리카락을 쓰다듬으며 천천히 말했다. 이 시간에서 벗어나지 못한다는 사실을 가장 끔찍하게 여겼으면서도 받아들일 수밖에 없었던 이유.

"일단, 승정원까지 가기 전에, 포도청에 제 추국 기록이 남아 있을 거고요, 왕에게 제 이름이 들어 있는 장계가 올라갔어요. 그리고 그때 좌포청에서 증좌물건이 없어졌기 때문에 이젠 창고나 기록 보관하는 곳에 입직을 철저하게 세웠을 거예요. 그들과 포청의 인원들을 따돌리려면 수십, 수백 명 정도 되는 교란세력이 있어야 하겠지요."

"……."

"승정원엔 두 명의 주서하고 가주서가 왕을 따라다니면서 모든 대화를 기록해요. 상소문, 장계 내용, 왕의 교지까지 전부 다요. 그때 주서들이 막 갈겨쓴 초안을 당후일기라고 하는데, 그것을 한 달 치씩 정리해서 만든 게 승정원일기인 거죠. 영화에서처럼 승정원일기 몇 부분만 없애 버린다고 될 문제는 아닌 거예요. 원본들이 다 남아 있거든요."

"……."

"승정원일기에 중간에 사라진 부분이 생기거나 화재로 소실이 돼도 초안인 당후일기만 있으면 복원할 수 있어요. 상소문, 장계와 왕의 교지, 그리고 당시 입직했던 이들의 기억을 총동원해서 개수, 복원을 하죠. 실록을 만들 때 참고하는 사관들의 초안인 사초는 어차피 폐기하니까 걱정하지 않아도 되지만, 당후일기는 폐기하지 않아요. 그리고 입직 주서가 갈겨쓴 것을 일일이 다 읽어서 원하는 부분을 찾아내는 일은, 외부인이 쉽게 할 수 있는 일이 아니에요."

이완은 쓸쓸하게 웃으며 덧붙였다.

"게다가 아침마다 승정원 산하 기별청이란 곳에서 발간하던 조보라는 아침 신문이 있어요. 그곳에 그 내용이 올라갔는지 확인을 해야 해요."

"조보? 승정원에서 신문을 냈다고?"

"예. 조보는 고위 벼슬아치들하고 각 지방 관아에 전부 다 보내게 되어 있어요. 거기에 저와 관련된 내용이 올라갔는지 확인하려면 기별서리들이 한문과 이두를 섞어서 속기로 날려 쓴 기별초라는 글자를 읽을 수 있어야 해요. 한글 속기록도 읽을 수 있는 사람이 거의 없는데 기별초를 어떻게 읽어요. 저도 당연히 못 읽고, 국사학과 교수님 수십 명을 모시고 들어가도 불가능할 거예요."

"아하……."

"게다가 승정원일기의 열람은 승정원 수장인 도승지도 몰래 할 수 없어요. 승정원에는 항상 입직자가 있어서 누가 들어오나 지키게 되어 있고, 누가 어떤 내용을 열람했는지 한 명도 빠지지 않게 기록하게 되어 있어요. 하물며 기록이 찢어지거나 누락되거나 하면, 담당자가 무거운 처벌을 받게 되어 있죠. 영화는 영화고, 현실은 그래요."

여자는 눈을 감고 한마디도 하지 않는다. 이완은 못 돌아갈 이유가 징그럽게 많았구나, 생각하며 다시 말을 이었다.

"무엇보다, 승정원은 외부건물도 아니고 창덕궁 안에 있는 궐내각사예요. 그것도 왕이 집무를 보는 선정전과 가장 가까이 있는 건물이죠. 어떻게 들어가죠? 어떻게 찾아내죠? 인조부터 고종까지 한 달에 한 권씩 몇 백 년 분량의 비서일지가 쌓여 있을 거고, 원본인 당후일기와 상소문, 왕의 전교문들도 줄줄 섞여 있을 거예요. 기별청에는 매일 나왔던 조보들이 산더미처럼 쟁여져 있겠죠. 생전 처음 들어가는 사람들이 무슨 재주로 원하는 기록을 찾을까요? 입직자는 어떻게 따돌리죠?"

이완은 다시 웃으며 여자의 머리카락을 쓰다듬고 가슴에 꽉 끌어안았다.

"생각하지 마세요."

"응……."

"그런 골치 아픈 이야기 말고, 제가 재미있는 이야기 해 줄게요."

여자는 그의 가슴에 머리를 가만히 가져다 댔다. 이완은 여자가 자신의 심장 소리를 좋아한다는 것을 알고 있었다. 그리고 가슴에서 웅웅웅 퍼져 나가는 자신의 목소리와, 그 목소리가 엮어 주는 아득히 오래된 이야기들도.

"……옛날 신라 아달라왕 시대에, 동해 바닷가에 연오랑이라고 하는 남자하고, 세오녀라는 아내가 함께 살고 있었어요……."

20
임오년 유월의 밤

닷 마지기의 모내기를 마친 이완은 결국 몸살로 앓아누웠다. 똑같이 모내기를 했으되, 민호는 근육통으로 쑤시는 팔다리를 꽉꽉 주무르는 것으로 하룻밤 만에 털고 일어났지만 이완은 사흘을 꼬박 앓았다.

"……두 집이랑 교대로 일을 하게 돼서 그나마 살았네. 좀 더 쉬어."

옆에서 민호가 달래듯이 어깨를 토닥거린다.

나머지 닷 마지기 모내기와 보리타작은 오릿골댁의 서방과 간난 아범이 번갈아 맡기로 했다. 두 사람은 옛 훈련도감 출신의 군인으로 이태원에 있는 무위영에서 별장과 포수로 입번하고 있었는데 사흘 번을 서고 사흘 쉬는 사이에 나와서 농사일을 할 거라 했다.

그들은 샘골댁에게 가서, 쉬러 나오는 동안 손이 발이 되도록 일을 하겠노라, 생일 처음 해 보는 사람 하나 데리고는 열 마지기 농사를 짓지는 못할 것이다, 고리로 보리 한 섬이라도 달라 통사정을 해서, 이완은 졸지에 원하지도 않는 교대근무(?)로 전환되었다. 새경도 두 섬이나 덜렁 깎이게 되었다.

자주 놀러 오던 두 집에서 이완의 일을 가로챈 것을 알게 된 민호는 화가 나서 때려잡으러 가네 마네 펄펄 뛰었고 다른 아낙들도 낯짝 한번 쇠가죽 같다며 야단야단을 했다. 하지만 두 집에서 올봄에 아이가 셋이 굶어 죽었다는 샘골댁의 말에 발을 멈출 수밖에 없었다.

"그 집 애 아빠들이 군료를 일 년 넘게 못 받았대. 쌀 한 톨도 집에 들어온 게 없어. 선혜청 당상 민겸호 그 날도적놈은 신식 왜별기 놈들한테는 다섯 곱이나 펑펑 퍼 주고, 그 많은 쌀을 모조리 빼돌려서 저들이 해 처먹고 있어. 그 귀하다는 우황, 사향, 산삼들이 창고에서 썩어 나간다지. 그 집에선 개돼지도 쌀밥에 장국이고 왜별기 놈들 가족은 철철이 새 옷에 삼 일에 한 번 고기를 구워 먹는데, 애 아빠들은 번을 서면서도 밥 한 끼를 제대로 못 먹고, 집에선 애들이 생으로 굶어 죽으니 사람이 독이 올라 안 올라."

하긴, 그러고 보면 어느 순간부터 간난어멈과 오릿골댁은 민호네 집에 놀러 올 때 반벌거숭이 아이들을 두셋씩 조롱조롱 달고 와 민호가 내 주는 간식을 얻어먹게 했다. 민호는 굶주린 아이들이 무섭게 먹어 대도 얼마나 배고프면 저러랴 싶어 크게 잔소리를 하지는 않았다.

하지만 다른 아낙들은 그 꼴을 영 좋지 않게 보아 지청구를 해 댔다. 경우도 없다, 이 집은 무슨 쌀이 남아돌아 남의 집 애들까지 퍼먹여야 하느냐. 두 여자 입에서 '애들이 먹는 걸로 야박하다' 하는 말이 나오기 무섭게 야박은 개뿔, 뻔뻔하다며 아낙들끼리 머리채를 잡고 싸움질을 하게 되자, 결국 민호도 내놓던 것을 거두어들일 수밖에 없었다.

민호는 눈썹을 찌푸리고 한숨을 쉬었다. 조금만 더 신경 써서 놓아줄걸. 같이 살던 형제들이 굶어 죽는 것을 그 어린 애들이 무슨 마음으로 바라보았을까. 샘골댁은 삼칠일이 갓 지난 젖먹이에게 젖을 물리며 말했다.

"그래도 자네 서방이 성실하고 꾀 안 부리는 거 보니 내년엔 제대로 일 좀 할 것 같더만. 올해만 잘 좀 버텨 봐."

이완은 이야기를 듣고도 무덤덤했다. 어쩌면 당연하다 생각했다. 낫이며 호미를 잡아 본 것도 처음, 쟁기를 만져 본 것도 처음, 무논에 맨발로 들어가 본 것도 처음이니 얼마나 어설퍼 보였을까.

그래도 제대로 된 것 하나 없는 집에, 먹을 것이라도 넉넉하게 쟁여 두고 싶었는데 일 년간 간신히 풀칠할 정도밖에 안 되겠다. 이완은 자리에 엎드린 채 끙끙 앓으며 내년에는 제대로 일 년 계약을 할 수 있을까, 아니면 정말 사역원에 통역 자리라도 알아볼까 망설였다.

하지만, 영어 중국어 일본어 두루두루 할 줄 아는 사람이 하나도 없는 현재 사역원에 가게 된다면 박이완 이름 석 자가 다시 기록에 남을 것은 자명했다. 승정원일기에 이름이 올라가 이곳에 묶이긴 했지만, 역사의 이곳저곳에 길이길이 이름을 남기고 싶지는 않았다.

두 집의 사내는 일을 마치고 술 한 병에 보리개떡 한 덩이씩을 들고 이완을 찾아왔다. 두 사람은 이완보다 나이가 다섯 살, 세 살 많았는데, 벌써 환갑 지난 노인들처럼 얼굴이 쭈글쭈글하고 신산스러웠다. 그들은 일을 뺏어서 미안하다며, 그저 목구멍이 웬수라, 그네들이 받을 거대한 녹봉을 계속 털어먹고 있는 민 씨 도적놈을 원망했다. 왜별기 놈들을 길에서 만나기만 하면 시비를 걸어 반 죽여 놓겠다는 둥, 선혜청 미곡 창고에 불이라도 놓고 싶다는 둥, 그들이 전해 주는 이태원 군영의 소식은 생각보다 훨씬 흉흉했다.

민호는 그들이 곡식이 들어오면 꼭 갚겠노라 가족 좀 살려 달라 비는 것을 차마 볼 수가 없어 겉보리 한 바가지씩을 잠자코 담아 주었다. 쌀독에서 드륵 바닥 긁히는 소리가 들렸다. 심장을 갈퀴로 긁어 내리는 기분이었다.

누구네 집은 창고에서 사향과 산삼이 썩어 간다는데, 왜 열심히 일하는 사람들의 집 쌀독에선 바닥 긁는 소리밖에 나지 않는지. 웅녀 호랑이 맞담배 피우던 시절부터 지금까지 살아온 많은 사람 중엔, 자신보다 열 배, 백 배는 똑똑한 사람들이 많았을 텐데, 그게 불공평한 것을 알면서도 왜 몇천 년 동안 그것을 고칠 수 없었는지 참 알 수 없는 일이라고 생각했다.

민호는 더워서 눈을 비비고 일어났다. 장마도 끝나고, 6월에 접어들면서부터는 본격 폭염이었다. 창문을 열어 두었는데도 환기가 되지 않아 한증막처럼 후끈후끈했다. 속적삼에 땀이 흥건해 쥐어짜면 물이 줄줄 흐를 지경이었다.

민호는 옆에서 죽은 듯이 누워 있는 사내를 더듬어 보았다. 웃옷을 벗고 이불도 없이 누운 사내의 몸도 땀으로 뒤발이었다. 아, 더워. 더워, 흐으. 그의 입에서 들릴락 말락 신음이 샌다. 그는 요새 새벽부터 저녁까지 뙤약볕 아래서 초벌김을 매느라 초주검 상태였다. 처음에 일을 할 때는 희고 깨끗한 피부 때문에 시커먼 논에서 눈에 확확 띄었는데, 이제는 어깨 등짝까지 시커메져서 눈에 잘 띄지도 않는다.

민호는 문을 활짝 열어젖혔다. 그제야 맞바람이 들어 공기가 조금 시원해졌다. 머리맡을 더듬어서 부채를 꺼내 살살 부쳐 주었다. 아아아. 눈을 꽉 감고 있는 사내의 입에서 다시 신음이 샜다. 민호는 빨아 말려 둔 베수건을 꺼내 그의 이마와 목덜미를 닦아 주었다. 으, 흐으, 그가 앓는 소리를 하며 부르르 진저리를 친다.

볼 때마다 속이 미어졌다. 여기서 이러고 있을 사람이 아닌데. 이래서는 안 될 사람인데. 유쾌한 척 아무렇지도 않은 척 살아가고 있지만 속은 아마 새까맣게 타서 잿더미가 돼 있을 것이다.

아무리 현실을 받아들이고 적응한다 발버둥을 쳐도, 한 번도 해 보지 않은 억센 일이 얼마나 힘들겠나. 매끈하고 옹이 하나 없던 손은 이제 상처투성이에 거칠게 터서 갈라지고 손바닥에는 단단하게 못이 박였다. 다리는 낫에 찔리고 베이고 거머리에 물려 흉터투성이고, 발바닥은 돌멩이에 찍히고 맨발로 걸어 다녀 찢어지고 터지고 야단이 났다. 어쩌다가 이 사람이. 손끝 발끝에 먼지 한 톨 묻히기 싫어하던 이 사람이 어쩌다가.

차라리 아프다고 힘들다고 울고불고하면 좋잖아.

그는 지금까지 단 한 번도 힘들다 말하지 않았다. 에이, 다른 사람도 다 하는 일인데. 좋아요. 민호 씨, 나는 지금이 좋아요. 민호 씨와 함께 있는 게 좋아. 힘들지 않아. 괜찮아. 이 정도쯤, 사내로 태어나서 마누라 하나 못 먹여 살릴까. 안 아파요. 응. 그는 아파서 얼굴을 잔뜩 찡그리고 앓으면서도 그렇게 말을 해 주었다. 그는 자신에게 항상 미안해했다.

이제는 그의 마음을 어렵잖게 읽을 수 있다. 고마워하는 마음, 미안해하는 마음, 놓아 보낼 수 없다는 마음, 그래도 간다고 하면 언제든지 보내 주겠다는 결심, 불안함, 평안함. 안에 든 것이 너무 복잡해서인지, 사내는 속을 드러내는 말을 극도로 아꼈다. 속을 드러내면 내가 마음 아파하리라는 것을 너무 잘 알고 있어서일지도 모른다. 민호는 조그맣게 중얼거렸다.

"더 자. 더워서 문 열었어. 더 자."

"민호 씨. 여보, 여보, 아아, 민호 씨, 가지 마."

그는 힘든 날일수록 잠꼬대가 심했다. 그가 눈을 꽉 감고 누운 채 민호의 손을 더듬더듬 움켜잡는다. 그 힘이 어찌나 무시무시한지 손이 바스라질 것 같다. 가지 마, 무서워, 가지 마. 제발 가지 마. 두 손으로 꽉 잡힌 손에 통증이 일지만 민호는 손을 빼지 않는다. 떠나온 그곳에서보다 훨씬 과묵해진 사내의 속마음을 들을 수 있는 유일한 시간이었다.

"미안해, 미안해, 미안해. 민호 씨, 미안해."

"……."

"가! 가고 싶으면 가 버리라고. 당신 있을 곳 여기 아니잖아. 나 때문에 얼마나 힘들어. 그럴 필요 없잖아. 가고 싶어 하는 거 다 알아."

더듬는 사내의 입술이 벌벌 떨리는 것이 보인다. 콧속이 찡 하니 아리다. 이 사람의 마음은 단일하지 않다. 하지만, 하지만.

"가지 마, 민호 씨, 내가, 내가…… 잘할게, 더 잘할게, 응?"

이제는 그가 나에게 잘하는 게 기쁘지 않고 아프다. 민호는 그의 잠꼬대를 향해 다시 조그맣게 중얼거렸다.

"이완 씨, 정말 불가능해? 승정원에 들어가서 이완 씨 이름 찾아서 없애는 거?"

그가 눈을 감은 채 고개를 저으며 웃다가 무엇에 놀란 듯, 후드득 눈을 뜬다. 눈을 깜박깜박하더니 민호가 일어나 자신을 보고 있다는 것을 알아차리고 깜짝 놀라 자리에서 일어난다.

"민호 씨! 왜!"

"……."

"왜! 왜 울어요! 민호 씨!"

땀으로 흠뻑 젖은 팔이 와락 끌어안는다. 이제 단단하게 못이 박이고 거칠어진 손이 머리와 뺨을 급하게 어루만진다. 이완이 조금 겁먹은 목소리로 물었다.

"왜 그래, 응? 민호 씨? 제가…… 혹시 무슨 잠꼬대 했어요?"

민호는 잠꼬대에서 들은 이야기들에 대해서는 말하지 않았다. 단일하지 않은 마음, 나에게 들킬까 봐 입 밖으로는 한마디도 낼 수 없는 여러 개의 뒤엉킨 마음, 하지만 그 모든 것은 어차피 하나의 단어였고, 하나의 의미였다. 민호는 고개를 끄덕이고 훌쩍이며 대답했다.

"……나도 사랑해. 나도, 나도 정말 사랑해."

"아, 이런. 내가 그런 말을 했어요?"

민호는 길게 안도의 숨을 쉬며 간신히 웃어 보이는 사내의 등을 퍽 퍽 두드렸다. 어떻게 해. 대체 어떻게 하면 좋을까. 나는 이 사람을 돌려보내기 위해서라면 목숨이 두 개든 열 개든 모조리 내놓을 것이다. 하지만 방법이 없었다. 내가 조금만 더 아는 것이 많았더라면, 이 사람이 아는 것의 절반만큼이라도 이 시대에 일어났던 일을 알고 있었다면 분명 무슨 방법을 찾아냈을 텐데. 이렇게 넋 놓고 앉아 좌절하고 있진 않을 텐데.

이완은 영문도 모른 채, 울고 있는 여자를 끌어안고 한참 등을 두드렸다. 밤바람이 들어오는데도 숨이 막힐 것처럼 더웠다. 창밖으로는 눈썹 같은 초승달이 싸느란 눈매로 두 사람을 내려다보고 있었다. 임오년 6월의 밤은 무겁고, 습하고, 숨이 막혔다.

❀　　　❀　　　❀

"민호 씨, 안 도와줘도 돼요. 집에서 좀 쉬라고! 오늘부터는 밥도 제가 집에 들러서 먹고 갈 테니까 집 밖으로 나오지 마세요."

일을 하러 나가는 이완은 몇 번이나 뒤를 돌아보며 신신당부했다. 민호는 코를 찡긋찡긋하며 어깨만 으쓱했다. 독에 물이 한 바가지도 없고 잿물에 담가 삶아 둔 빨랫감도 얼른 해치우지 않으면 썩어 버릴 텐데 집에서 뭘 어쩌라고. 하루 종일 일하다 온 사람이 다시 물지게 들고 나가는 꼴을 보라고?

민호는 이완이 나가자마자 물통이 달린 물지게를 지고 우물가로 뛰어갔다. 오늘따라 우물가 분위기가 좋다.

"아이고 간난이네도 이제 한숨 돌리겠네. 그동안 고생 많았지."

"그러게, 오늘은 받을 수 있을 거여. 전라도에서 세미선이 올라와서 광흥창에다가 쌀을 풀었다는구만. 오늘 선혜청으로 날라 올 거라 했으니 받으러 가면 될 거야."

"세상에 별기군 놈들 그 죽일 놈들한테 다섯 곱씩 주는 건 한 번도 안 빼먹고 꼬박꼬박 챙겨 주면서. 쪽발이 왜놈들한테 배우고 있으니 자랑스럽기도 하겠네. 흥."

"다섯 배는 바라지도 않아. 제때 나오기나 하면! 밀린 것까지도 안 바라, 앞으로 꼬박꼬박 나오기만 하면 소원이 없겠어. 오죽하면 비번일 때 나와서 손발이 나가도록 머슴 일까지 하겠어? 이제 살겠어."

그동안 힘겨운 보릿고개를 두 번이나 넘기고 남에게 미운 소리 들으면서도 악착같이 버티던 간난어멈과 오릿골댁은 거의 울먹울먹하고 있었다.

오늘 드디어 밀린 녹봉 중에서 일부를 받으러 가게 되었다고 한다. 자그마치 열 달하고도 석 달을 더 밀린 군료였다. 한 달에 한 섬도 되지 않는 알량한 양이었지만, 적어도 제대로 들어오기만 하면 숨통이 트인다.

민호는 빌려준 보리를 받을 수 있느냐 했고, 두 여자는 그간 잘 빌려 먹었으니 갚아야지, 쌀 팔아 보리로 바꾸어 줄 테니 도봉소에 갈 때 따라가서 시전에서 찬거리나 사 가자 하며 웃는다. 민호는 시전에 나간 김에 닭집에 들러 저녁때 이완에게 삼계탕이나 뜨끈하게 해 주어야겠다, 혼자 흐뭇해하며 고개를 끄덕였다.

점심때가 되어 집에 들른 이완은 고개를 갸웃했다. 작은 소반에 차려진 점심이 무명천으로 덮여 있긴 한데, 집에는 아무도 없었다.

항상 꼬리를 치며 달려오던 개도 보이지 않고, 오후면 종종 평상을 차지하고 여자와 수다를 떨고 있던 동네 아낙들도 보이지 않았다.

이렇게 더운데 어딜 간 걸까?

툇마루에 걸터앉아 점심을 먹으면서도 속이 쿡쿡 찔리는 것처럼 불안했다. 이 수상한 시국에 겁도 없이 어딜 나돌아 다니는 거야?

……민호 씨에게 조만간 일어날 일에 대해서 알려 주어야 하려나?

뙤약볕이 쬐는 오후 내내, 땀을 폭포처럼 쏟으며 풀을 뽑고 있는데 누군가 크게 고함을 지르는 소리가 들린다. 캉캉, 개 짖는 소리가 가까워진다. 치마를 바짝 묶고 뛰어온 여자는 땀으로 함씬 젖어 있다.

"이완 씨! 이완 씨! 지금 야단났어! 간난이네 집 강 씨 아저씨하고 아줌마들하고 쌀 받으러 선혜청 창고에 갔는데, 그때 우리 항아리 발로 차서 깨뜨렸던 그 나쁜 놈 있잖아. 그놈이 거기 창고지기로 있었어! 그런데 그놈이 간난이 아버지랑 다른 사람에게 썩은 모래 쌀을 퍼 줬는데!"

"예?"

"군인들하고 싸움이 붙어서, 군인들이 그 사람 때려죽였어!"

❀   ❀   ❀

포수들이 받는 쌀은 고작 아홉 말이었다. 그래도 보리로 바꾸면 서너 배로 불릴 수 있으니 이제 가을까지 굶어 죽을 일은 없겠다. 간난아버지 명준은 일찌감치 녹표를 챙겨 들고 선혜청 미곡 창고 앞에서 줄을 섰다. 뒤로 줄지어 서 있는 옛 훈련도감 동료들도 그간 어떻게 살아왔는지 얼굴이 시커멓고 궁기가 가득했다.

앞에서 먼저 받는 사람이 무어라 무어라 고직과 다투고 있었다.

저 고약한 인상의 창고지기가 누군지는 모르는 사람이 없었다. 종놈 주제에 주인을 잘 만나서 정6품 관리에게까지 반말지거리를 해 대는 개만도 못한 놈, 큰 도적놈이라 불리는 선혜청 당상 민겸호의 하인 놈이었다. 선혜청의 고직이라면 나라의 큰 세금을 관리하는 자인데, 중전의 친척의 하인이라 하여 이런 중책을 서슴없이 맡겨 멋대로 떼 어먹게 하다니. 분통이 터질 일이었다.

앞서 쌀을 받고 나오는 자들의 얼굴이 흙빛이다. 짚으로 짠 가마 니가 홀쭉한 것이 보인다. 그들은 원통해서 뜰 앞에 주저앉아 땅을 친다. 일 년 넘게 안 주더니 어떻게 한 달 치 주는 것마저 반으로 빼 처먹는가, 네놈들도 사람이라면 이럴 수는 없지 않나.

녹표를 내준 명준은 노비 출신 고지기가 자신을 아래위로 훑어보 는 것도 꾹 참고, 함부로 하슈, 하잖우, 하며 깔겨 부르는 것도 꾹 참 았다. 천것한테 반말 따위 하루 종일 들어도 좋으니 그저 쌀만 제대 로 받으면 되었다. 하지만 자신에게 돌아온 것도 중간이 푹 쭈그러진 가마니였다. 그는 부들부들 떨며 고직을 노려보았다.

"저울이 잘못되지 않았소? 아홉 말이 이리 가벼울 수가 있나! 들어 보시오! 한 팔로도 들린다고! 네 말이나 되겠소?"

"시끄러워! 거 사람 많고 날도 더운데 입 좀 안 닥치우? 올라온 게 이것뿐인데 나한테 어쩌라고? 안 가져갈 거면 도로 내!"

옆에 있는 다른 동료가 박달나무 몽둥이를 들고 휘두를 것처럼 으 르렁거린다. 하늘이 시커멓게 변하는 것 같다. 굶어서 얼굴이 누렇게 뜨고 배가 툭 튀어나온 아이들이 떠올랐다. 하루 종일 밥만 찾는 늙 은 어머니는 어쩔까. 그는 지게를 쓸 것도 없이 한 손으로 가마니 끝 을 잡고 비틀비틀 걸어 나와 바닥에 팽개쳤다.

"에이, 더러운 새끼들! 어디 또 빼먹을 게 없어서, 일 년 만에 받는 쌀에서 반을 축내. 죽일 것들!"

"에그머니 간난아버지, 왜 이건 던지고 그래!"

뛰어오던 마누라가 갑자기 걸음을 멈췄다. 가마니의 한 귀퉁이가 툭 터지면서 쌀이 흘러나왔다. 그런데 색깔이 시커멓다.

"응? 이거 쌀이 왜 이 모양이야?"

길게 줄을 지어 서 있던 이들이 와르르 주변으로 몰려들었다. 민호도 오릿골댁도 눈을 둥그렇게 뜨고 다가갔다. 명준은 설마, 하면서도 섬을 묶은 끈을 거칠게 풀어 헤쳤다.

"이게 뭐야!"

여는 순간 퀴퀴한 냄새가 확 올라왔다. 명준은 더듬더듬 안에 든 것을 손으로 퍼 올렸다. 주변에서 숨을 헉, 몰아쉬는 소리가 들렸다. 시커멓게 썩은 쌀에, 그것도 모자라 모래가 손에 가득했다.

그는 이를 악물고 가마니 안의 쌀을 흙바닥에 쏟았다. 바닥에 쌓인 것은 사람이 먹을 수 있는 쌀이 아니라 개돼지도 먹지 못할 만큼 썩어 버린 것이고, 그중 절반은 쌀겨와 모래였다. 그는 미친 듯이 쌀을 파헤쳤다.

분명, 전라도의 세미선이 광흥강창에 부린 것을 바로 옮겨 온 것이다. 지방 수령들이 아무리 간이 배 밖으로 나왔어도 이따위 쌀을 세미로 올릴 수는 없다. 결론은 뻔하다. 저기 쌀을 나눠 주는 고지기 놈, 하인 주제에 철철이 비단옷에 쌀밥에 고기를 하루 다섯 끼씩 처먹는다는 저놈들, 그리고 저들 위에 있는 큰 도적놈 선혜청 당상 민겸호란 개새끼의 농간이다.

명준이 쏟은 쌀을 본 군인들이 가마니를 뜯어 바닥에 쌀을 쏟아 본다. 여기저기서 큰 소리로 욕설이 터지기 시작했다.

"야! 이 자식들아! 네놈들이 사람이냐! 이걸 사람이 어찌 먹으란 말이야!"

"입 닥치지 못해! 지금 어디서 큰소리야? 병판 대감 앞에 끌려가서 치도곤으로 횡사를 하고 싶으냐!"

분위기가 흉흉해지자 녹표에 수결을 하고 장부에 적어 넣던 하인 놈이 붓을 팽개치고 나와 몽둥이를 휘둘렀다. 명준은 바닥에 앉은 채 썩은 모래쌀을 하인에게 집어 던졌다.

"봐! 봐! 네놈이 사람이면 봐라! 네놈 자식이 이런 걸로 밥을 해서 한번 처먹어 봐!"

"이 쥐뿔도 없는 새끼가 어디서 감히!"

퍽! 명준이 나동그라졌다. 하인 놈이 몽둥이로 등짝을 후려친 것이다. 에구머니! 간난아버지, 아이고! 왜 사람을 치고 그래요! 따라왔던 여자의 째지는 고함이 터진다. 하지만 여자도 이내 몽둥이를 맞고 바닥에 굴렀다. 눈에 핏발이 선 사내가 벌떡 일어나 하인 놈의 뺨에 주먹을 올려붙였다. 주변의 군인들이 왁 하니 몰려들었다.

"누가 죽을지 해 보자! 천한 하인 놈이 감히 양인을 쳐?"

"개 같은 놈, 이따위로 우리 쌀을 빼돌려서 넌 비단 바지저고리에 수놓은 갓신이냐!"

"너도 일 년이 넘도록 쌀 한 톨 못 받고 애새끼 마누라하고 굶어 봐라, 눈에 보이는 게 있는지!"

"복도 우라지게 없지, 어째 대대로 선혜청 당상이라는 놈들은 도적놈들뿐이냐? 김보현 대감도 그렇게 싹싹 발라 갈취를 해 가더니 이제는 더 큰 민가 도적놈이 새끼 도적까지 달고 와서 골수까지 빨아 가는구나! 이대로라면 나라님 골수까지 긁어서 파먹겠구나."

울력성당으로 멱살을 잡힌 하인이 머리악을 쓰며 발버둥을 쳤다.

"이놈들아, 놔, 놔라! 네, 네놈들이, 병판대감이 무섭지도 않아! 여기 있는 놈들은 싸그리 잡아다가 형살을 시킬 것이다!"

"오오냐, 굶어 죽으나 맞아 죽으나. 그럼 너부터 맞아 뒈져 봐라!"

그 말이 도화선이 되어, 모여 있던 군인들이 그에게 주먹질을 해 대기 시작했다. 이리저리 흘끔대던 이들도 쌀을 풀어서 확인하고는 격분하여 한꺼번에 휩쓸렸다. 이들은 눈에 핏발을 세우고 괜찮은 쌀이 있기는 한지 창고로 뛰어들었다. 하지만 나눠 주기 위해 쌓아 둔 쌀들의 상태는 모조리 그 모양이었다.

무위영의 영관이란 자가 소란을 듣고 급하게 달려왔다. 하지만 그는 그 지경이 된 쌀의 상태를 보고도 이게 무슨 짓이냐 당장 그만두라 호통을 쳤다. 이미 분위기는 험악할 대로 험악해져 뒤에 줄줄 서 있던 군인들도 모조리 합세했다.

함께 있던 간난아범의 옛 동료 포수들 몇몇이 자신의 상관에게도 주먹을 휘두르고 돌을 던지기 시작했다. 도봉소는 순식간에 투석전과 주먹질로 크게 아수라장이 되고 말았다. 민호는 펑펑 울고 있는 간난어머니와 오릿골댁의 등을 잡아끌고 수라장을 헤치고 빠져나와 집까지 정신없이 뛰었다. 이곳에 더 있다간 필히 봉변을 당할 거라는 예감이 들었다.

오만방자하던 하인은 그 자리에서 머리가 깨져 죽었다. 함께 일을 하던 민겸호 집안의 다른 하인 몇몇과 서리, 그리고 무위영의 영관은 그 자리에 피투성이가 되어 쓰러졌다. 뒤늦게 포졸들이 달려오자 그들은 쓰러진 이들과 받은 쌀을 모조리 팽개치고 뿔뿔이 도망쳤다.

선혜청 마당에는 군인들이 쏟아 놓은 썩은 모래 쌀이 여기저기 허여스름한 무더기를 이루었고, 그새 썩은 내에 꼬인 벌레들이 잉잉 몰려들었다. 그 위로 유월 삼복 폭염이 사납게 내리꽂혔다.

자신의 하인이 피투성이 시체로 집으로 실려 온 것을 본 병판 민겸호는 격분해 주동한 놈들을 체포하라 명령했고, 그날 밤 간난아버지 명준과 함께 하인들을 때렸던 동료 김춘영, 유복만 사수들이 줄줄이 포도청으로 압송됐다.

쌀이 오는 줄 알고 허기진 배를 움켜잡고 기다리던 아이들은 눈앞에서 아비가 잡혀가는데도 기운이 없어 제대로 울지 못했다. 늙어 정신이 오락가락하는 어미와 머리가 산발이 된 아내만 마을 어귀까지 따라 나와 땅을 치며 울었다.

민호에게 이야기를 들은 이완은 방에 들어앉아 한참 생각에 잠겼다. 걱정했던 일이 지척에서, 가까운 사람들이 엮인 형태로 터지고 말았다. 한 나라의 운명을 결정하는 데 쐐기를 박았던 사건의 시작은 그렇게 작고 우발적이었다. 마치 운명의 장난인 것처럼.

다만, 쇠망으로 치닫게 만드는 모든 일의 시작이 그러하듯, 그곳에는 사소하고 안일한 탐욕이 존재했고, 여러 겹으로 중첩된 무책임이 꼬리처럼 따라붙었다. 인간의 본성 안에는 모든 것을 쇠망으로 치닫게 하는 유전자가 숨어 있는 걸까, 이완은 종종 생각했다. '운명의 장난'이라는 말은 저도 모르게 파국으로 치닫는 인간의 본질을 인정하고 싶지 않은 순진한 이들이 만들어 낸 말 같기도 했다. 이완은 자세하게 설명하는 대신 무겁게 입을 열었다.

"민호 씨, 잘 들어요. 앞으로 며칠간 절대, 절대 집 밖으로 나가지 마세요. 이곳은 선혜청하고 가까운 곳이라 정말 위험해요."

"왜? 무슨 일인데?"

"임오군란이 시작됐어요."

❀   ❀   ❀

병조판서이자 선혜청 당상인 민겸호는 기분이 썩 좋지 않았다. 영의정 홍순목이란 놈이 자신에 대해 왕에게 은근히 돌려 까며 씹어 댄 탓이다.

진작에 찬밥신세가 된 대원위 대감의 딸랑이 꼴통 주제에 냉큼 알아서 꼬리를 사릴 생각은 안 하고 영의정 자리까지 기어 올라가 신경을 긁어 댄다. 작황이 어찌 될지 몰라 한양의 민정이 걱정된다는 둥, 선혜청에 쌀이 없어서 감당이 안 될 거라는 둥, 아주 얄미워 죽을 지경이었다. 옥음이 무겁게 떨어진다.

"선혜청에 쌀이 없다?"

홍순목은 내친김에 13개월 동안 녹봉을 받지 못한 군인들이 선혜청에서 썩은 쌀을 받고 폭동을 일으킨 일을 얄밉게 일러바쳤다. 듣고 있던 왕이 눈썹을 확 찌푸렸다.

"군졸들이 감히 그런 짓을 하다니, 군율이 대체 어찌 잡혀 있는지 모르겠군. 그런데 13개월 동안 늠료를 주지 않았다니, 그건 또 무슨 소리요? 게다가 섬을 완전히 채우지 않은 것은 또 무엇 때문이오?"

"전하, 각 지역에서 모은 세곡과 세포를 도봉소에 떼어 보내면 중간에 축이 나지 않을 수는 없다고 합니다. 물론 아무리 그렇더라도 그들이 저지른 짓은 기율과 관계되는 큰일이기에 엄중히 조사해서 처벌하라고는 하였습니다."

"흠."

"하지만 군사들로서는 억울해서 벌인 일일 겁니다. 똑같이 복무하는데 신식 별기부대는 다섯 배나 되는 양을 꼬박꼬박 받고, 훈련도감 출신의 군사들은 섬이 제대로 차지도 않은 쌀을 일 년 만에 받았으니, 어찌 소외당한다는 탄식이 없을 수 있겠습니까. 지금까지 전하께서 밖으로 행차를 하실 때마다 군사들에게 음식을 베푸는 대신 돈으로 주라 명하셨지만 사실 해영(該營)에서는 돈이 부족하다는 이유로 나누어 주지 못했습니다. 그들에게 주는 양식은 쌀 아홉 말뿐인데 이마저도 한 해가 지나도록 주지 않았으니, 자기 음식을 먹고 자기 옷을 입고서 복무하면서도 감히 명을 어기지 않는 것을 보면 아직도 기율이 있다 하겠습니다."

"그렇군, 그들이 그 상황에서 감히 명을 어기지 않는 것은 또한 가상한 일이오."

왕은 민겸호가 있는 쪽으로 시선을 힐끗 돌리고는 싸늘하게 말했다.

"한양으로 오는 세곡 관리를 대체 얼마나 해이하게 했기에 선혜청이 바닥을 보이는 게요? 조금이라도 두려워하는 마음이 있으면 이런 일이 일어나지도 않았을 것, 말한 대로 정해진 기한을 엄하게 지키게 하되, 혹여라도 어기는 일이 있으면 관찰사부터 엄하게 치죄하고, 해당 고을의 수령도 잡아 처벌하도록 하시오!"

영상이 고개를 수그리고 복명한다. 왕은 노한 기색을 완연히 드러내며 덧붙였다.

"대체 일을 맡은 자들이 무슨 짓을 하기에 이 모양이야."

대상이 누구라 말은 없지만 당연히 군 관료들을 통솔하는 병조판서이자 선혜청 당상인 민겸호를 지목해 이르는 말이라는 걸 모르는 이는 없었다. 다만, 중전과 가장 가까운 척족이고 조정의 실권자이기에 대놓고 질책하지 않았을 뿐이었다.

민겸호는 이를 바득 갈았다. 그러잖아도 어제 시체로 돌아온 하인 놈 때문에 기분이 바닥을 치던 참이었다. 그 구닥다리 군인 놈들은 대원위 대감이라면 꺼벅 죽었고, 대원군의 딸랑이인 저 홍순목이란 놈은 기회는 이때다 하고 자신의 얼굴에 먹칠을 하는 것이었다.

내 이번 일만 제대로 처리하면 호된 맛을 보여 주지. 어제 잡힌 놈들부터 시범조로 단매에 때려죽이고 네놈도 개망신을 주어서 다시는 대궐 문을 밟지 못하게 해 주지.

그는 초헌을 대령케 해서 비틀비틀 위에 올라탔다. 갈수록 비둔해지는 몸이라 초헌의 높고 작은 의자에 앉는 것도 거북했다. 그는 이번 일이 끝나면 큼직한 사인교를 하나 새로 맞추어 편히 타고 다니리라 결심했다. 후여, 물럿거라, 병판대감 납신다. 물럿거라. 좌우로 사람 물리는 소리가 크게 울려 퍼졌다.

잡혀간 사람들이 포도청에서 혹독한 고문을 당하고 있다는 소식과, 민겸호 대감이 그들을 처형시킬 것 같다는 소문이 전해지면서 청파동 간난이네 집은 초상집이 되어 버렸다. 민호는 그 집의 아이들을 데려와 평상에 앉혀 놓고 밥을 먹이고 콧물을 닦아 주었다. 아이들은 울면서도 국에 말은 밥을 허발하고 퍼먹었다.

간난아버지와 함께 잡혀간 동료 중 한 명의 동생 유춘만이라 하는 자가 그들을 살리기 위해 통문을 작성해서 무위대장 이경하의 집으로 찾아갈 때, 잡혀간 사내들의 아내들이 줄줄 머리를 산발하고 울며 따라갔다. 사건을 크게 키우지 않고 해결할 수 있었던 마지막 기회였다.

하지만 그들의 상관인 무위영의 대장 이경하는, 군료는 내 소관이 아니다, 내가 편지 한 장을 써 줄 터이니 선혜청 당상 민겸호 대감께 직접 찾아가 전해 드리고 해결하라 발뺌을 해 버리고 말았다.

❀   ❀   ❀

"야야야야이! 이 개똥 같은 놈아, 이 멀대 깔끔쟁이야, 스승님이 왔는데 냉큼 나와서 인사 안 하고!"

장 화원은 민영환 영감과 지난번에 보았던 다른 제자들 몇몇을 꼬리로 달고 대낮부터 들이닥쳤다. 여기 내 제자 놈 마누라가 술을 그렇게 잘 만들어! 응! 향이 말고 이렇게 잘 내린 술은 또 처음이야! 하면서 자랑을 곁들인다. 그러더니, 그동안 그려 놓은 그림들을 모조리 가져오너라, 중식이 놈이 배첩장 끌고 온 김에 표구까지 해 주겠다 큰소리를 빵빵 친다.

배첩장은 삭힌 풀이 든 단지와 비단, 칼과 가위 따위를 평상에 줄줄 펼쳐 놓은 채 그림을 넋 놓고 바라보았고, 세 사람은 배접과 표구 작업이 되는 것을 곁눈으로 구경하며 입으로는 술과 산채 안주를 먹었다. 장 화원은 여전히 명랑했지만 영환의 이마에는 조금 수심이 있었다. 이완은 잠시 망설이다가 영환에게 조심스럽게 말을 붙였다.

"춘부장께서 요 며칠 어려운 일에 휘말리셔서 걱정이 크시겠습니다. 고직을 하던 하인이 몹쓸 일을 당했다면서요."

"나도 걱정일세. 이번에 죽은 자가 탐욕이 승했던 건 사실이고, 아버님의 위세를 믿고 호가호위하던 것이 나도 심히 마음에 들지 않았는데 일이 이렇게 되어 버렸지. 그를 아나?"

"아, 아닙니다. 시전에서 대감께서 지나가실 때 한 번 본 적이 있었습니다."

"도승지 영감 나리, 제가 그렇게 죽은 사람한테 나쁜 소릴 하고 싶진 않지만, 그간 그 고지기 놈들이 욕을 무던히도 먹었더랍니다. 애들이 사 온 항아리를 두 개 깨 먹고도 사과도 안 하고, 먹으려고 산 것에 막 발길질도 하구요, 물어내라 하니 대감님 댁에 끌고 가서 때려죽이겠다고 했다더구만요. 제가 평양루에서 귀를 쫑긋하고 들어 보니깐, 그날 군인들도 괜히 욱한 것은 아니었다 하고요."

옆에서 술을 마시던 천진난만한 사내가 불쑥 끼어들더니 여기저기서 주워들은 이야기를 조조이 늘어놓았다. 영환은 눈썹을 찌푸리며 씁쓸하게 고개를 끄덕였다.

"그런 일도 있었군. 버릇이 고약한 건 알고 있었지만 아버님께서 부리시던 자라 내가 앞서서 나무라지는 못했어. 진작 알아서 미리미리 징계했으면 그렇게 죽을 일은 없었을 터인데. 내 이번 소요가 진정되는 대로 앞으론 그런 일이 없도록 하인들을 잡도리해 두겠네."

"지금 그들은 터지기 일보 직전의 화약과도 같아 쉽게 진정될 것 같진 않습니다만, 만약 지금이라도 포청에 잡혀 있는 이들을 방면하고 군료를 제대로 지급하면 소요가 가라앉지 않을까 싶습니다.

이완은 만약, 이라는 낱말을 써 놓고 속으로 웃고 말았다. 그리되지 않으리라는 것을 알면서 내놓는 가정법은 달콤하면서도 참으로 우스웠다. 술을 들고 있던 젊은 사내의 눈이 가늘어진다. 그는 잔을 소반 위에 소리 나게 내려놓고 쏘아붙였다.

"이 고을에서 주동자가 하나 있었다지. 그자들이 자네에게 그런 부탁이라도 하던가?"

"아닙니다."

이완은 쓰게 웃었다. 역시 괜히 나서서 좋은 소릴 들은 적이 없다.

"장 화원에게 자네가 천출은 아니라고 들었어. 하지만 남의 집에서 머슴 사는 농투성이 입에서 나올 말은 아닌 것 같군."

"아이고, 저놈 허여둥둥한 배때기 등때기를 보십쇼, 농투성이 아닙니다! 저놈이 지금은 쩔쩔매면서 김이나 매고 있지만 말이지요, 은근히 재주꾼이랍니다. 그림 실력은 영 메주지만 문자깨나 씨불일 줄도 알고, 청국의 말도 할 줄 알고, 왜놈들의 말도 하고, 심지어 생전 들어 보지 못한 미리국의 말도 할 줄 안답니다!"

"미리국? 어디서 배웠지?"

젊은 사내는 눈썹을 찌푸리며 가까이 다가앉았다. 이완은 당황해서 조금 물러앉았다.

"왜국에서 배울 기회가 있었습니다. 그다지 잘하지는 못합니다. 그보다 외람되게 아는 척 나서서 송구합니다. 걱정이 되어 그랬을 뿐, 별다른 생각은 없습니다."

재미있군. 그는 술을 다시 한 잔 마시더니 팔짱을 끼고 말했다.

"승동 호판대감의 별배 놈이 오늘 아침 우리 집 채꾼들하고 시비가 붙었는데, 재미있는 이야기를 하더군. 그때 시전에서 네 집 하인 놈이 심통 부리고 옹기를 깨 먹고 간 그 키 큰 백성이 사실은 문자 척 척 쓰던 선비였던 건 아니냐고. 그따위로 살면 주인이고 하인이고 다 천벌을 받을 거라고 하던데 정말 그놈이 죽은 걸 보니 오지게 천벌을 받은 모양이라 비웃더군. ……그게 자네였나?"

아아, 제기랄. 식은땀이 등으로 죽 미끄러진다. 여기나 저기나 귀 들은 많고, 전하는 입도 많고, 남의 죽음까지 비웃는 자들도 많구나. 이걸 도무지 어떻게 해야 할지. 이완은 한숨을 쉬고 침착하게 발을 뺐다.

"저 같은 게 어떻게 감히 그런 말을 하겠습니까. 백성에게 외면당 해 쫓겨난 걸왕의 이야기와 민심은 천심이라는 말을 했을 뿐인데 와 전이 되었던 것 같습니다."

팔짱을 낀 팔은 풀리지 않지만 그는 더 이상 추궁하진 않았다. 모 인 사람들은 그림을 보고 술을 마시며 밤늦게까지 시간을 보냈다.

이완은 그들을 밖의 평상에 둔 채 방으로 들어왔다. 민호가 새까 만 눈으로 그를 응시한다.

"지금 저 아저씨한테 할 말이 있었던 거 아냐?"

"말 안 해도 돼요. 어차피 일어날 일은 내가 무슨 짓을 하든 일어 나게 되어 있어요. 죽을 사람은 어차피 죽고, 살 사람은 어차피 살 죠."

"이완 씨. 나는 그렇게 생각 안 해."

"……?"

"내가 아무 말도 하지 않아서 그 일이 일어난 거고, 또 내가 무슨 짓을 해서 그 피할 수 없는 일이 일어난 거라고."

"민호 씨."

"내가 싸움을 말리지 않아서 누군가 다치고 죽은 거고, 내가 누군가를 챙겨서 바로 죽을 사람이 살거나, 하루 지나서 죽는 거라고. 내가 만든 거고, 우리가 만든 거야. 그냥 이 상황에서, 내가 해야 한다고 생각하는 일을 하면 안 돼?"

"……."

"무슨 일이 일어나는지 알려 줘."

그들이 그림의 배접과 표구까지 마치고 일어난 것은 인정이 다 되어서였다. 당상관 정도가 되면 순라군에게 걸린다 해도 잡혀가 옥에 갇히거나 볼기를 맞을 일은 없지만, 시비 걸리는 자체가 여러모로 귀찮은 일이라 영환은 바로 자리를 털고 일어섰다. 그때 표구작업을 말없이 돕고 있던 이완이 나섰다.

"많이 취하셨습니다. 누추하지만 주무시고 가시지요. 아니면 장화원이 머무는 평양루라도 함께 가시는 건……."

모여 있는 다른 이들은 기가 막혀 헛웃음을 웃었다. 천하의 도승지 영감이 무엇하러 무너질 것 같은 초가집이나 안 좋은 소문나기에 십상인 기생집에 간단 말인가? 술에 좀 취했기로, 걸어가는 것도 아니고, 가마를 타고 눈 감고 있으면 가마꾼들이 고대광실 고래 등 같은 집에 데려다줄 텐데. 영환은 픽 웃으며 가마에 올랐다.

"아닐세, 아버님이 심란해하시니 잠깐 얼굴이라도 뵙고 집에 들어갈 생각일세."

영환의 집은 아비 민겸호가 사는 거대한 박동궁의 맞은편에 자리 잡고 있었다. 이야기를 들은 주인 사내의 이맛살이 미미하게 움직였다.

"적잖이 취하셨습니다. 기방이 내키지 않으시면 작은댁에라도 들러 조금 쉬시고 병판대감은 조금 나중에 찾아뵙는 게 어떠실지요."

영환은 어이가 없어 키가 큰 사내를 바라보았다. 물론 아버지에게 꼭 가 보아야 하는 것도 아니고 작은부인에게 가 볼 수도 있는 것이지만, 그것은 누가 이래라저래라 할 문제가 아니었다. 그는 버릇없고 무례하다 호되게 꾸짖으려다 일단 의아하기도 했고, 장 화원이 히히대며 그에게 손을 흔드는 것을 보고 잠시 참기로 했다.

그는 일단 작은집으로 가마를 돌렸다. 그의 말에 굳이 따른다기보다 그제 어제 본가의 시끄러운 문제로 시달려서 오늘 하룻밤 정도는 편하게 쉬고 싶었다.

하지만 아무리 생각해도 무언가 이상하다. 취기가 점점 걷히는 기분이 든다.

대문 앞에 도착한 그는 집에 들어가지 않고 한참 동안 머뭇거렸다. 술기운에서 벗어날수록 박이라는 자가 한 말이 더욱 이상했다.

그 사람이 대체 왜 그런 말을 했을까? 왜?

갇혀 있는 군인들을 풀어 주라고 했던가? 그리고 녹봉을 제대로 주라고? 혹시 군졸들에게 무슨 말을 들었던 걸까? 백성에게 쫓겨나 죽은 걸왕, 군인들에게 맞아 시체로 돌아온 고지기.

……혹시?

영환의 등으로 차가운 물이 쭉 쏟아지는 것 같았다. 그는 황급히 몸을 틀어 고함쳤다.

"박동 아버님 댁으로 가자! ……급한 일이 생겼다. 서둘러라, 얼른 가자!"

❀　　❀　　❀

민겸호는 포청에 잡힌 이들에게 결국 형살을 명했다. 그는 좌포도 청의 종사관과 포도대장을 불러올려 잡혀 있는 놈을 모조리 때려죽여라, 다른 놈들에게 그 사실을 알려 다시는 그따위 일이 일어나지 않도록 경계하라 엄히 명령했다.

그 말을 들은 군인들은 크게 술렁였다. 그들은 무위대장 이경하에게 받은 편지를 들고, 대표를 정해 민겸호의 집을 찾아가기로 결정했다. 통문을 돌려 모인 군졸의 수는 자그마치 천여 명에 이르렀다.

하지만 그들은 민겸호의 집—박동궁에서 말 그대로 문전박대를 당했다. 안에서 문을 비죽 열고 고개를 내민 하인은 그대로 대문을 쾅 닫아 버렸다. 대감님께 드릴 말씀이 있다는 고함에, 안에서 독이 오른 고함이 터졌다.

"어떻게 군인들이 떼를 지어 무장하고 오밤중에 병판대감 댁에 찾아와 겁박을 할 생각을 해? 썩 돌아가시오!"

"오려면 한 사람만 들어와! 무엄하고 건방진 것들이 감히 대감마님을 위협하려 해! 문을 열어 달라고? 미쳤나?"

쾅쾅쾅쾅! 분이 오른 병사들이 문을 부술 것처럼 두드리자 안에서 웅성웅성하는 소리가 들리더니 크게 욕설이 터졌다.

"이 찢어 죽일 놈들아! 우리 대감마님께서 너희 같은 무뢰배들을 왜 만나셔야 하느냐! 네놈들이 아무리 빌어 봐야 이 문턱을 한 걸음이나 넘을 수 있을 줄 알아? 왜? 또 사람 때려죽이게? 당장 돌아가지 않으면 포청에 고변해서 여기 있는 사람들까지 모조리 잡아가게 할 테다!"

담장 위로 하인들의 얼굴이 비죽비죽 올라섰다. 이마와 팔뚝에 흰 천이 감겨 있는데, 꼴을 보아하니 선혜청에서 죽은 고지기와 같이 얻어터졌던 다른 하인들이었다.

"우리가 행패를 부리겠다는 게 아니오! 무위대장의 편지를 가져왔소! 뵙고 무슨 일이 있었는지 말씀을 드리려고 하는 게요! 게다가 녹봉 밀린 것을 대체 어찌한단 말이오! 갇혀 있는 자들도 무고하고 억울한 사정이 있소이다! 어찌 아무 변호도 없이 바로 죽인단 말이오?"

"녹봉? 무고해? 똥이나 싸라! 잡혀 있는 놈들이 어찌 될지 이야기도 듣지 못했냐? 내일 치도곤으로 맞아 죽을 것이다! 네놈들도 잡혀가 능지처사를 당하지 않으려면 이쯤에서 썩 꺼져!"

갑자기 담장 위에서 주먹만 한 돌이 날아오기 시작했다. 하인들이 우르르 지붕에 올라가 돌을 던져 대기 시작한 것이다. 군인들은 우왕좌왕하며 피하려 들었으나 하인들이 돌뿐만 아니라 기왓장까지 벗겨 던지기 시작하면서 머리가 깨지고 피를 흘리며 쓰러지는 이들이 여기저기서 나타났다. 군인들은 이를 갈며 주먹을 움켜쥐었다.

"저 죽일 놈들! 선혜청 창고에서 봤던 도적놈이 또 남아 있었어!"

"좋아, 이판사판이다. 너도 이참에 대가리 깨져 죽은 놈처럼 뒈져 버려!"

군인들은 들고 온 방망이로 문을 후려치다가 발길로 걷어차기 시작했다. 억센 군인들의 힘이 모이니 대문은 순식간에 부서져 나가고 말았다. 그들은 발로 대문을 걷어차고 들어가며 외쳤다.

"문제가 잘 해결되긴 틀렸다! 어차피 굶어 죽으나 법에 따라 처형되는 것이나 똑같으니 죽일 놈을 죽여서 우리의 억울함을 풀어야겠다!"

돌을 던지던 하인들은 구슬이 쏟아져 굴러가듯 모조리 도망쳤다. 군인들은 흉흉하게 집 안으로 쫓아 들어갔다. 마루 밑으로 들어가거나 방에 처박히거나 개들이 드나드는 수챗구멍으로 버둥버둥 빠져나가려는 놈들을 끌어내 마당에서 몽둥이질을 시작했다. 여기저기서 비명이 터지고 궁궐처럼 거대한 집은 순식간에 아수라장이 되었다.

폭도로 변한 군인들이 사랑채로 뛰어들고 중문을 열고 안채까지 들어가 잠을 자고 있던 머슴들과 안채의 가비들을 끌어내린다. 소란에 놀라 일어난 하인들이 속옷 차림으로 뛰어나와 솥뚜껑에서 콩 볶이듯 튀어 달아난다. 여자들의 비명이 비단을 찢는 소리처럼 날카로웠다. 병사들은 눈에 살기등등 핏발을 세우고 집을 뒤졌다. 여자들이 머리채를 잡혀 안채 뜰에서 태질을 당했고 하인들은 굴비 두름으로 묶여 몽둥이질을 당해 옆으로 픽픽 쓰러졌다.

병사들은 민겸호의 어미도 끌어내 머리채를 잡아 안뜰에 동댕이쳤다. 천하 없이 몹쓸 도적놈을 낳은 년이라 욕을 먹고 따귀를 맞으며 치마까지 벗겨진 늙은 여자는, 싸리비로 얻어맞은 후 물벼락까지 뒤집어쓰고는 그대로 실신해 버렸다.

하지만 민겸호는 군인들이 쳐들어올 것을 어떻게 알았는지, 감쪽같이 몸을 피했다. 얼마나 급하게 도망을 쳤는지 사랑방에 놓인 작은 주안상에는 먹다 남은 육선과 반쯤 남은 술잔이 그대로 있었고, 뒤의 들창이 열려 있었다.

군졸들은 큰 집 구석구석을 뒤지며 문을 모조리 때려 부수고 가구들을 박살 냈다. 창고와 방에 있는 값진 것들을 모조리 끄집어냈다. 눈부신 비단이 수백 필, 한산의 세모시와 베, 무명들이 끝도 없이 딸려 나왔고 비취, 호박, 은금 패물과 귀한 자기, 집기들, 귀한 식재료와 인삼, 녹용, 사향 등 사람들이 평생 구경 한 번 못 해 본 약재들이 무더기로 쌓여 있었다.

"예서 동전 한 푼이라도 집어 가는 놈을 때려죽일 것이다!"

그들을 이끌고 온 거구의 사내, 김장손이라는 이가 으르렁대며 쌓인 물건에 기름을 붓고 불을 질렀다. 커다란 불길이 딱딱 소리를 내며 높이 일었고, 인삼과 녹용, 사향이 타면서 나는 냄새가 한참 퍼져 나가 시전 거리까지 채웠다. 사람들은 구름처럼 몰려 있는 군졸들과 높이 솟은 불꽃을 보고 두려움에 떨었다.

타오르는 불꽃을 보는 이들은 칼끝처럼 긴장한 채 서 있었다. 이제 돌이킬 수 없는 짓을 저질렀다. 세력을 잡고 있는 민씨 척족이 가만히 있을 리 없다. 일이 이 지경까지 이르는 것을 바란 것은 아닌데, 정신을 차려 보니 이렇게 되어 있었다. 군중심리에 이끌려 겁도 없이 분풀이를 하긴 했으나 남은 길은 능지처참밖에 없는 것을 알고 있는 군인들은 크게 술렁였다. 앞에 서 있던 덩치 큰 사내는 이를 물고 중얼거렸다.

"이렇게 된 이상, 민씨 일가와 맞서서 우릴 살려 줄 사람은 대원위 대감밖에 없다."

그는 고개를 들고 큰 소리로 외쳤다.

"모두 들어라! 우리는 이제 운현궁으로 간다!"

하룻밤 새 한양은 발칵 뒤집혔다. 정권을 잃고 운현궁에 칩거하고 있던 대원군이 막후로 움직이기 시작하면서 폭동은 걷잡을 수 없이 커졌다.

대원군의 지령을 받은 군인들은 두 패로 나뉘어 척신들의 집을 때려 부수고 그들을 끌어내 난자하기 시작했다. 경복궁과 창덕궁, 경운궁 일대에는 권세가들의 집이 대거 몰려 있어 한꺼번에 휩쓸기도 좋았다.

먼저 교동에 있는, 대원군의 형이면서 민씨 세력의 앞잡이로 알려졌던 영돈녕부사 이최응의 집이 함락됐다. 담을 넘어 도망치던 이최응은 군병들이 잡아 끌어 내려 떨어지는 중에 고환이 터져 죽게 되었는데, 군인들은 그러고도 다시 살아날까 두려워 긴 창으로 항문을 찔러 창날이 머리까지 꿰뚫는 꼴을 보고서야 멈추었다.

민씨 일가의 저택을 골라 휩쓴 군인들은 집을 때려 부수고, 불을 놓고, 사람들을 몽둥이질하거나 칼을 휘둘러 죽였는데, 별기군 교련소 당상이었던 민영익은 용케 몸을 빼 피했으나 민태호, 민두호, 민규호, 민치서, 민치상, 민영목, 민창식 등은 종루까지 질질 끌려와 무수한 군병에게 칼로 난자당해 죽었다.

육조거리에 있는 무수한 관리는 어찌할 바를 몰라 우왕좌왕했고, 여기저기 불길이 치솟고 끔찍한 비명이 터졌다. 시전의 상인들은 점포를 모조리 닫아건 후 다락에 숨어 덜덜 떠는데, 살기등등한 군병들만 피 묻은 칼과 총을 들고 거리를 휘저었다.

대원군의 지령을 받은 다른 한 패거리는 동별영에 있는 무기고를 부수고 무기를 탈취했다. 제대로 무장한 군병들은 이제 거칠 것 없이 동료들이 하옥된 좌포청으로 달려갔다.

❀　　❀　　❀

"간난어머니! 간난어머니! 지금 군인들이 좌포청으로 달려갔대요! 잡혀간 사람들 풀어 준다고! 지금 육조거리하고 시전 쪽은 완전히 난리여 난리! 대원위 대감이 나서면 잡혀간 사람도 죽지 않을 거래요! 강 서방도 나올지도 몰라!"

소문을 들은 오릿골댁이 허둥지둥 뛰어와 고함친다. 마당에서 실성한 듯 통곡하고 있던 간난어머니가 벌떡 일어났다. 보리밥에 열무김치를 커다란 바가지에 담아 와 아이들을 먹이고 있던 민호가 황급히 여자를 붙잡았다.

"아줌마, 아줌마! 어디 가시게요!"

"포도청에! 좌포청에 가 봐야지! 애들 아빠가 있어, 거기. 데려와야지!"

"아줌마까지 가면 아이들은 어떡하고요! 아줌마까지 다치거나 잘못되면 어떡할 건데요!"

"그래도 가야 해! 이대로 죽으면 평생 고생만 한 우리 서방 불쌍해서 어떡해! 이대로 죽으면 한 맺혀서 어떡해애애! 빼낼 수 있다잖아!

얼른 업고 와서 어디에고 숨겨 놔야지!"

머리가 산발인 여자가 피눈물을 흘리며 울부짖었다. 민호는 허발하며 먹는 아이들을 돌아보고, 저 울타리 너머로 조그맣게 보이는 자신의 오두막을 보았다. 오늘도 이완은 제발 집에 있으라 신신당부하고 집을 나섰다. 밤마다 가지 말라, 갈 테면 가 버리라 입술을 떨며 중얼대는 목소리가 생각났다. 민호는 여자의 팔을 붙잡고 물었다.

"아줌마, 아저씨가 입던 군복 집에 있어요?"

"있어, 있어! 군복은 왜!"

"좌포도청이라고 했지요? 저도 갈게요. 군복 좀 빌려주세요. 아줌마, 저랑 가요. 같이 가요!"

간난아버지 강명준과 다른 포수들이 갇혀 있는 좌포도청은 시전 거리의 큰길, 종묘 바로 앞에 자리 잡고 있었다. 소문은 빨리도 퍼져 장사꾼과 행상으로 북적이던 시전 거리는 흉흉한 위세의 군인들과 하인들 말고는 모조리 자취를 감추었다. 제대로 무기를 갖춘 병사들은 거침없이 포도청 문을 때려 부수었다.

포도청에는 애초 배속된 포졸들이 많지 않았다. 좌포청의 경우 군관과 종사관들까지 합쳐도 150명이 되지 않았다. 구식 군인들의 수효는 일천을 아울렀고, 그들은 무장을 했다. 포졸들은 싸우는 시늉을 하다가 그대로 줄행랑을 놓았다.

"옥사를 열어라!"

옥사에 갇힌 수많은 사람은 봉두난발 피투성이로, 더위에 시름시름 죽어 가고 있었다. 소식을 듣지 못했던 그들은 이게 무슨 변고인가 눈을 희번덕거렸다. 열쇠를 가진 사령은 진작 도망쳤지만 그들은 도끼와 칼로 자물쇠를 내리찍었다.

"간난아버지! 아이고 이게 웬일이야! 사람이 이게 뭐야! 괜찮소!"

무위영 포수의 옷을 입고 따라온 민호는 간난어머니와 함께 늘어진 사내를 끌어냈다. 간신히 풀려나온 사내는 피투성이에 한쪽 정강이뼈가 거의 박살이 난 상태였으나 그래도 의식은 있었다. 아내는 사내의 머리를 끌어안고 미친 듯이 울다 웃다 했다.

함께 붙잡혀 간 포수 세 명의 상태도 비슷했다. 다만 군인답게 강골이라 잘만 조리하면 목숨은 건질 수 있으리라 하며 사람들이 위로했다. 그들은 옥을 부수고 나머지 동료들을 구출하고, 다른 죄로 갇혀 있는 자들도 모조리 석방했다. 형님, 누구야, 누구 아빠야, 산발하고 혹은 미친 사람들처럼 군인들을 따라온 수감자의 가족들은 풀려난 사내들을 달구지에 태우거나 등에 업고는 상처를 매만지며 천지가 떠나갈 듯 울었다.

포청 건물 안으로 난입한 이들이 물건을 약탈하고 때려 부수기 시작할 때 민호는 얼른 일행으로 합류해 건물 안을 구석구석 뒤지기 시작했다. 던지고 깨고 부술 때마다 먼지가 풀썩풀썩 일고 사금파리가 튀었다. 민호는 초조하게 생각을 더듬었다.

분명, 이완 씨에게 이야기를 들을 때, 관군들이 포도청에 반격하러 온다는 이야기는 없었어. 죄다 정신없이 뺑소니를 친다는 말만 했지.

만약에 온다고 해도…….

민호는 주변을 둘러보고 책의 모양을 한 것은 모조리 옷자락에 쓸어 담았다. 아무리 들춰 봐야 종사관이 죄인들을 추국할 때 기록했던 장부가 무엇인지 알 수 없었고, 한문은 더더욱 읽을 수 없었다. 민호는 방 구석구석 샅샅이 뒤져 찾아낸 책들을 모조리 끌고 나와 마당에 집어 팽개치며 외쳤다.

"이거 봐 봐요! 여기 이 책들에 갇혔던 사람들의 추국 기록이 있을 거요! 지금 싸질러 태우지 않으면 나중에 이 책들을 보고 위에서 다시 붙잡아 무슨 짓을 할지 알 수 없어요! 무엇들 해요! 당장 불을 붙여서 태우지 않고!"

민호는 산더미같이 쌓인 책자를 북북 찢었다. 다른 사람들은 옳다, 기록이고 나발이고 한 글자도 남기지 말고 태워야 한다 소리를 지르며 그 위에 기름을 붓고 불을 질렀다. 다른 이들은 집기를 부수고 문짝을 뜯어내 불이 타오르는 가운데로 집어넣었다. 민호는 땀을 팥죽처럼 흘리며 방방 구석구석 돌아다니면서 책 한 권이라도 남아 있는 것이 있는지, 눈을 부릅뜨고 찾았다.

좌포도청에서의 소요는 반나절도 걸리지 않아 끝이 났다. 다친 사람들을 수습해 보내고 마당에 쌓인 책들이 재가 되어 하늘로 풀풀 날릴 무렵, 그들은 군열을 정비해 의금부로 달려갔다. 의금부는 시전 한가운데, 이완과 민호가 민겸호 대감 일행을 만나 봉변을 당했던 곳에 위치한 건물로, 좌포도청에서 한달음에 달려갈 수 있는 거리였다.

사람들이 썰물처럼 빠져나가고, 민호는 나뭇가지로 재를 뒤적거려 책들이 완전히 타 버렸는지 확인했다. 남은 것은 없었다. 사람들의 함성이 아득하고, 텅 비어 버린 포도청 앞뜰에선 시커먼 재가 날렸다. 민호는 재를 헤치면서 눈물을 줄줄 흘렸다.

믿어야 했다. 저 책 중 한 권 안에 박이완이라는 이름이 있었다고. 그를 이곳에 묶어 버렸던 많은 이름 중, 지금 막 하나가 없어졌다고. 확인할 수는 없지만 믿어야 했다. 한 가지가 아니라 세 가지, 열 가지 불가능한 일을 해야 한다 해도 나는 하고 말겠다고.

민호는 무위영 포수의 시커먼 옷을 입고 터덜터덜 집으로 걸어왔다. 사람들이 흘끔대며 쳐다보다가 겁이 난 듯 아이들을 휘감아 얼른 집 안으로 들어가 버리는 것이 보였다. 눈물이 났다. 자꾸, 자꾸자꾸 눈물이 났다. 왜 눈물이 나는지도 알 수 없었다.

개가 뛰어온다. 마을로 들어서기도 전에, 검정개가 미친 듯이 뛰어오며 짖어 대는 소리가 들린다. 캉캉, 캉캉캉! 왕왕왕! 캉캉! 그 뒤로, 그 뒤로.

"민호 씨! 민호 씨! 민호 씨!"

제기랄, 민호는 마을 어귀에 멈춰 서서 다시 고개를 수그리고 울었다. 이완의 목소리가 완전히 쉬어서 사람의 목소리로 들리지 않는다. 점심때 집에 왔는데 내가 없으니, 불안해서 일도 집어치우고 계속 찾아다닌 것이다. 저렇게 목이 터져 나가도 모를 정도로 불러 대면서. 민호 씨! 민호 씨! 아악, 아아악! 어디 있어어어! 어디 갔어어어! 민호 씨! 아아악, 아악!

"이완 씨!"

머리를 광인처럼 풀어 헤친 사내가 벼락을 맞은 것처럼 멈췄다. 그는 웃옷을 벗어 버린 몰골로, 진흙이 더덕더덕한 맨발로 자신을 바라보고 서 있었다. 민호는 뛰었다. 손에 든 방망이건 모자건 다 집어치우고 그에게 달려갔다. 그는 자리에서 꼼짝도 하지 못했다. 얼굴은 이미 엉망이 되도록 부어 있었다.

"너…… 좌포청에 갔었어?"

그가, 사람의 목소리가 아닌 목소리로 묻는다. 민호는 고개를 끄덕였다. 이완은 여자를 후려칠 것처럼 손을 들고 우들우들 떨다가 천천히 팔을 내렸다. 새로운 눈물이 줄줄 쏟아졌다.

"그, 사, 사람들이 미친 듯이 몰려다니는, 사람들이 숱하게 죽어 나가는 그 한복판에 갔었어?"

그는 왜, 라고 묻지 않았다. 민호가 왜 그곳에 갔는지 이미 알고 있다. 민호는 고개를 끄덕였다.

"응. 나, 나…… 거기 있는 채, 책이란 책은…… 다, 다 태우고 왔어."

"미쳤어! 그 위험한 짓을 하고 왔다고! 너 혼자! 너 혼자!"

그는 여자의 어깨를 꽉 움켜잡고는 미친 듯이 발을 굴렀다.

"누가! 누가 가라 하던! 누가아! 내가 언제 돌아가고 싶다고 했어! 내가 언제 당신 목숨 담보로 돌아가고 싶다고 하던? 왜! 왜 가지 말라는데 기어이 가! 네가 잘못되면 나는 어떻게 해! 차라리 날 죽이고 가! 죽이고 가아아!"

그는 쇠가 갈리는 목소리로 악을 썼다. 민호는 덜덜 떨며 대답했다.

"당신이 죽으면 내가 이 미친 짓을 할 이유가 없잖아."

이완이 여자의 어깨에 얼굴을 대고 무슨 소리인지 알 수 없는 비명을 지르며 여자의 등을 콱콱 내리쳤다. 민호는 등이 너무 아파서 눈물이 나왔다.

"앞으론 나 혼자 가지 않을게. 이완 씨!"

"그 약속을 지금 몇 번째 하고 있는지 알아!"

"같이 가. 승정원에."

이완이 고개를 번쩍 들어 올렸다. 반나절 동안 얼마나 미친 것처럼 찾아 헤맸는지 사람의 형상으로 보이지 않았다. 이 사람의 잘생긴 얼굴에 반했던 적이 있었는데. 지금은 이 사람의 외양에서 전혀 미추가 느껴지지 않는다. 그저 이 사람을 모조리 녹여서 내 심장 속에 박아 넣고 다니고 싶을 뿐이었다. 민호는 소금기가 얽혀 있는 그의 얼굴을 문질러 주며 또박또박 천천히 말했다.

"당신이 말해 줬잖아. 오늘 밤, 사람들이 궁궐 문을 부수고 들어가서 민겸호라는 사람과 다른 사람들을 죽일 거라고. 그 틈에 섞여 들어가면 궁궐 안에 들어갈 수 있다는 이야기잖아."

"민호 씨, 설마⋯⋯."

"포도청도, 궁궐도, 승정원도 못 들어가는 곳이고 혼자 찾아가도 소용없는 곳이라 포기했지만, 이번 난에는 포청도 뚫리고 궁궐도 뚫린다며. 한꺼번에 뚫린다며. 그런 기회가 백 년에 한 번이나 있을까? 그런데, 이런 미친 기회가 생겼는데 그냥 두고 넘기라고? 그러면서 평생 밤마다, 밤마다 당신이 울면서 가지 말라고 애걸하는 소리를 들으라고?"

"민호 씨⋯⋯."

"같이 가. 나 혼자서는 할 수 없어. 하지만 당신이 같이 가면 어쩌면 가능할 수도 있잖아. 백에 하나, 천에 하나 될 수도 있잖아."

여자는 일이 안 되면 같이 죽게 된다는 것도 알고 있었다. 하지만 그럼에도 나를 돌려보낼 실낱같은 가능성을 선택했다. 자신이 이곳 생활을 견디는 게 힘겨워서가 아니라, 내가 부서져 나가는 것을 더 이상 볼 수 없어서.

"나하고 같이 가, 승정원에."

❀   ❀   ❀

폭도로 변한 군인들은 의금부를 파괴하고 척사론자들을 석방시킨 후, 전직 선혜청 당상 김보현이 있는 경기 감영까지 습격해 무기를 탈취했다. 그날 저녁, 그들은 일본 공사관을 습격, 포위하여 공사관 건물을 불사르고, 신식 별기군 병영을 습격하여 일본인 교관 하시모토 레이조 소위를 위시한 열세 명의 일본인을 살해했다.

격분한 민겸호는 병력을 총동원해 그들을 진압하라 명했다. 진압 명령을 받은 군인들은 육조거리 일대에서 잠시 총격을 벌이며 맞섰으나, 폭도로 변한 구병들의 기세를 막을 순 없었다. 그들은 총을 거꾸로 잡고 모조리 도망쳐 버렸고, 민겸호는 운종로에서 군병들에게 얼굴을 들켜 순식간에 쫓기는 신세가 되었다.

민겸호는 피맛골의 사람들을 헤치며 미친 듯이 달렸다. 궁궐 밖에서는 어딜 가든 열 걸음 이상 제 발로 걷지 않던 비둔한 사내는 잘 뛰지도 못하는 데다 화려한 관복을 입고 있어 눈에도 잘 띄었다.

그는 길바닥에서 관복을 벗어 팽개치고 사모를 구겨 버린 뒤 창덕궁을 향해 허덕허덕 달리기 시작했다. 궁궐, 주상께서 계신 궁궐이라면 난군들도 함부로 침범하지 못할 것이다.

"네놈들은 대체 뭐 하는 놈들이냐!"

이완과 민호가 비틀대며 어깨를 겯고 들어오는데, 옆에서 누군가 튀어나와 멱살을 틀어잡는다. 말에서 뛰어내린 사내는 푸른 도포를 입고 호박 끈이 달린 갓을 쓰고 있었다. 이번 군란에서 척살의 목표로 쫓기고 있는 민겸호의 장자, 영환이었다.

"역시 무위영 군졸이었나? 지금 자네, 내자가 옷을 빌려 입은 건가? 혹시 간자인가?"

"군졸도 간자도 아닙니다. 그런데 손은 놓아주시지요. 저는 영감께 분명 호의를 베풀어 미리 조심하시라 말씀드렸습니다."

이완은 얼굴을 정리하고 간신히 대답했다. 영환은 부들부들 떨며 손을 내려놓았다.

"자네 말을 듣고 아무래도 미심쩍어서 그날 밤 아버님을 일단 피신시켰었네. 아버님이 창문과 뒷문으로 빠져나오시기도 전에, 군병들이 대문을 때려 부수기 시작했어. 그날 내가 가서 아버님을 모시고 나오지 않았으면 난병에게 휩쓸려 돌아가셨을 걸세. 할머님은 충격으로 아직 일어나지도 못하고 계셔. 대체 무슨 짓을 한 거지? 그때의 사소한 원한으로 아버님을 죽게 놔둘 생각이었나?"

"이봐요. 지금 그걸 말이라고. 아니, 아저, 아니 여, 영감님? 제가 말이 좀 험하긴 한데 한번 들어 봐 주세요."

민호가 팔을 걷으며 나섰다. 여자가 이렇게 나서는 것을 거의 본 적이 없는 영환은 기겁하며 뒤로 물러섰다.

"당신을 구하려고 한 거잖아요! 그 집에 그 시간에 갔으면 아버지하고 같이 죽었을지도 몰랐으니까! 하지만 어쨌든 알려 주었으니 영감님도 살리고 아버지도 살 수 있었던 거예요."

"나를 살리고 싶었다? 왜?"

"사람 살리는 데 이유 있어요?"

민호는 소리를 빽 질렀다.

이완은 저 질문이 자신에게 직접 떨어졌으면 대답하기 꽤 어려웠으리라 생각했다. 영환은 모르지만 탐오하기로 이름난 민겸호를 살려야 하느냐 말아야 하느냐에 대해서는 여전히 갈피를 잡을 수가 없었다.

"이 난리가 어찌 되겠소. 아버님께서는 무사하시겠소? 혹시 그들의 동정에 대해 아는 것이 있소?"

"도승지 영감, 저는 점쟁이가 아닙니다. 다만 상황이 그러하니 위험할 수도 있겠다 짐작하여 말씀드린 것뿐입니다. 군인들에게 들었던 건 정말 없습니다."

그는 초조한 듯이 주변을 둘러보고 주먹을 부르르 떨었다. 그는 군병들이 척살하려는 제일 목표가 자신의 아비인 민겸호와, 전임 선혜청 당상인 김보현으로 집중된 것을 알고 있었다. 그는 눈앞의 이상한 사내가 무엇인가를 알고 있다 확신했다. 김병시 대감의 교꾼들을 구슬려 간신히 얻어 낸, 이 사내에 대한 수상한 증언들이 의심을 확신으로 만들었다. 난리를 주동하는 군병들과 무슨 선이라도 댄 것이 아닐까 하는 생각도 들었으나, 자신을 빼서 구해 주려 했던 것을 보면 군인들 편도 아닌 듯했다. 그는 날이 밝으면 사람을 불러 그를 끌어와 제대로 추궁할 생각이었다.

하지만 하룻밤 사이 상황이 뒤집혔다. 영환은 그를 끌어와 추궁하는 대신 그를 설득하고 정보를 알아보아야겠다고 생각을 바꾸었다. 자신 역시 조금이라도 눈에 띄었다가는 아비의 옆에서 개죽음을 당할 판이었다. 적어도 이 이상한 사내는 자신에게 호의가 있었고, 자신을 지켜 주려 했었다. 그는 이를 꾹 물더니 누그러진 목소리로 말했다.

"이 폭동에서 아버님과 가족들을 무사하게 지킬 방법을 알려 주시오."

이완은 씁쓰레하게 입맛을 다셨다. 민겸호는 죽는다. 오늘 반드시 죽을 것이다. 방법? 방법이야 세 살 먹은 어린애도 알고 있다. 털어 먹은 돈을 토해 내고 손이 발이 되도록 빈다면, 어쩌면 목숨은 건질 수 있을 것이다. 하지만 그런 일이 일어날 턱이 없지 않은가.

그리고 이완은 민겸호를 살리는 것이 옳은지 그른지 여전히 모호했다. 한 사람이 죽어 여러 사람이 살도록 숨통이 트인다 할 때, 그 사람을 죽게 두는 것이 옳은가, 그럼에도 살려야 하는가. 그것을 결정할 권리는 누구에게 있으며, 그 권리는 어디에서 오는가.

이완이 망설이는 사이 민호가 소금기로 버석버석해진 눈을 비비며 말했다.

"좋아요. 제가 방법을 알려 드릴게요."

이완은 눈을 크게 뜨고 여자를 바라보았다. 자신은 분명 민호에게 이번 군란에 대한 모든 이야기를 해 주었다. 현직 선혜당상인 민겸호, 전직 선혜당상 김보현의 비참한 죽음. 이최응과 민씨 척족들에 대한 린치. 그러나 민영환은 살아남을 것이고, 함께 가마싸움에서 부딪쳤던 김병시 대감도 살아남을 것이며, 쫓기던 중전도 살아 귀환하여 새로운 수라도를 만들어 내는 광대들이 될 것이다.

쇠망을 위한 방아쇠는 당겨졌다. 일국의 몰락은 불붙은 시한폭탄

심지처럼 시간을 파먹으며 타들어 갈 것이다. 이완은 문득, 이 모든 것에서 초연하여 벗어나려 했던 윤 진사가, 그리고 이 모든 사람의 요지경 만화경 위에서 신선처럼 훨훨 떠도는 스승이 떠올랐다. 바짝 긴장한 여자의 목소리가 들렸다.

"조건이 있어요."

"조건?"

"도승지 영감님은 승정원에 들어갈 수 있나요?"

그게 무슨 당연한 말이냐는 듯 영환이 눈썹을 찌푸린다. 얼마 전에 다른 보직을 받긴 했지만 며칠 전까지 영환은 승정원의 수장이었다. 민호는 잘됐다 싶은 얼굴로 고개를 끄덕였다.

"오늘 승정원에서 사람들이 퇴청한 다음에, 우리를 데리고 들어가 주세요. 승정원일기를 한 번만 보게 해 주세요."

"그게 무슨 말인가! 관료도 유생도 아닌 자가, 무슨 연유로 승정원일기를 본단 말인가?"

"이유는 묻지 마세요. 한 번 보기만 하면 돼요. 제발요."

"그게 말이 돼! 승정원이 어떤 덴지나 알고 그런 말을 하는 게야?"

그는 기가 막혀 주먹을 부르르 떨며 고함을 치다가 멈칫했다. 큰소리를 칠 때는 아니었다. 그는 실낱같은 기대를 품고 간신히 분을 눌렀다.

"궁에는 외인을 데리고 들어갈 수 없네. 반드시 입궐을 할 자가 있어도, 전하께서 패초하라 명하시고 입궐을 위한 패를 받아야만 누구든 궁에 들 수 있는데 지금 신분도 확실치 않은 이들에게 패초라니, 그게 가당키나 한 소린가? 그리고 일지를 보려 하면 입직 승지가 옆에서 참관을 하고 내용과 시간까지 세세하게 기록을 할 것인데, 아무 연유도 없이 일개 백성들이 심심파적으로 볼 수 있으리라 생각하나?"

나무에 묶어 놓은 말이 거칠게 투레질을 한다. 해가 천천히 고개 너머로 넘어가려는 시각, 태양이 붉었다. 이완은 한참 고민했다. 어찌하면 좋을까? 여자를 말려야 할 것인가? 저 위험한 곳으로 가는 것을 다시 보고 있어야 하는가?

과연, 우리는 이번 기회를 잡을 수 있을 것인가.

가능성은 거미줄만큼이나 희박했다. 이완은 결심하고 고개를 들었다.

"춘부장과 영감께서, 그리고 일가붙이들이 살 수 있는 방법을 알려 드리겠습니다. 제 말씀대로만 하면, 병판대감과 영감께선 이번 군란에서 목숨을 보전하실 수 있을 겁니다."

"방법이 무언가!"

"일단, 바로 몸을 빼실 수 있는 가솔 분들은, 일가친척 이웃이 아닌 기생집이나 의심받지 않을 만한 곳으로 피하십시오. 아마 장 화원이 머물고 있는 평양루 정도면 서른 칸이 넘는 집이고 조용하고 규모가 있어, 비밀히 가솔들을 숨겨 두실 수 있으실 겁니다. 그리고 춘부장을 구하시려면."

"……."

"오늘 저녁에 승정원 각사에서 기다려 주십시오. 수단 방법 가리지 말고, 입직승지가 자리를 비우게 하시고, 눈에 보이지 않는 곳에서 비밀히 기다려 주십시오. 저희가 찾아가겠습니다. 그곳에서 승정원일기와 초안인 당후일기, 작년 섣달 중순께에 올라간 장계와 교지문 중에서 제 이름이 들어간 부분을 찾아 주십시오. 그리고 기별청에 쌓인 조보에서 같은 날짜의 기사에 제 이름이 있는지도 보아 주십사 부탁드립니다. 제 이름 부분만 확인하고 바로 돌려 드리겠습니다."

이완은 여자의 외날갯짓에 드디어 자신의 날개를 덧댔다. 두 개의 날개가 합쳐 펄럭이기 시작한다. 거대한 바람이 일었다.

"대체 그것을 지금 봐야 하는 연유가 무엇이기에."

"……."

"……궁궐에 어찌 들어올 참인가. 월장을 했다 들키기라도 하면 그 자리에서 참살을 당할 것이야."

"그것까지는 염려 마십시오. 저희가 반드시 찾아 들어가겠습니다. 영감의 이름을 댈 일도 없을 것입니다."

앞에 서 있는 눈매가 날카로운 사내의 이마에 진득하게 땀이 맺힌다. 그는 이를 꾹 물고 있다가 고개를 끄덕였다. 탁한 목소리가 흘러나왔다.

"좋다. 네놈들이 어떤 놈인지는 알 수 없지만 내가 바로 얼마 전까지 도승지였음을 천운이라 생각하게."

"……."

"오늘 인정 이후, 승정원에서 기다리겠네."

❀　　❀　　❀

승정원의 입직은 우부승지 김영덕으로, 민겸호 바로 전의 선혜청 당상이던 김보현의 조카였다. 김보현은 경기관찰사로 경기 감영에 머물고 있다가 폭동이 점점 걷잡을 수 없게 번진다는 소식에 황급히 입궐했다. 왕을 배알하기 전 잠시 승정원에 들른 김보현은 입직 중인 조카에게 붙잡혔다.

"숙부님! 여기 어떻게 오셨습니까! 몸을 피해 계셔야지 이리로 오시면 어찌하십니까!"

"수경(김영덕의 자)이 네가 오늘 입직이었느냐. 지금 난군의 폭동이 점점 심해지고 있으니, 주상전하를 배알하고 감영의 군사들을 끌고 맞서야 하지 않겠느냐."

영덕은 기가 막혀 가슴을 콱콱 쳤다. 지금 때가 어느 때인데. 전임 선혜청 당상이었던 숙부와 민겸호는 지금 군인들이 이를 갈며 죽이려고 하는 일 순위 인물들이었다.

일단 피해 있다가 난이 수습되면 그들을 진압하든 말든 해야 할 텐데 지금 저 흉흉한 무장폭도들과 정면으로 맞서려고? 게다가 난이 일어난 이유를 알아본 왕은 몹시 노하여 오전에 숙부를 경기 관찰사에서 해임한 상태였다. 아직 감영에 있던 김보현에게 해임 소식이 전해지지 않았을 뿐이었다. 영덕은 그 말까지 구구히 하는 대신 그의 팔을 붙잡고 필사적으로 뜯어말렸다.

"들어가지 마시고 피하십시오! 지금 일이 어찌 될지 알 수 없습니다."

"지금 그게 전하를 측근에서 모시는 놈이 할 말이더냐. 내가 재상의 직책을 갖추고 있지 않느냐! 국가에 변이 생겼는데 죽으면 죽었지 회피를 해서야 되겠느냐?"

숙부는 현재 이 군란이 얼마나 큰 규모로 번지고 있는지 알지 못했고, 대원군이 뒤에서 판을 흔들고 있는 것도 눈치채지 못한 것 같았다. 그는 조카의 손을 뿌리치고 문을 나서 왕의 집무실인 선정전으로 향했다.

영덕은 좌불안석으로 동동거렸다. 지금 숙부를 붙잡아 끌고 나가야 하는데 승정원을 비울 수가 없었다. 당직은 영덕 말고도 한 명 더 있었는데 종일 코빼기도 보이지 않는다. 한양이 폭도들에게 휩쓸리며 승정원 관리의 절반이 입궐하지 못했다.

누군가 문을 열고 들어오는 소리가 들린다. 그는 고개를 돌려 영환임을 확인하고 황급히 고개를 숙였다.

"수경? 지금 난재(김보현의 호) 대감께서 막 나가시는 걸 보았네. 설마하니 지금 저 폭도들을 두려워하지도 않으시고 입궐하신 겐가?"

"그러게 말입니다. 지금이라도 달려가 붙잡고 사방 막힌 사인교에 태워 안전한 곳으로 보내 드려야 할 텐데 제가 입직이라 어쩌지도 못 하고 있습니다."

영환은 눈썹을 찌푸리다가 말했다.

"지금 내가 자리를 봐 줄 테니, 얼른 숙부님을 붙잡아서 억지로라 도 퇴청하시게 하고 다시 들어오게. 상황이 얼마나 위험한지 모르시 는 듯하이. 나도 지금 집안 하인들에게 아버님을 반드시 찾아 도성 밖 안전한 곳으로 뫼시라고 명해 두었어. 얼른 지금이라도 가서 말리 게!"

영덕은 숙부가 나간 문과 영환을 바라보며 한참 망설였다. 영환은 며칠 전까지 승정원 총책임자인 도승지였고, 업무인계를 위해 하루 에도 몇 번씩 들르곤 했었다. 충분히 믿고 빈자리를 부탁할 수 있는 분이었다. 그는 황급히 고개를 숙이고 사례했다.

"감사합니다, 영감. 그러면 잠시만 부탁드립니다. 제가 숙부를 강 제로라도 모시고 퇴궐하여 안전한 곳에 모시고 바로 돌아오겠습니 다. 그때까지만 부탁드리겠습니다."

그는 옷자락을 걷어쥐고 허둥지둥 선정전을 향해 뛰었다.

영환은 사방을 살펴 안에 다른 입직자가 없는지 확인했다. 한 명 이라도 더 있었으면 모르겠지만 천운으로 아무도 없었다. 운종가 육 조거리 병영과 좌우포청, 의금부, 경기 감영 일대, 한양도성 곳곳을 난군들이 휩쓸고 다녀서 관복을 입은 이들은 함부로 돌아다니지도 못하는 판이라 입궐하지 못한 관리가 태반이었다.

그는 급히 문을 걸어 잠그고 책장으로 다가갔다. 작년 섣달의 승 정원일기는 물론 어디 있는지 알 수 있었다. 달별로 묶어 날짜 표시 도 정확하게 해 두었고, 비교적 최근이라 쉽게 찾아낼 수 있었다. 작 년 섣달, 승정원 관리들은 유난히 병가와 식가가 많았고, 영환 역시 그러했다.

중순쯤이라 했었다. 윤 진사에게 이야기했던 장계의 내용은 기억하고 있었다. 그는 한참 뒤적이다가 멈췄다.

있었다. 섣달 14일, 그날 오후 외지에 나가 있던 암행어사가 입시하여 순무하고 조사했던 것을 왕에게 보고 드렸고, 좌포청의 상소 내용과 전교가 그 뒤를 잇고 있었다. 박이완이라 하는 천한 장사꾼과 떠돌이 여인의 심문 내용과 그에 대한 처결 내용이었다.

대체 이 내용을 왜 보려 하는지 알 수 없다.

그는 그 부분의 귀퉁이를 접어 서안 위에 두고 관련된 서류를 찾기 시작했다. 그에 대한 장계, 왕의 교지, 당후일기, 그리고 조보. 조보의 글자들은 초서체도 아닌, 기별초라 불리는 특별한 글자로, 급하게 여러 장을 한꺼번에 써야 하는 기별서리들이 사용하는 속기용 한문이었다. 알아볼 수 있는 사람은 기별서리 출신이나 승정원 물을 어느 정도 먹은 사람들뿐으로, 영환은 쓰는 것은 어려우나 읽는 것은 가능했다.

그는 초조하게 밖을 바라보며 한숨을 쉬었다. 대체 왜 당후일기에 조보까지 보겠다고 야단인가. 대체 무엇을 하려고. 내가 이래도 괜찮은 걸까. 들키면 나도 어찌 되는 것 아닌가. 그는 불안해하면서도 일단 침착하게 목록을 확인했다. 자신이 파직당하는 것보다는 아버지의 목숨을 구하는 것이 더 급박했다.

당후일기와 작년 말까지의 조보 묶음은 승정원과 기별청이 아닌 옆에 딸린 육선루—승정원 옆의 회랑에 딸린 다락에 있었다.

❋　　❋　　❋

민겸호는 숨이 턱에 닿도록 뛰었다. 입에서 단내가 헉헉 배어 나왔다. 심장이 터질 것처럼 아프다. 여기저기서 누구 잡아라, 잡아라, 하는 고함이 터져 나온다.

어둑어둑해지는 피맛골에서 들키지 않고 무사히 숨을 수 있으리라 생각했다. 아들이 제발 눈에 띄지 않는 곳에서 숨어 계시라 신신당부한 것이 생각났다. 사람들은 자신을 숨겨 주는 대신 눈앞에서 문을 닫아걸었다. 눈앞이 캄캄했다.

"민겸호다!"

"저기 있다! 저 뚱뚱한 놈이 큰 도적놈 민겸호다!"

군인들이 멀리서 외치는 소리가 들린다. 횃불이 일렁일렁한다. 입에서 피 냄새가 난다. 궁에만 도착하면, 궁에만! 딱, 따그락, 딱! 총포를 쏘는 소리가 요란하다. 그는 이제 눈에 띄고 자시고 집어치우고 휑하니 비어 버린 큰길을 미친 듯이 뛰어 창덕궁으로 향했다.

수문장이 있다가 칼을 들이대며 막으려는 것을, 부레가 끓는 소리로 명령했다. 병조판서다! 문을 열어! 병판이다, 네 이노오옴! 주상 전하를 뵈어야 한다, 주상 전하를! 급한 일이다! 이노오옴!

관복을 입지는 않았지만 병판의 얼굴을 모르는 수문장은 없었다. 급박한 난리 중에 중심인물인 병조판서의 입시를 막을 수도 없었다. 수문장들은 그가 안으로 들어서는 것을 확인하자마자 급하게 문을 닫았다.

저 뒤에서 일렁이는 횃불이 급격하게 가까워진다. 중무장한 군인들이 드디어 떼를 지어 쫓아온다. 잡아라, 죽여라, 민겸호를 죽여라! 그들은 자신이 쫓던 목표물이 궁으로 들어간 것을 알자 돈화문을 빙 둘러싸고 문을 열라 고함을 지르기 시작했다.

다른 때 같으면 언감생심 임금님께서 계시는 궁에서 그따위 짓을 할 엄두도 내지 못했을 것이었다. 하지만 코앞까지 쫓았던 놈이 그 안으로 사라진 데다, 천여 명의 적의가 하늘을 찌를 듯 흉흉하여, 왕에 대한 경외감이 순식간에 허물어져 버렸다. 수문장은 혼비백산해서 고함을 질러 댔다. 난군들이다! 난군들이 침입하려 한다! 안에서 요란한 소리가 들리며 사람들의 발걸음 소리가 와자해진다.

밖에 모여 선 군병들이 일순 조용해지더니 앞으로 향하는 길이 좍 갈라졌다. 그 안에서 푸른 도포 차림의 키 작은 노인이 나타났다. 눈빛은 매섭고 형형했다. 그는 좌우를 둘러보고 짧게 명했다.

"문을 열어라. 나라를 망국으로 이끌었던 병판을 도륙하고, 이 모든 것의 원흉인 중궁을 끌어내려 나라의 기강을 바로 세워야 할 것이다."

모인 군병들은 돈화문을 향해 총을 겨누었다. 발사! 하는 고함과 동시에 따다다닥, 따다닥, 요란하게 콩 볶는 소리가 울렸다. 포수들이 임금이 있는 궁의 문에 총질을 해 댄 것이다.

쾅당!

문이 부서졌다. 분노한 군인들은 무시무시한 함성을 지르며 궐내로 난입했다. 민겸호를 찾아라, 큰 도적놈을 찾아라! 도륙해라! 수문장과 호위군들은 어디론가 사라지고 내관들만 우왕좌왕하며 뛰다가 그들의 총을 맞고 쓰러졌다.

민겸호가 어디로 도망쳤는지 알 수 없어 그들은 진선문과 인정문을 파죽지세로 뚫었다. 인정문 뒤는 창덕궁의 편전인 인정전이었고, 그 옆으로 집무를 보는 선정전, 희정당이 연결되어 있었다. 왕의 아버지의 말 한마디로, 왕이 계시는 곳이라는 일말의 두려움마저 깨끗하게 날려 버린 그들은 선정전과 희정당까지 거침없이 밀려들어 갔다.

군졸들이 인정문으로 몰려들어 가는 순간, 키가 큰 두 명의 병사가 오른쪽으로 방향을 틀어 숙장문 쪽으로 향한다. 그들은 잠겨 있는 숙장문을 발로 걷어차 부수고, 문 안으로 뛰어들었다.

"승정원은, 숙장문, 뒤, 뒤에 있습니다. 문을 열면 재상들이 업무를 보는 빈청이 있고, 그 앞이 승정원이었을 겁니다! 여기! 이 건물!"

이완은 급히 좌우를 둘러보고 문고리를 잡아챘다. 문이 잠겨 있다. 민호가 근처에 있는 커다란 돌덩이를 끌어다가 문을 내리친다. 콱, 콱, 콰작! 안에서 덜그럭대는 소리가 나는가 싶더니 사색이 된 영환의 얼굴이 드러났다.

"미쳤어! 지금 이게, 이게 무슨 일이오?"

"군병들이 궐 안으로 난입했습니다. 함께 들어오느라 변복을 했습니다."

그들은 안으로 들어가 황급히 문을 걸어 잠그고 불을 껐다. 해가 지려는지 어스름한 빛이 창문을 통해 비쳐 들고 있었다. 영환은 승정원일기를 꺼내 자신이 접어 표시해 둔 부분을 급히 보여 주었다.

"자, 작년 섣달 14일의 상소와 전교에 당신의 이름이 있는 부분이 있고, 그에 대한 상소와 장계는 이것이오. 당후일기와 작년 치 조보는 저 다락에 있을 것인데 지금 찾을 수 있을지 알 수 없소."

"찾으셔야 합니다. 급합니다."

"지금 난군들이 어떻게 들어왔소? 아버님께는 꼼짝 말고 몸을 피해 계시라 부탁드렸는데, 김보현 대감은 지금 입궐해 있는 상태요. 난병들이 지금 그를 잡으려고 궐 안까지 난입했단 말이오?"

"이런 말 하고 있을 틈에 얼른 찾아 주십시오, 제가 다 말씀드리겠습니다!"

이완은 황급히 말을 가로챘다. 지금 쫓기고 있는 사람이 민겸호라는 사실을 알려 주어선 안 되었다.

이제 선정전까지 점령되었는지 고함이 지척으로 가까워진다. 싸우는 소리조차 없이 일방적으로 습격하는 소리밖에 없으니, 왕의 주변 세력은 왕을 지킬 생각도 없이 모조리 도망친 것이 틀림없었다.

빈청에 사람이 아무도 없는 것을 알면 바로 승정원까지 들이닥칠 것인데, 군병 중 영환을 알아보는 자가 있다면 그의 목숨도 무사하지 못할 것이었다.

영환은 찾아낸 승정원일기 섣달의 기록과 상소문 원본, 장계 원본을 품에 끌어안고 앞장섰다. 그들은 빈 회랑을 따라 달렸다. 육선루에 속한 다락으로 황급히 올라간 영환은 미친 듯이 날짜를 찾기 시작했다. 당후일기의 앞에는 당일의 주서와 날짜가 기록되어 있고, 다행히 순서대로 정리되어 있었다. 민호는 초를 당겨 그들의 앞에 대 주었다. 이완과 영환은 무너질 듯 쌓여 있는 책 속에서 날짜를 가늠하고 덜덜 떨리는 손으로 책의 표지를 훑었다.

"이것인가 보군."

영환이 책더미에서 고개를 들고 책 한 권을 잡아 내렸다. 승정원일기의 초안인 당후일기였다. 그날 영환은 식가를 내어 승정원에 없었으나 내용은 어렴풋이 기억하고 있었다. 그는 당후일기의 14일자 기사를 찾아 이완의 이름이 실린 곳을 확인하여 보여 준 후 바로 조보를 찾기 시작했다.

그는 당후일기가 쌓여 있던 책장의 맞은편 선반에 있는 먼지 먹은 종이 뭉치를 꺼냈다. 승정원 산하 기별청에서 매일 아침 발간하던 조보였다. 셋 중 기별초를 읽을 수 있는 것은 영환뿐이었다. 그는 한참 동안 뒤적이다가 이를 깨물었다. 해당 날짜의 조보는 찾았으나, 기별초는 도승지인 영환도 빠르게 해독하기 어려웠다. 그는 한참 동안 진땀을 흘리며 읽어 내린 후 길게 한숨을 쉬었다.

"조보에는 이 기사가 실리지 않았네. 급하고 중요한 내용이 아니어서."

아아. 이완은 폐가 녹을 정도로 길게 한숨을 쉬었다. 조보에 실렸으면 그때야말로 만사 끝장이었다. 전국 각지에 퍼진 신문을 죄다 찾아 수거해 올 수는 없는 노릇이니까. 천만다행, 이것만큼은 운이 따라 주었다. 영환은 초조하게 외쳤다.

"자, 말해라, 얼른! 아버지를 구할 방법이 뭔가! 아버님은 이번 난에서 무사히 살아남으실 수 있겠지?"

시끄러운 고함이 지척으로 다가온다. 민호는 황급히 불을 끄고 아래를 살폈다. 와지끈 뚝딱, 난병들이 드디어 승정원의 문을 때려 부수고 안으로 난입했다. 영환의 손이 덜덜 떨리며 팔에 끼고 있던 승정원일기가 툭 떨어졌다. 민호는 그것을 주워 들었고, 이완은 빠른 목소리로 말했다.

"병판대감은 오늘내일, 무슨 일이 있어도 난병의 눈에 띄어서는 안 됩니다. 만에 하나라도 군사를 이끌고 맞서려고 눈에 띄었다가는 표적이 되어 쫓길 것입니다. 변복하고 이 난이 끝날 때까지 죽은 듯 숨어 계시다가 후일 소요가 진정되면 병사들 앞에 엎드려 사죄하고 그간 축재한 것들을 모두 풀어 그들을 위무해야 할 것입니다. 그것만이 살길입니다."

"지금 아버님께서 저 폭동을 일으킨 난군에게 고개를 숙이셔야 한다는 말인가?"

화를 내던 그는 문득 목소리를 낮추고 물었다.

"정녕 저들이 지금 쫓는 것이 난재 대감 한 분뿐인가? 그렇겠지? 아버님이 아니겠지?"

"모르겠습니다."

영환은 자신이 의심하고 있는 것이 사실이 아니길 바랐다. 하지만 맞은편의 사내는 거짓말에 능숙하지 못했다. 그가 이완의 멱살을 붙잡고 추궁하려는 순간 옆에서 찌익, 무엇인가가 뜯기는 소리가 났다. 이완과 영환은 소리가 난 곳을 바라보았다가 몸이 돌처럼 굳었다. 영환이 승정원일기에서 접어 표시해 둔 부분을 여자가 찢어 낸 것이다.

영환의 입이 멍하니 벌어진다.

"네 이년! 이게 무슨 짓이야! 이년!"

그가 민호에게 왈칵 달려들었다. 민호는 그대로 바닥에 머리를 박고 버둥거렸다. 영환은 찢어진 종이를 붙잡으려 팔을 뻗었는데, 뒤에서 억센 힘으로 가로막혔다. 이완이 그의 팔을 뒤에서 꺾어 잡아챈 것이다. 두 사람은 자리에서 뒹굴며 주먹질을 시작했고, 민호는 손에 쥔 것을 허둥지둥 입에 집어넣었다.

"네 이년! 네 이년! 네가 지금 무슨 짓을 하는 게냐! 당장 뱉지 못해!"

영환은 기겁해서 고함을 지르다 입이 틀어막혔다. 여자의 뺨이 크게 불룩거린다. 접힌 책 한 장의 부피는 적지 않았다. 여자는 눈을 홉뜨고 미친 듯이 씹었고, 여자의 입을 벌려 종이를 꺼내려 버둥대던 영환은 바닥에 질질 끌려갔다. 억지로 삼키려던 여자가 가슴을 콱콱 치고 목을 잡고 뒹굴고, 두 사내는 바닥에서 난투극을 벌였다. 이완은 덩치가 큰 편이었지만 영환은 의외로 강단이 있고 힘이 셌다. 그는 이완을 왈칵 뿌리치고, 컥컥대다 결국 종이를 꿀꺽 씹어 삼킨 여자에게 달려들었다.

"네놈들이 미쳤구나! 네놈들이! 당장 네년의 배를 갈라 꺼내라 할 것이다!"

영환은 민호의 목을 조르기 시작했다. 민호는 다시 컥컥대며 그에게 호되게 주먹질을 해 댔다. 이완은 옆에 놓여 있던 작은 의자를 들고 다가가 이를 악물고 내리쳤다.

털썩.

뒤통수를 얻어맞은 사내는 그대로 쓰러져 버렸다. 이완과 민호는 그 자리에 주저앉아 헐떡거렸다. 이완은 바닥으로 떨어진 당후일기와 상소문 원본, 교지를 챙기고, 승정원일기의 나머지 부분을 그의 품에 넣어 주었다.

"미안합니다. 영감, 정말 미안합니다! 어차피, 어차피 당신 아버지는 살지 못할 것입니다. 당신이라도 살려 주고 싶었습니다. 미안합니다."

난병들이 아래를 휩쓸고 지나간다. 민겸호를 찾아, 찾아 도륙을 내라, 육시를 해! 조선 백성의 고혈로 만들어진 살집을 샅샅이 발라 버려라! 광기 어린 아우성이 사방으로 퍼져 나갔다.

이완은 영환이 입고 있던 관복을 벗겨 책 사이에 구겨 박고, 민호는 자신이 입고 있던 무위영 포수의 겉옷을 벗어 그에게 입혀 주었다. 두 사람은 영환을 질질 끌고 다락 아래로 내려갔다.

육선루 끝에는 궁중 악기를 보관하는 창고가 이어져 있었다. 그들은 사람들이 잠시 뜸한 틈을 타 악기 창고의 문을 열고, 그 안에 쓰러진 영환을 밀어 넣고 문을 닫았다. 만약 들킨다 해도 무위영 포수의 옷을 입고 있는 한, 민겸호의 아들임을 들키지는 않을 것이다.

"거기 큰 도적놈이 있나! 그쪽에 찾아봤어?"

복도 끝에서 목소리가 큰 사내가 우렁우렁하는 소리로 고함친다. 너덧 명이 구석구석 찾아보라는 명을 받는 모양이었다. 이완은 크게 외쳤다.

"이곳엔 아무도 없네! 세자 저하 계시는 중희당 쪽으로 간 게 아닐까?"

"다들 그리로 몰려갔어. 우리도 그곳으로 가 보세!"

"바로 따라가겠네, 숙장문 뒤 빈청 쪽을 더 찾아보고 갈 테니 먼저 가시게!"

이완과 민호는 손을 꽉 잡고 빈청이 있는 반대 방향으로 뛰었다. 숙장문, 진선문을 거꾸로 되짚어가면 다시 돈화문으로 빠져나갈 수 있다. 진선문을 지나가려는데, 횃불을 들고 다시 뛰어오는 내관 무리가 보인다. 그들은 이완과 민호를 보고 어떻게 해야 할지 잠시 망설이는 모양이었다. 도망치느냐, 두 사람과 맞붙느냐. 이완은 민호의 손을 꽉 잡고 다시 반대 방향으로 몸을 돌렸다.

"민호 씨, 뛰어요! 담을 넘어야 해요."

숫자가 많은 내관이 두 사람을 해치우려고 결심했는지 우우 떼 지어 달려오기 시작했다. 왕을 지키기 위해 무술 훈련을 받는 내관들과 맞붙어서는 승산이 없었다.

두 사람은 빈청이 있는 방향으로 미친 듯이 뛰었다. 뒤로 연결된 담벼락은 어깨높이였다. 민호가 먼저 바위를 밟고 날렵하게 지붕 위로 올라선다. 내관들이 가까이 왔을 때, 이완은 아직 담벼락 위로 오르지 못한 상태였다.

"으헉, 이, 이게 뭐야!"

내관들은 순간 머리를 쥐어 싸고 주저앉았다. 투덕, 탁, 퍽! 그들에게 기왓장이 무더기로 날아오기 시작했다. 담벼락의 지붕에 기가 막히게 균형을 잡고 서 있는 놈이 기왓장을 벗겨 던지기 시작한 것이다. 그들이 주춤하는 사이, 민호는 이완의 손을 잡아 끌어 올렸고, 두 사람은 함께 담장을 뛰어내렸다.

얇은 짚신 사이로 고스란히 전달되는 충격 때문에 발이 갈라지는 것처럼 아팠지만 통증에 신경 쓸 여력이 없었다. 민호와 이완은 손을 잡고 미친 듯이 달렸다. 집으로, 집으로 돌아가야 했다.

군인들의 함성이 아득하게 멀어졌다. 두 사람은 정신없이 달렸다. 입에서 단내가 났다. 아니 피비린내가 올라왔다. 토할 것 같다. 이완은 여자를 잡은 손에 더욱 힘을 주었다. 손에 단단한 쇠기둥이 박힌 것 같다.

집에 도착했을 때는 이미 해가 져서 캄캄했다 검은 강아지가 미친 듯이 짖으며 달려왔다. 이완은 개를 끌어안고 으스러지게 뺨을 비볐다.

"민호, 민호 씨! 민호 씨!"

목소리가 덜덜 떨렸다. 목이 쩍쩍 붙고 갈라져 쉰소리가 났다. 하루 종일 아무것도 먹지 못했는데, 도무지 허기조차 느낄 수 없다. 민호는 아궁이로 가서 급하게 불을 붙였고, 이완은 떨리는 손으로 당후일기와 둘둘 말린 두루마리를 꺼냈다.

불이 지펴진다. 작은 불씨가 올라온다. 그는 초조하게 불길을 바라보았다. 불이 손바닥만 해졌을 때, 그는 임금에게 올라간 좌포청의 장계를 집어 던졌다. 불이 갑자기 후루룩, 부피를 키우며 타올랐다.

두 사람은 한마디도 할 수 없었다. 옆에 있던 민호가 임금의 교지문을 잘게 찢어 건넸고, 그것은 더 빨리 잿더미로 변했다.

나머지 하나. 당후일기 섣달 14일의 기록.

이완은 급하게 책을 뒤적였다. 이것까지 태우고 나면 승정원일기의 찢어진 부분은 복원이 되지 못할 것이다. 장계나 교지의 내용을 완벽히 암기하는 사람도 없을뿐더러 하찮은 백성의 이름을 기억하는 이는 더더욱 없을 것이다.

내 흔적이 없어질 것인가. 정말 완벽하게 이 시대에서 내 이름 석 자가 없어지는 것인가. 확실한 것은 없었으니, 지금은 그리 믿어야 했다.

순간 아득하게 말굽 소리가 들린다. 두 사람이 화들짝 놀라 뒤를 돌아보았다. 말발굽 소리는 순식간에 가까워진다.

"네 이놈! 안에 있느냐!"

영환의 격노한 목소리였다. 맙소사. 말을 잡아타고 왔구나. 궁에서 쫓기는 게 아버지인 줄은 모르고, 뺏긴 당후일기와 자료들에 대한 책임감으로 말을 뺏어 타고 쫓아온 게 틀림없었다. 책을 통째로 태울까 망설이던 이완은 14일 자 부분을 간신히 찾아 북 뜯어 불에 던져 넣고는 나뭇가지로 마구 뒤적였다. 불이 훌훌훌 타오른다.

푸르르, 푸르르. 숨차게 달려온 말이 투레질하는 소리가 이제 지척이었다. 그가 울타리 밖에서 나무에 말을 묶는 동안 이완은 황급히 울타리 문에 싸리비로 가로대를 해 놓고 부엌으로 들어갔다. 안에 두 사람이 있는 것을 확인한 영환은 격노한 목소리로 외쳤다.

"네 이놈들! 네놈들이 정녕 나를 그리 기망하고!"

"정말 미안합니다, 영감! 하지만, 하지만 왜 그랬는지는 나중에, 내일 이해하실 겁니다."

"내일이라니! 그게 무슨 소린가!"

그가 잠긴 싸리문을 거세게 발로 걷어찼다. 이완은 입술을 깨물었다. 당후일기는 간신히 처리했으니 이제 월죽도를 갖고 있는 윤 진사를 찾아가야 했다. 지금 저자가 방해하면 안 되는데, 이걸 어쩌지? 약해 빠진 싸리울이 출렁거린다. 민호가 황급히 튀어나온다.

"가, 이완 씨, 다 탔어. 얼른 가! 남은 책은 저 아저씨가 알아서 가져가겠지!"

"지금 월죽도가 없잖습니까! 윤 진사를 찾아가야 하잖아요!"

"지금 거길 어떻게 가! 이완 씨, 혹시 저기 방 안에 걸린 그림, 현대까지 전해지나? 한국에 있어?"

왕희지가 황정경을 쓰는 그림? 거위를 얻는 그림? 이완은 입술을 떨다가 대답했다.

"국립중앙박물관 2층 전시실에서 얼마 전에 봤습니다. 하지만 전시 기간이 보통 몇 달 단위라서……."

"그럼 됐어! 새로 길을 내서 가 보자. 시간이 조금 안 맞아도 할 수 없어. 내가 떠나온 시간에 최대한 가까이 가 볼게."

와지끈, 싸리울이 부서졌다. 이완은 아궁이에서 천천히 사그라드는 불꽃을 보고, 민호의 손을 붙잡고 황급히 방으로 뛰어들었다. 채 먹지도 못하고 베 보자기를 덮어 놓은 작은 밥상, 얌전히 개어 둔 이부자리, 깨끗하게 빨아 둔 자신의 옷과 알량한 살림살이들이 눈에 띄었다.

무사히 돌아갈 수 있을까? 내 이름들은 정말로 다 말소되었을까?

민호는 이완의 손을 붙잡고 그림에 손을 댄다. 벌컥, 문을 여는 소리가 들린다. 문을 열고 들어온 영환이 외쳤다.

"네놈들이 무슨 짓을 했는지는 아느냐! 정녕 미친 게 아니고서야! 그리고 지금 대체 무슨 짓을 하는 게냐!"

그의 손이 이완의 어깨를 잡았다. 순간 이완은 놓고 갈 뻔한 것을 생각해 냈다. 바람이 펄럭펄럭 이는데, 이완은 손을 놓고 밖을 향해 이를 악물고 외쳤다.

"토마스! 토마스 폰 에디슨! 이리 와!"

검은 털 뭉치가 뛰어와 영환의 다리를 물었다. 그가 화를 내며 개를 후려치는 순간, 이완은 그의 허리를 호되게 걷어찼다. 그가 잠시 나뒹구는 동안 이완은 방구석으로 나동그라진 개를 끌어안았다. 영환이 밥상을 집어 들고 여자의 뒤통수를 호되게 후려갈긴다. 아악! 여자가 그림에 손을 댄 채 자리에서 무너지는 것을, 이완이 한 손으로 황급히 끌어안으며, 영환의 명치를 발로 호되게 내질렀다. 여자가 필사적으로 정신을 놓지 않고 그림을 붙잡는다. 영환이 몸을 둥글게 구부리고 신음하는데, 일렁일렁, 공기층이 크게 움직였다.

영환이 움직이지도 못한 채 그들을 바라본다. 눈이 공포로 크게 벌어진다. 입술이 달싹거린다.

"영감! 아버님의 일은 유감입니다!"

그의 모습이 점점 투명해진다. 이완은 이를 악물고 외쳤다.

"당신만은 구하고 싶었습니다!"

영환이 비명을 지르기 시작했다. 그의 모습이 투명한 막으로 겹겹이 씌워지며 공포와 경악으로 내지르는 외마디소리가 실처럼 가늘어지다가 뚝, 끊어진다. 이완은 덜덜 떨며 중얼거렸다. 당신만은 구하려, 구하려……

바람이 멈췄다.

까야아악! 이번에는 새로운 비명이 터졌다. 전혀 알지 못하는 새된 여자의 비명, 아니 사내들의 고함. 웅성웅성하는 소란.

빛이 밝다.

이완은 고개를 들어 두리번거렸다. 너무 눈이 부셔 앞이 잘 보이지 않는다. 여자가 뒤늦게 푹 쓰러져 바닥에 늘어진다. 이완은 두 손으로 더듬더듬 여자를 안아 품에 끌어안았다.

눈앞으로 깨끗하고 매끄러운 바닥이 보인다. 뒤에는 스승이 자신에게 그려 주었던 왕희지와 거위 그림이 유리 박스 너머로 걸려 있고, 사람들이 입을 가린 채 주춤대고 뒤로 물러서는 모습이 보인다. 넥타이를 맨 사내, 원피스를 입은 젊은 여자, 눈이 동그래진 아이들이 보인다. 이완은 입을 벌린 채 사방을 둘러보았다.

아.

아아…….

천신만고 끝에 따라온 검정 강아지가 짖기 시작했다. 이완은 여자의 어깨에 머리를 박고 주저앉았다. 눈물이 미친 듯이 흘러나왔다.

까야아, 까약, 까야아아! 여기 어떻게 저런 사람들이 들어와 있어! 아저씨! 경비 아저씨! 여기 노숙자들이 있어요! 이런 사람들이 여기 어떻게……! 원피스를 입은 여자와 그 뒤에 있던 사내의 고함이 날카롭게 터졌다.

"전시과장⋯⋯."

관리를 하는 이들이 급하게 뛰어왔다. 이완은 한 손으로는 개를
끌어안고, 한 손으로는 여자를 안은 채 눈물을 줄줄 흘리며 멍청하게
중얼거렸다.

"저, 전시과장, 최정국 과장을, 부, 부탁합니다."

21
실종

갤러리 려와 안락재를 지키고 있던 앤드류는 거지꼴로 돌아온 두 사람을 보고 무슨 일인지 묻지도 않고 삼십 분 동안 꺽꺽대며 울었다. 죽어 버린 줄 알았다고, 큰일이 난 줄 알았다고. 하지만 어디에가 있는지 알고 있기에, 실종신고조차 하지 못하고 있던 참이었다.

정국은 노숙자 행려병자 꼴로 전시실에 앉아 있는 이완을 처음에는 알아보지 못했다. 직원들이 끌고 가려 드잡이를 하는 중 뒤늦게 그가 이완인 것을 알아차렸다. 최 과장님! 박이완입니다! 안락재 박이완입니다! 외치는 목소리가 너무 심하게 갈라지고 쇳소리가 나서 제대로 알아들을 수 없었던 탓이다. 이완은 나중에 설명할 기회가 있으면 설명할 테니 아무 말도 묻지 말아 달라 부탁하고 차에 올랐다.

정국은 투명 비닐 팩에 싸여 책상 위에 놓인 물건을 집어 들었다. 이완이 전시실에 흘려 놓고 간 것으로, 시커멓게 흙이 묻고 닳아 군데군데 끈이 나간 짚신이었다. 그는 이것이 전시용으로 만들어진 것이 아니라 실제 사용되던 것임을 바로 알아차리고 당혹했다.

폐쇄회로 카메라에서, 그들은 그림 앞에 개와 함께 나타나서 허물어졌다. 그들을 데리러 달려온 갤러리 려의 직원도 나중에 기회가 되면 알려 드리겠다며 입을 다물었다. 그는 이완이 나타나서 날짜가 언제인지 물었던 것, 그리고 반신반의하며 날짜를 일러 주었을 때, 연도가 언제인지 묻던 것을 떠올리고 눈썹을 찡그렸다.

자신이 상상하는 것이 너무 어이가 없었다. 그는 픽 웃고 비닐 팩을 집어넣고는 전화기를 들었다. 김준일 교수라면 이 일에 대해 무언가 알고 있을 것도 같았다.

안타깝게도 타이밍이 좋지 않았다. 준일은 작년 말부터 이런저런 악재에 휘둘리느라 정신이 없었다. 결혼하자마자 닥쳐온 별거와 이혼 위기를 간신히 넘겼나 싶었는데 이번엔 SNS에 올린 농담이 성희롱 발언으로 몰리며 일파만파 퍼졌고, 이상한 오컬트 신비주의 카페를 운영한다는 소문까지 돌아 자칫하면 똥물을 뒤집어쓰고 교수 자리에서 쫓겨날 위기에 처한 상태였다.

정국은 그가 취미 삼아 신비주의 카페를 운영하고 있다는 것을 알고는 있었지만 심각하게 생각하지도 않았고, 그렇게 큰 문제가 될 줄도 몰랐다. 그 정도의 자유도 없이 이상하게 매도당하면서 물어뜯기는 것을 보니 딱하기도 했지만 딱히 도울 방법도 이유도 없었다.

정국은 그가 운영하던 신비주의 카페에 가입을 해 보았다. 가입절차는 퍽 간단했는데, 자신이 겪은 시간 여행이나 신비주의와 관련된 체험을 써 보라는 것이었다. 정국은 고개를 갸웃하면서 며칠 전 박물관에서 겪었던 이야기를 썼고, 반나절 후 가입 허가가 떨어졌다. 그는 가장 상위레벨 타임 트래커의 약혼자조차 가입하지 못한 곳에 수월하게 들어갔다는 사실을 전혀 인식하지 못한 채, 이 카페는 허무맹랑 판타지 작가 지망생들의 모임일까, 하고 고개를 갸웃했다.

초대 카페 매니저인 김준일 교수는 문제가 커지기 전에 자리를 넘기고 탈퇴했고, 현재 매니저는 진송석이라는 사람이었다. 김준일 교수는 카페 멤버들에게 썩 인정받는 레벨은 아닌 듯했다. 외려 작은 행사 기획사의 젊은 사장이라는 2대 매니저의 위상이 훨씬 높았다.

정국은 근 일주일 동안 밤을 꼴딱 새우면서 그곳에 올라와 있는 게시글들을 되풀이해 읽었다. 열에 아홉은 말도 안 되는 허무맹랑한 꿈이야기였고, 꿈이 아니라도 대부분 망상증 정신분열증 환자들의 소설로 보였지만, 내용이나 댓글 분위기는 대단히 진지했다.

정국은 그들 사이에서 '대모님' 혹은 '여신'으로 불리는 여자를 주목했다. 대모님은 카페에서 활동하지 않는 듯했지만 많은 글에서 심심찮게 등장했다. 대모님, 혹은 여신과 관련된 글이 뜨면 골수 회원들은 득달같이 달려들어 댓글을 남겼다.

그들은 그 여자에 대해 알고 있는 것을 탈탈 털어 정보를 교환했는데, 애석하게도 그 여자에 대해 제대로 아는 사람은 거의 없었다. 그나마 초대 매니저 김준일이 그녀에 대한 정보를 많이 알고 있던 듯했지만 그는 그런 고급 정보를 일반 회원과 공유하지는 않았다.

대모님에 대해 알려진 정보는 압도적인 서바이벌 능력과 이해할 수 없을 정도의 인류애를 제외하면 딱할 정도로 보잘것없었다. 30년째 굳건한 솔로라는 사실과 남자보다 큰 키, 안경만 벗기면 백배는 예뻐지는 얼굴과 1분에 한 번씩 빵빵 주변을 초토화하는 언어 공격력 정도가 그들이 가진 정보의 전부였다. 가끔 믿을 수 없을 정도로 무식한 것으로 보아 다른 시대에서 온 것 같다는 의견을 내는 이들도 있었지만 그런 견해는 글쓴이가 두 손 두 발 들고 철회할 때까지 맹렬한 공격을 당했다. 그 정도 정보 말고는, 그 얼굴에 그 몸매에 그 능력에 모쏠이라면 눈이 너무 높거나 독신주의자가 분명할 것이다, 하는 애처로운 추측뿐이었다.

정국은 일주일째 되는 새벽, 게시글을 들여다보다가 갑자기 머리가 띵, 울리는 것을 깨달았다. 폐쇄회로 카메라의 영상이 떠올랐다. 몇 달간 연락도 되지 않다가 갑자기 옛날 옷을 입고 그림 앞에 튀어나온 여자와 사내, 바닥이 닳아 해지고 끈이 덜렁거리던 짚신, 어지간한 남자보다 큰 키, 안경만 벗기면 백배는 예뻐지는 얼굴, 주변을 초토화하는 언어 공격력.

대모님이 누구인지 순식간에 연결되었다. 그리고 눈이 너무 높아 모쏠이 된 것이 분명하다던 여신님을 사로잡은 사나이도. 정국은 옆에서 마누라가 자든 말든 큰 소리로 웃음을 터뜨렸다.

❀   ❀   ❀

민호는 꿀처럼 달게 자고 일어났다. 밖이 희미하게 밝아지고 있었는데, 익숙한 전등과 벽지, 낯익은 창이 보인다. 떠나기 전까지 머무르던 두나네 집이 아니라, 안락재 안채에서 자신이 쓰던 침실이었다. 발을 퍼덕거리자 비단보다 더 보드라운 이불이 맨살에 사르르 휘감기는 감촉이 그야말로 죽여줬다. 민호는 누운 채 기지개를 쭉 켰다.

"으샤! 성공했구나."

민호는 이번 미션이 야광귀 소년 프로젝트를 제치고 최고 레벨에 멋지게 등극했다고 생각했다. 이완 씨와 관련된 프로젝트이니 제목도 멋지게 붙여 줘야지. 승정원일기를 뜯어서 집어삼켰으니 승가든 다이어리 프로젝트라고 할까, 좀 더 폼 나게 광해 프로젝트라고 할까. 야아, 작명 센스 봐라. 나는 조금은 똑똑해진 걸까?

"아, 음, 으으으……?"

옆에서 약간 쉿소리가 남아 있는 목소리가 웅얼거린다. 민호는 깜짝 놀라 닭처럼 요란하게 팔을 퍼덕거려 이불을 몸에 휘감았다. 지금 속옷을 아랫것 한 장 말고는 아무것도 안 입고 있는데, 대체 이게 무슨 시츄에이션이냐.

이불을 뺏긴 사내는 잠결에 몸을 둥글게 말고 더듬더듬 이불 밑으로 파고들어 왔다. 민호는 그의 배 아래 깔려서 납작해진, 벌그데데한 C컵 브래지어를 보고 굉장히 당황했다.

……저 사람이 왜 이 방에, 내 침대 안에 들어와 있어?

생각이 끝나기도 전에 머리가 멍해졌다. 으아니, 대체 내가 무슨 생각을 하는 거야. 몇 달 전에 분명 결혼했었잖아.

민호는 이완의 맨몸을 바라보며 눈을 껌벅였다. 물론, 결혼한 걸 잊어버리거나 한 건 아닌데, 현대의 박이완은 '호러틱 에러틱 아스트랄리틱 프러포즈 실패' 이후 같은 침대 속은커녕 민호의 침실로 들어온 적조차 거의 없어서, 민호는 이 사람이 자신의 침대에서 굴러다니는 작금의 상황이 상당히 거시기하게 느껴졌다. 더욱이 과거에 여행 가서 이루어졌던 일이 현대까지 연결돼서 넘어온 적은 처음이라 더더욱 그랬다.

자신과 결혼한 박이완은 상투를 틀 수 있을 정도로 길고 더벅더벅한 머리카락에 비죽비죽 거친 수염을 기르고 있던 사나이였다. 맨발로 무논에서 일을 하다 거머리에게 물려도, 밥과 반찬에 파리가 달라붙어도, 논에 거름을 져 나르다가 인분이 팔다리에 튀어도 한 마디도 투덜대지 않던 사나이였다. 늦게까지 일을 하고 들어와 군데군데 구멍 난 문을 닫아걸고 땀 냄새 쉰 냄새를 있는 대로 풍기며 하룻밤에도 몇 번씩 자신을 안고 치대던 사람이었다. 이완은 지저분한 것, 냄새나는 것을 민호가 싫어할까 봐 노심초사했지만, 솔직히 말하자면 민호는 그의 진한 냄새가 싫었던 적이 한 번도 없었다.

지금 이불 속에서는 은은하고 향긋한 냄새가 난다. 짧고 단정하게 깎인 머리카락, 새파랗게 면도가 된 인중과 턱은 예전의 날렵하고 깔끔한 선을 되찾았다. 그가 몸을 움직이자 산뜻한 향수 냄새가 이불 속으로 은은하게 퍼졌다. 폭염 속에서 몸을 움직일 때마다 맡을 수 있었던 그의 체취는 실낱만큼도 남아 있지 않았다.

민호는 옆에 누워 있는 사내가, 이를 닦거나 가글을 하지 않으면 키스조차 하지 않고, 하루 열 번씩 손을 씻고, 아침저녁으로 샤워를 하고 남자 주제에 데오드란트와 향수를 꼬박꼬박 챙겨 바르는 현대의 박이완으로 완벽하게 돌아왔음을 알아차렸다.

생각이 끝나기도 전에 요란하게 알람이 울렸다. 민호는 얼른 머리를 베개에 박고 눈을 꽉 감았다.

그가 눈을 비비며 일어나 스마트폰의 정지 단추를 누른다. 으으, 일어나기 싫다며 입속으로 투덜거리며 다시 누운 사내는 알람이 5분 간격으로 세 번이나 반복해서 울리고서야 스마트폰을 벅벅 문지르며 간신히 일어나 자리에 앉는다.

그가 뒤를 돌아 자신의 얼굴을 빤히 보는 시선이 느껴졌다. 민호는 그가 깔고 잤던 빨간색 C컵 브래지어를 손에 잡고는 짧게 바람 빠지는 소리를 내는 것을 들었다. 어떻게 사도 이런 걸. 이따위 걸. 그는 조금 짜증스러운 목소리로 중얼거리더니 그것을 멋대로 쓰레기통 속에 밀어 넣었다. 그는 다시 뒤를 돌아 자신의 얼굴을 보았지만 예전처럼 일어나자마자 입을 맞춰 주거나 손발을 쓰다듬거나 꼭 끌어안아 주는 짓을 하지는 않았다.

굉장히 이상했다. 꼭 다른 사람하고 자고 일어난 것 같았다.

그는 바닥에 떨어진 잠옷을 주워 의자에 걸어 놓고, 욕실로 들어가 샤워를 시작했다. 철벅대는 물소리가 들리는 내내, 민호는 눈을 끔벅거리며 자리에 그대로 누워 있었다. 어떻게 사도 이런 걸. 이따위 걸. 가슴이 뻥 뚫린 것 같다.

욕실에서 나온 그는 침대를 향해 조그만 목소리로 물었다.

"민호 씨……. 아직 잡니까?"

민호는 대답하지 않았다. 이완은 민호를 두 번 깨우지 않고 옷을 갈아입기 시작했다. 민호는 침대에 누운 채 가만히 실눈을 뜨고 그가 옷을 갈아입는 모습을 지켜보았다.

드라이로 머리를 말리지 않는 것이 좀 이상했지만 수건으로 머리를 깨끗하게 닦고 서랍을 열어서 몇 가지 스킨과 로션을 꼼꼼하게 바르는 모습에선 시커멓고 땀범벅인 농투성이는 더 이상 존재하지 않았다.

그는 옷을 입으며 콧노래를 흥얼거리거나 휘파람을 부는 버릇조차 없이 진지했다. 조용히 머리를 정돈하고, 속옷을 새로 꺼내 입고 데오드란트를 바른다. 민호는 그가 다른 이들과 달리 파우더 형태의 데오드란트를 사용하며, 겨드랑이뿐 아니라 발에도 사용하는 것을 처음 알았다. 민호의 화장대 거울 앞에서 한쪽 팔을 위로 올리고 퍼프를 들고 가볍게 툭툭 두드리고 있던 사내가 문득 움직임을 멈추고 민호를 돌아본다. 민호는 눈을 떠서 그의 표정을 확인하는 대신 약간 코를 고는 소리를 냈다.

그는 옷장을 열어 푸른색 스트라이프가 들어간 셔츠를 꺼내 단추를 채운 후, 소매에 작은 보석이 박힌 커프스링크를 끼운다. 자잘한 크리스털이 박힌 실크 타이를 맵시 있게 목에 감고 조금 복잡한 방식으로 매듭을 짓는다.

이 방 옷장에 언제 저 사람 옷이 들어와 있었던가, 민호는 기억할 수 없었다. 그는 서랍에 놓인 작은 나무 상자를 뒤적여서 가늘고 작은 핀을 꺼내 칼라에 있는 구멍으로 넣어 넥타이 아래로 집어넣고, 칼라와 넥타이가 맵시 있게 자리가 잡히도록 매만진다. 민호는 칼라바, 라 불리는 종류의 액세서리나 칼라 귀퉁이에 동그란 구멍이 뚫린 와이셔츠 따위는 이완을 만나기 전에는 한 번도 본 적이 없었다.

향수를 꺼내 손목에 바르고, 그것을 귀 뒤에 가볍게 문지른 후 집은 남색의 슈트를 꺼내 입는다. 상자에서 숫자판이 세 개가 있는 시계를 꺼내 손목에 감고, 작은 수건을 삼각으로 접어 가슴주머니에 끼워 넣는다. 그리고 몸을 한 바퀴 돌려 앞뒤에 구겨진 곳이 있는지 매무새를 확인하고 스마트폰을 꺼내 밤에 들어온 메모를 하나하나 체크하기 시작했다.

민호는 그 모습을 숨도 쉬지 못하고 바라보았다. 꼭 남성용 비즈니스 잡지의 모델 같은 사내가 눈앞에 서 있었다. 저 모습을 보니, 저 사람이 과거에 그런 모습으로 살던 것이 얼마나 끔찍했던 일이었는지 이제야 제대로 실감이 되었다.

바로 저런 사람이었다. 2015년에 뿌리박고 사는 박이완은, 2015년에 서 있을 때 저렇게 완벽하게 매끈하고, 중후하고, 세련되고, 이지적이며, 눈부시게 아름다웠다.

물론, 아직은 저 옷 속에 검게 그을리고 허물이 벗겨진 피부가 남아 있을 것이다. 그것이 '오랜 옛날' 윤민호와 결혼한 박이완의 유일한 자취였다. 그리고 그것도 올해가 가기 전에 완전히 사라질 것이었다.

그는 손가락에 무엇인가를 끼우다가 다시 뒤를 돌아보고는 고개를 흔들고 손에서 다시 빼내 책상 위에 올려놓았다. 민호는 그가 손가락에 끼웠다가 빼놓은 것이, 자신이 오래전에 선물했던 얇게 닳아 빠진 금반지인 것을 알아차렸다. 순간 등으로 차가운 얼음덩어리가 주르르 미끄러지는 것 같았다.

호, 혹시 이 사람, 이제 현대로 돌아왔으니, 나와 결혼한 것을 후회하고 있으려나?

그가 뒤를 돌아보며 어디론가 전화를 건다. 세금과 숫자 이야기들이 빠르게 오가고 있다. 목소리를 듣자 하니 아마 앤드류인 것 같다. 작게 소리를 죽였지만 같은 방에 있으니 안 들릴 턱이 없다. 그가 목소리를 더 낮추어 짜증스럽게 내뱉는다.

"오늘 들른다고? 민호 씨 혼인신고? 어제 분명 안 된다 얘기했는데. 피곤해, 머리 아파. 내가 알아서 말해 둘 테니 신경 쓰지 마. 어제 밤새 얘기한 걸 뭘 들은 거야."

………아오 쉣.

민호는 다시 눈을 끔쩍거렸다. 이런 건 감이 지독하게도 좋지. 그래. 여긴 현대지. 이 사람과 내가 같이 살지 못하고 헤어진 이유가 여전히 남아 있는 곳이다. 아마 그런 엿 같은 시간, 엿 같은 상황이었으니까 이 사람이 나하고 결혼을 하겠다고 했겠지. 이곳에 남아 있는 상태였으면 지금쯤 이 사람, 나하고 있었던 한때의 러브 모드 따위는 진작 산뜻하게 잊어버리고 새 시작을 하고도 남았을 것이다.

저 사람이 나하고 헤어지기로 마음만 먹는다면…… 이혼 절차조차 필요 없는 상황이구나.

그것도 모르고 나 혼자 그렇게 좋아했어. 결국 나만 등신 머저리였구나.

분했다. 눈물이 나게 분했고, 허탈하고 기가 막혀 말도 나오지 않았다.

하지만 조금만 생각해 보면, 내가 이 사람과 서방 마누라 소릴 하고 살았던 자체가, 이 사람이 나를 꽃처럼 아끼고 어화둥둥 사랑 타령을 해 주었던 게 기적에 가까운 일이었다. 다른 시간, 이 사람에게 아무것도 없는 고립무원의 상태를 내가 낚아챈 것에 불과했다. 이 사람을 데리고 빠져나온 것만으로도 정말 잘했다 생각했는데 하룻밤 만에 낙동강 오리알이 되었으니, 민호는 기껏 뒷바라지하고 사랑하다가 버림받은 불쌍한 기생이 된 기분이었다.

민호는 두 사람의 결혼식에 주정뱅이 주례 말고는 증인이 단 한 명도 없던 것이 뒤늦게 아쉬웠다. 그때는 그것만으로 충분하다고 생각했는데, 지금 생각하니 제대로 된 결혼이라기엔 너무 엉터리 같았다.

그 결혼식이 좀 제대로 되고 진지했으면 좋았을걸. 증인이 열 명, 백 명, 오백 명쯤 되었으면 좋았을 텐데. 그러면 저 사람도 이 결혼을 좀 더 깨기 어려운, 견고한 것으로 여겼을지도 모르는데.

물론 하객이 몇 천 명이 온다 해서 그 결혼이 더 단단해지는 것은 아니지만 초라했던 그날 밤의 혼례식은 너무 속상하고 아쉬웠다. 저 사람은 무로 닭 모양을 조각해서 찌그러진 상 위에 올려놓으면서, 그렇게 펑펑 울며 절을 하면서 무슨 생각을 했을까? 나중에 돈 많이 벌어서, 장 화원님 모시고 다시 혼례식을 한다고 약속했던 것을 기억하고 있을까?

눈이 욱신욱신하는데 그가 침대 옆으로 다가온다. 여전히 웃음기가 하나도 없는 표정이었다.

"민호 씨……? 피곤해도 좀 일어나 보세요. 중요하게 할 말이 있……. 뭡니까. 일어나 있었던 거예요?"

"어, 응."

"음, 좋은 이야기는 아니라, 일어나자마자 이런 말을 하기는 좀 뭐한데요, 지금 나가기 전에 민호 씨에게 이야기를 해야 할 것 같아요. 중요한 의논을 좀 해야 할 것도 있고."

그렇지, 별로 좋은 이야기는 당연히 아니겠지. 민호는 고개를 숙이고 우물우물했다. 무슨 말을 할지도 알고, 저 사람이 무슨 대답을 원하는지도 알지만, 일단 입에서는 욕부터 튀어 나가려 하고 주먹부터 앞서 나가려 한다.

그동안 욕도 많이 안 하고, 싸움박질도 안 하고, 말도 조신조신 하려고 엄청 노력했는데 좀 억울하다. 주먹질 대신 배신당하고 버림받은 어자답게 확 따귀를 때려 줄까. 그동안 꾸준히 뱃속에 저축해 둔 욕을 진탕 퍼부어 줄까. 이자도 대박 붙어 있을 텐데. 아마 멍드는 것 정도는 헤어지는 값으로 봐주긴 하겠지.

물론 그 짓을 했다간 '헤어지길 백번 잘했지'라는 확신을 심어 줄 건 분명했다. 민호는 이 짓도 저 짓도 못 하고 이완의 얼굴만 멀뚱히 바라보다가 결국 자신에게 욕을 퍼붓고 말았다.

……아오 우라질, 이 반 푼짜리 머저리야.

저 얼굴을 보니 그럴 마음도 들지 않았다. 지난 몇 달 동안, 이 사람의 마누라로 사는 게 너무 좋아서 평생의 복을 다 쓸어 받고는 그 대가를 받는 거라는 생각이 자꾸 든다. 그렇게 동동거리며 안달하던 남녀상열지사도 많이 찍어 봤고, 홍콩도 마카오도 많이 가 보지 않았 더냐. 무엇보다 이 사람이 몹시 창피해하면서 조그만 소리로 '여보' 하고 불러 주는 게 세상에서 제일 좋았다. 눈물이 날 정도로 좋았다. 그 촌스러운 호칭이 이 사람 입에서 나오면 왜 그렇게 사랑스러웠는 지 지금도 모르겠다.

그 껄끄럽고 씹히지도 않는 꽁보리밥하고 열무김치 호박된장찌개 뿐인 밥이 뭐가 그렇게 맛있다고, 그늘 한 점 없는 논둑에 쭈그리고 앉아 고개를 숙이고 땀을 뻘뻘 흘리면서 열심히 먹어 주었는데. 그 모습이 왜 그렇게 애틋하고 짠했는지.

민호는 엉터리 스승 장 화원에게 처음으로 고마움을 느꼈다. 두 사람의 결혼생활에서 남은 건 아무것도 없지만, 그래도 증명사진 대 신 증거 그림이라도 남겨 주지 않았느냐. 민호는 고개를 들고 입술을 실룩실룩하며 말했다.

"저기 이완 씨, 무슨 말을 할지는 알겠는데, 다 괜찮은데, 그전에 나 부탁 하나만."

"예? 예. 무슨 부탁이든 말씀만 하세요. 제가 할 수 있는 거라면 다 들어드리겠습니다."

눈이 동그래진 사내가 선선히 대답한다. 민호는 본격적으로 흘러

나오는 콧물을 훌쩍이면서 말했다.

"헤어지기 전에, '여보' 소리 한 번만 더 해 줘."

❀　　❀　　❀

캄캄한 어둠 속에서 이완은 옆을 더듬었다. 여자의 마른 몸이 느껴진다. 여자는 따뜻한 몸을 가졌고, 이완은 자신의 손이 여자에게 닿을 때 차갑게 느껴질까 봐 손을 비벼 열을 내 여자를 만졌다.

쌔그락, 쌔그락. 여자는 깊이 잠이 들어, 그가 몸을 쓰다듬는데도 눈을 뜨지 않는다. 몸을 움직이자 폭신하게 감기는 시트가 느껴진다. 향긋한 섬유 유연제 냄새가 나는 가벼운 오리털 이불이 몸에 감긴다.

아아. 길게 안도의 한숨이 나온다. 폭신한 매트, 깨끗한 시트. 이완은 옆에 놓인 미등을 켜 주위를 돌아보며 방의 풍경을 재삼 확인하고 싶은 것을 참고, 옆에 누워 있는 여자를 힘주어 끌어안았다.

온 지 이틀째 되는 날 밤이다. 그곳에서는 8개월의 시간을 보냈는데, 다른 그림으로 돌아오다 보니 정확하게 그 시간을 따라오진 못했다. 여기는 초봄이었고, 민호가 실종된 지 3개월밖에 지나지 않았다. 아무래도 좋았다. 이 정도면 충분히 제대로 돌아온 것이었다.

이완은 눈을 찡그리고 한숨을 쉬었다. 갈수록 인내심이 없어지는 걸까? 여자의 살이 닿는 것만으로 열이 치밀었다. 이제는 부부 침실이 된 여자의 방. 함께 쓰게 된 공간. 함께 쓰게 된 가구, 함께 살을 맞대고 함께 자고 함께 일어나는 시간. 익숙하고 안정된 공간에서 불안에 떨지 않고 자신 있게 사랑할 수 있게 된 이 상황이 미칠 정도로 좋았다.

여자에게 해 주고 싶은 것이 많았다. 그 초라한 혼례식과 허름한 옷과 싸구려 짚신과 싸구려 나무 비녀 따위를 모조리 잊게 해 주고 싶었다. 이완은 지금 당장 여자를 깨워 안고 싶었지만 잠시 참기로 했다. 지금 여자에게는 숙면이 필요했다.

전시실에서 실신한 여자는 앤드류의 차로 바로 병원으로 실려 가 뇌 단층촬영을 받았다. 아무 이상이 없었다. 의사는 여자의 혈당을 체크하더니 오래 굶어서 그런 것 아니냐 하는 진단을 내렸고, 이완은 고작 하루 굶었는데 그럴 리가 없다고 우겼는데, 그녀는 포도당 수액을 맞고 거짓말처럼 정신을 차리더니 다짜고짜 밥을 먹기 시작했다. 놀랄 만큼 아주 많이 먹었다. 그리고 다시 옆으로 널브러져 이번엔 오로라 공주처럼 잠을 자기 시작했다.

이완은 여자를 안고 집으로 돌아와 욕조 가득히 거품을 내고 꽃잎을 띄운 후, 소독 기능이 있는 비누까지 풀어 목욕을 시켰다. 머리를 감기는 동안, 여자는 욕조 안에서 코를 골기 시작했다. 이완이 손톱 발톱을 깨끗하게 깎아 주고 침대로 옮기는데도 눈 한번 뜨지 않고 정신없이 잠을 잤다.

여자가 자는 동안 이완은 온몸을 깨끗이 닦고, 수염을 밀고 머리카락을 잘랐다. 어른이 되고서 그렇게 짧게 깎은 것은 처음이라 할만큼 바짝 쳐 내고 머리카락 속에 몹쓸 것이 생기지 않았는지 샅샅이 확인했다. 손발을 깨끗이 소독하고, 벌레에 물린 자국마다 다시 소독하고, 스케일링을 받고, 구충제까지 챙겨 먹은 후에야 비틀비틀 집에 돌아와 저녁을 먹었다.

앤드류가 담당 세무사와 변호사를 대동하고 들어왔다. 민호 씨와 결혼해서 안락재를 공동명의로 하기로 결심했으니, 이제부터 본격 세금 전쟁을 치러야 했다.

안락재의 절반을 민호에게 넘기려면 증여세 폭탄을 피할 수가 없었다. 현재 민호에게는 수입은 물론이고 모아 놓은 돈도 거의 없어서 증여로 처리해야 하는데, 안락재의 덩어리가 크다 보니 증여액이 부부공제 한도 따위를 까맣게 넘어간다. 현 시가를 아무리 낮춰 잡아도, 민호 씨에게 증여하는 액수의 30%를 세금으로 두들겨 맞게 된다.

차라리 민호 씨에게 지불할 '보너스'를 현금으로 입금하고, 그 돈으로 안락재의 절반을 윤민호 이름으로 구입하는 형태로 공동명의로 바꾸는 게 나을까? 물론 혼인신고가 된 다음에 큰돈이 의뢰—보수 내역으로 오가게 되면, 증여세를 피하기 위한 탈세로 오해받아 사방에서 자근자근 씹히기에 딱 좋아서 혼인신고를 늦출 필요는 있었다. 혼인신고 전에 지불한 보수라면, 부부간 불법 증여라는 포커스에서 한 걸음 물러날 수 있다. 하지만 전속 세무사가 냉큼 손을 젓는다.

"⋯⋯실장님, 그러면 잡다한 취득세 등기비용 말고도 나중에 사모님 앞으로 38%의 종합소득세가 떨어지게 되는데요. 그런 거금이 보너스 명목으로 통장으로 들어오는데 소득세를 안 내면 나중에 문제가 되지 않겠습니까?"

이완은 머리를 싸쥐고 끙끙 앓았다. 지금이야 아무래도 상관없지만 나중에 안락재를 박물관으로 전환하는 등의 모든 경우에 대비해서, 이런 문제는 티 하나 없이 깔끔하게 처리해야 했다.

그냥 주자니 증여세가 걸리고 일한 보너스 명목으로 주자니 소득세가 걸린다. 금괴를 뒤로 주고 팔아서 대라고 하자니 그것도 자금출처조사가 들어올 수 있단다. 주고 싶어도 마음대로 줄 수 없는 빌어먹을 세상. 어쩌란 말인가.

법적인 테두리 안에서 동원 가능한 모든 절세 방법과 골치 아픈 계산이 밤새 계속되었는데, 세무사는 밖으로 나가서 담배를 뻑뻑 피웠고 변호사는 꾸벅꾸벅 졸았다. 앤드류는 뒤에서, 집 대신 금고 안에 있는 두꺼비들이나 분양하고 퉁치지 그래? 하고 느긋해 빠진 소리를 했다가 쫓겨나고 말았다. 결국 지친 이완이 먼저 뻗어 버렸다.

"혼인신고는 잠시 미뤄 둘 테니, 가능한 방법은 최대한 다 동원해 세율을 좀 낮춰 봅시다."

사람들이 돌아가고 나니 자정이 훌쩍 넘어 있었다. 이완은 옷을 갈아입고 두근거리는 마음으로 안채에 있는 민호의 방으로 들어섰다.

민호 씨와의 결혼을 위해 지은 침실에서 맞이하는 첫 번째 밤이었다. 보수적인 구석이 있는 이완은 결혼 전에는 민호의 침실에는 들어가지 않겠다고 혼자 정해 두고 혼자 안달하고 있었다. 드디어 갈아입을 옷과 소지품들을 옷장과 책상으로 옮겨 놓은 이완은, 여자가 덮고 있는 이불자락을 들치고 들어갔다.

여자는 정말 식욕만큼이나 막강한 수면욕으로 정신없이 자고 있었다. 이완은 혼자 뻘쭘하게 멀뚱거리다가 푸스스 웃으며 몸을 바짝 붙이고 누워 여자의 몸을 더듬었다. 꽤 익숙해졌지만 여자의 몸은 만질 때마다 예쁜 선이 느껴졌다. 특히 가슴과 허리, 엉덩이로 매끈하게 이어지는 라인이 너무 예뻐서 뱃속이 바글바글 끓어 댔다.

"……아, 이런."

이완은 여자의 상반신을 더듬다가 얼빠진 듯 웃고 말았다. 아까 간신히 입혀 놓은 브래지어가 목까지 기어 올라가 있었다. 여자가 갖고 있는 브래지어들은 주먹이 두 개 들어가고도 남을 정도로 컸는데 가슴이 작은 여자가 그것을 사들이는 이유까지는 별로 생각하고 싶지 않았다. 사이즈도 그렇지만, 뻘겋고 별 장식도 없고 뻣뻣한 이런 속옷이 대체 어디가 마음에 들었는지 알 수 없었다.

이제 이완은 여자의 작은 가슴이 아주 마음에 들었다. 안을 때마다 한 손에 쏙 잡힐 정도로 아담한 것도 좋고, 볼수록 귀엽게 느껴지는 것도 좋았다. 아니, 그냥 예쁘고 좋았다. 여자가 왜 예쁜 가슴을 두고 큰 가슴에 그렇게 집착하는지도 이해할 수 없었다.

작아서 더 예쁘다고 아무리 강변해 봐야 여자는 쥐뿔도 믿지 않았다. 깨워서 거울에 비춰 주고 아담 사이즈도 얼마나 예쁜지 잘 보라고 설명해 주고 싶은데 차마 그 짓까지 할 내공은 못 되었다. 이완은 조금 민망해져서 그 흉측하고 크기만 한 가리개를 끌어 내려서 위치를 바로잡아 주었다.

여자가 몸을 비척대며 돌린다. 공기를 빵빵하게 담고 있던 공갈빵이 푹 찌그러져 버렸다. 일껏 달아오른 몸이 푸시시 식고 말았다.

거푸 울리는 알람 소리에 간신히 눈을 뜬 이완은 여자가 깨지 않도록 최대한 조용조용 일어나 앉았다. 이젠 브래지어가 아예 벗겨져서 자신의 옆구리에 깔린 것을 보니 슬슬 화가 났다. 이완은 그것을 집어 쓰레기통에 구겨 넣으면서 결심했다.

……오늘 당장 옷장을 뒤져서 이 흉물스러운 걸 다 갖다 버리고, 당장 A컵으로, 저 예쁜 형태가 아담하고 얌전하게 잘 드러나는 걸로 한 트럭 사서 쟁여 주어야지.

그는 살금살금 발끝으로 걸어가 샤워를 시작했다. 여자가 깰까 봐 드라이도 하지 않고 수건으로만 말리고 깨울까 봐 곁눈질로만 확인했다. 햇볕이 살살 들어와서 자고 있는 여자의 얼굴을 비춘다. 조금 불편하긴 하지만, 함께 자고 함께 일어나 같은 방에서 출근 준비를 한다는 것은 굉장히 설레고 기분 좋은 일이었다.

그는 전화기를 꺼내 문자들을 하나씩 체크했다. 민호 씨한테 계좌를 받아서 돈 문제를 처리하고, 최 과장도 만나서 입막음을 하고, 김성길 사장과 그 빌어먹을 미인도가 어떻게 됐는지도 알아보아야 했다.

이완은 앤드류가 마지막으로 보낸 장문의 문자를 확인하며 눈을 커다랗게 떴다. 민호 씨가 없는 사이, 그녀의 천마산 커뮤니티에 꽤 놀라운, 게다가 썩 좋지 않은 일이 벌어져 있었다. 들으면 충격을 받아 야단야단할 것 같은데. 어떻게 이야기를 해야 할지 난감했다.

그는 옷을 다 입고 상자에서 금반지를 꺼내 왼손 약지에 끼웠다. 이걸 제대로 끼고 다닐 날을 얼마나 기다렸는지 모르겠다. 하지만 제 손으로 꺼내 제 손으로 끼우자니 좀 부아가 났다. 이런 건 여자가 깨 있을 때 끼워 달라고 해야 하는 것 아닌가? 그걸 못 기다리고. 그는 혼자 입술을 비쭉이며 반지를 빼서 다시 책상 위에 얹어 놓고 다시 뒤를 돌아보았다.

왜 안 일어날까? 그렇게 많이 피곤한가? 이완은 조심조심 다가갔다.

"민호 씨? 피곤해도 좀 일어나 보세요. 중요하게 할 말이 있……. 뭡니까. 일어나 있었던 거예요?"

여자는 눈을 멀끔히 뜨고 있었다. 보통 눈을 뜨면 바로 일어나 동동거리는 여자가 무언가 이상했다.

"음, 좋은 이야기는 아니라, 일어나자마자 이런 말을 하기는 좀 뭐한데요, 지금 나가기 전에 민호 씨에게 이야기를 해야 할 것 같아요. 중요한 의논을 좀 해야 할 것도 있고."

여자의 얼굴이 이상하다. 아침에 일어나서 벌쭉 웃으면서 뽀뽀를 해 주던 그 해맑은 표정이 아니다. 이완은 여자를 안아 주려다 겁이 덜컥 났다. 또 무슨 일이 있나?

"저기 이완 씨, 무슨 말을 할지는 알겠는데, 다 괜찮은데, 그전에 나 부탁 하나만."

여자가 훌쩍대기 시작했다. 이완은 기겁했다. 왜, 왜 이래요? 내가 무슨 말을 할지 알고. 무슨 부탁인데 이래요? 당신이 하는 말이면,

달 따 오는 것까진 안 돼도, 달 왕복선, 우주정거장에 보내는 정도까지는 내가 힘자라는 대로 해 볼게요. 그런데 왜, 왜 이래요? 무슨 일인데! 당황해서 말은 나오지 않고 입만 뻐끔거리는데, 여자에게서 본격적으로 콧물이 쏟아지기 시작하면서 폭탄이 터졌다.

"헤어지기 전에, '여보' 소리 한 번만 더 해 줘."

앤드류는 이완의 전화를 받고서도 한참 동안 말 한 마디 하지 못하고 입을 벌리고 있어야 했다. 전화기를 귀에 갖다 대자마자 냅다 "구청에서 혼인신고서 갖다 줘!" 하고 고함이 터졌기 때문이었다. 그러고는 그 뒤에서 필요 없어. 안 해, 혼인신고 안 할 거라고, 하며 크게 엉엉대는 소리와, 이완의 빽빽대는 소리가 이어졌다.

여보! 여보! 여보 여보 여보! 민호 씨! 여보! 자기야, 허니! 제발, 공동명의 세금이고 다 집어치울게, 아 그래, 필요 없는 거 알아, 안다니까. 혼인신고 바로 하면 되잖아. 결혼식도 다시 크게 해요. 그래, 상암 월드컵 구장에서 할까? 잠실운동장에서 할까? 서울시민도 다 초대해서? 당신 예전에 만났던 사람도 다 부르고! 여보! 여보오오! 제발 울지 좀 말라고!

"이, 이완⋯⋯. 저, 전화 좀 끊고⋯⋯. 내가 나중에 전화할까?"

아 글쎄, 안 맞는 속옷을 꾸역꾸역 사니까 그랬지! 새것 사 주려고! 잘 맞는 걸로! 가슴 예쁘다고, 여보! 자기야, 예쁘다니까! 웃기지 마! 빈대떡 프라이 같은 게 뭐가 예뻐! 당신이 여자를 알아? 아냐고! 여자들은 옷장에 원래 55나 44같이 안 맞는 정장 한 개씩은 사서 로망 충족용으로 모셔 둔단 말이야! F컵도 아니고 G컵도 아니고, 겨우 두 컵 반 더 큰 거 사서 모셔 두는 게 그렇게 큰 죄냐? 엉! 죄냐? 여보! 미, 민호 씨, 자기야, 죄 아니야, 내가 여자를 잘 몰라서 그랬어! C컵이든 G컵이든 내가 가위로 오려서 모자로 쓰는 한이 있어도 다시는 안 버릴게. 제발 울지 말라고! 반지도 나 혼자 알아서 잘 끼고 다닌다니까? 그럼, 나도 혼자 잘해! 잘한다고! 여보오오!

앤드류는 조용히 전화를 끊었다.

……텀 앤 더머여 영원하라.

상황은 그럭저럭 종결됐다. 이완은 기껏 빤드르르 빼입은 옷을 모조리 벗어 버리고 어젯밤에 못 한 작업을 해치우는 것으로 '여자를 몰랐던 죄'를 보속했다. 이완은 몸을 죽어라 치대며 씨근덕씨근덕 투덜거렸다.

"어떻게, 어떻게 헤어지자는 말이 툭 튀어나올 수가 있어요? 나를 그렇게 좋아한다면서! 내가 당신 좋아하는 게 연극인 줄 알았어요?"

"그게, 물어보지도 않고 오해한 건 미안한데 내 생각도 좀 해 봐. 그게, 그렇잖아! 우리가 애초에 미워 죽을 것 같아서 헤어지기로 한 게 아니었는데, 그때 우리를 갈라 먹은 골칫거리는 한 가지도 해결 안 되고 여전히 남아 있잖아. 그러니 혼인신고 안 한다는 말에 겁이 덜컥 나는 게 당연하지 뭐야. 이완 씨는 완전히 똑똑한 깔끔이로 돌아왔는데, 나는 여전히 똥무식이고 주둥이는 시궁창이구나. 이거 야단났다, 하고."

"야단나긴 뭐가 야단이 나요!"

이완은 몸을 훅, 들이박다가 잠깐 멈췄다.

그러고 보니 정말…… 이상하다? 문제가 사라진 건 아닌데 어떻게 된 걸까?

왜 그게 지금은 큰 문제로 느껴지지 않을까?

앞으로 이 년이 지나고 삼 년이 지나면 다시 그 문제로 싸우게 될까?

이완은 눈썹을 지그시 찌푸리고 고개를 확확 저었다. 말도 안 된다. 이제는 그러지 않으리라는 확신이 든다. 하지만 이완은 그것을 여자에게 어떻게 설명해야 할지 알 수 없었다. 일단 하던 짓이 있어 놓으니, 머릿속은 뒤죽박죽이고 아찔아찔 휑뎅하기만 했다. 아, 내가 뭐라고 대답을, 대답을 해야 하는데, 미, 민호 씨, 그게 똥무식도 아니고, 시, 시궁창도, 아, 아니…….. 그가 더듬는 순간 여자가 눈을 말똥하게 뜨더니 손가락으로 뒤통수를 핑, 튕겼다.

"아저씨, 딴생각하지? 코끼리 잔다."

아, 이런! 이런 이런! 이완은 황급히 정신을 차렸지만 이미 때는 늦었다. 코끼리는 긴 코를 늘어뜨리고 이미 단잠에 빠졌다. 민호는 땀에 젖어 쩔쩔매는 사내를 빵, 걷어차 버리고 한참 동안 낄낄대고 웃었다.

이완의 두서없는 이야기를 들은 여자는 여전히 말이 없이 물끄러미 바라보기만 한다. 괜찮아요. 난 이제 정말 괜찮아요. 얼른 혼인신고하고, 결혼식도 해요. 아는 사람은 모두 다 초대해서, 우리 두 사람 이렇게 부부가 됐다고, 동네방네 소문 다 내요.

"이완 씨, 우리 혼인신고랑 결혼식은 좀만 미루자."

이완의 눈이 실긋 찌그러졌다. 이건 또 무슨 말인가? 자신이 미루자고 했던 이유는 세금 때문이었다. 하지만 필요 없다 집어치워라 길길이 뛴 여자가 곧바로 세금 때문에 미루자고 말을 뒤집을 리는 없고. 어째 불길하다? 이완은 조심스럽게 물었다.

"왜요? 무슨 일인데요."

"음, 아무리 그래도 이렇게 청렴결백한 대가리로 네이롱의 검색창하고 결혼하는 건 어쩐지 반칙 같은…….. 나도 뭔가 노력이라는 걸 해 보고 싶은 게."

"반칙 아냐! 반칙 아니에요. 아무 상관 없어요. 민호 씨!"

"아, 글쎄 좀 가만히 있어 봐! 누가 안 한대?"

민호는 다시 한 번 옆구리를 뺑 걷어차고 진지하게 말했다.

"봐 봐, 내가 저번에 53점 받았던 그 시험 있잖아. 그걸 다시 한 번 보는 거지."

"한국사능력인증시험요? 안 그래도 돼요! 정말 괜찮아요!"

"아, 내가 안 괜찮단 말이야! 나도 어디 가서 한국사 시험 6급에 빛나는……."

생각하던 민호는 같은 시험장에 있던 바글바글 초등학생들을 떠올리고는 주먹을 불끈 쥐고 레벨을 상향 조정했다.

"5급 합격에 빛나는 재원, 이라는 말을 듣고 싶단 말이야. 그쯤 돼야 정정당당 위풍당당하게 식장에 들어갈 수 있을 거 같아서."

"그런 거 안 해도 된다니까! 민호 씨! 정말 안 해도 돼요. 결혼했으면 둘 중 하나만 잘 알면 되지! 뇌력의 낭비예요, 낭비! 지금도 충분히 위풍당당해요! 그럼요!"

1급도 아니고 5급에 빛나는 건 또 뭡니까! 공무원 시험에서도 1급이나 2급, 끽해야 3급까지밖에 인정을 안 해 준단 말입니다, 라는 말은 차마 할 수 없었다. 그랬다가는 영영 혼인신고도 제대로 된 결혼식도 못 할 판이었다. 말이 그렇지 5급 합격만 해도 그게 내년이 될지 환갑이 될지 몰랐다. 작년 말 나름 두문불출하면서 공부를 했는데도 53점이었으니, 나는 그럼 언제 혼인신고 하고 언제 식 올리나.

"아, 글쎄 한다면 한다니까! 70점만 맞으면 되는 거잖아. 여자 나이 서른이 넘었는데 식칼을 뽑았으면 동치미라도 담아야지. 설마 결혼식 한 번 하는 데 5년이 걸리겠어, 10년이 걸리겠어?"

차마 그러랴, 설마 그러랴, 아무렴 그러랴. 아무리 속을 달래도 그럴 가능성이 너무 컸다. 아아, 속이 탄다, 속이 타. 이완은 머리를 쥐어 잡고 끙끙 앓았다.

"민호 씨, 저는 정말 괜찮은데요. 정말 괜찮아요."

"어허! 나를 좀 믿어 봐! 국가고시 5급 합격에 빛나는! 그거 할 수 있을 때까지만 기다려 줘. 나도 여자로 태어나서 인생을 걸고 뭔가 위대하고 장대한 걸 이룩하기 위해 노력해 보고 싶단 말이야. 이완 씨 나 믿지? 응?"

민호 씨, 제가 백번씩 말하지만 그건 여자가 하는 대사가 아니란 말입니다! 그리고 위대하고 장대한 한국사능력검정시험 5급 70점이라니, 차라리 제가 사법고시를 보고 말지요. 눈앞이 깜깜해진 이완은 필사적으로 설득했다.

"민호 씨, 시험이 중요한 게 아니잖아요. 점수가 뭐가 그리 중요해요? 저한테 약속했잖아요. 결혼해서 내 애들 낳아 준다고. 그러면 일단 혼인신고라도 해 놓아야죠. 애들 올라갈 호적은 만들어 놔야 할 거 아닌가요? 아이들 낳으면서 차근차근 시험 보면 되지 않겠어요?"

"아, 맞다. 두나네 집처럼 딸들을 많이 낳아서, 예쁜 딸들을 많이 많이 낳아서 와글와글 기르고, 머리가 하얗게 될 때까지 행복하게 살기로 했지!"

여자가 솔깃했는지 70점 타령을 잊어버리고 몸을 바짝 붙여 앉는다. 아, 이런 맙소사. 나한테 새로운 뇌관이 생긴 걸까? 딸들을 많이 낳고 머리가 하얗게 될 때까지 행복하게 살고 싶다는 말에는 매번 속 수무책으로 정신이 아찔해진다. 얼쑤! 속에서 뜨겁고 묵직한 것이 벅차게 치고 올라오더니 잠자던 코끼리가 갑자기 부활했다. 이완은 여자를 왈칵 타고 올랐다.

"민호 씨, 제 아이들을 낳아 주세요, 많이 낳아 주세요. 많이, 많이……"

그 대사가 여자들이 가장 싫어하는 멘트 중 하나라는 것은 '여자를 모르는 죄인'도 잘 알고 있었지만 이제는 이판사판, 뇌의 명령을 벗어난 주둥이가 뱃속을 홀랑 털어 버리고야 만다.

자자, 2라운드 시작. 코끼리는 낮잠 잔 것을 벌충이라도 하려는 듯 천지를 진동하며 열심히 달렸다. 두 입이 마주 닿았으니 법중 려 자 좋구나, 네 아래 굽어보니 오목 요 자 좋구나, 내 아래 굽어보니 내밀 철 자 좋구나, 두 몸이 한 몸 되어 안고 틀어졌으니 안을 포자 좋구나! 좋구나, 좋구나! 좋다! 좋다! 이완의 입에서 헐떡헐떡하는 소리가 미친 듯이 쏟아져 나왔다.

이완은 여자의 속에 몸을 파묻고 들들 떨면서, 지금 막 달리기를 시작한 암컷 정자들을 목이 터져라 응원했다. 달려라, 빨리, 더 빨리! 그는 오늘의 노력봉사로, 여자를 닮아 달리기를 잘하는 예쁜 딸 1호 가 만들어지기를 열심히 빌었다.

이완은 오전에 나갈 생각을 집어치우고 여자 옆에 늘어졌다. 가물 가물 잠이 쏟아진다. 그는 여자의 손을 잡고 나른하게 중얼거렸다.

"아이들, 몇 명이나 낳으실 건가요?"

"응. 많을수록 좋아, 두나네 얼마나 좋아? 딸을 그 집보다 많이 낳 게 해 달라고 열심히 빌어야지."

"그렇죠. 음…… 예쁜 딸이 최고죠."

"우리 엄마 못 해 본 거 다 해 봐야지. 목욕도 같이 다니고 머리도 같이 하러 다니고 옷하고 머리띠 사러 시장도 같이 보러 다니고. 같 이 와글와글 놀러 다녀야지. 아, 완전 신나. 애들 꼬꼬마 때는 마당에 서 편 갈라서 나도 같이 뛰어놀 거야. 그래, 여자축구단 만들면 좋겠 다! 싹카! 싹카! 팀 이름은 '씀풍씀풍 싹카'인 거야. 일단 스무 명 정 도 있으면 이완 씨하고 내가 골키퍼 하고 편 갈라서 축구할 수 있잖 아."

기껏해야 사운드 오브 뮤직을 상상하고 있던 이완은 입을 멍, 벌리고 말았다. 스케일 하나는 엄청 큰 여자였다.

"애, 애 많은 건 저도 좋은데, 어, 그 애들을 다 어떻게 키우려고요? 자신 있어요?"

"아, 그래 돈이 문제지. 그런데 국가대표가 되어 태릉에 들어가면 학비랑 생활비도 무료래. 그리고 어릴 때는 보육료도 무료로 할 수 있어. 내가 유치원 교사 자격증이 있으니까 어린이집이나 놀이방 인가 내고 우리 애들을 원생으로 등록하면 보조금도 나올걸? 어, 그거 불법 아냐! 애를 스물쯤 낳으면 국가에도 충성하는 건데?"

민호가 눈을 둥글 굴리며 열심히 설명한다. 이완은 소리를 빽 질렀다.

"왜 돈 걱정은 하고 그래요! 열이든 스물이든, 내가 내 애들 교육 못 시킬까 봐 그래요? 그리고 땡전 한 푼 없어도 영어, 수학, 중국어, 일본어, 역사, 미술, 음악, 제가 다 가르칠 수 있어요! 제가 묻는 건, 민호 씨가 애를 그렇게 많이 볼 수 있느냐는 거죠!"

"유치원이 한 반에 스무 명인데 그 정도 커버는 해. 물론 이완 씨도 애 키우는 건 도와주어야지."

"도와주는 게 아니고 같이하는 거죠! 당연히 저도 합니다! 온몸이 마르고 닳도록요!"

딸이 스무 명! 세상에 이런 맙소사. 물론 씀풍씀풍 싹카 팀을 만들 생각은 전혀 없었지만 상관없다. 조금 규모가 큰 사운드 오브 뮤직으로 기획을 바꾸면 되는 것이다. 머리를 곱게 빗어 고불고불 컬을 넣고 예쁘장하게 리본으로 장식하고 레이스가 자잘자잘한 분홍 원피스와 빨간 에나멜 구두를 신은 병아리 같은 딸들이 종종대며 아빠아빠, 아빠 뽀뽀, 하며 따라다닐 것을 생각하니 정신이 아찔했다. 이완은 해롱해롱 풀린 얼굴로 물었다.

"얼굴도 하는 짓도 다 비슷비슷할 텐데, 이름 부를 때마다 헷갈리지 않겠어요?"

"다 생각해 놨지. 두나네 봐, 한나 두나 세나 사라 다사 여서 이레! 얼마나 쉽고 안 헷갈려! 이름에 번호를 매기면 되는 거지."

일이삼사, 하나둘셋넷, 원투쓰리포, 아이들과의 연대감이 저절로 고취되고, 번호만 넣으면 되니 짓기도 간편한 데다 외우기도 편하고 자매간 질서도 저절로 잡혀서 좋으며, 아이를 백 명을 낳아도 이름이 떨어져 걱정할 일이 없고, 무엇보다 절대 헷갈릴 일이 없을 거란다. 나처럼 머리 나쁜 엄마, 그리고 애를 낳으면서 나날이 머리가 더 나빠질 엄마에게 외우기 쉬운 이름은 꼭 필요한 미덕이란다.

대체 저 여자는 우리를 뉴질랜드 농장 젖소 부부쯤으로 생각하는 건가? 눈앞으로 울타리 없이 드넓게 펼쳐진 초지에 구름처럼 돌아다니는 아기 젖소들과 의무수행을 위해 밤이고 낮이고 에로사업에 부심하고 있는 젖소 부부가 떠올랐다.

딸들은 금방 시집을 가서 또 아이들을 낳을 테지. 엄마가 된 스무 명의 딸들이 또 아이를 스무 명씩 낳아 축구팀을 꾸리면 단 2대 만에 가족들만으로 32강 토너먼트 전을 펼칠 수 있을 것이다. 참신하다 못해 엽기적인 여자를 탓할 것도 없다. 내 상상력도 여자를 따라 점점 우주로 날아가고 있으니. 이완은 반쯤 포기한 채 다시 벌렁 누워버렸다. 나쁘지 않을 것 같아. 정말 나쁘지 않아. 자꾸 웃음이 나왔다.

"그럼 아이들 이름이 박1, 박2, 박3, 박4, 박5, 박6, 그럴 건가요? 너무 이상하잖아요."

"내 이름자도 하나 하사해서 공평하게 넣으면 되지. 아 그래, 호자! 호자 좋다! 박1호, 박2호, 박3호, 박4호, 박5호, 박6호……. 나이스. 박수리 형제 아니 박수리 자매 20호까지 나오겠다!"

이완은 저도 모르게 휘말려 고개를 끄덕였다. 그렇지. 이상한 거 아니다. 이상한 거 아니라고. 이래 봬도 장중하고 폼 나는 로마식 작명법 아니던가. 프리무스, 세쿤두스, 테르티우스, 콰르투스, 퀸투스, 옥타비우스! 대식이 두식이 삼식이 사식이 오식이, 팔식이가 어때서! 뭐 어때서!

아아, 틀렸어, 저 이름들이 그럴듯하게 들리다니 이제 우리 아이들은 꿈도 희망도 없다. 불쌍한 아기 젖소들의 운명이 보이는 것 같다. 이완은 킬킬대며 땀에 젖은 여자의 가슴에 얼굴을 묻었다. 여자가 팔을 둘러서 그의 어깨를 꽉 끌어안았다. 여자의 심장 소리가 들렸다. 콩, 콩, 콩, 콩, 콩. 참 사랑스러운 소리였다. 가물가물 나른나른한 와중에, 아마득하게 폭탄 터지는 소리가 들렸다.

"아, 하여튼 나 5급 따고 나면 그때 혼인신고 하자."

전화기에 '15분 후 도착'이라는 비서님의 메시지가 뜬다. 너희가 무슨 짓을 하고 있을지 대충 알고 미리 문자를 보내오니 지금 일어나 옷이나 입으시옵소서, 하는 의미였다. 와 봤자, 혼인신고서도 필요 없게 됐는데 무슨 소용인가. 민호가 손을 붕붕 저었다.

"그 뭐냐, 혼인신고서에 증인 이름 쓰는 칸 있다며? 기왕 서류 받아 온 거, 친구 이름이나 하나씩 미리 적어 놓지 뭐. 잠깐만, 난 진희한테 그 부탁이나 해야겠다."

민호는 전화기를 더듬어 번호를 눌렀다. 그러나 진희가 전화를 받지 않는지 고개를 갸웃거린다. 이완은 잠시 망설이다가 손을 잡았다. 이 좋은 분위기를 깨고 싶지는 않은데 별수 없다.

"음, 진희 씨 말고 다른 사람은 없어요?"

"응? 진희가 왜? 아니면 두나한테 부탁할까?"

"민호 씨, 미안한데 두나 씨도 말고 다른 사람은……? 두 사람은 지금 좀 곤란한데요."

126

민호의 눈이 실쭉 가늘어진다.

"왜? 걔들은 내 친한 친구들인데 왜 증인이 안 돼? 무슨 문제가 있어?"

"아, 문제라기보다 지금 두 사람한테 연락이 안 될 거예요. ……둘 다 실종 상태라고 하는데요."

"뭐? 무슨 말이야! 왜 실종이 됐어? 언제? 신고는 했대?"

"벌써 석 달이 넘었대요. 신고는 두 집에서 다 안 했어요."

"왜! 왜애애애! 사람이 없어졌는데 왜!"

"그게, 그럴 이유가 있긴 해요. 원래 그쪽 이야기가 직접 말해 주지 않으면 눈치채지 못하는 거고."

"아니 사람이 실종되는데 뭘 눈치를 채고 말고가 있어?"

이완은 한참 망설였다. 앤드류가 이레에게 어렵게 전해 들었다는 소식은 정말 믿기 어려웠다.

"민호 씨, 저, 진희 씨하고 두나 씨하고…… 사귀었었던 거, 혹시 알고 있었어요?"

"당연히 알지! 우린 초등학교 동창이란 말이야! 나하고도 사귀었었다고!"

민호가 눈을 부라리며 소리를 빽 질렀다. 이 반응을 보아하니 전혀 모르는 모양이다. 이완은 한숨을 푹 쉬고 조심스럽게 말했다.

"둘이 취향이, 음, 일반적이진 않았던 모양인데……. 저도 의외이긴 한데, 하여간 양쪽 집에선 쉬쉬하면서도 난리가 난 모양이에요."

"……뭔 말이야?"

"두나 씨하고, 진희 씨하고, 석 달 전에 쪽지를 남겨 놓고…… 사랑의 도피……를 했대요."

쪽지 내용이라는 것도 정말 대책 없이 간단하고 앞뒤 없었다. 심지어 민망하고 손발이 오그라드는 내용이었다.

〈진희하고 저하고 사랑을 위해서 모든 걸 버리고 떠나기로 했으니 저희 두 사람을 찾지 마세요. 죄송합니다. 엄마, 아빠 사랑해요. 박두나 드림〉

민호의 입이 멍하니 벌어졌다. 1분 후, 민호는 뒤로 훌렁 넘어갔다.

※　　　※　　　※

일산 집의 분위기는 상가처럼 흉흉하고 암울하기 그지없었다. 진희의 어머니는 충격으로 앓아누웠다가 간신히 일어났고, 아버지는 진희 이야기가 나오자마자 재떨이를 벽으로 집어 던졌다.

지금 두 년이 무단결근으로 죄다 학교에서 잘렸는데, 진희가 다니던 학교의 교장이 민호 큰오빠의 후배라고 했다. 무슨 일인지는 모르지만 겨울방학, 봄방학도 끼어 있었으니 서류만 대충 준비해 주면 병가나 학업을 위한 휴직으로 돌려 줄 수 있다고 넌지시 말도 했지만 오빠는 딱 잘라 거절했다. 우리 집안에 그런 년은 없어. 그런 년은 온다고 해도 이제 내 딸이 아니야. 어디서 그런 돼먹지도 않은 게 태어나서 망신을 시켜! 연락 안 되면 실종 말고 아예 사망신고 내! 어디가서 뒈져 버렸다고 해! 죽일 년! 집안 망신, 아비 어미 얼굴에 먹칠을 해도 유분수지!

큰올케는 집안 망신, 부모 얼굴에 먹칠이라는 말을 하는 남편과 큰 소리를 내며 싸웠다. 지긋지긋해, 그놈의 집안 망신 집안 망신! 내 딸이 중요하지 집안 망신이 뭐가 그렇게 중요해! 애가 어떻게 됐는지 걱정은 안 돼? 먹칠 좋아하시네! 당신이나 이 집안 남자들 하는 꼬락 서니만으로도 어차피 오징어먹물 천지인 집안이었어! 애가 몇 달째 연락도 안 되고 죽었는지 살았는지도 모르는데! 같잖은 집안 망신 소리 따위 하려면 당신도 썩 나가!

그래 놓고는, 방에 들어와서 민호가 손을 잡아 주자마자 눈물을 폭포처럼 쏟으며 울기 시작했다. 어이구, 아가씨, 그 계집애가 이상한 얘기를 할 때부터 느낌이 안 좋았는데! 말렸어야 했는데. 외국에 사는 남잔 줄만 알고, 너만 좋으면, 너만 좋으면 가까이서 얼굴 못 보고 살아도 괜찮다고 했는데! 우리 진희가 어쩌다가. 언제부터 그랬대요, 아가씨도 전혀 몰랐어요? 나는 미치겠어, 나 어떡하고 우리 진희 어떡해. 말렸어야 했는데. 직장도 없고 덜렁 소식도 끊고, 한국에서 뭐 해서 먹고살 거야. 진명이 진경이는 아직도 믿질 않아요. 이걸 대체 어쩌면 좋아.

민호는 진희가 그럴 리가 없다고 펄펄 뛰었다. 진희는 좋아하는 남자가 있었어! 정말 좋아하는 남자가 있었다고요! 잘못 알고 있는 거예요! 두나 그년이 미친 소릴 했나 봐!

하지만 환갑이 훌쩍 지난 오빠는 집안 망신을 시킨 딸과 그 친구에 대한 적의를 누그러뜨리지 않았다. 두나 그년이 진희를 호린 게 틀림 없어. 그 이상한 집안 애들하고 어릴 때 놀게 놔두는 게 아닌데. 그 영감 재혼이라 하지만 나이 차가 그렇게 나는데 재혼인지 첩인지 알 게 뭐냐. 그런 집의 계집애니 우리 진희를 호린 거지!

오빠는 결국 뒷머리를 잡고 자리에 누우면서, 다른 친척들이나 친구들, 아는 사람들에게 이 이야기를 절대 하지 말고, 네 친구들에게도 입단속 철저하게 시키라고 신신당부했다.

"이완 씨, 두나네 집에 가 보자. 애들이 대체 학교에서도 다 잘렸다는데 어디서 뭐 하고 있는 거야, 그 바보들이. 경쟁률이 90대 1,

80대 1, 그런 시험에서 합격해서 선생님이 돼 놓고. 이제 계획대로 평생 걱정 없이 행복하게 산다더니, 이 바보들이 무슨 짓을 한 거야, 흐어……."

민호는 조수석에 쪼그리고 앉아 울었다.

두나네 집도 줄초상 분위기였다. 일단 알로하 영감님이 여전히 투병 중이었다. 암의 진전이 느리다고는 했지만 진통치료는 계속되는 모양이었다. 다행히 진통제가 잘 먹히는지 크게 고통스러워하지는 않았지만 그래도 충격받고 병세가 악화될까 봐 딸의 가출을 알리지는 못했다. 영감님은 둘째 딸이 멀리 여행을 가서 한동안 오지 못한다고만 알고 있었다. 그의 불만은 술을 못 마시게 된 것 한 가지뿐이었다.

보스 여사는 창백하고 지쳐 보였다. 하지만 그녀는 단호하게 말했다.

"민호야, 그건 아냐. 그럴 리가 없어."

"두나가 쪽지를 남겨 놓고 갔다면서요. 혹시 어디로 갔는지 짐작 가는 데 있으세요?"

"두나가 어디로 갔는지 나도 전혀 모르겠어. 걔가 어릴 때부터 워낙 엉뚱하고 사고도 많이 쳐서, 나도 전혀 눈치채지 못했었어. 하지만 진희랑 그런 사이는 절대 아니야. 그럴 리가 없어."

"두 사람이 같은 날 사라진 거 맞나요?"

"정확하게 잘 모르겠어."

보스 여사는 두 손으로 눈을 감쌌다. 하지만 올케언니나 큰오빠처럼 울거나 노해서 소리를 지르지는 않았다. 두 사람에게 느껴지던 것은 분노와 좌절, 배신감이었지만, 보스 여사는 무섭도록 침착했다.

"정말 그 쪽지가 두나가 쓴 거 맞대요? 다른 애들도 알고 있어요?"

"두나 글씨가 맞아. 두나한테 아마 좋아하는 사람이 있지 않았나 싶어. 이레 말로는, 사정이 있어서 두나 언니가 결혼 안 한다고 했었대. 하지만 그 상대가 진희는 아니야. 아닐 거야. 그건 내가 장담할 수 있어."

"예……. 많이 놀라셨죠. 다른 애들은 괜찮아요?"

"다른 애들은 걱정 많이들 했지만 괜찮아. 걱정해 줘서 고맙다."

민호는 도무지 일이 어떻게 돌아가는지 알 수 없었다. 사람들끼리 물샐틈없이 연결되고 아무 곳에서나 나도 모르게 촬영이 되는 대한민국에서 사람이 이렇게 감쪽같이 사라질 수가 있을까? 멍한 상태로 비틀비틀 나오자 이완이 기다렸다가 어깨를 부축해 주었다.

"오신 김에 민호 씨 짐이나 가져가요. 진희 씨하고 방을 같이 쓰셨던가요?"

두 사람은 진희와 민호가 함께 쓰던 방으로 올라가 보았다. 이제 이곳에 놓아둔 민호의 짐을 정리해 안락재로 가져가야 했다.

방은 아담하고 작았는데 빛이 잘 들어오고 있었다. 이완은 벽에 걸린 두 개의 월죽도를 먹먹하게 들여다보았다. 똑같이 생긴 그림 두 개가 나란히 걸려 있으니 조금 우스웠다. 올케언니가 원래 한 장이었던 그림이니 아가씨가 가져가라면서 지저분하기 짝이 없는 액자를 넘겨주었다고 들었는데, 이것이 오원의 것임을 알았으면 그렇게 쉽게 넘겨주지는 않았겠지.

아니, 그림까지 가지 않아도 이렇게 매끄럽고 멋진 글자가 박혀 있다면 깨끗하게 표구해서 번듯하게 걸어 놓아도 좋을 텐데. 앤티크와 버리고 싶은 구닥다리 잡동사니의 차이는 어쩌면 물건을 보는 안목 차이에서 비롯될 수도 있다.

이완은 민호의 몇 안 되는 짐 중에서 돌돌 말린 몇 점의 그림과 두

권의 화첩을 보고 먹먹해졌다.

"민호 씨. 이거 보세요."

이완은 혼례식 그림이 든 화첩을 펼쳤다. 일곱 장의 그림 중 가장 생뚱했던 그림 한 장—가난한 혼례 그림은 두 사람을 모델로 한 것이었다. 허옇고 지저분했던 옷은 그림 속에서 그래도 깨끗해 보였고, 엉터리로 깎아 놓았던 무는 그래도 닭처럼 보였다.

그림을 보니, 그 딱한 혼인식에 그래도 증인이 있었다. 스승은 유쾌한 얼굴로 가운데 섰고, 두 사람의 발치에 검정 강아지가 의젓하게 앉아 있다. 스승은 영모화에도 유감없이 솜씨를 발휘해서, 곱슬곱슬한 털을 가진 검정 강아지는 흡사 살아 있는 것처럼 생동감이 있어, 혼인을 참관하는 증인처럼 두 사람을 지켜보고 있었다. 이완은 울어서 얼굴이 엉망진창이었겠지만, 스승은 그래도 두 사람을 발그레한 뺨을 가진 예쁜 신랑 각시로 그려 주었다. 이완은 조금 먹먹한 목소리로 중얼거렸다.

"스승님이 그려 주신 그림 하나도 못 가져왔어요."

"응, 정말 그러네. ……갖고 오고 싶었어?"

"그럼요. 스승님이 저 주신 건데."

"응. 그렇구나. 그래도 이것만이라도 우리 손에 들어왔으니 다행이지."

"그렇군요."

그래도 그렇게 급하게 도망치듯 오지 않았으면 다 가져왔을 텐데. 남을 살뜰하게 챙길 줄 모르는 그 제멋대로 화원이 그래도 나름 위해 준답시고 틈날 때마다 그림을 그려 주었는데. 궁에 갇히고 고대광실 벼슬아치의 사랑에서, 산해진미 온갖 기생놀음 판을 벌여도 손 하나 까딱 않던 사람이, 그 허름하던 집에 와서 산채 안수에 탁배기 한 사발로 그렇게 많은 그림을 그려 주고 갔는데.

그러고 보면 스승님도 민호 씨처럼 참 정이 많고 무르고 따뜻한 사람이었던 거다.

"나중에 갈 기회가 될까요?"

"거기 다시 갈 생각이 있어? 나야 상관없지만…… 이완 씨는 끔찍하지 않았어?"

이완은 그림을 들여다보며 고개를 갸웃했다. 분명 끔찍했다. 혼자 그곳에 굴러떨어졌을 때부터 끔찍해서 매일 죽고 싶었다.

그런데 이상하게 자꾸 생각났다. 그곳에 놓고 온 스승의 그림, 그곳에 남아 있을 신혼살림들이 기억났다. 조잡한 싸구려 물건들이었지만, 함께 살을 맞대고 먹고 살았던 흔적들이었다. 그곳에서 쓰던 숟가락 젓가락 한 짝이라도 가져올걸. 함께 쓰던 베개 하나라도.

나는 그 시간이 정말로 끔찍했던가?

생각할수록 잘 모르겠다. 이완은 그 작은 오두막에서 여자와 스승과 함께 보낸 시간을 떠올릴 때마다 부드럽고 따스한 물이 속에 찰랑찰랑 들어차는 것처럼 느껴졌다.

"끔찍하지 않았어요. 저는, 저는 좋았습니다."

이완은 가운데서 웃고 있는 유쾌한 노총각 스승을 바라보며 손가락으로 눈을 문질렀다. 손가락 끝에 축축하게 물기가 묻어 나왔다. 속없고 주책이 만발이었던, 도무지 미워할 수 없는 스승님이 보고 싶었다. 아직도 난 하나 제대로 치지 못하는 엉터리 제자인데, 그래도 자꾸 보고 싶었다.

민호가 두 번째 책을 건네준다. 이완이 따로 제본했던 클래식 핑크 북, 엉덩이와 등짝과 물건이 아주 실한 '빅맨'이 등장하는, 쓸데없이 퀄리티가 좋은 에로 북이었다. 이완은 이제 이런 걸 함께 봐도 쑥스럽지 않을 정도로 내공이 쌓였을까 싶어 민호와 함께 그림을 펼쳐 보고는 잠시 후, 그대로 굳고 말았다.

133

"이, 비, 빌어먹을 인간이! 대, 대체 무슨 짓을!"

내공은 개뿔, 미워할 수 없기는 개뿔! 죽었어, 이 인간 다시 만나기만 해! 이완은 눈을 둥그렇게 뜬 여자에게서 책을 빼앗아 상자 밑에 처박고는 화닥거리는 얼굴을 꽉 감쌌다.

지금 보니 누가 무엇을 그린 건지 순식간에 알 수 있었다. 혼례식과 첫날밤의 연작 시리즈였군그래! 구멍 내고 훔쳐보는 사람까지 제대로 그려 놓은 걸 보니, 나름 당당한 전통이라 이건가? 이런, 미친! 대체 첫날밤을 훔쳐보는 미친 전통은 왜 생긴 거야! 초짜들이 길도 못 찾고 삽질하면서 아파서 울고불고 쩔쩔매는 꼴을 그렇게 보고 싶은가? 스승님만 해도 그렇다. 그 대단한 실력으로, 그 엄청난 기억력으로, 그래 제자의 첫날밤을 죄다 들여다보고 남부끄럽게 증거까지 남겨 놔야 속이 시원한가?

빅맨의 미스터리한 선의 정체도 이제야 밝혀졌다. 에로 처자와 순진 노처녀들의 호기심과 추리력을 한껏 자극하던 그것은, 돼지 창자도 아니고, 빅맨의 덜 펴진 주름도 아니었다. 그것은, 시간을 거슬러 올라가 제 본분을 다하고 역사의 아궁이 속으로 사라진 콘돔이었다. 스승은 관찰력과 기억력이 너무너무 좋았고, 묘사력 역시 지나치게, 너무 지나치게 좋았다.

"민호 왔냐, 멀대 너도 왔냐? 남의 마당에서 막 뽀뽀하던 놈. 너희 날 잡았냐? 결혼식 언제 하냐?"

뒤에서 흥알흥알하는 목소리가 들려 돌아보니 얼굴이 시커멓게 쪼그라진 박 영감님이 여전히 알로하셔츠에 금줄 목걸이를 하고 손을 흔들고 있다. 몸의 상태나 피부색을 보면 내일 돌아가신대도 이상할 것 같지 않은데, 하는 짓을 보면 도무지 죽을 날을 받아 놓았다는 말기 암 환자답지 않아서, 민호는 우스우면서도 코가 시큰했다.

"네, 나중에 날 잡아서 할 거예요. 아주 크게 할 거예요. 아저씨도 아프지 말고 꼭 오세요."

"그럼! 우리 민호 결혼하는데 내가 꼭 가야지. 잠실운동장에서 해라! 잠실운동장! 아니면 용인 자연농원, 아니, 에버랜드에서 해라! 내가 애들하고 예전에 거기 자주 놀러 갔는데, 거기 참 좋더라! 예쁜 꽃도 많고 재미난 것도 많고! 한복 입고 바이킹 타 봐라! 옷고름이 폴폴 날리는데, 참 예쁘더라, 아니면 알로하 옷 입고 타. 세상에 옷에 이렇게 예쁜 꽃 그림이 있으니까 얼마나 보기가 좋으냐. 응!"

민호는 시큰해진 코를 문지르며 웃었다. 박 영감님의 알로하 셔츠 예찬론은 천마산 일대에 짜했다. 그는 그 요란한 꽃무늬 셔츠가 이 팍팍한 세상을 예쁘게 만들어 주는 기특한 물건이라는 신념을 갖고 있었다. 그리고 나이답지 않게 놀이동산에 놀러 가는 것도 정말 좋아했다. 두 손을 번쩍 들고 소리를 지르며 롤러코스터를 두 번 세 번 되풀이해서 타는 칠순 노인은 놀이동산에서 아마 알로하 영감님이 유일했을 것이다.

"나으시면 또 바이킹이랑 타러 가셔야죠."

"응, 그래야지. 내가 나이는 좀 있지만 용감하니라. 하늘을 훌훌 나는데 막 신이 나더라! 막 신선이 구름 타는 것 같고!"

이를 벌쭉 벌리고 웃는데. 이제 이도 별로 남아 있는 것이 없다. 그래도 좋다고 계속 웃는다. 그러더니 이완을 보고 대뜸 삿대질이다.

"너 이놈. 그동안 뽀뽀 많이 했어? 요즘도 남의 집 마당에서 뽀뽀해?"

"……안 합니다. 어르신."

"왜! 이렇게 예쁜 아가씨를 두고 뽀뽀를 왜 안 해!"

"아 예, 하긴 하는데, 이제 집에서만 합니다."

이완은 머쓱했지만 살날이 얼마 남지 않은 노인이라 그래도 고지식하게 대답했다. 알로하 영감님은 히히 웃으며 손을 저었다.

"에이, 이건 또 무슨 바보냐! 많이 해! 그때 내가 그냥 장난쳤던 거였어! 우리 집 마당에서 많이 해도 돼! 뽀뽀할 수 있을 때 많이많이 해! 갈 날 받아 놓으니까 마누라하고 뽀뽀 많이 못 한 게 제일 아까워!"

이완은 무어라 대답해야 할지 몰라 눈만 깜박이며 고개를 살짝 숙였다. 듣는 사람은 지레 무겁고 숙연한데 죽음을 앞둔 당사자는 가볍고 천진하기만 했다.

민호와 이완은 알로하 영감님을 방으로 모셨다. 병실이 된 조그만 방에는 햇볕이 고즈넉하게 들었고 깨끗하고 화사해서 도무지 죽음을 앞둔 병자가 머무르는 곳 같지 않았다.

이완은 할아버지를 침대에 눕혀 주고 몸을 돌려 나오다가 그 자리에서 돌처럼 굳었다. 민호의 입도 커다랗게 벌어진다.

"이, 이완 씨! 저, 저게 뭐야?"

환자가 누워 있는 곳 맞은편에 그림이 있었다. 한강에서 피투성이가 된 노인과 함께 갈가리 찢어져 한강 속으로 잠겨 버린 미인도, 그 얼굴 없는 여인이 너무도 태평하게 세 사람을 내려다보고 있었다.

이완은 심호흡을 하고 그림을 자세히 살펴보았다. 그림을 보는 순간 심장이 벌렁벌렁하고 숨이 막혔다. 그림은 틀림없이 자신이 보았던 그림이 맞았다. 민호는 눈을 크게 뜨고 그림을 이리저리 뒤집어 본다.

배접과 표구를 다시 해서 새것 같지만 그림은 분명 미인도였다. 이완은 그림을 찬찬히 만져 보고 누워 있는 환자에게 무거운 목소리로 물었다.

"저, 어르신, 이 그림을 누가 갖다 줬습니까?"

"뚱벽이 그놈이 갖다 줬지. 찾느라고 고생했나 봐."

"할아버님께서 혹시 그림을 갖다 달라고 부탁하셨습니까?"

"응. 내가 그거 좀 찾아 달라고 고집을 부렸어. 고거 내가 갖고 있던 건데 전의 마누라가 몰래 빼돌렸지 뭐야. 내놓으라니까 태워 버렸다고 거짓부렁을 해서 나하고 대판 싸웠지."

"전의 부인…… 말씀이십니까?"

"……응, 바보 같고 딱한 년 하나 있어. 저 좋다는 남자 버리고 덜렁 나한테 붙었다가 뒈지게 고생했어."

노인은 졸린지 가물가물하는 목소리로 대답했다. 이완은 눈썹을 찡그리고 다가앉았다. 스멀스멀 뒤통수가 무겁다.

이완은 동벽이 알로하 영감님에게 교수님, 하고 불렀던 것을 떠올렸다. 두나 씨들도 아버지가 젊어서 교수님 소리 좀 들어 본 적이 있다고 했었다. 근태가 나빠서 해고당하고도 마당에서 바비큐 파티를 벌였다던 대책 없는 가장.

뒤이어 병원에서 만났던 노파의 음산한 목소리가 떠올랐다. 저 그림은 그들 두 사람 사이를 찢은 것도 모자라서 남은 인생까지 작살내 놓았다고. 암으로 죽어 가는 박철웅 화백처럼, 당신 여자도 미인도에 미쳐서 평생을 말아먹을지도 모른다고 했었다.

잠깐만, 저 좋다는 남자 버리고 영감님에게 붙었다가 고생한……?

순간 머리가 띵, 울렸다.

맙소사. 두나 아버님이 박철웅 화백이었나?

하지만 노파는 박철웅 화백이 자신을 먼저 꼬드긴 것처럼 이야기했는데 영감님은 여자가 들이댄 것처럼 말한다. 남녀 간의 흔한 책임 회피이니 진실은 알 수 없었으되 궁금하지도 않았다. 다만 슬럼프와 광증에 빠져 몰락한 박 화백의 말로가 몹시 비참할 것이라 생각했는데 눈앞의 노인의 모습은 예상과 정반대라 이상하긴 했다.

이완은 가물가물 잠들려는 환자에게 조심스럽게 말을 걸었다. 박화백님, 박철웅 화백님? 하지만 환자는 본격적으로 꾸벅대기 시작했고, 뒤에서 묵직한 목소리가 가로막는다.

"주무시는데 방해하지 말고 나오게."

동벽은 급하게 올라왔는지 약간 숨을 헐떡이고 있었다. 오늘은 과시용 날 선 양복도 싸구려 트레이닝복도 위장용 점퍼 차림도 아닌 후줄근한 한복 차림이었다. 이번엔 누구에게 사기를 치다가 제대로 걸려 얻어터졌는지 턱 아래쪽으로 푸르스름한 멍 자국이 보였고, 한쪽 손목엔 붕대가 감겨 있었다.

민호에게 잘 지냈느냐 점잖게 인사를 하는데, 민호는 입으로 원자탄을 발사할 것 같은 포즈를 취하다가 이완의 얼굴을 보고 끙, 하고 똥 참는 표정을 지었다. 이완은 동벽을 지그시 노려보다가 민호에게 물었다.

"민호 씨, 그때 분명히 김성길 사장이 이 그림을……."

"응, 한남대교 위에서 갈가리 찢었고, 사람들이 찢어진 거 잡으려고 막 뛰어다녔고, 나머지는 김성길 사장이랑 같이 한강에 떨어졌어. 찢어진 조각 퍼즐 맞추기를 해도 한강에 떨어진 부분이 많아서 저렇게 다 안 나왔을 텐데. 잠수부를 고용했나?"

"민호 씨, 저 그림은 앞장 떼기를 한 거예요. 사기에, 절도에, 위조까지. 트리플 크라운이군요."

이완은 동벽을 보며 차갑게 쏘아붙였다.

"어쨌든 앞장 떼기를 해 둔 덕에 그나마 그림이 무사해지지 않았나? 안 그랬으면 이 그림은 영구히 사라졌을 텐데?"

"뭐라고요?"

"생각해 보게. 김성길 사장은 강에 빠진 지 열흘 만에 시신이 회수

됐어. 강에 떨어진 그림은 당연히 한 조각도 회수하지 못했고. 이렇게라도 그림이 남은 게 천운 아닌가?"

"어찌나 고마운지 눈물이 다 나는군요. 지금 말씀이 사기꾼들의 전형적인 궤변이란 거 아십니까?"

이완이 코웃음 치며 어깨를 으쓱하자, 동벽은 억지로 숨을 가다듬었다.

"그림을 추적하던 놈들은 그림이 눈앞에서 사라지는 걸 보고 찾는 것을 포기했어. 놈들이 그림을 찾으러 안락재나 민호 씨를 쫓아다닐 일은 없어졌으니 도리어 다행 아닌가. 물론 그 참사랑신용정보회사는 그 일로 호되게 곤욕을 치러서 더 이상 영업을 못 하게 되었고 구속당한 직원도 몇몇 돼. 장근숙 씨를 이를 갈면서 찾는 중이긴 해도 이 정도 선에서 사건이 멈춘 건 그나마 다행이잖나."

"그래서 도둑질한 걸 칭찬해 달라는 말씀이시군요. 예, 잘 훔치셨습니다."

이완은 그에게 날카롭게 쏘아붙이고 그림을 끌어 내려 둘둘 말았다. 갑자기 손이 턱 잡혔다. 동벽이 다가와 손목을 잡아챈 것이다.

"자네들 물건은 한강에 수장됐고, 이건 내가 별도로 한 장을 더 만들어 살아남은 거니……."

"할아버지! 지금 그게 말이에요 똥이에요? 그 그림을 두 장으로 나누든 열 장으로 나누든, 애초에 다 제 그림이었단 말이에요!"

동벽은 순간 멈칫했다. 그는 민호를 바라보더니 맥없이 고개를 수그리고 사정조로 말했다.

"민호 씨, 제가 무리한 이야기를 하는 건 알아요. 하지만 지금 저분이 가실 날이 얼마 안 남아서 그러니 이해를 좀 해 주면 안 될까요?"

이완은 두 사람 사이를 가로막았다.

"당신이 지금 얼마나 이상하게 보이는지 아십니까? 안 되면 안 된다고 말씀드리고 끝내야지, 왜 이렇게까지 그림에 집착하십니까? 도둑질에 위조까지 감행할 정도로? 저 그림에 집착하고 이상해진 사람이 한둘이 아니라고 하는데…… 하, 혹시 당신들도 저 그림의 전 소유자이기라도 했습니까?"

이완은 입술을 비틀고 이죽거렸다. 동벽은 미간은 잔뜩 찌푸리다 억지로 대답했다.

"우리 역시 잠깐이지만 손에 넣은 적이 있었네. 하도 흉흉한 일이 생겨서 바로 팔고 말았지만."

이완과 민호는 눈을 커다랗게 떴다. 동벽은 여전히 내키지 않는 듯 말을 이었다.

"사실 선생님의 부탁 아니면 그림 다시 찾을 생각도 안 했을 거야. 물론 돈 내고 사는 방법을 제일 먼저 생각했지만 그게 안 됐으니 앞장 떼기를 해서 앞장만이라도 선생님께 드리려 했던 거였고……."

"상식적으로, 그 상황이면 도둑질이나 앞장 떼기를 하는 게 아니고 포기하는 게 맞습니다."

이완은 코웃음 치며 말을 잘랐다. 아니나 다를까. 전형적인 사기꾼의 논리가 나온다. 상황이 불가능해지면 그것을 포기하는 대신 남을 등쳐 먹는 것이 정당해진다고 생각하는 사람들. 도둑질을 하면서도 네놈이 나보다 잘살아서 나는 뺏을 권리가 있다 확신하고, 여자를 강간해 놓고도 저 여자가 치마를 짧게 입고 다녀서 생긴 일이라 당당하게 전가하는 놈들과 뭐가 다른가?

"도둑질한 적이 없다고 잡아떼신 근거가 고작 그겁니까? 앞장 떼기 해서 앞장만 갖고 돌려줄 생각이었다 이건가요? 대단하십니다. 절도가 뭔지 모르십니까? 뒷장을 돌려주건 말건, 남의 물건을 허락 없이 가져가는 게 절도예요. 이참에 제대로 알아 두시죠."

그는 할 말이 무척 많은 듯 억울한 표정으로 입을 실룩거렸으나 민호의 화난 얼굴을 보고 이내 입을 다물고 고개를 숙였다. 이완은 민호의 입에서 욕설이 터지기 전에 이야기를 마무리하기로 했다.

"지금이라도 도둑질한 거 미안하다고 사과라도 하시는 게 어떠신지요. 지금 이 집이 워낙 경황이 없고 그림도 찾았으니, 고소까지 할 생각은 없지만 이런 식이면 생각이 바뀔 수도 있겠습니다."

"그래. 미안하게 됐군. 신경 쓰게 해서 미안하네."

동벽은 여전히 시선을 다른 데 두고 낮은 목소리로 사과했다.

아래층에서 아기가 칭얼대고 우는 소리가 들리기 시작했다. 시선을 힐끗 돌린 동벽은 약간 초조한 기색이었다. 이완이 그림을 조심스럽게 말기 시작하자 동벽이 제지했다.

"내려놓게. 분명 자네 입으로, 남의 물건에 허락도 없이 손을 대는 것이 절도라 하지 않았나?"

"그랬습니다만. 그래서 지금 그림 주인 민호 씨가 와서 찾아가는 것 아닙니까."

"알아. 문제는 그 그림이 이제 민호 씨 소유가 아니라는 거야."

"예?"

갑자기 망치로 머리를 맞은 것 같다. 동벽은 그림을 들여다보며 냉랭하게 말했다.

"이제 이 그림은 분명 장근숙 씨 소유야. 민호 씨는 그림이 없어지기 전에 구두 약속으로 그림을 팔기로 했고, 찾은 후에 근숙 씨에게 40만 원을 받고 미인도 전체에 대한 소유권을 넘겼어. 그림이 몇 장이 되건 민호 씨 소유라 했었지? 아니야. 그 말대로라면 현재 미인도에 대한 소유권은 장근숙 씨에게 있어."

"아⋯⋯."

두 사람은 몹시 당황해 그 자리에 멈췄다. 동벽은 민호에게 고개를 돌렸다.

"민호 씨는 근숙 씨에게 앞장이나 뒷장만 40만 원에 판매하신다 하신 건가요?"

민호가 더듬더듬 말했다.

"그건 아니죠. 당연히 미인도 전체를 판 건데요. 하, 하지만 그 아주머니는 실종 상태고……."

"실종 상태라 해서 그 그림이 민호 씨 게 되는 겁니까?"

민호는 얼빠진 얼굴로 머리를 긁었다. 그건 그렇다. 어차피 근숙에게 팔기로 구두 약속했다가 없어진 거였고, 실종 상태라 해도 그림의 소유권을 근숙에게 넘긴 이상, 소유주는 더 이상 자신이 아니라는 생각이 들었다. 이완이 옆에서 말을 가로막았다.

"잠깐만요. 그거 궤변 아닙니까?"

하지만 이완은 다시 찡그린 얼굴로 이를 물었다. 민호 씨는 분명 그림이 없어진 것을 알기 전에 팔기로 약속했고, 그림을 찾은 후에 소유권 전체를 넘겼다고 제 입으로 말했다. 기분이 더럽긴 한데 소유권을 주장하기에 조금 애매한 상황이 된 것 같다. 동벽은 손을 저어 이완의 말을 막고 덧붙였다.

"그리고 민호 씨, 지금 근숙 씨는 실종상태가 아니에요."

"예, 무슨 말씀이십니까?"

두 사람은 깜짝 놀라 동벽의 얼굴을 바라보았다. 동벽은 피곤한 듯 의자에 앉아 몸을 기댔다.

"지금 이 집에 숨어 있어요. 참사랑신용정보 직원들이 잡아 죽일 것처럼 찾아다니고 있어서 나갈 수가 없어요. 몸을 다쳐서 치료받는 중입니다. 지금 밖에서 울고 있는 아기가 근숙 씨의 아기예요."

"어? 어떻게 돌아왔어요? 누가 찾았어요?"

혼자 돌아올 수 있을 리가 없다. 분명히 시기도 알 수 없는 정자에 내려놓고 왔다. 표암 강세황, 그 바다와 학이 그려진 그 그림. 어느 때인지도 알 수 없던 때로 들어가 실종되어 버린 그 여자가. 잠시 밖으로 나갔던 동벽이 아기를 안고 들어온다.

"근숙 씨가 이 집 앞까지 도망 와서 두나 어머님께 제발 숨겨 달라고 부탁했다더군요. 하여간 신고만은 하지 말라고 해서. 근숙 씨 아기입니다."

민호의 입이 크게 벌어진다. 그럴 리가 없다. 분명 과거에 내려놓고 왔는데. 대체 어떻게? 무슨 재주로?

아니 아니, 민호는 고개를 저었다. 여자가 어떻게 돌아왔는지 짐작도 가지 않지만, 그건 나중에 직접 물어보면 된다. 중요한 것은 돌아왔다는 것이다. 민호는 덜덜 떨며 아기에게 다가갔다. 아기는 여전히 순한지 이리저리 흔들리는 중에도 손가락을 동그랗게 모아 쥐고 잠을 자고 있다.

민호는 아이를 받아 안고 뺨을 더듬었다. 몇 달 전 그림을 넘겨줄 때 보았던, 얼굴이 통통하고 햇볕을 받으면 솜털 같은 머리카락이 밝은 갈색으로 빛나는 예쁜 아기였다. 예방 접종을 하고 몸이 좋지 않아 밤새 칭얼댔다는 그 작은 아이는 몇 달 사이에 많이 자라 있었다.

눈이 욱신욱신하더니 아이의 동그란 볼이 천천히 일렁일렁 찌그러져 보인다. 민호는 아기를 꼭 끌어안아 주었다.

"너 돌아왔구나. 아기야, 무사히 돌아왔구나."

어떻게 돌아왔는지는 중요하지 않았다. 지난 여덟 달 동안 민호의 속을 끝없이 긁어 대며 괴롭게 만들었던 가시가 빠져나왔다. 이완 씨가 걱정할까 봐 속을 지글지글 태우면서도 말 한마디 꺼내지 못했던, 마음을 온통 짓누르던 바윗덩어리가. 정말 다행이다. 다행이야. 민호는 아기를 끌어안고 자리에 주저앉았다.

"갓난이는 어뎄시오. 우리 갓난이는! 야야, 갓난쟁이야, 아가야!"

아래층에서 귀에 익은 목소리가 들린다. 여자가 허덕허덕 뛰어 올라온다. 뒤에서 흰 가운을 입은 사내가 함께 뛰어 올라오며 소리를 친다. 근숙 씨! 드레싱 중에 뛰어가면 어떡합니까! 근숙 씨! 꼬챙이처럼 바짝 마르고 얼굴이 새카맣게 탄, 몇 달 사이 나이를 10년은 더 먹어 버린 듯한 여자가 들어와서 민호를 바라본다. 근숙이었다. 민호가 아이를 안고 울고 있는 것을 보고 근숙이 입술을 실룩거린다.

"님자가 나, 나 많이 찾았디요?"

"으허어어! 으어어어! 아줌마 뭐야! 아줌마 어디에 갔었어! 내가, 내가 거기서 움직이지 말라고 했잖아! 내가, 내가 얼마나 피 말리게 찾아다녔는지 알아! 지금까지도, 내가, 내가!"

"미안하게 됐시요! 너, 너무 놀라서, 놀라서, 누, 누가 쫓아올까 봐, 갓난이 들고 냅다 뛰다가 길을 잃었시요! 도깨비에 홀린 기라고, 낮도깨비에! 기런데 여게 도로 올 수가 없었시요! 오늘, 오늘 아침에야 여게 다시 오게 됐시요. 나, 나 많이 찾았시요?"

근숙도 울기 시작했다. 근숙은 온몸이 비쩍 곯은 데다 상처투성이였고, 지금 그 치료를 받는 모양이었다. 민호는 근숙과 아기를 한꺼번에 끌어안고 펑펑 울었다. 욕설을 퍼붓기도 했고 미안하다고 하기도 했고, 잘됐다고 하기도 했다.

어떻게 돌아왔는지 동벽이나 영감님 앞에서 길게 이야기할 수는 없었다. 하지만 그저 무사히 돌아왔으면 됐고, 일단 그거면 충분했다.

여자를 따라서 의약품 상자를 들고 올라온 젊은 사내는 이완과 민호를 보고 흠칫 멈춰 서더니 급히 인사를 한다. 예전에 한 번 보았던 동벽의 장남인데 나이는 이완보다 많았지만 태도가 정중했다. 그는 익숙한 솜씨로 여자의 상처에 다시 붕대를 감고, 아버지의 손목을 확인한 후, 귀에 대고 짧게 몇 마디를 한다. 한국어와 영어가 뒤섞인 것 같아서 민호는 알아들을 수가 없었다.

　뒤따라 올라온 사내는 유난히 붙임성이 좋던 '윤식 아재'였다. 그는 이번에는 장난기 하나 없는 얼굴로 민호와 이완을 보고 고개를 숙여 인사를 하더니 여자의 치료가 끝난 것을 보고 형과 함께 아래층으로 급하게 내려갔다. 내려가던 그가 갑자기 뒤를 돌아보더니 싱긋 웃으며 한마디 던진다.

　"두 분 결혼 축하드려요. 결혼식 때 저희도 가도 되나요?"

　민호는 눈물이 얼금얼금한 꼴로 고개를 들었다. 이완의 눈썹이 찌푸려지는 게 보인다. 하지만 거절할 거란 예상과 달리 이완은 지그시 고개를 숙이고 대답했다.

　"날짜가 언제가 될진 모르지만…… 감사합니다. 결혼식 증인은 많을수록 좋으니, 얼마든지 오셔서 축하해 주십시오."

　젊은 사내의 웃음이 더욱 맑아졌다. 그는 어깨를 으쓱하더니 쾌활한 목소리로 말했다.

　"시킬 일 있으면 뭐든 시키세요. 힘 되는 대로 돕겠습니다."

　"윤식아. 내가 좀 급하다. 오후에 수술 잡혀 있어."

　아래층에서 큰형이 재촉하는 소리가 들린다. 윤식은 결국 제 버릇을 개 못 주는지 윙크를 멋지게 날리고는 후다닥 내려갔다. 옆에서 동벽은 못마땅한 듯 혀를 찼지만 지난번과 달리 화를 내지는 않았다.

　이완은 알 수 없는 기분이 되었다. 아들이 정말 의사인가? 아비 어미의 사기 행각 덕분에 아들들이 미국 명문대 출신이라는 말도, 큰아들이 의사라는 말도 믿을 수 없었다. 그런데 지금은 믿어야 할지 말아야 할지도 알 수 없었다.

　두 여자가 끌어안고 본격 울기 시작했다. 할 말이 엄청나게 많이 쌓여 있을 여자들은 정작 제대로 말을 하지 못하고 울기만 했다. 이완은 혼란스러워졌다. 그의 시선의 끝에는, 이 모든 사건의 시발점이

자 종언이 될 그림이 두루마리의 끝에서 반쯤 풀린 채 아무것도 없는 얼굴만 드러내고 바닥에 놓여 있었다.

"그동안 장근숙 씨 때문에 마음고생 심했지요. 미안해요. 그리고 고맙고."

진희의 방으로 들어온 이완은 민호를 꼭 안아 주었다. 벌겋게 부은 눈이 가늘고 긴 눈자위 속에서 꺼물꺼물한다.

이완은, 민호가 다른 시간에 놓고 온 아기엄마를 외면하고 자신에게 오면서 얼마나 끔찍한 고통과 가책을 감내해야 했는지 알고 있었다. 생판 모르는 사람이 길을 잃고 헤매도 끝까지 찾아서 데리고 나올 만큼 책임감이 강한 여자가, 제 손으로 내려놓고 온 모자를 외면하고 자신의 곁에 있었으니, 그동안 마음을 짓누르는 짐이 오죽했겠는가. 8개월 동안 가시방석에 앉아 있으면서도 내색하지 않고 자신의 옆에 있어 주었던 여자가 고맙고 한없이 미안했다.

물론 다른 사람이라면 찾으러 오지 말라는 글 한 줄에 편하게 양심을 내려놓을 수도 있었겠지만, 그건 이 여자에게 가능한 일이 아니었다. 근숙이 어떻게 돌아왔는지는 여전히 모호했다. 진희 씨처럼 알 수 없는 통로로 저도 모르게 돌아온 것일까? 진희 씨 역시 이 집 근처에 쓰러져 있었다 하지 않았나. 한참 등을 투덕거리고서야 여자는 고개를 들고 간신히 웃는 얼굴을 보여 주었다.

나머지 짐을 챙기려 일어난 두 사람은 진희의 책상 위에 생뚱맞게 놓인 두꺼운 책을 꺼내 보았다.

"어? 여기에 왜 족보가 한 권만 덜렁 와 있지? 이거 세트인데?"

민호는 고개를 갸웃거리다가 진희가 포스트잇을 붙여 놓은 페이지를 펴고 고개를 갸웃했다. 민호는 한문을 잘 읽을 수 없었다. 이완은 민호를 옆에 앉히고 읽어 주었다.

"진희 씨가 고조할아버지, 윤 진사님 족보를 찾았나 보네요. 윤형순, 여기 있네요……."

읽어 내려가던 이완의 목소리가 딱딱하게 굳었다. 민호의 목소리는 반대로 한 옥타브 튀어 올랐다.

"응? 두 번째 부인이 박성녀라고? 박향이 아니었어? 어떻게 된 거야?"

"이런 맙소사."

이완은 입을 틀어막았다. 박향이가 들어갈 자리에 박성녀라는 이름이 있다는 것은, 향이가 기명이고 성녀가 본명이라는 뜻이었다. 그녀와 윤 진사의 인연을 고려하면 다른 사람일 수가 없었다.

"민호 씨. 이런 맙소사, 이러면 안 되는데. 스, 스승님이, 스승님이."

"노랑눈이 아저씨? 아저씨가 왜?"

"올해 향이가 스승님하고 혼인을 하게 돼요. 그리고……."

"뭐? 뭐야! 그게 무슨 말이야!"

"향이는 올해가 다 가기 전에 호환, 그러니까 호랑이한테 죽게 됩니다."

이완은 예전에 술에 취한 민호 씨의 큰오빠에게 들었던 인왕산 호랑이 이야기를 떠올렸다. 양반 체면으로 마누라가 호랑이에 잡혀가도 뒷짐 지고 담배 들고 시조 외우듯 동네 사람을 불렀다던 남산골샌님. 농담처럼, 장난처럼 꾸며진 이야기인 줄 알았다. 족보에도 있는 사실이었다니. 이완은 갈라진 목소리로 더듬더듬했다.

"민호 씨. 이거, 가, 가서 말려야 하는 거 아니……."

말이 끊어진다. 돌아가서 말려야 하나? 이미 지나가 확정된 일을? 하지만 내가 말리지 않는다면 내가 말리지 않아서 이런 일이 일어나게 되는 건가?

여전히 믿어지지는 않지만 스승과 단숨에 사랑에 빠졌던 진희 씨는 엉뚱하게 여자친구와 사랑의 도피라는 것을 했다. 가족들은 실종 신고를 할 수 없을 것이며, 이 집에서는 모르겠지만 일산 집에서 윤진희라는 딸은 순식간에 버려진 사람이 되어 있었다.

그리고 스승님인 장 화원은 올해 기생 출신의 어떤 여자, 혹은 박성녀라 알려진 여자와 혼인을 할 것이라 전해지고 있다. 박성녀는 알고 보니 윤 진사의 부인이며, 민호 씨의 고조할머니였다. 항상 가면처럼 웃고 있던 그녀에게는 평생 꿈꾸던 사내와 혼인한 후 하루 만에 버림받고 끔찍하게 죽을 운명이 기다리고 있었다.

하루 만에 여자를 버린 사내는 또 어떠한가. 말년까지 안착하지 못하고 길 위를 부유하며 살게 된다. 아무도 바라지 않고 아무도 행복하지 못한 결말이다.

바른 선택이 아니다. 말려야 하는데.

"이완 씨, 가지 마."

민호는 그 목소리를 듣기라도 한 것처럼 그의 허리를 붙잡고 중얼거렸다. 이완은 고개를 돌렸다. 여자의 얼굴이 보이지 않는다. 여자는 그의 등에 얼굴을 파묻고 중얼거렸다.

"가지 마. 이완 씨는 다시 가지마. 이완 씨는 여기가 가장 잘 어울려. 이제 다른 시간에는 절대 가지 마."

"민호 씨. 고조할머님과 스승님이 잘못된 선택을 해요. 다 불행해져요. 말리러 가는 게 부질없는 거 아는데, 내가 말리러 가지 않으면, 그건 내가 말리지 않아서 그런 일이 일어난 게 되는 거 아닌가요?"

이완은 지금 자신의 주장이 바로 얼마 전까지 민호의 주장임을 깨닫고 허탈하게 웃었다. 민호는 그때와는 반대로 고개를 저었다.

"이완 씨가 말릴 필요 없어. 다시 그곳에 보내지 않을 거야. 이완 씨는 이 시간에서 제일 단단하고 멋있어."

"민호 씨. 괜찮았어요. 저는 괜찮습니다."

"나, 이완 씨가…… 우는 거 다시는 보고 싶지 않아."

내가 갈게. 이완 씨는 가지 마. 이완 씨가 그런 시간을 보내는 건, 평생에 한 번이면 족해. 갈 일이 있으면 내가 가면 되잖아. 나 혼자 갔다 올게. 여자의 중얼거림에 이완은 가만히 눈을 감았다. 허리를 휘감은 여자의 팔에서 힘이 조금씩 풀려나간다. 이완은 여자의 깍지 낀 손 위로 두 손을 덮고 꼭 감싸 안았다.

"민호 씨, 알잖아요. 난 민호 씨를 하염없이 기다리는 게 더 고통스러워요."

"난 다른 시간에서 괴로워하는 당신을 보는 게 너무 괴로웠어. 당신은 여기서 이렇게 멋진 모습으로 있는 게 제일 잘 어울려. 절대 안 데려갈 거야."

여자는 단호하게 말했다.

이완은 가만히 눈을 감았다. 안 될 걸 알면서도 나는 그들을 말리러 가고 싶다. 나는 스승을 사랑했다. 나의 사랑하는 여자와 많이 닮은, 소탈하고 유쾌하며 어쩌면 신선과도 같은 스승을 사랑했다. 이완은 목이 아프게 말했다.

"민호 씨, 나 민호 씨가 그동안 그렇게 행동했던 마음을 알 것 같아요……."

"민호 언니! 민호 언니!"

민호가 왔다는 말에, 이레는 수업도 집어치우고 바로 집으로 달려왔다. 그동안 마음고생을 심하게 했는지 바짝 야위어 있었다. 이레는 민호를 보자마자 덥석 끌어안고 울음을 터뜨렸다. 두나 언니가! 두나 언니가! 진희 언니가! 목이 메어 우는 것을 민호는 한참 달래야 했다.

"아니야! 아니라고! 두나 언니는 진희 언니하고 도망간 게 아니란 말이야! 지금 이건 뭔가 이상하단 말이야. 뭔가 무서운 일이 일어난 거 같은데, 아무도 내 말에 귀를 안 기울여 줘!"

이레는 두 사람을 방으로 끌고 들어가서는 발을 굴렀다.

"응? 이레야, 그게 무슨 말이야?"

"두나 언니도, 진희 언니도! 실종된 날 이 집 밖으로 한 걸음도 나가지 않았다고!"

"그게 무슨 말이야. 어떻게 알아 그걸?"

"내가 그때 블랙박스를 대문 근처에 안 보이게 몰래 달아 놨었어!"

"뭐? 왜!"

"저번에 아빠가 옆집에 소변 눈 거 때문에 경찰서에 끌려갔을 때, 그 아줌마 음식 쓰레기 대문에 버리고도 시치미 떼고 아빠 욕하던 게 너무 분해서 여서 언니랑 돈 모아서 안 보이는 데 몰래 설치해 놨단 말이야! 아빠가 당한 게 너무 분해서!"

"응. 그런데?"

"두 언니가 없어진 날짜 전후해서 찾아봤어. 대체 언제 나갔는지, 누구한테 잡혀간 건 아닌지, 나 혼자 계속 돌려 봤어."

"……그런데?"

"집을 나간 적이 없어! 두 언니 다!"

"……뭐?"

"진희 언니는 작년 12월 15일 저녁때 집으로 퇴근하고 집으로 들어온 후로 나간 영상이 없어. 두나 언니는 12월 16일에 퇴근하고 들어온 후로 나간 영상이 없고! 그때가 방학 시작했을 때라 확실히 알아! 내가 빨리 보기로 몇 번이나 확인해 봤단 말이야!"

이레는 펑펑 울면서 말했다.

"엄마도 이상해! 내가 엄마한테 말했는데 엄마는 두나나 진희 이야기는 말도 꺼내지 말라고 하더니, 완전 살벌하게 그 메모리를 망치로 깨 버렸다고!"

민호는 눈을 크게 뜨고 깜박였다. 분명 아까 보스 여사의 태도와 달랐다. 여자친구와 사랑의 도피를 했다는 딸을 창피해하지도 않았고 그저 걱정하고 있었다. 그런데 이레의 말에는 왜 화를 내지? 이레는 이제 손을 잡고 떨면서 말했다.

"언니, 나 실은 무서운 거 봤어. 아빠 방에 걸린 얼굴 없는 그림이 이상해."

이완과 민호는 바짝 긴장해서 이레에게 다가앉았다. 이레는 부들부들 떨면서 조그만 소리로 속삭였다.

"일산 사는 진희 언니네 엄마가 오셔서 진희 어디 갔는지 아냐고 알려 달라고 붙잡고 막 같이 울었는데, 뒤에 있던 그림에서……."

"뭐?"

"그림에서 얼굴 없는 여자가 튀어나오려고 꿈틀거렸어. 피처럼 시뻘건 옷에 하얀 얼굴이 희미하게. 내가, 내가 분명히 봤어."

이완과 민호는 파랗게 질렸다. 정말 그림에서 무언가 다시 나오려고 했단 말인가?

"나 다 들었어! 저 그림 재수 없는 그림이라며? 근숙 아줌마가 하는 말 다 들었어! 아저씨 남편이 원래 주인이었는데 눈깔 파이고 내장 따이고 한강에서 떨어져 죽고 그림도 갈기갈기 찢겨져 없어졌잖아! 그런데 왜 이 그림이 여기 다시 돌아와 있는 건데? 근숙 아줌마도 저 그림 보고서는 없어진 게 다시 나타났다고 눈 뒤집고 입에 거품을 물었다고! 저거 사람 잡아먹는 그림이라고 했단 말이야!"

"아, 이레 씨, 그, 그건 그 그림은! 앞장 떼기를 해서!"

"앞장 떼기고 뒷장 떼기고 무서워 죽겠어요. 사람을 자꾸 잡아먹는 그림을 왜 이 집에 갖다 놔요? 아빠도 그러다가 잘못되면 어떡해요! 똥벽이 할아버지가 아빠 방에다가 걸어 놓는데도 아무도 말리지 않아요. 제발, 언니, 형부, 저거, 저것 좀 없애 달라고 해요. 엄마 아빠한테 저것 좀 태워 달라고 해요. 아니면 형부가 지금이라도 좀 떼어서 태워 주세요. 네?"

겁 많은 아가씨는 덜덜 떨며 울었다. 이완은 쩔쩔매며 설명했다.

"이레 씨, 그건 곤란해요. 저희 그림이 아니라서요. 아버님께서 할아버지한테 부탁해서 어렵게 찾으신 거래요. 아버님이, 아버님이 꼭 가져가신다고 부탁을⋯⋯."

"아빠가 왜 저 귀신 붙은 그림을 가져가요! 절대 안 돼요!"

이레는 이제 악을 쓴다. 민호는 아무 대답도 않고 이레의 손을 꼭 잡고 토닥토닥 두드려 주었다. 덜덜 떨던 이레는 한참을 더 훌쩍거리다가 간신히 진정했다. 민호는 조심스럽게 물었다.

"이레야. 너, 혹시, 두나가 좋아하던 사람이 진희인 거 알고 있었어?"

이레는 입을 꼭 다물고 고개를 저었다.

"진희 언니는 아니야. 예전에 윤식 아재가 그랬었어. 분명히 좋아하는 '남자'가 있다고 했어. 말한 거 비밀로 해 달라고 했지만 어쨌든, 진희 언니는 아니야!"

"지금 두나가 없어졌는데 비밀 약속이 문제야? 그럼 이레야, 네가 윤식 아재한테 전화 좀 해 봐! 그 사람이 누군지 확인해 볼 수는 있잖아! 그럼 거기 두나가 있는지 알아보면 되잖아."

"아재는 말 안 해. 내가 아무리 물어봐도 절대 안 해. 근데 언니, 두나 언니가 누굴 좋아한 게 문제가 아니야. 둘이 같이 튄 것도 아니고 따로 남자 만나서 튄 것도 아닌 것 같단 말이야. 쪽지 믿지 마! 집에서 한 걸음도 나가질 않았다니까? 진희 언니랑 저 그림에 먹힌 것 같단 말이야!"

"야야! 어이구 이 멍충아! 그림이 그림이지 눈도 입도 없는 년이 잡아먹긴 뭘 먹어. 괜찮아. 조금만 기다려 봐. 금방 돌아올 거야, 응?"

"언니 어떡해. 정말 두나 언니가 영영 못 돌아오면 어떡해."

이레는 두 손으로 얼굴을 감싸고 울기 시작했다.

❀　　　❀　　　❀

민호는 팔짱을 끼고 있다가 심각한 얼굴로 말했다.

"아무래도 이상하긴 해. 할아버지 돌아가셨을 때, 진희가 나 따라왔었잖아. 그런데."

"예."

"돌아올 때 이 빨간 지붕 집 앞 골목에서 발견됐다고 했거든. 그런데 지금 근숙이 아줌마도 이곳으로 어떻게 돌아온 건지 모르게 돌아왔다잖아."

이완은 등으로 다시 주르르 소름이 돋는 것을 느끼고 민호의 곁으로 다가앉았다.

"그럼, 혹시 이 집 주변으로 실종됐다 나타나는 루트가 있다는 말입니까? 시간 여행자 아닌 사람들도 돌아다니는?"

"그건 잘 모르겠어. 시간 여행자 아닌 사람들이 빠졌다가 다시 돌아오는 걸까?"

"진희 씨는 정말 시간 여행자가 아닌가요?"

"아냐. 시간 여행자였으면 나한테 이야기를 했을 텐데."

"알 수 없잖습니까. 민호 씨도 얼마 전까지 시간 여행 이야기를 진희 씨에게 하지 않았잖아요."

두 사람은 머리를 싸매고 신음했다. 문제는 진희 혼자 이곳에 나

동그라져 돌아왔다는 것뿐이 아니었다. 근숙마저 저도 모르게 돌아왔다. 대체 무슨 방법으로? 시간 여행자가 아닌 사람이 무작정 도망치면서 시공을 바꿔 타고 온다는 것은 있을 수 없는 일이었다.

"일반인을 저절로 이동시켜 주는 길이 빨간 지붕 집 근처에 있을까?"

"설마, 웜홀 같은 걸 말하는 건 아니죠, 민호 씨?"

"웜홀? 하수구 구멍이 네모지면 맨홀이고 동그라면 웜홀인 거야?"

"어, 그건 아니지만, 음, 민호 씨는 생각이 참 독창적인 것 같아요."

여자는 다시 골똘히 생각하다가 툭 뱉는다.

"토마스 폰 에디슨을 데려와 볼까?"

"걔는 왜요?"

"유치원에서 애들한테 들은 얘긴데, 걔들은 귀신을 볼 수 있대. 그래서 아무도 없는데 막 짖으면 그게 귀신을 보고 짖는 거라잖아."

두 사람의 사이로 차가운 바람이 싸르르 지나간다.

"······민호 씨는 그게 믿어져····· 아니, 그래서 토마스를 이 집 앞이나 미인도 앞에 불침번 세워 놓고, 네가 뭘 봤는지 말해 보아라, 할 건가요?"

"아 맞다. 걔는 말을 못하는구나. 난 가끔 우리 토마스가 사람처럼 느껴져서 큰일이야."

"······."

"구글이가 멍멍이 번역기 같은 서비스도 해 주면 좋을 텐데. 토마스가 '여성 투피스'라고 말할 때 '여자의 두 조각' 그런 식으로 번역해 줘도 난 찰떡같이 알아들을 수 있을 건데."

여자는 진심으로 아쉽다는 듯이 혀를 찼다.

두 사람은 그 후로도 한참 동안 끙끙대며 몇 가지 가설을 세워 보앉으나 설득이 될 만한 것은 없었다. 민호는 자리에서 일어섰다.

"일단, 근숙 아줌마부터 만나서 어떻게 돌아왔는지 물어보자."

✦　　✦　　✦

근숙은 마당에서 아기에게 젖을 물리고 있었다. 눈앞에서 남편이 죽고 어디인지 알 수도 없는 곳에 끌려갔다가 삼 개월 만에 돌아온 여자는 밖으로 나가는 일에 공황 증세를 보여, 비어 있는 방에 방값 정도만 내면서 당분간 머무르기로 했다고 말했다.

"기, 기레도 쥔 아즈마이한테 더 폐 끼티디 않고 나가야 하는 건 압네다. 길치만 대문만 나스면 염통이 오그라드는 거 같아서 도모지 발을 뗄 수가 없시요. 기러니 오짜겠시요. 다행히 주인 아즈마이가 맘보가 넉넉해서 고마울 뿐이야요."

민호는 근숙에게 어떻게 돌아왔는지 자세하게 물었다. 근숙은 눈썹을 찌푸리며 생각해 내려 애를 썼으나 정확하게 기억해 내지는 못했다.

근숙은 자신이 석 달 동안 머무르던 곳은 중국의 깡촌 중에서도 지독한 깡촌보다 더 낙후한 곳이었다 알려 주었다. 큰길을 찾아 나왔다가 어떤 더럽고 냄새나는 사내에게 끌려가 세 칸짜리 초가에서 함께 살게 되었다고 했다.

공황 상태에 빠진 근숙은, 어딘지 언제인지도 알 수 없어서 도망치지도 못한 채 애만 살리자 하고 눈을 질끈 감고 악착같이 버텨야 했다. 다행인지 불행인지 끌고 간 사내는 근숙에게 정을 붙여 함께 살고 싶어 하는 눈치였다. 볼 때마다 벌쭉대고 웃어 주며 환심을 사려 애썼다.

가시를 바짝 세운 근숙에게 먹을 것도 꼬박꼬박 가져다주고 넝마 같은 옷이나마 마을에서 몇 벌 들고 와 들이밀기도 해서 배곯고 추울 일은 없었다. 하지만 그녀는 이곳에 어떻게 돌아왔는지에 대해서는 끝까지 제대로 설명하지 못했다.

"내래 낮도까비한테 똑 홀린 것 같시요. 자다가 갓난이 젖 멕일라고 일어나니끼니 온통 낯짝이 씨꺼먼 거렁뱅이들끼리 싸움이 붙지 않았갓시요?"

얼굴을 검은 천으로 가린 떠돌이 도적 무리가 난입해서 근숙을 끌고 온 사내와 싸움판을 벌였다. 같은 패의 다른 도적놈이 돈 될 만한 물건을 찾으려는지 집 안을 홀딱 뒤집었고, 근숙을 보고는 여자다, 여기에 숨어 있다! 하며 좋아라 웃었다. 그러자 밖에 서 있던 다른 도적놈들이 끌고 나오라고 신나게 고함을 치더니 근숙의 머리에 포댓자루를 씌우고 어디론가 질질 끌고 가더라는 것이었다. 들리는 소리라고는, 누가 다쳤다, 돌아가서 작살을 내 줄까 보다, 빨리 튀기나 해라, 모조리 태워 버려라, 하는 험악한 말뿐이었다.

그녀는 끌려가는 와중에 아기를 놓치지 않는 데 온 신경을 기울였다. 아기는 겁이 났는지 울지도 못하고 바짝 얼어 있었다. 갑자기 바스락바스락하는 나뭇잎 스치는 소리, 낙엽 밟히는 소리가 들렸다. 덜컹대는 소리, 삐걱대는 소리가 뒤섞였다.

이애애애애, 품에 안긴 아기가 뒤늦게 울기 시작했다. 순간 자신을 붙잡아 끌고 왔던 도적 떼가 갑자기 손을 놓더니 허둥지둥 도망치기 시작했다. 발걸음 소리가 한참 멀어지고 들리지 않게 될 때까지 근숙은 꼼짝도 못하고 떨었다.

"도, 도와주……."

근숙은 더러운 자루를 뒤집어쓴 채 한 손으로 사방을 더듬었다. 멀리서 빵빵, 하는 소리가 들렸다. 이게 뭐야, 이게 대체 뭐야? 근숙은 한참 만에야 매듭을 풀고 간신히 자루를 벗었다.

"……어?"

눈부신 햇빛이 얼굴로 쏟아졌다. 텅 빈 골목, 전봇대와 이층집들이 줄지어 서 있으나 오가는 사람은 하나도 없는 적막한 골목이었다. 눈앞에 빨간 지붕이 보였고, 그 뒤로 높직한 아파트들과 자신이 그림을 팔았던 안락재의 검은 기와지붕이 보였다.

"어? 어?"

근숙은 그 자리에서 얼빠진 듯 한참을 서 있었다. 아이가 악을 쓰면서 울어도 들리지 않았다. 귀신에게 홀린 것 같아서, 햇빛은 이렇게 밝고 쾌청한데 너무 무서워서 꼼짝도 할 수 없었다.

시간이 얼마나 흘러갔는지, 빨간 지붕 집 대문이 삐그덕 열리더니 머리가 자글자글한 키 작은 여자가 나타나 이마를 찌푸렸다.

"아주머니, 지금 남의 집 앞에서 뭐 하세요? 애가 아까부터 그렇게 울고 있는데?"

근숙은 작은 여자 앞에 나동그라졌다. 돌아왔나? 무사히 돌아왔나? 귀신에 홀렸는지 미쳤는지 생각할 경황도 없었다. 그저 살았다는 생각 하나뿐이었다. 미친 듯이 눈물이 흘러나왔다.

하지만 돌아왔다고 문제가 해결된 것은 아니었다. 근숙은 시간 여행의 충격에서 간신히 벗어났지만 채권추심업체의 탈을 벗어 버린 폭력배들이 이를 갈며 자신을 찾고 있다는 것을 알고 바로 패닉에 빠졌다. 밖에도 나가지 못하고 경찰에 신고조차 하지 못한 채 부들부들 떨었다.

빨간 지붕 집 주인 여자는 집에 환자가 있어서 경황이 없긴 하지만 일단 치료부터 하자면서 의사를 불러 주었다고 했다. 근숙은 아기를 꽉 끌어안은 채 중얼거렸다.

"징그러워서! 기림이 기렇게 째지는 걸 보고도, 멀쩡한 사난 하나 죽여 놓고도 여편네까지 기어이 죽이겠다는 기야요! 오떡하면 좋습네까. 요게서 한 발짝이라도 나갔다간 쥐도 새도 모르게 죽을 건데! 내래 지금 살아도 사는 게 아니야요."

"걱정 마세요. 아무 잘못 안 한 아줌마가 왜 도망을 다녀야 해요? 방법이 있을 거예요."

민호는 손을 꽉 잡아 주며 여자를 달랬다. 신고를 빨리 해서 보호 요청을 하는 게 낫겠다는 생각은 들었지만, 한편으로는 근숙의 마음도 이해가 되었다. 피해자가 가해자를 두려워하며 피해 다녀야 하는 세상이고, 경찰은 24시간 대기 밀착 경호원이 아닌 것이다.

이완은 씁쓰레하게 고개를 저었다. 여전히 밝혀진 것은 아무것도 없고, 점점 실타래처럼 꼬여만 갈 뿐이었다. 민호는 한참 고민하다가 자리에서 일어섰다.

"아무래도 안 되겠어. 많이 뒷북이긴 하지만, 진희가 평양루에서 빨간 지붕 집 앞으로 어떻게 돌아왔는지부터 한번 알아봐야겠어. 그럼 두나나 진희 실종하고 무슨 관계가 있는지 알아낼 수 있을지도 모르잖아."

"예전의 평양루에 다시 가 보시겠다는 겁니까?"

"응, 월죽도에서 길을 다시 찾아서 가 봐야겠어. 진희가 온 방법을 찾아보면 정말 일반 사람들이 다니는 길이 있는지 확인할 수 있겠지."

"저도 같이 가겠습니다. 앞으로도 민호 씨가 가는 곳이면 항상 같이 가겠습니다."

이완은 단호하게 말했다. 민호는 그의 얼굴을 한참 바라보다가 말없이 고개를 끄덕했다.

❋　　　❋　　　❋

　민호와 이완은 실패를 거듭한 끝에 간신히 민호가 아버지 장례식 때 타고 들어온 시간을 찾아낼 수 있었다.

　장례식 때 시간 여행을 한 후 16년의 시간이 흘렀기 때문에 민호의 자취를 따라 연결되어 있는 과거도 16년이 흘러간 상태였다. 그래서 민호는 열 번 넘게 그림을 들락거리며 원하는 시간을 찾아 헤매야 했다. 그래서 장례식을 치르다 다른 시간으로 딸려 온 열여섯 살 진희가 행랑방에 정신을 잃은 채 누워 있는 것을 발견했을 때, 민호와 이완은 이미 곤죽이 되도록 지쳐 있었다.

　두 사람은 한쪽 벽에 있는 미닫이 벽장 속으로 간신히 몸을 숨겼다. 둘 다 키가 커 놓으니 좁은 곳에 구겨져 들어가는 것이 죽을 맛이었다.

　방은 절절 끓고, 이완이 위장을 위해 입은 사모관대 덕에 땀이 줄줄 흘러내렸다. 민호는 긴 머리 꽁지를 늘인 계집종 복장이라—여염집 처자가 기방에 들락거릴 수는 없으니 그저 주인마님을 모시는 계집종 노릇이 가장 안전했다— 좀 나았지만 힘들기는 마찬가지였다.

　시간은 하염없이 흘러갔다. 노랑눈이 총각이 군불을 어찌나 세게 넣었는지 방은 점점 뜨거워져서 벽장 속의 두 사람도 원 플러스 원 오븐구이 통닭처럼 푹푹 구워질 지경이었다. 눈앞에서 진희는 노랑눈이 총각이 덮어 준 두꺼운 이불을 덮은 채 끙끙 앓고 있었다.

　"항아님, 이보라우, 아직 정신 못 차렸니. 응?"

　황갈색 눈을 가진 다부진 사내가 조심스럽게 문을 열고 들어온다.

　그는 꿀물이 담긴 그릇을 머리맡에 놓아두고 정신을 놓은 채 앓고 있는 작은 여자를 한참 동안 바라본다. 그는 작은 여자의 옆에 조심스럽게 꿇어앉는다. 그의 넓은 등이 움직이지 않는다. 굳어 버린 것처럼, 돌처럼 태산처럼 움직이지 않는다. 숨어 있던 두 사람은 숨이 막혔다.

"곱구나……."

그는 놀랍고 소중한 보물을 발견한 사람처럼 넋을 놓은 채 중얼거렸다. 시간이 흐르는 것도 모르고 누워 있는 여자만 하염없이 바라보고 앉아 있었다.

차마 손도 대지 못하고 한참 멈칫거리며 망설이던 사내는, 드디어 손을 들어 진희의 머리카락을 쓰다듬기 시작했다. 후우, 신음처럼 깊은 한숨이 흘러나왔다.

"항아님, 너, 너…… 오데 사네? 응? 오데서 왔네?"

그의 큼직하고 굵은 손가락이 이불 밖으로 나와 있는 진희의 손을 천천히 쓰다듬기 시작했다. 팽팽한 긴장 대신 나른하고 달콤한 기류가 일렁일렁 방 안을 휩쓸었다.

진희의 머리맡에 무릎을 접고 앉아 있던 사내가 천천히 허리를 구부린다. 천천히, 아래로, 아래로…….

저, 저, 저 쳐 죽일 놈! 어디 감히! 어디 감히!

민호가 기겁을 하고 벽장 밖으로 뛰쳐나가려는 것을, 이완이 입을 꽉 틀어막고 뒤에서 끌어안았다.

민호 씨! 민호 씨! 내버려 둬요! 제발! 제발! 들키고 싶어요?

얼굴이 깊이 맞닿을 정도로 허리를 숙인 사내는, 한참 동안 일어나지 않고 그대로 있었다. 그대로 돌덩이가 되어 버린 것 같았다. 누워 있는 여자의 손가락이 가늘게 흔들리는 것이 보였다.

항아님, 내 항아님.

그는 방을 나서면서도 몇 번이나 뒤를 돌아보았다.

민호는 저 산적 같은 놈이 정신을 잃은 진희에게 도둑키스를 했다고 펄펄 뛰었고, 여기에 더 두었다간 무슨 일을 당할지 모르겠다고 난리를 피워, 일단 진희를 옆방으로 옮기고 문을 걸어 잠가 두기로 했다.

천만다행이었는지 아니면 재수가 없었던 건지, 잠시 후 허리가 구부정한 안잠이 진희가 있던 행랑방으로 와서 월죽도를 가져가 버렸다. 그제야 두 사람은 그 밤이 향이가 기생 신고식을 하는 날이며, 월죽도가 그날 저녁 내내 다른 방에 걸려 있으리라는 것을 기억해 냈다. 아오오오 쉐……에헤? 민호는 주둥이를 죽 잡아 늘이며 욕 같지도 않은 이상한 말을 중얼거렸다.

"월죽도는 언제 다시 돌아왔었죠? 내일 아침인가요?"

민호는 머리를 쥐어 싸고 끙끙 앓으며 고개를 끄덕였다. 내일 아침에 노랑눈이 아저씨가 들고 와서 옆방에 걸어 놓겠지. 그리고 열여섯 살의 민호가 그걸 타고 뺑소니를 칠 테고. 진희는 대체 저렇게 정신을 못 차리는데 무슨 재주로 돌아가는 걸까? 그것도 월죽도가 있는 방이 아니라 삼거리 집 골목 앞으로?

두 사람은 초조하게 방에서 기다렸다. 진희가 어떻게 돌아가는지 알아보려면 밤새 진희 옆에서 죽치고 있어야 한다는 뜻이었다.

진희가 과연 어떤 방식으로 누군가에 의해 돌아갈 것인가를 알아낸다면 근숙 아줌마의 귀환과 두나, 진희의 실종에 대한 실마리가 잡힐 것이었다. 초조해진 두 사람은 몇 차례씩 밖으로 나와 월죽도가 무사한지 확인하고 밖으로 나가 동정을 살폈다. 물론 월죽도가 무사할 것이고 열여섯 윤민호와 진희가 무사히 집으로 돌아가리라는 것은 알지만 지금 두 사람에게 닥칠 미래는 알 수 없었다.

초저녁에 시작한 신참례는 밤늦도록 계속되었고, 뒤늦게 불려 온 노랑눈이 머슴은 달이 천정점을 넘어가도록 그림을 그렸다. 몰려나온 손님과 하인들은 둥그렇게 몰려서 그의 그림을 구경했다. 이완은 큰 부채로 얼굴을 가리고, 민호는 이완이 입고 있는 붉은 단령의 소맷자락에 얼굴을 가리고 노랑눈이 화원이 내뿜는 신기를 구경했다.

두 사람이 다시 급하게 진희를 숨겨 둔 방으로 걸음을 옮길 때, 키가 큰 반빗 계집아이 하나가 멀찍이서 얼쩡대며 까치발을 하고 안의 동정을 살피고 있었다. 민호는 이완이 그 추레한 반빗 계집을 자세히 살펴보지 않도록 손을 잡아끌고 마구 뛰었다.

진희가 숨어 있는 방까지 간신히 들어와 고리를 걸어 잠근 그들은, 방 앞으로 지나다니는 사람들의 기척이 들릴 때마다 불안해서 간이 오그라드는 것 같았다. 진희가 돌아가기 전, 혹은 월죽도가 옆방으로 돌아오기 전까지 사람들이 이 방에 함부로 들어오지 못하도록 수단 방법 가리지 말고 막아야 한다는 것을 깨달았다. 두 사람은 멀뚱멀뚱 얼굴을 바라보았다. 똑같은 생각을 하고 있다는 것을 둘 다 금세 알아차렸다.

"……지, 진짜로 할 건 아니지?"

"미쳤어요? 이런 상황에선 서지도 않아요. 옆에 진희 씨도 있는데!"

"어떡하지 그럼?"

"어떡하긴 뭘 어떡해요. 입 뒀다 뭐 합니까."

두 사람은 사모관대와 계집종 차림 그대로 낡은 이불을 뒤집어쓰고, 사람들이 문을 덜그럭거리며 열려고 할 때마다 로맨틱 에로틱 판타스틱한 신음을 내 주었다. '낑낑깽깽.avi'는 총 일곱 번 되풀이되었고, 항아님을 찾기 위해 헤매던, 노란색 홍채와 매우 놀라운 기억력을 가진 3인칭 관찰자가 듣기에는 매우 뜨겁고 긴 밤이었다.

다음 날 새벽, 지나친 시간 여행과 신경을 곤두세운 밤샘으로 두

사람이 늘어져 있는 사이, 밤새 시달린 병아리 화원은 월죽도를 갖고
와서 방에 걸어 두고 항아님을 본격적으로 찾아 헤매기 시작했다. 열
여섯 맹랑한 떠돌이 반빗간 계집아이는 조선 제일의 화원과 무람없
이 수다를 떨며 나도원이라는 호를 붙여 주었고, 그가 잠시 자리를
비운 사이 월죽도를 타고 뺑소니를 쳐 버렸다.

　　민호와 이완은 방구석에서 여전히 혼절 상태로 앓고 있는 진희를
살펴보았다. 열여섯 살의 민호는 돌아갔지만, 진희는 여전히 이곳에
남아 있었다. 어떤 힘이 진희를 삼거리 집 앞으로 끌고 가는지는 여
전히 알 수 없었다.
　　이완은 목이 졸아붙는 것 같았다. 얼마나 더 기다려야 진희 씨가
되돌아갈까? 시공의 문이 열리는 걸까 아니면 다른 시간 여행자가
와서 데려갈까?
　　이제는 시간이 없었다. 장 화원이 뒷간에서 돌아오면 월죽도를 들
여다볼 것이고 다시 진희 씨를 찾을 것이다. 민호가 결심한 듯 자리
에서 일어났다.
　　"아무래도 안 되겠어. 언제까지 기다려야 할지 알 수 없어. 감이
아무래도 안 좋은 게, 여기 이대로 있다간 아무래도 들킬 것 같아. 조
금 지나면 사람들 다 기어 나올 거라고."
　　"어떡할까요?"
　　"돌아가자."
　　"진희 씨는요?"
　　민호는 길게 생각하지도 않고 대답했다.
　　"궁금한 것 풀자고 진희를 여기 그대로 두고 갈 순 없어. 지금 꼬
꼬마 윤민호가 갔던 길을 따라가면 바로 장례 치르는 곳이나 비슷한
시간으로 연결될 거야."

이완은 어리둥절해서 여자를 내려다보았다. 지금 우리가 데려가면, 진희 씨가 어떻게 이동했는지 밝힐 수도 없을 거고, 무엇보다……?

그, 그게?

이완이 정신이 분열하는 것처럼 혼란해하는 것과 달리 민호는 이불을 걷고 진희를 끙, 하며 안아 올렸다.

"가자. 시간 없어. 금방 올 거야."

이완은 급하게 진희를 받아 등에 업고 살금살금 밖으로 걸어 나왔다. 부엌 쪽에서 일선에서 물러난 퇴기들이 부스스한 모습으로 아침을 준비하는 것이 보인다. 동기로 보이는 작은 계집아이가 마당을 쓸고 있고, 담장 밖으로 사람들이 오가는 모습이 조금씩 보인다.

이완은 생각하는 것을 집어치웠다. 동치 5년, 병인년 겨울의 평양루가 지금 두 사람이 서 있는 현재였고, 두 사람은 이 시간, 이 상황에 맞는 행동을 하면 되는 것이었다. 죽을 것처럼 혼수상태로 앓고 있는 어린 진희를 집에 데려다주는 것이 옳았다. 누가 그녀를 집으로 데려왔는지는 중요하지 않았고…….

사실, 그 의문은 우리가 이렇게 결심한 순간 자연스럽게 소멸하는 것이었다.

다만, 우리는 왜 진희 씨를 두나네 집 앞 골목에 버려두게 되는 걸까?

자신을 잡아끄는 흰 치마저고리 차림의 여자의 곧은 등과 긴 목이 보인다. 여자의 뒷모습에선 아무런 혼란도 없고, 단호함과 단단한 안정감만 느껴졌다.

펄럭, 펄럭, 바람이 커튼 자락처럼 출렁거렸다.

진희를 업은 이완과 민호는 입을 멍하니 벌린 채 맞은편에 서 있는 두 사람을 바라보았다. 두나 어머니 김숙자 아줌마하고 알로하 영감님이었다.

제기랄, 그림 타고 오는 걸 혹시 봤으려나? 제발 못 봤어야 할 텐데.

그런데 이게 어떻게 된 거지?

두나네 집 앞이 아니었다. 시간이 약간 어긋났는지 장례식은 이미 끝난 모양이었지만, 민호가 타고 들어왔던 월죽도가 걸려 있던 부엌, 그 허름하고 지저분한 민호네 집 부엌으로 돌아와 있었다.

인기척을 느꼈는지 뒤를 돌아본 두나 어머니가 눈을 커다랗게 뜬다.

"얘, 얘가 왜 이리로⋯⋯?"

평소 그렇게 침착하던 아주머니도 상당히 놀란 듯, 말도 제대로 하지 못하고 한참 동안 입만 들썩거렸다.

⋯⋯뭔가 이상한데?

두나 어머니도 진희가 장례식 때 실종되었던 것을 알 텐데, 이렇게 뿅, 하고 나타나서 놀랐다기보다 이곳에서 만났다는 것에 당황한 것 같았다. 눈을 멀뚱거리던 영감님이 보스 여사의 어깨를 툭, 치자 몸을 후드득 떨며 한 걸음 다가왔다.

"지, 진희 맞죠? 진희."

드디어 침착해진 아주머니가 이완의 등에 늘어진 진희를 확인하고 이완에게서 받아 안았다. 여전히 얼빠진 얼굴로 서 있던 두 사람을 보며 보스 여사가 손을 저었다.

"얘는 내가 엄마한테 데려갈 테니, 두 사람은 걱정 말고 가 보세요."

알로하 영감님은 늘어진 진희를 둘러업고 부엌 밖으로 나갔고, 보스 여사는 그 뒤를 따라 급하게 걸음을 옮겼다. 잠시 후 대문이 삐그덕거리며 열리는 소리가 나더니 갑자기 요란하게 문 두드리는 소리가 들렸다.

"여기요! 민호야! 민호야! 진희 찾았어! 진희 어머니! 진희 어머니! 진희 찾았어요! 우리 집 근처에서 쓰러져 있었어! 좀 나와 봐요!"

"어? 이게 뭔 소리……야?"

갑자기 마당이 왁자해진다. 이완과 민호는 사람이 없는 부엌에 한참 동안 멍청하게 서 있었다.

이게…… 뭐지? 무슨 일이 일어난 거야?

무언가 실마리가 잡힐 거라고 생각했는데, 실마리는커녕 더욱 엉망으로 꼬여 버렸다.

그냥, 그날 우리가 진희를 구해 준 거였어? 보스 여사는 왜 저렇게 행동하지? 우리가 귀신으로 보였나? 왜 부엌에서 낯선 사람들이 진희를 업고 왔다 말하지 않지?

머리가 터질 것 같다. 이완은 머리를 움켜잡고 중얼거렸다.

"민호 씨……. 됐어요. 잘 됐어요. 그냥…… 그날 진희 씨를 구한 게 우리였던 거예요. 다행, 그래요 다행이에요. 우리가 오늘 확인하러 가지 않았으면 진희 씨는 영영 그곳에 갇혀 있었을 거예요. 거기까지만 생각해요. 그거면 충분해요. 아무 일도 아니었어요."

민호는 혼란에 빠진 이완을 꼭 끌어안아 주었다. 응, 그래, 그래그래. 등을 투덕투덕 두드려 주니, 지쳐서 실신하기 직전의 사내가 눈을 꾹 감고는, 어깨에 이마를 대고 중얼거렸다.

"민호 씨……. 우리 이만 집에 가요."

❀   ❀   ❀

사건은 더욱 오리무중이 되었으나, 두 사람은 이 일을 어떻게 처리해야 할지 알 수 없었다. 며칠 후 두나네 다시 찾아가 그때 일을 물었으나, 보스 여사는 누워 있는 영감님을 돌아보면서 고개를 저었다. 그러잖아도 집에 일이 많고 환자도 있어 정신이 하나도 없는데 나중에 정신 좀 차리고 생각나면 이야기하면 안 되겠느냐, 십오륙 년 전 일이라 사실은 기억도 잘 안 난다, 하며 지친 얼굴로 대답했다.

그림은 여전히 같은 자리에 붙어 있었다. 민호는 얼굴이 없는 그림 속의 여자가 팔을 버르적거리며 밖으로 튀어나오려 하던 무시무시한 장면을 기억해 냈다. 진희와 이완과 자신이 본 것만으로도 모자라 이제 이레도 보았다고 했다.

집 밖으로 빠져나가지도 않고 실종된 진희와 두나. 어디로 간 걸까? 정말 저 그림에서 무언가가 나와 끌고 들어가기라도 한 걸까? 대체 소원 하나 들어주면서 뒤끝을 작정하고 꼬아 놓는 것도 모자라서 이제 사람까지 잡아먹나? 지금이라도 저 그림을 태워야 할까? 하지만 이제 내 것도 아닌데? 저 할아버지가 돌아가실 때 가져가신다고 간절하게 원했던 건데?

보스 여사는 잠시 후, 조금 누그러진 목소리로 두 사람에게 물었다. 둘이 날 잡았느냐. 나중에 결혼식 날 잡으면 꼭 청첩 보내라. 그래도 두나 친구고 어릴 때부터 봐 왔는데 가서 축하해 줘야지, 한다. 두 사람은 고개를 숙여서 고맙다 인사를 하고 방을 나올 수밖에 없었다.

집으로 돌아온 두 사람은 침대에 털썩 주저앉았다. 몸이 녹아내릴 것처럼 피곤했다. 민호는 침대에 벌렁 누워서 중얼거렸다.

"진희는 정말 어디 간 걸까? 꼬꼬마 진희를 데려온 건 우리였고, 이상한 연결통로가 있는지도 여전히 모르겠고, 이레 말대로 미인도에서 정말 여자가 튀어나와서 납치를 해 갔을까?"

"이젠 아무것도 모르겠습니다. 미인도가 저희 손을 떠난 게 오히려 다행이라고 생각해요."

"그러면 뭐해. 그림은 여전히 친구네 집에 있고, 진희랑 두나는 어디로 갔는지도 모르는데. 또 뭔가 파란만장한 일이 생기면 어떡해."

"그러게요. 파란만장한 걸로 치면 저 월죽도도 만만찮지만 왜 미인도만 그 사달일까요."

이완은 마른세수를 하며 벽에 걸려 있는 월죽도 두 점을 바라보았다.

버들가지처럼 매끄럽고 우아하게 흘러내린 7언 율시가 보인다. 윤진사의 한시. 여전히 봐도 근사한 글씨다. 냉소적인 허무주의자, 속이 텅 빈 껍데기로 살아간 주제에 글씨는 왜 이렇게 미려한지. 이완은 시를 다시 천천히 읽어 보았다.

暋山之香千年重(민산지향천년중)
浩江之佳萬世潢(호강지가만세황)
굳건한 산의 향기는 천년의 무게에 있고
큰 강의 아름다움은 만세의 깊음에 있는데

構竹葉難操流風(구죽엽난조류풍)
解渙雲叵守月光(해환운파수월광)
얽힌 대나무 잎은 흐르는 바람을 잡기 어려우며
흩어지는 구름은 달빛을 지킬 수 없구나

朱脣皓齒虛散消(주순호치허산소)
魚水之親浮廢荒(어수지친부폐황)

젊고 아름다운 미인의 얼굴은 헛되이 흩어져 사라지고
사랑하고 아끼던 사이도 덧없이 황폐하여지는도다

盡命羿孤睎滿月(진명예고희만월)
熙月宮又淸濩珖(희월궁우청호광)
명을 다한 예는 쓸쓸하게 보름달을 쳐다보는데
눈부신 달 궁전에서는 다시 맑은 옥피리 소리가 들리네

시를 읽을수록 애잔했다. 윤 진사의 시. 이제는 이 시가 조금 이해
되는 기분이다. 얽힌 대나무 잎은 바람을 잡기 어렵고, 흩어지는 구
름은 달빛을 지킬 수 없고, 윤 진사는 평생 사랑했던 그 여자의 마음,
그 단 하나를 영영 가질 수 없었다.

그는 조만간 그 마음도, 그녀도 놓아 보내야 할 것이다. 젊고 아름
다웠던 여자, 자신의 사랑도 이제는 흩어지고, 그에게 남은 것은 보
름달을 바라보며 회한에 젖는 것뿐일까.

그는 젊은 시절의 그 패기만만하고 오만하기까지 했던 사랑, 그
자신감을 후회하려는가.

혹시 되돌아간다면 다른 선택을 하려나.

부질없다. 예는 죽음을 앞두고 쓸쓸하게 보름달을 쳐다볼 뿐이다.

눈부신 달 궁전에서 행복한 줄 알았던 항아가 두꺼비가 되어 비참
하게 살아간 이야기를 듣는다면 그는 위로가 될까. 이완은 천천히 시
를 읊어 내렸다.

"주순호치허산소요, 어수지친부폐황, 진명예고희만월, 희월궁우
청호광이라……."

순간 이완은 잠시 눈썹을 찌푸렸다. 살짝 거슬리는 것이 있었다.

"주순호치라. 좀 이상하네요."

"왜?"

"붉은 입술 하얀 이, 하면 보통 미인을 이야기할 때 쓰는 말이긴 한데요."

"응."

"그런데 주순호치, 라고 쓰진 않죠. 단순호치(丹脣皓齒)라고 하죠. 해(解) 자도 흩어진다는 뜻이라면 산(散) 자가 더 어울렸을 것 같기도 하고."

"그래? 그렇게 쓴 이유가 있지 않을까? 윤 진사님이?"

"글쎄 말이에요. 어색할 걸 분명히 알 텐데."

"왜 한시에도 뭔가 이러저러한 규칙 같은 게 있지 않아? 우리나라 시조도 글자 수 맞추는 거처럼. 아니면 우리 삼행시처럼 앞 글자를 어떻게 써야 한다 정해져 있다던가?"

이완은 싱긋 웃으며 여자의 이마에 입술을 댔다. 여전히 씽크빅하면서도 조금은 상식적으로 똑똑해진 것 같기도 하고?

"한시의 운을 맞추는 건 끝 글자들이라 앞 글자는 굳이 바꿀 필요가 없거든요. 7언 율시의 압운은 2, 4, 6, 8행 끝이에요. 끝 자만 읽어보면 황, 광, 황, 광 그렇게 되잖아요. 고 부분이에요. 영시도 비슷한 형식으로 라임을 맞추는 게 있고요."

"우와. 그렇게 또 맞추는구나. 신기하다. 그런데 앞 자는 맞추는 게 아니란 말이지?"

"예. 앞 자는 맞추지 않아요. 여기서도 앞 자만 보면……."

다시 그림을 보며 읽으려던 이완이 갑자기 말을 멈췄다.

"어?"

이완의 입이 벌어진다. 갑자기 목에서 끅, 소리가 튀어나온다. 민호는 눈을 동그랗게 뜨고 이완을 잡아 흔들었다. 이완의 몸이 덜덜 떨리기 시작했다.

"미, 민호……."

"어? 왜?"

"아뇨, 여기 글자가……."

그는 얼굴이 새하얗게 질린 채 한 글자씩 손가락으로 짚어 내려갔다.

"민호……."

"어? 거, 거기 내 이름이 있어?"

첫 글자를 짚어 내려가는 이완의 손가락이 가늘게 흔들리는 것이 보인다. 민호, 민호.

"민호…… 구해…… 주어…… 진희?"

민호의 눈이 커다랗게 벌어졌다. 이완은 다시 한 번 덜덜 떨리는 목소리로 되풀이했다.

"민호, 구해 주어…… 구해 줘, 진희."

단순호치가 아니라 주순호치였던 이유. 구해 줘, 라는 말을 만들기 위해?

"뭐, 뭐야! 이게 뭐야! 이게!"

민호는 머리를 쥐어뜯으며 자리에 주저앉았다.

이게, 이게 대체 어찌 된 일이지?

이완은 입을 가린 채 그림을 들여다보며 꼼짝도 못 하고 우들우들 떨기 시작했다. 왜 알아보지 못했을까? 진희 씨가 민호 씨에게, 먼 훗날 이 그림을 보고 있을 현재의 민호 씨에게 구해 달라 손을 내밀고 있었다. 오랜 시간을 껑충 건너뛰어, 실종되었다 돌아와 이 그림을 보고 있을 민호 씨에게.

지금 그렇다면 진희 씨는 다시 그 과거로 돌아가 있는 것일까?

대체 이걸 어떻게 남겼을까? 언제 쓴 것일까? 대체 왜 이것을 윤 진사가 써 준 것일까?

눈앞이 캄캄했다. 이완은 천천히 자리에 주저앉았다. 버들가지처럼 매끄러운 글자 속에서, 구해 달라는 여자의 외침이 날카롭게 눈에 들어와 박혔다.

22
선녀와 나무꾼

"나는 하루 열 번씩 낮도깨비를 보았지."

"……."

"눈을 감을 때마다 네가 오는 꿈을 꾸었다. 눈을 감으면 네가 있는 무릉이고 눈을 뜨면 수라도였다."

"……."

"조금만 더 이 꼴로 있었으면 너를 만날 것도 같았는데."

"……."

"너 정말 내 항아님 맞니?"

진희는 아무 말도 하지 못하고 그의 앞에 멀거니 서 있었다. 사내가 입술을 실룩이는 것이 보인다. 항상 유쾌하고 눈이 반짝이던 사내의 얼굴은 이제 데스마스크처럼 보였다. 어두운 골방에 갇혀 술만 마시고 연명하는 사내에게선 벌써 시취가 풍겼다. 그는 탁하고 갈라진 목소리로 중얼거렸다.

"왜…… 왔니?"

말리러 왔어요.

……당신과 향이의 불행한 선택을 막아 보고 싶어서.

"왜, 왜 왔냐 하지 않네? 가 보아야 한다 하지 않았네? 여게 있으면 절대 안 된다 하고 가지 않았네? 이 못된 에미나이야, 왜!"

당신은 올해 결혼할 거예요. 기생 출신의 어떤 여자, 어쩌면 박성녀라고 불리는 여자와. 당신은 그 여자하고 하루, 딱 하룻밤만 같이 보내고 여자를 버릴 거예요.

"진희야. 향아야. 혹시, 내가, 내가 보고 싶어서 온 거니? 영영 온 거니?"

당신은 부평초처럼 떠돌다가 지쳐서 그 여자에게 날개를 내리고 싶었던 걸까요? 하지만 당신은 그 여자를 행복하게 해 주지 못할 거고, 그 여자도 당신을 행복하게 만들어 주지 못할 거예요.

왜냐하면 향이는 올해 끔찍하게 죽게 될 거니까.

나는 당신의 선택을 막아야만 해.

시체 같은 사내는 더 이상 묻지 않고 눈과 입을 실룩이며 여자를 바라보기만 했다. 얼굴이 희고 눈빛이 서늘한 여자가 말없이 다가온다. 희게 풀어 놓은 물 위로 붉은 핏방울 하나를 떨어뜨려 번진 것처럼, 여자의 뺨은 희고 붉었다.

사내는 그녀가 왜 이곳에 돌아왔는지, 자신이 식음을 전폐하고 틀어박혀 있는 이곳은 어찌 알고 찾아왔는지, 여염의 여인이 기생집의 깊은 골방까지 어찌 들어올 수 있었는지도 묻지 않았다. 그저 천천히 여자를 끌어안았다. 여자는 몸부림을 치지도 않고 눈을 깜박거리지도 않고 속삭였다. 그는 여자의 목소리가 먹처럼 검거나, 백연처럼 희거나, 희미하게 물을 먹은 회색일 거라 생각했다.

"하지 마세요."

"응?"

"그 여자하고 혼례 올리시면 안 돼요."

"누구?"

진희는 입을 다물고 그를 내려다보았다. 말이 입 밖으로 나가자마자 머리 위로 물벼락이 쏟아진 기분이었다. 이 말이 이렇게 추한 말이었던가? 구역질이 날 지경이다. 버려 놓고 떠난 주제에 다른 여자와 결혼하지 말라고 지껄이는 이 주둥이가 이렇게 가증하게 느껴질 줄 나는 왜 몰랐을까? 이 말이 이렇게도 뻔뻔하고 후안무치한지 왜 지금까지 몰랐을까?

"누구? 어떤 여자? 나는 너 말고는 혼례 올리고 싶은 에미나이가 없다. 아니, 평생 너처럼 지독하게 사랑한 에미나이가 없었다. 지금껏 없었다. 잘못 알고 왔구나."

진희는 더 이상 말하지 못하고 눈을 감고 탄식했다. 이 사람을 만나고 싶어 안달하는 어떤 윤진희, 이렇게도 수단 방법을 가리지 않고, 이렇게도 부끄러움을 몰랐구나. 그는 탁하고 갈라진 목소리로 간절하게 물었다.

"그 말 하러 온 거이네? 아님 항아님이 나하고 혼인하자고 온 거니?"

"말했잖아요. 저는 당신과 혼인할 수 없어요. 이곳에서 살 수 없으니까."

"왜? 여게선 숨을 못 쉬니, 밥을 못 먹니, 옷을 못 입니?"

장 화원님, 나는 사랑 따위를 위해서 내가 가진 모든 것을 다 버릴 정도로 미련하지는 못해요. 그런 명청한 짓은 우리 엄마로, 엄마의 엄마로, 또 그 엄마들로도 넘치게 충분하잖아요. 진희의 말 없는 속삭임을 들은 사내는 팔을 움켜쥐고 부르르 떤다.

"이 못된 에미나이, 왜 왔네? 고작 딴 년한테 장가들지 말라고 하고 다시 포로로 가 버리려고 왔구나? 장가는 뭘 꼴값이구! 바루 죽으려구 했다, 왜! 기양 죽게 두지 왜 왔어? 조금만 더 있으면 똑 죽을 거 같았는데, 왜 왔니! 왜!"

짓무른 눈에서는 눈물도 나오지 않았고, 바짝 말라 갈라진 목구멍에선 오열도 터지지 않았다. 그는 뭉개진 소리로 한 마디씩 뱉어 낼 때마다 한 줌씩 몸을 허물어 풀썩풀썩 재를 날리며 소멸하는 것 같았다.

……나는 정말 왜 왔을까?

진희는 아무 말도 하지 않고 그를 끌어안았다.

❋　　　❋　　　❋

"고약한 에미나이로구나. 사람이 산 채로 속이 썩어 뒈지는 걸 구경 왔네? 속이 아조 씨언하겠구나야."

정홍 행수는 진희를 차게 쏘아보았다. 진희는 자신이 비난을 당하는 것이 합당한지 아닌지 판단할 수 없었다. 자신과 헤어진 후 얼마 되지도 않은 짧은 기간 동안, 장 화원이 어찌 살았고, 어찌 죽어 가고 있는지 가장 가까이 지켜본 것이 이 평양루의 행수였으되, 진희는 정홍이 그를 거둔 이유조차 알 수 없었다.

"장 화원을 거둔 것은 향이의 청이야. 고 아둔한 년, 못난 년. 아직도 정을 못 떼고 있어서."

'어머니, 장 화원을 잠시만 거두어 주세요. 혼자 길에서 헤매다가 얼어 죽지 않도록, 혼자 아무도 없는 곳에서 몹쓸 생각 먹지 않도록, 어머니. 그것 한 가지만.'

'이 에미나이가 미쳤구나야. 여게가 어데라고 찾아와! 서방 모시고 사는 년이 기생집 발걸음이 웬 말이야! 어데 다른 사난을 맘에 두고

부탁을 해!'

정홍은 향이를 매섭게 야단쳤다. 향이는 결혼한 후로 자신을 키워 준 정홍에게 가을마다 쌀 몇 섬과 과일, 어물을 보냈고, 새해에는 비단 필이나마 꼬박꼬박 끊어 보내곤 했으나 평양루에 직접 발걸음을 하는 일은 없었다.

하지만 장 화원이 식음을 전폐하고 죽어 간다는 말에는 바로 달려와 정홍을 붙잡고 통곡하며 애걸했다. 제발 어머니, 그분이 죽으면 저도 죽습니다. 그분이 죽으면 저도, 저도 죽습니다! 그분이 추스르고 일어나실 때까지만 이곳에서 거두어 주세요! 금방 잊을 겁니다! 사람 마음이란 게 그렇지 않습니까. 그렇게 금방 붙은 불은 금방 꺼질 겁니다. 어머니, 그때까지만 부탁드립니다. 이 멍텅한 에미나이야! 네 불이나 제대로 끄라우! 오데 분변 묻은 가이새끼가 재 묻은 놈 보고 왈왈거리네? 이 바보 같은 년! 내래 말하디 않던! 정이란 게 하냥 쓸모없는 게라, 입이 마르게 말하디 않던! 에이, 이 미련한 년!

정홍은 하지만 향이의 청을 거절하지는 못했다. 저 천진난만하고 앞뒤 계산 없는 화원이 죽기라도 하는 날이면, 자신이 딸처럼 키워 시집보낸 향이도 조만간 목숨을 끊으리라는 생각이 들었다.

나도 물러 터졌다. 나도 아직 정이 너무 헤프다. 저 작고 당돌한 것이 자신의 배로 낳은 딸처럼 예뻐서, 그리 울며 가고도 자신을 잊지 않고 친딸보다 더 정성으로 챙기고 안부를 묻고 선물을 보내던 그 하잘 데 없는 정 때문에.

향이는 자주 사람을 보내 장 화원의 동태를 살폈다. 모든 것을 잊고 털고 일어나길 바라는 향이의 기원과 달리, 그는 서서히 죽어 가고 있었다. 즐기기 위해, 슬픔을 잊기 위해 술을 마시는 게 아니라 죽기 위해 마셨다. 규장각이든 도화서든 제대로 입직하지 않았고, 아무 곳에나 쓰러져 잠을 잤다. 평양루의 하인들에게 끌려 들어오면 죽을 것처럼 술을 마셨다. 그러고는 울고, 웃고, 토하고, 싸움을 걸며 한양 사대문 안을 광인처럼 쏘다녔다. 장 화원은 이제 길바닥에서 얼어 죽 거나 기생집에서 술에 문드러져 죽을 게라고 다들 혀를 차며 안타까 워했다.

그는 술에서 깨자마자 광인처럼 다시 술을 찾았고, 대취하면 여인 들의 독한 성정을 욕하며 하염없이 울었다. 부끄러워 감추거나 억지 로 삼키지도 않고, 입을 크게 벌리고, 발을 뻗은 채 눈물이 얼굴을 온 통 뒤덮을 때까지, 목이 쉬어서 꺽꺽 소리가 날 때까지 울었다.

장 화원을 아끼는 많은 문인은 그가 속수무책으로 무너지는 모습 을 지켜보며, 이름도 얼굴도 알 수 없는 여자를 원망했다.

정홍은 윤 진사가 데려온 여자를 한눈에 알아보았다. 눈동자에 살 짝 푸른빛이 돌고, 얼굴빛이 맑고 하얀 것을 보니 작년 말 장 화원이 평양루에 끌고 왔던 그 여자가 분명했다. 윤 진사는 여자가 장 화원 이 있는 방으로 간 것을 확인하고 정홍에게 조용히 말했다.

"저 여자는 내 도움 없이 혼자 집으로 돌아갈 수 없을 게요. 하지 만, 난 도움을 줄 생각이 없소. 난 저 여자가 장 화원과 혼인하고 둘 이 자리 잡고 살기를 바라오."

"진사님, 고게 무슨 말씀이십네까?"

"장 화원이 혼인을 한다면 헛된 것을 쳐다보던 다른 여자도 마음 을 거두어들이지 않겠소? 비용이 얼마가 든다 한들, 내가 댈 것이 오."

부채를 펄럭이며 얼굴을 반쯤 가린 사내의 얼굴은 평온했으나, 정 홍은 그의 마음속에 일렁이는 파도를 쉽게 알 수 있었다. 향이와 최 근 사이가 좋지 않다 들었다. 그동안 향이가 아무리 잘했어도, 아무 리 미리 해 둔 약조가 있다 해도, 외간 사내를 사이에 두고 드러나게 투기까지 한 아내를 인내해 줄 사내란 없는 법이다. 그는 문득 빙글 웃으며 묻는다.

"내 하나 물으리다. 두 여자가 있어, 한 명은 마음을 제외한 모든 것을 주고 곁에 남았고."

"예."

"한 명은 마음만 주고 다른 것은 하나도 주지 않고 떠났어. 어느 쪽이 더 나을까? 어느 쪽이 더 행복하겠소?"

"물으실 거이 무에가 있습네까? 두 에미나이 모두 사특하고 몹쓸 년들입네다. 둘 다 행복할 수 없시요."

"그렇지. 나도 그리 생각해."

윤 진사는 이를 드러내고 웃으며 옆에 놓인 커다란 보퉁이를 서안 위로 밀어 놓았다. 절그럭거리는 소리가 묵직하게 울렸다.

"진희 낭자는 돌아가지 않는 게 좋을 게요. 나를 위해서도, 향이를 위해서도, 그리고 진희 낭자 자신을 위해서도. 장 화원을 애련하는 마음이 없었다면 그 여자가 제 발로 다시 여기에 오지는 않았을 테지. 그 여자가 날개옷을 넘겨줄 때까지 행수가 발을 묶어 주시오."

❀　　❀　　❀

조선 500년을 아울러 세 손가락으로 꼽힌다는 천재 화원이라는 위명이 무슨 소용일까. 지금 이 사내의 속에는 잡을 수 없는 여자에 대한 사랑이 산 채로 썩어 가는 냄새 말고는 아무것도 남은 것이 없었다. 목소리조차 가물가물 모래처럼 부서져 흩어지는 것 같았다.

"진희야, 사람이 언제 죽는지 아니?"

"언제 죽나요?"

"……편해지고 싶을 때."

명치로 창날이 들어와 박힌다. 이 사람에게 사랑은 죽음보다 더한 고통이었다. 내가 지키려는 모든 것이 하찮게 보일 정도로.

나는 대체 여기에 왜 왔을까. 오지 말았어야 할 곳에 왜 왔을까. 이렇게 될 줄 알았으면서.

"죽지 마세요."

"가지 마라. 죽지 않을게."

"……."

"네가 옆에만 있어 준다면, 나는 죽지 않는다."

사내는 그 말을 마치고 기진해서 쓰러졌다. 정신을 까무룩 놓아 가면서도 그는 진희의 손을 움켜잡았다. 진희는 열이 치솟는 머리를 천천히 수그렸다. 이마가 그의 뺨에 닿았다. 차갑다. 얼음처럼. 그가 웃기 시작한다. 이렇게 죽어 가면서도 내가 있는 게 그저 좋아서. 아무 생각도 없이, 아무 뒷일도 생각지 않고 그냥 웃는다.

나는 독한 년이 맞다. 어떻게 이런 사람을 버리고 갈 생각을 할 수 있었을까? 이렇게 속이 들끓는데, 이 사람이 보고 싶어서 미칠 것 같고, 몸의 모든 세포가 이 사람 하나만을 바라보면서 소리를 질러 대는데.

그래. 이곳에 오는 게 아니었다. 이렇게 눈물이 날 정도로 딱하고, 불쌍하고, 못 견디게 사랑스러운, 이 모습을 보는 게 아니었다. 두나의 어머니가 대신 소원을 빌어 주었을 때, 나는 아주머니에게 기를 쓰고 물러 달라고 졸랐어야 했다. 그렇지 않고서야 이렇게 미친 것처럼 머리가 비어 버릴 수가 없다.

나는 그냥 핑계가 필요했던 거였다. 여기 와서 이 사람을 다시 보기 위한 핑계. 이 사람이 어차피 결혼할 것도, 어차피 하룻밤 만에 여자를 버리리라는 것도 다 알고 있지 않나.

하지만 진희는 허리를 굽혀 그를 깊이 품에 안고 튀어 나가려는 말들을 필사적으로 삼켰다. 미래를 바꿀 수 없으므로, 원하는 말을 해서는 안 된다. 나는 지난번에도 이 목소리에, 이 지독한 향기에 취해서 나와 이 사람을 고통으로 내몰았다. 더는 안 된다. 내가 해야 할 대답은 정해져 있다.

"나는 가야 해요. 그 말씀만 드리고 바로 가려고 온 거예요."

"그럼 나를 데려가라. 나는 네가 있으면 어디든 간다. 응, 항아님, 어디든."

"화원님은 이곳에서 하실 일이 많아요. 너무 많아요."

당신은 남은 생애 동안 조선 최고의 화원으로 우뚝 설 것이고, 수많은 후학을 배출할 거고, 당신의 제자와, 제자의 제자와, 제자의 제자의 제자들이 한국의 화단을 가득 채우게 될 거예요.

차라리 당신이 재주 한 자락 없는 한낱 무지렁이였다면. 500년 세월 동안 세 손가락으로 꼽히는 천재 화원이었음을 내가 몰랐더라면. 당신이 앞으로 남은 15년의 세월 동안 기가 막힌 그림들을 남겨 주지 않았더라면 나는 어쩌면 당신을 나의 곁으로 데려다 달라 민호에게 부탁했을 거예요.

새로 좌절한 사내의 눈에서 잠시 일렁이던 빛이 툭 꺼진다. 순간 진희의 속에서 맹렬하게 아우성이 끓어오르기 시작했다.

'가지 마, 가지 마! 지금 꼭 가야 하는 건 아니잖아. 저 사람이 정신을 차릴 때까지만이라도 기다려 줘! 이대로 가면 저 사람, 반드시 죽고 말 거라고!'

"저한테는……."

'갈 때 가더라도, 이 불쌍하고 사랑스러운 사람은 살려 놓고 가. 잠시만 잡아 주면 돼. 이렇게 비참하게 죽게 놔둘 거야? 꼭 같은 하늘 아래 같은 시간이 아니라도, 이 딱하고 불쌍한 사람이 살아 있으면 좋잖아.'

귀청이 터질 것 같다. 진희는 고개를 수그리고 필사적으로 생각했다.

만에 하나 잠시 이곳에 머무른다고 하면…….

내가 지금 이 사람에게 허락할 수 있는 시간은?

진희는 이를 꽉 물고 신음을 참았다. 이제 막 방학이 시작됐다. 잘리지 않을 선까지 억지로 억지로 시간을 빼 본다면. 진희는 아랫입술을 짓씹었다. 그래 봤자 이 사람에게 줄 수 있는 시간은 비참할 정도로 짧았다.

"장 화원님, 저에게는 한 달 보름의 말미가 있어요."

"뭐?"

"편해지고 싶다는 생각, 다시는 하지 않겠다고 약속해 주세요. 그러면 한 달 반의 시간을 당신께 드릴게요."

"항아야! 진희야! 왜, 왜 한 달 반이야? 왜 일 년 반, 15년, 아니, 150년, 오백 년이라 하지 않아! 한 달 반이라니!"

"미안해요. 그게 제가 드릴 수 있는 시간의 전부예요."

방학이란 참 덧없고 알량한 시간이었다. 하지만 그 세상의 규칙을 깨서는 안 되었다. 다른 학교보다 길게 잡힌 45일의 방학조차 허무하리만큼 짧았다.

"나는 다른 곳에 있기는 하지만 항상 당신을 생각해요. 당신과 늘 연결돼 있어요. 아시잖아요."

"에미나이야, 연결되어 있다는 것은, 내 눈앞에 이렇게 보이고, 내 손에 만져지고."

그가 두 손을 들어 진희의 얼굴을 감싸 안았다. 손가락으로 진희의 입술을 더듬더니 자신의 입술 위로 깊게 끌어당겼다. 목으로 올라간 그의 투박한 손이 길게 자란 머리를 비집고 뒷목을 꽉 잡아 눌렀다. 따그락, 이가 부딪치며 입속의 것들이 뒤엉켰다.

"이렇게, 느껴지는 걸 말하는 거이다. 이 바보야."

그는 진희의 흠뻑 젖은 뺨을 손으로 문질렀다. 되풀이해 문질러도 두 손은 끝없이 젖었다.

"이 바보야, 이 바보 에미나이, 너도 이렇게 아프면서 가긴 무얼 가네? 이 천하 없이 독한 에미나이야. 독한 것, 이 바보야! 응, 바보 항아야!"

그는 진희의 뺨에 얼굴을 대고 울기 시작했다.

❀　　　❀　　　❀

"진희야. 걱정하지 말고 가. 내가 뒷일은 어떻게든 해 볼게."

침대 발치로 스며든 그림자가 뜬금없는 소리를 속삭인다. 진희는 환청을 듣는 것이 아닐까 생각했다.

"네가 누굴 좋아하는지 알아. 민호가 어디를 어떻게 가는지도 알아. 걱정 마, 나 혼자 아는 거야. 아무한테도 말 안 했어."

달빛으로 그림자의 윤곽이 서서히 드러났다. 서글서글한 눈과 짧은 머리카락이 선명해졌다. 항상 유쾌하게 웃고 있던 입매가 딱딱하게 굳은 것이 보인다. 설마? 진희는 눈을 커다랗게 떴다.

"나야, 두나. 민호가 조금 이따 올라올 거야. 이제 기회는 없을 거야. 하고 싶은 말이 있으면 가서 해. 못 했던 일이 있으면 가서 해. 기회는 두 번씩 오는 게 아니야."

"두나야. 너 그게 무슨 말이야?"

"시치미 뗄 시간 없어. 민호 몰래 따라가려면 시간이 없다고. 뒷일은 걱정하지 마. 엄마 아빠가 너 찾지도 않고 실종신고도 하지 않도록 해 놓을게."

진희는 눈을 커다랗게 떴다. 두나가 지금 무슨 말을 하는 걸까? 민호를 따라가라고? 민호가 시간 여행자인 걸 알고 있단 말인가? 어떻게? 두나는 묻지 말라는 듯 고개를 젓더니 손가락으로 입술을 툭 막았다.

"지금 설명할 시간 없어. 조심해, 건강하고. 나도 떠날 거야."

진희는 친구의 얼굴이 번질번질 젖어 있다는 것을 알았다.

"두나야. 왜 그래? 넌 어디 가는데?"

"진희야, 나 있잖아. 좋아하는 사람 있어."

짐작은 하고 있었다. 다만 누군지 알 수 없었을 뿐이다. 그 마음이 얼마나 길게 이어졌는지도. 친구의 눈에선 뜨끈뜨끈한 눈물이 쉴 새 없이 쏟아지고 있었다.

"누군지 물어도 되니?"

두나는 고개를 저었다. 아니. 아니.

"나중에 알게 되겠지. 아니, 알게 될까? 알게 돼도 놀라지는 마. 나도 그동안 정말 얼마나 괴로웠는지 몰라. 엄마가 얼마나 미워할까, 놀랄까, 그 생각 때문에 입 한번 뻥긋 안 했어. 나중에라도 나 미워하지 마."

"내가 왜 너를 미워하니? 울지 마 두나야, 안 물어볼게. 안 물어볼게! 그런데 왜……."

"나 다시는 너 못 볼지도 몰라. 그래도."

"두나야."

"나 좋아해 줘서 고마워. 내가 얼마나 행복했는지 모를 거야. 정말 고마워. 세상에서 제일 고맙고, 사랑해."

진희는 혼란하고 두려워졌다. 친구가 무슨 말을 하는지 알 수 없었다.

"나 나중에 만나면, 내가 지금 너한테 말했던 거 잊지 말아 줘."

"너 지금 무슨 말 하는 거니? 네가 하는 말…… 내가 생각하는 그런 거 아니지?"

"묻지 마. 어차피 대답 못 해 줘. 그리고 진희야, 겁내지 말고 가. 내가 해 줄 수 있는 말은 거기까지야. 미안해!"

대문이 철컹거리며 열리는 소리가 들린다. 아마도 민호가 들어오는 소리일 것이다. 민호는 지금 근숙이라는 여자도 찾지 못하고 이완도 찾지 못해 패닉 상태였다.

민호는 이번에 무슨 결심을 했는지 들어와서 짐을 깨끗이 정돈하고, 진희의 어머니인 큰올케에게 찾아가 키워 줘서 고맙다고 인사를 했다. 어머니는 결혼 날을 잡아서 그러는 거냐 은근히 물었지만 진희는 그게 아닌 것만 같아 내내 불안했다.

침대 옆에 있던 그림자가 조용히 밖으로 빠져나갔다. 진희는 두근대는 가슴을 지그시 눌렀다. 두나가 무슨 말을 하는지 도저히 알 수 없었다. 다만 한 가지, 가라는 것, 그에게 가 보라는 것, 그리고 내가 없어진 데 대해 가족들이 걱정하지 않도록 뒷일을 처리해 주겠다는 것만은 알 수 있었다.

계단을 올라오는 소리가 들린다. 민호의 발걸음 소리. 숨이 점점 밭아진다. 민호는 아마 나에게 인사를 하러 오는 것이겠다. 민호는 이번에 가 버리면 아마 다시는 오지 않을 것이다. 이완이라는 사내가 그곳에 묶여 있는 한, 민호는 오지 못할 것이다.

붙잡고 말려야 할까, 모르는 척 그냥 보낼까. 혹은 장 화원에게 가서 향이와 혼인하지 말라고 강권해 달라 부탁해야 할까. 미칠 듯 혼란스러웠다.

덜컹. 방문이 열리더니 민호가 들어온다. 이곳에 돌아올 때 입었던 옷을 입고 머리를 길게 땋아 늘였다. 손에는 작은 보퉁이를 들었다. 진희는 이를 꽉 물고 덜덜거리며 미친 듯이 생각하고 또 생각했다. 나는 어떡해. 장 화원이 남의 말 따위 들을 리가 없다. 내가 가서

이야기해 주어야 귀라도 기울여 줄 것인데,

내가 그 말을 직접 가서 해야 한다고?

"진희야, 진희야? 어디 갔니? 자니?"

진희는 침대 안쪽에서 숨을 죽였다. 눈이 욱신거리고 머리가 깨질 것처럼 윙윙거린다.

'이제 기회는 없을 거야.'

'하고 싶은 말이 있으면 가서 해. 못했던 일이 있으면 가서 해.'

'기회는 두 번씩 오는 게 아니야.'

이것이 두나의 목소리인지 자신의 목소리인지도 알 수 없었다. 민호는 진희를 깨우는 대신 가볍게 한숨을 쉬고 일어났다.

"인사도 못 하고 가겠네. 진희야, 그동안 고마웠어. 나 이제는 이완 씨한테 아주 가 봐야 해. 토마스도 이완 씨랑 나 기다리고 있을 거고. 잘 있어."

진희는 공기가 펄럭이는 것을 느끼자마자 몸을 일으켰다. 민호가 입은 한복 치마꼬리가 펄럭이는 것이 보였다. 머릿속이 깨끗하게 비어 버리는 것 같다. 진희의 머릿속에선 단 한 마디, 선명한 외마디만 남았다.

가! 기회는 두 번씩 오는 게 아니야.

얼른 가서 민호를 붙잡아! 따라가서, 장 화원에게 그 말 한마디만 하고 오란 말이야! 둘 다 불행해질 선택을 하지 말라고! 그 여자와 결혼하지 말라고. 그 약속만 받고 민호에게 바로 돌려보내 달라 부탁하면 되잖아! 얼른 일어나서 민호를 붙잡으라고!

진희는 자리에서 벌떡 일어났다. 정강이까지 오는 긴 잠옷 자락이 바람에 말려 펄럭거렸다, 한 걸음, 두 걸음, 세 걸음. 민호의 허리께에서 나부끼는 치마꼬리가 희미해졌다.

어둑어둑한 방이다. 소박하고 간결한 선을 가진 가구들이 보인다. 하지만 행랑채처럼 낙후하고 퀴퀴하지 않다. 방은 깨끗하고 정갈했다. 한쪽 벽을 막고 있는 열 폭 병풍, 비단 보료와 방석, 서안 위에 놓인 책과 등잔 위에 조그맣게 얹힌 불꽃이 보인다.

민호는 좌우를 제대로 둘러보지도 않고 후다닥 방문을 열고 나간다. 간신히 민호의 등을 따라잡은 진희는 문득 고개를 들어 두리번거렸다.

낯익은 방이다. 자신의 뒤에서 금덩이 같은 달을 품고 있는 월죽도는 여전히 뻔뻔하고 태연스럽게 걸려 있었다. 하지만 처음 보았을 때의 강렬한 노란색은 이미 퇴색하기 시작했다. 진희가 민호를 급하게 따라 나가려 허둥지둥 문으로 걸음을 옮기는데 갑자기 무언가가 눈앞을 턱 막아선다.

"헉, 누, 누구?"

진희는 소스라치며 뒤로 물러섰다. 식은땀이 등으로 쫙 솟았다.

"두 분은 그런 식으로 이곳에 드나드시는 게요?"

무심하고 건조한 사내의 목소리가 들렸다. 푸르스름한 도포 차림의 키가 크고 목이 긴 사내, 이 사랑방의 주인이었다. 그는 놀라 비명을 지르지도 않았고 피하려 쩔쩔매지도 않았다. 그는 진희를 막아선 채 심상하게 말했다.

"복식이 특이하구려, 윤 낭자. 이름이 진희라 했었소?"

"……그렇습니다. 윤 진사님."

"장 화원을 만나러 온 게요?"

진희는 대답하는 대신 고개를 살짝 수그렸다. 그는 남녀 내외의 규례를 들이대며 호들갑을 떠는 대신 보료 위에 비스듬히 앉더니 부채로 서안을 톡톡 두드렸다. 진희는 민호를 따라가야 하는데 붙잡혀서 초조했다. 이를 지그시 물었으나 윤 진사는 그녀를 수월히 보내

줄 생각이 아닌 모양이었다. 그는 날카로운 눈으로 진희를 훑어보다가 툭 물었다.

"그가 어디 있는지 아시오?"

"모릅니다."

"그러겠지. 아는 사람은 얼마 없을 게요."

"……."

"그 사람은 지금 죽어 가고 있소. 그 사람이 지금 바로 죽는다 한들 바로 알아차릴 사람은 아무도 없을 게요. 나는 그를 미워해야 한다 생각하지만, 실상은 평생 그를 아끼고 딱히 여겼소. 바보 같은 일이지. 실상 가장 딱하고 불쌍한 것은 여기 앉아 있는데."

"왜 그런 말씀을 하십니까? 그가 지금 위독한가요?"

"나는 지금 고민 중이야."

윤 진사는 자리에서 다시 일어나 진희의 앞으로 다가섰다. 한 걸음, 두 걸음. 진희와 한 걸음 정도의 거리만 남겨 두고 그가 허리를 슬쩍 굽혀 중얼거린다.

"당신을 그자에게 데려다주지 말고 그자가 죽도록 내버려 두는 것이 좋을까. 혹은 당신이 그를 찾아가 두 사람이 행복해지도록 내가 최선을 다하여 도와주는 것이 좋을까."

"윤 진사님."

"나는 어찌하면 좋을 것 같소, 윤 낭자?"

"그를 죽도록 내버려 두는 것은 옳은 일이 아닙니다."

그렇지, 옳은 일도 아니고 그렇게 되지도 않을 거야. 내가 무슨 일을 하든. 그는 피시시 웃으며 진희를 내려다보았다.

"그렇다면, 당신은 그의 아내가 될 생각으로 온 게요?"

"아뇨. 저는 그의 아내가 되지는 않을 겁니다."

그는 한참 허허롭게 웃더니 고개를 끄덕였다.

"역시, 당신도 정해진 사실을 말해 주는군. 당신의 의지로 무엇을 결정하고 온 게 아니고 그저, 그 역시 정해진 사실이라 이거지. 좋아. 아주 편하겠소. 당신들 입장에선 과거를 잘 알고 있으니 우리 사는 걸 구경하는 것도 나름 재미있겠어. 다 정해져 있는 것을 우리는 뭔가 애써 생각하고 버르적거려 노력하고 행동하는 것이 우스워 보이기도 할 게요. 안 그렇소?"

"윤 진사님."

"하지만 설사 당신이 그의 마음을 붙잡아 보려고 왔다 해도 그 역시 우스운 일이 될 게요. 과연 세상 어떤 자가 바람을 잡아 가둘 수 있을까? 나는 장 화원처럼 모든 사람에게서 온전히 독립하여 홀로 떠도는 인간을 본 적이 없소. 그는 천생 광대처럼 웃으며 여러 사람 사이를 노닐지만 타인과 어떤 관계도 맺지 않고 사는 사람이야. 당신뿐이 아니지. 세상 그 어떤 여자가 감히 그와 세상과의 끈을 마련해 줄 수 있단 말이오."

"저는 그의 아내가 되려고 온 것이 아닙니다. 중요하게 드릴 말씀이 있어서 온 겁니다. 말씀을 전해 드리고 민호를 만나 다시 되돌아 갈 것입니다. 이제 다시는 올 일이 없을 것입니다."

진희는 고개를 들고 침착하게 대답했다. 윤 진사는 빙긋 웃고 허리를 폈다.

"그것 또한 당신의 의지대로 된 일이겠소? 의지나 노력으로 되는 일 따위는 아무것도 없어."

윤 진사는 얼마 안 되는 짧은 시간 동안 변해 있었다. 나른하고 무심했으되 생기를 가진 살아 있는 사람이었던 사내는 지금은 탈피를 하고 남은 매미의 껍데기처럼 보였다. 투명하고 가볍고 담담한 색을 가진, 하지만 속에는 아무것도 남아 있지 않은 껍데기. 말할 때마다 바스락거리는 환청이 들렸다. 그는 부채를 펴고 천천히 바람을 일으켰다.

"그는 평양루에서 죽어 가고 있소. 행수인 정홍은 그를 좋아하고 그의 솜씨를 신의 솜씨라 하며 아끼지. 해서 다달이 실어 오는 녹봉섬이나 겨우 받으면서 뒤채에 있는 작은 별채 하나를 내주어 거처하게 하고 있소."

"······."

"당신 같은 여자 혼자 몸으로는 기생집에 박혀 있는 장 화원을 만날 수 없을 게요. 게다가 대령화원이라 도화서가 아닌 궐내 규장각에서 일을 하니 만나기는 더 어려울 게요. 윤 낭자는 그를 정말 만나고 싶은 게요? 내가 데려다주는 것을 바라오?"

그는 딱히 대답을 기다리지도 않고 진희를 보며 무심하게 말했다.

"앞으로 이 땅을 디디고 살게 될 사람들은 무척 특이한 옷을 입게되는 모양이오. 어쨌든, 그를 만나러 갈 생각이면 옷은 갈아입는 게좋겠소."

❀　　❀　　❀

"진희야, 진희, 진희야."

꿈인지 아닌지, 설핏 잠들었다 깬 사내가 자신을 더듬어 붙잡는다. 그의 거칠고 사포로 긁는 듯한 속삭임이 웅웅거리며 달라붙는다.

"나는, 처음 봤을 때부터 너뿐이었다. 십 년을 더 살든, 백 년을 더살든, 나한테는 진희 너 말고는 아무도 없다. 너하고 나는 그렇게 가시버시 연으로 애초에 정해져 태어난 거야. 나도 아는데 너는 왜 모르니?"

어떻게 가시버시 인연이 전혀 다른 시대에 태어날 수 있어요?

"다른 시간 다른 곳에서 태어났어도 인연이면 이렇게 만나게 되어 있지 않네. 그런데, 이렇게 간신히 만났는데 어떻게 그냥 가? 이 독한 에미나이야. 너는 아프지도 않던? 힘들지도 않던? 그러다가 영영 못 만나면 남은 시간을 대체 어떻게 버티려고. 콧구멍으로 숨 쉬고, 입으로 먹고 뒤로 싸고 아무나 붙어서 새끼 지르고 산다고 다 사는 건 줄 아네?"

그의 목소리가 바늘로 찌르는 것처럼 고막에, 아니 온몸에 새겨진다.

"진희야, 사랑한다. 사랑한다. 너만, 너 하나만 내 사람이다. 사랑한다."

그가 폐부에 남은 숨을 모아 문신을 새기듯 한 땀 한 땀 박아 넣는다. 그의 단순하고 우직한 말은 신성한 계약의 언어처럼 진희의 폐부에, 심장에 새겨진다. 가장 귀하고 아름다운 낱말일수록 가장 깊이 새겨져, 사랑한다는 말이 닿는 곳마다 피범벅이 되어 간다.

진희는 눈을 감았다. 이 통증이 부디 지독하길. 이 피맺힌 고백을 한때의 아름다운 추억으로 웃어넘길 수 없도록, 아주 지독하게 고통스럽기를, 그래서 지금 새겨지는 이 말이 영원히 잊히지 않기를 빌었다.

진희는 그의 눈에 입술을 댔고, 기운이 없어 죽어 가던 사내는 여자의 허리를 끌어안고 목덜미에 입술을 박았다. 거칠고 메마른 입술이 아래로 아래로 미끄러져 흘러간다. 그가 입술로 자신의 온몸에 핏빛의 매화송이를 빼곡하게 그려 넣을 때, 진희는 문득 이 사람을 차지하게 될 박성녀, 향이라는 그 작은 여자에게 맹렬한 살의가 일었다.

나는 당신을 다른 여자에게 내줄 자신이 없다. 단 하루, 단 한 시간이라도.

진희는 자신을 타고 누른 사내를 있는 힘껏 끌어안았다. 순간 그가 안으로 깊게 밀려들어 온다. 거대한 해일처럼, 모든 것을 휩쓸어 버리고 폐허로 만들어 버리는 거대한 힘으로. 그는 진희를 바짝 끌어당겨 빈틈없이 몸을 맞물리게 하고는 발작하듯 몸을 떨었다. 맞닿은 피부를 통해서, 그가 거칠게 숨을 몰아쉬는 사이로, 꿀럭꿀럭 소리를 내며 오열을 삼키는 소리를 들었다.

❀　　　❀　　　❀

평양루는 담장이 높은 집이었다. 기생집이라 하여 특별히 다른 양식으로 지어진 것 같지는 않았다. 정홍 행수는 대문간에 홍등을 다는 일은 싸구려 은근짜의 집처럼 보인다며 질색을 했고, 번듯한 현판도 달지 않았다. 그래서 평양루는 겉으로 보면 번듯한 여염 와가였다. 진희가 어릴 적 살았던 시골집처럼 안채와 사랑채, 행랑채가 나뉘어 있고, 뒤쪽으로 별채가 하나 있었다.

장 화원이 박혀 있던 곳은 그 별채로, 안채에서도 반빗간에서도 한참 거리를 두고 지어진 곳이었다. 평양루에서는 사랑채에 있는 큰 방에서 손님을 받을 때도 있었고, 안채의 방에서 손님을 모실 때도 있었다.

평양루는 민간 기생집 중에서는 이름이 알려진 편이었지만 그런 것치고 기생의 수가 많지는 않았다. 평양루에 몸담고 있는 기생은 행수를 합쳐서 아홉이었는데 그중 기생으로 활발하게 활동하는 이는 고작 넷이었다. 나머지 네 명은 스물다섯 살이 넘어서부터 슬슬 이런 저런 찬밥 취급을 당하며 장구채나 잡고 젊은 기생들의 들러리 노릇을 해 주고 있다. 그나마 서른 살이 되면 완전히 퇴기가 되어 영업 전선에서 물러나게 된다. 퇴기들은 부엌의 허드렛일이나 빨래, 갖은 궂은일을 도맡고, 젊은 기생들의 시중과 잔심부름까지 하며 살았다.

한 달 반, 진희에게 가능한 시간은 오롯이 그것뿐이었다. 진희는 민호를 놓쳤고, 민호는 진희가 따라온 것을 몰랐지만 진희는 크게 걱정하지는 않았다. 평양루의 행수는 윤 진사를 잘 알고 있고, 윤 진사는 이완의 소재를 알고 있을 것이다. 민호가 이완을 만났다면 돌아가는 것은 큰 문제가 아닐 것이었다. 진희는 그저 저 사람이 자신이 돌아가기 전까지 온전히 회복되는 것만을 가장 바랐다.

"민호라는 에미나이는 찾아보려 애를 쓰고 있다. 연통이 오면 바로 전할 테니끼니 걱정 말고 들어가라."

정홍은 맞은편에 앉은 여자를 흘깃 바라보고는 다시 시선을 틀어 외면했다. 눈에 푸른빛이 도는 여자는 머리를 단정하게 틀어 매화와 새가 투각으로 새겨진 옥비녀를 꽂았고 남색 치마에 옥색 저고리를 입고 있었다.

평양루의 단칸 별채에 갇혀 있다시피 하는 작은 여자는 옷을 입은 태가 곱고 피부가 희어 멀리서도 훤하게 눈에 띄었다. 나이 서른쯤 되어 일선에서 물러나는 퇴기들만 해도, 다른 여염 아낙보다 젊어 보이긴 하나 눈가와 입가에 자글거리는 주름을 숨길 수는 없는데, 저 여자는 이제 갓 스물을 넘긴 것처럼 젊어 보였다. 아니, 분위기는 성숙한데 얼굴은 젊어 보이고, 눈빛까지 엄위하니 보면 볼수록 신비로웠다.

"행수님, 제가 남은 시간이 많지 않습니다. 같이 왔던 고모님을 찾아야 함께 집에 갈 수 있습니다. 제가 나가서 직접 찾아볼 테니, 윤 진사님 댁으로 찾아갈 수 있도록 도와주세요."

정홍은 고개를 저었다. 절대 밖으로 보내지 말라는 장 화원의 신신당부, 우리 집에 찾아오지 못하게 해 달라는 윤 진사의 부탁이 아니라도 정홍은 진희를 돌아가게 둘 생각이 없었다.

윤 진사의 말대로 장 화원이 저 여자를 붙잡아 앉힐 수 있다면, 향이의 부질없는 바람도 수그러들 것이라, 그것이 정홍의 바람이었다. 게다가 아무리 생각해도 저 윤씨 규수 역시 장 화원에게 안착하는 것이 좋지 않을까 싶었다.

처음에는 반가의 규수 아닐까 생각했으나 곰곰이 생각할수록 그럴 리가 없다는 확신이 들었다. 부모도 남자 형제도 하나 없이 홀로 남자나 만나러 떠돌아다니는 여자가 제대로 된 집안의 규수일 턱이 없고, 부모가 멀쩡하다면 저 꼴을 그냥 놔둘 리도 없다.

입성 규범이 멀쩡한 규수가 저 모양으로 떠돌아다니는 경우로, 정홍은 두 가지 이유밖에 떠올리지 못했다. 한 번 결혼을 했다가 남편이 죽었는데 뒷배를 봐 줄 시댁이나 돌아갈 친정이 없는 경우. 그리고 친정으로 돌아갈 수 없을 만큼 좋지 않은 이유로 시집에서 쫓겨난 경우.

서른이 넘은 나이에 한 번 쫓겨났던 계집이라면, 장 화원과 맺어지는 건 더 이상 바랄 수 없는 횡재였다. 장 화원도 저렇게 목숨을 걸고 좋아하고, 계집 역시 싫어하는 눈치가 아니지 않으냐. 만년 떠돌이 주태백이 화원을 가정에 붙잡아 앉힐 수만 있다면 그때부터 호사는 떼 놓은 당상이었다. 옷고름을 잘리고 새벽에 서낭당이나 물레방앗간 앞에 서서 자신을 데려갈 사내가 아무라도 나타나기만 기다리는 소박데기나 밤이고 낮이고 굶주려 죽어 가면서도 억지로 수절하는 과부들보다 얼마나 형편이 좋은가.

장 화원은 여자가 보살핀 지 닷새 만에 몸을 추스르고 밖으로 나왔다. 그리고 다시 궁으로 일을 하러 나가기 시작했다. 나가면서도 몇 번이나 뒤를 돌아보고, 퇴청하면 평양루로 날 듯이 달려왔다. 어느 하루도 빈손으로 오는 법이 없었다. 어느 날은 호박엿 갱엿을 한 뭉치 사 들고 오기도 했고, 어느 날은 고운 가락지를, 어느 날은 대갓집 마나님이나 신는다는 화려한 운혜를 덜렁 사 오기도 했다.

그리도 게으름을 부리던 사내는 정말 작정하고 그림을 그려 대기 시작했는데, 그의 그림을 찾는 이들의 워낙 많아 놓으니, 자그마한 여자에 대한 그의 선물 공세는 도무지 그칠 줄을 몰랐다.

그 외에도, 윤 진사가 둘째 날부터 손이 야문 계집종 하나를 물색해 아씨 시중이라도 들라고 들여보냈고, 정홍은 여자에게 세 끼 밥을 꼬박꼬박 넣어 주었다. 진수성찬까지는 아니라도 어지간한 손님상 버금가는 오첩반상이어서, 평양루 기생들은 별채의 손님이 그야말로 손 하나 까딱 안 하고 호사를 누린다 부러워하는 눈치였다.

평양루의 기생들은 장 화원의 곁에 머물고 있는 여자 손님의 정체를 퍽 궁금해했다. 하지만 정홍이 별채의 손님에게 말 한 마디만 붙였다간 통나무를 태우겠다고 엄히 명해 놓은지라, 그네들은 진희와 눈만 마주쳐도 치마꼬리를 말아 쥐고 줄행랑을 놓았다.

별채의 여자는 볼수록 이상했다. 삼작노리개 단작노리개들과 옥반지 금반지, 항라 능라 갑사 공단을 바리바리 쌓아 두어도 기뻐하는 빛을 보이지 않았다. 여자는 글을 읽을 수는 있었지만 쓰는 것은 아기 기생만큼이나 서툴렀다. 나라님과 나인들, 한양과 조선 팔도를 따르르 떨게 하는 고관대작의 이름이며 영감 대감 호칭 따위는 하나도 알지 못하면서 미리국 법랑국 같은 먼 데 나라에서 일어나는 일은 환히 알고 있었다. 숫자 계산은 기가 막혔지만 쌀 한 섬이 몇 냥인지 모를 만큼 어리석기도 했다. 궂은일 하는 법을 거의 모르는 것을 보면 사대부 규수처럼 보이기도 했지만, 제대로 된 내외의 범절을 모르는 것을 보면 그 또한 아리송했다.

장 화원은 그따위 일은 개의치 않았다. 두 사람은 작은 별채에 머무르며 서로에게 미친 듯이 탐닉했다. 아무것도 돌아보지 않았다. 기생도 아닌 여자는 기생보다 더 색스러웠고, 기방에서 환갑까지 구른 노파만큼이나 부끄러움을 몰랐다. 둘은 매일 다른 이의 눈을 개의치 않고 사랑했고, 내일이 존재하지 않는 것처럼 사랑했다. 남자들에게 웃음을 파는 기생들조차 민망해할 지경이었다.

하지만 시간이 흘러가며 여자는 초조한 빛을 드러내기 시작했다. 침착하고 조용하던 여자는 점점 과민하게 변했고, 밖으로 나가야 한다며 정홍과 끝없이 실랑이를 했다.

여자를 밖으로 나가지 못하게 막는 것까지가 정홍의 할 일이었다. 나가게 해 달라, 윤 진사를 만나야 한다, 아니 고모님을 만나야 한다. 시간이 없다. 여자가 하는 말은 그것뿐이었다. 정홍은 그 청을 일축했고, 여자가 계집종을 통해 윤 진사에게 끝없이 연통을 넣어도 윤 진사에게서는 어떤 응답도 없었다.

어느 날은 기생 향옥에게 회임을 막는 방법이 있느냐 물었더라 하였다. 그 방법을 안다면 어느 기생이 독한 지네를 달여 먹고 아이를 없애겠느냐 이죽거린 향옥은 이틀 후 정홍과 선배 기생들이 보는 앞에서 통나무를 타야 했는데, 진희라는 여자는 그 사실을 알고도 잘되었다 비웃지도, 괜찮으냐 위로하지도 않았다. 여자는 장 화원의 일이 아니면 남의 일에 쌀쌀맞을 정도로 무심하여, 정홍은 그녀가 윤 진사와 묘하게 닮았다 생각했다.

한 달이 넘어가고 보름이 더 지나가며 여자의 불안증은 극에 달했다. 여자는 거의 광란에 가까울 정도로 밖에 나가려고 했으나 철통같은 감시 때문에 번번이 실패로 돌아갔다. 여자는 시간이 흘러갈수록 그렇게 사랑하는 사내를 향해 밤마다 악을 썼다.

"나는 가야 해요. 제발 나를 보내 주세요. 윤 진사 댁에 보내만 주세요. 아니면 민호나 박 선비가 있는 곳만이라도 알려 주세요! 제발!"

"나는 모른다! 진희야! 나는 몰라! 제발 이제 간다 이야기 좀 하지 마라, 응? 내가 이렇게 빌게, 응?"

제발 가지 마, 항아님. 가지 마. 가려면 나를 데리고 가. 데려갈 수 없으면 내가 해 줄게. 놓고 온 게 무어니, 무어 그리 크고 좋은 걸 놓고 왔니! 내가 해 줄게! 다 해 줄게! 말만 해라, 말만, 응! 말만! 진희는 울부짖는 것을 멈추고 고개를 들었다. 푸른빛이 도는 눈에 핏발이 가득했다.

"들어서 뭘 어쩐다고? 해 줄 수 있을 것 같아요? 당신이 어떻게?"

"항아님……."

"내가 있던 곳에서는, 서른 칸 기와집보다 더 큰 집들이 사람들을 가득 태우고 하늘을 날아 미리국이든 청국이든 영길리국이든 어디든 가요. 궁궐보다 크고 긴 탈것을 타고, 저 달나라에도 가고, 별들이 노니는 저 밤하늘에도 커다란 궁궐을 만들어 사람들이 오가요."

"……."

"여름에는 저절로 시원한 바람이 불게 만들고, 겨울에는 저절로 따뜻한 기운이 돌게 만들고, 천리만리 먼 곳 사람과도 얼굴을 바라보며 말을 할 수 있는 곳이 제가 있던 곳이에요."

황금색 눈이 점점 좌절로 가득 차오른다. 진희는 물러서지 않고 계속 말해 주었다.

"길은 넓고 반듯하고 더러운 것 하나 없이 깨끗하죠. 사람들은 저 스스로 움직이는 가마를 타고 원하는 대로 돌아다니고, 산 너머 바다 건너 어디든지 다닐 수 있어요. 배가 고프면 바로 곁에 있는 먹을 것이 가득한 함에서 언제든지 먹을 것을 꺼내 먹을 수 있어요. 이 삼복 염천에 불을 피우지 않아도, 얼마든지, 얼마든지 먹을 것이 나왔어."

"항아야……. 거짓말하지 마라. 응? 왜 그렇게 모질게 말도 안 되는 거짓말을 하니, 진희야?"

그는 다시 울기 시작했다. 홀쭉하게 팬 뺨에 눈물이 거미줄처럼 얽혔다. 진희는 울지 않았다. 지금 울어선 안 되었다. 속으로는 피눈물이 나도 지금 이 사람 앞에서는.

"나는 여름에, 이렇게 타 죽을 것 같은 더운 여름에 그 상자에서 항상 아이스크림이라는 것을 꺼내서 먹었어요. 거품처럼 입에서 살살 녹는 시원한 얼음에, 솜처럼 부드러운 꿀맛과 우유 맛과 딸기 맛이 나는 것을 매일매일 꺼내서 먹었어. 그런 얼음과자로 가득 차 있는 분홍색 지붕의 집도 있었어요. 하루하루가 꿀처럼 달고, 진달래꽃처럼 화사하고 행복했어. 사람들은 배고파서 근심하는 게 아니라 먹을 것이 너무 많아서, 차고 차고 넘쳐서, 어떻게 하면 덜 먹을까 걱정해. 내가 살던 곳은 그런 곳이에요."

"그만, 그만해라, 항아님. 내가 잘못했다. 내가 다 다 잘못했다. 죽일 놈이야. 그러니까 그만⋯⋯."

아이스크림 이야기까지 들은 사내는 더 이상 거짓말이라 우기지 않고 자리에 엎드려서 통곡하기 시작했다.

진희는 좌절했다. 왜 지금 이 순간마저 저 사람은, 이렇게 애틋하고 목이 멜 정도로 사랑스러워 보일까.

저 사내의 말이 어쩌면 맞을 것이다. 이런 감정이 인생에 두 번이나 올 리가 없다. 우리는 평생에 단 한 번, 찾아올지도 말지도 모르는 감정을 다른 시간을 사는 사람에게 느낀 것이다. 감정 자체에 무슨 죄가 있겠는가. 다만, 나는 금방 쉬어 썩어 버리는 것에 내 인생을 통째로 지불할 수 없는 것뿐이다.

"당신의 잘못도 내 잘못도 아니에요. 다만, 내 뿌리가 다른 땅에서 자라고 있는 것뿐이에요."

"다른 땅에서 자라면 어떠니! 안 될 게 뭐니, 응? 그, 그 개똥 같은 깔끔쟁이도, 그 꺽실이도 웃기게 잘 산다! 쬐깐한 초가집에서, 둘이

서 깨가 쏟아지게 산다, 응?"

갑자기 시간이 멈춰 버린 것 같다. 입술을 들썩이는데 말이 잘 나오지 않는다.

"지금, 지금 뭐라 했어? 당신 지금 뭐라고?"

울부짖던 사내가 뒤로 물러나 주저앉는다. 눈물로 범벅이 된 눈이 커다랗게 벌어지더니 낯빛이 새파랗게 변했다. 그는 엉거주춤 문을 열고 도망가려다가 좁은 툇마루에서 엎어져 마당으로 나동그라졌다. 진희는 맨발로 급하게 따라 나가 그를 붙잡았다. 손이 덜덜 떨렸다.

"어디 있는지 알고 있었어?"

"진희야……."

"민호가, 민호가 어디 있는지 아는 거지? 언제부터 알고 있었어요?"

사내는 절망에 빠진 얼굴로 머리를 쥐어뜯었다. 아아, 이 빌어먹을 바보가! 왜 그 말을! 제기랄! 제기랄! 그러잖아도 비죽비죽 꼬부라져 흐트러진 머리가 아예 봉두난발이 되어 버린다. 진희는 그의 어깨를 잡고 거세게 흔들었다.

"대답해요! 민호가 아직도 여기 남아 있죠! 민호가 그 사람과 함께 살고 있는 거죠, 지금! 어디예요!"

"진희야! 이러지 마라. 나는 몰라. 둘은 잘 살아. 어딘지 몰라! 몰라!"

겉과 속이 여일한 화원은 딱하게도 거짓말에 너무너무 서툴렀다. 사내의 황갈색 눈에서 새로이 눈물이 넘쳐흘렀다. 묻지 마라, 제발 묻지 마. 사내는 눈이 녹아 질퍽해진 땅 위에 엎드린 채 늑대처럼 울며 애걸했다. 진희는 발을 구르며 악을 썼다.

"이러지 마아! 당신은 어차피, 어차피 다른 여자랑 결혼할 거면서 왜 이래……."

진희는 사내의 눈이 멍청하게 풀리는 것을 보며 뒤늦게 얼굴을 감쌌다. 이 말을 하는 것이 옳은지 그른지조차 이제는 알 수 없게 되었다.

"그게 무슨 말이니, 진희야!"

"됐어요! 됐다고. 당신은 나를 잊을 거란 말이에요. 그리고 평생 당신을 지켜보았던 여자와 혼인을 할 거예요. 그러니 나를 보내 줘도 되잖아. 몇 달이나 같이 있었잖아요. 이 정도면 되었잖아요. 이 정도면!"

"아니야, 진희야. 그게 무슨 미친 소리야? 누가 그러던! 누가!"

"……."

"내가, 내가 너랑 혼인하면 되잖니. 다른 계집하고는 죽어도 혼인하지 않는다. 항아야! 진희야! 너랑 하자. 너랑 할 거다."

"못 해요! 나는 못 해! 할 수도 없고, 당신은 하지도 않을 거란 말이야!"

"왜 안 돼? 왜! 진희야, 항아야. 내가, 내가 너랑 살 예쁜 집도 보고, 열 자 자개장도 보고, 한 발도 넘는 커다란 항아리도 많이 봤다. 허름한 오두막집 말고 이 평양루처럼, 윤 진사님 집처럼 넓고 환한 집에 가면 되지 않니? 파랗고 예쁜 기와가 올라간 집에서 살자. 궁궐에도 파란 기와가 올라간 집이 있어. 본 적 없지? 참말로 예쁘다! 응! 그래서 마구간도 외양간도 지어서 소도 돼지도 같이 키우고, 나는 그림 그리고, 너는 옆에서 아기들 젖 먹이고, 응? 하늘서 내려온 선녀하고 나무꾼처럼 둘이서 재미나게 살면 되잖아! 고생 안 시킬게. 옆에만 있어 주면 나는 더 바라는 게 없다! 우리 둘이서 그렇게 재미나게 같이 살자, 응?"

진희는 이를 악물었다.

"나는 어릴 때부터 나무꾼이 제일 싫었어요. 선녀의 인생을 망친

게 바로 나무꾼이니까!"

"……."

"당신은 알면서도 내 날개옷을 뺏었어. 내가 그렇게 애타게 돌아가고 싶어 한다는 것을 알면서도. 그리고 이제 끝내 족쇄를 채우려고 결혼하자고 하는 건가요?"

사내의 눈이 멍하게 풀렸다. 그는 부들부들 떨면서 자리에서 일어났다. 빗발이 점점 세졌고, 그의 얼굴에 얽힌 눈물에 빗물이 새로 들이쳐 지저분하게 얼크러지기 시작했다. 그가 쉰 목소리로 껄떡이며 중얼거렸다.

"안 돼, 너는 못 가. 절대. 나, 나를 먼저 죽이고 가. 응, 이 장승업이 여게서 그냥 죽이고 가."

욕심 한 점 없이 평생을 보냈던 사내는 자신이 가질 수 없는 것 한 가지만 강렬히 원했다. 다른 것에 무심했던 만큼 단 한 가지에 대한 염원은 강력했다. 진희는 툇마루에 주저앉아 흐느꼈고, 그는 고개를 저으며 주춤주춤 뒷걸음질한다. 눈치 빠른 계집종만 처마 밑에서 입을 틀어막고 동동거렸다.

진희는 평양루에서 여름까지 내내 갇혀 있었다. 그녀는 별채의 작은 방에서 붙박인 채, 민호가 이 시간에 못 박히게 된 불쌍한 사내와 결혼했다는 소식을 들었고, 그들이 작은 오두막에서 아기자기 신접살림을 차리고 신혼생활을 시작했음도 들었다.

조선이라는 나라를 뒤흔드는 군란이 일어나 한양에서 나는 새도 떨어뜨린다는 세도가의 가족들이 덜덜 떨며 숨어 지내는 꼴을 지켜보았고, 나라님 같은 위세를 갖고 있다던 권력자들이 백성들에게 쫓겨 난도질당해 죽고, 그 오만방자하던 대감마님들의 시체가 여름날 개천에서 허옇게 썩어 간다더라 하는 끔찍한 소문도 들었다. 구식 군

대가 난을 일으켜 대원위 대감이 재집권하고, 얼마 되지 않아 그가
다시 중전과 외국 세력에 쫓겨 외국으로 끌려갔다는 소식도 들었다.

담장 밖에서는 하루걸러 한 번씩 세상이 뒤집혔고, 폭풍 같은 망
국의 흐름에 휩쓸려 숱한 사람들이 죽어 갔으나 평양루 안에 있는 작
은 별채는 진공으로 처리된 공간처럼, 고여 있는 물처럼 평화로웠다.
그 안에는 그저 남자, 여자들뿐이었고, 그들은 만나고 헤어지고 먹고
싸고 울고 웃고 할 뿐이었다.

진희는 점점 말을 잃었다. 사내는 진희가 간다 하는 말을 들을 때
마다 손발이 잘려 나가는 듯한 얼굴로 떨었고, 그럴 때마다 술을 마
시고 도망치듯 사라졌다. 그는 진희가 잠이 든 후에야 몰래 기어 들
어와 여자를 물끄러미 내려다보며 밤을 새우곤 했다. 가끔 뺨이나 머
리를 쓰다듬으며 울거나 웃을 때도 있었고, 밤새 그녀의 얼굴을 가만
히 들여다보다가 새벽에 기척 없이 사라질 때도 있었다.

뜨거운 여름날, 그는 방에 박혀 그림을 그렸다. 땀을 팥죽처럼 쏟
으며 그린 그림 몇 점을 쥐고, 그는 갓도 쓰지 않고 맨상투 바람으로
어디론가 달려갔다. 그는 저녁나절이 되기 전에 지게에 무엇인가를
짊어지고 신이 나서 들어왔다. 진희는 그가 그리 자신만만 환하게 웃
는 모습을 정말 오랜만에 보았다. 계집종의 놀란 목소리가 들린다.

"에구머니, 화원 나리! 세상에, 이게 다 무언가요?"

"오늘 나라님이 대감님 영감님들한테 특별히 얼음을 내리시는 날
이라더라! 빙고에서 얼음을 꺼내서! 응!"

"그런데 화원님께서 어떻게 얻어 오셨나요! 은덩이보다 귀한 것을
요!"

"항아님이 좋아해! 얼음을 좋아해! 내가 누구야! 한양에서 그림으
로 따르르 하는 장오원 화원 아니냐! 좌의정 대감 댁에 며칠 전부터

단단히 말해 두었어! 얼음 나오면 꼭 나한테 팔라고. 내가 그림을 두 장이든 열 장이든 그려 주마고! 이거 봐라. 한여름에 이렇게 큰 얼음 본 적 있니? 오면서 많이 녹았는데도 두 뼘이 훨씬 넘는구나! 참말 신기하지 않니? 한여름의 얼음이라니, 으허허허허!"

"세상에, 화원님 이건 꿀 아닌가요? 청밀전에 들르셨나 봐요. 화원님! 이 하얀 건 뭔가요? 콩물인가요? 아니네! 세상에! 이거 타락 아닌가요? 소에게서 짜내서 전하께 진상할 때나 유명한 기생집에 들어간다는 것? 어떻게 이렇게 귀한 걸 한 단지나 구하셨어요? 수박은 또 어쩐 거고요? 세상에."

"기다려 봐. 내가, 내가 세상에서 제일 맛있는 걸 만들 거야. 항아님이 좋아할 거야."

진희는 방 밖으로 나오지 않고 벽에 기댄 채 멀거니 앉았다. 뚝딱 뚝딱 서걱서걱 시끄러운 소리와 함께 노랫소리가 들렸다. 사내는 거칠거칠 툽툽한 목소리로, 사랑가를 오래오래 불렀다.

한참 후 들어온 그의 손에는 커다란 사기대접이 들렸다. 안에는 크고 작은 얼음 조각, 얼음 가루가 뒤섞여 산더미처럼 쌓여 있었다. 바닥에는 허연 우유와 꿀과 얼음 녹은 물이 흥건하게 괴었고, 얼음 무더기 위로 붉은 과일 물이 흉하게 얼룩져 있었다. 그는 한 손으로 그릇을 내고, 한 손으로는 놋수저를 쥐여 주며 말했다.

"봐라, 딸기가 없어 수박으로 물을 들였지만, 네가 말한 대로 달고 딸기처럼 볼그레하게 물든 얼음이야. 진희 네가 좋아하는."

그의 손이 애처롭게 떨리는 것이 보였다.

"귀하고 비싼 얼음이다. 대감님도 영감님도 일 년에 몇 번 맛도 못 보는 얼음에, 귀한 꿀에, 귀한 타락이 들었어! 항아님! 봐 봐! 항아님이 좋아한다는 딸기색이 나는 아이스크림이야. 먹어 봐."

눈앞의 사기대접이 크게 일렁일렁 찌그러져 보인다.

"그림을…… 전부 몇 장을 그려 드렸나요?"

"다섯 개! 다섯 장 그렸다. 염려 마라, 얼음이 나오는 날만 되면 얼마든지 그린다! 열 장이든 백 장이든 그린다! 항아님 좋아하는 거면 얼마든지!"

진희는 두 손으로 얼굴을 가리고 흐느꼈다. 나는, 당신을 미워하고 싶은데. 나는 당신을 미워해야 하는데. 저따위 그릇, 한 손으로 쳐서 바닥에 굴리고, 이따위 것을 누가 먹을 줄 아느냐 소리를 질러야 하는데.

나는 왜 지금 이 순간까지 저 사람을 미워하는 것이 잘 되지 않을까…….

얼음은 눈물을 흘리는 것처럼 너무도 빠르게 녹아 뭉그러진다. 바닥에는 벌그레하고 칙칙한 이상한 색깔의 물이 호수처럼 고이기 시작한다. 에미나이, 먹어 보디 않구 뭘 하네? 먹어! 먹어 봐라? 세상 맛나고 귀한 걸로만 모으지 않았네? 아깝다! 아깝디 않니! 아이구 이런, 항아님 먼저 주려구 입도 안 대고 갖고 왔는데! 녹고 있잖니! 진희야, 진희야! 응? 울지 말고 좀 먹어 봐라 응? 한 숟가락이라도, 응응? 그는 하염없이 녹아서 물을 뚝뚝 떨구는 대접을 붙잡고 울 것 같은 얼굴로 발만 동동 굴렀다.

"진희야, 둘이 같이 돌아갔다."

그는 진희 앞에 무릎을 꿇었다. 그의 눈에는 두 가지 감정이 일렁거렸다. 환희, 그리고 두려움. 대척지점에 존재해야 마땅할 듯한 그 감정은 황금빛 눈동자 안에서 혼탁하게 섞여 있었다. 진희는 머리가 텅 비는 것을 느끼며 사내를 내려다보았다.

"민호……가 돌아갔다고? 이완 씨, 여기 묶여 있던 게 아……니었나요?"

"모른다, 나는 몰라. 그냥 둘이서 갔어. 둘이 집에도 없고 어디에
도 없어서 계속 찾아보았는데, 민영환 영감이 반쯤 실성해서 두 사람
이 그림 속으로 사라졌다고 말해 주었어. ……다시는 돌아오지 않을
거다. 그 바보 같은 놈, 눈물을 한 말이나 쏟을 만큼 고생 많이 했다.
진저리가 나서라도 오지 않을 거야."

아주 갔구나.

……그럼, 나는 이제 영영 못 돌아가는 거……?

진희는 천천히 주저앉았다. 허탈하고 기가 막혀 숨이 컥컥 막힌
다. 가슴을 움켜잡고 한 손으로 그의 어깨를 툭, 쳤다. 잘했네요. 툭,
툭, 알면서, 그 둘이 어디 있는지 알면서 끝까지 나를 잡고 있었군요.
툭, 당신이, 퍽, 퍽퍽! 당신이, 바로 당신이, 나를!

"그래, 그래요! 잘됐군요, 아주 잘됐어! 나를 영영 잡아 묶으니 이
제 속이 시원해요?"

퍽, 펑, 펑. 그의 어깨와 등을 후려치는 손에 점점 힘이 들어간다.
퍽, 퍽퍽, 쩍, 소리가 호되게 이어져도 그는 어깨를 움츠리고 고스란
히 얻어맞았다. 때리다 때리다 손이 아파 쉬었다가 다시 손을 들어
그를 때렸다. 나는 당신을 이제 사랑하는 걸까. 증오하는 걸까. 이제
는 무슨 말도 나오지 않는다.

"내가 밉니?"

"……"

"내가 잘못했다. 내가 나쁘다, 내가 나쁜 놈이다. 평생 미워해도
괜찮아. 내가 잘못했는걸."

진희는 이를 물고 때렸다. 그녀의 손이 너무 아파 사내는 등을 구
부리고 고꾸라졌다.

"내 사십 평생 이렇게 간절하게 바랐던 건 너 하나뿐이었다, 너는
그러지 않았니? 너도 그런 거 뻔히 아는데 왜 자꾸 시치미를 떼고 아

니라고 하니!"

아니야, 아니야, 아니라고. 나는 그렇게 멍청하고 미련하지 않아요.

"내 각시가 되어 줘, 나랑 혼례 올리고 함께 살면 되지 않아? 고작 사람 사는 일인데, 하나뿐인 내 짝지하고 함께 사는 거 말고 뭐가 그렇게 중요한데? 진희야 응? 진희……."

그는 엎드린 채, 여자의 매운 손을 견디며 빌었다. 진희는 대답하지 않았다. 손이 아프고, 목이 아프고 햇볕이 너무 뜨거워 등이 아팠다. 눈에서 흘러내리는 짠물이 뺨에서 턱을 타고 내려가는 동안 지글지글 끓는 것처럼 뜨겁던 날이었다.

❀   ❀   ❀

진희는 평양루에서 나와 민호와 이완이 살던 남향 오두막에서 살게 되었다. 그 집에는 그래도 아기자기하게 살 만큼의 세간이 있고, 장 화원이 그려 준 그림들도 많이 쟁여 두었더라 했는데, 정작 진희가 도착했을 때 남아 있는 것은 아궁이에 걸린 가마솥과 무거운 다듬잇돌, 부엌 바닥에 떨어진 젓가락 한 짝뿐으로 보리쌀 한 알 남은 것이 없었다. 울타리 가장자리로는 잡초가 가득했고, 댓돌 뒤에는 이가 나간 개밥그릇 하나만 우스꽝스럽게 구르고 있었다.

윤 진사가 보낸 계집종은 눈치 빠르게 일을 잘 돕고 손도 빨라 진희가 궁벽하게 진일을 할 필요는 없었다. 진희는 윤 진사에게 몇 번이고 찾아갔으나 그는 진희를 만나 주지 않았다.

장 화원은 커다란 소달구지를 얻어 와 매일 새로운 세간을 실어 날랐다. 작은 집이 터져 나갈 지경이었다. 돈 많이 벌어 파란 기와집도 사자, 그때까지만 기다리자, 빨리 날 잡고 혼례를 올리자, 응. 길게 기다릴 것 무어 있어? 이번 초아흐레가 손 없는 날이니 그날로 할까? 다음 달 열닷새가 대길이라니 그날로 할까. 진희야, 항아님. 마당이 꽉 차도록 상을 펼쳐 놓고, 동네 사람 다 부르고, 아는 사람도 모조리 부르자.

나는 이곳에 아는 사람이 아무도 없어요. 나는 내가 계획했던 걸 모조리 포기하고 전혀 모르는 곳에서 살아야 해요. 당신은 뭐가 그렇게 기쁘지? 내가 이렇게 불행한데, 당신은 뭐가 그리 기뻐?

진희는 그가 사 들고 온 나무로 만든 기러기 한 쌍을 마당으로 집어 던졌다. 기러기 두 마리는 약속이라도 한 것처럼 목이 부러졌다. 그는 아무 말도 없이 기러기를 주워 아궁이 속에 집어넣고 그 앞에 앉아 소리 없이 울었다.

동네 사랑방처럼 아낙들이 모이던 초가집의 평상은 이제 썰렁했다. 중전 민 씨가 환궁하면서 대대적으로 몰아친 피바람에 간난아버지와 마을 사람 두 명이 더 죽었다. 간난아버지 강명준은 임오군란의 주모자로 찍혀 능지처사를 당했고, 조롱조롱한 아이들과 노망난 어미는 가을걷이를 하기 전에 모조리 굶어 죽었다. 서방이 눈앞에서 사지가 찢겨 죽는 것을 본 간난어머니는 그 자리에서 실성해 마을을 휘젓고 다니기 시작했다. 아낙들은 더 이상 삼삼오오 모여 예전처럼 웃지 못하게 되었다.

진희는 비어 있는 마당에서 멍하니 하늘을 보며 볕을 쬐는 일 말고는 아무것도 하지 않았다. 오가는 여자들은 새로 들어온 사내와 계집이 둘 다 절반쯤 미쳤다며 손가락질을 했다. 아무것도 상관없었다. 혼례라고? 우습지도 않아. 진희는 하늘을 쳐다보며 웃다가 고개를 돌렸다. 사립문을 열고 들어서던 계집종이 냉큼 고개를 수그렸다.

"아씨, 송구합니다. 윤 진사님께서는 아예 말씀도 들어 주지 아니하십니다. 아씨, 그리 급한 일이면 차라리 그 댁 마님께 청을 드려 보는 게 어떠시겠습니까. 진사님께서 그래도 마님의 청은 함부로 내치지 못하시지 않겠습니까."

그래. 윤 진사 그 사람이 이렇게 나오는 이유를 모르는 건 아니다. 내가 돌아가기를 포기하면 장 화원이 나에게 날개를 접고 내려앉을 것이고, 그래서 향이가 장 화원을 포기하면 당신은 그녀의 마음을 갖겠다는 것이지. 진희는 씁쓰레하게 웃었다.

향이한테 부탁하라고? 민호와 이완 씨를 구렁텅이에 밀어 넣었던 여자에게? 나를 못 잡아먹어 독이 오른 그 여자에게? 다른 사람 모두에게 부탁한다 해도 그 여자에게만큼은.

하지만 생각해 보니 이제 그 여자와 자신은 원하는 것이 동일하다. 나는 돌아가기를 바라고, 그 여자는 내가 없어지기를 바란다. 철천지원수, 등 뒤의 칼처럼 여겨지던 여자는 결국 가장 강력하고 믿을 만한 잠재적 아군이 되어 버렸다. 진희는 풀썩 웃고 말았다.

"똑똑한 아이로구나."

계집종이 고개를 꼬박 수그렸다. 그녀는 손가락에서 옥가락지를 빼어 계집종의 손에 쥐여 주었다.

"마님께 가서 알려 드리렴. 윤진희라는 여자가 이곳에 와 있다고 해."

"예, 아씨. 그리고 또 뭐라 말씀 여쭐까요?"

"장 화원과 혼인하게 됐다고, 윤 진사님 모르게 나 좀 도와주실 수 있느냐 여쭈어라."

❀　　　❀　　　❀

"오라버니께서 월죽도를 돌려 달라 강청하고 있습니다. 오라버니의 첫 번째 작품이라 돌려드리고 싶지는 않았지만 하도 야단을 하여 수일 내로 돌려보내겠다 약조하였는데, 지금껏 그 이유를 모르겠더니 이제는 좀 알 것 같군요."

향이는 안으로 들어오지도 않고 마당에 서서 딱딱하게 말했다. 그녀는 진희가 이곳에 와 있는 것을 계집종에게 듣고도, 그리고 장 화원과 함께 몇 달을 지내고 있었다는 것을 알게 되고도 가면처럼 딱딱하게 웃었다. 하지만 두 사람이 혼례를 올린다 하는 말이 나오자마자 얼굴이 새하얗게 변했다. 향이는 가마도 안 타고 쓰개치마를 바짝 올려 잡고 바로 계집종을 따라나섰다.

진희는 그녀에게 굳이 올라오라 권하지 않고 마른 목소리로 답했다.

"월죽도를 없앨 용기까진 없을 테니 땅속 깊이 파묻어 저를 데려가지 못하게 한 후에야 안심하고 혼례를 올리겠지요. 저는 혼자서 꼼짝할 수 없으니 이곳에서 살아가려면 그와의 혼인을 거절할 수 없을 것입니다."

향이는 팔짱을 낀 채 콧방귀를 뀌었다.

"그래, 좋아하는 사람과 혼인하면서 싫은 척은 다 하셨습니까? 그래서 지금 나에게 축하해 달라고 부른 거고요? 어떻게 도와드릴까요? 잔치 때 사람을 휘몰아서 잔칫상이라도 차려 낼까요. 비단옷 원앙금침을 준비해 드릴까요? 오라버니 혼인이니 돌아가신 부모님 대신 사주단자 보내고 납폐라도 해 드릴까요? 자다가 봉창 때리기도 유분수지, 뻔뻔하다는 생각 안 드나요? 내가 그 잔치에 독사와 지네를 풀 거란 생각은 안 합니까?"

향이는 이글이글하는 눈으로 날카롭게 쏘아붙였다. 진희는 고개를 끄덕이며 싱긋 웃었다. 여자의 본심이 날 것 그대로 드러나니 오히려 속이 편하고 말하기가 수월해졌다.

"그래요. 도움을 청하려고 불렀습니다. 당신의 도움만큼은 절대로 청하지 않으려 했는데 하필이면 우리 두 사람이 같은 것을 원하고 있으니 우습지 않습니까."

"?"

"제가 돌아갈 수 있도록 도와주세요. 저는 장 화원과 혼인하지 않습니다."

진희는 혼인하기 싫다, 혹은 혼인하지 못한다, 라고 말하지 않았다. 그 어느 것도 정확한 말이 아니었다. 그저 무슨 이유에서인지 나는 그와 혼인하지 않을 것이고 그는 무슨 연유에선지 눈앞의 이 여자와 맺어진다. 물론 그것까지는 알려 주지 않을 것이다. 그 이후의 일도 마찬가지다. 그녀가 인왕산 호랑이에 물려 가든, 동네 아낙의 남편처럼 역모에 휘말려 능지처참을 당하든 아무것도 신경 쓰고 싶지 않다.

마당에 선 여자의 손에서 초록색 쓰개치마가 툭 떨어진다. 여자의 눈동자가 흔들린다.

"……왜? 당신은 그의 마음을 처음으로 사로잡은 사람이야. 기생집을 평생 전전했어도 진심으로 마음에 담은 건 다, 당신 하나뿐이야. 알고 있어?"

"압니다."

"그러면서 감히 어떻게 그런 이야기를 해! 네 따위가 감히!"

향이의 얼굴이 드디어 일그러진다. 인정하고 싶지 않지만 인정할 수밖에 없는 사실. 향이는 진희가 떠나기를 간절히 바라지만, 하늘같이 생각하는 장 화원이 이따위 계집에게 버림을 당하는 것도 그녀에겐 분한 일이었다.

진희는 향이의 마음을 충분히 이해했다. 자신 역시 떠나기 위해 그녀의 도움이 필요하지만 사랑하는 이가 저 여자에게 날개를 내릴 것을 생각하면 가슴을 칼로 도려내는 것처럼 아프다. 진희는 얼굴을 찡그리고 댓돌 아래로 내려섰다. 그리고 여자의 앞에서 깊이 고개를 숙였다.

"미안합니다. 정말 미안해요. 당신에게도, 장 화원에게도 제가 몹쓸 짓을 하는 걸 압니다."

눈물이 말라 버린 여자는 우는 대신 주먹을 소매에 감추고 들들 떨기만 했다. 입술을 실룩거리고 눈을 찡그린다. 학과 같이 고아한 사내의 아내, 장성한 두 아들의 어머니인 여자는 본디의 표정이 드러나자 가장 살아 있는 것처럼 보였다.

"내가 무엇을 어찌 도와주면 됩니까?"

"저를 데리러 올 사람을 불러 주시면 됩니다."

향이는 어이없다는 듯 웃더니 냉랭한 목소리로 이죽거렸다.

"저는 그 사람들이 어디 사는지도 모르고 어찌 불러야 하는지도 알 수 없습니다. 그림 속에 사는 이들에게 제가 어찌 연통을 하겠습니까."

"방법을 알려 드리겠습니다. 확실치는 않지만, 시간이 얼마나 걸려서 그 소식이 당도할지도 알 수 없지만 지금 방법은 그뿐입니다."

진희는 눈을 꾹 감았다. 이 방법은 정말 확실하지 않다. 박이완이라는 사내는 초서를 수월히 읽을 정도로 한문 실력이 좋고, 기억력 또한 좋다. 지금 민호의 손안에 월죽도가 두 개 모두 들어가 있을 터이니 희망을 걸어 볼 수도 있다. 언제 읽게 될지 알 수 없지만.

백 년 하고도 몇십 년 후에 살게 될 민호와 박이완, 두 사람에게 나를 구하러 와 달라는 메시지를 보내야 한다.

진희는 고개를 들고 천천히 웃었다. 두 개로 나누어진 그림, 한쪽에 쓰인 시. 백 번을 생각한다 해도 지금 상황에서라면 그 방법밖에 생각하지 못할 것이다. 아무리 다른 방법을 궁리해도 내가 생각해 낼 수 있는 최선은 아마 그것뿐이었을 것이다.

나는 윤 진사의 시를 기억하지 못하지만 그 또한 상관없었다. 내가 보내는 SOS는 그들에게 무사히 당도할 것이고, 그 사내의 입으로 읽힐 것이다. 구조신호를 언제 제대로 해독할 것인가는 나도 알지 못하지만, 그래도 망연히 손 놓고 앉아 있는 것보다는 낫지 않은가. 그를 사랑하는 마음은 사실이지만 옆에 머무를 수 없는 것도 사실이다.

나는 돌아가서 내가 정한 방식으로, 내가 일구어 놓은 풍요한 땅 위에서 행복하게 살 것이다. 엄마처럼 사랑을 위해 기껏 일군 땅을 버리는 짓 따위는 하지 않을 것이다. 나는 지금 혼이 빠질 만큼 당신을 사랑하지만, 그것이 얼마나 어이없게 변질하는지 30년을 봐 왔다.

걱정하지 않을 것이다. 그는 자신이 생각하는 것처럼 죽지 않을 테니까. 그는 앞으로 15년, 혹은 그 이상 살면서 좋은 작품을 많이 남길 것이다. 늦지 않았어. 지금이라도 가서 수습하면 된다. 최악의 상황이면 다시 임용고시를 보고 교편생활을 시작하면 된다.

"장 화원님께 월죽도를 돌려주시기로 약조하셨다고 하셨죠."

진희는 천천히 입을 떼었다. 향이는 담담한 얼굴로 고개를 끄덕였다.

"화원님께 그림을 돌려드리기 전에, 배첩장인을 한 분 청하여 그림을 두 장으로 나누어 주세요. 유명한 배첩장이면 그림을 엿기름물에 담가 앞뒤로 나누어 떼는 기술 정도는 있으실 겝니다."

진희는 추석 때 집에 붙잡혔던 이완이 커다란 함지박에 그림을 담아 진땀을 빼며 두 장으로 분리하던 것을 기억해냈다. 배접과 표구가 전문이 아닌 이완이 애를 먹으면서도 앞장 떼기를 할 수 있었다면 전문 배첩장이라면 더 수월히 할 수 있지 않을까.

"한 장은 약속대로 화원님께 돌려드려 안심시키시고, 한 장은 집에 남겨 두고 윤 진사님께 7언 율시를 한 수만 받아서 그것을 길게 간직하도록 맏아들 우진이에게 물려주시면 됩니다."

향이의 얼굴이 아리송해졌다.

"7언 율시요? 대체 그것과 당신이 돌아가는 것이 무슨 상관이란 말입니까? 우진이에게 물려주어야 하는 이유는 또 무엇입니까?"

"이유까지 설명하기는 어렵습니다. 다만 한시만큼은 꼭 부탁합니다. 각 행의 두운(頭韻)만 당신께서 띄우시고, 진사님께 나머지를 부탁하시면 될 겁니다."

여자는 알 수 없다는 듯 연신 고개를 갸웃거렸다. 진희는 쓸쓸하게 웃으며 자신의 구명줄이 될 여덟 개의 두운 자를 일러 주었다.

"민, 호, 구, 해, 주, 어, 진, 희."

❀　　　❀　　　❀

큰사랑에 불이 켜져 있는 것을 보고 윤 진사―형순은 고개를 갸웃했다. 누가 내 방에 들어와 있는가? 달이 하늘 꼭대기에 걸린 것을 보면 이경은 벌써 지난 것 같은데.

"오셨습니까."

형순은 미닫이문을 반쯤 연 채 그대로 멈췄다. 향이가 아무렇지도 않은 얼굴로 일어나 그를 맞이한다. 안채로 발걸음 하지 않은 것도 벌써 반년이 넘어가고, 집안의 중요한 일도 하인들을 통해서만 의사를 주고받았었다. 형순은 다른 방으로 가야 할까 잠시 멈칫했으나 그대로 안으로 들어섰다.

"밤이 늦었습니다. 무슨 일입니까, 부인."

"나리께 격조하여 얼굴이라도 뵙고자 제가 몇 가지 소채를 만들어

보았습니다. 이리 늦으실 줄 알았으면 들어갈 것을, 시간도 모르고 기다렸습니다."

여자의 말대로 소반에 주안상이 차려져 있었다. 하지만 그 옆으로 길게 놓인 그림을 보고는 그만 얼굴을 찌푸리고 말았다.

"경유의 그림 아니오?"

"그렇습니다. 오라버니께서 그림을 하도 돌려 달라 하시어 치사하다 하면서도 돌려드리겠다 약조를 했습니다."

"그랬소?"

그의 얼굴에 의아한 빛이 살짝 배어 나왔다. 향이는 이 그림을 몹시도 아꼈다. 이것을 왜 돌려주려 하는 걸까?

"그래도 나리께서도 특별히 아끼셨던 그림이니, 이곳에 시를 한 수 적어 주시면, 나리께서 베푸신 호의의 증표로 삼을 수 있지 싶어 가져왔습니다."

"장 화원의 혼례 소식을 들었소?"

"예. 들었습니다."

형순은 여자의 얼굴을 물끄러미 들여다보았다. 여자는 서른이 넘어서도 여전히 곱고 아름다웠다. 시간이 비껴가는 것처럼. 열네 살 그 풋풋하고 가련하던 향기는 없어졌지만 난숙하고 화사한 아름다움을 갖게 된 여자였다. 형순의 손끝이 비틀비틀 갈피를 잡지 못한다. 그는 길게 숨을 다듬고 조용히 물었다.

"혼례 소식을 듣고 돌려주겠다는 게요?"

"아닙니다. 그저 그가 원하여 돌려드리는 것입니다."

"그뿐이오?"

"그 외에 무슨 다른 이유가 더 필요하겠습니까?"

"혼인하려는 여인이 누구인지도 알고 있소?"

"알고 있습니다."

곱고 화사한 아내는 조금도 흔들리는 빛 없이 은은하게 웃으며 대답했다. 형순은 여자의 얼굴을 한 겹 벗겨 내고 저 속에 든 진짜 얼굴을 보고 싶다는 욕망에 평생 시달렸다. 우는 얼굴, 악다구니하는 얼굴이라도 좋다. 여자의 맨얼굴을 보고 싶었다. 거기에서 자신에 대한 아주 작은 애정이라도 발견한다면 그는 어쩌면 그쯤에서 만족했을지도 모른다 생각하곤 했다.

　여자가 고개를 천천히 들었다. 기생으로 길러진 여자, 자신이 연모하던 남자를 위해 기생으로 살아가는 것을 오히려 기꺼워했던 여자, 하지만 그에게 그 마음을 전하지도 못한 채 자신의 곁에서 둥지를 틀게 된 여자. 여자는 지금껏 나에게 헌신했다. 어쩌면 저 여자로서는 자신이 줄 수 있는 모든 것을 나에게 준 것인지도 모른다. 형순은 길게 한숨을 쉬었다.

　"당신이 내 아내가 된 지 몇 년이 되었는지 기억하오?"

　"어찌 그걸 잊겠습니까. 머리를 얹은 것이 열네 살, 우진이를 낳고 이 집으로 들어온 것이 열다섯 살의 일이니 15년이 지났습니다."

　"나는 당신이 나에게 해 줄 수 있는 모든 것을 다 해 준 것을 알고 있소. 항상 고맙게 생각하고 있어."

　"무슨 과분하신 말씀이십니까. 지금까지 나리께서 제게 베푸신 은혜가 한량없음을 제가 어찌 모르겠습니까. 한시도 잊은 적이 없습니다."

　여자의 눈이 잠시 흔들린다. 속눈썹이 긴 여자는 눈꺼풀이 흔들릴 때마다 속눈썹이 파르르, 잠자리 날개처럼 흔들렸다. 형순은 여자를 끌어당겨 가까이 안았다. 여자에게선 은은한 향내가 났다. 사향이었다. 형순이 안채에 들어 여자를 안을 때마다 났던 향이었다. 품에 안긴 여자가 조용히 속삭였다.

　"밤이 길고 적적합니다."

"미안하오, 내가 못나 그랬어."

형순은 여자를 안은 채 한숨처럼 대답했다. 여자는 대답하는 대신 등잔의 심지를 잡아 불을 껐다.

등불이 다시 켜진 것은 삼경이 훌쩍 지나서였다. 여자는 머리를 길게 내리고 속적삼과 속치마 차림으로 그에게 술을 따랐다.

형순은 본디 크게 취하는 법이 없었는데 그날따라 목이 말랐다. 몇 잔을 거푸 마신 후, 그는 아내를 끌어당겨 입술을 맞댔다. 여자의 입에서도 달콤한 냄새가 나는 것 같다. 살짝 붉어진 얼굴과 땀에 젖어 이마에 찰싹 붙은 머리카락 몇 가닥이 그렇게 예뻤다. 그는 손가락으로 여자의 땀에 젖은 이마와 뺨을 더듬었다.

"곱소, 부인."

"민망합니다. 점잖으신 분이 오늘따라 왜 이러십니까."

"정말 고와서."

여자는 고개를 숙였다. 그는 여자에게 뺨을 맞대고 속삭이듯 물었다.

"어떤 시를 써 줄까. 향이야."

"제가 7언 율시의 두운을 불러도 되오리까."

"유희가 하고 싶었나? 오랜만인데."

그는 빙긋 웃으며 붓을 잡았다. 총명한 여자는 소리가 출중했지만 어지간한 선비 못잖을 만큼 시에도 뛰어나 작은 등불 돋워 놓고 단둘이 갖는 시회도 퍽 운치 있고 즐거웠었다. 바닥에는 그가 평생 미워하려 노력했으나 미워할 수 없었던 천진한 천재 화원의 첫 번째 그림이 놓여 있었다.

혹여, 혹여 그의 혼례 소식을 듣고 마음을 접어서 내게 이리하는 것이라면.

그렇다면 내 평생의 기다림은 헛된 것이 아닐 것이다. 헛된 기대가 사람을 얼마나 추하게 하는지 알면서도, 후세 사람의 입으로 불변의 사실을 들어 놓고도 미련한 마음은 여전히 기대하기를 멈추지 못한다. 여자의 곱고 나직한 목소리가 달콤하게 귓가에 엉긴다.

"첫째 연의 두운은 굳셀 민, 클 호 자입니다."

굳세고 큰 것이라. 그는 무심한 얼굴로 미소를 머금은 채 길게 붓을 휘둘렀다. 두 아들에게 벼슬길에 나가지 말라 일러둔 후, 그는 제대로 붓을 잡은 적이 없었다. 취해서인지 그림이 그려진 종이가 조금 얇게 느껴지는 것도 같고 손끝이 약간 떨리는 듯도 했다. 민산지향천년중, 호강지가만년황, 굳건한 산과 큰 강이 그의 유려한 필적으로 펼쳐졌다. 향이는 조심스럽게 말했다.

"그러면 두 번째 연의 두운은, 얽을 구와 풀 해는 어떻겠습니까?"

그의 입에서 감돌던 미소가 천천히 사라진다. 향이는 조마조마한 속을 누르고 그를 물끄러미 바라보았다. 그의 눈동자가 흔들리고 있었다.

"'구' 자와 '해' 자라? 허허."

그는 붓을 내려놓고 허탈하게 웃으며 술잔을 내밀었고, 향이는 술을 따랐다. 그는 두 잔을 더 마신 후, 붓을 들어 죽 내리갈기듯 썼다. 구죽엽난조류풍이요, 해환온파수월광이라. 얽힌 대나무 잎은 흐르는 바람을 잡기 어려우며, 흩어지는 구름은 달빛을 지킬 수 없도다. 향이는 입술을 가만히 사리물었다.

……눈치채셨구나.

그가 잡고자 하는 마음이 바람처럼 빠져나가고 달빛처럼 잡히지 않으리라는 것을 알았구나. 단지 네 글자만으로.

"붉을 주, 물고기 어는 어떨까요?"

세 번째 연의 두운을 연결하기 어려운 것으로 내었지만, 그는 붉은 입술 흰 이의 미인과 사랑하고 아끼던 사이의 덧없음을 일필휘지로 적어 내려간다. 향이는 눈을 내리깔고 굳게 다물어진 사내의 입술을 바라보았다.

주순호치허산소요 어수지친부폐황이라. 그는 자신의 아내가 다른 사내를 향한 마음을 끝끝내 포기하지 아니함을 알았고, 이제 그 허탄한 마음을 그림 위에 쏟아 놓는다. 그는 입술을 실룩이더니 조금 갈라진 소리로 묻는다.

"다음 두 개의 두운 자는, 훈(訓, 뜻)과 상관없이 진 자, 희 자겠구려."

"……."

"장 화원과 진희 낭자가 혼례 날을 잡았다 하지 않았소. 정녕 이래야겠소?"

"……나리."

"이걸, 기어이 내 손으로 쓰게 해야겠소? 연모의 정은 없어도 그래도 평생 같이 살 맞대고 산 남편에게 이렇게 잔인한 짓을 해야 속이 시원하겠소?"

향이의 무릎을 꿇고 이마를 바닥에 댔다. 동그랗고 가녀린 어깨가 파들파들 떨렸다.

"용서해 주십시오. 나리."

"아니 됐소. 내가, 내가 미련했어. 잠시나마 근사한 꿈을 꾸었지."

그는 마지막 두 개 운자의 훈을 확인하지도 않고, 종장의 두 행을 내리갈기듯 썼다. 버들가지처럼 우아하고 낭창하게 흘러내린 글자들은, 필획의 끝 절마다 바늘 끝처럼 날카롭게 날을 세웠다. 구해 줘, 나를 이곳에서 데려가 줘, 하는 절규는 학과 같은 사내의 공허와 기가 막히게 엮여 한 수의 유려한 시로 짜였다.

향이는 무릎을 꿇은 채, 그가 마지막으로 적어 놓은 두 절을 읽었다. 진명예고희만월이요, 희월궁우청호광이라.

"명을 다한 예는 쓸쓸히 보름달을 쳐다보는데, 눈부신 달의 궁전에서는 다시 맑은 옥피리 소리가 들린다……."

말이 끝나기도 전에 그는 이름을 쓰고 붓을 집어 던졌다.

향이는 입술을 꼭 다물다가 결국 고개를 숙였다. 나는, 나는 천벌을 받을 것이다. 이 고아하고 정이 깊었던 사람을 능멸하고 마음을 주지 못했던 그 죄를, 나는 언젠간 고스란히 받고 말 것이다.

이분을 평생 존경했다. 지아비로서 더 이상 바랄 수 없는 분이었다. 어느 여자도 받기 어려울 만큼 과분한 믿음과 정을 받았고 나는 항상 죄스럽고 고맙게 여겼다. 좋은 분, 내가 오라버니를 만나지만 않았더라면, 어렸을 때 철없던 시절, 내 심장에 겁도 없이 인두로 오라버니를 지져 박아 놓지만 않았더라면, 나는 이 고아하고 아름다운 분을 세상에서 가장 행복하게 만들어 드렸을 것이다.

나는 내가 드릴 수 없는 한 가지만 제외하고 모든 것을 다 드렸으되, 이분은 그저 단 한 가지, 내가 드릴 수 없는 것만 애타게 바라셨다. 하지만 이 미련하고 어리석은 마음 한 가지는 끝내 옮길 수 없었다. 연(緣)이란, 노력한다고 되는 게 아니었다. 이제 용서해 달라는 말도 나오지 않았다. 향이는 두 손으로 얼굴을 감싸고 흐느꼈다. 형순은 그림을 향이 앞으로 밀어 놓고 조용히 말했다.

"내 그대를 진심으로 연모했었소. 가끔 나만큼 행복한 사내가 있을까 하고도 생각했지만 늘 한 가지가 마음에 독처럼 엉겨 있었지."

여자는 한마디도 답하지 못하고 계속 울었다.

"당신이 나에게 해 준 것이 많음을 알고 있소. 그대는 오랫동안 나와 희락의 시간과 고통의 시간을 함께 지냈어. 나의 아이를 낳아 기르고, 정실로 대우받지도 못하면서 나의 내자로서 모든 힘들고 궂은 일을 다 감당해 주었소."

"……."

"함께 먹고, 함께 자고, 부끄럽고 자랑스럽고 슬프고 기뻤던 모든 일을 서로에게 보여 주지 않았었소?"

"예, 나리, 그리하였습니다."

"그 시간에, 사랑이라는 이름을 붙이면 안 되는 게요?"

향이는 다시 얼굴을 가렸다. 이제는 사랑이 무언지, 정이 무언지도 잘 알 수 없게 되었다. 남은 것은 멍청한 집착뿐인지도 모르지만 가 보지 않은 길에 대한 미련은 끝내 그녀를 놓아주지 않았다. 손가락 사이로 물방울이 줄줄 새어 하얀 속치마를 적셨다. 대답은 끝내 나오지 않았고, 여자의 답을 기다리던 형순은 결국 그림을 등지고 돌아앉아 길게 웃었다.

"가세요, 부인. 약조한 것은 지킬 터이니, 당신이 원할 때 언제든지 나를 접고 가세요."

그의 가늘고 흰 손가락이 그의 턱과 긴 수염을 미끄러져 지나간다. 손등과 손가락에 번질번질 물기가 번진다. 여자의 흐느낌이 천천히 잦아들 때, 그는 담담하고 건조한 목소리로 말했다.

"나 역시 당신을 연모했음을 잊으리다. 당신이 집을 떠나는 순간, 당신은 이 집에서 죽은 사람이 될 게요. 다시는 오지 마세요."

✿   ✿   ✿

두 사람의 혼례 날에는 새벽부터 비바람이 일었다. 늦은 태풍이었다. 가을걷이를 앞두고 있던 농가마다 발칵 뒤집혀 벼가 쓰러지지 않도록 묶어 보겠다고 노인부터 아이들까지 폭우 속에서 허둥지둥했다.

승업은 향이에게 받아 온 그림을 몇 번이고 확인한 후, 항아리에 넣어 한밤중에 아무도 모르게 마당 한구석에 깊이 묻어 버렸다. 적어도 땅속에 파묻힌 그림을 타고 꺽실이가 찾아올 수는 없을 터이니까.

그리고 다음 날 새벽같이 달려가 길일을 받아 왔다. 날을 집어 준 이는 관상감 판관으로 그는 승업의 그림을 몹시 좋아했는데, 작은 기명절지도 한 폭에 몇 년에 한 번 올까 말까 한다는 대길일을 수월하게 뽑아 주었다. 승업은 본시 융통성이 없는 편도 아니었거니와 고집을 부리는 일도 드물었지만, 이번 혼례는 절대 미루면 안 된다 초가지붕에 벼락이 떨어진대도 해치우겠다 단언했다.

진희는 며칠 전부터 말 한 마디 하지 않고 벙어리처럼 지냈다. 들로 몰려 나간 마을 사람들은 그들을 도와줄 수도 없었고, 도와줄 정도로 가까운 이들도 없었다. 윤 진사가 진희에게 붙여 준 계집종은 미친 듯 쏟아지는 비를 보고 혼자서 발만 동동 굴렀다.

오후가 되어 한성부 판윤 변원규 대감 댁에서 뒤늦게 보낸 사람들이 당도했다. 이렇게 비가 쏟아지는 판에 꼭 혼례를 올려야겠느냐 나무라셨다는 말을 전하면서도 장정 서넛이 달려들어 마당에 차일도 치고, 찬모들이 소매를 걷고 달려들어 불을 피우고 음식을 장만하기 시작했다. 이응헌 역관 댁에서도 손님 대접할 때 쓰라고 소반 스무개 남짓과 각종 기명, 식재료들을 달구지에 실어 보냈다.

오후 늦게 술 세 항아리와 신부의 옷차림을 돌봐 줄 여자들까지 도착했다. 평양루에서 왔다 하였다. 어제도 공연할 때 사용했다는 화려한 원삼과 족두리, 큰비녀와 드림댕기, 도투락댕기가 든 함을 보냈으니 평양루에서는 장 화원에게 충분히 성의를 보인 축이었다. 하지만 그런저런 도움에도 불구하고 저녁 늦게까지 쏟아지는 비 덕분에 마을 사람이나 손님은 고사하고 개미 새끼 한 마리 마당에 얼씬대지 않았다.

결국 해가 떨어지고 혼례가 시작된다 하며 마당에 몰려선 사람은 일을 하러 온 일꾼과 찬모들과 주례를 위해 진희의 계집종에게 붙잡혀 온 마을 훈장뿐이었다. 훈장은 양태가 넓은 갓을 올려 쓰고 널찍한 도포 소맷자락을 휘저으며 차일 아래로 들어섰는데 이미 비를 흠빡 맞아 갓의 한쪽이 푹 가라앉고 소맷자락은 팔에 척척 들러붙었다.

대낮부터 술을 마신 사모관대 차림의 새신랑은 마을 어귀에서부터 말을 타고 들어오면서 두 번이나 낙마해 결국 마을 중간쯤에서부터는 말고삐를 직접 끌고 철벅철벅 집까지 걸어와야 했다.

나이가 한참 늦어서 처음으로 장가란 것을 드는 새신랑은 가장 기뻐서 춤추고 좋아해야 할 터인데, 웃으면서도 우는 것 같은 얼굴이었다. 방에서 신부 치장을 하는 새 신부 역시 전혀 기쁜 기색이 없었다.

희게 분칠을 하고 연지 곤지를 찍고 족두리를 올려 쓴 신부가 고개를 가만히 수그리고 한삼을 눈썹까지 들어 올린 채 비가 들이치는 차일 안으로 들어선다. 신랑은 이미 대취했고, 사방이 깜깜한데 빗소리는 을씨년스럽기 그지없었다.

양쪽에서 신부를 부액하던 여자들은 사방을 둘러보며 한숨을 쉬었다. 훈장은 허둥지둥 식을 진행한 후, 두 사람이 부부가 되었음을 하늘에 고하는 고천문을 읽고서 불을 붙여 태웠다. 하늘로 곧게 날아가야 할 연기는 무섭게 쏟아지는 비와 어둠 속으로 순식간에 빨려 들어가고 말았다.

변 판윤 댁 하인과 찬모들이 마련해 둔 음식은 부엌과 작은 툇마루 골방에 수북이 쌓였는데 훈장 영감은 국수 한 그릇 제대로 먹지도 않고 사례로 챙겨 둔 쌀 두어 말과 짚으로 엮은 계란 한 줄을 받고는 집으로 돌아갔다. 일을 도와주러 왔던 하인들은 손님 하나 없는 초례청이 민망해 손님 대신 노래를 부르고 억지로 춤도 춰 주었다. 신랑은 늦도록 술만 마셨고, 새 신부는 방으로 들어가 꼼짝도 않고 앉아만 있었다. 방에서는 간간이 숨죽여 흐느끼는 소리만 흘러나왔다.

하인들은 불어 터진 잔치국수를 말끔히 먹어 치우고 고깃점을 목구멍까지 욱여넣은 후에야 자리에서 일어섰다. 찬모들이 싸 둔 떡 쌈지를 총총 챙기고 소반과 그릇 따위를 달구지에 싣고 새신랑에게 인사를 할 때까지, 새신랑은 여전히 신방에 들지 않고 폭우가 쏟아지는 마당의 차일 속에서 퍼질러 앉아 있었다.

그는 마지막 사람까지 모두 돌아가고 계집종마저 하품을 하며 골방에서 꼬박꼬박 졸다가 쪼그리고 잠이 들고서야 자리에서 일어났다. 앉아 있던 돗자리는 이미 물웅덩이였고, 옷도 흠뻑 젖어서 전혀 새신랑 같지 않았다. 그는 여전히 우는 듯한 웃는 얼굴로 사모와 목화를 집어 던지더니 맨발로 툇마루에 올라서서 흠뻑 젖은 푸른색 관복을 허물처럼 벗어 치웠다. 퍼런 옷은 물에 불은 미역처럼 툇마루에 들러붙었다.

"진희야."

안에서는 부스럭대는 인기척만 나올 뿐, 아무 소리도 나지 않는다. 가늘게 들리던 흐느낌 소리가 멈춘 것 같아 그는 용기를 끌어 올려 방문을 열었다. 방 안은 짙은 어둠만 가득해서 새 신부는 어둠에 잡아먹힌 것 같았다. 그는 방 안으로 들어가지도 못한 채 문밖에서 고개를 수그리고 혀 꼬부라진 소리로 중얼거렸다.

"미안하다. 미안해. 진희야, 미안. 미안⋯⋯."

깜깜한 어둠 속, 작고 어깨가 동그란 여자가 긴 옷소매로 얼굴을 가리고 어깨를 들먹이고 있었다. 그는 흐득흐득 웃으며 이제는 아내가 된 여자를 뒤에서 끌어안았다. 미안하다 할까, 용서해 달라 할까. 평생 갚으며 산다, 평생 눈에서 눈물 보일 일 없이 행복하게 해 주겠다 호언이라도 해 볼까.

사랑한다, 사랑한다, 사랑한다. 하지만 그는 땅속 깊이 묻어 둔 월죽도를 다시 걸어 둘 생각은 털끝만큼도 없었다. 당장 태워 버리려다가 차마 태우지 못한 것은, 만에 하나 진희가 가 버렸을 때, 그 그림 마저 없으면 진희가 다시 자신에게 돌아올 길은 완전히 막혀 버릴까 겁이 났기 때문이었다.

그는 사죄도 할 수 없었고, 사랑한다 애모한다 고백도 할 수 없었다. 무슨 말을 하든 날개옷을 뺏긴 선녀에게는 가증한 변명일 뿐이다. 그 정도로 낯짝이 두껍지는 않았다. 그는 그녀를 끌어안은 채 목멘 소리를 냈다.

"울지 마, 울지 마라, 항아야. 진희 네가 울면 나, 나는 어떡하니. 달래지도 못하는데, 내가 나쁜 놈인데, 어떡하니. 어떡하니."

그는 함께 줄줄 울면서 새 신부의 뺨을 돌려대고 눈물을 닦아 주었다. 붉게 칠한 연지 곤지와 하얀 분칠이 손가락에 묻어 나왔다. 순간 신부가 긴 소매로 그의 눈을, 코와 뺨과 입술을 푹 감싸 더듬더니 그의 얼굴을 끌어당겨 입을 맞추었다. 작은 몸이 정신없이 떨리는데 입술에서, 혀에서 느껴지는 눈물의 맛이 생경했다.

그는 멍하니 눈을 깜박이다가 후드득, 몸서리를 치며 물러앉았다. 그의 목에서 쇠가 갈리는 소리가 터졌다.

"……진희야? ……이, 이 에미나이가, 이게 대체 무슨 짓이야!"

❀　　　❀　　　❀

아오오오씨! 이게 뭐야! 여, 여기가 어디야!

외마디가 터져 나가려는 것을 이완은 황급히 틀어막았다. 새까맣게 어둠이 들어찬 움막, 퀴퀴하고 시큼한 냄새가 가득했다.

……왜 우리가 살던 초가집이 아니고……?

타고 들어온 그림은 국립중앙박물관에 있는 왕희지가 거위를 얻는 그림, 스승이 이완에게 주었던 그 그림이 맞다. 돌아갔을 때의 흔적을 찾아 들어왔으니 분명 두 사람이 함께 살았던 초가집일 거라 생각했는데 웬걸, 생전 듣도 보도 못한 시커먼 움막 안이다. 낯익은 계집이 깨진 바가지에서 밥을 허발하고 퍼 넣다가 뒤로 자빠지는 모습이 보인다.

이완은 계집이 누구인지 순식간에 알아보았다. 까치집 같은 머리와 일 년 동안 한 번도 갈아입지 않아 이제는 무슨 색인지도 알 수 없게 변한 치마, 시커멓게 굳은살이 박인 맨발. 가끔 오두막으로 똥장군을 지고 거름을 얻으러 오던 귀머거리 계집이었다. 이완은 무슨 일인지 알아차리고는 눈썹을 곤두세웠다.

"네가 우리 집에 걸린 그림을 훔쳐 왔니?"

그림뿐이 아니었다. 그들이 사들였던 소반과 그릇, 잡다한 살림살이와 옷가지가 모조리 움막으로 들어와 있었다. 그림값 비싸기로 유명한 장 화원의 그림이 토굴 같은 움막에 걸려 있는 것을 보니 이상했다.

귀가 들리지 않는 계집은 밥그릇을 팽개치고 덜덜 떨며 기어 엎드렸다. 귀신이 나타났다 생각했는지 아니면 자신을 잡으러 왔다 생각했는지 입에 든 것을 삼키지도 못하고 우들우들 떨었다. 입에서는 사람 말인지 아닌지 알 수 없는 끽끽대는 소리밖에 나오지 않았다.

이완은 작은 도둑이 공포에 질려 오줌을 지리거나 말거나 민호와 함께 문을 나섰다. 벽에 걸린 그림이나 다른 그림을 회수해 오고 싶었지만 지금 갖고 가기엔 하필 비가 너무 억수처럼 쏟아졌고, 나머지 그림을 어디에 숨겼는지 따질 수도 없었다. 저 여자는 정말로 청력이 전혀 없었기 때문이었다. 삼패 기생이었던 어미가 양매창에 걸렸다가 죽기 전에 귀머거리 딸을 낳았다는 것은 온 동네 사람들이 다 알고 있는 사실이었다. 겁에 질린 계집이 뒤늦게 치마 끝을 말아 쥐고 허둥지둥 산 쪽으로 줄행랑을 놓는다.

"진희는 지금 대체 어디 있는 걸까?"

"스승님께서 평양루에 내내 계셨으니 거기 있지 않을까요? 거기부터 가 보죠."

두 사람은 쏟아지는 비에도 아랑곳하지 않고 진흙 길을 철벅대며 달리기 시작했다.

평양루에는 장 화원도 별채의 손님도 없었다. 최근 다른 곳으로 집을 구해 이사를 했다는 이야기만 들었다. 별채에 있던 여자 손님과 장 화원을 모시던 작은 계집종이 있었는데 윤 진사님 댁에서 보낸 아이더라 하는 말까지 전해 들은 민호와 이완은 이번에는 윤 진사의 집으로 발걸음을 옮겼다. 갑작스럽게 몰아닥친 태풍 때문에 길은 텅 비어 있다. 거센 비바람 속에서 검은 기와지붕과 돌담, 우중충한 이엉으로 지붕을 덮은 흙집들은 뿌연 회색으로 일그러져 보였다.

윤 진사 댁 솟을대문은 굳게 닫힌 채 바람에 덜그럭대는 소리만 요란하게 울리고 있었다. 민호가 주먹을 쥐고 대문을 두드리려는 것을 이완이 잡았다. 잠깐만요. 민호 씨, 잠깐만 생각을 해 봐요. 그는 잠시 담벼락에 기대 호흡을 골랐다.

"왜? 무슨 일인데?"

이완은 잠시 머리를 기웃하더니 민호의 이마로 줄줄 들러붙은 머리카락을 올려 주고는 빠르게 설명했다.

"윤 진사는 진희 씨가 돌아가는 것을 좋아하지 않을 거예요. 진희 씨가 장 화원하고 잘 되기를 가장 바라는 사람이 있다면 그게 바로 윤 진사겠죠. 어디에 있는지 제대로 알려 줄 턱이 없어요."

"그, 그럼 누구를 만나 봐야 해?"

"아마, 향이 정도라면 알고 있을 거예요. 적어도 우리가 진희 씨를 데려가서 다시는 오지 않는다 하면 가장 반가워할 사람이 향이니까, 우리를 도와줄 가능성이 높아요."

민호는 눈썹을 잔뜩 찌푸렸다. 그 독한 계집 때문에 고생한 것만 생각하면 아직도 이가 아릉아릉 갈리는데, 생각해 보면 이완의 말이 맞다. 자신의 고조할아버지는 의뭉하면서 속이 시커멓고, 고조할머니는 조그맣고 딱한 척은 다 했는데 독하기 그지없다. 아이구, 쟁그러운 인간들 같으니.

기억하기로 윤 진사와 향이는 최근 사이가 좋지 않았더랬다. 안채에 윤 진사가 없을 거라는 데 내 남은 뇌세포의 절반을 건다. 민호는 철벅철벅 웅덩이를 밟으며 북쪽으로 빙 돌았다. 윤 진사의 관수동 집은 담장이 높은 편이었고, 동네 여자들이나 찬모 가비들이 간간이 드나드는 뒷문은 굳게 잠겨 있었다.

두 사람은 잠시 얼굴을 마주 보다가 고개를 끄덕했다. 이완이 허리를 굽혔다. 민호는 이완의 어깨를 밟고 휘청휘청 올라서더니 담벼락을 짚으며 균형을 잡았고 이완은 이를 꽉 물고 무릎을 짚고 천천히 일어섰다. 여자의 상반신이 담장 위로 훌쩍 솟았다.

"굿굿! 안뜰에 사람 없어. 문에 자물쇠가 걸려 있긴 한데 저 정도면 열 수 있겠다. 잠깐만."

여자는 새처럼 가볍게 뛰어올라 담벼락의 기와를 밟고 서더니 아래로 사뿐 뛰어내린다. 철벅철벅, 절그럭대는 소리가 들린다. 얼마나 기다렸을까? 굳게 잠겨 있던 작은 쪽문이 삐그덕 소리를 내며 열렸다.

"들어와!"
여자가 빗물에 쫄딱 젖은 꼴로 싱긋 웃었다.

그날 오후 느지막하게 윤 진사 댁에서 작은 달구지 하나가 솟을대문을 빠져나왔다. 심부름을 왔다는 건장한 하인이 달구지 채를 잡았고 찬모 두엇이 쓰개치마를 뒤집어쓰고 종종대며 따라붙었다. 달구지 위에서는 마님께서 명해 싣게 한 술 항아리 세 개가 덜그럭거렸다.

그들은 장 화원의 혼례 준비가 한창인 초가에 도착했다. 그들은 방에서 새 신부와 인사를 하고 옷차림을 봐 주니 어쩌니 부산을 떨며 지지재재 한참 덕담을 주고받은 후, 평양루로 다시 돌아가야 한다며 쓰개치마를 다시 두르고 집을 나섰다.

밖에서 기다리던 멀대 같은 하인은 도롱이에 삿갓을 쓰고 그 장대비를 쫄딱 맞고 있다가 빈 달구지를 덜그럭거리며 돌아갔는데, 낮부터 대취해 우거지상을 하고 있던 새신랑은 그들에게 수고했다며 고기 한 점 들고 가 권할 염도 내지 못했다.

초가에서부터 연신 뒤를 돌아보며 걸음을 재촉하던 세 사람은 거리가 한참 뜨자마자 달구지를 길에 팽개쳐 두고 정신없이 뛰기 시작했다. 와중에 키 큰 여자가 신고 있던 운혜에 물이 들고 사내가 신은 짚신의 끈이 떨어져 털렁대자 두 사람은 신발마저 팽개치고 맨발로 달렸다.

"진희, 진희야? 꽤, 괜찮아? 너 정말 괜찮지, 응? 입고 온 옷 다 태워 버린 거 맞지? 확실하지?"

진희는 입술을 깨물고 고개를 끄덕였다. 빗물이 엉망으로 얼굴로 들이치는데, 목이 터질 것 같아 대답을 한 마디도 할 수 없었다. 고마워, 미안해, 고마워, 혀끝에서 빙빙 도는 말 대신 진희는 흐득흐득 울기 시작했다. 이제 살았다. 됐어. 이제 드디어 돌아가는 거야. 진희는 눈물을 손등으로 문지르며 이를 악물고 뇌었다.

나는 다시는, 다시는 이런 미친 감정에 휩쓸릴 일이 없을 것이다,

절대로.

진희는 결국 뛰다가 비틀비틀한다. 너무 오랫동안 집에 갇혀 있던 진희는 제대로 뛰는 것도 힘들었다.

"망할 놈! 그래 우릴 그렇게 감쪽같이 속여? 우리 집에 그렇게 자주 왔으면서! 스승이고 나발이고, 오늘 아주 뒤집어 놓으려다 참았다. 엉!"

"미, 민호 씨. 어차피 신부가 없어진 걸 알면 뒤집히고도 남을 거예요."

"그래, 그래애애! 지금쯤 다들 홀딱 뒤집혔겠지. 나쁜 놈! 그렇게 결혼식이 시작도 전에 파투가 나 봐야 정신을 차리지!"

과연 혼례식이 파투가 날까? 이완은 고개를 저었다. 이제야 일이 어찌 되는지 알 것 같다. 새파랗게 질린 얼굴로 민호와 자신을 따라나선 여자, 자신이 입었던 겉옷을 벗어 진희를 탈출시키며 당신들 도망칠 시간은 벌어 준 후에 오라버니에게 이야기하고 뒷감당을 할 테니 얼른 가라고 등을 밀던 여자가 빈방에 홀로 남아 어떤 선택을 할지, 이제 알 것 같다.

장 화원은 기생 출신의 여인과 결혼을 하고 하룻밤 만에 그 여자를 버린다 하였다. 목구멍이 미칠 듯이 쓰라렸다. 스승도, 스승을 버린 여자도, 스승에게 버림받을 여자도 모두 눈이 시큰할 정도로 불쌍하고 딱했다. 모두 조금이라도 더 행복하고자 했고, 모두 용기 있었고, 모두 열심히 사랑하는 사람을 사랑했다. 그런데 어째서 아무도 행복하지 못한가. 사람 사는 게 대체 왜 이 모양인가.

"윤진희, 이 빌어먹을 계집애야, 너 죽었어, 완전 죽었어! 흐어, 어으어, 어흐. 이, 나쁜 년! 사, 사람을 이렇게 걱정시키고! 이 망할! 내가, 내가 얼마나!"

"민호 씨, 그 이야기는 나중에 해요. 일단 빠져나간 다음에! 진희 씨, 저한테 업히세요."

이완은 작은 여자를 업고 달리기 시작했다. 마을 밖에 멀찍이 틀어박힌 작은 움막이 가까워진다. 민호와 이완은 그때부터 한마디도 하지 않고 뛰기만 했다. 허억, 헉, 후우, 훅. 철벅, 척, 철벅, 척, 한 사람이 뛰는 것처럼 고르고 일정한 소리가 났다.

움막은 비어 있었다. 이완은 귀머거리 계집이 숨겨 둔 그림을 찾으려 작은 움막을 샅샅이 둘러보았으나 좁아터진 곳에서 나오는 것은 자질구레한 잡동사니뿐이었다. 벽에 걸린, 스승이 준 왕희지 그림조차 가져갈 수 없었다. 연결통로인 그림을 챙기면 돌아갈 수 없으니까.

그는 깨끗이 포기하고 민호가 내민 손을 잡았다. 등 뒤에서 가늘게 흐느끼는 소리가 흩어졌다.

❁　　❁　　❁

장 화원이 작은 초옥에서 기생 출신으로 알려진 어떤 여자와 혼례를 올리는 동안, 윤 진사는 집 안의 하인들을 불러 모았다.

"지금 밖에서 급한 전갈을 받았다."

그는 양태가 넓은 갓을 단정하게 쓰고 흰색 도포를 떨쳐입고 긴 합죽선을 손에 쥔 채 대청에 서 있었다. 급한 전갈인즉슨, 안채의 마님께서 우중에 잠시 밖에 나가셨다가 인왕산에서 내려온 대호에게 잡혀가는 것을 보았다는 내용이었다. 하인들은 크게 술렁였으나 주인은 평소와 다름없이 무심하고 담담한 목소리로 명했다.

"마을 사람들을 모두 모아라, 홰에 불을 붙이고 호랑이를 잡을 만한 것을 모조리 들고 나오라 해라. 징과 쇠(꽹과리)를 울려서 사람을 모두 불러내라. 지금이라도 찾으러 가야 하지 않겠느냐. 내가 앞장을 서겠다."

　하인들은 도깨비에 홀린 것 같은 얼굴로 주인을 따라나섰다. 억수로 퍼붓는 빗줄기에 횃불은 자꾸 꺼졌고 사방은 칠흑같이 깜깜한 데다, 징과 쇠의 날카로운 소리는 무시무시한 빗소리에 잡아먹혔다. 윤진사는 쟁쟁대는 꽹과리 소리에 맞추어 목청을 길게 뽑는다.

　심산지호가, 금야래촌하여.

　나리, 나리! 아이고 나리. 옆에서 안달을 해도 앞선 사내는 휘적휘적 손만 젓는다. 애가 달은 하인들이 꽹과리를 있는 힘껏 울리며 목청껏 고함을 질러 본다. 쟁그랑 쟁쟁, 징징 쟁쟁, 모두 나와 보시오. 사람 살려요, 사람!

　오처피납하였으니 즉지생명이 풍전등화인지라.

　쟁그랑쟁쟁, 징징징징 쟁강쟁강쟁강쟁강 사람 살리오, 여보시오, 진사님 댁 마님께서! 인왕산의 호랑이가 마님을 잡아갔소!

　포수 있소? 사냥꾼 아는 이 없소? 아니 누구라도 좋으니 사람 좀 살리오, 사람 좀!

　고로 유창자는, 소지창하고…….

　유궁자는 소지궁하고…….

　유봉자는 소지봉하여…….

　쟁쟁 쟁그랑 쟁쟁, 사람 살리오, 대호가 나타났소. 대호가 사람을 잡아갔소!

　"내 아내를 구해 주시오, 내 아내를 구하는 일에 적극 협력해 주시오……."

　만약 미래를 몰랐으면…….

　나는 당신을 잡았을 것이다. 설득하고 싸우고, 혹은 손발을 묶고,

문을 닫아걸고 열두 겹 사람들로 방책을 둘러서라도 금빛 호안(虎眼)의 짐승에게서 당신을 지켰을 것이다.

하지만 확정된 미래 앞에선 그 모든 짓이 무익한 짓임을 잘 안다.

"……."

윤 진사는 말을 멈추고 사방을 둘러보았다. 징과 쇠 소리가 어느새 멎어 있었다.

그들은 마을을 한참 벗어난 빈 들에 서 있었다. 번개가 사방 번쩍번쩍하고 벼락이 우르르쾅쾅 땅을 뒤흔든다. 무작한 빗줄기가 죽창처럼 땅으로 내리꽂히는데, 징 소리를 듣고 나온 이들은 아무도 없고 그저 집에서부터 따라 나온 하인들만 당혹스러운 얼굴로 꾸물거렸다.

그는 검은 하늘을 향하여 얼굴을 들어 올렸다. 차가운 빗줄기가 얼굴을 도려내는 것처럼 아프게 찔렀다. 뜨뜻미지근한 강이 새로 물줄기를 내어 뺨을 지나 턱으로 스며들어 간다. 그는 그것을 숨기기 위해 고개를 숙일 필요가 없음을 다행이라 생각했다.

나는 그 여자와의 시간을 잊으마고 하였는데, 그렇다면 내 인생에서 남는 것이 과연 무엇이겠는가. 아무것도 대답할 수 없었다. 그는 고개를 위로 젖히고 앙천대소한 후 몸을 돌렸다.

"애석하구나. 시신조차 구할 수 없다니. 참으로 독한 짐승이로다."

"나리."

"……독한 짐승이로구나."

그는 몸을 돌이켜 천천히 집으로 향했다. 하인들은 입을 벌린 채 멍하니 서 있다가 아무 말도 없이 길게 줄을 지어 따랐다. 수군수군하는 소리가 잠시 이어졌지만 빗소리에 모두 스며들고 말았다.

이튿날, 장 화원은 혼례를 올린 지 하룻밤 만에 아내를 버리고 도

주했고, 관수동 윤 진사의 집 대문에는 조등(弔燈)이 걸렸다.

윤 진사는 시신조차 찾을 수 없었던 여자의 옷과 빈 관으로 삼일장을 치른 후, 가산을 정리해 천마산의 본가로 돌아갔다.

23

세한도—찬 겨울이 오고서야 알게 되는 것

"이것도 그 못돼 처먹은 스승님이 그린 거란 말이지? 카악, 드럽다, 흥, 퉤퉤!"

민호는 2층 전시실 벽에 걸린 길쭉하고 화사한 그림 앞에서 정말 침을 뱉을 듯이 아르릉거린다. 이완은 황급히 민호의 손등을 꼬집었다.

오늘 박물관에서 최정국 전시과장과 만나서 무슨 핑계든 갖다 붙일 참이었다. 그러잖아도 뱁새눈을 피하기 어려울 판에 그림에 퉤퉤하던 것을 들키기라도 하면 그야말로 끝장이었다. 그림도 보통 그림이 아니었다. 자그마치 장승업의 중기 그림의 대표작 중 하나로 꼽히는 삼인문년도였던 것이다. 진희를 몰래 숨겨 둔 것 때문에 장 화원에게 미운털이 박힌 것은 박힌 것이지만, 이완은 여전히 장 화원의 팬클럽 1호 회원이었다.

"확실치는 않아요. 전(傳) 장승업, 써 있는 글자 보이시죠? 앞에 써 있는 전 자는 낙관은 없지만 누구 그림이라고 전해지고 있다, 하는 뜻이에요. 간송미술관에 제대로 낙관이 박힌 삼인문년도가 하나 더 있어요. 구도나 스타일이 아주 비슷해서 이 그림도 장승업의 작품이라고 대체로 인정을 하고 있는 겁니다."

금빛이 도는 누른색이 바탕을 이루고 있어 그림은 화려하고 밝았다. 그림의 한가운데 화려한 옷을 입은 세 명의 노인이 킬킬대고 웃으며 이야기를 주고받고 있다. 세 사람은 대머리에 귀 뒤로 백발을 길게 늘어뜨리고 주름이 조글조글했지만 얼굴빛은 명랑하고 쾌활해 보인다. 깎아지른 듯한 절벽과 푸르게 넘실대는 바다, 그리고 구름이 옆으로 피어오른다. 구름 위에 덩실 올라앉은 땅 위에는 가지가 무성한 각종 나무가 자라고 사슴과 아담한 집이 보인다. 아마도 그가 생각한 무릉의 풍경이 이러했던 모양이다. 그림은 전체적으로 흐릿한 구석 하나 없이 세밀하고 눈이 시릴 만큼 색감이 선명한데 분위기는 초현실주의 그림처럼 몽환적이었다. 민호는 고개를 갸웃하더니 묻는다.

"삼인문년도? 무슨 뜻이야?"

"세 사람이 시간을 묻는다는 뜻이에요."

"시간? 내 보기엔 할 일 없고 팔자 좋은 영감님들이 구름 위에서 이빨을 까고 음 아니, 뭔 수다를 떨고 있는 거 같은데?"

민호는 미운 김에 그림 속 세 영감에게도 욕설을 퍼부으려다 입을 다물었다. 화가는 밉지만 그림은 죄가 없으니까. 그리고 일단, 이완에게 욕을 안 하기로 약속한 게 벌써 열 번은 넘어가는 것 같다. 아무리 뇌세포가 만성적인 인구감소에 시달린다 해도, 그 정도쯤 약속을 했으면 아메바가 아닌 다음에야 기억을 해 주어야 예의 아니던가.

그런데 이상하게 이완은 이제 그녀가 욕을 하건 말건 잔소리를 하지 않는다. 이단옆차기를 하건 삼단 날아차기를 하건 이렇게 애틋하고 사랑스러운 눈으로 봐 주니 더 불안하고 양심에 찔렸다.

"누가 더 나이가 많으냐 묻고 있는 거죠. 여기 세 사람은 신선입니다. 신선들이 먹는 불로장생 천도복숭아, 영지, 장생주가 담긴 호리병 같은 걸 보면 짐작할 수 있지요. 옆에 사슴도 있고, 간송 미술관의 삼인문년도에는 천도를 훔쳐 먹고 삼천갑자를 산 동방삭이도 숨어 있죠."

"아하, 그럼 이 셋이 누가 더 늙었나 배틀을 뜨고 있었던 거야? 잘났다, 정말."

"배틀…… 하하, 그런 셈이죠. 관련된 옛날이야기가 있어요. 소동파의 동파지림이라는 책에 실린 이야기인데 아마 동물이 나오는 변형된 동화로 한 번쯤 들어 봤을지도 몰라요. 들어 보세요."

신선 세 명이 나이 자랑을 한다. 야야, 내 말을 들어 보아라, 내가 제일 나이가 많아. 나는 태곳적 천자인 반고하고 알고 지내던 사람이야, 반고 몰라 반고? 만 팔천 년이나 잠을 자다 일어나 도끼로 혼돈을 뚜앙, 내리쳐서 천지를 만든 신 아니냐고! 그놈이 내 친구여, 친구!

이놈아, 상전벽해(桑田碧海)라는 말 아냐. 내가 말이지, 뽕나무밭이 바다로 한 번 변할 때마다 쬐깐한 나뭇가지를 하나씩 놔두었는데, 그 나뭇가지가 벌써 열 칸 집을 꽉 채웠다, 이놈아! 저기 집에 나뭇가지 꽉꽉 찬 거 안 보이냐 이놈들아, 형님 하고 불러 봐라 엉!

이놈아, 내가 삼천 년에 한 번씩 열리는 천도복숭아를 먹는데 그거 먹을 때마다 그 씨를 곤륜산 아래 버렸더니, 그 씨가 모여서 곤륜산 높이가 돼 버렸어 놈들아, 천도 몇 개 따 먹은 동방삭이도 신선 소리 듣는 판에, 이것들이 어디서 까불어. 할아버지라 해라, 할아버지!

"자, 그러면 민호 씨. 그중에서 누가 가장 나이를 많이 먹었을까요?"

옆을 지나가는 사람들이 재미있다는 듯 뒤에서 얼쩡얼쩡하며 이완의 이야기에 귀를 기울였다. 처음 만났을 때 신석기관에서 유물 설명을 해 주면서 유치원생들을 단체로 졸게 만드는 괴력을 발휘했던 사나이는, 매일 밤 마누라에게 옛날이야기를 들려주다 보니 어느새 구연 실력이 일취월장했다. 다시 옛날로 돌아가 시전 바닥에 떨어뜨려 놓아도 전기수로 한평생 먹고살 수 있을 지경이었다.

"어, 이완 씨! 이완 씨! 이거, 이거! 김정호 개집이다! 이야 이 그림이 여기 있었구나! 이거 참 반갑구려!"

최정국 과장은 특별전시 중인 세한도를 구경하고 있는 키 큰 커플의 뒤에 서서 입을 틀어막고 웃음을 참았다. 여기서 만나기로 약속을 해 놓고, 누가 와 있는지 신경도 안 쓰고 목하 연애 중이시라. 좋을 때다.

하지만 앞길이 좀 암담하기는 하겠다. 여자에게 추사의 세한도는 여전히 김정호의 개집이었던 것이다. 옆에서 이완의 이야기에 귀를 기울이고 있던 다른 사람 몇몇도 여자의 목소리에 킬킬 웃음을 터뜨린다.

세한도는 여간해선 구경하기 힘든 귀한 몸인지라, 그림을 보려 모여든 사람도 주변에 적지 않은 상태였다. 민호 씨, 쉬, 여긴 전시실이니까 조용히 말해요. 키 큰 사내는 얼른 여자의 옷소매를 끌어당기고 손가락을 입에 가져다 댄다. 정국은 그의 귀가 조금 빨개진 것을 발견했다.

"민호 씨, 개집 아니고 세한도, 여기 제목 있죠? '한겨울 그림'이라는 뜻이에요. 김정호 아니고, 추사 김정희요. 개집으로 보여도 자그마치 숭례문이나 훈민정음 해례본 같은 국보라고요. 국보 180호!"

"근데 아무리 봐도 정말 큰 개집인데? 요롱견 닥스훈트 전용. 왜 그 허리하고 꼬리 긴 개 있잖아. 아니 개집 같아서 개집 같다고 용감하게 말하는데 왜 웃고들 난리래? 사실 다른 사람도 다들 그렇게 생각하면서 내숭 떠느라고 말 못 하는 거잖아. 보라고, 옆에 있는 꾸부렁이 나뭇가지는 구운 문어발처럼 생겼잖아. 그래 안 그래?"

주변 사람들이 웃는 소리가 좀 더 선명해졌다. 이완은 얼굴을 문지르고 잠시 후 웃으면서 고개를 끄덕였다.

"하긴, 저도 대학생 때 여기 와서 이 그림 처음 봤을 때 무슨 창고 벽에 구멍을 뚫어 놓은 줄 알았지 뭐예요. 하지만 저는 창피할까 봐 입 밖으로 말을 내진 않았죠. 전 의뭉한 사나이였거든요. 하하하하."

민호는 저 똘똘이도 자신과 똑같았다는 사실이 엄청나게 행복했다. 저 사람도 그런 무식의 시절이 있었구나. 갑자기 인생이 살맛이 난다.

"그렇지, 사나이라면 사나이답게 임금님은 벌거벗었다, 하고 외쳐야지. 용감하게."

"근데 민호 씨. 문제는 얘가 정말 벌거벗은 게 아니고, 근사한 옷을 입고 있다는 거거든요. 아는 사람 눈에만 보이는 옷인 게 문제예요. 그래서 이 경우엔 꼬꼬마가 '임금님은 발가벗었어요!' 하면 나중에 이불 속에서 발길질을 뻥뻥하게 되는 거죠."

"어, 그, 그럼 나도 나중에 침대에서 하이킥을 해야 하는 거야?"

"하이킥하지 않는 방법도 있죠. 옷을 보는 비법을 알려 드릴까요? 모든 그림이 배불뚝이 누드로 보인다면 그것도 좀 골치 아프잖아요."

"음…… 하긴."

"조선의 문인화 전통은요, 그림의 기술보다 선비의 곧은 정신이 그림에 얼마나 많이 담겨 있는가, 그런 걸 더 중요하게 생각했어요. 특히 이 그림을 그린 김정희는 그런 정신이 담기지 않은 그림은 그리지 않겠다고 할 정도였죠. 그리고 제대로 된 문인화가들 그림은 자기 글자하고 닮았어요. 같은 아버지한테 태어난 것 같다는 느낌이 들죠. 하지만 처음에야, 아무리 눈을 부라리고 봐도 보이지 않는 정신 따위 알 게 뭐예요. 그래서 제가 제일 먼저 배운 스킬은요, 겉보기엔 아무리 시시해 보여도 일단은 헛기침 한 번 때려 주고, 주변 눈치를 살살 보면서 분위기를 파악하는 방법이었죠."

"이야, 꼬꼬마 시절부터 얍삽했는데?"

"아아, 너무한데요. 나름 필사적으로 노력해서 얻은 업계 생존 스킬인데. 어쨌든 나중엔 정말 멋진 옷이 보이기 시작하는데, 그때까지는 그렇게 헛기침과 눈치로 버텨야 하는 거죠."

여자의 킬킬대는 소리가 이어졌다. 주변에서도 피식피식하는 한편 귀를 기울이는 것이 보인다. 사내의 웃음소리와 잔잔한 설명이 부드럽게 이어졌다.

"김정희는 원래 잘살던 집안에 태어나서 자신도 잘나가던 사람이었어요. 지금 식으로 말하면 대대로 장관 총리 지낸 집안에 태어나서 세계적인 학자가 된 정도? 그때는 친구도 많고 돈도 많고 명예도 높고 아쉬울 게 하나 없었는데 정치 싸움으로 몰락한 거죠."

"아하."

"두 번째 귀양은 거의 환갑이 다 돼서였을 거예요. 간 쓸개 다 빼 놓을 것 같던 친척 친구들도 떨어져 나가고, 제일 친하던 친구도 부인도 죄다 사라지고 섬에서 혼자 벌레처럼 바닥을 파고 있으니 얼마나 미치겠어요. 이야, 꼭 몇 달 전의 어떤 바보 멍청이를 보는 것 같네요."

사내의 손이 여자의 어깨를 감고 툭툭 두드린다. 사내의 손길은 여전히 조심스러웠지만 그의 목소리는 부드럽고 따뜻해졌다. 그는 목소리를 낮추어 소곤소곤한다.

"그런데 김정희 제자 중에서 이상적이라는 사람이 있어요. 왜 장 화원 뒷배 봐 주던 사람 중에 텁석부리 아저씨가 하나 있는데요, 이응헌이라고. 그분 장인어른이 이상적이에요. 그런데 이 사람이 다른 사람들이 거들떠보지도 않는 김정희를 얼마나 지극정성으로 챙겼는지 몰라요. 편지도 꼬박꼬박 써서 보내고 그 구하기 어렵다는 청나라 책들도 다 구해서 갖다 주고 그랬죠. 옛날엔 책값이 엄청 비쌌거든요. 그 귀한 걸 윗선에 바쳐서 점수 따는 대신 몰락한 스승한테 바리바리 보내 준 거죠. 옛날에 택배가 있었겠어요, 우체국이 있었겠어요? 제주도는 또 가깝기나 한가요? 비행기가 있나요 페리가 뜨나요. 비싼 책들 쟁여서 사람 하나 연봉 줘 가면서 배달 심부름 시키는 거예요, 그거."

"오호, 그 아저씨 의리 있네!"

"그럼요. 그러니까 김정희가 얼마나 눈물 나게 고맙겠어요. 자기 같은 사람 만나 봐야 손해인데 배신하지 않고 스승을 챙기는 모습이 얼마나 기품 있고 멋져요. 그런 게 선비 정신의 백미죠. 그래서 그 제자한테 그림을 그려서 선물로 준 거예요. 제목 옆의 한자가 우선시상(藕船是賞), 완당(阮堂)이라고 써 있는 거예요. 우선은 이상적 호예요. 이상적이, 이거 감상하시게, 이거 보고 내가 네게 전해 주는 마음을 느껴 보시게, 하는 거예요. 그리고 긴 편지를 옆에 붙여 쓴 거죠."

이완은 왼쪽에 붙은, 20행에 이르는 발문을 읽으며 빠르게 해석을 해 주었다. 민호는 옆에 있는 해설 내용을 하나도 보지 않으면서 어떻게 한문만 읽고도 저 뜻을 알 수 있을까, 눈을 껌벅이며 바라보았다. 내용은 귀에 하나도 들어오지 않고, 저놈의 뇌가 무진장 섹시한 것만 확실히 알겠다. 주변 사람들이 웃음을 멈추고 눈을 동그랗게 뜨는 것이 보인다. 이완이 갑자기 목소리를 낮추어 소곤거렸다.

"음, 민호 씨. 예전부터 생각하던 건데, 우리 나중에 청첩장 인쇄할 때, 이 세한도를 배경으로 인쇄하면 어떨까요?"

"엥? 이 허전하고 심심한 걸? 예쁜 꽃단장에 금박 은박 청첩장도 많은데?"

"그래도 저 두 사람 사이에 오갔던 마음이 우리 두 사람 사이에도 잘 어울리잖아요. 운치도 있고, 멋있고."

"두 사람 사이에 오간 마음? 오우! 보이, 땡스 베리 마치? 이거?"

옆에서 다시 킬킬대는 소리가 들린다. 정국도 다시 웃음을 터뜨리려다 간신히 참았다. 이완의 귀가 다시 붉어지다가 가라앉는다. 그는 조그만 소리로 더듬더듬 말했다.

"아까 김정희 발제문 중에 공자가 했다는 말이 있었잖아요. 세한연후지송백지후조(歲寒然後知松柏之後彫)라는 말이요. 그게 이 그림을 통해서 진짜 말하려고 하는 내용이에요."

조금 머쓱했는지 말꼬리가 늘어진다. 여자는 고개를 갸웃하더니 사내의 얼굴을 빤히 바라본다. 호기심으로 눈이 반짝반짝한다.

"쎄한년후진년백조? 아까 그 부분 뜻이 뭐라고 했는데? 어떤 점이 우리 사이하고 어울려?"

사내는 헛기침을 한 번 하더니 고개를 옆으로 픽 돌려 버린다.

"……세한연후지송백지후조고요, 한 번 얘기했으니까 궁금하면 직접 알아보세요. 사람 민망하게 자꾸 묻지 말고."

"민망해? 응? 뭐가! 뭐가 민망해?"

민호는 그림에 딸린 해설과 엄청난 한문의 폭포 속에서 방황하다가 잠시 후 머리를 긁으며 고개를 갸웃했다.

"어, 저기 이완 씨, ……김정희랑 이상적이랑 사귀었어?"

목소리를 줄인답시고 줄였지만 사방에선 폭소가 터졌다.

"박 실장님. 공공장소에서 함부로 연애하면 경찰 아저씨가 잡아갑니다. 판사가 모태 솔로면 징역 20년 때립니다, 20년!"

두 사람은 화들짝 놀라 뒤를 돌아보았다. 정국이 어깨를 으쓱하며 서 있다. 두 사람은 입을 딱 벌렸다. 다 듣고 있었나? 얼굴로 폭발할 것처럼 열이 몰렸다. 정국은 김정희의 발문을 가리키며 덧붙였다.

"세한 연후, 지송백지후조야, 논어 자한 편에 나온 말씀이죠. '찬 겨울이 와야 소나무와 잣나무가 늦도록 시들지 않음을 안다.' 라는 뜻입니다."

민호는 눈을 데굴거리며 머리도 함께 굴려 보았으나 그것이 우리 두 사람의 러브러브에 무슨 관계가 있는지는 도저히 알 수 없었다. 불타는 고구마가 된 사나이가 머쓱하게 악수를 청한다.

"최 과장님? 대체 언……제부터 계셨던 겁니까? 기척을 좀 하시지 그러셨습니까."

"삼인문년도든 세한도든 너무 재미있게 이야기를 하셔서 도낏자루 썩는 줄을 몰랐습니다. 구연 실력도 일취월장하셨고. 아, 약혼자 분께서는 모르셨겠지만, 작년에 박물관에서 전시회 하면서 강연을 두 번 해 주셨는데, 두 번 다 내용은 좋았지만 솔직히 재미는 좀 없었 거든요."

그는 쾌활한 목소리로 민호에게도 악수를 청했다.

"인사가 늦었습니다. 최정국이라고 합니다. 두 분 다 몸은 많이 회 복되셨는지요. 그때 여기 오셨을 때 꽤 다치셨던 것 같았는데."

"아, 그게……."

이완은 정국의 태연한 질문에 오히려 당황했다. 몇 달간 연락 두 절 상태로 있다가 거지꼴로 박물관 그림 앞에서 튀어나왔으니, 어지 간한 핑계가 먹히지 않으리라 생각은 했다. 조폭에게 납치당해서 쫓 기다가 탈출한 참이라 할까, 미국 플로리다에서 경비행기를 타고 휴 가를 즐기고 있었는데 버뮤다 해역에서 조난한 후 정신을 차려 보니 박물관이었다고 해 볼까. 정국은 고개를 저으며 웃었다.

"쓸데없는 핑계 대실 생각은 하지 마시고, 이 친구하고 인사나 하시죠. 아, 약혼자분하고 이분은 구면이실 텐데요."

정국의 뒤로는 인상이 조금, 아니 사실은 많이 험악(?)해 보이는 뿔테 안경 직원이 한 명 서 있었다. 민호는 고개를 갸웃했다. 예전 김정호 개집과 안락재 욕 타령의 참담한 흑역사 덕에 최정국 과장은 기억이 나는데, 뒤에 서 있는 사나이 너는 누구냐. 그는 인간과 고릴라의 중간 정도쯤 되는 얼굴을 커다란 뿔테 안경으로 가리고 있었는데, 민호는 그 총각의 얼굴을 한 번도 본 기억이 없었다. 하지만 뿔테 안경 고릴라는 반가운지 입을 벌리고 활짝 웃는다.

민호는 공포에 질렸다. 나, 나는 저렇게 화사하게 자빠진 들창코나 저렇게 강렬한 돌출 주둥이 따위는 본 적이 없단 말이오! 저 입에 대면 키스 유발자 오리 주둥이는 애교였던 것이다! 인간이 고릴라에서 진화했음을 밝히는 산 증거가 나타난 것은 과학계로서야 반가운 일일지 몰라도 나는 안 반가운데, 댁은 누구고 여긴 어디요.

민호가 당황해서 두리번거리자 정국이 아예 큰 소리로 웃으며 뒤에 선 사내에게 말했다. 이거 어떡하나. 당신네 대모님께서 영 기억을 못 하시는 모양인데.

"시간여행연구회라는 카페가 있더군요. 아시죠? 2대 카페지기 진송석 씨입니다. 닉네임이 야광귀 소년인가 그렇습니다. 인사하시죠, 송석 씨."

이완과 민호의 턱이 덜컹 빠져 내려앉았다. 민호는 그를 빤히 바라보며 중얼거렸다.

"그, 그러니까 너, 너 야광귀 체육복 귀요미 꼬꼬마……?"

"맞습니다. 누님, 저 이제 기억나세요?"

손에 들고 있던 전화기가 덜렁 떨어졌다. 얼굴이 저리 상전벽해가 되었는데 기억이 날 리가 있나. 사춘기 시절 이목구비의 이합집산 재배치에 장렬히 실패한 사나이가 콧구멍을 벌름대고 잇몸까지 드러내며 활짝 웃는다. 민호는 입을 떡 벌린 채, 대답도 듣지 않고 줄행랑을 놓았다.

이완은 정국의 기나긴 이야기를 듣고 머리를 싸쥐고 탁자에 고개를 박았다. 해명이나 이야기를 꾸며 댈 필요가 없어진 것은 좋은 일이지만 이게 정말 좋은 일인지 아닌지는 도저히 알 수 없었다. 다른 이들에게 말하지 않겠다, 와이프에게도 말 안 할 거다, 내가 그렇게 입이 싼 사람이 아니지 않느냐 아무리 이야기해도 걱정스러워 죽을 지경이었다.

야광귀 고릴라는 감히 대모님 약혼자의 가입신청을 자작나무로 매도해 쳐 낸 일에 대해 돗자리를 깔아 놓고 석고대죄를 한 후 카페 스태프로 승급시키겠다 약속했으나, 이완은 딱 잘라 거절했다. 그때 잘리기를 백번 잘했다. 물론 그 일로 인해 시간여행연구회 내에서 대모님의 약혼자가 뒤끝 작렬이라는 소문이 퍼질 것이라는 짐작은 전혀 하지 못했다.

도망질에 기가 막히게 특화된 여자는 추억의 야광귀 소년 앞에 끝내 나타나지 않았다. 저 닥스훈트 개집과 구운 문어발 트리가 두 사람의 러브 모드와 무슨 관계가 있는지 궁금해 죽는 눈치였지만, 야광귀 고릴라와 맞대면하는 것보다는 평생 모르고 지내는 게 낫다 생각한 모양이었다. 여자는 자신을 그렇게 떠받드는 이야기를 들으면 손발이 사정없이 오그라들고 창피해서, 시간여행연구회의 회원들을 절대, 절대 만나지 않는다고 한 적이 있었다.

어머니가 돌아가신 후 행사 기획사를 물려받아 운영하고 있다는 야광귀 고릴라 청년은 '조만간' 두 사람이 결혼할 거라는 말을 듣고 몹시 감격한 표정을 지었다. 그는 이완의 손을 붙잡고 형님이라 불러도 되느냐, 평생 형님으로 모시겠다 한참 알 수 없는 소리를 주절거리더니 그 결혼식을 시간 여행자 최고 레벨인 타임 트래커 여신님의 위상에 맞추어 가장 인상적이고 절대로 잊을 수 없는 근사한 결혼식으로 꾸며 드리겠다, 믿고 맡겨만 달라며 영업질을 시작했다.

이완은 그 '조만간'이 윤민호의 한국사능력검정시험 5급 합격 이후를 뜻하는 것이며, 사실 그것이 6개월 후일지 60년 후일지 장담할 수 없다는 사실은 차마 말할 수 없었다.

❀　　❀　　❀

평범한 일상으로 돌아온다는 것은 정말 기적 같은 일이었다. 민호와 이완, 진희는 과거에서 8개월의 시간을 보냈지만 다른 그림, 다른 시간의 길을 되짚어 타고 오는 바람에 현재의 시간에서는 삼 개월밖에 흐르지 않았다. 민호는 그런 흐름과 시대의 변화에 익숙했지만 진희와 이완은 자신이 살던 시대에 다시 적응하는 데 조금 애를 먹기도 했다.

진희는 학교에서 해직됐고, 다시 도서관에 틀어박혀 임용고시를 준비하기 시작했다. 아버지가 안락재로 득달같이 뛰어와 딸의 멱살을 잡고 바닥에 팽개쳤지만 뒤따라 들어온 어머니가 아버지의 멱살을 잡고 대판 싸움을 벌였고, 이완은 참지 않고 경찰을 불렀다.

기억나지 않아요, 엄마. 정말 아무것도 기억이 안 나. 석 달 동안 내가 뭘 했는지 기억이 안 나고, 정신을 차려 보니 여기였어요. 진희는 엉터리 핑계를 설득시키려는 노력조차 하지 않았다. 아버지는 격노해서 펄펄 뛰었지만 다 자란 딸을 집으로 끌고 갈 수도 없었고, 이제는 남의 집이 되어 버린 안락재에서 행패를 부릴 수도 없었다. 어머니는 그저 무사히 돌아와서 고맙다며 하염없이 울었다.

아버지는 진희의 엉터리 핑계를 믿기로 결정할 수밖에 없었다. 그는 스트레스로 정신이 잠시 혼란스러운 딸을 인정하는 것이, 레즈비언 딸을 인정하는 것보다 나으리라 믿었다. 그런 세대고, 그런 집안이었다.

아버지는 그녀에게 병원에 가 보라 윽박지르다가도, 네년이 뭘 속이려고 하는진 모르겠지만 너 멀쩡한 걸 모를 줄 알아? 하며 다시 줄담배를 피우기도 했다. 친척들에게 아직 이야기하지 않았던 것이 천만다행이라, 그는 마누라와 두 아들에게 단단하게 입단속을 시키는 것으로 일을 정리해 버렸다.

진희는 빨간 지붕 집으로 가는 대신 당분간 안락재의 안채에서 지내게 되었다. 두나의 어머니가 방을 비워 달라 한 것은 아니지만 없어진 두나 때문에 그 집에 있는 것이 불편했다.

물론 진희도 두나가 그런 핑계를 대고 도주한 것이 놀라웠다. 쪽지를 읽어 보면 함께 도망간 사람이 진희라고 나와 있지만, 좋아하는 대상이 진희라는 말은 없었다. 성질 급하고 덤벙대는 두나가 실수를 한 것인지 일부러 중의적으로 쓴 것인지는 알 수 없었다. 다만 자신은 돌아왔지만 두나는 여전히 돌아오지 않았다.

두나의 어머니는 두 사람의 사랑의 도피설 따위는 애초부터 믿지 않았노라 확언했다. 이레는 진희에게 그림에서 무언가가 나와 언니를 납치해 간 것이 아니었느냐, 두 언니가 밖으로 나간 장면이 없다며 끈덕지게 물었으나 진희는 기억이 안 난다는 말만 되풀이했다. 사실을 알고 있는 민호와 이완, 그리고 최근 이레와 부쩍 가까워진 듯한 앤드류도 끝내 함구할 수밖에 없었다.

시간은 무던하게 흘러갔다. 세상에 존재하는 것 중 가장 뻔뻔한 것이 있다면 그게 바로 시간이 아닐까 싶었다.

진희는 안락재에 머무르며 독하게 시험 준비에만 집중했다. 진희는 민호와 이완이 과거에 머무를 때 하객 하나 없이 물 한 그릇 놓고 처량한 결혼식을 올렸다는 것과 비참할 정도로 고생한 것을 알고 있었지만, 두 사람은 그곳에서 있었던 일에 대해 단 한 번도 불평하지 않았다.

　두 사람은 진희 앞에서 애정표현을 애써 자제했지만 그래도 두 사람 사이에는 감출 수 없는 감정이 사방 넘쳐흘렀다. 여전히 손발이 앞서 나가는 돈키호테와 이지적이되 망설임 많은 햄릿은 이상하게 잘 어울렸다. 처음 보았을 땐 가시 돋친 말을 툭툭 던져 대고, 민호에 대한 불만을 억지로 누르고 있던 사내는 이제 진심으로 행복해 보였다.

　도서관에서 돌아와 안채로 들어가려던 진희는 관리초소 옆에서 잠시 걸음을 멈췄다. 사랑채 대청에서 민호가 만화책을 뒤적이는 것이 보인다. 옆에서는 키가 크고 얼굴이 조금 희어진 사내가 한쪽 팔을 괴고 비스듬히 누워 한문이 가득한 고서를 들여다보고 있다. 별다른 말도 없고 별스러운 행동을 하는 것도 아닌데 두 사람만 반짝반짝 빛나는 공간에 둥실 떠 있는 것 같다. 앞에는 작은 만두가 얹힌 접시가 놓였고, 분위기는 따스하고 나른했다.

　민호가 만화책의 한 장면을 짚으며 묻는다. 이완 씨, 우리가 그때 봤던 군인들이 궁궐에 쳐들어갔던 게 임오군란이라고 했었나? 예, 맞아요. 이야. 여기 그런 얘기가 나오긴 하네. 신기하다. 우리도 여기 있었으니 우리 두 사람도 여기 그려 넣어야지. 달려라, 박이완 윤민호. 짠짜라짠짠. 민호는 볼펜으로 꾸물꾸물 만화책에 무언가를 그려 넣는다. 저 좀 잘생기게 그려 주세요, 으으, 나 졸라맨 아닌데. 옆에서 사내가 느른한 목소리로 조른다.

　"이완 씨, 그때 궁궐에서 막 쫓기던 사람 어떻게 돼? 왜 그때 우리 항아리 깨 먹었을 때 초헌에 타고 있던 배뚱뚱이 대감마님이 있잖아."

"군병들이 결국 그 사람을 잡아서 세자궁에서 칼로 난자해서 죽여요. 정적(政敵)인 대원군이 보는 앞에서요. 같은 선혜청 당상이었던 김보현이란 사람도 그날 같이 죽고요. 욕심으로 나라를 망친 놈이라 해서 사람들이 시체 입에다 동전을 잔뜩 쑤셔 넣었는데 그 동전들이 뱃가죽을 뚫고 나왔대요."

"우, 우웨에에, 그게 진짜야?"

"그것뿐이 아니에요. 사람들이 두 사람 시체를 궁궐 근처 개천에 버렸는데, 아무도 수습해 가는 사람이 없어서 살이 허옇게 흐늘흐늘 부풀 때까지 물속에 버려져 있었대요. 사람들이 거기에 침을 뱉고 돌을 던졌고요."

"으으, 완전 엽기 호러다! 그게 다 조선왕조실록, 그런 데 기록이 남아 있는 거야?"

"실록이 아니고 황현이 쓴 매천야록이라는 책이요. 야사의 기록이라 믿거나 말거나지만 황현이라는 사람이 의식 있는 선비였다는 점을 생각하면 아주 엉터리 같은 이야기는 아닐 거예요. 어쩌면 진희 씨는 좀 더 생생하게 들었을 수도 있겠죠."

"아냐, 진희한테는 안 물어볼 거야. 그때 생각하는 것만도 힘들어 할 텐데."

민호는 몸을 부르르 떨다가 다시 물었다.

"우리 도와줬던 그 빨간 관복 아저씨는? 그 노랑눈이 아저씨 후원자 있잖아. 항아리 깬 대감마님 아들이라며. 그 사람은 안 죽나? 그리고 다른 사람들은 어찌 되는지 혹시 알아?"

"민영환 영감요? 죽지 않고 무사히 살아나지만, 몇 년 있다가 을사조약이 체결되면서 나라가 외교권을 빼앗겼을 때 자결해요. 간난아버지는 동료들하고 능지처참을 당해서 죽게 되고요."

간난아버지가 비참하게 죽었다는 말에 여자의 눈빛이 흐려진다.

"온 나라가 쑥대밭이었죠. 한 나라의 왕비가 자국 군대한테 쫓겨서 업혀서 피난 갔다 돌아오고, 청나라에서 왕의 아버지를 납치해 가고, 그 와중에 청나라 군대도 들어오고 일본 군대도 들어오고 하면서 아주 난리법석이 났으니까요."

"……우리 정말 큰일을 겪고 온 거구나."

"그럼요. 우리는 500년 이어져 오던 나라가 무너지는 방아쇠가 되었던 사건의 한복판에 있었던 거예요."

사내는 길고 가지런한 손가락으로 민호의 반짝이는 머리카락을 쓰다듬었다. 민호는 앞에 놓인 조그마한 물만두를 들어 그의 입에 넣어 준다. 사내는 이제 음식에 손이 닿은 것을 타박하지 않고 입을 벌려서 그것을 받아먹는다.

여자는 사내가 얌전히 받아먹는 것을 보고 벙긋 웃고, 사내는 여자가 직접 만든 만두를 눈까지 감고 음미하며 먹는다. 음, 맛있어요, 민호 씨. 파는 것하고 달라서 담백하고 깔끔해서 정말 맛있어요. 큰일 났어요, 이렇게 입에 잘 맞으니 매일 이렇게 간식 먹고 밤참 먹고 세끼 밥 다 찾아 먹고 그러다가 배 나오면 민호 씨가 책임져야 해요. 아, 하하, 농담이에요. 걱정 마세요. 저 살 안 찌는 체질이니까 많이 많이 만들어 주세요. 민호 씨 만두 주세요, 아아. 그는 웃음기 묻은 얼굴로 다시 병아리처럼 입을 벌린다.

여름이 가까워지는지 조금 따가워진 햇볕이 두 사람의 발끝에 와 닿는다. 댓돌 아래서는 검정 강아지가 한가하게 꼬리를 치고 있고, 물을 머금은 나무와 화초는 잎과 꽃을 내어 마당에는 싱싱하고 기운 찬 냄새가 가득했다.

진희는 두 사람을 보며 망연히 눈을 깜박였다. 따뜻하고 나른한

두 사람의 공간, 부드럽고 반짝이는 저들의 시간. 눈 속이 쿡쿡 쑤시며 아팠다.

"어? 진희야, 너 언제 들어왔어! 망할 계집애, 어떻게 사람이 소리도 없이 사르르사르르 다니냐! 유령이냐!"

만두를 넣어 주던 민호가 손가락을 옷에 썩썩 문지르며 일어서더니 타박부터 한다. 느른하게 누워서 만두를 받아먹던 사내도 후닥닥 바로 앉더니 머쓱한 얼굴로 눈인사를 한다.

"공부만 하기는 날이 너무 좋네요. 진희 씨, 우리 배스킨라빈스로 딸기 아이스크림이나 먹으러 가요."

쌀쌀맞아 보이지만 속정이 있는 사내는 진희를 잘 챙겼고, 그녀가 딸기 아이스크림을 좋아한다는 것도 기억하고 있었다.

그래. 이래야지. 이래야 옳다.

내가 원하는 일상은 이렇게 밝고 평안하고, 안정되고 예측 가능한 것이었다.

"야야, 진희야! 베리베리스트로베리로 꽉 채울까? 이완 씨는 뭐로 해? 아무거나가 뭐야, 아무거나가! 여기 이거 한번 봐 봐, 한 입 먹으면 입에서 부다다다 폭탄이 터지는 건데 완전 재미있…… 바닐라콘? 에이 시시해! 우리 것도 같이 안 먹어 볼래? 여기 스푼 하나 더 주세요!"

지금 이곳은 내가 사랑하는 사람과 있던 곳보다 훨씬 깨끗하고 쾌적하고 편안했다. 삼십 년 후, 오십 년 후까지도 이렇게 쾌적하고 편안할 것이었다.

"돌아와서 정말 다행이야. 데리고 와 줘서 정말 고마워, 민호야."

다행이어야 했다.

이완의 미간에 실 같은 주름이 생겼다가 스러지는 것이 보인다.

민호는 양동이만 한 통을 붙잡고 퍼먹으며 코로 대답한다. 응. 그렇지. 정말 그렇지. 그러니까 얼른 시험 합격이나 하라고. 일 년이 되든 삼 년이 되든 방세 밥값 걱정 말고 공부나 열심히 하고. 다시 시험 합격만 하면 그야말로 장수 만세 인생 백 세까지 고속도로가 펼쳐지는 거지! 쫙!

하지만 옆에 앉아서 작은 아이스크림콘을 물고 있는 사내는 다른 말을 하고 싶은 듯이 보였다. 돌아오니 무엇이 좋으신가요? 무엇이 그렇게 다행스러우신가요? 진희는 그가 노란 눈의 화원을 무척이나 좋아하는 제자였음을 기억했다. 물론 매너가 좋은 사내는 그것을 입 밖으로 내어 묻지 않았다. 하지만 진희는 아이스크림을 입에 넣으며 대답해 주었다.

"돌아오니 딸기 아이스크림을 원하는 대로 마음껏 먹을 수 있다는 거, 이게 제일 좋네요."

"아, ……하하. 그렇군요."

그렇고말고. 한 달 내내 새로운 행복의 맛을 느낄 수 있는 아이스크림, 달콤함으로 가득 차 있는, 내가 속한 이 시간. 다행이다. 다행이고말고. 브라보, 브라보, 비바 마이 라이프. 화려한 색깔과 수백의 단맛으로 가득한 세상이여 영원하라.

"진희 씨, 강하네요."

이완이 삼킨 말은 '독하다'였다. 공부 때문에 먼저 들어간 진희의 빈자리를 보며 이완은 가볍게 한숨을 쉬었다.

"진희는 괜찮을 거야. 시험 다시 합격해서 원하던 대로 잘 살 거야. 난 진희 믿어. 한다 하면 하는 애야."

"그래요……. 진희 씨는 걱정되지 않아요. 사실, 스승님이 걱정돼요."

지금 스승님은 그 무간 뇌옥 같은 시간을 어떻게 혼자 버티고 있을까. 내가 시간 여행을 할 수만 있다면, 가끔 찾아가 대작도 하고 욕도 들어 주고 그럴 텐데. 진희 씨를 데리고 가지는 못하겠지만, 그래서도 안 되겠지만, 길고 적적한 밤에 술 상대 정도는 되어 드릴 수 있었을 텐데. 이완은 망설이다 조심스럽게 덧붙였다.

"가서 뵙고 싶기도 하고. 많이 걱정됩니다. 제대로 식사는 하고 계실지."

민호는 아이스크림 스푼을 핥으며 투덜거렸다.

"힘들겠지. 그건 알지만 난 별로 가 보고 싶지 않아. 우리 얼굴 보기만 하면 진희 데려오라고 울고불고 생떼를 쓸 테지. 난 그 아저씨가 진희를 돌아가지도 못하게 숨겨 둔 거 생각하면 지금도 등짝에 스매싱을 날려 주고 싶다고."

민호는 장 화원에 대한 감정이 여전히 좋지 않았다. 이완은 고개를 끄덕이면서도 조그맣게 말했다.

"그렇죠, 그렇긴 한데……. 이런 말 하긴 진희 씨한테 미안하지만 난 스승님 마음이 이해가 안 된 것도 아니었어요. 실은 저도 민호 씨를 억지로라도 붙잡아 두려고 했으니까."

"응? 언제?"

"실제 그러진 않았어요. 바로 태워 버렸거든요."

이완은 웃으며 민호가 먹던 아이스크림을 아무렇지도 않게 떠서 먹었다.

그때 여자의 자유의지에 맡긴 것이 얼마나 다행이고 자랑스러운지 모르지만, 사실 당시 조금만 더 비참하거나 실낱만큼만 더 궁지에 몰렸어도 이완은 자신이 어떻게 행동했을지 장담할 수 없었다. 어쩌면 자신도 그 지폐 뭉치를 깊이 땅에 묻거나 실록이나 사료에 남을 만한 곳에 전해 주어 여자를 묶는 족쇄로 삼았을지도 모른다.

이완은 장 화원이 자신보다 더 절박했고 더 집착했음을 알고 있다. 평생 처음 날벼락처럼 찾아온 감정, 그의 성격상 다른 것은 아무 것도 보이지 않았을 것이다. 하지만 날개옷을 끝까지 감춰 두려던 시도는 옳은 일이 아니었고 영원히 가능한 방법도 아니었다. 진희 씨는 나보다도 이곳에 더 깊은 뿌리를 갖고 있는 여자다. 사랑만 믿고 그곳에 머물렀다간 얼마 못 가 붕괴했을 것이다.

진희 씨는 수라도에서 빠져나온 대신 이제 장 화원이 지옥 같은 시간을 보내고 있을 것이다. 세상을 살기에 너무 천진난만했던 사내에게 사랑이라는 감정은 너무 무겁고 가혹했다.

두 사람이 같은 시대에 태어나, 같이 만나 살 수 있었다면 얼마나 행복했을까. 장 화원은 조선 최고의 닭살 부부로 등극했을지도 모른다. 그러면 우리 두 사람도 스승님을 주례로 모시고, 정초에 찾아가 세배도 드리고, 가끔 고량주라도 사 가 밤새워 대작도 하고, 그림도 배우고 그렇게 살 수 있었을지도 모른다. 이제 이완이 할 수 있는 일이라고는 박물관에 가서 스승이 자신에게 선물했던 왕희지와 거위 그림을 물끄러미 바라보며 허전하게 웃는 것뿐이었다.

너무 천진하고 투명하여 세상사 벗어나 훨훨 노니는 사람, 윤 진사와 마찬가지로 속세의 모든 욕망에 무심하고 초연했던 또 한 명의 니힐리스트, 시간의 길 위에서 달관한 신선처럼 떠다니던 스승이 몹시 보고 싶었다.

✺　　✺　　✺

한국사능력검정시험이 치러지는 경기도 구리시의 모 중학교 복도에는 팽팽한 긴장감이 가득했다. 보통 초급 시험 정도 되면 초등학생이 적지 않다 보니 꼬꼬마들을 교실로 집어넣고 복도나 운동장에서 어슬렁대는 부모나, 교실에 들어가서 아이의 어깨를 두드려 주고 용돈을 약속하는 부모들이 으레 있게 마련이지만 이번에는 분위기가 달랐다. 대통령이나 장관, 연예인이 뜬 것처럼 시커먼 떡대 양복쟁이들이 우르르 몰려 서 있고 도저히 학부모로는 보이지 않는 젊은 남자 여자들이 기합이 바짝 든 얼굴로 대기하고 있었다.

민호는 자리에 앉아 사방을 둘러보았다. 초등학생 중학생들이 바글바글 도토리처럼 모여 있는 중에 덜렁 앉아 있는 것은 여전히 창피했지만 그래도 나이 지긋한 어르신도 몇 분 계셔서 안도의 한숨을 쉴 수 있었다. 다만, 이번엔 새로이 쪽팔림을 유발하는 것들이 나타났으니.

"잘 볼 수 있어요, 그럼요! 70점이 별건가요? 부담요? 아니죠! 민호 씨한테 부담을 드리려는 건 절대 아니에요. 그저 한 번이라도 보거나 들었던 건 기억 잘 하시라고. 민호 씨, 열심히 하세요."

손을 잡고 주먹만 한 갱엿을 건네주며 격려하는 사내의 눈빛이 열렬하다 못해 비장하기까지 하다. 손에서 얼마나 주물럭대고 있었는지, 시커먼 엿 덩어리는 구름에도 들러붙을 만큼 찐득찐득했다.

아오, 저 우라……랄라가! 부담이 아니긴 개뿔, 숨도 못 쉬것네. 민호는 성질대로 샤발샤발 퍼부어 주려다 주변에 포진한 꿈나무들을 고려해 간신히 점잖게 손을 저었다. 그동안 욕이 나올 때마다 주둥이를 후려 깐 것이 드디어 뇌세포에 조금씩 각인이 되기 시작했는지, 욕의 시작은 막을 수 없어도, 끝의 방향을 다르게 바꾸는 정도까지는 가능해졌다. 그게 어디냐. 민호는 뇌세포의 혼동으로 인해 매번 참신한 어휘가 창조되는 것이 조금은 자랑스러웠다.

"알았어. 다들 제발 좀 나가 봐."

하지만 목전에 혼인신고와 결혼식이 걸려 있는 사내는 정말 절박했다.

"민호 씨, 지금까지 외운 거 잊어버리지 않으시면 되는 거예요. 사진이나 자료의 겉모습에 현혹돼서 민호 씨 상식으로 바로 답을 쓰지 마시고, 한 번만 더 생각해서 겪었던 일들을 연결해 보시면 그래도 두 개나 세 개 정도는 더 맞출 수 있을 거예요. 고인돌은 식탁처럼 보여도 식탁이 아니고 청동기 시대 보스들의 무덤이란 말이죠. 그렇게만 한 번씩만 더 생각해서 풀면 까짓 거 70점이 별건가요. 그렇죠. 다 생각이 날 거예요. 그렇죠? 그렇죠, 민호 씨? 그렇다고 말해 주세요."

"에이, 왜 그렇게 민호 씨한테 부담을 줘. 너무 걱정하지 마세요, 민호 씨. 이번에 안 되면 다음에 다시 보면 되는데요, 뭘. 이완이 하는 말에 너무 부담 갖지 마세요……. 아야! 왜 걷어차!"

"형부! 형부는 왜 앤디 오빠를 그렇게 걷어차고 그래요! 오빠가 틀린 말 했어요?"

"형님, 너무 그렇게 걱정하지 마세요. 저분이 어떤 분이신데, 마음만 먹었다 하면 경복궁 창덕궁을 동에 번쩍 서에 번쩍 홍길동처럼 횡행하시는 분인걸요. 그럼요, 되고말고요. 누님! 합격파티 빠방하게 준비해 놓고 있겠습니다."

"민호야, 힘내! 한국사 강의만 몇 번을 들었는데 안 될 게 뭐가 있니. 파이팅!"

"그래, 언니. 70점이 별거야? 저기 보니까 초등학교 2학년생도 있더라! 언니, 자존심이 있지. 꼭 백 점 맞아, 백 점!"

아오 이 잡것들아, 제발 좀 꺼져 주세요! 궁둥짝들을 걷어차야 나가실 겁니까? 민호는 수험표를 구겨 잡고 머리를 쥐어뜯었다. 아주 얼굴이 홀홀 불타오르는 것도 모자라 뇌세포까지 딸딸 볶여서 다 타 죽을 지경이었다.

대체 내가 이 시험을 본다고 누가 소문을 낸 것이냐. 박이완 저 인간이 따라오는 것도 쪽이 팔려 죽을 지경인데 앤드류는 왜 딸려 왔느냐. 수행비서라도 날 좋은 봄날 토요일까지 매장을 알바생한테 맡겨 놓고 이런 데까지 따라다녀야 할 필요는 없잖아? 아니, 무슨 장사를 그렇게 날로 해?

그래, 앤드류까지는 수행비서니까 그렇다고 치는데 이레는 왜 또 달랑달랑 꼬랑지로 붙어 왔고, 선정이 너는 왜 왔고, 야광귀 고릴라 너는 왜 왔어. 복도에는 또 뭔 얼굴도 모르는 인간들이 떼 지어 몰려와서 이 사달이냐. 누가 보면 사시 외시 행시 한꺼번에 치르는 줄 알겠다.

박이완 저 인간은 한 명한테밖에 말 안 했다더니 저게 한 명이냐. 아오 캬, 이 짤짤이들을! 발칵 화를 내려는데 창밖으로 옹기종기 붙어 있던 맨 인 블랙 놈들이 꾸물꾸물 무언가 펼쳐 든다. 민호는 그것을 멍하니 보고 있느라 화를 내는 것도 까먹어 버렸다. 창밖으로 크고, 길고, 화려한 플래카드가 펼쳐진다.

「합격기원, 백전백승 천하무적 필승쟁취 윤민호 한국사능력검정시험 70점 5급 합격 기원! 대박 나세요!」

민호는 저 야광귀 고릴라가 운영하는 '아름다운 기획'이라는 곳에 도시락 폭탄을 집어 던지기로 마음먹었다.

고사장 안은 조용했다. 신문지만큼이나 커다랗게 느껴지는 시험지에는 화려한 컬러로 문제가 빼곡하게 적혀 있었다. 첫 문제부터 헷갈리기 시작했다.

다음 내용에 해당하는 시대에 사용된 유물로 옳은 것은?

사냥과 채집 생활, 연천 전곡리, 제천 점말동굴, 70만 년 전에 시작.

꺼먼 건 글자, 벌그데데 푸르뎅뎅은 사진, 동그라미 네 개 중 한 가지는 답이겠지만 호언장담한 70점의 길은 첫발부터 험난해 보였다.

막가파로 쪼개진 주먹도끼, 박물관에서 이완 씨를 처음 만났을 때 그 사람이 설명해 줬던 승리의 V라인 항아리, 콧구멍이 뽕뽕 뚫린 돌칼, 긴 돌방망이와 돌밀판.

민호는 암담해서 한숨을 쉬었다. 여전히 한심하게도, 열심히 외우노라고 외워 보았는데도, 연결할 수 있는 것이 거의 없었다.

이완 씨는 한 번만 딱 보면 바로 답이 나올 텐데.

민호는 무얼 찍을까 한참 들여다보고 있다가 고개를 잠깐 들어 보았다. 앞에 앉은 아이는 아주 키가 작았다. 기껏해야 초등학교 3학년 정도밖에 되어 보이지 않았다. 아이의 동그란 머리통이 반질반질해서 갓 까 놓은 밤톨처럼 보였다. 쟤는 저 조그만 밤톨 속에 대체 이런 것들을 어떻게 욱여넣고 온 걸까? 녀석은 고개까지 끄덕거려 가며 바지런히 문제를 풀고 있었다. 민호는 조금 기분이 이상해졌다.

민호는 고개를 들어 시험 보러 온 응시생들을 살펴보았다. 도토리 밤송이 도토리 도토리 밤송이, 지난번에 보았던 것과 비슷하게 어린 아이들. 저렇게 어린 것들이 저 작은 머릿속에 그래도 뭔가를 열심히 넣어 와서 시험을 보는데 나이 서른이 넘은 나는 대체 꼴이 이게 뭐지.

민호는 옆의 창문을 흘낏 바라보았다. 복도의 창으로 키가 큰 사람의 뒤통수가 보인다. 넓은 어깨도 조금 보인다. 민호는 그의 뒷모습만 봐도 그의 상태가 어떤지 안다. 그냥 안다. 손가락이 조금 움직이는 것, 고개를 옆으로 조금씩 기울이는 각도, 머리를 조금조금 숙였다 들었다 목을 긁고 한숨을 쉬는 것만 봐도 기분이 어떤지 안다.

이완 씨 왜 그렇게 초조해해? 왜 그렇게 걱정해? 내가 뭐라고. 겨우 초급이 뭐라고. 왜 창피한 줄도 모르고 여기까지 와서 그래?

창피한 걸 모를 리가 없다. 박물관에서 강연까지 할 수 있는 사람이, 마누라 될 여자가 꼬꼬마들도 다 아는 것조차 몰라서 헤매는 꼴이 왜 안 창피하겠나. 자꾸 콧속이 시큰거린다.

민호는 머리를 쥐어짜 가며 생각했다. 그냥 되는대로 감대로 찍지 말고 한 번만 더 생각해 보라고. 사냥과 채집, 채집은 곤충채집에서도 쓰는 말이고, 뭔가 잡거나 찾아서 모으는 거, 씨 뿌려서 농사 지어 먹는 게 아닌 거.

그러면 돌 쪼개서 사냥하던 호롤롤로 원시인. 답은 막가파 주먹도 끼다.

민호는 필사적으로 생각하며 문제를 풀었다. 여전히 아는 것은 없었지만, 창밖으로 보이는 저 등이 너무 애처로워 보여 생존을 위한 뇌세포라도 빼어 쓰고 싶었다. 아마 여기가 일급 시험장이었으면 어쩌면 좀 자랑스러웠을지도 모르는데 나는 고작 초급이다. 민호는 등을 돌리고 서 있는 저 사내가, 저 앞으로 수그린 고개가, 긴장하고 있는 저 어깨가 너무 불쌍했다.

시험지의 마지막 페이지에 낯익은 사진이 한 장 보인다. 머릿속으로 바람이 휭, 지나가는 기분이었다. 외롭고 앙상하게 서 있는 나무 네 그루, 개집처럼 생긴 이상한 집. 얼마 전에 박물관에서 구경했던 그림이 생각났다. 김정호 아니고 김정희, 허리 긴 닥스훈트용 개집 그림 아니고 세한도, 그렇지 세한도라고 했었다. 벌거벗은 임금님이 아니고 아는 사람 눈에만 보이는 진짜 멋진 옷을 입고 있는 임금님.

극한의 상황에 몰린 사람을 배신하지 않고 끝까지 절개와 지조를 지킨 제자. 의리 있고 멋진 선비. 이상적 아저씨. 그 제자에게 전해 주고 싶었던 마음. 우리 사이에도 잘 어울린다는 그 마음. 끝까지 묻지 못하고 넘겼던 그림 속에 숨어 있던 그의 말.

이완 씨는 나에게 결혼해 줘서 고마워, 라는 말을 하고 싶었던 걸까?

이완의 부드러운 웃음소리가 떠올랐다. 민호는 다시 눈을 돌려 그를 바라보았다. 뒤통수, 긴 목, 어깨로 내려오는 선이 제법 사내답고 멋진 사람이었다. 눈을 깜박거렸다.

찬 겨울이 와야 소나무와 잣나무가 늦도록 시들지 않음을 알고, 김정희는 정말 어려운 상황에 빠진 후에야…… 이상적이라는 제자가 정말 소중한 사람이란 걸 알았댔지.

'이야, 꼭 몇 달 전의 어떤 바보 멍청이를 보는 것 같네요.'

……아?

민호는 이완이 무슨 말을 하고 싶었는지 천천히 감이 잡히기 시작했다. 뿌연 안개가 낀 듯 희미했던 목소리가 점차로 선명해진다. 그의 부드러운 웃음소리가 들리는 것 같다. 드디어 그가 하고 싶었던 말이 뚜렷하게 들리기 시작했다.

'찬 겨울이 와야.'
민호 씨, 나는…… 그 극한까지 내려간 힘든 시간을 겪고서야.

'소나무와 잣나무가 늦게까지 시들지 않음을 안다……?'
진짜로 나를 사랑하는 당신이라는 사람을 얻었어요, 민호 씨.

민호는 눈을 끔벅끔벅했다. 그 휑뎅하고 차고 싱겁기만 한 그림에 갑자기 따끈한 바람이 일기 시작했다. 개집, 개집, 비딱하고 우스꽝스러운 개집과 문어발 소나무가 갑자기 달라 보인다.

황량한 벌판에 겨울바람을 맞으며 서 있는 창문 하나의 외로운 집. 그리고 그 안에서 흘러나오는 그의 목소리. 나는 그렇게 힘들었던 시간을 통해서……. 그의 목소리가 계속 이어진다. 당신이라는, 민호 씨, 당신이라는 사람을 얻었어. 절절하고 확신에 찬 그 목소리. 정말로 나를 사랑하는 당신이라는 사람을 얻었어.

민호는 고개를 들어 다시 창문을 바라보았다. 그의 뒷모습, 어깨가 살짝 움직이더니 시선을 느끼기라도 했는지 그가 고개를 돌린다. 그의 모습이 일렁일렁 찌그러져 보인다. 민호는 황급히 고개를 수그리고 소매로 눈을 닦았다. 시험지에 인쇄된 세한도 위로 눈물이 툭툭 떨어졌다.

그의 말이 맞았다. 이 그림은 벌거벗은 임금님이 아니고, 세상에서 제일 아름다운 옷을 입은 임금님이었다. 내가 '임금님은 벌거벗었대요.' 하고 외칠 수 있었던 것은 정직하고 용기가 있어서가 아니라 무식해서, 정말 말 그대로 통짜로 무식해서였다. 그래서 그 예쁜 옷을 볼 줄 아는 사람들, 특히 그 예쁜 옷을 보는 일에 전문가인 이완 씨와 주변의 사람들 앞에서 용감하게 소리칠 수 있었던 것이다.

저 사람은 그때 내가 얼마나 창피했을까.

다시 고개를 들자 이번엔 얼굴이 시퍼렇게 된 사내가 창문에 얼굴을 붙이고 있다. 초등생들이 우글대는 고사장에 애인을 들여보내 놓고, 창피한 줄도 모르고 창문에 매달려 있는 저 사람. 무슨 일이야! 무슨 일이에요! 민호 씨! 민호 씨! 당장에라도 시험장 문을 부수고 들어와서 끌어낼 것만 같아 민호는 황급히 고개를 젓고는 얼른 고개를 수그렸다.

세한도는 아름다운 그림이었다. 깊고 고아하고 절절한 마음이 담긴 따뜻한 그림이었다. 그림 속에 묻어 둔 그의 고백은 숨 막히게 아름다웠다. 내가 그렇게 창피한 줄 모르고 사람들 앞에서 큰 소리로 떠들 때, 그가 맞장구를 쳐 주면서 했던 말이 희미하게 재생되었다.

'하긴, 저도 대학생 때 여기 와서 이 그림 처음 봤을 때 무슨 창고 벽에 구멍을 뚫어 놓은 줄 알았지 뭐예요. 하지만 저는 창피할까 봐 입 밖으로 말을 내진 않았죠. 전 의뭉한 사나이였거든요. 하하하하.'

'하지만 처음에야, 아무리 눈을 부라리고 봐도 보이지 않는 정신 따위 알 게 뭐예요. 그래서 제가 제일 먼저 배운 스킬은요, 겉보기엔 아무리 시시해 보여도 일단은 헛기침 한 번 때려 주고, 주변 눈치를 살살 보면서 분위기를 파악하는 방법이었죠.'

그럴 리가 없다. 저 사람은 한글을 배우기도 전부터 수준 높은 고서화에 둘러싸여 자랐던 사람이다. 보고 배운 게 오죽하겠나. 아마 그 의미 정도는 아주 어릴 적부터 알고 있었을 것이다.

'아아, 너무한데요. 나름 필사적으로 노력해서 얻은 업계 생존 스킬인데. 어쨌든 나중엔 정말 멋진 옷이 보이기 시작하는데, 그때까지는 그렇게 헛기침과 눈치로 버텨야 하는 거죠.'

왜…… 거기서, 사람도 많은 곳에서 그런 말을 했을까?

민호는 뒤늦게, 그 그림에서의 소나무와 잣나무가 황량한 집을 감싸듯, 부드럽게 몸을 구부려 막아서고 있는 것을 알게 되었다. 민호는 벼락에 감전이라도 된 것처럼 한참 동안 굳은 채 그림을 내려다보고 있었다.

이거였구나…….

갑자기 눈이 욱신 쑤셨다. 이제는 알겠다. 제대로 알 것 같다. 그 사람이 나에게 정말 하고 싶었던 말이 무엇이었는지. 왜 청첩장에 이 그림을 꼭 넣고 싶어 했는지. 투둑, 툭, 툭, 기품 있는 옷을 입고 있는 그림, 찬바람을 대신 맞으며 몸을 굽히고, 혹은 꼿꼿하게 서서 집을 감싸 안은 나무들이 소금물에 하염없이 젖어 갔다.

민호 씨, 그 힘들었던 시간 동안 당신이 모든 것을 내버리고 나를 지켜 주었듯이…….

아이 씨, 제기랄. 왜 이런 순간에도 이놈의 더러운 콧물은 멈추질
않아.

나도 이곳에서 내 모든 것을 내놓고 당신을 지켜 주겠어요.
이제는 내가 당신을 지키겠어요.

❀　　　❀　　　❀

시험이 끝난 후 민호는 벌게진 코와 눈을 문지르며 꾸물꾸물 고사
장을 나왔다. 복도에서 사색이 되어 기다리고 있던 이완이 황급히 달
려와 손수건으로 얼굴을 닦아 준 후, 꽉 안아 주었다. 주변을 지나가
는 꼬꼬마들이나 학부모들이 힐끔대고 쳐다보는 것은 이제 아랑곳하
지 않는다.

"민호 씨, 왜 그래? 괜찮아요. 시험 좀 못 보면 어때요."

민호는 벌겋게 부은 얼굴을 그의 어깨에 대고 문질렀다. 시험을
망치고 어쩌고는 둘째 치고 도무지 이놈의 눈물 콧물이 그치지 않는
다.

"미안해, 미안해. 정말 미안해."

"민호 씨! 괜찮다니까! 뭐가 미안해? 시험은 다음에 봐도 되고, 결
혼식은 조금 미뤄도 되고, 괜찮아요. 응? 민호 씨."

"많이 쪽팔렸지, 내가 이완 씨 아는 사람한테 막 그렇게 무식한 소
리 하고, 막 욕하고 다니고. 이완 씨 창피 주는 건 생각도 못 했었지
뭐야. 흐, 흐어, 미안해."

"어, 민호 씨? 왜 이래요? 시험 보면서 무슨 일 있었어요?"

"……묻지 마. 말 안 해. 절대 안 해."

민호는 쿨렁쿨렁 코를 훌쩍이며 입을 꾹 다물었다. 소중해서, 그림을 보면서 들었던 이 사람 목소리가 너무 소중해서, 입 밖으로 함부로 내돌려 닳아빠지게 할 순 없었다. 그러니 이놈의 콧물만 혼자 주책인 것이다.

이완은 더 이상 묻지 않았다. 그리고 이번에는 시험지를 내놓으라 독촉하거나 사천왕 같은 얼굴로 복도에 서서 채점하지도 않았다. 대신 새 손수건을 생수에 적셔서 민호의 얼룩진 얼굴을 닦아 주고, 꼭 끌어안고 머리를 쓰다듬어 주었다. 고생했어, 정말 애썼어요. 잘했어요. 힘들었을 텐데 우리 밥이나 먹으러 가요.

하지만 민호는 5분도 되지 않아 눈앞이 깜깜해졌다. 아까 돌아간 줄 알았던 무수한 맨 인 블랙들이 운동장에서 응원가 떼창에 플래카드를 흔들고 있었던 것이다. '합격기원, 백전백승 천하무적 필승쟁취 윤민호 한국사능력검정시험 70점 5급 합격 기원! 대박 나세요!'라는 글자가 펄럭이는 가운데 선정 공주와 앤드류마저 고릴라의 지휘 아래 파도응원을 만들어 내는 꼴을 보고, 두 사람은 지금 당장 운동장 철봉을 타고 이 중학교 역사의 뒤안길로 사라지고 싶었다. 웬수 같은 고릴라가 손을 척 내밀며 터프하게 말했다.

"시험지요."

이완과 민호는 어쩔 수 없이 운동장 스탠드에 앉아 채점을 시작했다. 민호는 주변으로 몰려드는 인간들에게 핏발이 선 눈을 부라렸지만 주변으로 토성의 띠처럼 둘러선 사람들을 막을 수는 없었다.

더 어려웠느냐 덜 어려웠느냐를 묻는다면 알 수 없었다. 접때도 어려웠고 지금도 어려웠다. 다만 이번 시험은 재수가 억세게 좋았다. 이완도 채점을 하면서 좋아 죽는다. 민호 씨, 시험에 임오군란이 나왔네요! 민호 씨, 그때 박물관에서 같이 봤던 주먹도끼 빗살무늬 토기도요! 민호 씨! 세한도가 나왔어요! 장승업의 작품도 나왔네요! 민호 씨! 민호 씨! 민호 씨! 감격한 사나이는 거의 울 것 같았다.

그 문제들이 박이완의 생명의 은인이었다. 민호는 턱걸이로 70점을 받았다. 이완은 한 번 다시 되풀이 채점했다. 틀림없는 70점, 대망의 5급 70점이었다. 60년 동안 혼인신고도 못 할 뻔했던 사나이는 여자를 끌어안고 감격의 눈물을 뿌렸고, 여자들은 춤을 추었고 맨 인 블랙과 고릴라는 일곱 가지 폭죽을 터뜨렸다.

민호는 이 상황이 굉장히 자랑스러운 것인지 굉장히 쪽팔린 것인지도 알 수 없어 우물쭈물했다. 무려 5급을 받은 것은 확실히 자랑스러운 것이지만 같은 시험 동기들이 대부분 초등학생이라는 것은 어쩐지 창피한 일이었다. 만약 이 시험이 1급의 70점이었으면 엄청 자랑스러웠을 것이고, 중급 정도만 되었어도 진심으로 으쓱하지 않았겠는가.

민호는 자리에서 벌떡 일어났다. 시험 도중 끓어올랐던 감동과 반성과 회개와 각성의 대통합 쓰나미가 사라지기 전에, 이 놀라운 운빨이 사라지기 전에 자신의 장대한 결심을 못 박아 두어야 했다. 민호는 벌겋게 된 얼굴로 주먹을 높이 치켜들었다.

"그래, 이 정도면 해 볼 만하잖아! 시작한 김에 갈 데까지 가 보는 거야. 아, 맞다 그래! 4급 시험도 이참에 볼 거야. 이완 씨, 한 번만 더 기다려 줘 봐! 한국사능력검정시험 초급 5급에 빛나는, 보다 중급인 4급에 빛나는, 그게 주례사로 더 멋지지 않아?"

사방 둘러싼 사람들이 돌처럼 굳어 버렸다. 그중 완전히 땡땡 얼어 버린 사람은 5급 합격을 위해 정화수 떠 놓고 국사편찬위원회가 있는 서남쪽을 향해 밤이고 낮이고 치성을 드린 불쌍한 사나이였다. 그의 입에서 처절한 부르짖음이 터졌다.

"저는 그렇게는 못 기다립니다!"

10년이 걸릴지 100년이 걸릴지 제가 어찌 압니까, 라는 비명은 차마 말이 씨가 될까 삼켰으나, 뒤에 둘러선 모든 사람은 다 알아듣고 말았다. 이완과 뒤에 선 사람들은 울돌목을 지키는 충무공처럼 절박하게 여자의 앞을 막아섰다. 여자는 결국 몇 년에 한 번씩 시험을 보아 50년 내에 1급까지 따서 환갑잔치에든 금혼식 잔치에든 '한국사능력검정시험 1급에 빛나는' 이라는 축사를 꼭 듣기로 하고 한걸음 물러설 수밖에 없었다.

그리하여, 한국사능력검정시험 5급 합격에 빛나는 재원 윤민호는 갤러리 려의 박이완 실장과 10월 첫째 주 토요일에 결혼식을 올리기로 하였다. 결혼식을 위한 제반 준비는 야광귀 고릴라가 운영하는 '아름다운 기획' 에서 맡게 되었다.

유감스럽게도 세한도는 청첩장 디자인으로 채택되지 못했다. 야광귀 고릴라는 세한도가 금권과 다산의 상징 세종대왕 초상화에 이어 청첩 디자인으로 가장 어울리지 않는 그림 2위에 랭크되었다고 알려 주었다.

❀　　　❀　　　❀

"세상에, 드디어 민호가 날을 잡은 거야?"

"너 왜 신랑 얼굴은 안 보여 줘? 민호 너 정말 이러기야?"

한가운데 앉아 있던 키 큰 여자가 주먹을 불끈 쥐고 일어나서 고함을 빽 지른다.

"이 잡것들아! 밥 먹고 청첩장이나 받아 가! 많이 보면 우리 이완 씨 닮아! 닮는다고!"

우리 이와아안 씨? 모인 친구들이 입을 모으고 합창하듯 길게 뺐다.

민호의 대학교 동창 열두 명은 윤민호의 결혼이라는 믿을 수 없는 정보가 단톡방에 뜨자마자 번개를 쳐서 전직 만년의 모태 솔로를 소환하고, 황금 같은 토요일 오후에 종로에 있는 패밀리 레스토랑으로 몰려든 참이었다. 결혼한 서넛을 빼고는 모조리 현직 유치원 교사여서 하늘하늘한 외양과는 달리 목소리만큼은 막강했다.

"지금 근처에 있으니 바로 온다고 예신이 문자까지 보냈구만! 민호 넌 왜 자꾸 안 와도 된다고 그래?"

"우린 결혼할 때 신랑 얼굴 한 번씩 보여 줬잖아! 민호 너 맨날 미남 타령하더니 정작 신랑 마스크가 안 되니까 그러는 거야? 괜찮아, 우린 신경 안 써!"

"직업이 뭐랬어? 골동품 장사한다고? 혹시 나이 많아서 이 자리에 안 부른 거 아니니? 혹시 대머리야? 돋보기 써?"

"아오, 아니라고! 나보다 한 살 어려! 서른하나 꽃띠란 말이야 이 잡것들아!"

"골동품 장사라며! 그거 영감님들이 하는 거 아냐?"

그때 옆에 앉아 있던 얼굴이 까무잡잡하고 섹시하게 생긴 친구가 화려하게 네일아트를 한 손가락을 휭휭 돌렸다.

"얘얘, 너희가 몰라서 그러는데 골동품 장사도 그거 천차만별이다?"

작년에 숱한 화제와 염문을 뿌리며 부동산 재벌의 외손자와 결혼한 미령이라는 친구였다.

"우리 작년 초에 결혼할 때 시어른들이 결혼 선물로 신랑한테 커다란 백자 항아리하고 오래된 병풍하고 그림 다섯 점 줬었다? 세금 때문에 건물 대신 이걸로 준다고. 그게 서울 외곽의 건물 한 챗값이란다. 뭐 물론 그런 물건으로 해 주면 나중에 혹시 이혼 소리 나올 때 흔적 없이 싹 가져가면 되니까 그런 것도 있겠지만. 하여간 그때 인사동에서 그런 물건만 전문으로 매매하는 딜러를 만났거든. 소장하고 있는 유물도 규모가 거의 준 박물관 수준인데, 뉴욕에 큰 매장을 갖고 있다가 인사동에 분점을 내면서 한국에 들어왔다더라고. 세상에, 서른밖에 안 된 젊은 남잔데, 완전 배우처럼 엄청나게 잘생기고 완전 똑똑해. 그런 골동품 장사면 얘, 재벌가 아들이 부럽지 않겠더라.”

“우와, 세상에. 그런 사람이 배우는 안 하고 왜 골동품 장사래?”

“인사동에 매장? 어디어디? 그 사람 결혼했대?”

“안 했대. 근데 약혼녀는 있다더라고. 시어머니가 자꾸 물어보니까 패션모델처럼 굉장히 멋진 여자라고 그랬대.”

열두 명의 처자들 사이로 거대한 한숨이 터졌다. 미령은 어깨를 으쓱이며 한숨을 쉬었다.

“그렇지 뭐. 잘난 사나이들은 원래 그렇게 일찌감치 품절이 되는 거야. 그러게 이것들아, 연애에 목숨 걸지 말고 나이 한 살이라도 어릴 때 선보면 조건 보고 고를 수라도 있잖냐. 어차피 남자 벗겨 놓으면 다 비슷해. 실전으로 구르다가 남자 보는 안목 좀 생기려고 하면 너무 늦어요.”

그때 출입구 쪽에서 다른 사람보다 머리 하나는 더 큰 사내가 이들이 앉은 테이블을 향해 손을 흔들더니 가까이 다가왔다. 화보를 촬영하는 배우처럼 참말로 물광 나게 잘생긴 사나이가 뜬금없이 다가오는 바람에 모인 친구들은 당황했다.

“아, 많이 기다리셨습니까? 처음 뵙겠습니다.”

민호는 입을 벌쭉 벌리며 얼른 손을 흔들었다. 흔들려 했다. 하지만 자리에서 벌떡 일어난 것은 민호가 아니라 미령이었다.

"어머나 세상에, 박 실장님? 여기 웬일이세요? 얘들아, 이분이 조금 아까 내가 말한 그 뉴욕 갤러리의 딜러분이신데……."

"어? 미령아? 너 아는 사람이야?"

"어? 이완 씨? 미령이 알아?"

"어, 민호 너 저 사람 어떻게 알아?"

"어머, 실장님 혹시 민호 아세요?"

여기저기서 팝콘 튀듯이 질문이 쏟아졌다. 모두 입이 뎅그러니 벌어져서 세 사람의 얼굴을 번갈아 바라보았다.

"아, 민호 씨 친구분이셨군요! 작년에 오셨던 천일영 사장님 며느님 맞으시죠? 민호 씨, 세상 좁네요. 여하튼 다들 뵙게 돼서 반갑습니다. 민호 씨 약혼자 박이완입니다."

사내의 웃음이 더욱 근사해진다. 새하얀 실크 핀 홀 셔츠에 금장 칼라 바, 자잘한 크리스털 도트가 박힌 점잖은 넥타이, 고전적인 디자인의 금장 커프스링크, 기본적으로 클래식하면서도 세련되고 우아한 분위기가 물씬 풍기는 사내였다. 모여 있는 친구들의 턱이 쑥 빠져 내려갔다.

이완은 여자들의 모임이란 참으로 범접하기 힘든 말이 오가는 곳이라는 것을 난생처음 실감했다. 그네들은 두 사람이 어떻게 만났는가부터 시작해서 어떻게 운명적인 사랑에 빠지게 되었는지, 팬티 속까지 발라먹을 듯 캐물었고 몇 달 전 유치원에서 해고당한 민호의 거취를 캐묻기도 했다.

어머나, 신랑이 능력자니까 민호는 바로 집에 들어가 살림하고 아기 키우면 되겠네, 하는 의견이 절반, 아무리 그래도 여자도 일이 있어야지, 하는 의견이 절반이었다. 이완은 인간 윤민호의 유치원 교사로서의 자질에 심각한 회의를 갖고 있었으나 유아교육학과 동문들 앞에서 그런 말을 하는 우는 범하지 않았다. 민호가 머리를 긁으며 중얼거렸다.

"다시 유치원 알아봐서 취직해야지. 집에서 놀면 뭐 해."

"이제 유치원엔 가지 마!"

친구 열두 명의 입에서 동시에, 심지어 선정 공주의 입에서조차 그런 부르짖음이 터져 나오자 이완은 그만 웃음이 터지고 말았다. 역시 친구들도 알고 있었구나. 친구들은 이완을 보고 소리 없는 아우성을 질렀다. 뭐 해요. 말려요, 말려. 결혼하기 직전인 지금이 말릴 수 있는 절호의 기회라고요. 좀 말리라고! 하지만 약혼자란 사나이는 옆에서 부드럽게 웃으면서 물정 모르는 소리를 한다.

"민호 씨, 민호 씨가 하고 싶은 걸 하세요. 유치원에 다시 취직하시고 싶으시면 하시고 다른 일을 하시고 싶으시면 원하는 대로 하세요. 집에서 아이만 키우시고 싶으시면 그렇게 하시고요."

이완은 대답해 놓고 속으로 푸스스 웃었다. 아무리 생각해도 가웨인 경은 점수 따기 대장에 얍삽이일 뿐이다. 미령이가 여전히 얼빠진 얼굴로 두 사람을 번갈아 바라보며 물었다.

"너 저번엔 왜 잘린 거야?"

"욕을…… 음, 아니, 미래의 꿈나무 앞에서 아름다운 낱말을 쓰지 않아서……."

"애, 민호야, 너 솔직히 말해 봐. 네가 다녔던 유치원들이 월급이 많았니? 아님 보너스가 많았니? 칼퇴근?"

민호는 눈을 동그랗게 뜨고 고개를 저었다.

"야야, 그런 유치원이 어딨냐? 이 바닥 물을 10년 가까이 먹은 것들이 뻔히 알면서 뭘 물어."

"네가 원래 아이들을 좀 좋아했었니?"

"으아니. 음, 같이 놀 때는 좋지. 하루 종일이라도 완전 신나게 놀아줄 수 있지."

애들하고 똑같은 수준으로? 똑같이 싸우고 삐쳐 가면서?

······하는 말을 간신히 삼키며 선정이 조심스러운 목소리로 끼어들었다.

"민호야, 자존심 상해하지 말고 솔직하게 말해 봐. 너 아이들 가르치는 게 막 보람 있고 그러니? 애들이 네 말 잘 듣고 선생님이 세상에서 제일 예뻐요 하고 따라다니고 그러니?"

"아아아아니! 네버!"

엄청난 고함이 터졌다. 조용한 침묵이 이어졌다.

친구들은 코를 실룩이며 들릴락 말락 한숨을 쉬었다. 학교 친구들이자 동종 업계 동료들이니 모여 앉으면 열악한 근무조건이나 극성맞은 아이들에게 부대끼는 일에 대해 투덜대는 경우가 종종 있었다. 그러니 유치원 교사란 기본적으로 아이들을 좋아하지 않으면 일 년이 아니라 한 달도 버티기 어려운 직업이고, 사명의식이나 보람 없이 10년씩 하기는 더더욱 쉽지 않은 일이었다.

하지만 아무리 살펴보아도 인간 윤민호가 그런 사명의식이나 보람으로 10년 가까이 버틴 것 같지는 않다. 민호가 유치원 교사로서 가진 미덕이라곤 지칠 줄 모르는 체력과 불타오르는 정의감뿐이었다. 그나마 그 정의감은 아이들에게 전수되는 대신 주로 민호가 해고당하는 데 큰 공헌을 하곤 했다. 옆에 있던 이완이 얼빠진 얼굴로 더듬었다.

"저······ 민호 씨, 그런데 대체 왜 그렇게 유치원 선생님을 줄기차게 하려고 하는 겁니까?"

"아 그야, 취직할 수 있는 자격증이 그것밖에 없으니까."

"그러면 왜 유치원 교사 자격증을 따신 거예요?"

"그야, 수능 전문가들이 졸업 후에도 내가 먹고살 만한 자격증을 찾다 보니까."

아아. 이번에는 사방에서 좀 더 강력한 한숨이 터졌다.

유아교육학과 문턱이 결코 낮은 것은 아니로되, 졸업 후 일선에 섰을 때 필연적으로 대두될 고질적 뇌의 인프라 부족은 그 전문가들의 가장 큰 화두였을 것이다. 민호가 자그마치 4년제 대학에 입학하는 데 혁혁한 공헌을 세운 야광귀 고릴라가 새삼 대단해 보이면서도, 그에게 생존의 위협을 받으며 미션을 완수해야 했던 점수 전문가들의 고뇌도 절절히 이해되었다.

그리하여 아이들의 수준으로 놀기만 좋아하는 인간 윤민호는 유아교육학과에 들어가게 되었고, 월급도 많지 않고 적성에도 맞지 않고 보람도 없는 데다 몇 달에 한 번씩 줄기차게 잘리는 일을 되풀이하고 있었던 거였다. 이제 친구들은 취집파 취직파로 반반 갈라져 싸우는 대신 이구동성으로 외쳤다.

"취집해!"

하지만 이완은 싱긋 웃고는 다른 말을 꺼냈다.

"민호 씨, 하고 싶은 다른 일이 있으면 그걸 새로 배워서 해 보면 어때요?"

그 말을 들은 민호는 새파랗게 질렸다. 대입 공부를 다시 해야 하는 거야? 열아홉 살, 그나마 뇌세포가 꼬물거릴 때도 거의 가망 없던 대입 수능 시험을 다시 보란 말이야? 궁궐의 담을 넘는 것도, 포도청을 터는 것도 전혀 무서워하지 않던 여자는 그야말로 머리를 싸쥐고 공포에 질렸다. 이완이 허둥지둥 등을 두드리며 달랬다.

"아, 누가 대입 수능 다시 보래요? 요리학원에 다녀도 되고, 한식 조리사 자격증 따는 코스도 따로 있을 거고요."

"그래! 그게 좋겠다. 민호 너 음식 좋아하잖아! 만드는 거, 먹는 거 다 좋아하잖아!"

옆에서 선정이 끼어들었다. 친구들이 와글와글 합세하기 시작했다.

"그게 아니라면 대통령 보디가드는 어때?"

"화물차 운전사! 너 대형 화물차도 몰 줄 안다며!"

"운동선수 해라. 너 가끔 어디 토낄 때 보면 미스터 볼트보다 더 빨라!"

민호의 십년지기들은, 세상에 존재하는 그 어떤 직업이든 유치원 교사보다는 민호의 적성에 훨씬 맞을 거라 믿었다. 광란에 빠졌던 여자가 한 줄기 희망의 빛을 발견한 듯 부스스 고개를 들었다.

"그런 거 배울 때 입학시험 보는 게 아니라고? 정말 아닌 거지?

"아니에요! 돈을 낸다면 모를까 시험은 안 봐요! 아, 정말요!"

이완은 큰 소리로 대답하며 제발 보디가드나 화물차 운전사에 솔깃하지 않기를 빌었다. 얍삽한 가웨인 기사는 얍삽함에 대한 대가로, 자신의 의견을 강력하게 개진하기 어려웠다. 천만다행으로, 여자는 삼천포로 빠지지는 않았다.

"그럼, 요리를 한번 배워 볼까? 그러면 적어도 하루 한 끼는 뽀대 나는 걸로 근사하게 먹을 수 있겠다. 그거 좋다, 그거! 난 지금까지 요리사 되려면 수능 다시 봐야 하는 줄 알고 공포에 질려 떨고 있었잖아."

열두 명의 친구들과 키가 큰 약혼자는 모두 일어서서 기립박수를 쳤다. 조금만 분위기가 더 진중했으면 다들 애국가를 4절까지 불러주었을 것이다.

한번 결심하면 뒤도 돌아보지 않고 용감하게 돌격 앞으로를 외치는 여자는 바로 실력행사 무력도발에 나섰다. 친구들과 헤어져 안락재로 돌아온 후 여기저기 쑤석쑤석 돌아다니던 여자는 1주일 후, 요리 잘하는 할머니 집으로, 맛있는 요리를 일주일에 다섯 번씩 해 먹으러 다니게 되었노라 이완에게 통보했다.

"개인 사사? 소규모 그룹요? 그건 또 무슨······. 조선 궁중요리 무형문화재 기능보유자요? 라도재 할머니 말고 또 다른 사람요?"

이건 또 무슨 신종 사기에 걸려든 거냐, 하고 민호가 내민 명함을 받아 든 이완은 그대로 돌처럼 굳어 버리고 말았다. 명함 속에 있는 사람은 세간에도 적잖이 알려진 사람으로, 지난번에 검색으로 확인했었던 조선 궁중요리 무형문화재 기능 보유자가 맞았다.

아니, 대체 돈만 내면 되는 학원에 등록한 것도 아니고, 어떻게 처음 만난 기능보유자한테 개인 사사를 따낼 수가 있지? 이완은 뭔가 홀린 듯이 민호의 얼굴과 명함을 들여다보았다. 민호는 눈을 멀뚱멀뚱 뜨고 대답했다.

"우리 집이 400년 된 전통 종가고, 나는 그 집의 외동딸이라고 했지."

"아, 그렇죠. 그건 사실이니까."

종가의 아우라 따위는 쥐똥만큼도 없는 여자가 여전히 아무렇지도 않은 얼굴로 툭툭 털어놓았다.

"그리고 가까운 할머니가 조선 궁중요리 전문가신데, 그분한테 얼마 전까지 시험 보고 종아리를 맞아 가면서 배웠다고 했지."

이완은 입을 멍하니 벌리고 눈을 껌벅거렸다.

당신은 아직 잘 모르시겠지만 그 할머니는 사기꾼인데요. 배운 것도 한 번인가 두 번이고, 매를 맞은 것도 음식 때문이 아니고 시험을 빵점 맞아서 아니었나요?

그리고 사실 그거 서른 대! 내가 맞아 주었잖아요, 민호 씨!

하지만 여자의 눈빛 앞에서는 어떤 말도 나오지 않았다. 나는 종갓집 딸내미도 맞고! 궁중요리 전문가하고 같이 뭔가 해 먹은 것도 맞고! 시험 봐서 종아리 맞은 것도 맞고! 아 글쎄, 누군가 시험을 본 것도 사실이고, 누군가 맞은 것도 사실이잖아. 민호의 머릿속에서는 모두 진실뿐이었고, 여자가 말한 단편적인 정보가 진짜 '전문가'에게 어떻게 재구성되었는지는 안 보고도 훤했다.

"그러면 배운 궁중 요리 몇 가지만 시연해 보라고 해서 까짓것 몇 개 해 드리고 왔지. 주방에 완전 비싼 재료 많더만. 도미 한 마리 있기에 도미면 한 냄비 하고, 청포묵도 있기에 탕평채도 해 보고, 재료 남은 거 아까워서 완자 빚어서 신선로 끓이고, 삼색 나물 하고, 후식으로 원소병 후딱 만들어서 드렸더니 처음엔 쌀쌀맞던 할머니가 굉장히 친절해지면서 바로 다음 주 월요일부터 나오라고 하시던데?"

나이 서른둘, 무엇인가를 새로 시작하기에 딱 좋은 나이, 인간 윤민호의 휘황찬란한 유치원 해고 퍼레이드는 그렇게 역사의 뒤안길로 쓸쓸하게 사라지고 말았다.

24
천면미인도(千面美人圖)

한승헌 교수는 앞에 앉아 있는 제자와 약혼녀라는 여자를 물끄러미 바라보았다. 모델처럼 키가 크고 말랐는데 눈매가 길고 새까만 눈동자가 유난히 반짝이는 아가씨였다. 서구적인 미인이라기보다 동양적으로 수려한 얼굴을 갖고 있었다.

유치원 교사였다가 조선시대 궁중요리를 배우고 있다는 아가씨는 주례를 맡아 줄 한 교수에게 직접 만든 한과 바구니와 수제 국화차를 선물로 내놓았다. 예비신부가 만든 약과, 강정, 송화다식들은 많이 달지 않으면서도 독특하고 향긋한 맛이 나서 좋았고, 직접 따서 말려 만들었다는 국화차는 빛이 좋고 향도 진했다.

예비신부는 필요한 대답만 하고 내내 미소를 지으며 조신하게 앉아 있었는데 입술 끝은 실룩실룩, 엉덩이는 들썩들썩, 양말 속 발가락은 꼼지락꼼지락, 이마에는 땀이 송송 돋아 있는 것이 보였다.

휴일이라 집에서 쉬고 있던 한 교수의 부인이 얌전한 척을 하다가 결국 시름시름 죽어 가는 여자를 데리고 강아지들이 놀고 있는 마당으로 끌고 나갔다. 고등법원 부장판사인 한 교수의 아내는 쉽게 사람을 사귀는 편은 아니었지만 성격이 시원시원하고 한 교수와는 금슬이 좋기로 소문이 나 있었다. 한쪽 다리가 불편하지만 목발을 사용할 정도는 아닌 모양이었다. 나간 지 얼마 되지 않아 두 여자가 깔깔대고 웃는 소리가 거실 안으로 흘러 들어온다.

"교수님, 지난번에 박철웅 화백을 뵈러 병원에 갔다가 박 화백님의 전 부인을 만난 적이 있었습니다. 박 화백 면회 좀 시켜 달라 그렇게 부탁을 하더군요."

"이런이런. 그 여자를 만났어? 박 화백하고 이혼한 지가 언젠데. 지금 와서 무슨 말을 하던가?"

교수가 눈썹을 찌푸리며 혀를 차는 것이 보인다. 가난했던 한 교수를 버리고 전도유망한 화가에게 가 버린 옛 약혼녀. 그 노파에 대해 감정이 좋을 리가 없겠지. 이완은 얼굴 없는 미인도에 대해 경고를 들었노라며 여자가 말했던 섬뜩한 이야기를 모두 털어놓았다.

긴 이야기를 말없이 듣고 있던 한 교수는 결국 코끝을 찡그리며 팔짱을 낀다. 이마 위로 그늘이 내려앉는다.

"김성길 그 인간이 이상한 사고로 죽었다는 소식은 들었어. 시신도 온전히 못 찾고, 장례도 흐지부지 지낸 모양이야. 아내하고 아이는 행방불명이고. 그 소식을 듣고 얼마나 속이 안 좋았는지 모른다네."

이완은 잠시 멈칫했다. 하긴 근숙과 아기는 현재 실종 상태로 되어 있다. 근숙에게 이를 갈고 있는 사람들이 있어서 차라리 그게 나을 수도 있었다. 이완은 그들이 살아 있다는 것을 말하는 대신 고개만 끄덕였다. 한 교수는 혀를 차며 덧붙였다.

"그림이 그렇게 사라진 게 오히려 다행일 수도 있어. 사람들을 홀려. 무엇에 홀리는지 알 수 없는데 하여간 그래."

이완은 살짝 고개를 갸웃했다. 그림이 앞장 떼기가 되어서 알로하 영감님께 돌아간 것도 모르나? 확인은 미처 못 했지만 알로하 영감님이 박철웅 화백 아니었던가? 아직 친구인 한 교수님에게 미인도를 돌려받았다는 말을 하지 않은 건가? 이완은 고개를 갸우뚱하며 슬쩍 확인해 본다.

"박철웅 화백께서 그림에 대해서 별다른 말씀 안 하십니까?"

"그 사람이 이제 그림에 대해 무슨 말을 할 수 있겠어. 딱한 인간." 그는 길게 혀를 차며 씁쓸한 목소리로 말했다.

"지지난달에 병원에서 죽었잖나. 장례식장에 아무도 오지 않아서 나하고 친구 하나가 사흘간 빈소 지켰고."

"예? 그게 무슨 말씀이십니까? 박철웅 화백이 돌아가셨다고요?"

"그렇다네. 항암치료 하다가 몸이 만신창이가 돼서 아무것도 먹지 못하고, 나중엔 진통제도 제대로 듣지 않아서 얼마나 끔찍하게 통증에 시달렸는지 몰라. 일곱 번 자해한 끝에 베개 시트를 찢어서 목을 졸라서 죽었어. 죽기 직전까지 없어진 그림을 찾았다 하더군. 소원을 새로 빌 게 있다고. 한때 그렇게 전도유망하던 친구들이 그리 어처구니없이 몰락해서 가는 걸 보니 사람 사는 게 참 부질없어."

이완은 자리에서 엉거주춤 일어나려다 다시 주저앉았다. 머리를 망치로 얻어맞은 것 같았다. 그게 무슨 말이지? 지금 알로하 영감님은 아직 투병 중이긴 하지만 퇴원해서 집에 계시는데? 진통 치료도 잘 되고 있어서 상당히 편안하게 계시는데? 이완은 더듬더듬 되물었다.

"퇴원해서, 가족들하고 대, 댁에 계신 게 아니고요?"

"가족은 또 뭔가. 그 사람 가족이라야 90 넘은 어머니하고 의절한 여동생뿐인데. 여동생네는 들여다보지도 않았다네."

"재혼하신 게 아니었습니까?"

"재혼? 그게 무슨 소리야. 처음 결혼한 여자, 그러니까 자네가 만났던 그 노파하고 젊어서 이혼한 다음에는 영등포에 있는 작은 단칸방에서 평생 혼자 살았어. 췌장암이 워낙 증세가 없는 암인 데다 주변에서 챙기고 돌보는 사람이 없으니 간, 대장, 위장으로 전이될 때까지 몰랐던 거야."

아. 이완은 눈을 깜박이며 기억을 열심히 더듬었다. 췌장? 췌장암이라? 두나의 아버지는, 췌장암이 아니라 간암……이었던가?

이런! 맞다. 오래전에 간암 초기였다가 수술해서 나았고, 얼마 전에 재발해서 췌장, 대장으로 전이가 됐다고 했었다. 달랐구나. 전이된 병변이 동일해서 헷갈렸다. 젊어서 잠시 한국화 교수를 했다는 이력과 그림의 전 주인이라는 점, 아내가 그림을 없애려 안달했지만 결국 없애지 못하고 부인과 헤어지게 되었다는 점, 지금까지 인생을 허랑방탕 낭비하다가 여기까지 흘러왔던 점, 성씨가 박 씨라는 점까지, 비슷한 공통점 몇 가지 때문에 혼동을 일으켰다.

뭐야. 그렇다면 결국 알로하 영감님도 미인도에 홀려 있던 또 다른 사람이었다는 말인가?

이젠 뭐가 뭔지 전부 얼떨떨할 뿐이다. 그저 확실한 것은 이상한 그림에 홀려서 집착하던 사람들이 이제 하나씩 비참하게 죽어 가거나 죽음보다 비참한 상태로 몰락했다는 사실뿐이었다. 김성길 사장, 박철웅 화백, 박 화백의 아내였던 노파, 알로하 영감님…….

어쩌면, 그림이 소원을 빌었던 사람들의 삶을 진창으로 몰아넣는 것이 사실일까?

그렇다면 한때 주인이었던 민호 씨와 나, 혹은 한승헌 교수님, 저분도 그렇게 이상한 광기에 휩싸여 비참한 나락으로 떨어지게 될까?

이완은 고개를 수그리고 생각에 잠겼다. 이따위 허랑한 말에 휘둘릴 생각은 없다. 하지만 지금 자신은 결혼을 앞두고 있고, 이런 찜찜한 것을 남겨 놓고 결혼식을 올리고 싶지는 않았다. 문제가 될 소지가 있는 것들은 먼지 하나만큼이라도 남겨 두고 싶지 않은 것이 솔직한 심정이었다.

내일이라도 두나 아버님이나 어머님을 만나 뵈어야겠다. 무슨 수를 써서라도 그 그림을 다시 팔아 달라 설득해서 내 손으로 없애야겠다. 얼마가 든 돈이 문제가 아니다. 알로하 영감님은 그림을 관에 넣어 달라 하셨지만 언제 돌아가실지도 모르고, 그 그림이 언제 다시 세상으로 나와 사람들을 광기로 몰아넣을지 모른다.

……스승님의 그림이 아무리 아까워도 이젠 별수 없어. 다시 사서 바로 소각해야겠어.

이완은 조용히 차를 마셨다. 여자가 만든 감국차는 언제 마셔도 향이 일품이었지만, 스승이 왜 그런 그림을 남겼는지 생각할수록 뒷맛이 쓰게 느껴졌다.

마당에 나가 있던 두 여자는 짧은 시간 동안 얼마나 친해졌는지 완전히 신이 났다. 두 사람은 개들과 대화하는 법과 강아지 간식 만드는 법에 대해 한 시간 가까이 심도 있는 대화를 나누고 진한 포옹으로 만남을 마무리했다. 엄한 고법 판사님께서는 민호에게 자주 놀러 오라고 몇 번이나 약속을 받아 내고 전화번호까지 교환했다.

이완과 한 교수는 놀라서 눈을 둥그렇게 뜨고 두 여자를 쳐다보았다. 한 교수는 집사람이 사람을 쉽게 사귀는 편이 아니라면서 신기해했다.

민호 씨는 어떤 사람과는 초장부터 욕설과 주먹질이지만 이렇게 죽마고우처럼 쉽게 가까워지는 사람들이 더 많았다. 유치원에서도 원장이나 어떤 학부모와는 사이가 좋지 않아 노상 쫓겨났지만, 여전히 친분을 유지하고 있는 동료 교사들도 일개 여단은 되는 모양이었다. 그 차이가 무얼까? 아무리 생각해도 애매했다. 하지만 당사자에게 묻는다 한들 그런 일에 대한 체계적인 분석이 되어 있을 것 같진 않았다.

"둘이 잘 어울리는군. 보기 좋아. 행복하고 재미있게 잘 살게. 사는 게 별거 있나, 그거면 되지."

한 교수는 뒷짐을 지고 부드럽게 웃으며 덕담을 했다. 이완은 인사를 하려다가 문득 궁금해졌다. 그는 조심스럽게 물었다.

"교수님, 만일 그 미인도를 다시 보게 된다면 무슨 소원을 말하실 생각이었습니까?"

"참, 내. 사실 별건 아닐세. 그런 걸 들어서 뭐 하려고."

"어차피 그림도 없어졌는데, 말씀하시면 속이라도 편하시지 않겠습니까."

노학자의 이마가 괴로운 듯 찡그려졌다. 하지만 그는 자신의 뱃속에서 오랫동안 굴러다니던 가시를 더 이상 감추지는 않았다. 그는 이완 역시 그 그림으로 인해 적지 않은 풍파를 겪었음을 어렴풋이 짐작하고 있는 것 같았다. 잠시 후 노교수는 씁쓸한 웃음과 함께 고해하듯, 대상을 알 수 없는 말을 한마디 내뱉었다.

"당신도…… 이제 행복하고 재미있게 잘 살아. 그거면 돼."

"……."

"오래전부터, 그 말을 하고 싶었네."

❀　　❀　　❀

알로하 영감님이 누워 있는 병실은 조용했다. 약을 먹고 푹 잠이 들었는지 노크를 했는데도 일어나지 않았고, 가습기 돌아가는 소리만 웅웅웅 나직하게 깔렸다. 얼마 전 복수 천자를 한 영감님은 윗옷을 벗고 짧은 바지만 입은 채 자리에 누워 있다. 피부가 시커멓게 변했고 주글주글 탄력은 없어졌지만 젊어서는 강골 소리 들었으리 싶을 만큼 뼈가 굵고 다부진 체구였다.

민호가 이레에게 확인한 알로하 영감님의 성함은 '박만득'으로, 이레는 박철웅이라는 사람이 뭐 하던 사람인지도 전혀 알지 못했다. 진작 이름을 물어봤으면 헛다리는 짚지 않았을 텐데. 이완은 씁쓸하게 웃으며 침대 가까이로 가 보았다.

영감은 니나노로 알려진 것과 달리 젊어서 험한 일이라도 했는지 옆구리와 팔다리, 손을 비롯한 이곳저곳에 칼로 베인 듯한 흔적이 희미하게 남아 있었다. 조직폭력배와 관련된 사람이었나 싶다가도 어깨의 접종흔에 박아 넣은 하트 문신과 사랑과 정열을 그대에게, 라는 글귀, 혹은 연약(?)하고 낭만적인 만년의 행적을 보면 전혀 아닌 것 같기도 했다.

이완은 심호흡을 하고 방을 빙 둘러보았다. 그림은 여전히 같은 자리에 걸려 있었다.

"선생님께는 무슨 볼일인가?"

동벽이 팔짱을 끼고 문 앞에 서 있다. 그 뒤로 청첩장을 손에 든 민호와 두나의 어머니가 함께 방으로 들어선다.

보스 여사는 두 사람에게 결혼 축하한다는 말과 함께 두나에 대한 소식을 혹시나 못 들었는지 조심스럽게 물었다. 대체 애가 어디서 무슨 짓을 하고 있는 거야. 소식이라도 전해 주면 좋으련만 아주 감감 무소식이니. 세상 무서울 것 없어 보이던 보스 여사였지만 두나가 걱정이 되는 건 어쩔 수 없는 모양이었다. 집에 우환이 있는 경우는 청첩을 전해 주기가 퍽 어려웠다. 게다가 문제는 청첩장뿐만이 아니었다.

"저, 두나 어머님, 부탁이 하나 있습니다."

"무슨 부탁?"

"이 그림을 저한테 다시 파실 생각이 없으신지요? 아니, 꼭 파셨으면 좋겠습니다. 비용은 얼마가 되든……."

"이완 씨라고 했나요? 제가 그림 주인이 아니라서……. 그림을 근숙 씨에게 다시 사들인 분은 교수님이시니 두 분이 말씀 나누시는 게 좋겠어요."

"돈 자랑이 하고 싶은가? 소용없어. 선생님이 파신다고 하기 전에는 난 팔 생각이 없네. 하지만 선생님은 안 파실 걸세."

동벽이 밉상으로 말을 끊었다. 이완은 눈썹을 곤두세우고 끼어들지 말라고 쏘아붙이려다 한 박자 참았다. 보아하니 그림 앞장 떼기를 한 것도 저 위조범이고 어쨌든 최종 소유주였던 근숙 씨에게 이 그림을 다시 사들인 것도 저 사람이었다. 엎친 데 덮친 격으로, 두나의 어머니는 민호를 끌고 아래층으로 내려갔다.

별수 없었다. 이완은 성질을 꾹 누르고, 동벽에게 설득을 시작했다. 전 주인 중 한 명이었던 박철웅 화백의 전 아내가 했던 이야기와 이 그림이 일으켰던 평지풍파, 그리고 그림에 집착했던 사람들이 맞이한 비참한 죽음. 하지만 맞은편에 서 있는 덩치 큰 사내는 팔짱을 낀 채 콧방귀만 뀌었다.

"글쎄? 이 그림이 있건 없건 그 사람들 하던 꼴 보면 비참한 죽음을 피할 수 없었을 것 같은데?"

"……예?"

"지금 자네, 우리 선생님도 그림 때문에 비참하게 돌아가실 거라고, 그러기 싫으면 그림을 팔라고 협박하는 건가?"

"협박이라뇨. 그게 무슨 말씀이십니까."

"그림을 완성하지 못한 상태로 소원을 빌어서 그림 속 여자가 분을 품었다? 그 노파, 상상력 한번 풍부하군그래."

"혹시 박철웅 화백의 전 부인을 알고 계십니까?"

"난 그 그림의 전 소유주 중에 아는 사람이 꽤 있어. 그 노파도 예전에 한 번 만나 본 적이 있고."

"그게 무슨……?"

"그 여자도 그림에 소원을 빌었었어. 소원을 빈 사람들이 한두 명인 줄 아나? 김성길 사장도, 장근숙 씨도, 박철웅 화백도, 그 아내도, 한승헌 교수도, 여기 누워 계신 선생님과 두나 어머니도, 선생님의 첫 번째 아내도, 그 아내를 사랑했던 다른 남자도, 진희 씨도, 이 집 딸들도. 그 사람들 말고도 이 그림에 대고 소원을 떠들어 댄 인간들은 헤아릴 수 없이 많을 걸세. 그림을 일단 소유했던 이들은 거의 소원을 빌었다고 봐야 해. 자네 같으면 안 그랬겠나?"

예? 예? 이완은 정신없이 쏟아지는 말에 당황하다가 마지막 말에 뱃속에서 한기가 훅 치받았다.

그랬다. 민호 씨와 나 역시 그림을 보면서 소원을 말했었다.

"왜? 사람이 마음에 원하는 것을 입 밖으로 내는 것이 그렇게 저주를 받을 일인가? 사람은 원래 욕망에서 자유로울 수 없는 존재인데? 자네는 한 교수나 누워 계신 선생님이나 우리가 비참하게 살고 비참한 죽음을 향해 달려가고 있는 것처럼 보이나?"

이완은 부인해야 할지 시인해야 할지 알 수 없었다. 그저 그놈의 소원 이야기만 나오면 이젠 찜찜하고 불쾌했다. 이완은 문득 한 가지가 궁금해졌다.

"혹시, 당신도 소원을 빌었습니까?"

"……그런 건 알아서 무엇하게?"

동벽은 차갑게 쏘아붙였다. 이완은 어쩐지 저 사내도 다른 사람에게 말하지 못할 소원을 빈 것 같은 기분이 들었다.

"무슨 소원을 빌었습니까?"

"……."

"말 못 할 소원인가 보군요. 그 소원을 이루기는 하셨습니까? 별다른 일은 없었고요?"

반백 사내의 입술이 조금 더 선명하게 비틀어진다.

"말 못 할 소원이든 아니든, 내가 무슨 일을 겪었든, 내가 왜 그 이야기를 자네에게 털어놓아야 하지? 적어도 지금 나는 자네처럼 그림에 집착하고 있지는 않아. 자네 지금 죽은 김성길 사장이나 박 화백처럼 그림에 집착하고 있는 건 아나?"

……내가?

이완은 퍼뜩 정신을 차리고 두 손으로 입을 가렸다. 맙소사. 머리 위로 얼음물이 쏟아지는 기분이었다.

나도 모든 사람처럼 그림의 망령에서 벗어나지 못하고 있었단 말인가?

아니야, 아니다. 나는 그저, 저 그림이 사람들을 이렇게 휘두르기 전에 사서 소각하려고 했던 것뿐이야.

이완은 고개를 흔들었다. 이것 역시 스스로 만들어 낸 변명인지도 모른다. 자신을 믿을 수 없었다. 만약 나 역시 비참하게 죽었던 그 사람들처럼 그림에 집착하고 있는 게 사실이라면 그거야말로 큰일이다.

"민호 씨, 민호 씨!"

이완은 그를 뒤로하고 황급히 계단을 뛰어 내려갔다. 근숙이 머리를 내밀고 대답했다.

"주인 아즈마이하고 아이스크림 사러 가는 데 따라갔댔시요. 날래 댕겨온다 했시요."

이완은 허둥허둥 현관문을 나서며 말했다.

"그, 급한 일이 있어서 먼저 안락재로 가 있겠다고, 민호 씨도 바로 오십사고 전해 주십시오."

이완은 대청에 앉아 숨을 헐떡거렸다. 그럴 리가 없다. 나는 집착하지 않았어. 나는 제대로 소원을 빈 것도 아니야. 그저 그림을 잠시 들여다보고 장난삼아 말해 본 것뿐이다.

그렇다. 그곳에 모인 사람들처럼, 장난삼아. 아무 일도 없었잖아. 민호 씨가 조신해진 것도 아니고, 그곳에서 같이 소원을 빌었던 민호 씨 친구들도 모두……. 중얼거리던 이완은 입을 벌린 채 그대로 온몸이 굳어 버렸다.

……소원을 이룬 사람이 있었다……?

"서, 설마, 진희 씨? ……이……루어진 건가?"

아, 아니야, 이, 이런 빌어먹을, 맙소사. 아니야. 안 되는데.

몸이 우들우들 떨리기 시작했다. 진희 씨의 소원, 두나의 어머니가 대신 빌어 준 소원이 이루어졌다. 자신이 가진 것을 모두 팽개칠 정도로 열렬한 사랑을 하게 해 달라고 했던가? 사랑에 대해 몹시 냉소적이던 진희 씨는 가장 그녀답지 않은 감정에 휩쓸려 평생의 계획을 허물어 버렸다.

소원이 이루어진 게 맞다. 그것도 가장 안 좋은 형태로.

이레가 두나 언니를 위해 빌어 준 소원도 이루어졌다. 용기 있는 자가 미인을 차지한다고? 그것 역시 가장 안 좋은 형태로 이루어졌다. 생사조차 확인할 수 없는 형태로 사랑의 도피를 했지 않나. 김성길, 박철웅 화백의 비참한 죽음, 죽어 가고 있는 알로하 영감님, 그는 다시 입을 틀어막고 신음했다.

그렇다면 우리는? 우리가 빌었던 소원은 어찌 되는 거지? 이 결혼은?

"이완 씨! 왜 먼저 왔어?"

이완은 넓은 뜰을 가로질러 뛰어오는 여자를 보고 벌떡 일어났다. 여자의 손에는 아이스크림이 포장된 스티로폼 상자와 동그랗게 말린 족자가 들려 있었다. 등이 뻣뻣하게 얼어붙었다. 민호는 족자를 들어 올리고 자랑스럽게 손을 흔들었다.

"알로하 아저씨가 일어나셔서, 이완 씨가 그림 다시 팔랐다는 말을 듣고, 필요하면 며칠 빌려주겠다고 인심을 쓰셨어. 한 며칠 필요한 만큼 보고 돌려 달라 그러시던데? 갖고 가실 거라 아주 줄 순 없다고. 그런데 이완 씨, 이 그림 대체 왜 다시 사려고 한 거야?"

이완은 천천히 내려와 민호의 손에서 그림을 받아 펼쳐 보았다. 손에서 족자가 길게 펼쳐졌다. 아무 표정도 없는 여자의 얼굴이 섬뜩하게 나타났다.

"태워 버려야 해요. 민호 씨."

"태워? 이걸? 무슨 말이야. 이거 빌려 온 거야. 태우면 안 돼."

"제가 물어낸다고 할게요. 실수로 태웠다고 해요. 얼마가 되든 물어낸다고. 민호 씨, 이 그림 태워야 해요."

오원이 그린 그림이라는 데 솔깃해서 빠져서는 안 되었다. 우리 손에 들어왔을 때, 저 여자가 그림에 불을 붙인다고 들이댔을 때 그대로 태워 버렸어야 했다. 지금이라도 안 늦었다. 하지만 민호는 단호하게 말했다.

"그건 안 돼. 난 분명 결혼식 전에 돌려드리겠다고 약속했단 말이야."

"민호 씨."

이 그림에 소원을 빌었던 사람들이 비참하게 죽고 있어요. 지금 당신 친구들의 경우만 해도, 가장 안 좋은 형태로 소원이 이루어지고 있어요. 우리가 빌었던 소원이, 당신이 똑똑해지고 싶다는 소원이, 조신한 아가씨가 되고 싶다는 소원이, 내가 아무 걱정 없이 당신과 결혼하고 싶다는 그 소원이 가장 안 좋은 형태로 이루어지기 전에 이 그림이라도 태워 버려야 한단 말입니다.

이완은 입술을 달싹였으나 차마 그 말들을 입 밖으로 낼 수 없었다. 말에는 이루어지는 힘이 있다 하지 않나. 결혼식을 앞두고 좋은 말로만 부지런히 씨를 뿌려 두어도 모자랄 판에 이따위 말을 방정스럽게 입 밖으로 낼 수는 없었다. 민호는 단호하게 고개를 저었다.

"어쨌든 태우는 건 안 돼. 알로하 할아버지는 나 믿고 빌려주신 거야. 태워 버릴 거면 나 지금이라도 돌려드리고 올래."

"……태우지 않겠습니다. 돌려보내지 말고 둬 보세요."

이완은 잠시 고민하다가 머리를 짚고 앓는 소리를 냈다. 민호는 걱정스러운 얼굴로 다가와 이완의 얼굴을 살피고 머리를 조심스럽게 쓰다듬어 주었다. 이완은 괴로운 목소리로 중얼거렸다.

"대체 스승님은 왜 이런 물건을 만들었을까요? 사람들은 대체 무슨 소원들을 빌었기에 이 야단들일까요?"

나는 그리고 왜 경사를 앞두고 이런 일로 괴로워해야 하는 걸까요.

민호는 괴로워하는 사내와, 손에 쥐인 돌돌 말린 족자를 번갈아 바라보다가 길게 한숨을 쉬었다.

"이완 씨, 정 궁금하면 같이 가 보자. 그렇게 걱정되면 결혼식 올리기 전에 노랑눈이 아저씨한테 가서 확인해 보면 되잖아."

"예?"

"어차피 노랑눈이 아저씨가 그린 게 맞다면 길을 찾는 것도 어렵지는 않을 거야. 왜냐하면 그림이 만들어지는 순간일 테니까. 제일 노랗고 눈부신 첫 번째 길로 찾아가면 되는 거거든."

"……."

"나 사실 노랑눈이 아저씨 별로 보고 싶지는 않아. 하지만 이완 씨가 그렇게 신경 쓰고 혼자 앓는 건 더 보고 싶지 않아. 대체 노랑눈이 아저씨가 이 그림을 왜 그렸는지, 어떻게 이 그림에 이상한 기운을 넣었는지 확인해 보자. 말릴 수 있다면 말려 보고, 멈출 수 있다면 멈춰 보고. 걱정할 게 있다면 일단 가서 상황을 보고 걱정해도 늦지 않아."

이완은 여자의 덤덤한 얼굴을 물끄러미 바라보았다. 이미 이상한 그림이 만들어져 전해지고 있는데 말릴 수 있고, 멈출 수 있을 거라 생각하는 걸까?

하지만 이완은 이제 여자의 행동패러다임을 안다. 여자는 미래를 결정론적으로 받아들이지 않는다. 여자는 미래를 잠시 엿본 죄로 남은 삶이 박제되어 버린 윤 진사와 대척지점에 서 있다.

여자가 여행하는 모든 과거는 여자에겐 모두 '현재' 다. 당연히 여자는 멈출 수 있으면 멈추고, 말릴 수 있다면 말린다. 영원한 현재만 존재한다는 것은 어떤 느낌일지 아마 영원히 알 수 없겠지만, 이완은 어쩐지 여자의 말을 따르고 싶었다.

적어도 이 이상한 그림이 어떻게 만들어졌는지, 왜 이렇게 원념이 얽히게 되었는지 이유만이라도 알고 싶었다. 적어도 우리의 결혼에 그 그림의 삿된 것이 끼어들지 못하도록 최대한 막고, 헛된 미신이 들러붙은 것이라면 떨쳐 버리고 시작하고 싶었다. 이완은 자리에서 일어나 고개를 끄덕였다.

"그러면 지금 같이 다녀오도록 하죠."

❀　　　❀　　　❀

어두컴컴한 방 안은 한 사내의 감정이 뒤범벅되어 도가니처럼 들끓고 있었다. 방 안에 들어갔다간 열기에 짓눌려 질식할 것만 같았다.

향이는 문틈으로 안을 들여다보다가 손으로 입을 틀어막았다. 방 안에서 펄펄 끓는 것은 흉흉한 광기와 끔찍한 집착이기도 했고, 절절한 연모이기도 했다. 아니, 사람이 가진 모든 감정이 하나로 뭉쳐 용암처럼 끈적하게 부글거리고 있었다.

승업은 닫혀 있는 문을 향해 고개를 확 돌렸다. 눈에서 시퍼렇게 살기가 일었다.

"들어오지 마라. 향이 너 들어오면 내 손에 죽는다."

머리를 풀어 헤치고 웃통을 벗어 치운 사내는 방 한가운데 서서 손을 저으며 이를 갈았다. 자신이 원하는 여자는 온통 허공에서 떠돌고 있는데, 도저히 잡을 수가 없다.

"진희야, 이 미친 것, 이 정신 빠진 향아야. 넌 그래 행복하니? 나한테 다른 여자 안겨 놓고 가니 그리 좋더냐? 대답해 봐라. 내가 너한테 다른 남자 안겨 놓고 도망가면 좋겠냐?"

그는 자신과 혼례를 올린 여자가 향이였다는 사실을 오랫동안 받아들이지 못했다. 그에게 향이는 그저 딱하고 애틋하고 가련한 누이 같은 아이일 뿐이었다. 그 아이는 어렸을 때부터 너무 가까이 지냈고, 기생이 되기 위한 공부를 하며 감정을 감추는 법에 너무 능숙해졌다. 향이는 뛰쳐나가려는 자신을 붙잡고 통곡하며 말했다.

'오라버니, 많이 바라지 않습니다! 제발 들어만 주세요. 한 번만. 오늘 하룻밤만이라도 제 이야기를. 저는 오라버니께 제 마음을 고하기도 전에 끌려갔습니다. 살면서 한 번이라도 제대로, 딱 한 번이라도!'

'후회? 후회하지 않아요! 거지처럼 굶어 죽는다고 해도, 더러운 년이라고 돌을 맞아 죽는다고 해도 후회하지 않아요! 딱 일 년이라도, 한 달이라도, 아니 하루라도 부부로 살아 보면 여한이 없을 거예요. 오라버니, 오라버니!'

'그래요, 저는 미쳤습니다. 하지만 오라버니께서도 이 감정이 얼마나 끔찍하게 사람을 미치게 하는지 아시지 않습니까.'

'저는 이제 오라버니뿐이에요! 이제 돌아가지 못해요, 나는 이제 그 집에서 죽은 사람이에요.'

'본처 소리 못 들어도 좋아요. 소실 소리도 못 들어도 좋아요. 작부라도 좋고 삼패라도 좋고 무슨 소리라도 좋아요! 그저 잠시라도 날개를 접고 쉴 곳이 되어 드리고 싶습니다. 어렸을 때부터 제 소원은 그것뿐이었어요. 제가 있는 곳은 그곳이 어디든 오라버니를 위한 곳이에요.'

그는 정신을 차리자마자 바로 밖으로 뛰쳐나갔다. 맨정신인 것이 두려워 정신없이 술을 마셨다. 술에서 깨면 자신이 받아들여야 할 것들은 끔찍한 것들밖에 없었다. 깨기 전에 마시고, 잠들었다가 일어나자마자 다시 마셨다.

그는 한양 곳곳을 광인처럼 쏘다녔다. 술에 흠씬 취해 웃옷을 벗어 던지고 돌아다니다가 담벼락을 붙잡고 통곡하고 있으면 동네 아이들이 모여들어 돌을 던졌다. 그는 통증도 느끼지 못하고 피를 흘리며 담벼락에 머리를 박았다.

종종 그는 길바닥에 쓰러져 잠이 들었다. 눈을 뜨나 감으나 떠난 여자의 모습 말고는 아무것도 보이지 않았다. 그는 여자를 향해 돌을 던졌다. 여자는 돌을 맞으면서 눈물을 흘리며 울었다. 주변 사람들은 그를 달래다 포기하고, 여자 하나 때문에 아까운 화원 하나 죽겠다고 혀를 찼다.

그는 문득 월죽도를 땅속에 파묻어 놓고 왔다는 것을 떠올렸다. 진희가 돌아가지 못하도록 향이에게 받아서 항아리에 깊이 숨겨 묻어 두었던 것, 그는 벌떡 일어나 향이가 살고 있는 초가집으로 달렸다. 그렇게 땅속 항아리에 박아 두면 진희가 만에 하나 오고 싶어도 올 수 없지 않겠나. 그림을 꺼내서 진희가 오도록 벽에 걸어 두어야겠다. 하루 종일 지켜보고 있어야겠다.

"오라버님이 여기 와서 제 곁에만 계셔 주신다면, 벽에 걸어 놓아 드리겠어요."

향이는 눈물이 말라붙은 얼굴로 다소곳이 말했다. 얼굴에는 아무런 표정이 없었다. 목을 졸라 죽인다 해도 숨긴 곳을 말하지 않을 것임을 알았다. 마당을 모조리 파헤쳐도. 향이의 방을 샅샅이 뒤져도 월죽도는 나오지 않았다.

그는 어두운 방으로 들어가 벽을 더듬었다. 진희가 있던 방이다. 진희가 원삼 입고 족두리 쓰고 연지곤지를 찍고 기다리던 방이다. 진희, 진희야, 내 향아님. 사방 벽으로 사랑했던 여자가 보인다. 푸르고 서늘한 눈으로 자신을 내려다보는 여자가. 그는 벽을 더듬다가 손톱으로 긁었다. 긁어도 긁어도 여자는 웃지 않는다. 벽에 붉은 줄이 그어진다.

"향아야…… 진희야, 너 간 곳에서 너는 그래 행복하니?"

그는 허공에 대고 대답 없는 여자에게 물었다. 물으면서도 여자가 대답할까 봐 겁이 났다. 행복하다고 하든 불행하다고 하든 다 듣고 싶지 않았다.

그는 누워 있다가 천천히 눈을 떴다. 술이 깼는지 오랜만에 정신이 명료하다. 작은 창으로 햇빛이 들어오고 있었다. 그는 눈을 껌벅이다가 천천히 깨달았다.

나는 이대로 죽고 말겠구나.

여자가 떠난 것을 안 순간, 속에서 자신을 이루고 있던 심지가 빠져나간 것 같았다. 심지는 그 작은 여자를 알기 전부터 몸속에 묻혀 있던 것이었다. 여자는 가면서 자신의 심지를 뽑아 움켜쥐고 가 버렸다.

나는 죽고 말 거야. 응. 진희야.

죽는 것이 무서운가?

잠시 생각해 본 사내는 눈을 감고 히죽히죽 웃었다.

아니 무섭지 않아. 달다. 아아, 정말 달고 편안할 거야.

그는 자신을 휘두르는 감정이 너무 아프고 끔찍해서 이제는 벗어나고 싶었다. 그는 퀭한 눈으로 천장을 보며 중얼거렸다.

"같이 가자, 진희야. 나랑 같이. 응."

이승에서 더 이상 만나지 못하면 저승에서는 만나겠지. 저승에선 그렇게 멀리 살지 않아도 되겠지. 네가 이승이 더 좋다면 좋은 대로 오래오래 실컷 살다가 와. 원도 없이 한도 없이 실컷 살다가. 내가 먼저 가서 집 짓고 울 두르고 꽃밭 만들어 기다리고 있으면 되지. 까짓것 기다리는 것, 겨우 몇십 년 기다리는 것, 아무것도 아니야.

저승에서도 너를 알아볼 수 있어야 할 텐데.

그는 다시 눈을 감고 생각을 더듬었다. 알아볼 수 있을 것이다. 너를 기억한다. 작고 세미한 눈썹 한 가닥, 머리카락 한 올, 눈 속에 고인 푸른 호수, 잘게 빛을 내어 반짝이던 눈동자, 수백 번 다시 죽는다고 해도 절대 잊지 못할 것처럼, 내 눈 속에 인두로 누른 것처럼 박혀 버린 네 얼굴.

하지만 저승에 가면 이승의 일을 잊는다지 않아?

괜찮아. 네 얼굴, 곱고 고운 네 얼굴 고스란히 그려서 가져가면 돼. 잊지 않는다.

너는 천 번을 잊고 만 번을 잊어도 나는 잊지 않는다. 진희야. 내가 매일 그림을 보며 기억하고 있을 테니 걱정하지 마라.

그는 흐흐, 으흐흐, 이상한 웃음소리를 흘리며 흘린 듯 종이 한 폭을 펼쳐 놓았다. 의지와 상관없이 몸이 움직인다. 아니, 사실은 그의 온몸이, 모든 혼백이 염원하는 것이라서 팔도 다리도 손가락도 눈도 머리의 명령을 듣지 않고 알아서 날뛰는 것이다.

그는 붓을 들었다. 편해지고 싶다. 이 모든 숨 막히는 감정과 사슬에서 벗어나서 나는 편해지고 싶어. 진희야. 초췌해진 얼굴에 미지근한 눈물이 흘러내렸다. 이깟 구질구질한 인생이 뭐 그리 재미있었다고 미련을 갖고 있었는지.

빈 종이에 가는 선이 길게 그려진다. 그는 기름종이로 본을 뜨지도 유탄으로 선을 가늠하지도 않고 바로 붓을 내리그었다. 종이 위에도 뚜렷하게 여자의 형상이 보인다. 갸름하고 단아한 턱이 나타나고, 뒤로 살짝 묶어 틀어 올린 머리카락이 형체를 드러냈다.

처음에 왔을 때 머리가 길지 않던 여자는 나중에 삼단처럼 길고 아름다운 머리카락을 아침마다 틀어 올리곤 했다. 여자가 가끔 자신을 보고 웃어 줄 때, 끌어안고 사랑한다 속삭여 줄 때, 어둡고 푸르스름한 눈으로 처연히 쳐다볼 때, 그는 심장이 난도질당하는 기분이었다.

그는 눈을 껌벅거렸다. 여자가 벽을 등지고 앉아 있었다. 새하얀 옷을 입고 겁에 질려 방구석에 있던 작은 여자가 선명하게 보인다. 화사한 저고리와 붉은 치마를 입고 중문을 넘어 다가오는 여자가 고개를 들어 자신을 바라본다. 여자의 눈이 커진다. 입이 벌어지고, 손이 그 입을 가리는 모습이 천천히, 천천히 흘러간다. 승업은 여자가 긴 세월 동안 자신을 기억하고 있음을 알았다.

여자는 혼례식을 위해 붉은 원삼을 입었다. 뺨과 이마에 붉고 둥글게 연지 곤지로 치레한 여자는 아름다웠다. 푸르스름한 물이 담박하게 고인 호수. 여자가 고개를 살그머니 든다. 진상용 도자기보다 더 깨끗하고 매끄러운 피부, 천녀처럼 숨 막히게 아름다운 여자가 황금색 달을 배경으로 하여 짙은 어둠 속에 그린 듯이 서 있다. 여자의 입술이 달싹거린다.

나는 당신을 사랑하지만.

여자의 눈동자가 흔들린다. 여자의 입술이 파르르 떨리는 것을 보며 그는 어떻게든 붙잡아 보려 손을 힘껏 내민다.

사랑해, 진희야.

사랑한다고 모두 같이 살 수 있는 건 아니에요. 나는 이곳에 있을 수가 없어요.

연모한다. 사랑한다. 내 진희야. 사랑한다.

고백을 듣는 여자의 얼굴이 천천히 일그러진다. 여자의 모습이 너무 선명해 눈앞의 사물이 분변되지 않을 지경이다. 하지만 아무리 손을 뻗어도 잡히지 않는다. 보이면서도 잡히지 않으니 속이 오그라들고 아주 미칠 것만 같다. 그는 결국 이를 갈며 외쳤다.

"가? 그래, 갈 테면 가. 나는 내 방식으로 너를 붙잡아서, 내 방식으로 데려갈 테니!"

진희 너는 모르지, 그림을 그리는 사람이 어떤 마음으로 그림을 그리는지.

그는 옆에 벌여 둔 붓을 움켜잡고, 먹물에 푹 적셨다.

나는 이제부터 네 형상을 만든다.

내 혼과 백을 모조리 갈아 넣어 네게 생명을 주고, 나는 너를 데려갈 것이다.

광기에 휩쓸린 눈이 이글이글 불탔다. 신들린 듯 춤추는 붓질 아래로 대담하고 호방한 선이 여자의 어깨와 허리, 엉덩이를 물결처럼 타고 내려갔고, 타래를 지어 동그랗게 틀어 올린 머리 아래로 늘어진 머리카락이 매끄러운 검은 폭포가 되어 어깨와 등을 타고 흘러내린다.

속화로 유명한 화원의 붓은, 사람의 솜씨가 아닌 것처럼 미친 듯이 그림 위를 종횡무진했다. 손을 내밀면 휘감길 것 같은 머리카락. 바늘처럼 치밀하고 예리한 선이 여자의 곱고 부드러운 작은 손을, 손가락을 만들어 낸다. 방 안 가득, 그에게서 빠져나온 무수한 감정이 일렁인다. 그는 펄펄 끓는 방 안에서 그림에 달라붙는다.

여자는 작은 의자에 도도하게 앉아 있다. 원삼 소맷자락에서 나온 손은 무심하게 무릎 위에 놓여 있다. 꽉 눌러 잡으면 바로 따뜻하게 맞잡아 올 것 같은 길고 가는 손가락, 손가락, 손가락이 허공을 둥둥 유영한다. 그는 입술을 핥으며 낄낄 웃어 댄다. 자신의 영혼이 스며 든 그림으로 인해, 그는 그림과 현실의 경계를 점점 알 수 없게 되었다.

비어 있는 얼굴 속에서 여자는 웃거나, 울거나, 눈을 흘기고 화를 낸다. 승업은 옆에 있는 술병을 들어, 여자의 얼굴이 웃는 것처럼 보일 때까지 들이켰다. 아무리 마셔도 웃어 줄 것 같지 않은 푸른 눈의 여자. 머리카락을 장식한 화려하고 눈부신 진주, 비취 알갱이가 그림 속에서 빛을 산란한다. 모란 수가 놓인 붉은 원삼에 핏빛이 뚝뚝 떨어진다.

만져진다. 만지면 탄력이 느껴질 듯한 그 허리가, 온기가 느껴지는 손이, 파르르 진동하는 얇고 섬세한 손가락이 느껴진다. 매끄러운 머리카락의 촉감, 자신을 품어 주던 따뜻한 몸의 열기, 내 몸을 녹여 버릴 것 같던 그 열기. 사랑, 사랑, 내 사랑이야, 이리 보아도 내 사랑, 저리 보아도 내 사랑, 내 손끝에서 되살아나는 나의 향아님.

그는 물조차 마시지 않고 그림에 달라붙었다. 땅에 붙어 기어 다니는 전갈 지네처럼 그는 상체를 땅바닥에 바짝 붙이고 헐떡이며 여자를 더듬어 댔다.

"오라버니."

밖에서 흐느끼는 듯한 소리가 들린다. 무어라 말씀하셔도 좋습니다. 조금이라도 드시고 하세요.

"배 안 고프다. 안 고프다. 나는 이제 배도 안 고프고, 아프지도 않고, 슬프지도 않고, 나는 아무래도 신선 천인이 되어 가나 보다, 응."

그는 그림 속 여자의 빈 얼굴을 쓰다듬으며 미친 듯이 웃기 시작했다.

향이는 상을 들고 조용히 방으로 들어섰다. 그녀는 지금 오라버니가 자신의 영혼을 모조리 짓뭉개 가며 그림을 그리고 있다는 것을 알았다. 편해지고 싶다는 의미가 무엇인지 알고 있었다. 그는 그림을 완성하면 아마도 이생과 인연을 끊을 것이다. 향이는 승업을 잘 알았기에 그것을 확신할 수 있었다.

"향이야, 진희가 웃지 않는다. 웃는 모습을 그려야 하는데."

"오라버니."

"월죽도를 가져와. 진희가 못 오잖아. 가져와! 가져와서 내 옆에 걸어 놔. 제발 가져와."

향이는 한결같은 얼굴로 고개를 저었다.

"그럴 수는 없어요. 그 여자는 오지 않을 거예요. 오라버니, 시간이 얼마나 걸려도 좋으니 그 여자가 잊힐 때까지 기다려 주세요."

저 앙큼한 년이 그림을 주지 않으리라는 것은 알고 있었다. 심지어, 내가 이 자리에서 죽는다 해도 주지 않을 것이다. 그는 향이에게 달려들어 멱살을 움켜잡았다.

"뭘 원하는 거니, 향이야? 넌 내 껍데기를 갖고 싶으니? 네 남편에게 껍데기만 주었으니 너도 내 껍데기만 받고도 좋을 것 같으냐? 이 바보, 멍충아. 이 그림이 완성되면, 항아님의 얼굴이 다 그려지면."

파리하게 질린 여자가 울 것 같은 얼굴로 뒤로 물러선다.

"넌 그때는 내 시체를 가질 순 있을 거야. 그건 네 마음대로 해도 돼, 응!"

곱게 차려진 음식은 마당에서 요란한 소리를 내며 굴렀다. 향이는 문을 닫고 천천히 마당으로 내려서서 깨진 그릇과 부서진 소반을 치웠다. 그 위로 눈물방울이 걷잡을 수 없이 떨어졌다. 윤 진사와 살 때는 그렇게 독하게 참을 수 있던 눈물이 이제는 참아지지 않았다.

"진희야, 웃어 봐. 그렇게 화난 얼굴을 그릴 순 없어. 진희야, 항아야. 나를 편하게 해 줘, 나를 놓아줘. 한 번만 웃어 주면 돼. 한 번만, 한 번만! 진희야!"

작고 어두운 방, 방 안 가득히 절망과 증오, 좌절과, 그것들을 모두 뛰어넘는 지독한 감정이 폭발할 것처럼 출렁거렸다. 그는 밤새 붓을 움켜잡고 얼굴에 들러붙어 있었다. 하지만 허공 속에서 유영하는 자그마하고 엄위한 여자는 그에게 끝까지 웃어 보이지 않았다.

그는 끝내 얼굴을 채우지 못한 채, 그림 위에 엎드려 울기 시작했다.

"스승님."

승업은 어둠 속에서 조용히 울리는 소리를 듣고 정신을 차렸다. 맞은편에는 사모관대 차림의 키가 큰 누군가가 무릎을 꿇고 앉아 있었다. 승업은 그가 누군지 한참 동안 알아보지 못했다. 그는 비척비척 일어나 눈앞에 나타난 사내를 물끄러미 바라보았다.

"고약한 놈. 멀대 너냐."

"예."

"간신히 도망가더니, 왜 왔니?"

제자는 대답하지 않았다. 무릎 꿇은 사내 뒤로 키가 큰 여자가 목상처럼 서 있는 것이 보인다. 승업은 둘을 노려보며 킬킬거렸다.

"천년만년 이 집에서 가시버시하고 살 것 같더니 왜 갔어? 가 버렸으면 아주 오지나 말지, 왜 다시 와서 진희는 데려가? 내가 죽는 꼴을 보려고, 응? 내가 살지 못할 것을 알면서. 그러면서 무슨 말을 하려고 또 왔니?"

"……."

"진희는 잘 있니?"

"예."

"소원대로 행복하다든?"

"……예."

"거짓말하지 마라!"

그는 제자의 어깨를 움켜잡고 미친 듯이 흔들어 댔다.

"나는 안다. 항아님은 지금 행복하지 않아. 행복? 웃기신다, 응? 매일 염통이 갈가리 찢어지고 손발이 문드러지는 기분일 테지. 바늘길을 밟고 모래를 씹고 가시방석 위에 웃으며 앉아 있을 거야. 네가 아니? 저 꺽실이가 알까? 너희는 모른다. 우리 둘의 속은 우리 둘만 안다."

어깨를 움씰대며 히득히득하던 그가 이완에게 얼굴을 바짝 들이 댔다.

"항아님도 지금 나처럼 편해지고 싶어 해. 다만 울고 있진 않겠지. 그건 나만큼 안 아파서가 아니라 여자들이 훨씬 독하기 때문이야."

"스승님."

"응, 울지 않아. 울 수도 없어. 제 발로 무간 뇌옥에 걸어 들어갔어. 제 발로. 그 불쌍하고 딱한 것이."

그는 비틀비틀하며 술병을 움켜잡았다. 이완이 그를 위해 챙겨 간 작은 술병에는 스승이 그렇게 안달하던 불이 붙는 술이 찰랑대고 있었다. 그는 술을 마시고 히히 웃는다.

"정말 안 올 거래? 나 데려오라는 말도 안 해?"

"……죄송합니다. 스승님."

이완은 여자의 선택을 십분 이해했다. 스승은 이곳에서 조선 최고의 화원으로 활동하며 주옥같은 그림들을 남길 것이다. 좋아한다는 이유만으로 끌고 갈 순 없는 사람이었다. 그는 엎드려 이마를 바닥에 박았다.

"스승님, 이러다 정말 돌아가십니다. 사흘 동안 아무것도 안 드셨다면서요. 조금이라도 잡수세요. 제가 이렇게 빌겠습니다. 제발, 이상한 마음 먹지 마시고."

"너는, 네 마누라가 너를 버리고 간다면 산뜻하게 포기할 거니? 헤어져서 혼자 사니 좋더냐?"

이완은 고개를 저었다. 자신 역시 민호 씨를 잃는다면 스승처럼 붕괴할 것이다. 조금 더 인내심이 있으니 천천히 붕괴할지도 모르지만 종말은 비슷할 것이다.

스승은 살아가야 할 이유를 잃어버렸다. 그에게서 보이는 것은, 그의 전신을 집어삼킬 크고 시커먼 구멍뿐이었다. 그에게 남은 것은 스스로 목숨을 거두어 편안해지는 길, 혹은 이완이 몇 달간 겪어 보았던 살아 있는 시체의 삶일 것이다.

앞으로 스승에게는 15년 가까운, 혹은 그보다 더 긴 시간이 남아 있었다. 다른 사람들과 달리 스승은 그의 성격상, 기적처럼 자신을 찾아왔던 운명을 잊지 못할 것이다. 봉두난발의 사내는 발을 뻗고서 고개를 푹 수그렸다. 허어어어으, 그는 어깨를 들썩이며 눈물을 줄줄 쏟았다. 바닥에 깔린 그림 속 여자의 치맛자락이 흥건하게 젖기 시작했다. 그는 눈물을 감출 생각도 않고 고개를 번쩍 들었다.

"부탁이 있어. 응, 부탁. 나, 부탁 한 가지만."

"스승님?"

"항아님을 한 번만 보게 해 줘. 먼발치에서 얼굴만 보여 줘도 좋아. 한 번. 단 한 번이라도. 이렇게 잘 가라 인사 한 마디 못 하고 생이별을 할 수는 없다. 한 번이면 된다. 그러면 내 다시는 이런 부탁하지 않을게."

이번엔 폐인이 되어 가는 스승이 제자 앞에 엎드렸다. 엎드려 손을 모으고 빌었다. 빌다 말고 머리를 쥐어뜯으며 울부짖었다.

"내가 항아님께 몹쓸 짓 한 거 안다. 응응, 내가 죽일 놈인 거 알아. 항아님 따라간다 아무리 빌어도 안 된다 하고 앞으로 오지도 않는다 해서, 나는 어찌해야 할지 모르고 꺽실이 너 못 봤다고 거짓말했다! 그래서 내가 지금 천벌받는 거 알아. 알아, 나도 알아. 그런데 항아님한테 가지도 못하고, 항아님이 오지도 않고, 나를 죽지도 못하게 하면 나는 어떻게 하니! 그래, 죽지 않을 테니 얼굴 한 번이라도 보여 달라는 게 왜 그렇게 힘든 건데!"

사내는 바닥을 뒹굴며 발작하듯 몸부림이다. 피를 짜내는 듯한 절규가 작은 방을 가득 채웠다. 민호는 얼굴을 일그러뜨리고 외면하더니 한참 만에야 퉁명스럽게 말했다.

"……그래도 데려올 순 없어요. 이제는 절대 진희를 여기 데려오지 않을 거예요."

"꺽실이, 이 독한 에미나이야, 얼굴만이라도, 얼굴만이라도. 먼발치에서라도. 목소리만이라도."

"데려오지도 않고 어떻게 얼굴을 보여 주라는 거예요?"

"그림 타고 나도 가면 되지 않니? 아니, 못 간다면 그냥 들어가지 않고 여게서, 여게 서서 멀찍이 보기만, 한 번 보기만!"

"그림 앞에 지금 진희가 있으리라는 보장도 없는데! 이 그림하고 연결된 엄청나게 많은 길 중에서 진희가 어느 구석에 서 있을 줄 알고요! 제발 이러지 마세요, 아저씨! 진희도 아저씨 얼굴 보면 괴롭다고요!"

"나 보면 괴롭지 않을 때의 진희라도, 나 모르는 진희라도 괜찮다! 얼굴 한 번만. 한이라도 안 맺히게 한 번만! 웃는 얼굴이 떠오르지 않

아. 사방을 둘러봐도 울거나 모조리 화를 내는 얼굴뿐이야. 나는 그만 죽고 싶어."

그는 이마를 찧으며 비통하게 빌었다. 민호가 이를 물며 발을 구르는데, 갑자기 옆에서 민호의 손을 꽉 잡았다.

"……나도 부탁할게요, 민호 씨."

"이완 씨?"

"저도 같이 부탁할게요. 스승님 한이라도 안 맺히게 한 번만이라도……."

민호는 한참 망설였다. 진희를 힘들게 한 것을 생각하면 전혀 들어줄 생각이 없었지만 이완의 생각은 다른 모양이었다. 이 사람은 곁에 아무도 없는 끔찍한 시간을 겪은 후부터 사람이 좀 달라졌다. 그는 지금 사랑하는 진희를 잃고 껍데기만 남은 스승을 못 견디게 애처로워하고 있었다.

한참 동안 침묵이 흘렀다. 민호는 고개를 끄덕이는 대신 얼굴을 옆으로 돌리고 중얼거렸다.

"월죽도는 없나요? 진희를 보기엔 그 그림이 더 좋을 것 같은데."

"그건 저 앙큼한 것이 숨겨 놨다. 어디 있는지 죽는 한이 있어도 안 알려 준대."

"민호 씨, 이 그림을 통해서도 진희 씨를 볼 수 있지 않을까요?"

민호는 고개를 확확 돌리다가 문득 움직임을 멈췄다. 아주 불가능한 건 아니었다. 진희가 이 그림을 아주 안 보았던 것은 아니니 잘만 찾으면 얼굴 한두 번쯤, 스쳐 지나가듯 보일 수는 있겠다.

일말의 가능성을 눈치챈 승업은 바로 민호의 발에 매달렸다. 한, 한 번만. 제발. 컥, 억, 꺽실아, 한 번만 보게 해 줘. 목이 너무 좋아붙어 목소리조차 나오지 않는다. 민호는 한참 눈을 감고 있다가 억지로 고개를 틀고 내뱉었다.

"찾는 데 시간이 오래 걸릴 거예요. 그림에 나 있는 길을 일일이 들어가 확인해 봐야 해요. 진희가 어느 길에서 보일지 알 수 없어요."

"괜찮다, 다다 괜찮아! 미안해, 한 번만. 응?"

"아, 정말 미치겠네! 게다가 그림 주인 중에서는 내 얼굴을 아는 사람도 많은데!"

"얼굴을 가리면 되지 않니! 네 얼굴을 아주 보지 못하게 가리면 되지 않니! 생명주도 있고 광목, 모시도 있으니 그걸로 꽁꽁 싸매 얼굴만 가리면 되지 않니."

"아저씨, 이 그림에 귀신도 붙어 있다고 한단 말이에요!"

"그게 뭐! 겨우 귀신이 뭐! 귀신이 나오면 너도 귀신이라 하고, 신선이 나오면, 너도 신선이라 하고, 선녀가 나오면, 너도 선녀라 하면 되지 않니? 도깨비든 아귀든 야차든 뭐든 다 맞다고 해. 그러면 들키지 않을 기야. 사람들이 네가 뭐냐 물으면 그 귀신이라 핑계를 대면 들키지 않을 거 아니네?"

"……."

"지금 여게는 어차피 무간지옥 수라도 아니네. 이 못된 바보도 아귀축생귀신하고 다를 바가 없다. 응! 하지만 아무리 아귀축생귀신이라도 항아님을 먼발치에서 보지도 못하니? 마지막으로 웃는 얼굴 한 번이라도 보고 오면 안 되니? 고 얼굴만 떠올리고 죽지 않고 살아 보겠다는데, 껙실아, 이 바보야. 에미나이들은 다들 왜 이렇게 독하니, 응? 왜들 이렇게!"

그는 바닥에 벌레처럼 엎드린 채 빌고 또 빌었다. 민호는 결국 한숨을 쉬고 억지로 고개를 끄덕였다.

"그럼 좋아요. 대신 그림 안으로 아주 들어가진 않고, 한 발만 걸어 놓고 진희가 보이는지 한번 쭉 찾아보겠어요."

엎드려 있던 사내가 얼굴을 번쩍 들어 올렸다. 눈물로 얼룩진 검

붉은 얼굴은 이미 썩어 가는 시체처럼 보였다. 바삭하게 말라 미라처럼 뼈가 드러난 등과 시커멓게 곯아 가는 피부, 마음이 욱신욱신 저렸다. 사랑, 사랑, 저 빌어먹을 사랑이 무엇이기에.

"얼굴을 한 번 보는 것만이에요. 절대, 절대 진희에게 말 걸면 안 돼요."

민호는 진희가 입었던 붉은 원삼을 꺼내 입었다. 이완은 스승이 그림을 그리기 위해 쌓아 둔 생명주를 조금 끊어 민호의 얼굴을 가려 주었다. 대각선으로 팽팽하게 당겨지도록 단단히 뒤로 묶고 머리를 풀어내 매듭을 가렸다.

부탁 들어줘서 고마워요. 이완은 스승이 눈치채지 못하게 민호의 뒷목에 살짝 입술을 대고 속삭였다. 승업은 애처로울 정도로 떨며 두 사람의 모습을 지켜보고 있었다.

그림에서 한 걸음 떨어진 상태로, 민호는 손을 그림에 가까이 가져다 댔다. 천 너머로 희미하게 사람들의 윤곽이 보인다. 그 정도면 충분했다. 민호는 그림 너머로 완전히 들어가지 않을 정도로, 팔꿈치 두어 개 정도의 거리를 두고 손을 내밀었다. 어스름하게 진희 얼굴만 확인할 수 있을 정도로, 딱 그 정도로만.

도가니처럼 들끓던 방에 서늘한 바람이 한 자락 일었다.

❀　　　❀　　　❀

"넌 정체가 뭐지?"

"……."

"소원을 들어주는 귀신이라? 별일도 다 있군."

"……."

"향이의 혼백이 집 주변에서 떠다닌다더니 이런 거였나? 향이가 한양 저자와 집 주변을 돌아다니는 것을 귀신이라 오해하기에 내버려 두었더니, 어디서 엉뚱한 혼백이 와서 향이 행세를 하는 게냐?"

담담하고 침착한 목소리의 주인공은 윤 진사였다. 여전히 얼굴빛이 맑고 수려했지만 세월이 흘렀는지 눈가와 이마에 주름이 패 있었다. 술 시중을 들다가 튀어 나간 하인들이 귀신이 나왔다 어쨌다 고래고래 고함을 지르고 있었지만, 그는 죽는 것도 사는 것도 딱히 관심 밖인 듯 자약하기 그지없었다.

그는 향이에게 잔심부름을 해 주며 밥을 얻어먹는 귀머거리 계집이 장에서 이 그림을 놓고 팔기에 푼돈을 주고 사들였는데 귀신을 붙여 놓은 줄은 몰랐다, 물러야겠다며 태연히 웃었다.

향이와 귀머거리 계집은 이완과 민호가 살던 집에서 술과 몸을 팔며 연명하고 있었다. 귀머거리 계집은 워낙 굶주리다 보니 애초부터 좋지 않던 손버릇이 점점 고약해져 향이가 귀하게 감춰 놓은 것들을 발견하면 종류 불문하고 훔쳐 판다 하였다.

"소원? 소원이라 했나?

윤 진사는 합죽선을 펴서 얼굴을 반쯤 가린 채 무심한 얼굴로 부채를 흔들었다. 한참 만에야 그가 빙그레 웃으며 대답했다.

"……아파해 주었으면 좋겠어."

"?"

"난 가끔 궁금하긴 해. 산 채로 속부터 썩어 죽어 가는 그 아픔을 향이는 과연 얼마나 알고 있을까?"

그는 담담하게 웃으며 덧붙였다.

"훗날 내가 다시 태어나 향이를 다시 만나게 되면, 아니면 내 후손 중에서 내 혼백을 조금이라도 이어받은 자가 혹여 향이를 다시 만나게 된다면."

"만나게 된다면?"

"……그 아이가 향이에게 내 아픔을 고스란히 전해 주기를 바라네."

"왜 향이의 마음을 갖게 해 달라 구하지 않나요?"

민호는 의아해서 되물었다.

"나는 이생에서 할 수 있는 모든 것을 다 했어. 그래도 마음을 얻을 순 없었지. 그러면 된 게야."

"……."

"정해진 미래에 저항하는 것은 부질없어. 그러니 깊이 팬 상처로라도 향이에게 새겨지고 싶군. 그게 내가 얻을 수 있는 전부이니."

내생에선 이렇게 부질없는 노력도 하지 않을 게고, 미래를 헤아리려는 노력 따위도 하지 않을 게야. 내 인생에서 가장 후회하는 게 하나 있다면, 그는 여전히 웃으며 중얼거렸다.

"그렇게 싱그럽고 곱던 향기가 나를 위한 것이라 여겨 마음에 간직했던 것, 혹은."

그는 장죽에 불을 붙이고 눈을 감았다.

"딱하고 가련한 이를 겁박해…… 미래를 미리 알아 버렸던 것."

민호는 한참 동안 먹먹하게 서 있었다.

이 사내는 아마도 소원을 이룰 것이다. 그의 유전자를 타고 먼 시간 후 이 세상에 태어날 눈빛이 서늘하고 얼굴이 희고 작은 후손을 통해서. 하지만 그는 원하는 것을 얻으리라는 말을 듣고도 전혀 기꺼워하지 않았다. 다만 처연하게 웃을 뿐이었다.

일렁이며 올라오는 연기 사이로, 학과 같이 표연하던 사내의 모습이 부옇게 스며들었다. 그가 웃는 소리가 천천히 공기 중으로 스며든다.

"내 소원은……,"

작고 어두운 초옥에서 홀로 늙어 가는 삼패 기생이 고개를 수그리고 속삭였다. 귀머거리 계집을 양딸 삼아, 근근이 술과 몸을 팔아 연명하는 여인은 추하게 늙은 얼굴을 끝끝내 보여 주지 않았다.

윤 진사가 그녀에게 돌려보낸 미인도는 그녀에게 매일 생살을 쪼개는 고통을 새롭게 안겨 주었다. 진희가 올까 하여 월죽도며 미인도를 보여 달라 기웃대던 장 화원은 어느 순간 그녀에게 오지 않게 되었고, 늙은 여인은 이제 미인도를 가장 잘 보이는 곳에 걸어 두고 그가 오기만 기다렸다.

"……그래요. 저는 남은 시간 동안은 저 그림을 보며 저에게 벌을 줄 겁니다. 내가 평생 유일하게 연모했던 분이 생명보다 사랑했던 여자를 보며, 진사님께서 주시는 아픔을 감당할 것입니다. 그것이 마음만은 드리지 못했던 그분께 드릴 수 있는 제 유일한 속죄 방법입니다. 다만."

"……."

"내가 훗날 다시 태어나고 다시 태어나 오라버니를 다시 만나게 되면, 아니, 내 후손 중에서 내 혼백을 조금이라도 이어받은 자가 혹여 오라버니를 다시 만나게 되면."

깜깜한 어둠 속으로 가는 흐느낌이 들어찼다. 늙고 병든 삼패 기생은 더 이상 가면처럼 웃지 못했다. 그럴 필요도 없어 보였다. 그녀는 웃어도 더 이상 아름답지 않았고, 울어도 애처롭지 않았다. 그녀는 꺼져 가는 목소리로 말했다.

"그때는 오라버니의 마음을 얻게 해 주세요. 나 외에는 아무것도 보이지 않는 그 달고 지독한 마음을 단 한 번, 수백의 생 중에서 단 한 번이라도."

다 늙어 이가 빠지고 쪼그라든 입술로, 작은 여자는 열에 취한 듯 중얼거린다. 그러더니 곁에서 공포에 질려 떨고 있는 귀머거리 계집의 고개를 들어 얼굴 없는 형상이 일렁이는 그림을 보게 했다. 계집이 끼끼대며 비명을 질렀고, 그 사이사이로 노랫가락 같기도 하고 흐느낌 같기도 한 소리가 여자의 쪼그라든 입술 사이에서 흘러나왔다.

"그리지 마라, 그리지 마. 얼굴이 비었다고 함부로 그리지 마라. 오라비가 떠나지 못했던 것은 이 얼굴을 그리지 못했기 때문이란다. 내가 막았지. 내가 그림을 숨겼어."

"……."

"얼굴을 그리면 그분이 가신단다. 영영 가신단다, 천 리 만 리 떠나가서 내 곁으로 다시는 돌아오지 않는단다. 두어라, 그대로 두어라 연모하는 우리 님 못 가시게 그대로 두어라."

춘향가를 잘하던, 한때 작고 고왔던 아기 기생은 이제 풍상과 신산의 삶을 뒤로하고 이승의 끝자락에서 앉아, 고개를 수그린 채 탁한 목소리로 노래를 잇는다.

갈까 보다 갈까 보다 님을 따라 갈까 보다
천 리라도 갈까 보다 만 리라도 갈까 보다
비바람도 쉬어 넘고 날진 수진 해동청 보라매도 쉬어 넘는
높은 산꼭대기 동선령 고개라도 님이 와 날 찾으면
나는 발 벗어 손에 들고 나는 아니 쉬어 가지
한양 계신 나의 낭군 나와 같이 그리는가
무정하여 아주 잊고 나의 사랑 옮겨다가 다른 님을 사랑하는가
갈까 보다 갈까 보다 님을 따라 갈까 보다
천 리라도 갈까 보다 만 리라도 갈까 보다

민호와 이완은 그녀에게 소원이 이루어졌음을 말하지 못했다. 당신의 소원은, 당신의 피를 이어받고 당신을 많이 닮은 후손에 의해 이루어집니다, 윤 진사님의 소원을 이루어 준 같은 후손에 의해서. 차마 말할 수 없는 내용이었다. 노래의 끝은 가느다란 흐느낌이 되어 어둠 속으로 서서히 스며들었다.

※　　　※　　　※

거 왜 진작 나타나지 않았어? 내가 그렇게 굿을 하고 애타게 기다렸는데!

지금이라도 늦지 않았어. 그 개 같은 새끼를 이번 판에 아주 후려서 콱 조져 놔. 이번 선거에서 아주 일어나지도 못하게 뭉개 버려. 그거면 돼.

그놈 생각하면 자다가도 이가 갈리지. 내가 의원 배지 반납하고 겪은 수모가 얼마나 끔찍했는지 알아? 그 개새끼가 온갖 망신 다 당하고 거지꼴 나는 걸 내 눈에 흙이 들어가기 전에 봐야겠어.

내가 보낸 갈보년이 둘 있는데, 그년들이 그 새끼를 끌어내려 똥물에 박게 만들라고.

나 안 죽었어, 나 심호식! 아직 안 죽었다고! 여의도에서 내 끗발 죽었다는 새끼들도 이참에 전부 조져 버릴 거야.

.

.

.

정말, 정말 나타났군! 속아서 산 줄 알았어. 하, 아하하. 좋아! 그래야지.

돈이 필요해. 회사 다니는 거 지긋지긋해, 마누라 구박도 지긋지

굿해.

복권에 당첨되게 해 줘! 다 때려치우고 저 마누라도 쫓아내고 미스 양하고 살림 차릴 거야.

뭐? 뭐가 어째? 돈 말고 다른 소원? 소원 다 들어주는 거 아니었어? 뭐? 귀로 들어준다는 뜻이라고? 웃기지 마, 그럴 리가 없어!

내가 이 그림을 얼마에 샀는지나 알아? 씨발! 야! 이봐! 가지 마, 가지 마!

.

.

.

남편인지 웬순지 내 팔자 말아먹을 놈인지.

제발 이제는 날 놓아줘. 이 사람 좀 데려가, 제발.

나도 할 만큼 했어. 의식도 없는 고깃덩어리 대소변 수발 10년이야.

나도 애도 살아야 할 거 아냐. 애만 질러 놓고 나에게 어쩌라고 이래, 어흐흐흐.

이러단 내가 내 손으로 저 사람을 죽이고 말 거란 말이야!

지옥에 가도 여기보단 낫겠지! 이제 나 좀 제발 편하게 해 줘, 으흐으으, 흐으으!

.

.

.

죽여 버려, 김성길 그 개새끼 자근자근 밟아서 완전 죽여!

감히 교수님들 앞에서 내 얼굴에 먹칠을 해? 한두 번도 아니고 번번이?

씨발 새끼, 넌 내 손으로 끌어내릴 거야, 아주 진창에 박아 버릴 거야.

그래, 월남으로 도망치라 하면 되겠지? 잘됐어. 겁 없이 아무 데나 주먹질하고 다녔으니 빨간 줄이 덕지덕지할 테고, 깡패 새끼들이 너 찾아다니더라 몇 마디 튕겨 주면 속으로 덜덜 떨 테지. 월남에선 돈도 삼삼하게 벌 수 있을 테니, 틀림없이 홀랑 넘어가고 말걸? 귀도 더럽게 얇은 놈이니까.

난 알아. 지금 거기서 미국 양놈들이 하루에 수백 수천 명씩 뒈져 나오고 있다는 거. 가서 뒈져서 시체로 오게 해. 아니아니, 시체보단 어디 한두 군데 작살나서 오는 게 낫겠다. 평생, 죽을 때까지 개돼지처럼 구르게 해 줘. 나는 감히 쳐다도 못 보도록, 그 새끼는 그래도 싸. 내 소원, 그래. 내 소원은 그거라고.

.

.

.

아아아! 그림, 그림을 그리고 싶어, 그림!

내 손, 내 손! 내 손! 왜, 왜 내 마음대로 움직이지 않아!

그림을 다시 그리게 해 줘! 붓을 다시 잡을 수 있게 해 줘! 제발!

.

.

.

우리 아이 서울대 의대 합격하게 해 주세요, 제발 합격하게 해 주세요.

제발 합격하게 해 주세요 제발 합격하게.

그 애가 무얼 하고 싶냐고? 무슨 상관이야? 누가 하고 싶은 대로 다 하고 살아?

돈이야 얼마가 들든 상관없어. 제발 합격만 하게 해 주세요.

.

.

.

그림을, 제발 그림을 다시 그릴 수 있게 해 줘.

그것만 해 주면 아무것도 바라지 않아. 그게 내 인생의 전부였다고.

평생 붓을 잡지 못한다면 날 그냥 이 자리에서 죽여 줘…….

.

.

.

나 미스 김 밑구멍 한번 따먹어 보고 싶은데. 먹고 싶어 잠이 안 오는데 아 술 괜히 먹었나 미치겠네.

글쎄 딱 한 번만. 술 잔뜩 먹여서 부라자 빤쓰까지 벗겨 놓고, 으하아, 아 씨발 꼴려서 죽겠네. 쥐똥만 한 게 아주 건방지고 도도해서 재수 없단 말이야. 남자 무서운 맛 좀 보여 주어야 한다니까! 아주 홀딱 벗겨서 내 밑에 확 깔아 놓고 밑구멍을 이걸로 콱콱 그냥, 아 씨발! 그년이 눈물 콧물 철철 짜면서 궁뎅이 젖탱이 출렁출렁 흔들면서 비는 꼴 좀 보면 소원이 없겠어. 아 씨발. 씨발 씨발!

이거 그림 주인 소원만 들어주는 건가? 어이? 그림 주인 아니면 좀 어때. 뭐라도 좀 나와 보지? 안 나와 보나? 헛소문이야? 아 씨발.

.

.

.

인생 한 방이야. 이번엔, 오늘은 대박 좀 나게 해.

돈 말고 다른 소원? 그런 거 없어! 없다고. 돈 말고는 아무것도 없어!

내 손을 봐! 마비돼서 움직이지도 않아! 재활? 됐어! 개씹쌍 지랄 같은 소린 하지도 마!

그림 따윈 나도 필요 없어! 그 더럽고 쩐내 나는 놈들한테 굽실거리기 싫어!

돈! 돈을 달라고! 한 방만 제대로 맞게 해 줘. 한 방이면 다 돼.

.

.

.

엄마, 엄마를 제발 살려 주세요! 우리 엄마 좀 살려 주세요!

우리 엄마 불쌍해서, 엄마 좀 살려 줘요.

소원 들어준다며! 어떻게 해야 들어줘? 내가 대신 죽으면 돼? 엄마! 엄마 좀 살려 줘요, 제발!

.

.

.

아무리 생각해도 승헌이한테 그 여자는 아까워. 그렇잖아.

돈 한 푼도 없는 시간강사 주제에 5년씩 옆에 붙잡아 뒀으면 됐지. 가난한 놈이 어디 언감생심 결혼까지 꿈을 꾸고 그래?

여자를 나한테 보내 줘, 여자는 내 옆에 있어야 어울려. 나한테 보내 달라고.

.

.

.

누구든 나와서 저 좀 도와주세요. 아빠가 엄마하고 나 좀 그만 때리게 해 주세요.

너무 아프고 무서워요. 아빠가 이제 그만 죽었으면 좋겠어요 아흑, 아으으으. 으어어엉.

.

.

.

왜 이래, 이거 왜 이래! 이것들 사면 분명 돈이 될 거라 했단 말이야.

절반이 가짜라고? 죽고 싶어? 어디 가서 그런 얘기 하면 사람 시켜서 멱을 따 버릴 테다!

아냐. 잘 들어 봐. 진품이라고. 몇 년만 묵혀 두면 틀림없이 다섯 배는 뛸 거라고 했어.

이봐, 귀신이든 유령이든 뭐든 좀 나와 봐! 소원 들어준다며! 내가 이 그림을 얼마에 샀는지는 알아?

이 물건들이 제발 팔리게 해 줘, 진짜든 가짜든 그게 무슨 상관이야! 우리 회사 파산한다고!

제발 살려 줘……. 내일 208억짜리 어음 돌아온단 말이야…….

.

.

.

올해는 시험에 꼭 합격하게 해 줘, 다섯 번 떨어졌어. 더 버틸 수가 없어.

돈도 여자도 다 싫어. 우리 엄마 아버지 나 법대 보내느라 소도 팔고 집도 팔았어.

내가 왜 사시를 보기 시작했는지 저주스러워.

……아냐, 역시 그냥 계획대로 하는 게 나을지도 몰라. 될 것 같지 않아.

강물이 많이 차가울까? ……씨발, 뒈질 놈이 별걱정을 다 하지.

313

지금 내 아내는 과분합니다. 불임이긴 하지만, 현명하고 사려 깊고, 나를 사랑하죠. 그런 아내를 만난 것이 정말 다행이라 생각해요.

하지만 나를 버리고 태연하게 친구한테 간 그 여자나 친구를 용서할 순 없어요. 그것도 내가 군대에 가 있을 동안, 손도 쓸 수 없고 수습도 할 수 없을 때 결혼식까지 올렸어. 가증한 인간들. 인두겁을 쓰고서는 그럴 수 없습니다.

후회하게 해 주세요. 평생 동안, 나를 버린 것을 끔찍하고 비참한 처지로 후회하게 해 주세요.

그리고 그들이 후회하는 것을 내가 평생 옆에서 지켜볼 수 있게 해 주세요.

가장 가까이서 지켜보게 해 주세요.

.

.

.

선녀 누나, 나 이번에 받아쓰기 100점 받으면 좋겠어요.

그냥…… 한 번도 받아 본 적이 없거든요.

.

.

.

승헌 씨가 나를 미워할까? 다시 가면 받아 줄까? 그래, 그 다리병신보다는 내가 낫잖아.

승헌 씨가 나를 다시 사랑하게 해 줘, 다시 돌아가게 해 줘. 나는 이렇게 이런 꼴로 살 여자가 아니었어. 승헌 씨가 그년하고 헤어지고 나와 결혼하게 해 줘!

그 사람, 원래 내 남자였단 말이야!

.

.

.

아이고, 아이고, 저 빌어먹을 영감, 베락이나 맞아 죽게 해 주시라요!

칼팀 맞든 복날 가이새끼처럼 맞아 뒈지든! 내가 죽갓어, 내가!

.

.

.

개새끼, 박철웅이 암이라지? 췌장암? 뒤에서 내 욕을 싸질러 대더니, 싸다 싸, 아주 고소해 죽겠다.

아주 이참에 제대로 죽게 아파서 뒈져 버리라고 해, 진통제도 안 듣게, 뒈지게 아파서 뒈지게 골 때리게 뒈져 버리라고.

.

.

.

아이고, 두나 엄마, 제발 솔직히 말해 줘. 우리 진희 어디 갔는지 정말 몰라? 두나랑 같이 도망가 버린 거 아니야? 정말 아니야?

이 망할 년! 엄마 속에 대못을 박고 어디로 간 거야? 오기만 해 봐!

나중에 꼭 저 같은 딸년 하나 낳아 보라고 해! 제 딸도 이렇게 모질게 속을 끓여 봐야 내 속을 알지. 그래야 내 속을 알지…….

아니아니, 돌아오기만 하면 돼. 아니아니, 무사하다는 소식이라도 들으면 돼. 진희가, 우리 진희가.

씨발, 왜 만나는 사람마다 다 내 등쳐 먹으려는 놈뿐이야? 운 좋은 거 좋아하네! 타짜였어, 타짜! 아아, 내 3천만 원, 그걸 어떻게 빌렸는데! 살살 돈 풀더니 막판에 다 쓸어가! 다 죽여, 다 죽여 버려! 그 판에서 나 속였던 새끼들 전부 다! 으아악, 아아악, 아아아아아아!

저, 저게 뭐야, 저게!

아, 아오 쉐쉣! 정말 달걀귀신이 있어! 야, 너 잘 나왔다. 내가 꼭 할 말이 있는데.

민호 씨, 내 뒤에 있어요! 나서지 말고!

……넌 대체 누구냐.

민호의 뒤에 서 있던 이완은 흠칫하며 민호의 손을 뒤로 당겼다. 그러잖아도 지금까지 들은 내용 때문에 구토와 현기증이 일어 쓰러질 지경이었다. 그런데 갑자기 자신의 목소리가 그림 너머에서 들렸다. 추석 하루 전, 친척들이 바글바글 모여 명절 준비를 했던 밤, 미인도에서 처음으로 허깨비가 나왔던 밤이었다. 순간 뒤에서 거친 고함이 터졌다.

"비, 비켜! 비켜 봐!"

시체처럼 주저앉아 있던 승업은 진희의 짧은 비명을 듣자마자 벌떡 일어나 그림에 달라붙었다. 민호와 이완은 승업의 억센 힘에 뒤로 확 밀리며 나동그라졌다. 그는 일렁이는 공기층 사이로 손을 뻗으며 쩍쩍 갈라진 소리로 고함을 질렀다.

"진희야! 진희, 진희야! 진희야!"

아아, 보인다. 내 사람, 내 사랑, 내 하나뿐인 항아님. 투명한 공기의 층 사이로, 아직 나를 알지 못하던 여자가 보인다. 조금만 뻗으면 손이 닿을 거리, 하지만 시간으로는 백삼십 년이 넘는, 까마득하게 먼 시간이었다.

눈물이 울컥 치솟았다. 일렁대는 공기의 파도 사이에서 여자는 희끄무레하게 보인다. 눈을 부릅떠 그림에 박아도 선명해지지 않는다. 조금만 더, 더, 더! 애가 탄다. 온몸의 터럭 하나까지 모조리 일어서서 그 작은 여자를 향해 손을 뻗는 것이 느껴진다.

이완이 황급히 일어나 그의 허리를 끌어당겼다. 민호도 달라붙어 그를 끌어당겼다. 그림에 달라붙은 사내는 피를 토하는 것처럼 울부짖으며 질질 끌려갔다. 진희야, 진희야! 며칠간 물 한 모금 마시지 못한 사내는 그대로 손만 내밀고 버르적거리다가 통곡했다. 진희야, 진희야! 진희야! 그는 목이 터지도록 불렀지만 쉬어 버린 목에선 제대로 된 소리가 나오지도 못했다.

'우리에게 무슨 말을 하고 싶은 거야!'

그림 너머에서, 이완이 내지르는 소리가 아득하게 멀어진다. 세명이 뭉쳐 있는 형상이 공기가 펄럭이는 소리와 함께 아득히 멀어진다.

진희야, 진희야. 진희야. 조금만 더, 조금만 더. 다시는 보지 못할건데 너무하지 않니, 이렇게, 이렇게 금방, 진희야, 아아. 진희야. 진희야아아아. 그는 다시 닫혀 버린 그림을 끌어안은 채 미친 듯이 울부짖기 시작했다.

광기에 젖어 몸부림치던 사내가 정신을 잃은 사이, 표정 없는 인형 같은 여인이 들어와 그림을 갖고 나갔다. 이완과 민호는 말릴 수 없었다. 장 화원이 저 미인도에 얼굴을 그려 넣는 순간, 스스로의 손으로 이생과의 인연을 끊고 말 것이기에.

"오라버니께는 이제 그림을 드리지 않겠습니다. 두 분이 돌아가실 때 잠시 그림을 펴 드리고 태워 버릴 겁니다. 오라버니를 이대로 죽게 둘 수는 없습니다."

민호와 이완은 여자의 푸르스름한 안색이 독기라는 것을 알았다. 하지만 잠자코 고개를 끄덕였다. 스승의 죽음만은 막아야 했다. 남은 삶이 죽음보다 나을지는 알 수 없었다. 다만 버티다 보면 잊을 날도 있으리라 믿어야 했다.

여자는 그러나 그림을 태우지는 못할 것이다. 오라버니의 혼백이 고스란히 담긴 그림이니 저 여자는 태울 수 없다. 어디엔가 깊이깊이 숨겨 두겠지. 이 그림이 누군가에 의해 다시 발견되어 인간의 탐욕 사이를 떠돌게 되기 전까지.

"나는 항아님의 얼굴을 그려야 한다. 어디 갔니. 그 그림이 어디 갔니. 나 그거 가지고 가야 해! 이승에서 만나지 못하면, 저승에서라 도 만날 수 있게 해 주어야 하지 않니. 너희는 어떻게 그렇게 독하니 어떻게."

정신을 차린 그는, 일어나자마자 비어 있는 벽을 주먹으로 펑펑 두들기며 고함을 질렀다.

"나는, 이제 딱 하나의 소원밖에 없다. 항아님하고 같이 있고 싶어. 항아님하고 살고 싶어. 항아님하고! 그렇게만 된다면, 평생 밥 아 니 먹어두 붕붕 춤을 추면서 살 거야! 그럴 게 아니라면, 차라리 나를 지금 편하게 놓아줘야 하잖아. 이대로 늙어 죽을 때까지 살라는 건 너무 독하고 못된 거야, 진희야, 진희야! 나를!"

울부짖음에 피눈물이 녹아 나왔다.

이완은 고개를 수그린 채 한참 망설였다. 지금 생을 놓아 버리려는 이 사람에게 거짓말을 해서라도 생명의 끈을 만들어 주는 것이 좋을까? 아니면 진실을 말해 주어서 피눈물을 흘리며 살아야 함을 받아들이게 해야 할까?

그래서 윤 진사처럼 남은 생을 살아 있는 박제로 보내게 하는 게 옳을까?

옳을까…… 혹은 나을까.

옳은 방법은 나은 방법일까?

이완은 고개를 들어 올렸다. 눈앞으로 이글이글 들끓는 황갈색의 홍채가 보였다. 차마 마주할 수 없다. 저런 눈빛을 가진 사람을 아무런 희망도 기약도 없이, 남은 생을 살아 있는 시체로 살아가게 한다는 것은 가련한 일이었다. 이완은 마음을 정하고 띄엄띄엄 말했다.

"진희 씨는 스승님께 돌아올 겁니다."

"뭐?"

"제가 본 미래는 그렇습니다. 진희 씨는, 정확히 언제인지 모르지만 스승님께 돌아갈 겁니다. 제가 해 드릴 말씀은 그것밖에 없습니다."

민호의 눈이 커다랗게 벌어지는 것이 보인다. 이완은 이마를 바닥에 댄 채 민호에게 간절히 빌었다. 민호 씨, 제발 말하지 마세요. 아무 말도 하지 마세요. 저는 그 끔찍한 시간을 압니다. 제게는 고작 몇 달이었는데, 이분께는 자그마치 15년이나, 아니 어쩌면 그 이상의 시간이 남아 있습니다. 어떻게 그 긴 시간 동안, 그 지옥을 살아서 버티라고 합니까.

거짓이라도 좋으니 사람답게 살 수 있게 숨통은 틔워 주세요. 사랑과 그림 말고는 아무것도 원하는 것 없는 분입니다. 남은 생을 그나마 사람답게 살 수 있게 해 주세요. 제발 민호 씨. 민호 씨. 민호는 입술을 달싹거렸지만 끝내 말을 하지는 않았다.

황금색이 깃든 눈이 서서히, 서서히 벌어진다.

"멀대야, 개똥 같은 결벽쟁이야, 그거, 정말이니?"

너무나 애처롭고 절박해서 차마 진실을 답할 수 없는 질문.

"틀림없습니다, 스승님."

이완은 대답을 제대로 맺지도 못하고 고개를 수그렸다. 그를 위한 거짓이 옳은 일인지는 끝내 알 수 없었다.

❀   ❀   ❀

이완은 품에 안은 여자를 꽉 끌어안고 힘을 주었다. 여자는 집에 도착해 방에 들어와서야 뒤늦게 그의 어깨에 눈을 대고 끅끅거리기 시작했다.

"그래요, 그래. 민호 씨. 그래요."

이완은 여자를 안은 채 침대로 들어와 등을 토닥이며 달래 주었다. 이유도 물을 필요가 없었다. 함께 보고 들었던 모든 것은 입 밖으로 내어 말하기엔 너무 지독했다. 이완 역시 속이 울렁거리고 터져 나올 것만 같다. 아니, 눈물은 고사하고 소리조차 제대로 나오지 않는다.

"쉬이이 민호 씨. 미안해. 잊고 자요. 미안, 응, 미안해. 잊고 자요. 쉬이이."

뺨에 얼룩진 눈물을 닦아 주고, 몇 번인지 셀 수도 없게 입을 맞춰 주었다. 여자는 지쳐서 그의 팔 안에서 그대로 늘어져 버렸다. 한 번의 여행으로도 그렇게 사람이 탈진이 되곤 했는데 이번에는 오죽했을까.

이완은 여자를 침대 위에 눕히고 이불을 덮어 주었다. 여자는 옷
도 갈아입지 못하고 그대로 잠에 빠졌다. 여자는 잠결에도 손을 더듬
거려 이완의 손을 잡았다.

이완은 두 손으로 여자의 손을 꼭 감싸 잡고 눈을 감았다. 이제 끝
난 건가. 이런 이야기였던 건가.

결국 얼굴 없는 그 미인도는, 숱한 사람들을 파멸에 이르게 했다
는 그 저주는…….

아무것도 생각하고 싶지 않다. 함께 손을 잡고 끔찍한 전장을 헤
쳐 나온 기분이었다. 피투성이 백병전을 치른 두 명의 전우가 무사히
집으로 돌아와 함께 단잠에 빠지는 기분이 이럴 것 같다.

코로록, 코로록, 여자가 작은 소리로 코를 골기 시작했다. 이상하
게 저 소리를 들으니 든든하고 푸근하니 안심이 되는 것 같다. 이완
은 그제야 희미하게 웃었다.

민호가 깊이 잠든 것을 확인한 이완은 미인도 족자를 들고 대청으
로 나왔다. 대청 구석에서 검은 강아지가 반가운 척 꼬리를 흔들었
고, 저녁 바람이 시원하게 불고 있었다.

그는 족자를 편 후 손에 쥔 라이터를 만지작거렸다. 미인도의 시
간 위에서 들었던 무수한 말이 거미줄처럼 귓속을 빼곡하게 채우고
있었다. 떠올릴 때마다 구토가 나고 어지러웠다.

스승은 그림에 아무런 짓도 하지 않았다. 그림에 담긴 것은 스승
의 광기와 조각난 영혼뿐이었다. 소원을 이루어 준다는 힘? 그림을
그린 화원 당사자조차 소원을 이루는 힘 따위는 갖지 못했다. 그저
그녀를 다시 만나기를 간절히 빌었으되 그나마 제대로 이루지도 못
했다. 그림에 담긴 것은 신들린 듯한 솜씨로 재현한 여인의 형상과,
맷돌에 갈린 것처럼 짓이겨진 스승의 영혼뿐이었다.

그동안 그림에서 나타났던 얼굴 없는 형상은, 그들의 이야기를 듣기 위해 그림 밖으로 나서는 대신 한 발만 다른 시간에 걸쳐 둔 채 숱한 시간을 스치듯이 지나갔던 민호 씨와 이완 자신이었다.

민호 씨가 소원이 무엇인가 물었던 것은 윤 진사와 향이 두 사람뿐이었다. 그럼에도 그 이후 그림의 주인이 된 사람들은, 민호 씨가 나타나자마자 알아서 자신의 소원을 대소변 배설하듯 털어놓기 시작했다. 시간이 좀 더 흐르자 사람들은 그림에서 무엇이 나오든 말든, 길가의 돌무더기에 혹은 마을 입구의 버드나무에 가서 무턱대고 소원을 빌듯 욕망하는 것을 싸질러 대기 시작했다.

민호 씨는 다짜고짜 소원을 말하는 이들에게 계속 말했다. 그저 소원이 무엇인지 듣겠다, 들어는 주겠다고만. 우리는 듣는 것 말고는 아무것도 할 능력이 없었기 때문에.

그러나 소원을 말하는 이들은 한결같이 귀를 막은 채, 말하고 싶은 것만 말했다.

이완은 그림을 펼쳐 놓고 비어 있는 얼굴을 들여다보았다. 빈 얼굴에는 이 그림을 바라보았던 숱한 사람들이 배설해 둔 수천 개 욕망의 찌꺼기가 고여 있었다. 구더기가 아글대는 것처럼 끔찍해서 차마 들여다볼 수 없을 지경이었다.

이완은 그곳에서 소원을 말했던 사람 중 몇몇이 소원을 이루었는지 어쨌는지 여부를 알고 있었다.

심호식 의원, 국회의원 선거에서 상대 후보에게 크게 밀렸던 그 사내는 자신이 아는 요정 마담들을 동원해 섹스 스캔들을 일으키려 했고, 그 여자들에 의해 몰락했다. 마담들은 상대 의원이 여의도에서 더 길게 살아남으리라 판단해 그를 등졌다. 심 의원 스캔들은 여의도 정가에서도 손꼽히게 더러운 추문 중 하나였다.

하지만 상대 의원 역시 재선 후 윗선에 밉보여 쫓겨나고 말았다.

고작 의사당에 두 번 입성했다고 오만방자해져서 윗선에 탈당 운운하는 말을 씨불였다는 괘씸죄였다. 그렇다고 심 의원이라 하는 자가 잃은 자리를 되찾은 것은 아니었다. 그저 두 사람 모두 몰락하고 다시는 재기하지 못했다는 사실만 남았다.

성길의 소원은 의외였다. 그는 그림 그리는 것 단 한 가지만 원했으나, 그 간절한 소원을 결국 이루지 못했다. 자신에게 허락된 유일한 업을 상실한 사내는 그대로 진창으로 굴러떨어졌다. 박철웅이 악담을 퍼붓고 꼬드긴 대로 김성길은 베트남 파병을 자청했고, 그곳에 참전했던 많은 군인과 마찬가지로 재능과 남은 인생을 망쳐 버린 상태로 귀국했다.

그렇다고 박철웅이 그의 자리를 꿰차고 화단에서 원톱의 독주시대를 연 것도 아니었다. 그 역시 김성길처럼 서서히 산 채로 썩어 가는 몰락의 길을 걷게 되었다 했다. 그들의 운명은 그들이 스스로, 천천히 혹은 성급하게 찢어발긴 것과 마찬가지였다. 그림은 항상 그 자리에 있을 뿐이었다.

한승헌 교수의 소원 역시 이루어졌으나, 그림이 아닌 그의 욕망이 한 짓이었다. 그림은 그의 욕망을 거울처럼 비추어 인식하게 했을 뿐이었다. 그를 버린 여자는 스스로 몰락했고, 한 교수는 자신이 원하던 대로, 그들 곁에 남아 가책을 주고 자괴감을 안겨 주며 그들이 평생에 걸쳐 파멸해 가는 꼴을 지켜보았다.

다만 한 교수는 행복한 결혼생활을 통해 자신이 빌었던 소원과 자신의 행동을 깊이 후회하고 있는 듯했다. 그는 두 번째로 소원을 빌 기회가 닿는다면 여자와 철웅에게 너희도 네 인생을 찾고 행복해지라고 빌고 싶어 했다. 그가 정신병에 시달리는 친구를 끝까지 돌본 것은, 더 이상 자괴감을 주려는 마음이 아닌 보속하는 마음이었을지도 모른다. 그는 그것을 위해 적지 않은 금액을 주고라도 그림을 사고자 했다.

그는 어쩌면 그림에 소원을 이루는 힘도 저주를 이루는 힘도 없는 것을 알고 있을지도 모른다. 다만 그는 어디에든 무엇을 향해서든 속 죄하고 싶었던 것이다. 그 역시 딱하게도 허망한 욕망과, 그것이 가 져다준 후폭풍에 시달렸던 사람이었다.

골동품을 사들여 세금 없는 횡재를 꿈꾸었던 기업가는 고미술계 에 횡행하는 위작을 알지 못하고 황금의 꿈만 꾸다가 파산하고 한강 에 투신했다. 고미술계에서도 꽤 유명한 이야기였다. 하지만 그것은 고미술계 바닥을 모르고 헛된 일확천금을 꿈꾸었던 자에게 당연하게 준비된 몰락에 불과했다. 그의 최후는 저주니 소원 따위와 아무 상관 없는, 1+2=3이라는 연역결과와 더 가까운 결말이었다.

그 안에는, 내가 이기심에 가득 차 싸질렀던 부끄러운 소원도 들 어 있고, 남편과 아버지가 죽기를 바랐던 불쌍한 아내와 어린아이, 그리고 천진한 유치원생이 빌었던 자그마한 소원도 있었다. 자신을 위한 욕망이 아니었던 것은 민호 씨와 친구들이 서로를 위해 빌어 주 었던 기원뿐이었다.

미인도 앞에 섰던 사람들은 스스로 욕망의 씨를 뿌렸고, 욕망을 위해 제 손으로 무슨 일이든 저지르거나 노력하거나 포기했다. 미인 도의 힘이 아닌 그들 스스로의 힘으로, 혹은 스스로 빚어 놓은 운명 으로 그것을 거두어들였던 것이다.

그 과정에서 몇몇은 소원을 이루고, 혹은 소원을 이루지 못했다. 일부는 그 과정에서 파멸했고, 일부는 그 족쇄에서 벗어나 행복해졌 으며, 혹은 욕망 자체에 집착하다가 스스로 목숨을 끊기도 했다.

그것이 얼굴 없는 미인도, 온갖 욕망을 난반사하던 빈 거울에 얽 힌 이야기의 전부였다.

이완은 생각하는 것을 접고 고개를 들었다. 툇마루에 걸터앉아 발을 덜그렁덜그렁 흔들자니, 따가운 햇볕이 얼굴로 고스란히 들이치는데, 따끔거리는 것이 느껴질 지경인데도 기분이 좋았다. 허탈하긴 하지만 그래도 발목을 옭아매고 있던 족쇄에서 풀려난 기분이었다.

생각 같아서는 이 그림을 태우고 싶지만, 민호 씨가 곤란해지는 것도 원치 않았다. 그저 민호 씨가 자고 있을 때 그림을 돌려드리고, 이 그림과 영원히 인연을 끊어 버리는 게 가장 좋을 성싶다.

새 출발을 하기 전, 마음을 정리해 두어야 할 때였다.

건들건들 흔들리는 발에 무언가가 툭툭 와 닿는다. 검정 털을 가진 녀석의 꼬리였다.

고자 강아지가 근사한 수염이 내려온 얼굴을 바짝 들고 눈을 반짝이고 있다. 최근 들어 이 녀석은 자신을 부쩍 잘 따라다녔는데, 어디서 얻었는지 큼직한 개껌까지 물고 와 발치에 놓고 짤막한 꼬리를 여유 있게 흔들기도 한다. 눈치를 보아하니 요, 브로! 이봐, 한잔하고 속풀이나 해 봐, 뭐 하려는 거야? 하고 묻는 것 같았다. 쌀랑쌀랑 힁힁, 쌀랑쌀랑. 이완은 이놈의 꼬리 언어를 점점 잘 알아듣게 되는 것이 정말 마음에 들지 않았는데, 그럴수록 이 검정 고자 놈이 자신을 아래 서열로 보는 것이 확실하게 느껴졌기 때문이다. 이완은 코웃음을 치고 내뱉었다.

"브로는 무슨, 누가 네놈 따위한테 속이야길 한다고."

— 브로, 나를 못 믿는 건가? 나로 말할 것 같으면 입이 철근보다 무겁지. 나의 길다면 길고 짧다면 짧은 견생 동안 아무에게도 비밀을 누설한 적이 없어.

흥, 누설할 수 없었던 거겠지. 이완은 진지하게 콧방귀를 뀌고는 대답했다.

"뭐 어쨌든 미인도에 소원 빌었던 걸 물러야겠어. 사실 나는 이 미인도가 아무 힘이 없는 종잇장이라는 건 예전부터 알고 있었거든."

귀족 견공의 꼬리가 팩 옆으로 돈다.

— 웃기시네. 힘없는 종잇장에 소원을 비는 놈이 어딨어?

이 자식이 개 주제에 감히 사람을 비웃어?

"내가 그렇다면 그런 줄 알지, 어딜. 그래도 결혼식을 앞두고 있으니까 찜찜한 게 싫어서 무르겠다는 것뿐이야. 지금 생각하면 좀 어이없고 음 뭐랄까, 썩 바람직하지 않은 개인적인 욕심이 들어 있기도 했으니까……."

— 내가 싼 똥 내가 치운다는 말 좀 복잡하게 하지 마.

이 개도 주인을 닮아서 어려운 이야기를 굉장히 쉽게 하는 재주가 있다. 이완은 문득 자신이 한심해졌다. 내가 대체 누구하고 싸우고 있담. 하지만 요놈의 강아지가 자꾸 사람처럼 느껴져서 큰일이라는 민호 씨의 말이 종종 실감이 날 때가 있다. 이완은 강아지를 내려다보며 코를 한 번 찡그려 준 후 말을 이었다.

"뭐 너도 알다시피 민호 씨하고 내가 좀 힘든 시간을 겪긴 했지. 그래도 나한테 반드시 필요한 시간이었던 것 같아. 민호 씨 말이 맞았어. 현재에서는 하늘을 덮을 만큼 큰 문제였던 게, 다른 시간에서 보니, 뱀이 벗어 놓은 껍질 같았어. 진창에서 함께 보낸 8개월이 아니었으면 끝까지 알 수 없었을 거야."

— 하지만 두 사람 문제가 해결된 건 아니잖아? 페로몬 약발이 떨어지면 어쩔 건데?

이완은 짤막하게 웃으며 미인도를 끌어당겨 건방진 강아지의 코 앞에 들이댔다.

"봐라, 이 건방진 똥덩어리, 세상은 이 얼굴에 꽉 들어찬 것 같은 더러운 욕망이 정신없이 부딪치는 전장이라고. 살다 보면 하루가 멀다 하고 예상 못 한 문제들이 여기저기서 지뢰 터지듯 하겠지?"

── 그렇지.

"그렇다면 삶의 최전방에서 함께 적과 맞서 싸울 수 있는 반려자의 용맹함이나 등을 맡길 수 있는 신뢰가 얼마나 중요하겠어? 나를 끝까지 배신하지 않을 든든한 전우가 생긴 판에 무얼 더 바라? 우린 이제 옆에서 어떤 지뢰가 터지더라도 어떻게든 같이 헤쳐 나갈 거라고."

지금까지 내가 알고 있는 '나와 남의 관계'는 가해자하고 피해자가 정확하게 나뉘어 있었다. 하지만 결혼이라는 매듭으로 묶이면, 화살은 상대방을 향해 쏘는데, 맞는 건 둘이 함께 맞게 되는 모양이다.

물론 사랑을 베풀었을 때도 동일하게, '그 사랑은 나에게 돌아온다, 덤으로 그녀의 사랑까지 붙어서 돌아온다, 에버 포에버!'라 외칠 수 있으면 좋겠지만, 이제는 그것이 환상이라는 걸 안다. 나부터도 이미 그녀에게 내 이기심을 바닥까지 보여 주지 않았던가. 나는 그 창피한 한 순간을 참아 내지도 못한 주제에 여자가 나를 위해 바뀌기를 바랐고, 더러운 진창에 빠져 허우적거릴 때, 여자가 내 곁에 남아 주기를 뻔뻔하게 요구하지 않았나.

만약 내가 그곳에서 영영 빠져나오지 못하고 그녀가 내 곁에서 평생 매여 살았다면, 나는 몇 년 지나지 않아 그녀가 옆에 머물러 주는 것을 '고마운 일'이 아니라 '당연할 일'로 생각하게 되었을 것이다. 인간의 유전자는 내가 해 주는 것을 크게 느끼고, 남이 해 주는 것을 작게 느끼며, 남이 항상 베풀어 주는 것을 당연하게 여기는 고약한 습성이 있기 때문이다. 반대로 베풀어 주던 사람은 시간이 갈수록, 그리고 받는 사람이 당연하게 여길수록 지치게 된다.

이완은 아래에 놓인 미인도를 물끄러미 내려다보았다.

그렇다. 열렬하던 사랑을 파탄 내는 것은.

이 그림에 얽힌 것과 동일한, 누구에게나 존재하는 '이기적인 욕망' 일 것이다.

　그렇다면 그것을 어떻게 다스리고 제어하는가. 상대에게도 당연히 존재할 이기적 욕망을 어느 선까지 수용할 수 있는가. 그 방법과 적정선을 하나씩 찾아가는 것이 우리에게 남아 있는 긴 시간을 관통하는 화두이자 과제가 될 것이다. 그 일에는 이기적 유전자가 문화와 관습의 이름으로 고착한 부분을 찾아내 최대한 도려내려는 노력도 포함될 것이다. 마냥 쉽고 달콤한 일은 아니겠지만 어쩌겠는가. 그게 서로 모조리 끌어안고 같이 살기로 작정한 사람들의 팔자인걸.

　"다음에 또 손님 오는데 욕 타령 하다 들키면 어떡하냐고? 어떡하긴 뭘, 아 민호 씨, 목소리 볼륨 좀 줄여요 상담 중이란 말이에요! 해야지. 적어도 그때 내가 그래 주었으면, 그 자리에서 민호 씨가 욕먹는 것을 들으면서 가만히 서 있던 것보다는 훨씬 덜 창피했을 거야. 세한도를 김정호 개집이라고 했다고 웃으면, 저번에 박물관에서 말했듯이 내 흑역사를 털어놓고 같이 웃으면 되지. 민호 씨가 환갑 전에 한국사 1급을 딸 수 있도록 저녁때마다 재미있는 이야기를 해 주고, 대신 맛있는 밤참을 해 달라고 하면 되지. 그렇다면 나는 평생 맛있는 밤참을 얻어먹을 건수가 생기는 거란 말이야."

　"망망망망! 마마, 망!"

　드디어 고자 견공이 큰 목소리를 내며 고개를 움직인다. 이완은 어쩐지 저놈의 강아지가 기특한 듯 씩 웃고 있다는 생각을 떨칠 수가 없었다. 그는 순간적으로 냉장고에서 막걸리라도 한잔 가져와서 이놈과 나눠 마실까 하는 기분이 들었는데, 그것 때문에 기분이 완전히 나빠졌다.

　"시끄럽다, 토마스! 네놈한테 칭찬받아야 반갑지도 않아. 확실히 말해 두겠는데, 서열은 내가 위야."

　"……."

"그럼 돌려주고 올 거야. 민호 씨 잘 지키고 있어."

✻   ✻   ✻

알로하 영감님이 있는 방에는 노란빛이 가득했다. 늙은 환자의 개구진 웃음소리가 방문 밖으로 흘러나온다. 이완은 노크를 하려다가 잠시 손을 멈췄다.

"꼬꼬마 왜 안 와! 빌려준 거 갖고 온다면서 왜 안 와?"

"선생님, 금방 올 겁니다. 왜 이렇게 급하세요. 조금만 기다리세요."

누구 말하는 거지? 이완은 손에 돌돌 말린 미인도를 내려다보고 고개를 갸웃하며 노크를 하고 안으로 들어섰다.

방 안에는 네 명의 사람이 침대에 앉아 있거나 바닥에 앉아 있었다. 환자는 침대가 아닌 바닥에서 웃통을 벗고 있었다. 앙상한 노인의 오늘 콘셉트는 '골드'인 모양이었다. 거의 다 빠져 버린 대머리에는 꼬불꼬불한 금발 가발을 쓰고 사슬 모양의 금목걸이, 금색 렌즈에 금반지, 금팔찌까지 따르르 맞췄다.

저게 대체 말기 암 투병하는 환자가 맞나? 이완이 입을 벌린 채 문가에 서 있자, 알로하 영감님이 몇 개 안 남은 이를 드러내며 환하게 웃더니 손까지 번쩍 들며 반가운 척을 한다.

"이야, 꼬꼬마 뽀뽀쟁이 왔다! 요새는 뽀뽀 많이 해?"

아, 진짜. 저 골골하는 환자하고 싸울 수도 없고. 이완은 아무렇지도 않은 척, 최대한 재빨리 대답했다.

"예, 요새는 많이 합니다."

"몇 번씩 해? 하루 몇 번씩?"

"열 번 넘게 합니다, 아저씨."

그는 손등으로 뺨을 문지르고는 덤덤하게 말했다. 그는 손을 붕붕 저었다.

"모자라! 나이도 팔팔한 게 겨우 하루 열 번이 뭐야, 사나이 망신이 따로 없어! 하루 백 번은 해야지 백 번!"

"그러면 저 불쌍한 총각 입술이 남아나지 않을 거예요. 밥 어떻게 먹으라고!"

보스 여사가 끼어들었다. 환자는 입을 크게 벌리고 걸걸걸 웃었다.

"무슨 얘기야? 뽀뽀할 때는 입술이 닳지 않아, 응. 그래, 하여간 빌려 갔던 우리 예쁜 아가씨 그림 갖고 온 거야? 기다렸어, 기다렸다고. 원래 나이 먹으면 참을성이 없어진다고! 꼬우면 너도 빨리 나이 먹어서 맞장 떠라. 응?"

이완은 그에게 그림 족자를 돌려주려고 가까이 다가앉았다가 눈을 크게 떴다.

환자의 옆에는 크고 작은 붓들이 주르르 놓여 있었다. 앞에 펼쳐진 것이 홑이불인가 이불 홑청인가 했는데 알고 보니 그림을 그릴 때 쓰는 하얀 생명주였다. 옆에는 석채 가루가 담긴 막자사발이 몇 개 놓여 있었고, 그 곁에는 동벽이 무릎을 모으고 앉아 석간주로 보이는 붉은 안료분에 아교를 섞고 있었다. 이완은 얼떨떨한 기분으로 알로하 영감과 바닥에 놓인 길고 하얀 비단을 내려다보았다.

"어…… 그림을 그리고 계셨습니까?"

"그럼! 내가 그림을 잘 그리느니라! 젊었을 땐 교수님 소리도 삼삼하게 들었다니까? 출근부가 개판이라 잘렸지만 그래도 교수님이었던 게 어디 가냐? 너도 이제부터 생각나면 교수님이라고 불러라. 듣기가 삼삼하니 좋으니라."

"……아, 예."

"뽀뽀쟁이 너 온 김에 여기 옆에 앉아서 이거 좀 제대로 갈아 봐라. 야야 뚱벽아, 너 이거 뭐냐. 제대로 먼지 가루처럼 포실포실하게 빡빡 못 갈어? 배 나오니까 힘주는 게 안 되냐?"

"선생님, 저 배 많이 나오지 않았습니다! 다이어트도 운동도 꾸준히 합니다. 성인병도 없어요! 왜 자꾸 그러십니까?"

동벽은 정말 화가 난 듯 언성을 확 높여 버린다. 이완은 얼결에 옆에 앉아서 막자사발과 막자를 집어 들고 안에 든 거슬거슬한 진남색 남동석과 청록색 공작석을 더 곱게 갈기 시작했다. 사발에서 가스락가스락 소리가 들리기 시작했다. 옆에서 왕왕대는 소리가 미어진다.

"38은 비만이야 비만! 컴퓨터에도 병원에서 나온 종이쪽지에도 비만이라고 나왔어!"

"36인치라니까요! 제 키에 그 정도면 양호한 겁니다!"

"세상에, 지금 그 구박을 듣고도 계속 물감을 만들어 주고 있어? 가만있어 봐요, 내가 물감에다 왕소금 확 뿌려 버릴 테니까!"

옆에서 또재 할머니가 끼어들자 골드 콘셉트 환자는 입을 내밀고 투덜투덜한다.

"이놈들아, 시끄럽다! 내가 니들 선물로 그림을 그려 주겠다는데, 받기 싫으냐, 엉? 받기 싫어? 요 칠칠치 못한 것들이 선생님이 준 선물을 노상 잊어먹어서 괘씸해서 안 주려고 했지만, 그래도 죽기 전에 착한 짓 좀 해 보려고 특별히 그려 주는 거야. 알기나 해?"

죽기 전에, 라는 말이 나오자 노교수의 얼굴이 부옇게 흐려진다.

"그래도 편찮으신데 너무 무리하지는 마십시오."

"약이 좋아서 아프지는 않아. 팔팔하다, 이놈아. 아플 땐 그래 약 잘 주는 의사가 최고지, 그런데 무슨 약이 그렇게 신통하냐, 응? 왜 지금 대한민국에선 그런 약을 못 만드냐, 응?"

그는 물감이 대략 만들어진 것을 보고 그릇에 슥슥 풀더니 장난을 치는 것처럼 붓을 쭉 휘둘렀다. 손이 떨릴 법도 한데 선은 놀랄 만큼 매끄러웠다.

그런데 눈앞에서는 점점 이상한 일이 벌어지기 시작했다.

거대한 오동나무가 긴 비단 화폭 전체를 시원하게 가로지른다. 얄 쌍하고 날렵하게 생긴 사내 한 명이 도인처럼 소매와 옷자락이 치렁 치렁한 옷을 입고 까칠한 표정으로 나무를 손가락질하고 있다. 괴목 으로 만든 나무 탁자와 다리가 긴 의자가 구석구석 놓였는데 어색하 거나 튀지 않고 생동감이 있다.

환자는 가끔 숨을 헐떡헐떡하면서도 오동나무 결을 하나하나 세 밀하게 긋고, 자디잔 풀을 그려 넣는다. 비쭉비쭉 솟아 있는 길고 짧 은 풀잎들은 난잡해 보이지 않고 리드미컬한 율동감이 느껴졌다.

이완은 자신의 눈을 믿을 수가 없다. 알로하 영감님은 지금 리움 미술관에 있는 오원의 고사세동도(高士洗桐圖, 덕망 높은 선비가 오 동나무를 닦는 그림)를 똑같이 따라 그리고 있었다. 임모화를 그리는 건가? 그런데 따라 그릴 복사본도 없이 무슨 임모화를 그리지?

원그림을 그렸던 스승 오원은 힘이 넘치는 선과 먹의 농담 조절로 여러 가지 분위기를 다채롭게 표현하는 데 능했고, 그 외에도 백묘 법, 즉 사람의 윤곽을 세밀한 선으로 그리는 기술에도 일가를 이루었 다. 고사세동도는 그 섬세한 백묘법의 기량이 잘 드러난 재치 있는 작품이었다. 그런데 지금 알로하 영감님은 그 그림을 똑같이, 크기도 선도 준법도 아주 손에 잡힐 듯이 똑같이 따라 그리는 중이었다.

"아, 저, 두나 아버님, 혹시 이거 리움 미술관에 있는 고사세동도 임모화……."

그때 옆에서 동벽이 고개를 들더니 말하지 말라는 듯 손을 젓는 다. 노인의 마른 어깨가 들썩들썩하고 묻는 말에 대답조차 하지 않는 다. 무아지경에 빠진 모양이다. 붓질은 점점 빠르고 세밀해진다. 그는 물감을 붓에 묻혀 종잇조각에 농도를 가늠해 보며 걸걸한 목소리로 말했다.

"이놈아, 옛날 중국 원 나라에 다랍게 지랄맞은 깔끔쟁이가 하나 있었느니라."

옆에서 동벽이 예, 느린 목소리로 대답했다.

"예창이라고 하는 그림쟁이가 그 소문난 깔끔쟁이였는데."

"예찬입니다, 스승님."

"시끄럽다, 이빨이 빠져서 발음이 샌 거다 이놈아!"

"아, 예."

"하여튼 그 새끼는 뒷간에다 똥을 싸 놓고도 제 똥도 보기 싫어서 닭털로 우르르 덮어 놓고."

"거위 털입니다. 스승님."

"시끄러워, 넌 항상 잘난 척하는 게 문제야! 내가 닭털이라면 닭털인 거야. 똥을 뭐로 덮었다고?"

"아…… 예. 닭털입니다."

그렇지! 그제야 기분이 좋아진 노인은 중얼중얼 말을 이었다.

"불결하다고 여자도 못 안고, 아마 고자였을 거야. 응, 고자인데 다른 핑계를 댄 걸 거야. 그리고 더러운 데는 앉지도 않고, 만지지도 않고, 진상 손님한테는 따귀도 막 때리고. 이야, 옛날의 누구를 보는 것 같네."

"그건 또 무슨 말씀이실까요? 정작 마흔 다 될 때까지 고자 소리 듣던 게 누군데요! 어디 진실의 종을 울려 봐요? 네?"

옆에서 또재 여사가 와르릉 소리를 내며 잔소리를 퍼부었다.

"나 고자 아니야! 딸을 일곱이나 낳았다고! 부럽지 이것들아!"

"또, 또, 심심하면 약이나 올리고! 자랑할 게 그렇게 없어요?"

목소리가 왕왕 커지자 보스 여사는 약 올리지 말라고 영감님의 등짝을 펑펑 때려 준 후 또재 여사의 손을 잡아끌고 밖으로 나갔다. 얼른 따라 나갔다. 놔둬 놔둬. 둘 다 또 딸내미들 끌고 아이스크림이나 먹으러 나갈 테지. 하여간 여자들이란! 영감은 입을 비죽거린다.

이완은 석채를 갈던 손을 멈췄다. 몸이 **빳빳**하게 굳는다.

강렬한 기시감과 함께 머릿속이 덜그럭대는 소리를 내기 시작했다.

"요놈의 깐깐이 결벽쟁이가, 날이면 날마다 하얀 새 옷을 입고 새하얀 새 양말을 갈아 신고 아침저녁으로 하인을 시켜서 오동나무 대나무를 박박 닦게 하는데, 어느 날 친구란 놈이 왔다가 나무에 침을 탁 뱉고 가 버린 것이지."

"예."

"저 썩을 놈, 죽일 놈! 어째 침 하나를 꼴까닥 삼키지 못하고 더럽게 뱉고 지랄이냐! 그러잖아도 아침저녁 애지중지 닦던 오동나무에! 바로 하인들에게 불호령이 떨어졌겠다. 이놈들아, 당장 와서 저 오라질 것을 안 닦고 무얼 하느냐! 얼룩 하나 남지 않게 반들반들 **빡빡** 닦아라. 매일 쓸고 닦고에 시달린 하인들은 아주 진절머리가 나잖아? 그래서 오만상을 찌푸리면서 나무를 박박 닦고 앉았지."

알로하 영감님은 그림에 바짝 엎드린다. 탁자 위에서 까치발을 하고는 진절머리를 내며 나무를 박박 문지르고 있는 꼬꼬마 하인 놈이 순식간에 나타났다.

"하여간 이 더럽게 개통 같은 깔끔쟁이 예찬이, 운림거인이라는 그림쟁이 놈은 나중에 산에 들어가서 살았는데……."

"운림산인입니다, 스승님."

"야 이 나쁜 자식아아아아!"

"선생님이야말로 너무하시는 거 아닙니까? 이걸 저라고 그리신 겁니까? 거위도 모자라서, 이젠 예찬입니까?"

동벽이 목소리를 확 높였다. 알로하 영감님은 손을 횡횡 저었다.

"왜, 꼬우냐? 침 뱉은 데 약 들이부은 놈이나 나무 빡빡 닦은 놈이나 똑같지 뭐냐! 그리고 네가 알랑가 모르겠지만 예찬이는 너보다 훨씬 잘나가던 놈이다! 그림 장사나 하는 개똥 같은 결벽쟁이보다 그림을 천 배는 잘 그린다고 이놈아, 천 배!"

더 이상 들을 수가 없었다. 이완은 그 자리에 그대로 고꾸라졌다.

······맙소사.

석채분이 그릇에서 엎어져 그의 앞으로 흩어졌다. 하지만 그는 고개를 들 수가 없었다. 곁눈질로 볼 수조차 없었다. 그는 고개를 박은 채 들들 떨리는 목소리로 물었다.

"······동벽······은 호였습니까?"

"그렇네. 라도재(羅道齋)도 마찬가지고. 길이 그물처럼 펼쳐져 있다는 뜻이지."

옆에서 낮고 차분한 대답이 들렸다.

"그거 내가 다 지어 준 거야, 내가! '개똥 같은 결벽쟁이'도, '나도재'도, 전부 다! 한문은 이놈이 골라 붙였지만! 잘 지었지, 아무래도 잘 지었어!"

옆에서 떠드는 노인의 소리가 잘그랑달그랑 귀를 긁어 댄다. 이완은 이마를 바닥에 댄 채 그대로 엎드려 있었다.

두 사람의 이름은 물어볼 필요도 없었다.

어쩐지 낯이 익더라 했다.

알로하 영감님의 손등과 다리, 옆구리의 자상. 지게에 달린 낫에 찔린 상처, 무논에서 낫질하다 생긴 손과 발의 상처, 저 황금색의 눈동자는 렌즈 따위가 아니었다. 술만 취하면 자신의 이름과 마누라 이름을 헷갈렸던 영감님. 나이 55세가 되어 그쪽 세상에서는 실종되어 버린 스승님. 신선이 되어 하늘로 날아가 버렸다더니.

저 비슷한 말투를 듣고도 나는 왜 여태껏 몰랐을까?

교수직에서 쫓겨나 마당에서 바비큐 파티를 했다던 영감님. 그 파티에 참석했던 건, 도화서 교수 화원직에서 쫓겨난 스승을 주례로 모시고 가난한 혼례를 올렸던 민호 씨와 나 단둘이었다.

지문 인식으로만 열리는 안락재의 옷방과 보안실이 뚫렸던 것도 당연하다. 감시카메라의 메모리를 전부 빼 놓았던 이유는 과거에 묶이면 안 되기 때문에 증거를 인멸하기 위해서였겠지. 이레 씨가 설치한 블랙박스 메모리를 보스 여사가 망치로 때려 부수었던 것도 그래서였을 거고.

그림에 대고 소원을 빌었던 사람들의 내밀한 소원을 동벽이 모두 알고 있는 것도 이제 이해가 된다. 그의 성격, 행동, 취향, 과거의 행적과 전공 영역에 대한 이야기에는 나 자신이 무수히 겹쳐 있었다.

그렇다면, 궁중요리 전문가가 되는 저 우아하고 명랑한 할머니는……

이완은 두 손으로 입을 틀어막았다. 목은 컥컥 막히는데 갑자기 방바닥으로 툭툭툭 미지근한 물방울이 떨어졌다. 어? 어? 그가 손등으로 눈가를 문지르며 당황해하자 그림을 완성한 알로하 영감이 비틀비틀 일어나며 대뜸 퉁박이다.

"울지 마, 꼬꼬마! 여긴 너 콧물 닦아 줄 마누라도 없으니까! 아, 울지 마!"

이완은 정신없이 손등으로 문질렀지만 수도꼭지가 고장 난 것처럼 눈물과 콧물이 정신없이 흘러나왔다. 아무것도 물을 수 없었다. 다만 한 가지는 확실히 알고 있었다. 어떻게 저들이 이곳에 와 있는지, 중간에 무슨 일이 있는지 알 수 없지만 물어서는 안 된다는 것. 아니 물을 필요도 없다는 것뿐이었다.

이제부터 자신은 그 시간을 거쳐 갈 것이기 때문에.

아이스크림집에 바로 다녀오기라도 했는지 여자들의 왁자한 소리가 아래층에서 올라온다. 여보 마누라, 마누라! 얼른 올라와 봐! 머리를 짜글짜글 새로 보하게 볶고 갈색이 든 안경을 쓴 보스 여사가 새로 사 온 분홍색 아이스크림 통을 위로 들어 올리고 조직의 보스처럼 웃는다. 알로하 영감님은 옆에 사람들이 있는 것은 아랑곳하지 않고 보스 여사에게 손으로 하트를 날렸다.

"마누라, 아이구 이쁜 마누라. 이제 여게 앉아 봐. 여게 침대에 좀 앉아 봐."

"예쁘기는 남사스럽게. 뭐 하게요?"

"세상에서 제일 예쁜 마누라가 미인도 모델을 해 줘야 할 거 아닌가, 잉? 잉? 잉?"

"아이고, 모델은 좋은데, 아이스크림 다 녹을 텐데. 애기 엄마! 애기 엄마 있어요? 아이스크림 나눠 먹게 그릇 몇 개만 갖다 줘요. 아이스크림 사 왔는데 올라와서 같이 먹어요!"

아래층에서 올라오는 발걸음 소리가 나더니 아기를 업은 근숙이 얼굴을 내밀었다. 표정이 그래도 전보다 많이 밝아졌다. 근숙은 아이스크림 통을 보며 반색을 하더니 통을 받아 들고 그릇그릇 나누기 시작했다. 또재 할머니는 삐쳐서 올라오지 않는데, 또 영감님이 딸 많은 걸로 염장을 질렀느냐 물어보더니 아들이 어때서, 하며 영감님을 성토한다.

바닥에는 낡고 오래된 족자가 펼쳐진다. 그동안 이 그림을 소유했던 혹은 구경했던 사람들의 욕망이 어글대던 빈 얼굴은 이제 잠잠하게 가라앉아 있다. 뻔뻔할 정도로 무심하게 시치미를 떼는 듯한 저 빈 공간.

모델이 된 여자가 커다란 꽃이 그려진 남편의 셔츠와 냉장고 바지를 입은 채 침대에 걸터앉는다. 갈색 선글라스를 벗은 여자의 눈동자는 회색이 깃든 어두운 푸른색으로 무척 깊고 부드럽고 따스해 보였다.

보스 여사가 더 라인 인 스빠인, 마이 페어 레이디의 대사를 기억하고 있던 것이 떠올랐다. 경제나 주식 쪽으론 전혀 관심이 없었지만 삼성 주식이 오르리라는 것과 분당, 일산, 대치동, 달러, 금값이 오르리라는 것은 알고 있었던 여자. 한때는 미스 천마라는 별명으로도 불렸다는 얼굴이 작고 곱던 아가씨는 이제 동네를 오가는 아주머니들의 인상과 별반 다르지 않았다. 희고 매끄럽던 피부에는 이리저리 제법 깊은 굴곡이 생겼지만, 그래도 웃는 일이 많은 생을 살았는지, 입가에는 웃는 모습을 따라 생긴 주름이 길게 패 있었다.

알로하 영감님은 가는 붓에 먹물을 묻혀 여자의 얼굴을 그린다. 희미하게 잡힌 윤곽선을 주름지고 세월의 흐름에 따라 가라앉은 골격 형태로 조금씩 수정하고, 눈과 코와 입을 차례로 그려 넣었다.

아직도 반듯하고 고운 콧대, 이제는 냉기가 사라지고 부드럽고 따스한 기운만 감도는 어두운 회청색의 눈동자와 눈가와 이마에 잡힌 굵고 가는 주름, 반달 모양으로 옅고 둥글게 휘어 올라간 눈썹이 차례차례 나타난다. 작은 그릇에 나뉘어 담긴 딸기 아이스크림은 천천히 녹기 시작했는데, 모인 사람들은 아이스크림을 먹을 생각은 않고 얼굴을 찾아가는 미인도를 구경했다.

붉은 원삼을 입고 있는 주름진 얼굴의 여인은 그림 속에서 편안히 웃고 있었다. 여자의 웃음은 이제 곱고 가냘프지도 싸늘하지도 않다. 대신 옆으로 팬 주름의 깊이만큼 깊고 강력하며 따스했다. 모든 것을 남김없이 쏟아부어 사랑하고, 긴 시간을 함께 등을 맞대고 살아간 사람들끼리만 지을 수 있는 웃음, 사랑하고 미워하고 다투어 가며 공유했던 긴 시간에 대한 자부심이 가득한 웃음, 후회 따위는 한 점 남지 않은 웃음이었다.

조선시대 최고의 천재 화원은 자신의 마지막 작품이자 최대의 걸작이 될 그림을 완성하고 붓을 내려놓았다. 그의 얼굴이 땀으로 흠뻑 젖어 있는 것이 보인다. 침대에 앉아 있는 여자는 뒤늦게 아이스크림 그릇을 받아 들고 웃는다. 하이고, 우리 영감님 실력 아직 녹슬지 않았네. 그래도 눈 밑의 주름살은 좀 살살 그려 주지. 무슨 소리야, 우리 마누라는 주름살도 이뻐! 요건, 얼굴 위로 사랑이 졸졸 흘러다니는 길이라고! 어디 한 군데 빼놓을 데가 없어!

얼굴 없는 미인도가 얼굴을 찾은 것을 본 근숙은 눈이 동그래졌다. 그동안 몰랐는데 영감님 실력이 보통이 아니었다 칭찬을 늘어놓는다. 사람들은 미인도를 바닥에 놓고 아이스크림을 먹으며 알로하 영감님의 노작을 이러쿵저러쿵 품평하기 시작했다.

이완은 화장실에서 세수를 하고 나와 완성된 그림을 내려다보았다. 마음이 천천히 가라앉는다. 그는 여인이 얼굴을 찾게 되면서, 그림에 얽혀 있던 집착과 욕망, 광기들이 깨끗하게 증발한 것을 알았다.

앞장 떼기가 되어 두 개로 나뉜 미인도 중 한 장은 피에 흠뻑 젖은 채 산산이 조각나 수장되었고 한 장은 편안하고 깊은 웃음을 지닌, 그곳에 얽힌 모든 집념과 욕망을 모조리 휘발시키는 그림이 되어 버렸다. 욕망과 집착이 어글대는 그림으로서의 최후는 피에 젖은 채 수장된 것이 어울렸지만, 진희 씨와 스승님이 오랜 세월 함께 사랑하고 해로했을 그 시간을 생각하면, 지금 그려진 얼굴이 가장 잘 어울렸다.

알로하 영감님은 물끄러미 서 있는 이완의 정강이를 붓으로 딱, 소리가 나게 치더니 조금 아까 그린 고사세동도를 발끝으로 죽 밀어 주었다.

"이거나 갖고 가라, 이놈아. 그래도 약속한 건 해 줘야지. 내가 갖고 갈 미인 그림을 애써 찾아 줬으니 상은 줘야 하잖아. 아니 그냥 결혼 선물로 퉁칠까? 아이구, 간만에 힘썼더니 야야 막 피곤하다. 너 꼬꼬마 마누라 혼자 두고 뭐 하냐, 얼른 안 가냐!"

이완은 인사도 제대로 하지 못하고 비틀비틀 계단을 내려왔다. 천장이 빙빙 돌고 정신이 하나도 없었다. 잠시 후 동벽이 따라 내려와 작은방에 놓아둔 커다란 여행용 가방을 건네주었다.

"가지고 가. 아주 가끔 스승님이 가장이라는 자각이 들 때마다 내키는 대로 그리신 거야. 그림값은 그동안 내가 다 지불했어. 선물로 드린 동물 인형들이 정말 금인 걸 안 후부터는 진희 씨가 절대 안 받으실 거니, 스승님한테 직접 드리는 게 좋을 거야. 팔아서 여행 가시라고 하면 잘 받으실 걸세. 순금 마크 같은 거 깨끗하게 지우고 드리는 거 잊지 말고."

이완은 얼빠진 얼굴로 가방을 열어 보았다. 엄청나게 많은 그림이 표구조차 되지 않은 채 차곡차곡 쌓여 있었다. 이완은 그림을 헤집어 보다 기가 막혀서 머리를 흔들었다. 지금까지 한 번도 보지 못한 기명절지도나 영모화도 보이고, 심지어 생전 처음 보는, 호취도에 버금갈 만한 쌍독수리 그림까지 있었다.

그와 별개로, 세상에 벌써 알려진 오원의 그림도 적지 않았다. 자신에게 처음 그려 주었던 '찐빵같이 못생긴' 미인도도 있었고, 그것과 짝을 이루는, 꽃을 들고 있는 다른 여인 그림도 하나 더 들어 있다. 지금 받은 고사세동도는 차치하고라도, 간송미술관에 있는, 경인년 작품이라 적혀 있는 귀거래도마저 아무런 낙관 제문 없는 상태로 들어 있는 것을 보니 기가 막혔다.

이완은 그에게 반말을 해야 하나 존대를 해야 하나 잠시 망설였다. 순간 그가 팔짱을 끼더니 언짢은 듯 내뱉었다.

"내가 자네보다 34년을 더 살았어. 그 시간에 경의를 표할 예의 정도는 있겠지?"

이완은 한숨을 쉬며 천천히 고개를 끄덕였다. 그리고 스승이 지금 막 완성한, 지금 리움 미술관이 소장 중인 고사세동도를 손가락으로 가리켰다.

"이게 대체 어떻게 된 겁니까?"

그는 잠시 딴청을 피우다 한숨을 쉬고 낮은 목소리로 말했다.

"나는 아직 잘 갖고 있다네. 스승님이 주신 그림은 다 잘 간직하고 있어. 민호 씨와 내가 죽을 때까지 계속 소중하게 간직할 건데……."

"그런데요?"

"아들놈 중 누군가가 나중에…… 과거로 가서 몇 개 팔아먹은 것 같아. 몇몇 작품은 다른 제자한테 도장이나 제문까지 받아서 비싸게 넘긴 것 같네. 스승님은 그런 거 신경 안 쓰셔서 잘 모르시고."

"아들 교육을 왜 그 모양으로 시킨……!"

하고 말하려던 이완은 입을 다물고 말았다.

두 사람은 거실 구석에서 한참 동안 마주 보고 서 있었다. 이완은 무엇을 물어야 할지 머리가 터질 것 같았지만 묻는 것이 현명한 짓이 아니란 것은 잘 알고 있었다. 다만 이것 한 가지는 도저히 넘어갈 수가 없었다.

"……대체 왜 이렇게 살이 찐 겁니까?"

흰 눈썹이 꿈틀거리며 확 솟구쳤다.

"찌지 않았네. 36인치라니까. 키가 184에 36이라고. 당뇨도 고혈압도 심혈관계 질환도 여하한 성인병도 없어. 그 정도면 나름 관리가 잘 된 거 아닌가?"

그는 한참 이완을 노려보다가 고개를 옆으로 돌렸다.

"아 정말이지, 나는 젊을 때의 내가 정말 싫어. 버릇없고 안하무인에 교만하고 상대방 생각을 전혀 안 하는 네놈이 정말 꼴도 보기 싫어. 민호 씨 눈에 눈물 나게 하고 그렇게까지 괴롭힌 주제에 뭐가 그리 잘났지? 그 꼴 보기 싫어서 여기 와서 남은 일을 처리해야 한다는 걸 알면서도 끝까지 버티고 버텼는데. 하여튼 그림들이나 갖고 썩 꺼지게."

이완은 욕을 푸짐하게 먹으면서도 얼이 모조리 빠져나가 화도 나지 않았다.

"……바로 가실 겁니까?"

"남은 일만 다 끝나면 바로 갈 거야. 그러잖아도 이 시대부터 블랙박스, CCTV 천지라 밀레니엄 이후 시기로는 여행을 거의 하지 않아. 시간 여행자들의 상식이야. 스승님하고 진희 씨가 현대가 아니라 이삼십 년 전에 자리 잡게 된 것도, 그놈의 신분증 구하는 문제하고 CCTV, 전산망이 지천으로 깔린 시기를 최대한 피하다 보니 그렇게 된 거야. 현대로 올수록 사람들에 대한 정보가 전산망에 미친 듯이 깔려서 도저히 끼어들어 갈 수 없었어. 이번에도 이레의 블랙박스 덕에 민호 씨하고 내가 얼마나 오랫동안 잡혀 있었는지 아나? 어디에 설치했는지 찾을 수는 없고, 물어볼 수도 따질 수도 없고. 나는 포기하고 기다릴 생각이었지만 민호 씨가 그게 되겠나? 찾다가 찍혀서 그대로 붙잡혔지. 그래서 근숙 씨를 구하는 게 늦어진 거야. 그 일로 A급 타임 트래커인 애들이 전부 다 출동했어. 알겠나?"

맙소사. 이완은 지근대는 머리를 붙잡고 흔들었다. 그러니까, 저, 저게 내가 나중에 환갑이 지나서 해야 할 일이라는 건가? 과거로 가서 실종된 여자를 찾아 끌고 오기 위해 아들들을 떼로 이끌고 서부활극을 찍어야 한다고? 아니, 안락재에 들어가서 도둑질까지 해야 한다고? 이완은 암담한 얼굴로 엄격한 노신사의 얼굴을 바라보다가 쏘아붙였다.

"저와 민호 씨가 절도범 소리까지 들어야 하는 겁니까?"

"그야, 민호 씨가 근숙 씨에게 그림을 팔기도 했고……."

"궤변은 그만두시고요. 일단 담 넘어서 물건을 가져가지 않았습니까?"

"그것도…… 절도의 조건에서 한 가지가 부족하니까 도둑질은 아니……라고 생각했네. 민호 씨가 남의 물건이 아닌 본인 물건을 가져간 거라."

이건 무슨 귀신 씻나락 까 드시는 말인가? 그래서 훔치지 않았다고 우겼던 거였나? 이완이 그를 사나운 눈으로 노려보자 그가 한숨을 쉬며 이번에는 제대로 고개를 숙였다.

"맞아. 궤변이야. 치졸한 말속임이었지. 미안하네."

내가 나중에 해야 할 일, 해야 할 일. 앞으로 또 이런 일들이 얼마나 기다리고 있을까? 눈앞이 깜깜하다. 동벽은 팔짱을 끼더니 다시 퉁명스러운 어조로 내뱉었다.

"나중 일은 나중에 걱정해. 그리고 말일세, 무엇보다 나는 자네 보고 싶지 않아서 다시는 오지 않을 거야. 그러니 앞으로 날 다시 만날 걱정은 하지 않아도 돼."

이완은 민호 씨가 과연 한국사능력검정시험 1급을 언제 따게 되는지, 아이들은 몇 명인지, 딸은 과연 몇이나 낳게 될지 따위를 묻고 싶었으나 그 역시 참기로 했다. 그는 이완의 눈을 가만히 바라보며 말했다.

"묻지 마, 모르는 게 좋아. 그나저나 미인도에서 뭘 배웠는지 민호 씨에게 뭐라 이야기할 건가?"

"이 세상은 온갖 추한 욕구와 욕망으로 가득하고……."

"그럴 줄 알았어. 나중에 이불 뻥뻥 차고 싶지 않으면 그따위 얘긴

그만둬. 그런 말을 해 줄 바엔, 호동왕자와 낙랑공주 이야기나 해 주라고. 그 파워풀한 호르몬에 대한 이야기가 훨씬 생산적일 거야."

계단을 올라가던 그는 잠시 멈춰 서더니 뒤를 돌아보고 퉁명스럽게 말했다.

"결혼 축하하네."

❋　　　❋　　　❋

대청은 조용했다. 민호 씨는 아직 자고 있는 건가? 진희 씨는 아직 돌아오지 않은 걸까? 머리가 아직도 횅뎅그렁해서 무어라 말해야 할지 알 수 없었다.

이완은 받아 온 커다란 트렁크를 책상 옆에 놓아둔 후, 이불을 들치고 여자 옆으로 들어갔다. 왔어? 어디 갔었어? 여자는 잠에 함씬 취했으면서도 꿀에 절여진 것처럼 나른히 묻는다. 다행히 아까 한참 울 정도로 힘들었던 기억은 잠을 자면서 모조리 날려 버린 모양이었다.

"두나 씨네 집에 다녀왔어요. 알로하 영감님이 결혼 선물을 주신다고 해서요."

이완은 노곤한 목소리로 중얼거렸다. 여자는 무슨 말을 들었는지도 모른 채 응, 응, 소리만 되풀이하며 이완의 팔에 손을 비비적비비적하더니 벙긋 웃는다. 이완은 여자의 가슴에 얼굴을 대고 조용히 속삭였다.

"민호 씨, 그냥 아무것도 묻지 말고 나 좀 안아 줘요."

응, 응응. 여자는 여전히 잠에 취한 상태로 더듬더듬하더니 그를 답삭 끌어안았다. 이완은 여자의 허리를 더듬어서 마르고 잘 휘어지는 몸을 아스러질 듯이 끌어안았다. 으아이고. 여자는 낑낑대는 소리를 냈지만 그래도 밀어내지는 않았다. 그는 약간 목멘 소리로 중얼거렸다.

"민호 씨, 우리 심심한데 뽀뽀나 할까요? 누가 그러는데 뽀뽀는 하루 백 번은 채워야 한대요."

"우웅, 누구야? 누가 그런 바람직한 말을 했지? 국회로 보내자……. 그런 건 헌법으로 만들어야 해. 그런데 하루 콘돔 다섯 개 공약으로 건 후보도 있었는데 낙선했나?"

여자는 잠결이지만 여전히 웃으며 말을 받는다. 이완은 여자를 억세게 끌어안은 채, 예전에 여자가 그에게 들려주었던 말을 떠올려 보았다. 아아, 그래. 딸들을 낳아서, 예쁜 딸들을 많이많이 낳아서 축구단도 만들고 머리가 하얗게 될 때까지 행복하게 살자고 했었지.

민호 씨 그런데요, 계획에 약간, 약간 차질이 생길 것 같아요.

하지만 뉴질랜드 젖소 농장의 아기 젖소들은 박1호 박2호 박3호의 비극적 운명에서 벗어날 것 같네요.

이완은 그 사실을 여자에게 미리 알려 주지 않기로 했다. 그 모든 정보를 다 알고 그 길을 갈 필요는 없다. 모르는 것이 좋다. 모를수록 좋다. 기억력이 좋지 않은 것은 아마도 당신에게 축복일 것이다. 당신의 굳건한 방어력을 가진 뇌세포에 건배.

이완은 팔에 힘을 꽉 주고 여자의 가슴에 머리를 박은 채 숨을 힘껏 들이마셨다. 여자의 몸에서 나는 냄새가 아기들에게서 나는 젖내처럼 달고 고소하게 느껴졌다.

25
혼(婚)—여인, 수많은 날(日)줄로 씨(氏)줄을 엮다

　결혼식이란 두 번 할 짓이 못 된다 하는 이유는 분명히 준비의 번잡함 때문일 것이다. 단둘이 할 때는 준비물이 무 하나에 물 한 그릇, 주례 한 분이면 끝이었는데, 그때 한이 맺혔던 사나이가 아주 '본때있게' 결혼식을 준비하다 보니 점점 규모가 안드로메다로 날아가기 시작했다. 민호는 이완이 어지간히 뒤끝이 길다는 것을 다시 한 번 실감했다.

　일단 이완이 어머니에게 물려받은 커다란 화각함과 그 안에 들어 있는 온갖 패물들이 민호에게 전해졌다. 생긴 것보다 상당히 낭만적인 사나이는 장미꽃잎이 가득한 바구니에 예물이 든 함이 놓여 있는 비주얼을 상상했지만 안타깝게도 화각함이 너무 컸다. 화각함을 폭 감싸는 바구니를 샅샅이 뒤져 찾기는 했는데 김치 담는 벌건 고무 함지박 사이즈였고, 그 안에 벌건 화각함을 놓으니 낭만은 개뿔, 노아의 방주가 따로 없었다.

　이완은 그 바구니인지 광주리에 바퀴와 손잡이를 달아 국화차를 딸 때 쓰는 수레로 사용하자는 민호의 설득에 간신히 동의한 후, 커다란 꽃다발과 함께 화각함을 약혼선물로 건네게 되었다.

덕희가 갖고 있던 패물은 한복용 패물도 적지 않았고 양장에 어울리는 것도 많았다. 애초 고급스러운 물건들인 데다 이완이 깨끗하게 세척하고 낡은 것들은 새로운 디자인으로 바꿔 수리까지 말끔히 마친 터라, 바로 사용해도 전혀 손색이 없을 정도로 근사했다. 현재 갖고 있는 장신구라야 100m 방수가 된다는 시계가 전부인 민호는 오채영롱 펼쳐진 귀금속의 향연에 감탄하는 대신 색깔별로 다른 보석의 이름을 외워야 한다는 사실에 겁에 질리고 말았다.

아니나 다를까, 이건 한국사능력검정시험보다 훨씬 고난도다. 외국어로 된 48색 크레파스 색깔 이름을 외우는 기분이었다.

노랑 반지에 끼워진 색깔 없는 놈은 다이아, 귀고리, 반지에 세트로 끼워진 빨간 건 루비, 루비면 루비지 함침 루비 같은 싸구려 아니고 진짜 열처리만 한 피전 블럿은 또 뭐냐. 길게 늘어진 귀고리에 큼직하게 매달린 초록색 돌은 에메랄드, 목걸이에 박힌 짙은 파란색 돌은 사파이어, 이 납작하고 산뜻한 하늘색 목걸이는 터키석인데, 돌주제에 연약해 빠져서 천에 싸 두어야 하는 것, 꿀처럼 진하게 노랗고 벌레가 든 커다란 둥글이는 호박, 영어로는 앰버, 이 엄청난 비녀와 반지는 비취, 보라색 커다란 줄줄이 목걸이와 반지는 자수정, 영어로 애머시스트, 노란 뱀 줄은 금, 아령처럼 묵직한 팔찌는 백금, 이건 양식 진주가 아닌, 현재는 거의 구하기도 힘든 천연 진주 목걸이, 울퉁불퉁한 검은 덩어리는 천연 진주의 일종인 바로크 흑진주. 바로크 하면 바흐인지 헨델인지 오락가락하는 것도 모자라 이제는 진주까지 끼어들어 내 불쌍한 대갈통을 괴롭히느냐. 겁에 질린 얼굴로 더듬더듬 따라 하던 민호는 결국 열 개도 못 외우고 머리가 터져 버리고 말았다.

조덕희, 이 망할 계집애! 보석을 쓰려면 의리 있게 한 종류만 쓸 것이지 왜 종류대로 다 사서 나를 괴롭히느냐, 네가 한국사능력인증시험의 어려움을 아느냐, 내 뇌세포는 그 시험을 보는 데 다 써서 남은 게 없는데 네가 어떻게 나한테 이럴 수가 있느냐.

이미 소천하셨다지만 옛 친구이자 조만간 시어머니가 될 여자에게 욕을 퍼지르는 약혼녀를 보며 이완은 고개를 옆으로 돌리고 한숨을 쉬었다. 그는 보석 이름을 외게 하는 것을 포기하고 보석 하나하나마다 이름표를 걸어 주기로 했다.

두 사람은 예전에 약속했던 대로 전통 혼례를 올리기로 결정했다. 어린 시절을 내내 미국에서 보낸 이완은 한국 전통 혼례에 대한 환상이 있었고, 민호는 드레스를 입는 것도 좋지만 전통 혼례도 나름 재미있을 것 같다고 선뜻 찬성했다. 안락재의 주인이자 고미술품 딜러라는 이완의 입장을 생각하면 전통 혼례가 오히려 잘 어울릴 것 같기도 했다. 잠실운동장이나 상암구장은 '아쉽게도' 예식장 후보에서 탈락하고, '얼러리 짬뽕 한옥'인 안락재가 결혼식장으로 낙점되었다.

"음, 다 한복 입고 오라고 해 볼까? 굉장히 멋질 텐데."

"그럼 대체 누가 와요! 또 둘이서만 결혼하려고요?"

소리를 빽 지르던 이완은 2초 후 고개를 갸웃했다. 안 될 건 뭐지? 결혼 초대장에 특정 드레스코드를 기재하는 경우가 없는 것도 아니고, 전통 혼례이니 한복을 입고 와 주십사 요청하는 것도 아주 억지는 아닐 것이다.

기혼자들은 대체로 한복 한 벌 정도는 있게 마련이고, 한복이 없다는 사람들에게는 주최 측에서 어느 정도 비용을 대어 한복 대여하는 매장과 연계해 주면 되는 것이다. 나중에는 이완이 더 흥분해서 상투도 틀고 오라 할까, 신발도 고무신, 운혜, 짚신, 나막신으로 제대로 갖춰 신고 오라 할까, 하며 각색 물목을 따지기 시작했다.

결혼식의 하객 드레스코드는 한복으로 확정되어 청첩장에 적혔다. 이완은 축의금과 선물, 화환 사절 문구까지 넣고 싶어 했지만 그동안 뿌린 것이 너무 많았던 민호가 펄펄 뛰는 바람에, 할 수 없이 화환 사절만으로 물러서야 했다. 만년 호구 허당인 여자는 부조금을 뿌린 대로 거두는 것이야말로 인생에서 구현되어야 할 가장 정의롭고 공평한 일이라 믿었다. 대신 인터넷에 개인정보나 사진이 돌아다니는 것을 몹시 싫어하는 이완을 배려해 혼례 예식 촬영을 제외한 여하한 사진촬영이 불가하다는 문구가 삽입되었다.

야광귀 고릴라는 흥미로운 콘셉트의 결혼식이라며 몹시 반가워했다.

"'아름다운 기획'의 진송석에게 불가능이란 없습니다! 저에게 맡겨 주세요. 평생 잊지 못할 정도로 가장 인상적인 결혼식으로 만들어 드리겠습니다!"

그는 무리를 이끄는 수컷 고릴라처럼 가슴까지 펑펑 쳐 가며 호언장담했고, 그곳에 있는 선정 공주를 위시한 몇몇 아가씨들의 호감을 조금쯤 샀다. 물론 그 근거 없는 자신감은 오래 가지 못했다. 청첩장이 발송됨과 동시에 한복 대여비용을 축의금에서 까도 되느냐 하는 문의가 폭주했던 것이다.

❀   ❀   ❀

"……민호 씨 이거 뭡니까?"

이완은 안채의 대청마루에 잔뜩 널려 있는 것을 얼빠진 얼굴로 내려다보았다. 민호는 주섬주섬 집어 올리며 설명하기 시작했다.

"이건 활옷이라고 하는 건데 여자가 입는 옷이야."

"설명 안 하셔도 여자가 입는 옷인 거 압니다. 설마 그걸 남자가 입겠습니까?"

"어, 이건 도투락댕기고, 머리 틀어 올려서 비녀 꽂고 뒤에 매다는 거고, 이건 드림댕기인데 비녀에 걸어서 앞으로 내리는 거고 이건 화관, 이건 족두리인데⋯⋯."

"활옷인지 화관인지 몰라서 물은 거 아닙니다! 제 직업 아시잖아요."

이완은 얼빠진 얼굴로 다가앉아 천을 만져 보고 솔기를 확인했다. 은은한 붉은 색감이 나는 활옷은 솔기가 모두 손바느질이었고, 수놓인 것도 모두 손바느질이었다. 지금은 잘 쓰이지 않는 색의 조합, 직조방식, 깃과 동정의 형태, 고름의 길이와 형태를 꼼꼼하게 뜯어보던 이완은 지끈지끈 울리는 머리를 쥐고 절절 흔들었다.

"청첩장 돌리러 다닌다면서요. 친구들 직접 얼굴 보고 밥 사 주면서 전해 줘야 한다면서 가더니, 대체 어딜 다녀오신 겁니까?"

"가서 밥 사 준 거 맞아! 돼지국밥도 사 줬고 정육점에서 쇠갈비도 한 짝 해서 광주리에 담아 짊어지고 갔다고! 그것도 비싼 한우로! 엉? 사람이 약속한 건 지켜 줘야 사회정의가 구현되는 거야, 안 그래?"

만년의 호구가 언제부터 그렇게 계산이 철저했다고.

"왜 저한테 말도 안 하고 가요!"

"말하고 갔잖아! 친구 얼굴 보고 결혼한다고 인사하고 밥도 사 준다고! 안 와도 된다고."

"아우우우, 민호 씨이이, 걱정한다니까요! 이제는 저랑 같이 가잔 말입니다, 좀!"

이완은 대청에 주저앉아 머리를 싸쥐고 앓는 소리를 냈다. 안 와도 된다고 열심히 손을 저을 때부터 눈치챘어야 했는데.

"아직 쓸 만하지 않아서 못 데리고 다닌단 말이야!"

"무슨 말이에요! 거머리한테 물려도 보고 거름지게도 져 보고 쟁기질 써레질에 궁궐 담까지 넘어 본 판에 못 할 게 뭐가 있다고!"

투덜대던 이완은 한숨을 푹 쉬며 말했다.

"됐고요. 정의사회 구현인지 뭔지 받아 온 거 다 내놔 봐요."

여자는 꾸물꾸물 방으로 들어가 침대 밑에 감추어 둔 보따리를 꺼내 온다. 보따리가 한두 개가 아니다. 아주 친정엄마가 작정하고 차곡차곡 만들어 둔 듯한 물건들이 줄줄 튀어나왔다.

붉고 푸른 비단으로 제대로 만들어진 공단 보자기에 사주단자 혼서지가 오갈 때 쓰일 듯한 비단으로 만든 주머니, 각색 노리개, 솜을 넣어 볼록볼록하게 수를 놓은 삼색 향낭, 대청에 내놓은 활옷뿐 아니라 하늘하늘 얇은 천으로 마름질해 금사로만 수놓은 백원삼에, 소맷부리에 달 길고 넓은 한삼, 壽(수) · 福(복) · 貴(귀)자가 금사로 화려하게 수놓인 자줏빛 도투락댕기, 나비 장식이 잘랑잘랑, 오색 구슬과 무지갯빛 자수가 조밀한 화관, 밑단에 금박이 박힌 대란치마, 愛(애) · 戀(연) · 情(정) 자가 수놓인 다리속곳, 속속곳, 속바지 3종 세트와 단속곳, 페티코트 용도의 무지기치마, 대슘치마, 거의 반투명하게 보일 정도로 얇게 짠 세모시 속적삼에 여름용 홑이불과 겨울용 비단 홑이불까지 줄줄이 튀어나왔다. 원앙과 기러기들이 가득하게 수놓인 붉은 금침까지 펴 놓으니 넓은 대청마루가 꽉 들어차 버렸다.

이완이 보고 넋을 놓고 있자 민호는 수놓인 천 조각을 조몰락거리며 중얼거렸다.

"구, 구월이가 사실 결혼에 로, 로망이 좀 있어서 응, 미리 다 준비를 해 놨더라고. 구월인 어차피 시집 못 가는 처지라. 응, 그, 그래서."

"그래서요, 손에 든 것 좀 보여 주세요. 그게 뭔데 그렇게 감추려고 그래요."

"이게, 다, 다리속곳이라는 건데, 아, 그래. 알잖아 다리속곳. 내가 새까만 레, 레이스 쫄쫄이로 아랫것 윗것 짝 맞춰서 사 놨는데 이년이 첫날밤엔 꼭 이걸 풀세트로 입으라고 신신당부를 하면서 나한테 성교육을 시키는 거야."

"뭐라고 해요?"

"남자들 다리 사이에 조롱박 같은 것이 매달려 있는데, 그 손잡이가 갑자기 일어나서 혼자 춤추고 움직여도 절대 놀라면 안 된다고 재랄랄라를, 내가 거기 앞에 대고 아, 우리 집 코끼리 홀라댄스는 일일 5회 공연이래 그따위 얘기를 할 수도 없고, 그래서 일단 시킨 대로 입겠다고 약속은 했는데."

"……예."

"사실 이게 비주얼은 이렇게 기저귀에 줄 매단 것 같고, 조, 좀 이렇게 밋밋하고 장식 하나 없어 보여도 말이지, 섹시하다, 섹시하다 레드 썬을 걸면……."

"아닙니다. 안 걸어도 섹시해요. 티팬티 같아요. 민호 씨, 조금만 폭이 더 좁으면 정말 티팬티 비주얼이에요. 자그마치 주문 제작이잖아요. 그렇죠? 그거 입으세요. 약속은 지켜야죠. 저는 괜찮아요."

이완은 화닥화닥하는 뺨을 손등으로 문지르며 용케 지뢰를 피했다.

"그래 봐야 이런 걸 차고 누워 있으면 변강쇠의 만년 발정도 식을 텐데."

"식지 않아요. 식지 않습니다, 민호 씨. 원터치 탈의가 되는 거잖아요. 섹시합니다. 훌륭합니다. 코피 터지겠습니다, 정말입니다."

얼굴이 벌게진 채 열심히 항변하는 사내를 보며 민호는 드디어 장

대하게 안도의 한숨을 쉰다.

"그래, 그렇지? 으하하하. 요 고쟁이도 조금만 레드 썬을 걸면 홀
랑홀랑 섹시미 넘치는 아라비아 바지처럼 아삼아삼해 보일 수도 있
어. 어, 뭐 사실 한복 자체가 섹시도가 바닥을 향해 달리고 있기야 하
지. 뭐 허리가 버들인지 드럼통인지 보이지도 않고, 가슴이 계란 프
라이처럼 밋밋하고 키가 작아야 폼 나는 옷이긴 한데."

"무슨 말이에요. 한복도 잘 보면 섹시해요, 조선 말기엔 겨드랑이
까지 다 보이는 옷이었는데요, 뭐. 그리고 잘됐잖아요. 민호 씨 가슴
이 작으니까 한복이 잘 어울……."

아차.

이번엔 제대로 지뢰를 밟았다. 여자는 그때부터 EFGH를 외치며
대청이 떠나가라 울부짖기 시작했고, 이완은 두 손을 모으고 바닥에
납작 엎드렸다. 그는 지뢰가 터질 때는 일단 엎드리고 봐야 한다는
것을 잘 알고 있었다. 민호 씨, A/4컵이 어때서, 작은 게 어때서. 예
뻐요. 난 가슴 작은 게 좋아요, 제일 좋아. 세상에서 제일 좋아! 예뻐
죽겠어, 코피가 양쪽으로 다 터질 거예요, 네! 그는 얼굴이 시뻘게지
도록 작은 가슴 예찬론을 늘어놓은 다음에야 말을 돌릴 수 있었다.

"자자, 민호 씨 이제 그만 기분 풀고 다른 선물 받아 온 것 좀 보여
주세요, 예?"

이완은 민호가 깔고 앉았다가 주춤주춤 내민 보따리를 풀어 보고
는 턱이 배꼽까지 내려앉았다.

"이거 뭐예요! 민호 씨, 설마?"

보따리 안에는 새까맣게 손때가 묻은 요리책 일곱 권이 얌전하게
놓여 있었다. 승률 98% 내기에서 진 소주방 상궁과 나인들은 잠시
멘탈 붕괴에 빠졌으나 궁인들답게 약속을 지키기로 결정하여, 비번
이 된 항아님들과 글씨깨나 쓴다는 아기나인들을 동원해 사흘 동안

밤새워 책을 베끼게 했다 하였다. 하지만 기껏 베껴 놓으니 새 책을 주기는 아까워 어떤 것을 줄까 한참 토론을 하다가 결국 헌 책을 주기로 결정했다고도 했다.

그들에게는 시간의 세례를 받은 원본이냐 아니냐보다 새것인지 헌것인지가 더 중요했고 민호 역시 새 책이 아니라 불만스러워했지만 무려 원본을 건진 이완으로서는 그저 감읍할 노릇이었다.

그네들은 어지간한 사내들 상투를 내려다볼 정도로 키도 크고 발도 도둑 발에 입 험하고 목소리 걸고 손도 감당 못 할 정도로 크고 먹기는 코끼리처럼 먹어 대는 처자가 시부모님과 서방에게 소박맞고 쫓겨나지 않을 방법에 대해 오랫동안 의논을 했다 하였다. 그네들의 결론은 '그년이 살 길은 방중술 아니면 요리밖에 없다'였는데, 이론만 바삭하지 실제 경험 따윈 쥐뿔 없는 궁녀들이 방중술을 전수할 수는 없었다.

그들은 민호의 손을 붙잡고 비장하게 말했다. 우리가 도와줄 수 있는 건 이것 한 가지밖에 없다. 네년 주둥이로 서방의 주둥이 혓바닥을 사로잡을 자신이 없으면 음식으로라도 필사적으로 붙잡아 대를 이을 꼬추 하나 낳을 때까지 버텨라. 덕담인지 악담인지 알 수 없었지만 민호의 머릿속에서는 약속한 결혼 선물을 받았으니 정의사회는 구현되었고, 그렇다면 나머지는 아무래도 상관없다는 결론이 나고 말았다.

그들은 저 멀대 도둑 발 처자가 대체 어떤 서방하고 혼례를 올리는지 궁금해서 죽으려 했지만 구경할 재간이 있을 턱이 없었다. 민호는 수라간 앞뜰 땅바닥에 나뭇가지로 서방이 될 사람의 얼굴을 그려 주었다. 지엄하신 중전마마의 거처인 대조전 앞에서 외간 사내의 얼굴 따위를 그린다는 망극함 따위는 쥐 좇만큼도 없이, 아기나인부터 항아님들과 제조상궁마마님까지 머리를 들이대고 물광 나게 잘생겼다는 남의 서방 얼굴을 구경했다. '조선 최고의 화원의 제자의 마누라'는 서방의 얼굴 주변으로 사방 반짝이 별까지 그려 넣으며 실사구현에 혼신의 힘을 불어넣었지만 궁녀들에게 큰 부러움을 불러일으키는데는 실패했다.

요리책은 언문으로 쓰여 있었는데, 민호는 흘림체로 우아하게 써내려간 레시피를 단 한 줄도 읽지 못했다. 이완은 아무래도 좋았다. 둘 중 하나만 읽을 줄 알면 에브리데이 수라상을 받는 데 하등 지장이 없는 것이다. 이완이 보기에 한문 초서나 전서체 인전체 따위에 비하면 한글 흘림체 읽는 것 정도야 천마산 누님들이 껌 좀 씹는 것만큼이나 쉬운 일이었다.

이완은 결혼하고 나서 시간이 된다면 둘이 손잡고 수라간 나인과 상궁들, 그리고 구월 양에게 답례 인사를 하러 가서 샤랄랄라 물광나는 본판을 보여 주어야 할까 잠시 고민에 빠졌다.

❀　　　❀　　　❀

진희의 아버지는 아침부터 저기압이었다. 오늘 막내 여동생이 청첩장을 가지고 집에 들른다고 했던 탓이다.

민호 그것도 나이 찼다고 제 짝을 찾아 데려오는데 진희 그년은 뭔 미친 짓을 하다가 그 모양이야! 에이! 에이이! 그래서 전직 교장 선생님은, 민호가 이완을 데리고 아파트에 도착하자마자 오빠로서의 위세(?)를 본격적으로 세우며 까탈을 부려 대기 시작했다.

진희는 돌아온 후로 일산 집에 발도 들여놓지 못하는 상태였다. 아버지는 딸이 집에 오기만 하면 똥물을 퍼부어 쫓아낸다고 으르렁대고 있었다. 그는 석 달 동안 무슨 일이 있었는지 기억나지 않는다는 딸의 말을 믿지 않았다. 차라리 그럴듯한 변명이라도 만들어 내서 이야기하면 좋을 텐데 진희는 그렇게 하지도 않았다.

큰딸년을 얼른 치워야 뒤의 남동생들도 차례차례 며느리를 데려올 텐데. 평생의 자랑이던 맏딸이 갑자기 거대한 걸림돌이 되어 버렸다. 임용고시 준비를 서른두 살이 되어서 다시 시작한다면 언제 합격할지도 알 수 없고, 재수가 좋아 이삼 년 안에 합격한다 해도 그때는 나이가 너무 많아진다. 일급 신랑감은 고사하고 재취 자리를 얼씬대야 할 판이니 속이 푹푹 들끓는 판인데, 항상 딸보다 못나다 생각했던 동생이 번듯한 사내를 데리고 들어오니 화산이 폭발할 수밖에 없었던 것이다.

그는 조만간 매부가 될 사나이에 대해 똥구멍 미주알까지 훑을 양으로 기세를 올렸다. 인적사항을 캐묻는 것을 시작으로 왜 이렇게 처가에 인사가 없었느냐, 부모님은 무엇을 하던 분이냐, 요새는 여자랑 가사분담 같은 거 잘 해야 하는 거 알지, 우리 민호 신랑한테 예물은 제대로 받았냐 하며 따지기 시작했다.

같이 산다고 얼렁뚱땅 넘어가는 거 아니다. 다 규범에 맞게 하는 게 좋은 거지. 거 진희 친구 은영이라는 애는 무슨 게임회사 사장 아들하고 결혼했는데, 아들이 서울에 45평짜리 아파트 해 오고, 예물로 700만 원짜리 가방에 옷에 다섯 가지 보석을 세트로 받았다고 하더라. 민호가 울근불근하며 화산이 폭발하려는 걸 이완이 발을 꾹 눌러서 막아야 했다.

올케가 그 꼴을 그냥 두고 볼 리가 없었다. 그녀는 남편의 옷자락을 질질 끌고 안방으로 들어가 철없는 서방을 '잡아 족치기' 시작했다. 진희 때문에 화난 걸 왜 아가씨한테 화풀이야? 좋은 남자 만나서 결혼한다는데 대놓고 초 칠 일 있어? 그렇게 처갓집 위세 부리고 싶으면 예단비나 내놓지? 신랑 해 오는 거 맞추려면 현금 예단만 몇 억이 들겠네. 아니면 축하만 해 주고 입 다물고 있든가! 그는 담배만 뻑뻑 피우다가 휑하니 밖으로 나가 버렸다.

민호는 올케에게 청첩을 전하면서도 미안해서 어쩔 줄 몰랐다. 외려 올케는 잘됐다, 축하한다며 두 사람의 손을 번갈아 잡고 몹시 좋아했다. 머뭇머뭇 청첩장을 내민 민호가 조그만 소리로 중얼거렸다.

"언니, 어릴 때 저 속 많이 썩인 거 미안하고, 잘 키워 줘서 고마워요."

청첩장을 물끄러미 내려다보는 올케가 무슨 생각을 하는지 알 수 없었다. 딸과 같은 나이의 막내 시누이, 자신이 지옥 같은 상황에 짓눌려 있을 때 짐 덩어리 시누이를 떠맡기가 쉽지 않았을 텐데 그래도 맡아서 키워 주었다.

민호는 아버지가 돌아가시던 당시 큰올케가 거의 붕괴 직전 상태였다는 것을 알고 있었지만, 그래도 자신을 안 맡으려 서로 악을 쓰며 미룰 때 자신을 맡아 주겠노라 나섰던 올케의 눈빛을 잊지 못했다.

처음 맞닿은 눈빛은 섬뜩했다. 막내 시누이를 계속 키워 주기는 고사하고 지금까지 살던 400년 종가 대들보를 도끼로 찍어 내고 집을 홀랑 태워 버릴 듯한 표정이었다. 하지만 당장 길바닥에 나앉게 될 민호와 눈이 마주치자, 갑자기 미간에 실 같은 주름이 생겼다.

민호는 눈을 끔벅거렸다. 쫓겨나는구나. 나는 고아가 되는 건가? 중학생이나 되었는데 뭐 어때. 어디든 가서 밥 벌어먹고 살면 되지. 내가 못 갈 줄 알고. 다른 곳에 가서 살 테야. 못 살 줄 알고. 생각만큼은 용감했지만 뭘 어찌해야 할지 막막했다. 그저 서럽고 왜 세상에 태어났는지 알 수 없어서 눈물이 고였다.

자신에게 쏟아지던 친척들의 시선에는 경계와 회피밖에 없었다. 목구멍이 졸아들며 점점 숨이 막혔다. 하지만 민호는 자신을 바라보는 차가운 시선이 조금씩 누그러지는 것을 눈치챘다. 올케언니의 눈

꼬리가 파르르 떨리더니 눈빛이 천천히 흐려진다. 눈썹이 두어 번 꿈틀거린다. 민호는 눈물이 괸 눈으로 눈을 깜박였다.

큰올케의 눈빛에서 살벌함이 조금씩 사라졌다. 대신 그 자리에 새로운 감정이 차올랐다. 색깔로 따진다면 노랑색, 분홍색, 주황색 그 언저리쯤 될 것 같은 느낌이었다. 쯧쯧, 혀 차는 소리, 그리고 짧은 한숨.

민호의 목구멍에서 푸우, 긴 한숨이 나왔다. 그녀의 안에서 무언가가 방향을 바꾸었음을 알았다. 그간 기른 정인지, 싸구려 동정심인지 정확히는 알 수는 없었지만, 그동안 올케를 갉아먹었던 의무감이 아닌 것만은 확실했다.

'그간 기른 정도 있으니, 아가씨는 내가 데리고 있지요. 다들 잘 먹고 잘 사세요.'

민호는 아직도 기억하고 있었다. 과거의 평양루에 붙박여 살려 하다가 그래도 현재로 되돌아오게 했던 것은 그때 보았던 그녀의 시선, 천천히 변해 가던 시선 한 자락, 짧은 한숨, 어려운 중에 내밀어진 그녀의 손이었다는 것. 올케는 살갑고 다정한 성격은 아니었다. 하지만 민호가 현재라는 시간과 공간에 머무르도록 울타리가 되어 주었던 것은, 바로 그때 천천히 흐려지던 눈동자와 가볍게 흘러나온 한숨 한 자락이었다.

민호는 그 이후로 친척들에게 감정적인 거리를 두고 지냈다. 이르게 독립을 한 것도 그래서였고, 밥을 쫄쫄 굶을지언정 친척들에게 아쉬운 소리 한번 한 적 없었던 것도 그래서였다.

하지만 큰올케에게만큼은 그럴 수 없었다. 그녀는 힘든 와중에 자신을 끝까지 책임지려 최선을 다했다. 유산 한 푼 상속받지 못한 골칫거리 시누이를 데리고 있으면서 세 명의 자식들과 차별 없이 학원에 보내고 똑같이 옷을 사 입혔다. 공부를 못하면 아이들과 똑같이 무섭게 야단치고 학교와 학원 선생들을 쫓아다녔다. 민호의 잦은 시간 여행과 연락 두절이 신경을 긁어 대지만 않았으면 민호는 아마 대학 졸업 때까지 올케와 함께 살았을 것이다.

친척 집 보증 빚을 덤터기를 써서 2억이 넘는 돈을 생으로 갚아 나가야 하는 중에도, 민호가 독립해서 나갈 때 비상금으로 모아 둔 3천만 원을 내민 것도 그녀였고, 진희와 같은 해에 대학에 들어가서 돈이 빠득빠득 마를 때인데도 민호의 첫 학기 등록금을 내준 것도 그녀였다. 안 받겠다고 뻗대는 시누이의 등짝을 후려쳐 가면서 입학금만큼은 해 주려고 아가씨 이름으로 적금을 들어 둔 거니 안 쓸 거면 이 돈 한강에 뿌려 버린다는 협박도 했었다.

민호가 명절에 집에 꼬박 찾아가는 이유는 오빠가 아니라 올케언니 때문이었다. 종가니 종손이니 사내놈들이 잘난 척 센 척 별 지랄들을 피워 대도 엄마가 돌아가신 후 민호의 울타리는 오로지 그녀 혼자였다. 아니, 집안의 울타리이자, 기둥이자 대들보이기도 했다. 젊은 시절 올케언니에게 그렇게 막소리를 하고 함부로 하던 작은할아버지들도 이제는 꼼짝도 못 하고 설설 기는 걸 보면 고소해 죽을 지경이었다.

한참 동안 먹먹하니 앉아 있던 올케는 청첩장을 내려놓고 안으로 들어가 화사한 분홍 비단으로 만들어진 길쭉한 주머니를 하나 들고 왔다.

"아가씨, 결혼 축하해요. 그래도 아가씨 결혼할 때 가구도 좀 해 주고, 시어른들한테 밍크코트까지는 아니라도 이불, 은수저, 반상기 세트하고 친척들 예단 정도는 해 드리려고 했었어요. 어머니 아버지 안 계셔서 경우 없이 맨몸으로 시집왔다는 소리 안 듣게 하려고. 시어른들이나 친척들도 거의 없다니, 이걸로 신랑 반지 시계 같은 거 해 주고 좋은 양복도 해 주고 그러세요."

민호는 기겁을 하며 펄쩍 뛰었다.

"언니! 언니, 아이고 이게 뭔 일이래! 이러지 마세요! 우리 옷 많아요! 일주일 보름 빨래 안 해도 까딱없을 만큼 많다니까? 숟가락, 젓가락, 밥그릇도 한 달 설거지 안 해도 될 정도로 많고……."

"시끄러워요! 이런 건 입 다물고 그냥 받는 거예요. 아가씨 시집갈 때 해 주려고 아주 옛날부터 떼서 모은 거니까. 아가씨가 뭔 돈이 있어서."

"언니는 또 뭔 돈이 있어서!"

"흥, 아가씨보단 많지."

쌩하니 콧방귀를 뀐 올케는 이제 이완에게 고개를 돌리고는 눈을 부라렸다.

"아, 정말 얼마 안 된다니까? 내가 해 주고 싶어서 그러는 거니까 얼른 받으세요."

이완은 부득부득 쥐여 주는 예단 주머니를 붙잡고 어찌할 바를 몰랐다. 펄펄 뛰는 민호를 보면 사양하고 싶지만 또 민호 씨 결혼을 위해서 정성껏 준비해 온 것이니 마냥 거절하기도 어려웠다.

민호 씨가 친척 사이에서 찬밥처럼 홀로 떠도는 줄로만 알았는데. 오랜 시간 꾸준히 돈을 모았다는 걸 보면 저 여자는 민호 씨를 자신의 울타리 안에 들어 있는 사람으로 항상 생각하고 있던 것이 틀림없다. 갑자기 마음이 뜨끈해진다. 여자는 미안한 듯 말을 이었다.

"내가 젊었을 때 조금만 더 마음에 여유가 있었으면 아가씨한테 힘든 소리도 안 했을 거고, 다른 동서네 집에 가라고 해서 아가씨한테 상처 주지도 않았을 거고 그렇게 일찍 독립시켜서 고생시키지도 않았을 거예요. 아가씨한테 참 미안하고, 그래도 이렇게 잘 커서 결혼한다고 남자도 데려오고 하니까 얼마나 고마운지 몰라. 아가씨 어려서 그래도 열심히 키운다고 했는데 나부터 힘들다 보니 섭섭한 것도 많았을 거야. 딸처럼 키웠다고 하면 거짓말이겠지만 그래도 항상 내 울타리에 있는 내 가족이라고 생각하고 있었으니까 더 이상 거절하지 말고 받아요. 잘 커 줘서 고맙고, 결혼해서 행복하게 잘 살아요, 응? 박이완 씨라고 했나? 우리 착한 아가씨 잘 부탁하고, 재미있게 잘 살아요."

이완은 고개를 숙이고 예단이 든 비단 주머니를 받았다. 민호는 올케언니를 끌어안고 울기 시작했다. 민호는 눈물 콧물 펑펑 쏟으면서 결혼식 날 언니 오빠한테 혼주 자리에 앉아 달라고 부탁하려 했는데 오빠가 진희 일로 하도 속상해서 입이 안 떨어졌다고 털어놓았다. 그 말을 들은 여자도 같이 울기 시작했다.

민호의 결혼 소식이 전국으로 퍼져 가면서 도우미를 자청하는 친구들의 숫자도 폭발적으로 증가했다.

야광귀 고릴라는 빨간 지붕 집의 딸들과 그 집에 손님으로 머무르고 있는 박동벽 교수의 아들들 역시 도울 일이 있다면 언제든지 돕겠다는 의사를 밝혔노라 전했다. 이완은 그 말을 듣고 뜨악했으나, 아무것도 알지 못하는 야광귀 고릴라는 사양의 미덕 하나 없이 아들들을 가마꾼 등등 힘깨나 쓰는 역할로 차출했다. 무보수 자원봉사란 넓은 의미의 노블레스 오블리주이며, 원가 절감이란 노블레스 오블리주 이상으로 중요한 덕목이었다.

콘셉트는 '본때 있는 전통 혼례식'이었다. 대한민국 각지에서 몰려든 도우미들에게는 조선시대 각종 직업인의 코스플레이(costume plaly)라는 임무가 주어졌다. 떡대 고릴라 휘하 어깨발 승한 직원들은 난생처음으로 각진 검은 양복 대신 허름한 바지저고리 맨상투 바람으로 변강쇠, 마님, 나무꾼, 농사꾼, 마당쇠, 포졸 따위의 역할을 떠맡게 되었다.

명색 사장님이자 28년 모태 솔로인 야광귀 고릴라가 변강쇠 역할을 양보하지 않았기 때문에 직원들은 더 상위의 직업을 선택할 여지가 없었다. 어쩔 수 없이 마님 역을 맡은 남자 직원은 "변강쇠도 마님도 직업이 아닙니다!"라며 길길이 뛰었지만 야광귀 고릴라가 콧구멍을 크게 벌리고 가슴을 펑펑 치는 순간 마님도 직업이라는 데 저절로 동의하게 되었다. 그의 상 사나이다운 모습은 주변에 몰려 있는 무수한 여성 도우미의 감동과 찬탄을 불러일으켰다.

아울러 시간여행연구회의 상위 레벨 회원에게서도 도우미 지원 쪽지가 쇄도했다. 하객 제로의 결혼식에 한이 맺혔던 뒤끝 작렬 신랑과 떠들썩한 것을 좋아하는 신부는 하객만 많다면 분위기가 안드로메다로 조금 날아가는 것쯤은 아무래도 좋다고 생각했다.

뒤끝 작렬 신랑의 후폭풍은 그것만이 아니었다. 혼례와 관련된 모든 과정을 '한 가지도 빼놓지 말고', '정식으로', '본때 나게' 해치우기를 바라는 새신랑의 욕구를 주변에서 도저히 진정시킬 수 없었다.

그리하여 이미 같은 집에 사는 데다 결혼을 코앞에 둔 시점에 이완의 청혼서와 사주단자가 사랑채에서 안채로 보내졌다.

민호는 사주단자를 받자마자 허혼서와 택일단자가 든 비단 주머니를 움켜쥐고 안채에서 사랑채로 맹렬하게 달려와, 대청에 조신하게 앉아 기다리고 있는 이완에게 전해 주었다. 이완은 허혼서와 택일단자를 펼쳐 놓고 증거사진을 찍어 달라 요청했고, 민호는 안에 쓰인 글자 따위는 상관없이 이완의 얼굴만 크게, 특별히 얼짱 각도로 찍어 주었다.

혼례 전날 밤, 납폐 의식을 위해서 야광귀 고릴라가 함진아비로 차출되었다. 마누라도 자식도 없는 모쏠 총각임에도 잡귀를 물리치기에는 저만한 얼굴이 없다는 의견이 압도적이었고, 심지어 검댕칠이나 오징어 가면조차 필요 없다는 의견도 상당수였다.

야광귀 고릴라는 한턱 잘 얻어먹겠노라, 형님 저만 믿으십쇼, 하며 기세등등 위풍당당 큰소리를 쳤다. 그러고는 패물이 든 화각함과 각종 예물, 오곡 주머니가 든 커다란 함을 지고 오징어 가면을 뒤집어쓴 후, 특별히 선발된 덩치 좋은 직원들을 줄줄 이끌고 안락재로 들어섰다.

이제부터 갈까 말까 어떻게 실랑이를 해 볼까 간을 보던 사나이는 안채의 문이 열리자마자 선정 공주를 위시한 여자 사람들이 1개 연대쯤 모여 있다는 것을 알게 되었다. 그는 순간 함진아비의 본분을 말갛게 망각하고 말았다. 선정 공주의 진두지휘하에 모인 아가씨들은 우아하고 곱게 미소를 지으며 "송석 씨, 얼른 오세요. 기다렸어요." 하며 손을 팔랑팔랑, 윙크를 깜박깜박 날렸다. 1초도 지나지 않아 그는 실랑이도 튕기는 것도 새까맣게 잊어버리고 빛의 속도로 혼서지와 함을 자진 납세하여 모인 처자들의 열화 같은 환영을 받았다.

민호는 시루에 찐 봉채 떡을 시루째 얹어 놓고 기다렸다. 밤과 일곱 개의 대추가 한가운데서 오밀조밀 머리를 맞대고 있는 붉은 시루 떡이었다. 시누이의 결혼 준비를 위해 일산에서 달려온 큰올케가 함과 혼서지를 받아 붉은 보자기를 얹은 떡시루에 얹어 놓고 큰절을 한 후, 혼서지를 꺼내 모인 사람 앞에서 큰 소리로 읽어 주었다. 읽어 주려고 했다.

하지만 이완이 온 정성을 기울여 직접 쓴 혼서지는 몽땅 한문으로 적혀 있었고, 읽고 해석할 수 있는 사람이 아무도 없었다. 어쩔 수 없이 혼서지를 쓴 당사자인 이완이 멈칫거리며 앞으로 나와 뜻을 해석해 주어야 했다.

潘南后人朴移完拜 반남후인박이완배

반남 박씨 자손인 박이완 삼가 절 올립니다.

時維孟秋尊體百福 시유맹추존체백복

때는 바야흐로 초가을인데 존체에 백 가지 복이 깃드시기를 바랍니다.

僕年旣長成未有伉儷 복연기장성미유항려

제가 나이가 이미 차서 장성하였으나 아직 반려가 없사온데

伏蒙尊慈許以季妹敏狐眖室 복몽존자허이계매민호황실

높으신 자비로 막내 누이 민호 양을 아내로 허락하여 주심을 엎드려 받나이다.

兹有先人之禮謹行納幣之儀 자유선인지례근행납폐지의

이에 옛사람의 예로서 근실히 납폐의식을 거행하오니

不備伏惟尊照謹拜上狀 불비복유존조근배상장

준비가 미흡하다 엎드려 생각하옵니다만, 삼가 배례하며 이 글을 올리나이다.

한 사람이 자신의 품으로 새로운 사람을 맞아들이는 일은 옛날이나 지금이나 무척 어렵고 삼가고 고마워해야 할 일이었던 게 틀림없다. 기혼자든 미혼자든 혼서지의 내용을 처음 들어 보는 사람들은 생각 외로 정중하고 어려워하는 어조에 놀랐는지 눈을 깜박이며 집중했다.

올케는 함 안에서 오곡 주머니를 꺼내 안에 든 것을 한 가지씩 집어 들고 두 사람에게 뜻을 일러 주며 복을 빌어 주었다. 이 목화씨처럼 자손과 가문이 풍성하게 번성하기를, 팥의 붉은색이 집안에 몹쓸 일이 틈타지 않도록 막아 주기를, 이 노란 콩처럼 부드럽고 화사한 성품으로 따뜻한 가정을 만들도록, 이 찹쌀처럼 두 사람이 질기게 해로하기를, 그리고 이 향의 향기처럼 장래가 길하고 향기로운 가정이

되기를.

모여 있는 이들은 숙연하게 듣고 있다가 작당이라도 한 것처럼 손뼉을 치기 시작했다. 여기서 손뼉을 치는 것이 법도에 맞는지 틀리는지는 아무도 알 수 없었고, 그저 있는 힘껏, 휘파람까지 불어 가며 손뼉을 쳤다.

민호는 자리에서 벌떡 일어나 이완의 손을 잡고 올케와 모인 친구들을 향해 꾸벅 인사를 했다. 이완도 엉겁결에 따라 고개를 푹 숙였다. 아마 원래 형식은 이러지는 않을 거라 생각했지만 아무래도 좋았다. 민호 역시 기어이 혼서지에 세한도를 배경으로 깔고야 만 이완의 뒤끝 작렬에 대해 기분 좋게 웃어넘기기로 했다.

❀   ❀   ❀

두 사람의 본때 있는 전통 혼례식은 10월 첫째 토요일 오후 한 시로, 실구름 한 점 없이 하늘이 온통 새파랗던 날이었다. 드레스코드를 청첩장에 고딕 볼드체로 박아 놓은 덕에, 조금 투덜투덜하기는 해도 다들 한복을 입고 삼삼오오 안락재로 몰려들기 시작했다.

오전부터 일찌감치 도착한 풍물놀이패가 천마산 일대를 휘젓고 다니며 이른 공연을 시작했다. 마을 놀이터와 작은 공터 몇 군데에서 몸풀기로 판을 벌이고 온 그들은 안락재 주변의 너른 풀밭을 빙빙 돌면서 본격 놀음판을 벌였다. 하얀색 바지와 저고리를 입고 까만색 더그레를 위에 걸친 후, 청색 홍색 띠를 가슴께에서 X 자로 맨 경쾌한 차림새였다.

알로하 영감님 내외가 모란 수가 곱다시 놓인 커플 한복을 입고 도착한 것은 놀음이 시작된 지 30분도 채 되지 않아서였다. 알로하 영감님은 골골 끙끙하며 제대로 걷지 못하는 상태였는데, 밖에서 신명 나게 꽹과리 소리가 울리고 사람들이 노는 소리가 들리니 엉덩이가 덜썩거려서 마누라를 달달 볶아 댔다 하였다. 마누라, 마누라! 나가게 해 줘! 나가게 해 줘! 아이이, 아이 씨! 마누라아아!

내일 죽어도 오늘만큼은 저놈의 꽹꽹이 놀음을 보고야 말겠다는 집념에 보스 여사는 두 손 두 발 다 들고, 영감님을 휠체어에 태워 안락재로 들어서게 되었다. 실종된 두나를 제외한 여섯 딸이 꽃처럼 고운 빨간 치마 노란 저고리를 나풀나풀 차려입고 아빠의 휠체어를 호위하듯 따라나섰다.

두나에게서는 뜬금포로 잊을 만하면 메일이 오고 있었는데 지금 어디에 있는지, 누구와 있는지 무엇을 하고 있는지는 전혀 알리지 않았고, 무사히 잘 있다는 말과 실종신고는 하지 말라는 당부만 가끔 보내서 보스 여사의 혈압을 혁혁하게 끌어 올리는 중이었다.

두나가 멀리 여행을 간 줄로만 아는 알로하 영감님은 그런 걱정조차 없으니 그저 좋기만 하다. 안락재 대문 앞에선 수문장 코스플레이 중인 두 장정이 서 있다가 휴대폰 카메라에 사진 촬영을 막을 검은 스티커를 붙여 준다.

휠체어를 타고 들어온 알로하 영감님은 풍물놀이패의 요란한 공연에 아주 신이 나셨다. 누구는 쇠를 들고 누구는 징을 잡고 누구는 장구를 들고 누구는 북을 친다. 누구는 태평소에 누구는 소고 잡고 짧은 꼬리가 달린 상모를 요리조리 흔든다. 징, 징, 징, 징 꽹그렁꽹 꽹, 붕, 부붕, 붕, 붕, 다당다당, 당그당그, 당당, 당그당그. 징과 꽹과리와 북과 장구의 소리는 악기의 이름을 조금씩 닮았다. 휠체어에서 구경하던 영감님은 콧구멍이 벌름벌름, 엉덩이도 들썩들썩한다.

이들은 손으로는 부지런히 연주를 하며 발로는 정해진 진법에 따라 흥겹게 대열을 풀고 감다가 큰 반원 형태의 놀음 공간을 만들어

낸다. 고개는 앞뒤 좌우로 짤깍짤깍 움직여 상모에 달린 꼬랑지를 사방으로 경쾌하게 튕긴다. 고개를 휘저을 때마다 얼굴 주변으로 땀방울이 튄다.

열두 발 긴 꼬리 상모를 쓴 소고잡이 둘이 나와서 꼬리를 나란히 돌리기 시작했다. 긴 꼬리가 생명을 얻은 것처럼 한 번 엉키지도 않고 신기하게 착착 맞아 돌아간다. 징과 소고 꽹과리 소리가 자지러들면서 두 사람은 몸을 붕붕 날리며 커다란 원을 나란히 만들기 시작했다. 몸보다도 훨씬 커다란 원을 만들어 내는 그들은 아예 높이높이 솟구쳐 허공을 훨훨 날아오른다. 알로하 영감님은 엉덩이를 실룩이는 것도 모자라 어적어적 기어이 일어나더니 어깨를 들썩이며 같이 춤을 추기 시작했다.

그들의 공연이 막바지에 이를 무렵, 한복을 입고 머리까지 제대로 곱게 단장한 공연단이 대문을 열고 우르르 들어온다. 그네들은 이미 한바탕 놀음판이 펼쳐진 것을 보고 한쪽 구석에 자리를 잡고 앉는다.

풍물놀이가 끝난 후, 그네들의 판소리 한 마당이 시작됐고, 악사들이 장구와 북과 소를 불며 분위기를 잡은 후, 희게 화장을 한 두 여자가 나와 검무를 시작했다. 청색 벙거지, 녹색 저고리, 붉은 치마를 입은 여자와 검은 전모, 청색 저고리 푸른 치마를 입은 앳된 얼굴의 여자들은 웃음기 하나 없는 얼굴로 날이 푸른 칼을 들고 겨루고 부딪치며 어우러졌는데, 움직임이 날렵하면서도 크고 아름다워 아낌없는 박수를 받았다.

그 후, 화관무에 승무, 또 다른 공연들이 줄줄 이어졌다. 붉은 화관에 남색 치마, 금박이 자자한 넓은 허리띠와 색동 한삼을 소매에 붙인 이들 서넛이 나와, 모인 사람 앞에 나붓이 절을 하고 공연을 시작했다. 악사들이 연주하는 음악은 느리고 장중했고, 춤사위는 우아하고 엄격하고 정밀했다. 춤 이름이 무엇이냐 묻는 사람에게, 무리를 이끌고 온 나이 든 여자가 웃음기 하나 없는 얼굴로 궁중정재무라 일러 주었다.

각종 한복으로 차려입은 손님과 행사 요원들이 주위로 빙 둘러서서 공연을 구경하여, 혼례가 시작하기도 전에 안락재 마당은 이미 도떼기시장처럼 흥청흥청했다. 큰 갓을 쓰고 긴 수염을 기른 영감님도 눈에 띄고, 쓰개치마를 쓰고 힐끔대는 아가씨, 지게를 진 나무꾼, 척을 쥔 장사꾼, 관아의 염소수염 아전에 육모방망이 든 나졸에 꼬장꼬장 늙은 선비님들까지 각색으로 꾸민 사람들이 여기저기 기웃대며 흥청거렸다. 아기를 흰 처네로 업고 들어와 놀음판에 넋을 빼놓은 사람들도 눈에 보인다.

사랑채 앞의 넓은 마당에는 높직하게 차일이 펴졌고, 대청에는 큼직한 교자상이 놓이고 높직하게 고인 음식들이 차례로 얹힌다.

바야흐로 인륜지대사, 두 사람의 혼례의 시작이었다.

❁　　　❁　　　❁

오늘의 주인공 두 명은 기세 좋게 늦잠을 자 버렸다. 함을 받고서 기분 내킨 김에 사랑채 안채로 나뉘어 온갖 타령을 불러 젖히며 '밤 드리 노닌' 것이 큰 패착이었다.

화장을 해야 할 두 주인공은 피부가 허옇게 들떠 화장이 하나도 먹지 않는 바람에 고릴라와 앤드류와 선정과 이레가 신랑 신부에게 달라붙어 등짝을 후려갈겨 가며 온갖 영양 크림과 에센스를 들이부어야 했다. 헤어 디자이너가 오기 전에 피부의 탄력을 찾아야 한다며 두 아가씨는 질투가 충만한 손길로 민호의 얼굴을 마구 두들겨 주었다.

주례를 위해 일찌감치 도착한 한승헌 교수는 예상외로 장바닥처럼 시끄러운 정말 '전통 혼례'의 모습에 당황했다. 그 조용하고 냉랭하던 제자가 이렇게 시끄럽고 떠들썩한 분위기를 좋아했던가? 어찌어찌 이완과 인사를 하기는 했는데 이내 인파에 휩쓸려 여긴 어디? 나는 누구? 혼이 쑥 빠져나간 상태가 되어 버렸다.

다행히 풍채 좋은 백발 사내가 한 교수님 아니시냐, 하며 알은체를 했다. 뉴욕과 인사동에 고미술품 매장을 갖고 있는 박 모라는 사업가로, 예전에 잠시 교수님의 강의를 들은 적이 있다, 영광이다, 하며 반가워했다. 그는 조용하고 편안한 장소를 발견했다며 전원이 꺼져 있는 보안실로 안내했다.

그는 한 교수에게 전공과 관련된 이런저런 이야기를 늘어놓다가 몇 가지 음식을 소반에 담아 왔고, 곁들여 전통주를 한 잔 권했다. 향긋한 냄새가 나는 것이 도수가 그리 높지 않은 과일주 같았다. 술이 그리 세지 않은 한 교수는 점잖고 세련된 뉴요커 박 사장과 한 잔 두 잔 주거니 받거니 하다가 까무룩 정신을 놓고 말았다.

야광 고릴라는 야단이 났다. 주례를 맡기로 한 한승헌 교수라는 사람이 나타나지 않는다. 전화도 받지 않는다. 아니 신랑하고 인사도 했다는 주례가 대체 어디에 가신 겁니까? 시작 시간은 다 되어 가는데, 신랑과 신부는 이제 드디어 밖에서 입장하려고 가마 타고 밖으로 다 나가 버렸는데 주례가 없다!

만약 지금 없어졌다고 대모님께 전화라도 했다간, 벌겋고 퍼렇고 정신 사나운 옷을 껴입고 앞뒤 댕기를 휘날리며 벙벙 뛰어온 그분의 솥뚜껑 같은 손바닥에 맞아 죽을 것만 같았다.

천만다행으로, 누군가가 썩 나서서 전통 혼례에 대해 잘 알고 있다는 영감님을 소개했다. 들어설 때는 휠체어에 타고 있다가 어느새 벌떡 일어나 춤을 추고 있던 알로하 영감님이었다. 그는 바싹 마른 가슴을 텅텅 치며 호언장담했다. 그럼, 내가 전통 혼례로 결혼했어!
응! 그것도 한 번도 아니고 두 번 다! 아 글쎄, 걱정 말래두!

풍물놀이패가 요란하게 쇠를 울리며 말 탄 신랑을 호위해 들어온
다. 백마는 아니라지만 퇴역한 점박이도 제법 위풍당당 걸었고, 그
위에 올라앉은 새신랑은 훤칠하고 번듯하니 잘도 생겼다. 새로 지은
물색 고운 비단 바지와 저고리를 멀끔하게 갖춰 입고 푸른색 단령을
풍성하게 걸쳤다. 쌍학이 노니는 흉배에 총총 자수를 놓은 비단으로
감싼 뿔각 띠를 의젓하게 늘어뜨리고 구름무늬 사모 쓰고 목화 신고
푸른색 차면선을 들어 얼굴을 가리고 말 등에 높직이 올라앉아 안으
로 들어서니 격조 높은 헌헌장부가 따로 없다. 말구종을 맡은 사내도
들썩들썩 어깨춤이다.
뒤이어 들어온 신부의 가마가 안락재의 대문을 넘어선다. 가마꾼
은 박동벽 교수의 아들들이 자원봉사를 자청했는데, 훤칠훤칠 기운
좋은 장정들은 무거운 가마를 들고도 총알택시처럼 빠르게 손님을
목적지까지 모셨다.
그들 뒤로 한복 차림의 수많은 사람들이 우르르 떼 지어 손에 손잡
고 마당으로 들어섰다. 주변을 둘러싸고 오는 이들은 신부의 얼굴을
구경한답시고 가마 옆문을 들추어 보고 야단야단이 났다. 신부는 여
자들에게 구름처럼 둘러싸여 작은 방으로 들어가 버렸다.
니나노 한 마당에 갑자기 회춘한 듯 기운을 차린 영감님은 기세 좋
게 교배상 앞에 섰다. 홀기가 적힌 종이를 들고 한참 고개를 갸웃거
리는 것을 본 보스 여사가 눈치껏 나와서 귀띔했고, 영감은 그제야
칼칼한 목소리로 외친다.
"서지부가(婿至婦家) 사우차(俟于次)니, 신랑이 신부 집에 도착했
으니 잠시 기다리시오!"

대문께에 쳐 둔 차일 밑에 서 있던 이완은 깜짝 놀라서 얼굴을 가리고 있던 차면선을 떨어뜨릴 뻔했다. 아니, 한 교수님은 어디 가시고 왜 스승님이 저 자리에 서 있지?

순간 이완은 그들이 장 화원의 주례로 첫 번째 혼례식을 올렸던 것을 떠올렸다. 그때 뭐라 하셨더라? 나중에 제대로 사람들 많이 불러 놓고 혼례식을 하게 되면 그때 제대로 주례를 봐 주마고 했었다. 이완은 그가 약속을 잊지 않고 기다리고 있었음을 이제야 알았다. 자신만 미련해서 잊고 있었을 뿐이다.

이완은 식을 멈추고 주례를 찾아오라 하는 대신 조용히 흘러가는 대로 놓아두기로 했다. 천만다행으로 민호도 방에서 정의롭게 튀어나오는 대신 얌전히 기다리는 쪽을 택한 듯했다.

"주인출영(主人出迎) 주인읍(主人揖)에 서답읍(壻答揖)하고, 주인인서입전안청(主人引壻入奠雁廳)이요!"

사위 맞아서 절하고, 사위도 답배하라는 말에 그제야 민호의 오빠와 올케가 나와서 이완을 맞아들여 절하고, 이완도 그 자리에서 답배한 후, 그가 안내하는 대로 전안청으로 따라 들어갔다.

이제부터 전안례(奠雁禮)의 시작이었다.

전안례는 기러기를 드리는 의식인데, 기러기는 금슬이 좋고 신예지절(信禮智節)을 상징한다고 하였다. 신랑이 나무기러기를 직접 깎아 바치는 전통이 있다 해서 '본때 있게'를 표방한 이완이 고집 세게 직접 깎아 색칠을 했는데, 시간을 잡아먹은 것치고 기러기가 멋지게 나오지는 않았다. 조선 최고의 화원에게 직접 사사한 실력치고 채색 솜씨도 형편없었다. 하지만 적어도 타조나 코끼리로 보이지는 않았다.

한복을 멋지게 차려입은 노랑머리 앤드류가 기러기 아범이 되어 기러기를 안고 뒤따랐다. 알로하 영감님은 여전히 마누라에게 커닝을, 그것도 당당하게 하고 앉았다.

"서북향궤(壻北向跪) 치안우지(置雁于地)요 서면복흥소퇴재배(壻俛伏興小退再拜)하시오!"

이완은 서북쪽으로 꿇어앉아 앤드류에게 받은 나무 기러기 한 쌍을 소반에 올려놓고, 허리를 숙인 채 일어나서 뒤로 조금 물러서 두 번 절을 했다. 임오년에 처음 혼례를 치를 때 얼마나 엉터리로 해치웠는지 놀랄 지경이었다.

기러기를 받은 민호의 큰오빠가 기러기를 아내에게 내주었고, 그녀는 기러기 두 마리를 치마폭에 싸서 민호가 기다리고 있는 방으로 올라가 안으로 던져 넣었다. 기러기가 서면 첫아들을 낳고 누우면 첫딸을 낳는다는데 안에서는 바로 환호성이 터졌다. 나이 드신 어른들은 기러기가 섰나 보다 하며 웃었고, 젊은 사람들은 기러기가 누웠는가 보다 하며 고개를 끄덕였다. 그렇게 전안례가 끝나고 바로 교배례(交拜禮)의 첫 번째 예식인 상견례(相見禮)가 시작되었다.

사랑채 바로 앞쪽의 마당에 긴 백포를 좌우로 깔아 놓고 초례청이 만들어졌다. 붉고 누르고 푸른 모란꽃이 화려하게 수놓인 열 폭 모란 병풍이 쳐지고 그 앞으로 대례상이 흐드러지게 벌어졌다. 청홍의 비단보가 높은 상 위에 깔렸고, 청색 홍색의 양초가 촛대 위에 서 있는데, 큼직하고 아가리가 큰 백자 항아리 두 개엔 각각 잎이 무성한 대나무와 소나무가 담겼다. 삶은 국수 두 그릇, 청실홍실, 붉은 팥, 찹쌀, 대추, 밤, 곶감, 배, 사과를 두 그릇씩, 멥쌀로 만든 큼직한 용떡, 녹두전도 두 그릇씩 열을 지어 배치했다. 쌀도 두 그릇을 놓았는데 쌀 위에는 대추 물린 북어를 한 마리씩 박아 놓았다.

청색 홍색 보자기에 싸 놓은 닭들은 자웅을 갈라 남북으로 앉혀 놓는다. 닭 두 마리가 두릿두릿 눈을 부라리며 고개를 이리저리 빼고 몸을 비틀자 주변에 있던 아이들이 눈을 동그랗게 뜨고 신기해한다.

상의 양쪽으로 두 개의 개다리소반이 놓였는데, 작은 백자 술병이 하나씩, 표주박이 하나, 그리고 작은 술잔이 하나씩 놓였다. 그 옆으로 대나무 세 자루를 엮어 만든 삼각 받침 위에 물이 담긴 놋대야와 흰색 수건이 얌전하게 얹혔다.

"모도부출(姆道婦出)하고, 서동부서상향립(壻東婦西相向立)이니, 신부는 얼른얼른 방에서 나오고 신랑은 동쪽 자리에 서시오!"

사르르, 신부가 들어 있던 방문이 열린다. 한껏 화려하게 꾸민 신부가 좌우 부액을 받으며 드디어 방을 나선다. 붉은 치맛자락이 사그락사그락 소리를 내며 문지방을 타고 넘는다.

한복은 보통 아담한 체구의 여자에게 잘 어울리는데 애석하게도 민호는 키가 자그마치 176센티인 데다 다리가 상당히 긴 편이었다. 단아하다는 말은 예의상으로라도 나오지 않았다. 다만 화려하기로는 역대급이었다. 길고 풍성한 머리를 땋고 다리까지 덧넣어 뒤통수에 갖은 모양을 내어 쪽을 찌고 길고 굵은 용비녀로 고정해 놓았다. 금실로 수를 놓은 드림댕기를 양쪽으로 길게 내렸고, 뒤로는 폭이 넓고 긴 자줏빛 도투락댕기를 맵시 있게 늘어뜨려 앞뒤의 자태가 화려했다.

화사한 저고리에 금사 은사 청실 홍실 각색 자수가 놓인 빨간 치마를 휘둘렀는데, 다리속곳 속속곳 속바지 단속곳 대슘치마 무지기치마를 겹겹이 입어 놓으니 그 부풀어 오른 위세가 로코코 드레스 못지않게 대단했다. 게다가 그 위에 덧입은 활옷은 또 오죽 화려한가. 오색구름에 쌍학이 이곳저곳에서 노닐며 연꽃과 모란이 가슴과 등과 소매에 화려하게 피어올랐다. 하얀 비단에 원앙을 수놓고 사방 둘러가며 모란과 수, 귀, 복 따위 글자를 박아 놓은 한삼도 빛이 고왔다.

조선 최고의 바늘쟁이 구월이가 그야말로 영혼을 팔아 가며 혼신의 힘을 다해 수를 놓은 옷이라 했다. 치마허리에는 길게 매듭이 지어진 삼작노리개까지 찰랑거리니 도무지 어디에 눈을 두어야 할지 모를 정도였다.

신부는 예뻤다. 뽀얗고 단순하게 피부를 정리하니 까맣고 수려하게 빠진 긴 눈꼬리가 선명하게 모습을 드러냈다. 눈썹은 가늘고 꼬리가 길었고, 속눈썹은 길고 풍성하고, 눈동자는 새까맣고 별이 박힌 것처럼 초롱초롱했다. 콧대가 야무지게 오똑하고 인중은 또렷하고 입술은 선명하게 붉었다. 동그랗고 매끈한 이마와 갸름한 얼굴이 잘 드러났다. 검정 바탕에 화려한 꽃이 수놓이고 진주가 잘강잘강하는 고운 화관과 뺨과 이마에 동그랗게 치레한 연지 곤지가 여자의 얼굴을 더욱 도드라져 보이게 만들었다. 이야, 인간 윤민호가 저렇게 예뻐 보일 수도 있나. 역시 결혼은 한 번쯤 하고 볼 일이야, 사람들은 입을 벌리고 감탄했다.

신부는 꼼지락꼼지락 달팽이 스피드로 전진하는 것이 답답했는지 양쪽의 부액도 집어치우고 저 혼자 척척 걸어 나오기 시작했다. 소매로 얼굴을 가리고 말고도 없이 댓돌을 밟고 겅중겅중 내려와 신랑의 맞은편에 선 후, 눈을 뎅그렇게 뜨고 모인 사람들을 휘휘 둘러보고, 사방 한복 입은 사람들로 흥청거리는 것이 마음에 들었는지 음흉하게 웃기도 했다.

빙 둘러선 사람들이 킬킬대기 시작했다. 이완은 어째야 할까 생각하다가 똑같이 씩 웃어 주는 것으로 화답했다. 하객들 사이에서 드디어 폭소가 터졌다. 신랑 봐라, 좋단다! 좋기도 하시겠습니다! 왁자한 놀림에도 이완은 웃음을 감추지 않았다.

"부선재배(婦先再拜)하고 서답일배(壻答一拜)하시오!"

알로하 영감님의 외침에 민호가 두리번거리자 영감님이 머리를 쥐어박을 듯 소리를 친다.

"이것아, 또 까먹었냐! 신랑한테 먼저 절 두 번 해라!"

한 번 해 봤다고 해서 이 과정이 쉬워지는 것이 아닌 것이, 그때는 주례부터 신랑 신부에 관객까지 모조리 엉터리였으니 알 게 뭐냐 말이다. 민호는 고개를 갸웃했다. 그때 절하면서 뭔가 상당히 아니꼬웠던 기억이 있는데? 다음번에 할 때는 꼭 뜯어고쳐야지, 하고 결심한 것은 기억이 나는데, 뭐가 아니꼬웠는지 생각이 나지 않는다! 민호는 절을 두 번 한 후에야 맞다, 남자도 공평하게 절은 두 번 시켜야지! 하고 결심했던 것을 떠올렸으나 때는 이미 늦어, 예식은 술잔을 나눈다는 합근례(合졸禮)로 홀랑 넘어가 버렸다.

양쪽으로 서 있던 한복 차림의 도우미들이 하나에서 쪼개진 두 개의 표주박에 두 사람의 술을 조금씩 따랐다. 첫 번째 혼례식에서 표주박에 든 술을 원샷했던 신부가 이번에는 눈치를 살살 보며 먹을까 말까 한다.

이완은 여자가 이번에도 원샷 원킬을 외치기 전에 얼른 표주박을 받아 안에 있는 술을 땅에 부었다. 다행히 이번에는 타이밍이 맞춤해서 눈치를 보던 민호도 얼른 따라 땅에 붓고 배시시 웃는다. 저거 저거 신부가 자꾸 웃어서 어떡해, 자꾸 웃으면 딸 낳는다는데! 하고 옆에서 누가 혀를 차는 바람에 두 사람은 기분이 몹시 좋아졌다.

홀기에 따라 도우미들이 표주박에 술을 따라 다시 내주었고 두 사람은 술을 마시고 잔을 다시 내주었다. 신부는 입만 대고 어쩌고의 겸양 따위는 여전히 코딱지만큼도 없이, 따라 준 술을 고개까지 꺾어가며 다 마셨다. 신부 가까이 있던 사람들은 분명 캬, 소리까지 들은 것 같았지만 설마 신부가 그런 소릴 냈으랴 싶어 잘못 들은 것으로 여기기로 했다.

세 번째로 술을 받은 두 사람은 표주박을 서로에게 건네 상대방이 준 술을 한 잔씩 마시고, 안주까지 한 점씩 입에 집어넣었다.

드디어 상견례, 합근례까지 끝났으니 대례필(大禮畢)이요, 하는 소리가 들려야 하는데 아무 소리도 나지 않는다. 이완이 알로하 영감님을 살짝 곁눈질하자, 그는 고부라진 허리를 짱짱하게 펴고 배를 내밀며 뒷짐을 지더니 난데없이 뜬금포 잡설을 시작했다.

"내가 얘들을 좀 알지, 꼬꼬마 때부터 봐 왔었어. 그래 내가 두 사람이 재미있게 잘 살라고 몇 가지 덕담을 준비했어! 주례가 별거냐, 다 이런 덕담 한마디 하라고 세우는 거지. 응, 그렇지?"

모인 사람 중 알로하 영감님을 아는 사람은 떨떠름한 얼굴로, 모르는 사람은 재미있다는 듯 투덕투덕 박수를 보냈다. 신부는 떨떠름한 쪽이었다.

"뽀뽀쟁이들, 요새는 뽀뽀 많이 하냐?"

아니나 다를까, 불안했는데 그놈의 뽀뽀 타령으로 포문을 여신다. 이렇게 두고두고 놀림당할 줄 알았으면 그날 평생 고자 소리를 듣는 한이 있어도 뽀뽀 따위는 안 했을 것이다. 신부의 코에서 증기기관차 연통처럼 식식 소리가 나오기 시작하는데, 어느덧 내공이 조금 생긴 신랑은 제법 관록 있는 표정을 지으며 싱긋 웃는다.

"예, 많이 합니다."

"하루 몇 번씩이나 하냐?"

"백 번까지는 안 되지만 노력해 보겠습니다."

휘이이! 여기저기서 휘파람 소리와 킬킬대는 소리가 비어졌다. 영감은 껄껄 웃었다.

"뽀뽀 많이 해! 뽀뽀하는 게 참 좋더라. 기운 달리기 전에 많이 해, 늙어지면 콧심 딸려서 할딱할딱하느라고 오래 못 해. 젊어 많이 하거라. 참말로 좋으니라."

"예."

"내가 말이지, 나이가 여든을 훌쩍 넘었다! 오지게도 살았지, 응. 혼자도 살아 보고 마누라 새끼들하고 같이도 살아 보고. 그런데 혼자보다는 마누라랑 같이 사는 게 좋더라, 아주 참말 좋더라!"

글쎄요, 마나님도 그렇게 생각하실지? 한량 남편을 둔 마나님의 의견을 먼저 들어 봐야 하지 않을까? 하지만 민호는 보스 여사한테 물어봐도 비슷한 대답이 나올 것 같다는 불길한 생각이 들었다.

"봐라, 상제님이 처음에 사난들로만 세상을 짠 만드시고 내려다보니까, 순 천지에 똥 구린내만 나고, 하나도 예쁜 구석이 없는 거야. 사난들을 모아 놓으니 순 쌈박질만 하고 제 목구멍만 위하고, 제 신간 편한 것만 알아서 세상이 칙칙하구 군둥내 나고 참 별 볼 일 없었느니라."

"……."

"그래서 상제님이 궁리궁리하다가 세상에 예쁜 것들만 모아다가 내려보내기 시작했지. 봐 봐라, 세상엔 참 예쁜 것들이 많다. 꽃들도, 돌들도, 베짱이도, 잠자리도, 시들어 빠지는 나뭇잎도 모조리 예쁘니라. 그 예쁜 것 중에서도 최고로 예쁜 것들을 모두 모두 모아서 이리 봐도 예쁘고 저리 봐도 예쁜 것을 만들어 세상에 보내기 시작했지. 그게 바로 에미나이들이다! 물론 그중에 최고로 성공한 것이 내 마누라 김숙자 여사지! 아 뭐, 요게 서 있는 신랑 눈에야 제 각시가 온 천지 우주 만물간에 가장 예뻐 보일 테지만 그거까지야 내 알 바 아니고. 내 마누라로 말할 것 같으면!"

하객들은 저놈의 주례영감 마누라 자랑을 계속 들어야 하나 끌어 내려야 하나 고민하고, 알로하 영감을 잘 알고 있는 동네 영감들은 우우, 야유를 퍼부었다. 신부는 이놈의 판을 엎을까 말까 하는지 콧구멍이 실룩실룩, 어깨가 움씰움씰한다.

막장 주례는 귀를 후비적거리며 파더니 아래에 놓인 술병을 들어 꼴꼴 들이켠다. 주변 사람들은 입을 딱 벌리고 기겁했지만 그는 아랑 곳하지 않고 소매로 입술을 문지른다. 캬아! 이제 좀 사는 것 같다!

"너, 박이완이 이놈, 요 개똥 같은 결벽쟁이! 잘 들어. 장가가면 마누라 말을 잘 들어야 해. 마누라 딸랑이 팔자가 최고로 행복해, 알았 는고?"

"잘 알고 있습니다. 특별히 명심하겠습니다."

의외로 새신랑은 별다른 토를 달지 않고 수굿이 대답했다. 모여 있는 하객 중 아줌마 할머니 군단은 열렬히 환호하고 영감들은 코를 핑핑대고 젊은 사내들만 우우우, 소리를 내며 야유를 퍼부었다.

"참말로 절대 잊어버리면 안 되는 것이 있느니라. 알통 둥실둥실 하고 큰소리나 땅땅 치는 사난들보다 고 조고맣고 가늘가늘한 팔뚝 을 가진 예쁜 꽃들이 백배는 더 용감해! 고 조그만 에미나이들은, 사 랑을 했다 하면 아주 본때 있게 용감해지느니라. 그중에 어떤 에미나 이들은, 자기가 가진 걸 다 버리고, 정말로 몽땅 버려 가며 용감하게 결혼을 해! 그게 에미나이들이 가진 게 사난들이 가진 것보다 더 찌 질해서 버리는 게 아니야! 더 용감해서 버리는 거야. 그렇게 용감무 쌍하니 겁도 없이 찌질한 사난들을 사랑하고, 아이들도 낳아 키우고, 집안의 기둥도 되고, 꽃밭 가득한 마당도 되고, 딴딴한 울타리도 되 어 줄 수 있는 거야!"

"……."

"그래서 세상이 예뻐지느니라. 이 칙칙하고 군둥내 나는 세상을 예쁘고 살 만하게 만드는 것이 고 용감하고 고운 에미나이들이니라. 그것도 모르는 사난들은 저만 잘난 줄 알고 주접을 떠는 거야. 그러 니 너는 마누라한테 대들지 말고 예쁘다 예쁘다 하면서 평생 재미있 게 살아. 마누라가 예쁜 꽃으로 살지 두꺼비 고릴라 야차가 될지는

다 사난들 할 탓이야! 특히 저 꺽실이는 욕도 잘하고 힘도 세고 일도 걱실걱실 잘하니까 덤비면 뼈도 못 추려. 함부로 개겼다간 어느 골짝에 파묻힐지 모르는 거야. 내가 다아 너를 위해서 하는 말이다, 알았지?"

사방 왁자한 웃음이 터졌다. 웃지 못하는 것은 당사자인 새 신부뿐이었다.

"아니, 아저씨! 아오 씨! 진짜! 제가 무슨 욕을 그렇게 많이 했다고 그러세요!"

"안 했냐?"

"아니 뭐, 아주 안 했다기보다 아주 가끔, 꼭 필요할 때! 살아가면서 강력한 선빵이 필요할 때가 있단 말이에요! 초장 한 방에서 지고 들어가면 내가 죽게 생겼을 때, 지지 않는 기선제압용으로 좀 덜 예쁜 말을 쓰는 것뿐이라고요!"

"기선 제압하고 싸울 일이 뭐가 그리 많아서? 이 쌈쟁이야! 넌 쌈쟁이야, 쌈쟁이!"

"아오오오 씨! 남이야 싸우든 말든! 아저씨가 보태 줬어요! 왜 남의 결혼식에서 욕쟁이네 쌈쟁이네 어쩌네, 이 판 엎으려고 작정했어요? 아오오오!"

활옷 소매에 달린 하얀 한삼이 붕붕 흔들렸다. 이완은 황급히 주례와 새 신부 사이를 가로막고 나섰다.

"민호 씨, 욕해요! 얼마든지 해요! 누가 뭐라는 사람 있으면 다 데리고 와요! 저도 가만히 안 있을 테니까, 맘대로 꼴리는 대로 얼마든지 하세요!"

새신랑이 주먹을 불끈 쥐고 가슴을 펑펑 치며 외쳤다. 모여 있는 사람들은 이놈의 사태가 어찌 돌아가는지 보려고 눈을 뒤룩거렸고, 민호는 눈을 데굴데굴 굴리다가 상황파악 비슷한 것을 하게 되자 갑자기 한삼을 얼굴에 대고 오물오물 말했다.

"아니, 아이참, 내가 뭐 언제 그렇게 욕을 했다고. 나, 나도 나름 조신한 처자인데, 이완 씨까지 그러면 사람들이 오해하잖아."

온 마당으로 시베리아의 한파가 불어닥쳤다. 여기저기서 풋, 푸우, 하며 입에 들어 있던 것을 튕겨 내는 소리가 들린다. 민호는 더욱 조그맣게 중얼거렸다.

"그, 그게, 나는 울트라 스트롱 파워가 필요할 때, 그, 그 뭐냐, 초장의 강력한 한 방이 필요할 때만 조금, 아주 조금 썼었다고. 조금 안 예쁜 말로, 아주 맛보기 살짝? 응응. 일단 인생은 싸움판의 연속인데 초반의 한 방에 밀리면 뒷일은 안 보고도 니미…… 호박엿이 되는 거니까."

인간 윤민호의 정체를 모르는 사람들은 이놈의 결혼식의 끝판이 왜 이 모양인가 하고 고개를 갸웃거렸지만 그녀의 정체를 알고 있는 사람들의 멘탈은 모조리 멘붕랜드로 날아갔는데, 매우 유감스럽게도 이곳에서 윤민호의 정체를 모르는 사람은 거의 없었다. 대부분이 그녀의 손님이었기 때문이다.

이완은 어울리지 않게 우물대는 여자를 물끄러미 바라보았다. 이제 저 여자를 어느 정도 알게 되었다고 생각했는데도 여전히 모르는 부분이 남아 있었다. 여자가 그동안 욕설을 그렇게 입에 달고 다니다가 입에 습관처럼 붙어 버리게 된 이유를 이제야 조금 알게 된 것 같다.

어렸을 때 독립해서 아무것도 모르는 상태에서 이리저리 치이면서 사는 걸 배우게 되었을 여자. 영악하게 세상을 이용하고 헤쳐 나가는 법은 배우지 못했고, 그저 초반에 밀려서는 안 된다는 절박한 싸움 기술 하나만 배웠던가 보다. 이완은 판이 왜 이 모양이 되어 버렸는지 알 수 없지만 어쨌든 여자를 구하기 위해 덜렁 나서고 말았다.

"민호 씨, 걱정 마세요. 이제부터는 제가 민호 씨 대신 강력한 선빵도 날리고, 대신 싸워 드리기도 할게요. 제가 별로 못 미덥다고 생각하시면 그때 얼마든지 선빵 후빵 강력한 한 방을 날리셔도 되지만 그 전에 저를 한번 믿어 보세요."

여자의 얼굴이 골똘해진다. 여자의 머릿속 뇌세포 구르는 소리가 덜걱덜걱 다 들린다. 저 물렁 허당을 내가 안 겪어 본 것은 아닌데, 또 저렇게까지 이야기를 해 주는데 못 믿는다고 하기도 참 난감한데, 하지만 여기가 또 자리는 자리이니만큼 저 사람의 낯을 깎아 버리면 안 되는 것이니 뭐라 해야 좋을까.

그, 그치만 나를 대신해서 싸워 준다는 저 말이 왜 이렇게 좋은지 모르겠네. 저 잘생긴 얼굴로, 저 물광 나는 얼굴로, 저 반반하고 고운 손으로 주먹을 불끈 쥐고, 제가, 민호 씨 대신, 싸워 드릴게요. 민호 씨 대신 강력한 선빵도 날리고, 대신 싸워 드릴게요, 라니. 아이구메, 좋아 죽겠네. 너무너무 행복해진 민호는 한삼으로 뺨을 조신하게 가리고 다리를 배배 꼬며 말했다.

"그래만 주신다면, 제가, 그렇게 아, 안 예쁜 말을 쓸 일이 없, 없겠지……요?"

민호는 그래도 저 인간의 생존능력이 저질이 되는 시간 여행을 위해, 뇌세포에 비축해 둔 선빵의 언어를 모조리 몰살하지 않고 조금은 남겨 두기로 했다.

사람들 사이로 찬바람이 씽씽 불거나 말거나 이완은 지금 세상에서 가장 행복했다. 물론 욕 안 하겠다는 약속을 들은 게 벌써 100번쯤은 되는 것 같고 욕하는 버릇이 완전히 없어진다기보다 점점 욕두사미랄까 정체를 알 수 없는 참신한 말만 늘어 가는 중이지만 이번에는 어쩐지 조금 믿을 만해 보였다. 그리고 강력하게 믿고 싶기도 했다. 나를 위해서 나름 강력한 무기를 조금이라도 내려놓겠다는 여자가 그렇게 고맙고 예뻐 보였다. 심지어 극심하게 어울리지도 않는, 남들에게는 구토까지 유발하는 저놈의 내숭마저 미치도록 예뻤다.

"이제 뽀뽀해라! 뽀뽀! 쪽 소리 나는 거 말고 쭈아압 소리 나는 걸로 해라! 그게 진짜배기다!"

알로하 영감님이 결국 끝판에 대형 폭탄을 터뜨리고 만다. 그것도 본격 딥 키스다! 남의 집 마당에선 잘 하던 놈들이 왜 못 해! 왜 안 해! 뽀뽀가 좋으니라, 하루 백 번은 해야 무병장수 백세 만세 하느니라, 웅! 안 하면 고천문 태워 주지 않을 거야!

민호는 강력한 선빵을 던질 기회를 놓치고 말았다. 지금 막 약속해 놓은 참이라 친구 아버지에게 주먹 쥐고 붕붕 덤비며 '안 예쁜 말' 을 써도 되는 걸까 고민하는 사이에 신랑이 목을 감싸 안고 끌어당긴 것이다.

아니, 이놈의 남산골 선비가 미쳤나, 왜 기회는 이때다 하는 얼굴로 덤비는 것이냐, 점잖고 가리는 것 많고 여보 소리도 남들 앞에서 함부로 못 하던 인간이 왜 저렇게 쪽팔린 것도 모르고 주둥이나 들이대고오오오⋯⋯. 머리가 터지게 고민하는 사이 이완의 입술이 민호의 입술을 덮었다. 민호는 기절하게 놀라서 한삼의 긴 소매를 활랑 들어 접합부위를 가렸다.

천만다행으로, 퍼드덕대는 몸놀림이 너무 심해서 뽀뽀를 하는지 벌건 장닭이 퍼덕퍼덕 날개를 치는지 알 수 없는 꼬라지가 되었다. 사람들이 휘파람을 불며 환호하는 사이, 두 사람은 푸하, 긴 한숨을 내쉬며 떨어졌다. 신부는 "우리는 한삼 속에서 잠시 이마를 맞대고 인생과 나라와 민족에 대해 진지하게 토론을 했다!" 우기고 싶은 얼굴이었지만 신랑의 입 주변에는 벌건 자국이 어룽어룽 뭉개져 있었다.

그제야 흡족해진 알로하 영감님은 두 사람이 이제 부부가 되었음을 하늘에 고하고는, 화촉에서 불을 옮겨붙여 고천문을 살라 하늘로 날려 보냈다. 뒤이어 주례의 입에서, 대례필이요! 대례필! 하는 칼칼한 소리가 터졌다.

모인 사람들은 모두 손뼉을 치며 새로 부부가 된 두 사람을 축하해 주었다. 뒤쪽에서 고릴라군단이 요란하게 폭죽을 터뜨렸다. 바야흐로 흥청망청 잔치의 시작이었다.

너른 마당과 안채와 사랑채의 대청, 그리고 널찍한 2층 누각 가득히 교자상이 펼쳐졌다. 널찍한 교자상 위에는 갖가지 소채와 고기가 든 구절판, 큼직큼직 고깃덩어리가 흐뭇하게 씹히는 갈비찜, 탱글탱글 싱싱한 생굴회, 도라지 숙주 고사리의 삼색 나물, 신선로 찜과 화양적,

떡산적, 다섯 가지 전유어, 삼색 경단에 살이 두툼한 돼지 수육과 술, 은행 육포 정과가 놓인 마른안주, 그리고 각 사람의 앞으로 국수장국 한 그릇과 실백 동동 띄운 시원한 식혜가 한 사발씩 놓였다. 국수의 양은, 하여간 푸짐한 것이 좋다는 안주인의 경영철학에 따라 커다란 탕기가 넘칠 지경이었다.

사람들은 삼삼오오 모여 앉아 인사를 하고 혹은 껄껄 웃으며, 다시 공연을 재개한 판소리팀의 청아한 춘향가를 듣는다. 여기저기 돌아다니며 음식을 나르고 공연하는 도우미들의 분장이 어찌나 그럴듯한지, 이완과 민호는 꼭 며칠 전에 떠나온 그 시간으로 되돌아간 것 같았다. 지게꾼에 선비, 마님과 변강쇠, 수문장과 포졸과 별감들, 정자관 쓰고 도포 입고 장죽을 든 훈장, 반빗간의 찬모, 수라간의 항아님과 상궁마마님들이 여기저기 활개를 치고 돌아다닌다.

대청에 나란히 앉아서 잔치 구경을 하던 민호가 갑자기 눈을 가느스름하게 떴다. 그러더니 이내 얼굴이 허옇게 뜬다.

"……어? 잠깐만, 저게 뭐야? 저게?"

"예?"

"저 수라간 대마왕 누가 데려왔어?"

쪽빛 치마에 옥색 저고리, 초록 당의를 입고 머리를 정말 단정하게 옛날 방식으로 기름 발라 양쪽으로 쫙 갈라 붙이고 쪽을 튼 한 무리의 서슬 퍼런 여인들이 반대편에 놓인 교자상을 차지하고 이것저것 맛을 보며 품평을 하고 있었다. 이완과 민호는 기겁을 해서 황급히 마당으로 내려섰다. 여기저기서 복병처럼 숨어 있던 낯익은 얼굴이 반색을 하고 치맛자락을 잡는다.

"아이고, 천마산댁 이게 웬일이여, 갑자기 둘 다 집을 비우고 없어져서 어딜 갔나 한참 찾았잖아."

"어, 오릿골댁 아줌마. 아, 그게요."

"천마산댁 없어지고 그 집에 웬 삼패 기생이 귀머거리 계집애 하나 달고 둥지를 틀었기에 둘 다 어디로 훌쩍 떠났나 했는데 엉뚱한 데 살고 있었구만. 이제사 제대로 날 잡아서 혼례 올리는 거여? 할 거 다 하고 살았으면서 애 장가들 나이에 뭘 새삼스럽게. 웬 총각 둘이 천마산댁네가 마당 큰 집 빌려서 잔치판 벌였다고 해서 따라왔는데 이게 웬 도깨비놀음이래? 온 세상에, 이런 별천지가 다 있네. 이렇게 먹을 것도 많고!"

"몇 년 만에 보는 건데 둘 다 옛날보다 신수가 훤해졌고! 이게 웬일인가그래?"

두 사람은 인사를 하는 둥 마는 둥 대마왕이 있는 상까지 가기도 전에 대청으로 돌아와 앉았다. 심장이 벌렁벌렁하여 정신이 하나도 없다.

오릿골댁뿐이 아니었다. 샘골댁이 김 서방과 아이들까지 조롱조롱 달고 와서 교자상 귀퉁이를 차지하고 앉았다. 아이들은 곱게 단장을 하기는 했어도 꾀죄죄해 보이는 것은 어쩔 수 없었는데 그래도 새까만 눈을 반짝이면서 큼직한 갈비짝과 약과 산자를 손에 들고 신이 났다. 동네에서 함께 수다 떨고 일을 돕고 하던 아낙들이 눈에 계속 띈다.

한쪽 구석에선 주례를 섰던 알로하 영감이 큰 상을 차지하고 앉아 새로운 판을 벌인다. 그의 앞에는 화선지가 길게 깔리고 먹물과 물감들이 작은 종지에 담겨 있다. 엄마 엄마, 저 할아버지 그림 그려! 이놈아, 내가 이래 보여도 젊었을 적에는 그 이름도 유명한 규장각의 대령화원이었느니라. 우와 할아버지 그게 뭐예요? 도화서 그런 거예요? 도화서 교수화원도 했었다, 이놈아. 내가 한양에 부산포에 조선 팔도까지 소문이 따르르 하던 그 장 화원 오라버니다, 이놈아! 엄마 엄마, 저 할아버지 도화서 코스프레야! 젊어서는 대령님이었대! 사람들이 노인의 주변으로 슬슬 몰려들어 그림 그리는 것을 구경한다.

하지만 그들은 이내 조글조글 노인이 단순한 '도화서 화원 코스프레'가 아닌 것을 알아차린다. 한 번 붓을 번듯 휘두르니 어룽어룽 점박이 말에 높직이 올라앉은 새신랑이 나타나고, 한 번 더 휘두르니 가마 문을 살그머니 열고 초조하게 밖을 내다보는 고운 새 신부의 얼굴이 나타난다.

기러기를 드리고, 신부가 절을 나붓이 하는데 신랑이 좋아 어쩔 줄 모르며 웃음을 참는 모습이 고스란히 나타난다. 가운데 서서 홀기를 읊는 노인은 어쩐지 본디보다 더 잘생기게 그려지는 것 같다.

흐드러진 잔칫상, 빙빙 도는 열두 발 상모, 화관무 검무 승무를 추는 기생들의 나풀거리는 치맛자락이 생생하다. 아까부터 춘향가 사설과 각종 춤으로 공연을 하던 패가 주례영감이 붓 휘두르는 모습을 보고 오마니 와서 보시라요, 언니, 형님들 와서 보시라요 한바탕 소리를 해 대더니 아예 옆으로 자리를 잡고 앉는다.

알로하 영감은 이제 합근례를 끝내고 술을 나눠 마신 신부와 잔치 마당을 그린다. 높직하게 쳐진 차일과 대청으로 큼직큼직 대연상이 배설되고, 갓 쓴 선비, 맨상투쟁이, 나무꾼, 댕기머리 처자, 쪽을 찐 아낙, 소리깨나 하는 계집, 늙은이 젊은이 할 것 없이 그림 속에서 모조리 뒤섞인다. 혹은 술을 마시고, 혹은 국수를 먹고, 혹은 갈빗대를 입에 물고, 상 밑을 돌아다니는 검정 강아지는 짤막한 꼬리를 열심히 휘두르며 신이 났다. 새신랑의 청색 단령이 선명하게 색을 얻었고, 새 신부의 치마와 각색 자수와 댕기의 금박은 눈이 아릴 정도로 화려하다. 신부의 뺨과 이마에 올라앉은 붉은 연지 곤지가 화사하고 곱다.

"제기랄, 이완 씨, 평양루에서도 온 것 같아. 어쩐지 아까 춘향가하고 검무 승무 화관무 공연했던 팀이 아무래도 수상하다 했는데. 저 뒤에 서 있는 아줌마가 정홍 행수님 같은데 왜 이렇게 늙었대? 아니 근데 대체 이게 어떻게 된 거지?"

정홍의 얼굴을 확인한 이완은 어질어질하는 머리를 짚으며 자리에서 일어났다. 누가 이런 짓을 했는지 대충 알 것 같다. 왜 그랬는지도.

"민호 씨, 다른 데 가지 말고 여기 앉아 있어요. 누구누구 온 건지 한번 알아보고 올게요."

이완은 마당 가운데로 내려섰다. 사방 둘러보면 낯익은 사람들인데, 같은 시대의 사람들은 아니다. 다른 시간의 사람들이 한 장소 안에 여기저기 뒤섞여 있다. 민호 씨의 오빠들, 올케들, 친척 영감과 조카들, 친구와 동창들, 내 거래처 사람들, 앤드류, 내 학교 동창들, 은사님, 한때 다른 시간을 유영해 보았던 시간여행연구회 사람들, 수라간 상궁과 나인들, 닷 칸짜리 초옥에서 종종 만났던 동네 사람들, 평양루 사람들, 혹은 저 양태가 긴 갓을 쓰고 깨끗한 흰 도포를 입고 합 죽선을 들고 얼굴을 가리고 있는 학과 같은 저 사람.

알로하 영감과 여전히 엄위하고 견고한 그의 아내와, 그들을 둘러 싸고 있는 딸들이 보인다. 고운 한복을 입고 있는 딸들 속에서, 얼마 시간이 남지 않았다는 노인은 행복해 보였다. 주변이 반짝반짝 눈부 시게 빛난다.

그들의 곁에 서 있는 동벽과 그의 아름다운 아내와 그의 장성한 아 들들이 보인다. 처음 만났을 때 장난을 치며 말꼬투리를 잡던 젊은 사내가 이제는 머쓱한 얼굴로, 하지만 예의 바르게 살짝 고개를 숙여 눈인사를 보낸다. 이완은 어찌할까 하다가 고개를 살짝 수그려 고맙 다 인사를 했다. 온 동네 사람 다 끌어모아 크게 잔치하자고 했던 민 호 씨의 소원을, 나는 아마 오랫동안 기억하고 있었던가 보다.

이완은 고개를 들고 눈을 잠시 감았다. 햇볕이 따갑게 뺨으로 쏟 아지고, 바람이 살랑이며 옷자락을 훑고 지나간다. 흥청흥청 얼크러 져 춤추고 노래하고 웃고 떠드는 사람들 위로 세 개의 시간이 천천히 지나간다.

이곳에 뭉쳐 있는 인간 군상이 만들어 낸 웅대한 흐름이 느껴진 다. 이완은 미인도의 빈 얼굴을 가득 채우고 있던 거대한 욕망을 생 각했다. 그렇다면 이 공간을 가득 채우고 있는 거대한 흐름 역시 그 런 욕망으로 짜여 있는 걸까? 그는 미인도의 얼굴에 얽힌 욕망 덩어 리와 직면했을 때 느꼈던 끔찍한 혐오감이 다시 떠올라 몸을 부르르 떨었다.

이완은 눈을 뜨고 사방을 둘러보았다. 햇빛이 아름답게 어깨로, 손으로, 발치로 떨어지고 있었다. 나뭇잎은 여전히 짙고 푸르고, 이 르게 핀 가을꽃들이 화사하게 담장을 둘렀다. 고운 빛 한복을 입은 아가씨와 아줌마들이 삼삼오오 모여 앉아 재그르르 웃으며 수다를 떨고 넓거나 혹은 좁은 갓을 쓴 영감들은 장죽을 물고 뻐끔대거나 옷깃을 펄럭이며 부채질을 한다. 생존과 번식을 위해 몸부림치는 저 붉고 화사한 꽃들도, 악착같이 가지를 위로 뻗어 광합성을 하려 몸부림치는 저 나무들의 욕망도 추한가? 이완은 발치에서 꼬리를 맹렬히 흔드는 고자 귀족 견공의 욕망이란 어떤 것일까, 잠시 헤아려 보다가 푸스스 웃었다.

"민호 씨."

그의 여자는 대청에서 그를 보고 있었다. 여자가 붉고 풍성한 치마를 잡고 마당의 흙을 잘잘 끌며 다가온다. 어깨너비만큼이나 길고 굵은 용잠이 빛을 받아 반짝거리고, 금사로 수를 놓은 드림댕기가 바람에 폴락거렸다. 가슴이 뭉클해진다.

내가 이 예쁜 여자를 안고, 아이들을 많이많이 낳고, 그들과 함께 오래오래 행복하고 싶은 욕망이 과연 추할까?

여자가 웃는다. 이를 드러내고 활짝 웃으며 손을 내민다. 생각보다 놀란 것 같지는 않고, 오히려 퍽 반가운 모양이었다.

"아오 진짜. 기왕 온 거 쫓아낼 수 없으니 어떡해. 밥이나 잘 먹고 가라고 살짝 인사나 하고 잘 돌아가게 도와줘야지. 대체 고릴라 놈은 저도 여행 가서 헤매는 주제에 겁도 없이 무슨 짓을 한 거야? 아니면 카페 놈들인가? 카페에 트래커들이 이렇게 많았던가? 이 시간 저 시간에서 아주 되는대로 끌어왔나 본데. 아주 그냥!"

야광귀 고릴라가 끌어온 건 아닌 것 같아요, 민호 씨.

하지만 이완은 구구절절한 설명을 일단 뒤로 미루고, 여자의 손을 잡고 웃으면서 천천히 뜰을 가로지르는 쪽을 택했다.

"누가 데려왔는지는 몰라도 일단 손님 접대는 해야겠죠. 가는 거야 뭐, 데려온 사람이 재주껏 데려가지 않겠어요?"

이완과 민호는 특별한 여행객을 위해 안채의 뜰을 개방해 자리를 옮기게 하고, 안락재의 이곳저곳을 다니며 사람들에게 인사를 하고 안부를 물었다. 세상에서 가장 화려한 새 신부는 큰 소리로 웃고, 큰 소리로 떠들고, 팔을 붕붕 저어 가며 반가워하고, 그들이 젓가락으로 집어 주는 갈비찜과 유과를 넙죽넙죽 얻어먹기도 한다.

다른 시간에서 온 여행객들이 안채의 뜰로 자리를 옮긴 후 평양루 팀이 본격 놀음판을 시작하면서 안채 후원은 사랑채 뜰보다 두 배는 시끄러워졌다. 수라간 상궁마마님과 항아님들은 선물로 바리바리 싸 들고 온 과줄을 잔치에 아낌없이 푼 후, 본격 직업 정신을 드러냈다. 교자상에 놓인 음식을 종류별로 먹어 보며 음식이 다네 짜네, 근본이 있네 없네 하며 이리저리 품평질을 해 댔던 것이다.

하지만 이완이 얼굴을 들이밀고 인사를 하는 순간, 그들은 씻은 듯이 조용해졌다. 황공하옵게도 나라님보다 백배는 잘생겼다는 소곤 거림까지 귀에 들어오는 바람에 이완은 기분이 아주 좋아졌다.

그림을 그리던 스승은 수많은 관람객들(?) 사이에 둘러싸여 이완 을 향해 손을 휘휘 저으며 웃고 있다. 이완은 그가 그린 그림이 무엇 인지 보지 않고도 알았다. 혼례 화첩의 그림들이 오늘부로 완성이 되 려는가 보다. 과거에서 치렀던 쓸쓸했던 혼례식의 그림, 이곳에 돌아 와서 흥청망청 치러진 혼례식 그림, 그리고 자녀 교육에 좋을 턱이 없는 초야 그림들까지. 이완도 알로하 영감님에게 손을 휘휘 저으며 활짝 웃어 보이다가 화들짝 놀라 고개를 꾸벅 숙이는 것으로 고맙다 는 인사를 했다.

민호의 오빠들과 올케, 친척들이 와글와글 모여 있는 사랑채 대청 에서는 짓궂은 덕담과 매우 바람직한 흰 봉투가 우르르 쏟아졌다. 동 항렬이고 신부 쪽이니 폐백이랄 것까진 없지만 새 신부의 저 걷잡을 수 없는 식성을 감당하려면 아무리 부자라도 조만간 파산할 터이니

오빠 된 책임감으로 십시일반 돈을 보탰다는 말이 덧붙었다. 그동안 뿌려 댄 것이 많은 새 신부는 정의사회를 구현하는 마음으로 사양 한 번 없이 모조리 챙겨서 신랑의 주머니에 꼬깃꼬깃 접어 넣어 준다.

모두 흥청흥청 신이 났다. 한복이 불편하다 불평하던 이들도, 왜 굳이 불편하게 전통 혼례를 하느냐 투덜대던 이들도 이제는 모두 신이 나서 잔치판을 즐긴다. 다시 공연을 시작한 풍물패 앞은반의 신명 나는 가락이 안락재 뜰을 가득 채우기 시작했다.

이완은 뜰 가운데 함께 서서 주변을 휘둘러보았다. 여자를 중심으로, 거미줄처럼 투명하게 연결되는 선이 천천히 눈에 들어온다. 투명한 선은 큰오빠와 올케언니와 조카들, 친척 어른, 친구들로 한 줄, 또 한 줄, 방사형으로 거침없이 뻗어 나간다. 성글게 보이던 선들은 하나, 둘 다른 사람들과도 연결되기 시작하면서 점차 빽빽해진다.

이완은 자신의 주변도 둘러보았다. 자신에게서 뻗어 나온 희미한 선들 역시 눈에 들어오기 시작했다. 앤드류와 학교 동창들, 은사님들, 최 과장 내외를 비롯한 거래처 사람들, 그의 아내들과 그들이 데려온 아이들로 점점 빠르게 연결된다.

이완은 여자의 손을 꼭 붙잡았다. 결혼이란 어쩌면 두 사람에게 성글게 엮여 있던 실들이 드디어 날실과 씨실처럼 엮여 2차원의 직물로 짜이는 것일지도 모르겠다. 사랑을 하고, 결혼을 하고, 아이를 낳고, 그 아이들이 다시 새로운 사람들을 만나고, 다시 엮이고, 다시 결혼해서 아이를 다시 낳고, 다시 낳으며 시간을 타고 끝없이 이어지는 흐름은, 갖가지 색으로 끝없이 직조되는 직물과 비슷해 보였다.

덜컹, 덜컹, 거대하고 둔탁한 베틀 소리가 들린다.

혼(婚), 이라는 글자를 만들었던 옛사람도 이렇게 장대하게 흘러가는 그림을 보았던 것일까?

시간과 인간의 희로애락을 따라 짜인 비단 위에 그려지는 그림은 어쩌면 그 미인도와 닮지 않았을까 하는 생각이 들었다. 두 장으로 나누어진 미인도, 욕망으로 꽉 짜인 비어 있는 얼굴 위로, 서서히 새로운 그림이 오버랩된다. 인고의 시간과 사랑으로 자신의 거대한 씨족을 만들어 내는 여인의 모습, 한때 작고 가녀린 팔을 가졌던, 하지만 당당하고 강인하게 웃을 줄 알게 된 여인의 그림. 이완은 끝없이 이어지는 거대한 그림의 한복판에 서 있는 기분이었다.

이완은 팔을 좌우로 가만히 들어 올렸다. 바람, 전신을 휩쓸어 버릴 듯한 강한 바람이 펄럭이며 곁을 스쳐 지나간다.

"이완 씨! 이완 씨! 여기! 이리로 올라와!"

어느새 2층 누에 올라간 여자가 소매를 펄럭이며 자신을 부른다. 길고 치렁치렁한 소매를 쑥 걷어 올리고 손으로 작은 하트 모양을 그려 보이더니 그것도 모자라 팔을 번쩍 들어 화관 위로 큼직한 하트를, 온몸으로 그리는 벌건 하트를 만들어 보이고야 만다. 여기저기서 폭소가 터진다. 이완은 아래층에서 위를 올려다보며 팔을 위로 올려 두 배쯤 커다란 하트를 만들어 날려 주었다.

여자가 웃는다. 고개를 들고 시원하고 씩씩하게 웃는다. 붉고 희고 금빛으로 반짝이는 여자가 숨 막히게 싱그럽고 고왔다.

스승님 말이 맞았다. 나의 직녀는 온 우주에서 가장 아름다웠다.

❁　　❁　　❁

진희는 피곤해서 식탁 의자에 걸터앉아 이마로 배 나온 땀을 닦았다. 가슴을 꽉 묶은 치마허리가 숨 막히게 답답했고, 한복의 치맛자락 소맷자락이 불편하기 짝이 없었다.

언제쯤 끝나려나. 적당히 눈인사나 하고 방에 들어갈까.

진희는 마당에 벌어진 잔치판에 참석하지 않았다. 아버지와 부딪쳤다간 이 좋은 잔치에 무슨 찬물을 끼얹게 될지 알 수 없었고 동생들의 눈치도 썩 좋게 느껴지진 않았다. 아버지의 날 선 시선도, 흘끔대고 조심스러워하는 주변 사람들의 시선도 지긋지긋했다.

그렇다고 결혼식에 꼬리를 말고 불참하기도 미안했다. 다른 사람도 아니고 민호의 결혼식이었다. 그래서 사람들의 눈에 안 띄도록 부엌에 머무르며 일이나 돕기로 했다. 자리가 껄끄러울 때는 어느 구석에 얌전히 박혀서 일이나 하는 게 그나마 나았다.

부엌에서는 출장뷔페에서 온 사람들이 앞치마를 두르고 무거운 질그릇 위에 다섯 가지 전을 색색으로 맞춰 담고 있었다. 플라스틱 접시를 써도 되는데 왜 굳이 무거운 자기를 쓰느냐, 왜 우리까지 한복을 입고 머리를 틀어 올려야 하느냐 투덜투덜하자, 여기 주인이 고미술품 다루는 사람이라, 이런 것도 다 옛날 방식으로 신경을 쓴 거라 주고받기도 한다.

한복을 차려입고 앞치마를 허리에 동여맨 여자들이 들락날락하며 음식 접시와 수정과, 식혜가 든 목반을 날랐다. 반나절 만에 녹초가 된 진희는 식탁 의자에 멀거니 앉아 그 모습을 지켜보았다.

자신을 제외한 모든 사람은 활기차고 바빠 보이고, 자신을 제외한 모든 이들은 전부 행복해 보였다. 지금까지는 한 번도 느끼지 못했는데, 진희는 이 엄청나게 흥성대는 사람들 사이에서 덩그러니 떨어져 나와 유령처럼 둥둥 부유하는 기분이 들었다.

어울리지 않는다 생각했던 두 사람. 페로몬의 약발이 사라진 후, 비참한 결말만 남아 있을 거라 생각한 이들이 결국 결혼을 하는데, 어딘지 모르게 조금씩 달라진 그들은 너무나도 견고하게 서로를 잡고 있는 것처럼 보였다. 진희는 그들에게서 느껴지는 단단한 안정감을 도저히 믿을 수 없었다.

축하할 일이다. 정말 축하해 주어야 한다. 지금까지 민호를 좋아하고 아끼던 마음은 거짓이 아니다. 축하하고 기뻐해 주어야 하는데…….

나는 왜 지금 늪 한가운데 서 있는 기분일까?

아니, 아니다. 진희는 억지로 고개를 저었다. 이렇게 떠들썩하고 서로에게 엮이며 스트레스와 기쁨을 다이나믹하게 느끼며 사는 길은 민호가 택한 길이고, 나는 안정적이고 조용하며 편안한 길을 택한 것뿐이다.

다 됐어. 이제 됐어. 지금이라도 짐 싸 들고 도서관에 가서 공부나 할까.

하지만 지금은 그저 다 피곤하고 부질없다. 공부는 해서 무얼 할까. 합격은 해서 또 무얼 할까.

"진희 왔구나."

밖에서 알로하 영감님과 함께 있는 줄 알았던 보스 여사가 빈 소반을 들고 들어와 식탁에 내려놓으며 맞은편에 앉는다. 보스 여사는 손으로 더펄더펄 부채질을 하며 진희를 보고 씩 웃어 보인다.

"여기 있었구나. 다시 시험 준비 한다고 들었어. 고생이 많네."

딱히 대답할 기분은 아니었다. 친구의 어머니이고 빨간 지붕 집에서 한동안 자취를 하기는 했지만 속의 이야기를 자자분하게 털어놓을 정도로 살가운 사이는 아니었다. 게다가 자신을 대신해서 미인도에 이상한 소원을 빌어 주었던 이후로 보스 여사에 대한 감정도 썩 좋지는 않았다. 미신을 믿었던 건 아니지만 기다렸다는 듯이 몰아닥친 일이 너무 지독했던 탓이었다. 하지만 예의는 예의인지라 진희는 고개를 까닥하고 억지로 웃어 보였다.

"네. 그냥 그렇죠, 뭐. 아저씨는 좀 괜찮으세요?"

"오늘 저렇게 춤추고 노는 것 보니까 아프다는 게 순 엄살이었지 뭘."

"많이 편찮으신 줄 알았는데 생각보다 건강하셔서 다행이에요. 민호가 많이 걱정하던데 제가 보니 금방 일어나시겠는데요."

"그러게 말이다. 엄살쟁이 골골 백년이라잖니. 100세 기념 여행 대비해서 적금이라도 들어야겠더라."

보스 여사는 비죽이 웃으며 고개를 끄덕였다.

"더운데 아이스크림이나 꺼내 먹자. 냉동실에 우리 좋아하는 딸기 아이스크림 있더라. 기름진 것만 잔뜩 먹었더니 원."

두 사람은 냉동실에서 아이스크림을 꺼내 두 개의 그릇에 나누어 담았다. 진희는 뒤뜰에 모인 사람들이 시끌시끌 난장을 하며 놀고 있는 모습을 창문 너머로 바라보며 아이스크림을 먹었다. 딸기 아이스크림은 항상 비슷한 맛이었다. 왜 이 딸기 아이스크림을 좋아하게 되었는지는 기억이 잘 나지 않는다. 어쩐지 분홍색은 사랑받는 공주님 색깔로 여겨졌고, 아무리 조잡한 딸기 아이스크림이라도 그 환상을 뒷받침할 만큼 충분히 향긋하고 맛있었다.

입안에서 달콤한 덩어리가 진득하게 녹는다. 목이 텁텁할 정도로 단맛. 인생은 달콤한 것이라 대놓고 떠들어 대는 것 같다. 한여름에도 언제든지 먹을 수 있는 시원하고 달콤한 맛, 여름에는 시원하고 겨울에는 따뜻한 이 공간, 눈앞으로 쌓여 있는 엄청난 음식들, 자신을 둘러싸고 있는 냉장고와 세탁기와 청소기, 가스 오븐 등이 차례로 눈에 들어온다.

돈만 내면 눈앞으로 차려지는 만한전석, 사랑받는 공주님의 색깔을 가진 시원하고 달콤한 아이스크림. 진희는 천천히 중얼거렸다.

나는 돌아오기를 잘했다.

……아이스크림 따위를 위해, 나는 돌아오길 정말 잘했다.

툭, 속에서 무엇인가가 끊어지는 소리가 들린다.

눈앞으로 커다란 질그릇이 떠오른다. 그림을 다섯 장이나 그려 주고 얻어 온 귀하고 귀한 얼음 한 덩이, 처량한 우유 한 단지, 꿀 한 그릇. 나라님이 빙고를 열고 고관대작에게 얼음 한 덩이씩 하사하는 날, 그 귀한 그림들을 아낌없이 그려 바치고 얼음을 얻어 왔더랬다. 아마 얼음을 얻기 위해 하인들처럼 지게를 짊어지고 표를 들고 뙤약볕 속에서 줄을 서서 기다려야 했을지도 모른다.

그래도 나에게 이거 한 그릇 만들어 주려고, 더운 줄도 모르고 서서 그 성미대로 낑낑 투덜투덜하며 발을 굴렀을 것이다. 빨리 나와라, 얼른 나와라 노래를 하면서 초조하게 빙고의 입구를 노려보고 안달을 했을 것이다.

아이스크림이 무엇인지 알 수 없던 그는 땀을 뻘뻘 흘리며, 하염없이 녹는 얼음을 붙잡고 칼로 갈아 얼음 가루를 모았다. 부엌에서 얼음을 쪼개고 사각이며 가는 소리가 들리는 것 같다. 한여름에 딸기를 구할 수 없어 수박을 짜내 붉은 물을 들였다. 그 귀한 꿀과 삼복염천에 구하기 하늘만큼이나 어렵다는 우유를 한 단지씩 사 와 생전 구경조차 해 본 적 없는 아이스크림이란 것을 만들어 주었다.

상처가 잔뜩 남은 손으로, 그 사랑스럽고 두툼한 손으로 커다란 사발을 들고 그는 간절하게 말했다. 좋아한다며, 항아님. 여게서도 만들 수 있지 않니, 항아님. 진희야, 이것도 아니니? 그럼 어드렇게 만들어야 하니? 알려 다우, 해 줄게, 응? 아이스크림이 아니라 빙수조차 되지 못하는 그것을 위해 그의 투박하고 애처로운 손은 몹시 떨었고, 생기 있게 빛나던 눈은 처량하게 빛이 죽었다.

아이스크림은 이런 것이다. 맛도 없고 토할 것 같은 색깔의 물만 바닥에 흥건하게 괴어 있는 얼음물이 아니라, 눈앞에 있는 이것처럼, 깨끗하고 시원하고, 입안에 넣자마자 보드랍게 녹는 달콤한 것. 한 입만 입에 스며들어도 인생이 행복해지는 기분이 드는 그런 것. 내가 원할 때, 돈만 내면 세상에서 나를 가장 행복하게 만들어 주어야 하는 것.

그러니까, 지금 내 눈앞에 있는 이 분홍색 아이스크림은, 나를 행복하게 해 주어야 하는 것이다.

진희는 수저를 잡은 채 고개를 수그렸다. 뜨거운 불덩이가 목구멍을 지지는 것 같다.

이따위 것을 위해, 고작 이따위 것을 위해.

나는 그 사랑스럽고, 딱하고, 애처로운 사람을 버리고 왔어.

눈물이 아래로 툭 떨어진다. 한번 물길을 낸 눈물은 이내 걷잡을 수 없이 쏟아진다.

……보고 싶다.

진희는 입 밖으로 넘치려는 외마디를 막으려 입술을 깨물었다.

사랑해.

사랑해, 사랑해, 사랑합니다.

방죽으로 막아 두었던 말이 드디어, 눈물과 함께 거침없이 터져 나오기 시작했다. 사랑해, 사랑해, 사랑해. 당신이 좋아. 보고 싶어, 미치도록 보고 싶어. 사랑해, 사랑해요.

가을 햇볕은 따뜻하고, 창밖으로 이르게 보이기 시작한 국화는 밝은 황금빛으로 빛난다. 사람들은 어우러져 어깨를 들썩들썩 춤을 추며 먹고 마시는데, 나는 내가 원하던 아이스크림을 앞에 두고도 살아 있는 시체가 되어 앉아 있다.

……나는 도대체 무엇을 버리고 온 걸까?

이렇게나 당신을 사랑하는데. 이렇게 미칠 정도로 사랑하는데 나는 대체 무슨 짓을 한 걸까?

아이스크림 컵으로 하염없이 짠물이 스며든다. 사랑해, 보고 싶다. 당신을 보고 싶다. 미치도록 보고 싶다. 숨도 못 쉴 정도로 보고 싶다.

당신이 없는 삶이 이렇게나 미라 같고 박제 같을 줄 나는 왜 몰랐을까? 이런 상태로 죽을 때까지 그 기나긴 시간을 버텨야 한다는 사실을 나는 왜 진작 몰랐을까? 진희는 수저를 쥔 채 두 손으로 얼굴을 가리고 말았다. 옆에서 일하는 사람의 힐끔대는 시선도, 앞에 앉아 담담하게 바라보는 보스 여사의 시선도 이제는 신경 쓰이지 않았다.

보스 여사는 진희가 왜 울고 있는지 묻지 않았다. 진희는 여전히 얼굴을 두 손으로 가린 채 소리를 꿀꺽꿀꺽 삼켰다. 투명한 그릇에 놓인 분홍색 아이스크림이 탁하고 뿌연 물이 되어 흥건하게 녹기 시작했다. 녹고 나면 한 방울도 입에 대고 싶지 않은 들큼하고 칙칙한 물. 내가 그를 버리고 온 대가로 얻은 것은 2년은 고사하고 2분의 시간도 버티지 못하는 거였다.

"후회하는 일이 있니?"

진희는 흐느끼며 고개를 흔들다가 천천히 끄덕였다. 보스 여사는 그 내용을 묻는 대신 엉뚱한 말을 한다.

"살다 보면 아주 가끔 운 좋게, 후회했던 일을 무를 수 있는 기회가 오기도 한단다."

"……예?"

진희는 손을 떼고 보스 여사를 물끄러미 바라보았다. 여자는 시선을 창밖으로 두고 여전히 무심하게 말했다.

"결혼해서 좋아하는 사람하고 한평생 같이 사는 건, 네가 봐 왔던 것, 생각했던 것보다 훨씬 행복할 수도 있어. 예전에 나는 담담한 수묵화가 좋다고 생각했지만 이젠 나이 먹어서 그런가, 색이 화사하고 다채롭게 들어간 그림이 더 예쁘더라."

진희는 고개를 숙인 채 보스 여사가 덤덤하게 내놓는 이야기를 들었다. 왜 이런 이야기를 하는지는 알 수 없었지만, 왜 우느냐 묻지 않고 다른 이야기를 해 주는 것만으로도 고마웠다.

"너는 아직 잘 모르겠지만 적어도 나하고 우리 영감님은, 네가 생각하는 것보다, 그리고 남들이 생각하는 것보다는 훨씬 재미있고 행복하게 살았단다. 네가 우리에 대해서 아는 것보다 모르는 일들이 백 배 천배는 더 많을 거야. 두나도 어디로 갔는지 모르지만 어디선가 저 좋아하는 사람하고 재미있게 살고 있을 거란 생각이 들어. 그거면 됐지. 진희 너도 그러길 바라. 열심히 재미있게 살고, 있는 힘껏 행복하렴."

보스 여사의 따뜻한 손이 어깨를 투덕투덕한다. 왜 이렇게 우는지 어떻게 알았을까? 마음을 읽기라도 한 걸까? 저 이상한 당부는 대체 뭘까? 진희는 보스 여사가 아이스크림 컵을 비우고 다시 밖으로 나갈 때까지 무슨 말이냐 따져 묻지도 못했다. 흥건하게 녹아내리는 분홍 아이스크림이 그저 기가 막히고 기가 막혀 눈물이 쏟아질 뿐이었다.

뒤에서 왁자하게 사람들을 불러 모으는 소리가 났다. 이제 돌아갈 거니까 아까 오신 대로 줄줄이 손잡고 서세요. 안 그러면 길 잃어버려요. 이 집에서 큰길 찾아 나가기 힘들다니까. 제 등만 보고 따라오세요. 제가 동네 어귀까지 모셔다 드릴게요!

진희는 그 목소리가 누구의 것인지 쉽게 알아차렸다. 두나가 자주 이야기하던 윤식 아재였다.

진희는 비틀비틀 일어나 수건으로 눈을 닦고 창가로 갔다. 사람들이 보따리와 짐들을 주섬주섬 정리하고 아이들을 챙긴다. 그릇그릇 놓인 고기와 떡, 과자들을 작은 보자기에 쟁이는 아낙들이 여기저기 눈에 띈다. 아이들은 저고리 앞자락이나 치맛자락에 먹을 것을 챙길 수 있는 만큼 한껏 챙기고 자리에서 일어선다.

한쪽에서는 판소리와 각종 춤으로 놀음을 해 주던 팀이 악사들과 함께 악기와 의상을 정리하고 차일을 접는다. 날래날래 덩리하라우, 앞에 선 여자가 휘하의 사람들을 휘몰아 앞장을 선다.

"저 사람은?"

진희는 무리를 이끌고 가는 나이 든 여자의 얼굴을 알아보았다. 얼마 전에 보았을 때보다 훨씬 나이 먹고 주름살이 늘긴 했지만 여전히 고운 태를 간직한 평양루의 행수 정홍이었다. 진희는 정신없이 눈을 비비고 다시 확인했다.

이럴 리가 없는데. 지금 저 사람이 여기에 와 있을 리가 없지 않나.

지금 이 시간이 어떻게 된 거지?

진희는 홀린 듯 문을 열고 밖으로 나가 사람들이 삼삼오오 모인 안뜰로 내려섰다. 가까이 가서 볼수록 틀림없다. 주름도 늘고, 나이도 훨씬 더 먹은 듯 보이긴 했지만 정홍이 분명했다.

"해, 행수님? 정홍 행수님?"

진희의 떨리는 목소리에 여자가 뒤를 돌아본다. 주름진 여자의 눈이 커다랗게 벌어진다.

"이게 누구야. 장 화원 나리의 항아님 아니네? 진희…… 진희라 했었디! 에미나이, 대체 여게 잔치는 어떻게 알고 찾아왔네? 아아, 그렇디, 저 꺽실이 민호 일가붙이라 했디. 그랬구나야. 하도 오래전이라 깜박 잊었디. 저 민호라는 에미나이도 기렇고 너도 기렇고, 그때 날래게 도망친 거이 칠팔 년이나 지났는데, 어드렇게 아직도 화용월 태에 백옥 피부를 갖고 있네?"

칠팔 년이라고? 벌써 그렇게 시간이 지났다고? 그의 시간에서는 하염없이 많은 시간이 흘렀구나. 얼마나 힘들었을까. 그 긴 시간 동안 그 사람은 얼마나. 갑자기 왈하니 새로운 눈물이 넘쳐흘렀다. 진희는 한 손으로 눈물을 닦으며 물었다.

"해, 행수님. 장 화원은, 장 화원 어르신은 잘 계시나요? 건강하신가요?"

그는 지금 나를 잊었을까? 혹은 여전히 나를 생각하고 있을까?

이제는 머리가 텅 비어 아무런 생각이 나지 않는다. 눈앞에 보이는 것은 그저 단 한 명의 사람, 단 하나의 목소리, 지독한 향기. 내가 대체 무엇을 버리고 여기에 온 것인지. 나는 대체 무슨 짓을 했던 것인지. 정홍은 못마땅한 듯 그녀를 바라보다가 결국 딱하다는 듯 혀를 끌끌 찼다.

"아직 무고히 살아 있다. 길티만 점점 사람이 이상해져서 고조 걱정이야. 향아님을 잊디 못하고, 삼패 기생이 된 향이네 집에서 노상 얼쩡거린다. 그 집에 가 있어야 향아님이 달을 타고 나타날 때 바로 만날 수 있다면서. 정히 미친 게 아니고서야, 온. 술 마시고 웃고, 술 마시고 울고, 세상 미련한 사내니라."

이제 눈물이 폭포처럼 쏟아진다. 그는 어찌 그리도 미련한가. 고작 나 같은 것 때문에.

"향이는 여전히 살아 있나요?"

"그년 말하디 말라! 꼴도 뵈기 싫어, 내래 그 에미나는 맘에서 치아 버렸다. 나 같으면 차라리 목매고 죽었디."

여전히 성질이 꼿꼿한 노행수는 무섭게 화를 내며 쏘아붙인다.

"세상 미련한 게 정이라 그리 말했건만, 그 바보 에미나이가 결국 세상 제일 멍텅한 짓을 했서. 윤 진사 댁에서 그년은 죽은 년이고, 장 화원은 향이를 제 여자라 인정 안 한다. 본부인은 고사하고 첩으로도 인정 안 한다. 사람들은 멋도 모르고 장 화원이 자주 들락이니 소실루 알디만, 게는 작은집도 아니고 삼패 기생집이다. 고 똘똘한 년이

게우 길바닥 삼패 기생이 되느라고 서방 아들 다 베리고 나갔으니 미련하구 미욱허구, 내 속이 터디디 않갔네? 버리고 간 계집 아직도 못 잊고 반미치깽이로 술에 젖어 사는 놈도 미련하구, 버려 놓고 우는 네년도 또 미련하구나."

그는 여전히 나를 그리워하고, 향이는 호환으로 죽는 대신 삼패 기생이 되었다. 남아 있는 기록은 나에게 대체 무슨 짓을 했으며, 나는 그에게 대체 무슨 짓을 한 걸까? 사랑에 휘말려 모든 것을 버린 엄마보다 나는 더 현명했을까?

나는 정말이지, 무슨 짓을 한 걸까?

진희는 자리에서 비틀비틀 일어섰다. 고름을 끌어 올려 눈물을 닦고 나니 한바탕 춤과 소리로 놀음판을 벌여 주었던 기생들이 천천히 이동하는 것이 보인다.

조금 전 보스 여사에게 들었던 말이 떠올랐다.

'살다 보면 아주 가끔 운 좋게, 후회했던 일을 무를 수 있는 기회가 오기도 한단다.'

머리가 띵 울리는 것 같다.

……지금 이 사람들을 따라간다면?

갑자기, 눈앞으로 두 개의 길이 투명하게 갈라지는 것이 보였다.

한쪽 길은 끝이 훤히 보이는 곧은길이었다. 내가 선택했던 것들, 질질 흘러내리는 들큼한 분홍색 물, 세탁기, 냉장고, 청소기, 전화기, 그리고 진저리 나게 지루하기 짝이 없는 한문 수업과 실버타운. 머리가 하얗게 되어 혼자 외롭게 하늘을 보며 죽을 날을 기다리고 있는 그 미래.

다른 한쪽 길은?

진희는 고개를 들었다. 다른 한쪽 길에는 하늘이 보이지 않을 정도로 높이 자란 아마존의 원시림이 기다리고 있었다. 그 안에서의 삶이 어떠할지는 아무것도 보이지 않았다.

다만 원시림 앞에는 그가 서 있었다. 웃고 있는지 울고 있는지는 보이지 않았다. 하지만, 무성한 원시림과 오솔길이 부드러운 황금빛으로 빛나고 있었다.

진희는 손을 들어 천천히 입을 틀어막았다. 흰 고무신의 뾰족한 코 앞으로 물방울이 툭툭 소리를 내며 떨어졌다.

이완은 대청에 서서, 다른 시간에서 왔던 사람들이 두 명의 청년의 뒤를 따라 문밖으로 사라지는 것을 물끄러미 바라보았다. 무슨 물건을 사용해 왔는지는 알 수 없지만, 이곳에 왔던 이들은 별천지 도깨비놀음에 들어갔다 나왔노라 한참을 떠들어 댈 것이다. 이완은 윤식 아재라 불렸던 얼굴이 맑은 청년이 자신을 향해 살짝 고개를 수그리고, 이 사람들 잘 보내고 올 테니 걱정하지 말라 웃어 보이는 모습을 멀거니 지켜보았다.

"······어?"

순간 이완은 자리에서 벌떡 일어났다. 정홍 행수와 평양루 기생패들의 뒤를 따라, 붉은 치마에 남색 회장저고리를 입은 여인이 걸음을 옮기는 것이 보였다.

진희 씨?

이완은 너무 놀라 무엇을 어찌해야 할지 알 수 없었다. 지금 저 사람들을 따라가면 어디로 가는지 모르는 걸까? 진희 씨는 정홍 행수의 얼굴을 알아보지 못했을까? 당장 뛰어 내려가 여자를 붙잡으려던 이완은 순간 발을 멈칫했다.

가지 못하게 말려야 할까? 가도록 내버려 두어야 할까? 진희 씨는 결국 과거로 가서 장 화원과 해로하는데, 지금 말려야 하나? 그냥 두어야 할까? 내가 스승님께 한 약속은 그럼 결국 이렇게 이루어지는 건가? 순식간에 머리가 터질 듯이 복잡해졌다.

이완이 잠시 망설이는 사이, 그들은 재빠르게 열을 지어 대문을 빠져나갔다. 진희가 입은 붉은 치맛자락이 크게 펄럭인다. 순간, 붉게 물든 얼굴을 돌려 치마꼬리를 잡는 진희와 눈이 마주쳤다. 이완의 눈이 크게 벌어진 것을 보고 그녀도 눈을 크게 떴다. 이완이 알아차린 것을 진희도 알았다.

……다 알고 가는 거구나.

진희는 고개를 살짝 수그리고 이완에게 웃어 보였다. 인사를 하는 것 같기도 하고, 뒷일을 잘 부탁한다는 미안한 얼굴 같기도 하고, 모른 척해 달라는 것 같기도 했다. 진희의 얼굴에서는 귀환 후 내내 드리워져 있던 어둡고 칙칙한 분위기가 말끔히 사라졌고, 옅은 미소까지 걸려 있었다.

진희는 다시 고개를 돌리고 그들의 뒤를 따라 한 걸음, 한 걸음 대문 밖으로 나선다. 옮기는 발걸음은 단호하고 망설임도 없었다. 더 이상 뒤도 돌아보지 않는다. 이완은 여자를 잡을 수도 없고 잡아서도 안 됨을 알았다.

그들이 대문 밖으로 사라진 후, 이완은 비틀비틀 따라가 대문을 열고 밖을 확인했다.

밖에는 아무도 없었다. 안락재 앞 너른 공터에는 가을 햇빛만 눈부시게 떨어지고 있었다.

❀   ❀   ❀

밤이었다. 어둠 속에서 곧게 뻗은 도로가 눈앞으로 떠오른다. 좌우로 가로등이 줄지어 서 있었다. 다른 곳은 캄캄해서 아무것도 보이지 않았다. 검은 도로는 구부러지거나 갈라진 곳 한 군데 없이 평탄

해, 진희는 그 단정함과 굴곡 없음에 안도했다. 온통 흑백으로 된 세상은 암울한 수묵담채화처럼 보였다.

가로등이 하나하나 꺼지기 시작했다. 진희는 멀거니 서서 가로등이 뒤에서부터 툭툭 꺼져 나가는 것을 지켜보았다. 두려움으로 마음이 요동한다. 차례차례 먼 뒤에서부터 꺼지기 시작한 가로등은, 자신의 바로 앞에 있는 등 하나만 남기고 완전히 꺼져 버렸다. 온 세상은 깊은 늪 같은 암흑이고 오직 자신의 주변만 비추는 창백한 빛만 남아 있다. 곧고 단정한 길은 이제 보이지 않는다.

깜박, 드디어 남은 하나의 가로등, 그 창백한 등마저 꺼지고 나니 세상은 온통 깜깜해졌다. 진희는 공포에 짓눌려 숨도 쉴 수 없었다. 어쩌면 세상이 이렇게 먹물을 부은 듯, 질식할 듯 어두울 수 있을까? 나는 한 걸음도 디디지 못할 거야. 한 걸음만 앞으로 나서면 나는 저 끔찍한 어두운 수렁에 말려들어 가게 될 거야.

진희는 한참 동안 눈을 깜박였다.

아니었다. 도로 위만 비추던 희고 창백한 빛이 사라진 후, 도로 좌우로 너르게 펼쳐진 것들이 희미하게 눈에 들어오기 시작했다.

"……응?"

도로 밖은 수렁이 아니었다. 진희는 뒤늦게 달빛을 인식했다. 부드럽고 노란 달빛 아래, 발을 딛고 있는 대지가 풍성한 색을 머금기 시작했다. 진희는 자신이 도로를 벗어나 숲으로 들어온 것을 알았다. 자신의 주변으로 황금빛이 일렁일렁 퍼져 나가기 시작한다.

이제 무수하게 갈라져 뻗어 나간 작고 아름다운 길들이 보인다. 희고 창백한 가로등이 지배했을 때는 미처 보지 못했던 어둠 속은, 무수히 갈라진 오솔길로 가득한 황금의 숲이었다. 그곳에는 무성한 나무도 있고, 거대하고 견고한 바위도 있었다. 잠을 자는 꽃, 잠을 자는 나비, 잠을 자는 새, 그리고 잠을 자는 벌레들도 있었다. 혹은 발톱이 날카롭고 금덩이 같은 눈동자를 가진 맹수들도 보인다. 맹수들의 움직임 역시 유려하고 물결처럼 아름답게 흘렀다.

진희는 눈을 깜박이지도 않고 앞에 펼쳐지는 풍경을 응시했다. 길에서 무엇인가 바람에 날리듯 나풀나풀 솟아오르기 시작한다. 누르게 반짝이는 무언가가 꽃가루처럼 길 위로 아득하게 날린다. 어느 눈부신 봄날 금빛 민들레가 하얀 솜털처럼 변해 온 땅을 가득 채우며 날아다니는 것처럼.

진희는 눈앞의 풍경이 그가 그려 낸 것임을 어렵지 않게 알아냈다. 그의 눈빛이 스며든 숲과 오솔길, 그가 몸 안에 숨겨 둔 눈부신 색을 모조리 쏟아부어 만들어 낸 풍경은 숨 막힐 정도로 아름다운 채색화였다.

그는 여전히 그곳에 서 있었다. 그 역시 눈도 깜박이지 않고 자신만 응시하고 있다. 그가 손을 내민다. 진희는 문득 생각했다.

나는 태어나기도 전부터, 이 사람을 만나게 되리라는 것을 알았었던 게 아닐까?

진희는 꿈속 오솔길 위에 서 있는 듯, 그에게 손을 마주 내밀었다. 그녀는 지금 막 민호의 혼례식에서 빠져나와 이 사람들을 따라 평양루 앞으로 온 참이었다. 사람이 오락가락하는 낯익은 기생집 앞, 술에 젖어 담벼락에 기댄 채 하늘을 보고 누워 노래를 하던 사내가 보인다. 그는 자신을 보고 잠시 움직임을 멈추더니 술을 한 모금 마시고 웃다가 다시 바라본다.

웃음이 멈췄다.

입이 벌어진다. 손에서 술병이 떨어져서 천천히 바닥으로 구른다. 병의 주둥이에서 남은 술이 흘러나와 바닥을 적시는 것이 슬로비디오처럼 보인다. 그가 천천히 몸을 일으킨다.

"······항아님 왔네?"

"······."

탁하게 가라앉은 그의 눈에 서서히 빛이 돌아온다. 눈동자에 번들번들 물기가 돌기 시작했다. 그가 목쉰 소리로 속삭였다.

"너 정말 진희 맞니? 내 항아님 맞네?"

진희는 천천히 고개를 끄덕였다. 눈에 흥건하게 고여 있는 것이 멋대로 주르르 미끄러져 내려간다. 그가 일어선다. 세상에 존재하는 모든 아름다운 색깔을 품고 있는 사람. 나의 신비한 원시림. 그가 비틀비틀 다가오더니 손을 뻗어 진희의 뺨을 더듬었다. 믿어지지 않는 듯 천천히, 천천히. 잠시 후 그의 두 손이 진희의 어깨를 확 감싸 끌어당겼다.

"왔구나. 정말 왔구나. 이 독한 에미나이가 드디어 왔구나. 잊지 않고 왔구나! 항아야, 진희야아아!"

그가 뺨을 맞대고 울기 시작했다. 목구멍 속으로 거칠게 쉬어 갈라진 소리가 아주 녹아내린다. 원망도 그동안의 기다림에 대한 공치사도 없었다. 그저 진희의 어깨를 으스러지게 안고, 뺨을 비비며 통곡할 뿐이었다.

진희는 그를 안고 그의 냄새를 깊이 들이켰다. 그를 만나기 전부터 갈급했던 지독한 단 내음. 어쩌면 운명처럼 각인되어 있던, 서로를 알아보게 했던 향기가 진희를 억세게 끌어안는다.

"나는, 평생에 바라는 소원이 아무것도 없었다. 항아님, 너 하나뿐이었다. 너는 그래 마음은 나한테 남겨 두고 껍데기만 쓰고 가니 좋았니? 얼마나 힘들었니, 이 바보 항아야. 이 바보야. 허으흐흐, 허으어, 허어어!"

이제는 알 것 같다. 내가 있어야 할 곳은, 2015년도 아니고 1880년도 아닌, 그저 이 사람의 곁이다. 그와 나에게 발을 딛고 서 있는 시간이란 무의미하기 짝이 없는 거였다. 미리 알면 좋았을 일은 항상 많지만, 지금이라도 알게 되어 다행스러운 일 또한 얼마나 많은가. 그가 숨을 거둘 때까지 남아 있는 고작 칠팔 년의 시간을 아까워하느니, 단조한 텍스트 사이사이 숨겨진 무수한 이야기를, 남들이 알지 못하는 이야기를, 우리만 아는 이야기를 만들어 나가면 되는 것이다.

"다시 갈 거이네? 저번처럼, 잠깐 왔다가 다시 돌아가려고 온 거이네?"

그의 눈이 실룩거린다. 진희는 좀 더 주름지게 변한 그의 눈을 옷소매로 닦아 주었다.

나는 이제 확신할 수 있다. 내 눈은 당신을 보기 위해 만들어졌으며, 내 귀는 당신의 목소리를 듣기 위해 만들어진 것이었다. 내 손은 당신을 이렇게 만지고 안고 느끼기 위해 만들어졌고, 내 심장은 당신을 위해 온몸에 피를 달리게 한다. 내 생명이 당신을 위해 만들어졌음을 나는 왜 이제야 알았을까.

나는 내 인생 전체를 걸고 이 미지의 길, 금빛으로 물든 이 아름다운 숲을 선택했음을 후회하지 않을 것이다. 이제는 절대로 돌이키지 않을 것이다. 산 채로 죽어 보는 일은, 그에게나 나에게나 일생에 한 번이면 충분하지 않은가. 빙긋 웃으며 목멘 소리로 속삭였다.

"이젠 가지 않아요."

그의 눈이 서서히 벌어진다. 그의 손가락이 입술을 천천히, 천천히 더듬는다. 손가락은 입술 위에서 물었다. 정말이니? 그 말이 정말이니? 참말 믿어도 되겠니? 진희는 그의 허물어져 가는 몸을 끌어안고, 귓가에 대고 속삭였다. 바위에 끌로 새기듯 한 마디, 한 마디씩 정성껏.

"다시는 가지 않아. 영원히 당신 옆에 있을 거예요. 후회하지도 않을 거예요."

그의 눈동자가 새로 흠뻑 물에 잠긴다. 흐어, 어어어, 으허어어어! 그는 진희를 끌어안고 오열했다. 진희는 그의 뺨에 얼굴을 대고 눈을 감았다. 내가 있어야 할 곳, 나의 땅, 나의 숲, 나의 생명의 우물이 있는 곳. 나는 내가 있어야 할 곳을 너무 늦게 알았다. 눈 속 깊은 곳이 욱신거렸다. 진희는 그를 마주 안고 귀에 대고 속삭였다.

"……이제 겨우 당신 옆으로 돌아왔어요."

❀　　❀　　❀

"아빠, 피곤해요. 얼른 들어가셔야죠. 그림을 이렇게 많이 그렸는데 피곤하지 않아요?"

"그래요. 몸도 안 좋으신데 들어가서 쉬어야지! 구경할 거 다 했잖아요!"

딸들이 조르는 소리에도 알로하 영감님은 고집 세게 도리질을 한다.

"아냐, 아냐, 더 기다려야 해."

"대체 무슨 구경을 더 하려고요? 판소리하고 춤추던 팀도 가고 풍물놀이도 갔잖아요."

"아니야, 아니야! 저놈 발바닥 얻어맞는 건 보고 가야 제대로 본 거지! 여기가 멀대네 집도 되지만 꺽실이네 집도 되잖아? 그러니까 발바닥 맞는 것도 여게서 끝을 내야지! 응? 그렇지?"

이완은 끙, 소리를 내고 말았다. 제자가 발바닥 얻어맞는 꼴까지 착실하게 구경하고 가시겠다? 어쩐지 곱게 넘어간다 했는데, 스승님인지 웬수님인지가 결국 불을 지르는구나.

동상례, 그러니까 결혼한 새신랑이 신부 집에 재행을 갔을 때 처가 쪽 젊은 사내들이나 동네 사내들이 신부를 다른 집안 사내놈에게 뺏긴(?) 데 대한 분풀이로 거행하는 '신랑 험히 다루기'가 시작되는 것이다. 이완의 주변에서 얼쩡대고 있던 불개미 군단 중 민호와 나이가 개중 가까운 남자 조카 놈들이 눈길을 교환한다.

"할아버지 말씀이 맞아요. 어차피 일산으로 재행 올 것도 아니니까, 그냥 모인 김에 해치우지요!"

진희의 동생 진명이와 진경이라는 놈이 팔을 둥둥 걷어붙이고 나섰고, 그 아래 사촌 남동생과 민호의 사촌 항렬 중 나이가 어린 축에 속하는 사내들이 나서서 어깨를 으쓱으쓱 주먹을 우드득우드득한다. 항렬이 높은 수염쟁이 영감님이나 올케들은 말리기는커녕 손뼉까지 치며 웃기 시작했다.

다들 미리 작당해 둔 것이 있었는지, 하나, 둘, 셋, 세자마자 와 모여들어 새신랑을 에워싼다. 이완은 몸싸움을 하고 어쩌고 할 새도 없이 둥둥 떠메여 끌려간다. 알로하 영감님이 잘한다, 잘한다 골골하는 목소리로 추임을 넣으신다. 아군인지 적군인지, 스승인지 웬수인지.

그러니까 여러분, 여러분? 친척 친지 여러분? 이 동상례라는 풍습은 말입니다, 납치혼이 성행하던 시대의 힘겨루기 관습이 변한 것이고, 지금 현대에 이따위 풍습이 남아 있어야 할 이유가 전혀 없으며, 사위에게도 처가에도 아무런 덕이 되지 않으며, 남들이 보기에도 전혀 아름답지 않으며, 건강상으로도 썩 좋지 않으니 고로 폐지되어야 마땅할 악습이며……라고 머릿속에서 열변을 토하던 이완은 미끈하게 잘빠진 빨랫방망이를 들고 알통 자랑을 하는 얼굴도 모르는 사나이를 보고 한숨을 쉬었다.

어차피 해야 지나가는 거면, 매도 먼저 맞는 것이 낫지.

……빨리 하기나 해라.

여기저기 흩어져 있던 친척들마저 와르르 대청으로 모여들어 신랑 다루는 것을 구경한다. 폭이 좁은 광목을 끈 삼아 발목에 감고 대들보에 걸어 내리니, 껑충하고 싱거운 몸뚱이가 뒤로 버썩 뒤집혀 거꾸로 올라간다. 고모, 고모! 멍충이 고모오오! 불러 대니 작은방에서 걸걸하니 수다를 떨며 놀고 있던 새 신부가 나와서 사색이 된다.

"지금 이거 뭐 하는 거야! 야, 이 쉐이들아, 죽었어! 늬들 죽었어어어! 안 내려놓냐! 늬들 다 죽는다!"

망아지처럼 펄펄 뛰는 신부를 잡는 데 네 명의 여자가 달라붙어야 했다. 붙잡혀 길길 뛰고 있는 민호 씨가 거꾸로 보인다.

"그냥 보내는 게 어딨어! 우리 집 대들보인 고모님을 납치해 가는데 맨입에는 못 보내지. 고모 노래! 노래해 봐!"

"맞아, 민호야! 노래 좀 해 봐라. 노래, 노래!"

이놈의 새각시, 저놈의 빨랫방망이가 서방님 발바닥에 언제 내리꽂힐까 눈을 부릅뜨고 바로 우렁찬 목소리로 노래를 부르기 시작했다. 사양하고 빼는 것도 없다. 각설이 타령, 욕 타령, 달 타령, 쾌지나 칭칭부터 남자는 여자를 귀찮게 하네, 사나이로 태어나서, 선구자, 애국가까지 초스피드로 불러 젖힌다. 오늘따라 자신을 달아맨 조카 놈 사촌 놈들에 대한 욕 타령 사설이 얼마나 수위가 센지 이완은 거꾸로 매달린 주제에 아주 속이 시원해져 버렸다.

노래를 불러 줬다 해서 작당한 놈들이 얌전하게 물러날 턱이 없다. 본격 취조가 시작됐다. 손잡아 봤냐, 뽀뽀해 봤냐, 언제 처음 뽀뽀해 봤냐, 하루에 몇 번 하냐, 어디가 제일 예쁘냐. 민호는 언제 처음 뽀뽀했는지 대답을 못 했고, 이완의 발바닥에서 그대로 불꽃이 치솟았다. 악, 하는 소리가 입에서 튀어 나가자 붙잡힌 신부가 패닉에 빠졌다. 화관을 쥐어뜯고 장닭처럼 버둥거리며 고함을 질러 댄다. 기억이 안 나! 아오오오! 내 대갈통이, 대갈통이! 기억이! 이건 창피한 것이 문제가 아니라 뇌세포의 문제였다. 민호 씨, 괜찮아! 괜찮아, 대답하지 마. 악, 으, 괜찮다고! 아으!

첫날밤에 몇 번을 할 거냐, 매일 몇 번을 할 거냐, 아니, 몇 번씩 하고 있느냐, 하는 말에 신부는 눈을 부릅뜨고 냉큼 대답한다. 다섯 번, 다섯 번, 다섯 버어언! 갑자기 주변이 고요해졌다. 거짓말하지 마요, 고모! 이완은 그 뒤로 발바닥에 떨어지는 빨랫방망이의 파워가 갑자기 세 배쯤으로 치솟은 것 같다고 느꼈지만 어쩐지 기묘하게 자랑스럽달까, 뭐랄까 으쓱해진 기분이 들어서 발바닥의 통증을 잊게 되었다.

동상례는 길게 지속되지 못했다. 진명이와 진경이가 썩 나서서 '좀 세다' 싶은 것을 올러댄 것이 패착이었다. 누구한테는 뽀뽀를 하루에 백 번씩 해 준다며, 이렇게 귀여운 조카한테는 뽀뽀 한 번 안 해 주고 시집갈 테냐 으름장을 놓기 시작한 것이다. 새끼들아 귀여운 거 다 썩었다! 하고 고함을 지르는 고모님의 위세에 그들은 콧방귀를 뀌며 신랑의 발바닥을 후려 패서 고모님의 입을 다물게 했다. 하지만 이완은 이번에는 얌전히 참을 수가 없었다. 저 때려잡을 놈들이 뭐가 어째?

"민호 씨! 하지 마세요! 절대 하지 마! 내가 맞아 죽어도 하지 마세요! 안 아프다고! 아으윽, 악!"

"이걸 어째요, 이걸 어째. 신랑님이 덜 맞았어요! 아직 안 아픈가 봐? 서른까지 세면서 뽀뽀 안 해 주면 삼육구로 걸릴 때마다 때려 줘야 정신을 차리죠?"

다시 와자하게 웃음이 터진다. 그중에서 제일 신나게 버둥대며 웃는 건 고약한 주례영감이었다.

하지만 웃음은 오래가지 못했다. 결국 신부가 떨치고 일어났던 것이다. 그녀의 머릿속에서 핑, 줄이 나가는 것과 동시에, 좌우에 달라붙은 네 명의 사촌과 조카들이 십 리 밖으로 튕겨 나갔고, 그녀는 로켓처럼 몸을 날렸다.

"야, 이 코끼리를 뽑아 버릴 놈의 새끼들아! 너희 죽었어! 내가 이놈의 잘난 집구석 대를 홀랑 끊어 놓고 말 테다! 야이야이야아아!"

드림댕기 도투락댕기를 펄럭이고 일곱 겹 속옷과 붉은 치맛자락과 하얀 한삼을 휘날리며 그녀가 허공을 날았다. 돌려차기 날아차기 이단옆차기와 현란한 주먹질이 대청에서 화려하게 펼쳐졌고, 사람들은 입에 든 것들을 다시 고스란히 튕겨 냈다.

이완은 여전히 거꾸로 매달린 채, 대청에서 펼쳐지는 대활극을 뒤집힌 화면으로 열심히 지켜보았다. 턱까지 뒤집힌 붉은 치맛자락과 그 아래서 붕붕 날아다니는 고쟁이의 움직임이 진심으로 섹시하게 느껴졌다.

❀　　　❀　　　❀

보스 여사는 집에 돌아와 하루 종일 웃느라 지쳐서 그대로 뻗어 버린 알로하 영감님을 침대에 눕히고 컴퓨터를 켰다. 한참 동안 웹 사이트 홈 화면을 들여다보고 있던 그녀는 이윽고 아이디와 비밀번호를 천천히 입력한 후, 메일 창을 열었다.

그날 밤늦게 일산에 도착한 진희의 어머니 앞으로 딸이 보낸 이메일이 한 통 전달되었다. 갑자기 떠나서 미안하다고, 예전에 엄마에게 잠깐 말했던, 사랑하는 남자 곁에 가서 살기로 결심했다는 말과 함께, 오늘 갑작스럽게 출국하게 되었다는 폭탄선언이 뒤따랐다.

두나와는 아무 상관이 없으며, 이렇게 갑자기 인사도 못 하고 떠나서 미안하다는 사과, 곧 신랑이 될 유명한 화가에 대한 약간의 자랑, 그리고 우리 두 사람은 어느 곳에 있든지 늙어 죽을 때까지 행복하게 살 것이니 걱정하지 말라는 기가 막힌 장담과 함께 아마 한국을 방문하기 쉽지 않을 테니 가능하면 메일을 자주 보내겠다는 추신이 덧붙였다.

아버지는 더 이상 화를 낼 기력도 없는지 딸년 하나 없는 셈 치자고 말하며 돌아앉고 말았다. 진희의 어머니는 짧은 메일을 외우도록, 수도 없이 읽어 보았다.

어쩐지 진희가 지금 행복하겠구나, 하는 이상한 기분이 들었다.

"마누라 마누라, 우리 두나, 우리 집 꺽실이는 요새 왜 통 뵈질 않아? 어데 간 거야?"

꾸벅꾸벅 졸던 영감님이 이불에 파묻혀서 웅얼웅얼한다. 책상에서 돌아앉은 보스 여사는 담담하게 웃으며 대답했다.

"좋아하는 남자가 생겼나 봐요. 어떤 놈팽이하고 사랑의 도피를 했다는데 전화도 안 하고 건방지게 메일만 띡띡 보내고 있네요. 예약이라도 걸어 놨나 내용도 영 성의가 없네."

알로하 영감님은 그 놀라운 소식을 듣고도 눈도 하나 끔쩍하지 않고 킬킬거렸다.

"어느 집 아가씬지 용감하기도 하지. 누구 손녀, 누구 딸내미 아니랄까 봐, 응응. 장모님이 똑같은 딸 낳으라고 악담할 때 얼른 뜯어말릴 걸 그랬나?"

"아뇨. 나처럼 용감했으니 그 아이도 나처럼 행복하겠지요. 그 정도면 봐줘야지 어떡해요."

보스 여사는 영감님의 몸에 이불을 꼭꼭 여며 주며 다정하게 대답했다. 토닥토닥하는 손길에 응응, 응, 하는 콧소리가 가물가물 이불 속으로 스며든다.

보스 여사는 어쩐지 두나가 지금 행복하겠구나, 하는 기분이 들었다.

이완은 손님들이 모두 돌아간 후 어느 교자상 한 귀퉁이에서 낯익은 합죽선을 하나 발견했다. 구멍이 숭숭 뚫린 괴석을 바탕으로 추국이 흐드러지게 그려진 놈이었는데, 귀퉁이에 스승님의 낙관이 박혀 있었다. 이완은 그것을 집어 들고 고개를 갸웃했다.

　　……왜 놓고 가셨을까?

　　이완은 부채를 펴고 부채의 주인이 했던 것처럼 얼굴을 가려 보았다. 아직 정돈되지 않은 어수선한 뜰이 부채 아래로 가려진다. 먼지 가득한 속세를 보고 싶어 하지 않던 학과 같은 사내가 왜 이것을 항상 손에 쥐고 있었는지 조금 이해가 갔다.

　　그는 고개를 들고 하늘을 보았다. 찬란한 밤하늘이 눈에 들어왔다. 오래전 어떤 시간에서 어떤 사랑하는 부부가 손님 하나 없이 가난한 혼례를 치렀던 그날처럼, 하늘 가득한 별들이 마당으로 쏟아질 것 같은 눈부신 날이었다.

26
삼인문년도―세 명의 신선이 시간을 묻다

근숙은 어리둥절한 얼굴로 눈앞에 펼쳐진 그림을 내려다보았다. 안락재의 결혼식에 다녀온 알로하 영감님은 그날 밤 갑자기 혼수상태에 빠졌다가, 3일째 되는 날 아침에 말짱한 얼굴로 일어나 앉았다. 그러더니 휠체어에 앉아 마지막으로 그림을 하나 더 그려야 한다고 고집을 부리기 시작했다.

영감님이 그림을 잘 그린다는 것은 지난번에 보아서 알고 있었다. 근숙은 아기를 등에 업은 채 뒤에 서서 그림 그리는 것을 구경했다. 근숙의 남편이었던 성길도 베트남전에 군인으로 참전하기 전에는 그림을 잘 그리는 한국화가라고 했지만 그림을 그리는 것은 한 번도 본 적이 없었고, 예전에 그린 그림을 구경한 적도 없었다.

아마 그 개차반도 전쟁에서 몹쓸 일만 당하지 않았으면 지금 이 나이까지 저렇게 그림을 그리면서, 더러운 성질로 욕은 먹을지 몰라도 실력만큼은 인정받으면서 살고 있을지도 몰랐다.

영감님은 희고 긴 비단 위에 붉고 푸른 원색을 써서 화려한 채색화를 만들고 있었다. 오늘내일 꼴딱꼴딱한다는 말이 생판 거짓말같이, 붓질 한번 흐트러지는 법이 없다. 시원시원한 붓질과 물의 양으로 짙고 옅음을 조절하는 기술도 귀신같았지만 이 그림에선 세밀한 묘사로 승부를 보려는지 바늘 끝으로 그린 듯한 세필이 끝없이 이어졌다.

머리가 자글자글하고 키가 자그마한 주인아주머니는 남편의 옆에 앉아 물감을 섞고 붓을 닦고 물을 갈며 남편이 그림 그리는 것을 조용히 지켜보고 있었다. 근숙은 조심조심 물었다.

"영감님, 고거이가 무슨 기림이야요?"

"떠돌이 나그네 그림요."

알로하 영감님은 뒤도 돌아보지 않으며 등으로 히히 웃으며 말했다.

"기게가 어드레 나그네 기림이야요? 셋 다 신선 할아바이처럼 생기디 않았시요?"

"나그네가 별게요. 여기저기 떠돌면서 사람 사는 거 지켜보는 족속이 떠돌이 나그네지요."

"기런데 신선 영감들이 와 나그넵네까?"

"세월 위를 오래오래 떠돌아다니면서 사람 사는 꼴을 구경하니, 그 역시 나그네지요. 어때요, 꼭 우리 영감님 닮은 것 같지 않아요?"

뒤에 있던 주인 여자가 잔잔하니 웃으며 물었다.

그림 속 신선들의 얼굴에는 근심이 하나도 없다. 그러고 보니 웃고 있는 신선들의 얼굴은 저 주책없고 천진한 주인 영감님을 똑 닮았다. 자나 깨나 쓰고 있던 가발까지 훌렁 벗은 민대머리까지 빼다 박았다.

그림을 그리다 지친 노인은 가끔 붓을 놓고 쉬었고, 중간중간 주인아주머니가 떠 주는 죽을 조금씩 먹었다. 주인아주머니는 그가 죽을 흘릴 때마다 티슈로 닦아 주며 뺨을 토닥토닥 두드려 주었다. 그

때마다 영감은 어깨를 으쓱이며 히히, 웃었다. 근숙은 노인의 눈이나 표정이 며칠 전보다 훨씬 초연하고 개운해진 것을 알게 되었다.

그가 길게 한숨을 쉬며 붓을 내려놓는다. 아이고, 다 됐어요? 고생하셨네! 영감님의 어깨를 부드럽게 토닥토닥하는 주인아주머니의 목소리를 듣고서야 근숙은 노인이 그림을 완성한 것을 알았다. 크고 화려하며 묘사가 몹시 자세한데도 어쩐지 환상적인 분위기가 감도는 그림이었다.

그림을 완성한 노인은 갑자기 푹 쭈그러들어 껍데기만 남은 것처럼 보였다. 머리가 보그르르한 키 작은 주인아줌마가 그를 부축해 침대에 비스듬하게 눕혔다. 알로하 영감님은 얼마 남지 않은 시커먼 이를 드러내고 벌쭉 웃는 근숙에게 말을 붙였다.

"아즈마이, 아기 이름 아직도 안 지었소? 아기 이름은 아직도 갓난이요?"

"기러게 말이야요. 꼴 보기 싫어두 죽은 애아바이한테 이름자나 받아 둘 걸 기랬시요. 아기가 아바이한테 받은 게 한 톨도 없으니 딱하디 뭡네까."

"아이 아버지가 그림을 잘 그린다고 하지 않았소?"

"기랬다 들었시요. 대한민국에서 손꼽히는 화가라고 들었시요."

"그렇지그래. 이봐 이쁜 마누라, 갓난이 아버지가 저 미인도에 대고 무슨 소원을 빌었다고 했더라? 제일 열심히 빈 소원이 뭐라 했지?"

"기야, 제가 젤로 많이 들었디요. 노름판에서 대박 나는……."

"다시 그림을 그릴 수 있게 해 달라고 그렇게 빌었대요. 결국 이루어지진 못했지만요."

근숙은 놀라서 눈을 깜박였다. 저 아줌마가 그것을 어떻게 알고 있는지는 둘째 치고 대가리가 빈 것 같던 개차반 남편이 그런 소원을 빌었었다는 것이 큰 충격이었다.

"요 갓난이가 아버지한테 받은 게 없지는 않을 게요. 요 갓난이는 그림을 잘 그릴 겁니다. 아버지가 못 그린 한을 다 풀어 줄 만큼 그림도 많이 그릴 게고, 역사책에도 이름이 남을 만큼 최고로 유명한 화가가 될 게요."

"주인아즈씨, 고조 점쟁이도 아닌데 어드렇게 그리 잘 아십네까?"

"나도 신선처럼 오래오래 살았으니까요. 으허허허, 남들은 한 번밖에 못 가는 세 갈래 길을 두루두루 다 돌아다니며 살다 보니 그 정도는 절로 보입니다그려."

"기럼 신선 영감님이 요 갓난이 이름이나 지어 주시갔시요?"

"허허, 나처럼 통짜 무식한 신선한테? 그래, 무슨 뜻을 담고 싶으신 게요?"

알로하 영감은 벌씬 웃으며 아이를 받아 안았다. 아이는 우유병을 입에 문 채 눈을 꼭 감고 통통한 볼이 쑥 패도록 우유를 열심히 빨고 있었다. 환자의 주름진 손이 아이의 보슬보슬 병아리 같은 머리카락을 찬찬히 쓰다듬었다. 근숙은 한참 생각하다가 우물우물 대답했다.

"기레두 아바이의 용한 재주를 받았다니, 못다 풀고 간 그림 그리는 업이나 이어받아서 풀게 하면 좋겠시요. 기레서 아바이가 못 한 출세도 해 보고 돈도 잘 벌고 본때 있게 살았으면 좋겠시요."

"그림 원 없이 그리는 직업 이어받아서 한을 풀어 주는 것도 좋지요. 그럼 아즈마이가 직접 글자를 고르면 되지 않겠어요? 한문은 아즈마이가 훨씬 많이 알 게 아니오. 어떤 한문자가 있을꼬?"

근숙은 한참 머리를 굴리다가 고개를 끄덕였다.

"못다 푼 업을 이어받을 기면, 이을 승(承) 자에 업 업(業) 자를 맞춰 쓰면 되겠시요."

알로하 영감님은 크게 웃으며 딱 좋다, 딱 좋다 하며 고개를 끄덕였고, 근숙은 머쓱한 얼굴로 말을 이었다.

"승업이, 김승업이. 진작 해 줄 걸 괜히 내내 갓난이, 갓난이 했다……."

"음, 그것도 괜찮고, 아버지의 직업을 받았으면 성은 키워 주는 엄마의 성을 받아도 되지 않겠어요? 요새는 세상이 좋아져서 엄마 성도 받을 수 있다잖아요. 아기 엄마가 선택하시면 되겠네요."

아주머니가 푸근하게 웃었다. 근숙은 두 개의 이름을 한참 입속에서 굴려 보았다. 김승업, 장승업, 김승업, 장…….

"기런가, 기레요. 내 성을 받는 것두 나쁘지 않디요. 승업, 장승업."

근숙은 아기가 자신의 성을 갖고 살게 되리라는 것이 의외로 흡족했다. 아기와 자신을 연결해 주는 새로운 줄이 한 겹 더 생긴 것 같았다. 그녀는 몇 번 되뇌어 보았다. 장승업, 장승업, 나쁘디 않아요. 이르케 간단한 줄 알았으믄 진작 지어 줄 걸 기랬시요.

"기런데 요놈이 덩말로, 덩말로 유명한 사난이 될 긴가요?"

"그럼요. 삼천세계 따르르 울리는 유명한 화가도 되고, 남들은 한 번밖에 못 가는 세 갈래 인생길을 골고루 돌아다니며 훨훨 노닐 팔자요. 좋은 마누라도 만나고 아이들에게 둘러싸여 배부르고 등 따시고 발 뻗고 지내게 되니 그보다 더 좋은 팔자가 어디 있소."

"하이고, 듣던 중 됴은 말씀입네다. 말씀만으로도 참말 고맙습네다."

노인은 아이를 안고 눈을 마주 보며 홀홀 기운 없이 웃다가 물었다.

"그래, 아기 엄마는 이제 어떻게 하실 게요?"

근숙이 한참 동안 눈을 내리깔고 대답을 못 하자 아주머니가 다시 물었다.

"여전히 밖으로 돌아다니시는 게 무서워요?"

근숙은 천천히 고개를 끄덕였다. 대문 밖을 나서기만 하면 다리가 오그라 붙고 시커먼 옷을 입은 사람들이 골목 끝에 있다가 달려들 것 같았다. 그리고 거의 자동으로, 성길이 피투성이가 돼서 난간 너머로 넘어가는 모습이 떠올랐다. 그 순간만 떠오르면 여전히 숨이 턱턱 막혀 자리에 고꾸라질 지경이었다.

생각 같아서는 얼른 나가서 취직하고 돈을 벌어 아이와의 호구책을 마련하고 싶었다. 그러나 몸은 도무지 말을 듣지 않았다. 심지어 차로 5분 거리밖에 안 되는 광주 퇴촌의 전셋집을 처분하러 나가는 일조차도 두려워서 할 수가 없었다. 여자는 조용조용 물었다.

"그러면 몸을 피해 있던 그곳은 어땠어요? 당신을 쫓아오는 사람은 없었을 텐데요."

"거, 거게서는 기리 무섭디는 않았시요. 마을로 짬짬이 돌아다니기도 했고, 끌고 간 사난도 맘보는 썩 나쁘디 않은 것 같았시요."

근숙은 그곳이 어디인지 언제인지에 대한 감이 거의 없었다. 도깨비놀음에 휘말린 것 같다 생각했지만 중국 벽촌의 낙후한 전통 소수민족 동네 정도 되려나 생각하면 그 또한 사람 사는 곳인가 싶은 생각도 들었다.

자신을 발견해 끌고 간 사내는 여자를 모르는 노총각이었는데, 이름을 금치라 했었다. 뜬금없이 눈앞에 떨어진 여자를 각시로 삼으려 했던 건지, 퍽 아끼고 정을 붙이려 노력하는 것이 보였다.

근숙은 자신을 납치하려는 도적 떼와 싸우다가 많이 얻어맞은 사내가 가끔 생각났다. 그가 많이 다쳤을까 가끔 걱정도 되었다. 나를 지킨다고 여러 명의 도적과 맞서서 몸싸움을 벌였었다. 나를 보고 아기를 안고 뒷산으로 도망치라고 고함을 뻑뻑 질렀었다. 그녀는 한참만에야 조그만 소리로 더듬더듬 대답했다.

"거게서는 여게서만큼 끔찍하게 몸이 오그라들진 않았시요. 간다면 차라리 거게서 자리 잡고 사는 것이 몸은 불펜해도 속은 더 편하디 않을까 싶습네다. 길티만 신경 쓰이는 건 요 갓난이를 어덴지도 알 수 없는 벽촌에서 키울 수는 없으니끼니……."

헐헐헐헐, 노인은 유쾌하게 웃었다.

"걱정 말아요. 승업이는 그곳에 가야 더 크고 유명한 사람이 될 게요. 아즈마이가 생각하는 길하고 승업이가 걸어야 할 길은 많이 다를 거니까."

"참말입네까? 어쩨 그레 잘 아십네까?"

"우리 영감님이 신선 도사님이라니까요."

아내의 맞장구에 알로하 영감은 민둥산 대머리를 손으로 긁더니 아이를 보며 홀홀 웃었다.

"야야, 요놈아. 좋겠구나. 살날이 진진 많아 좋겠구나. 요 세상이 얼마나 재미난 줄 아니? 응, 세상엔 고운 것도 많고 예쁜 것도 많고 신나는 것으로 가득 차 있느니라."

아기는 젖병을 비우고 밀어 바닥에 떨어뜨린다. 손을 활짝 펴서 할아버지의 손을 붙잡고 까르르 웃었다. 아이의 노랗게 물든 금색 눈동자가 곱게 반짝거렸다. 노인은 아기의 머리를 쓰다듬으며 귓가에 대고 천천히 중얼거렸다.

"살아 봐, 참말로 좋아."

보스 여사는 아기를 받아 근숙에게 다시 돌려준 후, 남편의 머리를 부드럽게 쓰다듬어 주었다. 여자의 회청색 눈이 살짝 젖어 있었다. 노인이 벙긋 웃으며 아내의 얼굴을 손가락으로 문질러 주었다.

"마누라, 울지 마. 예쁜 얼굴 다 망가진다고. 세상에서 제일 용감한 항아님이 창피하게! 울지 마, 응? 내가 머리털 나고 제일로 잘한 짓이 세상에서 제일 용감하고 예쁜 항아님하고 결혼한 거였는데, 자꾸 이렇게 울 테야? 응? 응응?"

그 말에 고운 반원형의 굴곡을 그리는 눈매가 희미한 웃음 자락을 만든다. 푸르스름한 홍채 위로 긴 속눈썹의 부드러운 그림자가 드리워졌다.

"마누라, 마누라, 뭐야. 무슨 생각 해?"

영감이 손을 붙잡고 옹알옹알 채근했다. 여자는 눈을 감은 채 햇볕을 듬뿍 먹은 듯한 목소리로 대답했다.

"내가 평생 했던 짓 중에서 가장 멍청하고, 가장 믿을 수 없고, 제일 한심하고……."

"……."

"……최고로 잘했던 짓을 생각해요."

여자는 눈을 뜨고 사내를 바라보았다. 그의 얼굴 위로 햇살이 내려앉는다. 그는 마누라의 손을 꼭 쥐고 벌쭉 웃는다.

"후회해?"

"그럴 리가요."

"내 그럴 줄 알았지."

두 사람의 웃음소리가 나풀나풀 흩어졌다.

근숙이 내려가고 한참 후 동벽이 올라왔다. 그는 무슨 말을 해야 할지 모르는 듯, 침대 곁에 한참 서 있었다. 알로하 영감은 손을 저었다.

"미안하지만 한 번만 더 고생해 줘. 저 아즈마이하고 갓난이, 그곳에 다시 데려다줘."

"근숙 씨가 직접 결정하신 겁니까?"

"응. 직접 결정했어. 다른 시간이라는 거 알려 줘도 맘을 바꾸진 않을 거야. 그나저나 너 요놈, 너 저 아즈마이가 누군지 알고 있었지?"

영감님은 주먹을 붕붕 흔들며 으르렁거렸다.

"……예. 알게 된 지는 좀 됐습니다."

"요놈, 요, 요 괘씸한 놈! 아무리 미리 알려 주지 말랬다구 어찌 그리 시침을 떼구! 나야 첨 봤을 때 오마니인 줄 딱 알아봤지만, 너는 우리 오마니인 줄 어드렇게 알았어?"

덩치 큰 사내는 어깨를 움츠리고 한숨을 쉬더니 천천히 대답했다.

"스승님 아버님께서 스승님이 태어나기도 전에 양오랑캐와 싸우다 병을 얻었다 하는 이야기를 들었을 때는 처음에는 그런가 보다 했습니다. 하지만 나중에 생각해 보니 좀 이상했습니다. 조선 말 최초로 일어난 양요가 병인년의 양요였는데 그 해는 향이가 신참례를 치르던 해였고 당시 스승님은 스무 살이 넘었으니 앞뒤가 맞지 않았습니다. 양이와 싸우다가 부상을 입고, 노름빚에 아내까지 팔고 쫓기다가 강에 빠져 죽은 사람이라면 베트남전에 참전해서 부상을 당하고, 노름빚으로 결국 한강에서 돌아가신 김성길 사장이 아닐까 하는 생각이 문득 들었습니다. 스승님 고향이 황해 대원 지역이거나 경기 광주라 들었는데, 지금 근숙 씨가 살고 있는 퇴촌이 경기 광주 지역이더군요. 그래서 혹시나 하는 생각을 했습니다."

"호, 그랬나?"

"결정적으로, 지석영이 종두법을 간신히 도입하던 시기에 뵈었던 분의 어깨에 BCG접종 흔적이 남아 있어서 뒤늦게 아차 하고 깨닫게 됐습니다."

아하! 역시 그랬어! 저건 어째 저 나이가 돼도 여전히 머릿속이 팽팽 돌아간단 말이야, 응응? 스승은 접종 자국을 덮고 있는 붉은 하트 문신과 '사랑과 정열을 그대에게'를 바라보며 킬킬 웃기 시작했다.

"어차피 오마니하고 나하고 옛날에 가서 살게 될 걸 알고 있었으면서 그럼 왜 귀찮게 애들까지 끌고 가서 데려오고 그랬어?"

두 손을 모으고 선 사내는 망설임 없이 대답했다.

"근숙 씨가 듣고 스스로 결정해야 할 일이 아닐까 생각했습니다."

"그거 말고도 더 중요한 이유가 있었겠죠?"

옆에서 보스 여사가 웃으며 끼어들었다. 제자는 한참 후 내키지 않는 목소리로 실토했다.

"……민호 씨의 마음의 짐을 내려 주고 싶었습니다."

그래, 그럴 줄 알았지. 노인은 희미하게 웃더니 이내 허리를 펴고 큰소리다.

"아, 데려다준다며 뭘 꾸물꾸물해? 이번엔 쓸데없이 쌈박질도 하지 말고, 어디 얻어터져서 오지도 말고 잘 다녀오라고. 그 정도 돌아다녔으면 눈치껏 안 다치고 왔다 갔다 할 줄은 알아야지, 응? 자, 그럼 두 사람 잘 좀 부탁해!"

동벽은 무슨 일인지 대답 없이 자리에 서 있었다. 한참 후, 그는 낮은 목소리로 입을 열었다.

"알겠습니다. 그럼 지금 다녀오겠습니다. 먹고살 정도의 근거는 마련해 주고 오려면 며칠 걸릴 것 같습니다. 조금만 기다려 주십시오."

"오지 마. 올 필요 없어. 뚱뚱보가 와서 찔찔대는 건 보고 싶지 않아."

"……."

"너희가 있어서 난 참 좋았느니라. 세상 좋았느니라, 응. 너희도 참말로 재미있었지? 응?"

"예. 저희도……."

그는 말을 하다 말고 입을 꽉 다물고 고개를 숙였다. 손끝이 다르르 떨리더니 결국 발밑으로 물방울이 툭툭 소리를 내며 떨어지기 시작했다. 또, 또! 뚝 해라, 저놈의 울보는 나이를 똥구멍으로 먹어서 머리가 허옇게 될 때까지 저 모양이지. 창피한 줄도 모르고, 이 바보야! 영감은 아예 삿대질까지 해 가며 야단쳤다.

한참 뒤 그는 뒤로 물러서서 무릎을 꿇고 스승의 침대를 향해 세 번 절을 한 후, 더듬더듬 인사를 했다.

"그, 그러면 저는 여기서…… 인사 올리겠습니다. 스승님, 이번에 가시는 여행도 즐거우시길 빌겠습니다. 부디 강녕하십시오."

❉   ❉   ❉

오늘따라 컨디션이 참 좋다. 몸이 안 아프니 일단 살 것 같다. 창밖을 보니 가을 햇빛이 조그만 마당으로 환히 쏟아지는데, 참말로 좋았다. 세상은 참 예쁜 곳이다. 그래서 나는 여행을 갈 때 길 양쪽으로, 눈 돌리는 곳마다 가득히 꽃이 피어 있으면 좋겠다고 늘 생각하곤 했다.

기지개를 있는 힘껏 켜고 마당으로 훌훌 나선다. 오늘따라 몸이 아주 가붓한 것이 발에 날개가 달린 것처럼 덩실덩실한다. 이럴 때 술 한 병만 있으면 딱 좋을 것 같은데, 아마 마누라는 주지 않겠지.

나는 며칠 전에 큰 잔치 때 놀러 갔었던 언덕 위의 울보 멀대네 집에 가 보기로 한다. 멀대에게는 씩씩한 마누라가 있는데, 고것이 아주 물건이다. 요리도 아주 잘하고 술도 잘 담는다. 그 집에 쟁여 놓은 어떤 술에선 파랗게 불이 붙기도 한다.

나는 문득 그 집에 사는 누군가가 몹시 보고 싶어졌다.

살금살금 집 안으로 들어가 사랑채로 올라간다. 두리번거려도 아무도 없다. 갑자기 검정 강아지가 나와서 나를 빤히 올려다보며 와르릉, 왕왕 짖어 댄다. 시끄럽다! 나다, 나, 인마! 고함을 빽 지르니 고 괘씸한 놈이 고개를 핑 돌려 버린다.

입에 손가락을 대어 쉿, 소리를 내고는 조금 더 용감하게 안채까지 들어가 보기로 했다. 목소리가 들리는 걸 보니 둘 다 안채에 있는 모양이다.

하지만 나는 두 녀석을 불러내는 것을 포기하고 방문 옆에 발을 쭉 뻗고 앉아 기다리기로 했다. 젊은 놈들의 씩씩이를 방해하면 삼대가 고자가 된다지 않나. 하지만 5분이나 10분이면 적당히 끝내고 옷 입고 나올 줄 알았는데 15분, 20분이 지나도록 그놈의 것이 끝나지 않아, 나는 대청으로 떨어지는 햇볕을 받으며 깜박 졸고 말았다.

검은 강아지가 대청으로 올라와 나를 빤히 보며 꼬리를 쎌쎌 흔들더니 심심하냐고 묻는다. 나는 하품을 하고 고개를 끄덕여 주었다. 놈이 꼬리를 다시 쎌쎌 흔들며 '사운드를 분석해 본 결과, 조만간 끝날 것 같으니 잠시만 기다리시라' 제법 의젓하게 위로를 한다. 드디어 씩씩이가 끝이 났는지 안에서 두 사람의 목소리가 가물가물 흘러나온다.

'아 맞다, 아까 이레가 와서 알로하 영감님이 나한테 주시는 선물이라면서 이거 갖다 주고 갔어. 이완 씨, 이거 한번 봐! 이거 대박이지? 알로하 영감님 정말 그림 잘 그리신다고!'

침대 위에 내가 일전에 그렸던 그림이 길게 펼쳐진다. 반짝 대머리 신선 트리오의 애들 싸움이다. 내 나이가 더 많아, 내가 더 많아. 내가 더. 영원에 가까운 시간 위에서 누가 더 나이를 먹었는지 한가하게 다투고 있는 신선, 시간 위의 나그네 그림이었다.

'근데 좀 이상하지? 어디서 한 번 본 것 같은 느낌이 들기도 하고?

그렇지?'

'……민호 씨, 국립중앙박물관에서 본 그림이랑 비슷하다는 생각
안 드나요?'

'아하! 응응! 맞다. 나이 자랑하면서 이빨 까……아……하하, 수다
떠는 영감님들! 아니 근데 알로하 아저씨는 어떻게 이렇게 똑같이 따
라 그릴 수가 있대? 복사본인가? 앞장인지 뒷장인지 몰래 떼서 준 걸
까?'

'민호 씨, 그런 거 아니에요. 박물관 수장고에 있는 것을 어떻게
가져다가 앞장 떼기를 해요? 이거 색깔 보세요. 금방 새로 그린 진짜
그림이잖아요. 직접 그려 주신 거예요.'

개똥 같은 제자 놈의 목소리가 막 떨리는 것이 들린다. 저 맹꽁이
꺽실이는 언제쯤 사실을 알게 되려나? 나는 방문 밖에서 입을 가리
고 킬킬 웃는다. 어쨌든 난 꺽실이에게 한 약속까지 다 지켰으니 개
운하고 기분이 좋을 뿐이다.

'근데 이완 씨, 내가 그놈의 얼굴 없는 미인도를 보면서 내내 기분
이 거시기한 게 있었는데.'

'예? 또, 또 무언가 이상한 게 나왔습니까?'

'아니, 뭐가 나왔다기보다, 그보다 더 기분이 나쁜 것이, 대체 왜
얼굴도 없는 계집애가 미인 소리를 날로 먹고 앉았지?'

푸하하하. 멀대 놈이 커다랗게 웃음을 터뜨린다.

'그건, 예전 미인하고 지금 미인하고 낱말의 폭이 달라서 그래요.'

'응? 어떻게 다른데?'

'지금은 얼굴 예쁜 것만 미인이라고 치지만요, 예전에는 얼굴뿐
아니고 몸의 자태라든가, 몸가짐, 심성, 덕성, 언사가 아름다운 것까
지 두루두루 보고 판단했었어요. 그래서 얼굴이 없어도 아름다운 자
태만 가지고도 충분히 미인도라고 부를 수 있었던 거죠.'

저놈은 아는 것도 참말 많다. 그건 맞지, 우리 마누라는 얼굴을 빼놓고도, 아니 손가락 발가락만 봐도 미인 소리를 듣고도 남게 곱지 아니하냐.

'아냐……. 그래도 그년은 분명 뭔가 날로 먹고 있는 거야. 억울해 죽겠네.'

'민호 씨가 억울할 게 뭐가 있어요?'

'생각해 봐. 요즘 같은 에브리바디 성형 세상에 미녀 소리 한 번 듣기가 얼마나 힘든데! 이완 씨, 솔직히 말해 봐. 지금 내 초상화를 그리면 그게 미인도가 될까?'

나는 결국 참지 못하고 문틈으로 녀석의 얼굴을 빼꼼 보고야 말았다. 저런 말을 듣고 살아야 하는 불쌍한 놈의 표정을 보고 싶어 죽을 지경이었다.

멀대 놈은 입을 멍하니 벌린 채 굳어 있었다. 지금 제가 설명한 걸 물로 들으셨습니까? 몸의 자태나 몸가짐, 심성, 덕성, 언사라니까? 몸가짐, 심성, 덕성, 언사가 뭔지 모릅니까? 막 따따부따 잔소리를 쏟아 내려고 하는 것 같다. 아무렴.

하지만 멀대 제자 놈은 마누라의 눈이 레이저빔처럼 번쩍번쩍하는 것을 보고 마른침을 꼴깍 삼키고 만다. 놈은 기특하게도 내가 주례를 서며 해 주었던 말을 떠올렸는지, 푸르른 창밖을 바라보며 비장하게 대답한다.

'당연하죠. 졸라맨을 그려도 미인도가 될 겁니다.'

'아히히히히히, 내, 내가 좀 그런가? 우이히히히히!'

얼굴 없는 그림보다 다섯 배는 날로 미인 소리를 들은 화통한 마누라는 사정없이 몸을 꼬며 우렁차게 웃어 댄다.

잠시 후에 전화가 울렸다. 씩씩이를 끝내고도 빤스 한 장 입을 생각을 안 하던 게을러빠진 것들이 뒤늦게 부스스 일어난다. 급하게 나가 볼 일이 생겼는지 머리를 감네 샤워를 하네 부산을 떨더니 옷장에서 예쁜 꽃무늬 커플 티셔츠를 차려입고 멋지게 선글라스를 세트로 끼고는 나를 본척만척하고 집을 나선다.

나는 비어 있는 집에서 눈을 껌벅이며 한참을 기다렸다. 대청으로 바람이 솔솔 불어 시원했다.

잠시 후 방에서 다시 요란한 하품 소리가 난다. 개똥 같은 깔끔쟁이 놈의 마누라가 이불을 걷어치우고 기지개를 요란하게 켠다. 저것은 머리가 까말 때나 하얄 때나 항상 새벽잠을 깨우는 장닭같이 씩씩해서 참 마음에 든다.

끗발 좋은 38 광땡 놈은 옛날이나 지금이나 아침에 발딱 일어나지 못해 일어날 때마다 죽어라 앓는 소리, 오만 엄살은 다 부린다. 마누라의 손바닥 곤장을 다섯 대 넘게 얻어맞은 다음에야 간신히 엉덩이를 비비며 일어난다. 여보, 아파, 으으, 정말 아파요. 왜 이렇게 손힘이 세, 하고 투덜투덜하고, 흐으, 일어나기 싫어, 하며 꾸벅꾸벅 졸고, 피곤해서 눈이 안 떠진다니까, 칭얼대며 눈을 비비더니 마누라의 뽀뽀를 대여섯 번 받은 후에야 정신을 차린다.

놈은 침대에서 이불을 뒤집어쓴 채, 탁자에서 빗을 꺼내 마누라의 하얗고 긴 머리를 반지르르 윤이 나게 빗겨 주고 꼭꼭 땋아 틀어 올려 주기 시작한다. 그리고 짧은 비녀와 핀을 꽂아 뒷머리를 익숙하게 정리한 다음에 마누라의 뒷목에 뽀뽀를 다섯 번 넘게 해 준다. 놈들이 기특한 건 그래도 머리가 허옇게 될 때까지 내가 시킨 대로 아직도 하루 열 번 넘게 뽀뽀를 하고 있다는 점이다. 놈이 마누라의 허리를 끌어안고 어깨에 얼굴을 비비자 씩씩한 마누라가 간지럽다고 킬킬 웃는다.

'아버지 아직 안 일어나셨어요? 어제 늦게 도착하신 거예요?'

'아, ……윤식아. 노크 좀. 무슨 일이냐.'

'어, 음, 제가 좀 급해서요. 아, 진짜로 급해요. 제가 그동안 말씀 드렸던, 결혼하고 싶은 여자를 드디어 데려왔습니다! 오늘 인사시키고 싶어서 두 분 돌아오시기만 눈 빠지게 기다렸다고요. 형들하고 동생들도 죄다 안락재로 소환해서 어제 같이 밥 먹었고요.'

'네가 어렸을 때부터 좋아했다던 연상 아가씨? 누군지 몰라도 인내와 노력의 승리로구나. 안 된다 하더니 어떻게 허락을 얻었니?'

'아버지! 사연 팔이가 효과 짱이에요. 저의 불우하고도 가련하고도 척박한 어린 시절과 출생의 비밀을 팔아먹고 동정표를 얻었……아, 아야야야! 농담 농담, 아버지, 아야야! 엄마아아! 왜 이래요. 나 조금만 있으면 장가가서 한 집안의 가장이 될 거라고요! 대우 좀 해 줘요!'

'하극상이구나. 동생들이야 그렇다 쳐도 위로 형님이 넷이나 더 있는데? 형님들이 가만두겠어?'

'그래 봤자 30년 무능력 모솔들의 시샘이죠. 애교로 즐겁게 받아 줄 생각입니다. 하하하하하! 일단 장가간 사람이 먼저 어른 대우 받는 거라 했었죠? 형님들한테 드디어 존댓말 좀 받아 볼까 해요! 어디 그 마스크 그 스펙을 가지고 여친 하나를 못 만들어. 혼전순결? 웃기시네. 아버지, 제가 이런 말은 안 하려 했는데 형들 아마 고자일지도 몰라요. 한번 쭉 줄 세워서 벗겨 놓고 서나 안 서나 죄다 검사를 해 봐야 한다니까? 대체 누굴 닮은 거야. 아우우! 엄마 살살 때려요, 쪼오옴! 아주 주먹이 무쇠 덩어리야, 진짜 뼈다귀가 작살나겠어요!'

나는 머리를 긁으며 자리에서 일어난다. 아무래도 가 봐야 하려나. 내가 여기에 왜 왔는지 그만 잊어버렸다. 원래 나이를 많이 먹다 보면 중요한 것도 쉽게 까먹는 법이다.

그래도 난 분명 누군가를 만나러 왔던 것 같은데? 꼭 만나 보고 싶었던 누군가를.

나는 들어온 대로 인사 없이 살금살금 나오려다 뒤를 돌아본다. 옆에서 꼬리를 치던 검정 강아지 놈은 어느새 어디로 갔는지 보이지 않고, 들어올 때보다 훨씬 높직높직 자란 나무가 나에게 손을 흔들며 인사를 한다.

안채의 택호가 적힌 오래된 현판이 처마 아래에서 예쁘게 반짝거린다. 羅道齋. 라도재, 아니 나도재였던가? '길이 그물처럼 여러 갈래로 펼쳐진 집'이라는 뜻이라고 누군가 알려 주었던 것 같은데 그게 누군지도 잘 기억나지 않는다.

나는 지붕 위로 후르르 올라가 아래를 내려다본다. 정말, 예전에는 안 보이던 길이 반짝반짝 빛나는 비단실로 짜인 것처럼 무수하게 엮여서 아득하게 사방으로 퍼져 있는 것이 보인다. 이야, 이거 정말 장관이다.

잠시 뒤를 돌아본다. 바람이 건들건들 불더니, 하얀 치맛자락이 팔락팔락하며 부엌 쪽으로 들어간다. 나는 갑자기 충충하게 변해 버린 건물 앞에 서서 눈을 깜박이다가 부엌으로 따라간다. 키가 크고, 얼굴이 빨개진 소복 차림의 아이가 내가 처음 그렸던 달 그림을 타고 사라지고, 얼굴이 희고 얼음 호수처럼 눈이 고운 아이가 그 뒤를 따라 그림 안으로 들어간다.

……아 그래.

내가 누구를 만나러 왔는지 이제야 기억났다.

귓가에서 희미하게 노랫가락이 일렁이기 시작했다. 춘향가였다. 오래전 평양루에서 누이 같던 아이가 배우던 춘향가를 귀동냥으로 익힌 적이 있어 금방 알아차릴 수 있었다. 어느새 나는 입에 익은 노래들을 흥얼거리기 시작한다.

  사랑 사랑 내 사랑이야 내 간간 사랑이지
  이리 보아도 내 사랑, 저리 보아도 내 사랑
  이 모두 내 사랑 같으면 사랑 걸려 살 수 있나
  어화둥둥 내 사랑, 내 예쁜 사랑이야
  어화둥둥 내 사랑, 내 예쁜 사랑이야……

나는 두 아이를 따라 어두침침한 평양루의 행랑방으로 들어간다. 이제 나는 저 안에 내가 보고 싶어 하던 사람이 기다리고 있다는 것을 안다.

"항아님! 진희야! 내가 왔어!"

구석에 무릎을 모으고 쪼그려 앉은 나의 항아님은 나를 알아보지 못한다. 하지만 나는 내 항아님이 무서워서 울고 싶어 하는 것을 안다.

진희야, 진희야, 내 예쁜 항아님. 무서워하지 마. 괜찮아. 내가 옆에 있어 줄게. 무서워하지 마. 내가 옆에 있어 줄게. 내가, 너를 두고 가지 않을게. 내가, 응. 나는 옆에 쪼그리고 앉아 등을 토닥토닥 두드려 준다. 눈물겹게 작고 애처로운 나의 항아님. 나는 항아님의 곁에 앉아 손도 꼭 잡아 주고, 노래도 불러 주고 엉덩이춤 어깨춤도 있는 힘껏 추어 준다. 문득 밖에서 목소리가 들린다.

'아직두 대가리가 말랑말랑한 에미나이래 이런 덴 와 온 기야? 여게가 뭐 하는 덴 줄 알간?'

'여, 여기 다른 사람 못 보셨나요? 고모를 따라왔어요.'

'고모가 꾀어서? 고모란 에미네는 널 여게 밀어 넣고 어드로 튀고

너 혼자 남았네?'

항아님이 겁에 질려 떨기 시작한다. 나는 항아님의 귀에 대고 속
삭여 준다. 괜찮아, 괜찮아. 무섭지 않아. 항아님, 진희야, 나야. 무섭
지 않아. 목소리만 저렇지 저거 순 물렁 허당이야! 실은 너한테 바로
반했어! 저거 아직 숫보기 바보라 말을 저렇게밖에 못 해. 응응! 괜찮
아! 나는 항아님 손을 꼭 잡고 입에서 흘러나오는 대로, 내멋대로 노
래를 불러 주기 시작한다.

사랑 사랑 내 사랑이야 내 간간 사랑이지
이리 보아도 내 사랑 저리 보아도 내 사랑
내 예쁜 사랑이야

'나이가 어드레 되나? 이름은? 집은 어데고?'
'여, 열여섯 살이에요. 집은 남양주 천마산 쪽이에요.'
'허, 대가리가 물렁한 줄 알았더니 다 큰 처네였구나. 기레두 또박
또박 대답하는 걸 보니끼니 겁은 없구나야.'

그러면 너 죽어 될 것 있다.
너는 죽어 깊은 골 청랑한 호수 되고
나는 죽어 명산의 보름달이 되어
삼복염천에든 삼동 한파에든
보름달 덩그러니 호수 위에 내려앉으면
그것이 나인 줄 알려무나
아니 그것도 나는 싫소

'너…… 눈에 물이 들었구나야.'
'눈에 파란 물이…… 담박하니.'

그러면 너 죽어 될 것 있다
너는 죽어 심산유곡 꽃이 되고
나는 죽어 달콤한 냄새 되어
봄바람 살살 흐드러지게 너 피어날 때
네 속에 꿀 같은 향내 함빡 고이거든
그것이 나인 줄 알려무나

……그것이 나인 줄 알려무나…….

어쩌면 나는 죽어 꿀처럼 달콤한, 너에게만 지독하게 달콤한 향기가 된 것인지도 모르고, 어쩌면 항아님의 눈앞을 물들이던 황금빛 보름달이 된 것인지도 모른다. 항아님의 눈에는 비쳐질 리 없는 황금빛 달이 떠올랐고, 항아님을 꼭 안고 있던 내 손바닥에는 푸르고 맑은 호수 물이 한 방울 고였다.

나는 집으로 돌아와 새로운 길을 떠나기 전, 내 여행 가방 안에 든 짐을 꼼꼼하게 검사해 본다. 새하얗게 빨아 둔 새 여행복, 캠핑하면서 밥해 먹을 쌀이 한 뭉치, 비상금도 두둑이. 아이구, 좋구나. 그리고 제일 중요한 거! 꽃보다 고운 내 항아님의 그림. 어느 길 위로 돌아다니면서도 항상 꺼내서 볼 수 있는 내 예쁜 항아님. 저승의 길을 아무리 돌아다녀도 내 항아님의 얼굴을 잊지 않고 다시 만났을 때 알아보기 위해서는 절대 놓고 가면 안 되지.

나는 그림을 한번 펼쳐서 항아님의 얼굴을 다시 확인해 보고, 얼굴에 뺨을 대고 비벼 본다. 됐다, 다 됐어. 준비 끝!

나는 집을 나서기 전에 안방에 들어가 세상에서 가장 예쁜 항아님을 꼭 껴안아 준다. 하루 종일이라도, 일 년 내내라도, 아니 한 오백 년이라도 정겹게 안아 주고만 싶은 내 고운 항아님. 나의 항아님.

나는 아주 오래전에 했던 것처럼, 그리고 오늘 아침에도 해 주었던 것처럼 항아님의 손에, 이마에, 뺨에, 입술에 곱게 입을 맞춘다. 항아님이 눈을 지그시 감는다. 어쩌면 지금 항아님은, 오래전 어두컴컴한 골방 속, 보이지 않게 자신을 꼭 감싸 안고 있던 지독하게 달콤한 향기를 떠올리고 있을지도 모른다. 나는 어느덧 새로운 노래를 흥얼거린다.

한 많은 이 세상 야속한 님아
정을 두고 몸만 가니 눈물이 나네
아무렴 그렇지 그렇고말고
한 오백 년 사자는데 웬 성화요
한 오백 년 사자는데 웬 성화요

나는 예전부터 예쁜 것이 좋았다. 꽃도 좋고, 나무도 좋고, 고운 빛 털을 가진 동물도 좋고, 세상을 예쁘게 만드는 모든 것들이 참 좋았다. 바이킹과 청룡열차에 올라타서 옷고름 폴폴 날리며 내려다본 세상은 온통 꽃밭이었다.

지금도 봐라, 얼마나 좋은가. 멀찍이 올라와 아래를 내려다보니 빨갛고 화사한 우리 집 지붕이 보이고 예쁜 옷을 입은 사람들이 꽃밭처럼 복작복작 모여들어 평소보다 훨씬 화사해진 마당이 보인다. 나는 이상하게 자꾸 뒤를 돌아본다.

아무렴 그렇지이 그렇고오 마알고오오
한 오백 녀언 사자느은데에 웬 성화아아요

이 고운 세상에서, 내 고운 사람하고, 내 꽃 같은 가족들에 둘러싸여
겨우 한 오백 년 살자는데, 웬 성화요…….

　마누라와 예쁜 딸들이 옷장에서 제일 예쁜 꽃무늬 옷을 꺼내 입은
것이 나는 제일로 좋다. 어여쁘게 색색으로 물들어 가는 산속, 황금
빛으로 변해 가는 가을 풀들 위에 화사한 꽃들이 아롱아롱 피어난 것
같다.

　나는 딸들에게 둘러싸여 하늘을 물끄러미 보고 있는 마누라 곁으
로 내려가 꼭 껴안고 뺨에 뽀뽀를 해 준다. 뽀뽀는 하루 백 번씩 해
줘도 모자라니까. 마누라의 눈이 조금 커지더니 두리번두리번한다.
이레야, 무슨 냄새가 나지 않니? 엄마? 무슨 냄새가 나요? 아무 냄새
도 안 나는데? 이 향기가 안 맡아진다고? 이렇게 취할 정도로 지독한
향기가……? 그녀는 고개를 들어서 커다랗게 된 눈으로 사방을 두리
번거린다. 깊고 푸르른 호수 위에서, 나는 한낮에 동그랗게 떠오른
황금색 보름달을 다시 발견한다.

　기분이 한껏 좋아진 나는 허공에서 커다랗게 재주를 넘으며 크게
웃는다. 가슴이 부풀어서 그만 터져 버릴 것 같다. 나는 어느새 상모
쓰고 쇠를 잡은 광대가 되어 하늘 높이 펄쩍거리며 뛰어오르기 시작
한다.

가자 가자 어서 가자 쾌지나칭칭나네
이수 건너 백로로 가자 쾌지나칭칭나네
하늘에는 별이 총총 쾌지나칭칭나네

시냇가엔 자갈도 많고 쾌지나칭칭나네
내 가슴엔 사연도 많다 쾌지나칭칭나네
서산에 지는 해는 쾌지나칭칭나네
그 뉘라서 잡아매며 쾌지나칭칭나네
우리 님이 가시면은 쾌지나칭칭나네
어느 때나 돌아올까 쾌지나칭칭나네
하늘에다 베틀을 놓고 쾌지나칭칭나네
잉아 잡아 베를 짠다 쾌지나칭칭나네

하늘에는 별도 많고, 땅에서는 예쁜 것 많고, 내 가슴엔 사연도 많고, 우리에겐 사랑도 많고, 쾌지나칭칭나네, 쾌지나칭칭나네, 쾌지나칭칭나네.

나는 열심히 머리를 끄덕이며 상모를 돌린다. 열두 발 긴 꼬리의 뱅뱅 도는 소용돌이가 우리 두 사람을 둘러싸고 신명 나게 어우러진다. 좋구나, 참말 좋구나! 여기도 큰 잔치판이다! 나는 허공에서 훨훨 춤을 추고 싶었다. 나는 자리에서 일어나 줄을 타는 광대 놈처럼 하늘로 버썩버썩 날아오른다. 머리가 그만 구름 위에까지 닿을 것만 같다. 나는 목청껏 소리를 뽑으며 세 명의 신선 영감들처럼 구름 위에서 덩실덩실 춤을 추기 시작했다.

❀   ❀   ❀

알로하 영감님은 안락재의 혼례식에 다녀온 지 닷새 후, 잠을 자는 듯 숨을 거두었다. 장례식에 올 놈들은 옷장에 있는 옷 중에서 제일 예쁜 꽃무늬 옷을 입고 제일 멋진 선글라스를 쓰고 오너라, 일전에 완성한 마누라 초상화를 관에 넣어 줘, 하는 것이 그가 남긴 마지막 말이었다.

둘째 딸을 제외한 여섯 딸과 부인이 임종을 지켰고, 유일한 친척인 박 교수 내외는 장례식에 참석하지 못했다. 대신 안락재의 신혼부부가 와서 사흘 내내 빈소를 지켜 주었다. 세 개의 시간 위를 신선처럼 유유자적 여행했던 어느 천진한 사내의 장례식은 화려한 옷을 입은 조문객으로 복작거렸다. 부인과 여섯 딸은 끝까지 울지 않고 그의 마지막 길을 배웅했다.

장례식을 마치고 돌아온 그녀는 안락재를 방문했다. 안락재의 주인 내외는 바람이 시원하게 드는 후원의 정자에서 올해 새로 만든 국화차를 대접하며 위로했다.

댓잎이 스치는 소리가 바스락거릴 때마다 정자 안으로 시원한 바람이 건듯건듯 흘러들었고, 어디서 풍기는지도 알 수 없는 가을 꽃향기가 정자를 은은하게 감싸고 돌았다. 그녀는 조만간 빨간 지붕 집을 내놓고 이사를 갈 것이라는 소식과 어려운 일에 많은 도움을 주어 감사하다는 인사를 전하며, 장례를 치르는 내내 어딜 가든 온통 꿀처럼 달콤한 향기로 뒤덮여 있었노라고 담담하게 말해 주었다.

—fin

외전 1
콧수염의 기사, 토마스 폰 에디슨 경
Beard Knight, Sir. Thomas von Edison

오견(吾犬)은 인간 종족의 능력의 유한함에 대하여는 구구히 언급할 바 많도다. 하나 그것을 일일이 풀어 말하다가는 금야가 맞도록 언사를 종결치 못할 것이니, 일단 몇 가지만 소소히 언급하여 두는 것으로 심적(心的) 애석함을 달래려 하노라.

인간 종족의 코는 거의 퇴화하여 박쥐의 눈과도 같이 하등 쓰임새가 없음은 오등(吾等)이 모두 아는 바라. 나 토마스 폰 에디슨이 파악한 바, 사해는 수많은 향취로 가득한 거대한 냄새의 각축장 아니런가. 허나, 인간 종족의 후각적 능력은 오로지 가깝고 강렬한 몇 종류만 취할 수 있을 뿐이니, 그 능력의 비루함이 통탄스럽기 그지없노라.

오호통재라, 인간 종족은 심지어 종족 재생산을 위한 교미취마저 인식하지 못하는도다. 오등의 코가 비뚤어질 정도로 강렬한 교미취를 풍기면서도 제대로 취(取)하지 못하여 혼돈해하는 안타까운 암컷과 수컷들이 차고 넘치나니, 이 얼마나 한심하고도 애처로운 일이더란 말인가!

그 가련한 종족에게 예견된 짝짓기 작업의 운명적 난해함에 대하여 오견은 긍련히 여기노라. 그들에게 내재한 무의식이 교미를 위하여 애써 분발하지 아니하였더라면 그 가련한 종족은 진작 절멸되었으리라.

오등의 종족은, 눈으로 관찰함보다 코와 귀를 통하여 훨씬 많은 것을 얻는도다. 각 종족의 통행함이며 혹은 섭취 사료의 종, 혹은 영양 상태, 혹은 기분 등등, 주변에서 떠도는 향취로 그 모든 것을 수월히 짐작할 수 있노라. 인간 종족이 그 반절만큼이라도 동일한 능이 있다면, 사해만방에 횡행하는 분란과 난전의 거개가 사라질 것이라는 데 나 토마스 폰 에디슨의 남은 남성성을 모조리 걸 수도 있노라.

각설하고.

인간 종족은 그리하여 우리 종족의 도움을 절실히 원하여 손을 내밀 때가 있도다. 오등의 종족은 그대들 가련한 종족을 돕기로 결정한 너그럽고 용맹한 늑대 종족의 후손들로서, 유전자에 새겨진 명예로운 명령에 따라 각 가정을 지키는 기사로 파송되어 그 무리를 섬기게 되었도다. 인간 종족이 스스로를 오견의 종족보다 위대하다 오해하는 부분에 있어서도 발군의 인내심과 이해로 너그러이 수용하는 바로다.

애석하게도 일부 동료 중, 인간 종족 사이에 섞여 있으면서 명예와 자존심을 누락하고 스스로를 인간 종족이라 여기는 허탄한 환상을 신념하는 개체들이 있도다. 이 어찌 부끄럽고도 통탄할 일이 아니겠는가! 그들은 기사로서의 자부심을 땅에 팽개친 자들임이 분명할사, 나 토마스 폰 에디슨은 그들과 일절 교류하지 아니하노라.

나 토마스 폰 에디슨은 지위와 품격에 어울리는 무리와 주인을 선택하기 위하여 간난신고 방랑의 세월을 보내었도다. 유기견 따위의 불명예스러운 색유리로 그 행적을 바라보지 말 것은, 내가 비굴하게 밥 한 덩이를 위해 굴종한 것이 아니고 나의 드높은 명예와 긍지를 위하여 높은 안목으로 섬길 임군을 선택하였음이니.

나 토마스 폰 에디슨의 여왕님은 사해만방에 존재하는 숱한 무리 중 가장 탁월한 우두머리의 능력을 갖고 있노라. 그것은 바로 불굴의 생존능력이니, 여왕의 주변에는 엄청난 생존력의 향취가 항시 뻗쳐 오르는구나. 추적과 사냥에 특화된 능력, 주변에 동족을 끌어모으는 놀라운 역량은 모든 종족과 무리들의 존숭과 흠모의 대상이 되기에 하등 부족함이 없을 것임이로다.

물론 여왕님께서 나 토마스 폰 에디슨에게 차마 입에 담지 못할 일을 한 적도 없지는 아니하였도다. 나에게 궁극으로 닥칠 수도 있는 잠재적 질병과 교미 압박이 없는 쾌적한 생을 위한 일이라 몇 번이나 하교하였으나, 나는 암컷들이 이해할 수 없는 영역에 대하여 설명함이 불가하고 막을 수 없는 일임도 깨달았도다.

오호통재라, 구곡단장의 아픔이로다. 그러나 나 토마스 폰 에디슨은 여왕님의 종족적 한계를 너그러이 수용하며, 사나이답게 그리고 여왕님을 섬기는 기사답게 이제는 아픔을 가슴에 묻기로 하였노라. 나의 드높은 자존심과 긍지는 이런 사소한 일로 훼손되지 아니함을 이 자리를 빌려 공언하는 바로라.

❀　　❀　　❀

여왕님을 모시기 시작한 지 얼마 되지 않아, 여왕님의 고정적 짝 짓기를 위한 수컷 한 마리가 근처를 배회하기 시작하는구나. 유감스럽게도 여왕님에 비해 매우 열등한 냄새를 풍기는도다. 하나, 교미를 위해 내뿜는 향취만큼은 오견의 콧잔등이 비뚤어질 지경으로 강력했음을 실토하노라.

그 수컷은 최종 낙점되기 전까지 서열이 나 토마스 폰 에디슨보다 한참 아래임을 깨닫지 못하고 치기 어린 행동을 되풀이하여 빈축을 샀었도다. 심지어 여왕의 명령에 따라 나의 시중을 드는 것을 거부하기까지 했으니 그 무지와 무례함이 진실로 통탄스럽다!

그럼에도 나는 불굴의 인내와 관대함으로 짝짓기 수컷을 달래고 설득하여, 그가 위계를 받아들이고 나의 시중을 들게 하는 데 성공하였도다. 심대한 고충이 있었음을 이제야 밝히는 바일지라.

오견은 여왕님의 충성스럽고 용맹한 기사로서 수많은 작전에 참여하였노라. 물론 보급 따위의 후방이 아닌 전투의 최전선에서 맹활약하였음이야 당연지사 아니겠는가.

수행했던 작전 중 가장 황망하였던 것은, 여왕님과 짝짓기 수컷과 동일한 냄새를 뿜는 자들이 영역을 뚫고 들어오는 사태였노라. 젊은 여왕님과 짝짓기 수컷은 알아차리지 못하였으되, 냄새의 판단이 우월한 나 토마스 폰 에디슨은 그들이 외양은 다르되 동일한 개체인 것을 바로 알아차렸노라. 여왕님은 털의 빛이 희든 검든 여전히 강력한 생존능력의 냄새를 내뿜고 있었고, 나는 여왕님의 앞에 부복하고 기사답게 정중히 인사를 올리었노라.

그리하여 나 토마스 폰 에디슨은 털의 빛이 희어진 여왕님과 짝짓기 수컷이 무엇인가 난해한 조작을 하고 고무 매트를 담장 지붕에 얹고 버둥버둥 넘어오려 할 때, 일말도 망설이지 아니하고 협조하는 쪽을 택하였노라.

냄새가 같으면 모든 것이 같음이니 그렇다면 나는 흰 여왕님과 흰 수컷의 기사도 되는 것 아니던가. 나 토마스 폰 에디슨은 집의 예전

열쇠를 잃었다는 주인들이 무사히 월장하여 들어올 수 있도록, 휘하 도베르만 공들에게 침묵하라 호통을 치고, 주변을 다니며 망을 보아 주었도다. 그들은 무엇인가 비밀하고 어려운 임무를 성공적으로 수행하였는데, 그 안에는 나의 혁혁한 전공도 포함되어 있음을 잊지 말기를 바라노라.

여왕님은 나 토마스 폰 에디슨을 다른 근무지에 배치한 후 새로운 명을 내리셨도다. 그것은 생존능력이 열등한 짝짓기 수컷을 최대한 지키고 보호하라는 것이었음이니 내 어찌 거부할 수 있을쏘냐.

나 토마스 폰 에디슨은 나의 빼어난 두뇌로 조만간 저 페로몬만 강한 수컷이 여왕님의 정식 짝이 될 것을 인식하였고, 명을 받들어 수컷을 충실히, 한눈 한 번 팔지 않고 지키었노라. 결코 쉬운 일은 아니었으나, 나는 말할 수 없는 성실함과 충성으로 그 일을 해내었도다. 이 어찌 칭송받아 마땅할 행동이 아니겠느냐.

그리고 가당치 않게 냄새를 지우고 숨어 버린 수컷을 추적하지 못하고 어려워하는 여왕님의 냄새를 맡고 동구 밖까지 영접하러 가, 두 분을 다시 만나게 해 드린 것 역시 나의 크나큰 공헌이로다.

또한 나 토마스 폰 에디슨은 여왕님과 짝짓기 수컷이 결국 하나의 무리를 이루고, 하루도 거르지 아니하고 짬이 날 적마다 성심성의껏 교미할 때, 다른 방해세력이 그들의 무아의 경지를 교란치 아니하도록 항상 근접 거리에서 열과 성을 다하여 지키었노라.

후일 나 토마스 폰 에디슨은 여왕님이 짝짓기 수컷과 함께 상당히 커다란 무리를 이루게 됨을 확인하고 기쁨으로 몸을 떨었노라. 일곱 마리의 수컷 새끼들은 생존능력과 몸에서 내뿜는 약동의 기운이 아버지보다 월등했으니 그 어찌 아니 기쁜 일이랴.

무리의 일원으로서, 나 토마스 폰 에디슨은 일곱 마리 새끼들과의 협동작전에 참가한 적도 있었도다. 새끼들은 발정기는 충분히 지났으되 아직 짝짓기에 성공하지 못한 수컷들로 서열은 나보다 아래였고, 그들은 적절한 공경의 예를 보였으니, 가상하도다. 여왕님도 짝짓기 수컷도 모두 참가한 대규모 작전에 나 토마스 폰 에디슨은 선발대로 투입되어 냄새를 통해 목표물을 찾아내었노라.

목표물 암컷과 작은 새끼를 지키고 있는 금치라 불리는 수컷은 만만치 아니하였도다. 우리의 무리는 강렬한 향취가 깊이 밴 옷들을 취하여 도적의 무리로 위장한 후, 셋으로 나뉘어 성동격서의 천재적인 작전을 감행하였노라.

한 무리는 목표하였던 근숙이라 하는 암컷과 작은 새끼를 끌어냈고, 한 무리는 둥지를 뒤져 위험한 물건들을 찾아 불태웠고, 한 무리는 금치라 하는 수컷을 제압했도다. 짝짓기 수컷을 포함한 무리의 수컷 몇몇이 상처를 입어 가며 공헌하였으되, 가장 크게 공헌한 것이 바로 나 토마스 폰 에디슨 경이었음을 부인할 자는 아무도 없으리라.

나는 격한 난전에 용맹히 뛰어들어 상대편 수컷의 허벅지를 깨무는 것으로 무리 및 여전히 연약한 수컷을 구하는 데 크게 일조하였다. 다른 곳을 물어 단번에 전의를 바로 상실케 할 수도 있었으나, 나 토마스 폰 에디슨은 자신의 불우한 과거를 기억하였기에, 그의 교미 능력은 남겨 주기로 결정하였도다.

여왕님 및 무리를 무사히 호위하여 삼거리에 있는 임시 숙소로 돌아온 나 토마스 폰 에디슨은 그간의 혁혁한 전공을 인정받아 기사에 봉해졌노라. 모두가 알고 있듯, 정통 기사 서임식에는 수많은 일자무식 기사들의 신종 서약(homage) 기억을 위해 기사의 따귀를 때리거나 주먹질을 하는 등의 고상치 못한 과정이 포함되어 있으되, 나 토마스 폰 에디슨은 자그마치 삼 개 국어에 능통한 자이므로, 그 과정은 생략하여야 마땅하였고, 또 그리되었도다.

나 토마스 폰 에디슨은 흰 털의 여왕님 앞에 근엄한 '앉아' 자세로 부복하여, 칼 대신 대형 개 껌으로, 어깨 대신 양쪽 콧수염을 맞고 개 껌을 입에 문 후, 여왕님과 그녀가 거느리는 무리의 일원에게 입맞춤을 한 번씩 받고, 콧수염의 기사라는 정식 호칭을 받는 것으로 기사 서임식을 마무리하였도다.

여왕님의 짝짓기 수컷은 나에게 많은 집착을 보이며, 여왕님께 이상한 말을 아뢰기도 하였도다. 여보, 우리 토마스 데려가서 클론이라도 만들어 놓고 다시 데려다 놓을까. 나 토마스 폰 에디슨은 꼬리 언어와 콧구멍 언어로 그에게 점잖게 고사함을 통보할 수밖에 없었으니, 나는 머리가 흰 여왕님 외에 검은 여왕님도 모셔야 하며, 그분의 허락 없이 함부로 근무지를 이탈할 수 없노라, 그대의 뜻을 받아 주지 못해 심히 유감이로다 하는 뜻을 명확하게 전달하였다.

현명하게도 나의 의사를 바로 알아들은 털이 흰 여왕님께서는 짝짓기 수컷의 등을 두드리며 달래 주는 것으로 작은 소요는 진정이 되었노라.

나는 그 명예로운 날 받은 크고 단단하며 우유 향이 강력한 개 껌을 매우 오랫동안 소중히 간직하며 기억이 조금 희미해질 때마다 그것을 한 번씩 핥아 먹는 것으로 그날의 자랑스러운 기억을 되살리곤 하였도다.

그것이 나, 토마스 폰 에디슨 경이 콧수염의 기사, 비어드 나이트라는 명예로운 호칭으로 불리게 된 대략의 경위로다.

외전 2
안락재 풍경

1. 안락재의 세미나 풍경

매달 첫 번째 토요일 안락재의 안채인 라도재에서는 작은 세미나가 열린다. 고고미술사학과 박사 과정을 밟게 된 이완이 주축이 되어 진행되는 스터디 모임인데 참석자는 7~8명으로 규모가 큰 편은 아니고 교통이 썩 좋은 편도 아니지만 모임의 인기는 대단했다.

안락재의 세미나에는 두 가지 큰 특혜가 있었다. 하나는 이완이 발표하는 차례가 되면, 가끔 박물관에서도 보기 어려운 등급의 유물들을 눈앞에서, 실물로 보며 설명을 들을 수 있다는 점이었다. 나머지 한 가지는 세미나가 끝난 후 제공되는 점심, 조선 궁중요리에 해박하다는 안락재의 안주인이 직접 준비하는 '진연'이었다.

그러잖아도 이완이 싸 들고 다니는 도시락에 대해서는 입소문이 파다했다. 이완이 파는 음식을 그리 좋아하지 않고 '집밥'을 선호한다는 것은 같은 연구실의 동료들도 대충 알고는 있었는데, 민호가 본격적으로 도시락을 싸 주기 시작하면서, 이완은 '집밥을 좋아하는 소탈한 사나이'에서 '입맛이 까다로운 엄청난 식도락가'로 평가가 달라지고 말았다. 그는 식당에서 혼자 식사하는 것도 딱히 개의치 않는 성격이었는데, 도시락을 싸 들고 다니면서부터는 식당에서 식사를 하지 못할 지경이 되고 말았다.

동료들은 그가 처음 펼쳐 놓았던 충격과 공포의 도시락을 아직도 잊지 못했다. 커다란 나무 찬합의 위 뚜껑을 여니 바로 구절판이 나타났다. 초장부터 강력한 한 방이 나와서 사람들이 입을 멍하니 벌리는 사이, 찬합의 아래 칸들에서 수라상에나 올랐다는 귀한 삼합장과와 상큼한 오이깍두기, 북어보푸라기무침, 삼색 나물 등이 화려하게 펼쳐지기 시작했다.

커다란 보온병에 들어 있던 것은 맑은 콩나물국이다. 진한 조갯국물에 콩나물과 매운 고추, 그리고 송송 썬 파와 마늘, 소금으로만 맛을 낸 개운한 국이었다. 맨 아래 칸에 담긴 두견화전을 보고서야 그들은 그날이 삼월 삼짇날인 것을 알아차렸다.

그래서였을까, 이완이 소규모 세미나 모임을 하나 결성해 진행해 보자, 안락재가 학교에서 그리 가깝지는 않으니 모임을 마치면 아내가 점심 대접을 한다 하였다는 말을 전했을 때, 신청자가 폭주하는 사태가 벌어졌다.

한쪽 벽에 설치된 화이트 스크린 위에 비슷비슷한 종류의 한국화들이 빠르게 지나간다. 이완은 자신이 발표할 차례일 때 준비를 철저하게 해 오고 진행이나 설명도 매끄러워 좋은 평가를 받고 있었다. 그는 한 손으로는 노트북의 키를 조정해 그림을 넘기며 화가와 그림의 제목을 설명하고 다른 손으로는 레이저포인터로 각 그림의 부분부분을 빠르게 짚어 보인다.

"한국화에서 다루어지는 소재들은 종류나 그려지는 구도나 표현 방법에서 비슷한 것이 많아요. 지금 보신 것처럼, 이 열 점의 그림은 시대와 화원이 다 제각각인데, 소재와 구도, 기법들이 놀랄 정도로 유사해 보이죠."

그는 그림들을 하나씩 포인터로 가리키며 화가의 이름과 제목을 빠르게 불러 준 후 다시 설명을 시작했다.

"이런 현상이 나타난 이유는 다들 아시다시피, 전통 한국화에서는 창의성보다 그림의 완성도, 숙련도나 그림 속에 담긴 정신, 글씨와 그림 간 일체의 경지 등을 더 중요한 가치로 여겼기 때문입니다. 서양화의 경우는 얼마나 독창적으로 표현했는가를 중시하고 다른 그림을 따라 하는 것을 부끄러운 것으로 여기지만 한국화는 최대한 많이 따라 그리면서 실력을 쌓고, 완성도를 더욱 높여서 기존 수준을 넘어서는 기량을 갖추는 것도 좋게 보았죠. 같은 구도, 같은 내용의 그림이 스승과 제자, 부모 자식, 친구들 간에 무수히 쏟아져 나온 것도 그런 이유에서였고요."

문이 살짝 열려 있는 주방 쪽에서 통통통통 빠른 칼질 소리와 치이이, 무엇인가 구워지는 소리가 난다. 안채인 라도재의 주인이 요리를 하는 중이다. 아직은 딱히 방해가 되는 건 아니지만, 본격 음식 냄새가 풍기기 시작하면 그때부터는 사람들이 슬슬 주방을 곁눈질하기 시작한다. 염불보다 잿밥의 시간이 가까워지고 있다는 증거였다.

왜 사랑채도 아니고 안채에서 모임을 하게 되었느냐 물을 때마다 이완은 싱긋 웃으며 대답했다. 주방에서 이런저런 냄새가 솔솔 흘러 나와야 다들 이 지겨운 모임을 빨리 끝내는 데 동의하실 것 아닙니까? 진실은 그것과 살짝 거리가 있었는데, 그것을 그대로 옮기기에는 집주인의 내공이 부족했다.

'안채 마루에서, 부엌 옆에서 수업을 하란 말이야! 응? 응응응? 내가 점심밥 정도는 해 줄게, 응?'

'아, 싫다니까요. 제 손님들인데 대체 왜 멀쩡한 사랑채 놔두고 안채에서 스터디를 하라고 해요?'

'나도 박 선생 목소리 들으면서 요리 좀 해 보자, 엉?'

갑자기 얼빠진 침묵이 흘렀다. 한참 후 이완은 더듬더듬 물었다.

'아니, 그게 무슨 말이에요? 내가 하루 세 마디만 한다는 어느 지역 사나이도 아니고, 내가 민호 씨한테 말을 안 하는 것도 아닌데 무슨 목소리 타령을 해요?'

'그, 그치만 당신은 그렇게 뭔가 내가 알아먹지 못할 말을 줄줄 쏟아 내고 있을 때가 제일 섹시해 보인단 말이야. 그, 그 서 있는 자태랄까, 그, 음, 책을 들고 앉아 있는 자태랄까, 막 섹시가 줄줄 흘러내리는데.'

입이 그다지 섹시하지 않게 휑 벌어진다. 얼빠진 침묵이 한참 더 이어진 후, 이완은 홀린 듯이 고개를 끄덕였다.

"그렇다고 해서 한국화에 사용된 소재들이 천편일률로 보이는 것을 창의성 부족으로 단순하게 몰아붙이면 곤란하겠죠. 그 소재들은 독음 방법에 따라 기복의 의미를 담은 한자로 읽히니까요. 그래서 동양화는 본다, 라고 하기보다 읽는다, 라고도 하는 것입니다."

그 뒤로 여러 가지 비슷한 패턴의 그림이 짝을 지어 지나간다. 이완은 화면을 멈추고 화면에 있는 해오라기와 연과(蓮顆)들이 비슷한 형태로 그려진 그림들을 가리켰다.

"이 연꽃 열매와 해오라기 그림을 보실까요. 해오라기는 으레 한 마리, 그리고 아름다운 연꽃이 아닌, 볼품없는 연과와 함께 그려지는 게 정석이잖습니까? 이것은 읽는 그림의 전형적인 예입니다. 해오라기 한 마리는 일로(一鷺), 연꽃의 열매는 연과이니 '일로연과(一鷺蓮顆)'라고 읽히죠. 그런데 재미있는 일은, 예전에 과거시험을 보러 갈 때 일로연과(一路連科), 즉 한 번 가는 길에 연속해서 소과 대과에 합격하시오, 라고 인사를 했다는 거예요. 독음이 같았던 거죠. 그렇다면 이 해오라기 한 마리와 연과 그림은, 과거시험 두 개에 단번에 합격하라는 덕담이 되는 겁니다. 꽤 낭만적인 덕담이잖습니까?"

사람들은 흥미진진한 얼굴로 이어지는 자료 화면들을 들여다본다. 이번에는 화사한 모란꽃 그림들만 줄줄이 늘어놓는다.

"선덕여왕 이야기로 유명해진 나비 없는 모란 그림들입니다. 꽤 억울한 누명을 쓰고 있는 그림이기도 하고요. 삼국유사 기이편의 선덕여대왕 편에 보면 선덕여왕의 지혜를 뒷받침하는 증거로 남아 있는 일화 중 하나가 이 모란 이야기인데, 사실 다른 증거를 지금 보면 과연 여왕께서 지혜로웠는지 영 알 수 없습니다만 그렇다고 하니 그냥 그렇게 믿고 삽니다."

짧은 웃음이 흘러나왔다.

"당 태종이 여왕에게 삼색모란도와 그 종자들을 한 되씩 보냈는데 여왕은 그 그림에 나비가 없음을 알아차리고 이 꽃에 향기가 없을 것이다, 그가 나의 혼인하지 않았음을 조롱한 거라고 말을 합니다. 어렸을 때는 참 천하의 이세민이 쫀쫀하기도 하다, 작은 나라 신라의 여왕을 조롱씩이나 하려고 그림 말고 꽃씨까지 한 되씩이나 챙겨서 보냈나 하는 생각도 했습니다. 정말 심어서 꽃이 폈을 때 바보같이 앉는 나비가 있으면 어쩌려고 그랬을까요?"

사람들은 편안하게 앉아 화면에 떠오른 그림들을 들여다본다. 자료로 올라온 모란화 중에서는 아직 일반에 공개되지 않은 대단한 수준의 작품도 눈에 띄었다.

"하지만 아시다시피 중국에선 당나라 때 이미 모란에 나비를 그리지 않았습니다. 모란은 부귀화라는 별칭으로 불리고 있었고, 그림에서도 부귀를 상징하는 아이콘으로 쓰였으니까요. 나비는 질수라 하여 나이 80을 의미합니다. 부귀를 80살까지만 누리십시오, 하고 굳이 제한할 이유가 없었던 것입니다. 저는 당태종이 선덕여왕을 조롱하려는 의도가 없이 선물을 보냈다고 추측합니다. 여기 제시된 수많은 나비 없는 모란 그림이 다 누군가를 조롱하기 위해서 그려졌다고 볼 수는 없을 테니까요.”

“하지만 박 선생님, 그렇게 보면 모질도—나비와 고양이를 짝지어 그린 그림— 같은 건 어떻게 되는 겁니까? 그것도 무슨 제한의 의미로 그려진 겁니까?”

“아, 맞습니다. 나비는 고양이와 짝을 지어 많이 그려집니다. 포식 피식의 관계도 아니고 행동반경도 전혀 다른데 말이죠. 하지만 그런 그림이 많이 나오게 된 것은 고양이와 나비가 상징하는 것이 연관이 있기 때문입니다. 고양이 묘(猫) 자는 중국에서 70세를 상징하는 모(耄) 자와 독음이 같고, 나비는 80세를 상징하니, 70, 80, 90…… 하는 연속성을 확보하게 되거든요. 그래서 고양이와 나비 그림들은 영원히 장수하라는 의미를 갖게 되는 겁니다.”

“……”

“이렇게 동양화는 한문과 중국어 독음, 그리고 사물의 상징이나 유명한 시구, 문구 등을 종합적으로 알고 있어야 뜻을 읽을 수 있는 것이 많습니다. 한국화에는 이런 암호들이 헤아릴 수 없을 정도입니다. 예전에는 대부분의 선비가 알고 있는 당연한 상식들이었겠지만 지금은 그 뜻을 알 수 없게 된 것들이 많고, 그래서 현재는 그림을 보는 게 아니라 읽는 방법을 배우는 것이 별도로 필요하게 된 것이죠.”

이완은 막히는 기색 없이 선선히 대답했다. 사람들은 그의 발표와 질의응답이 모두 끝난 후에도 자료 화면을 몇 번이고 돌려 보며 휘유, 하고 휘파람을 불었다.

민호는 조금 벌어진 주방의 문 앞에서 얼쩡거리며 문틈에 바짝 귀를 기울였다. 뭐라고 하는지 내용 따위는 아무것도 모르겠다. 그저 저놈의 사나이가 조잘조잘 어려운 말을 해 댈 때마다 왜 이렇게 미치게 섹시해 보이는지 고대 죽겠으니 아이고, 엄마 나 죽네. 밤이고 낮이고 이렇게 홀홀 녹아 죽겠으니 이것도 병이네. 심장은 벌렁벌렁, 콧김은 풍덩풍덩, 오금은 저릿저릿, 나는 아무래도 제명에 못 가겠네. 아이고, 이 오라질 놈의 염통에 주책없는 콧구멍 같으니.

상차림은 거의 끝났다. 이제 저 모임이 열두 시에 끝나면 밥과 국을 담고, 문을 소르르 열고 나가서 교자상 두 개를 옮겨 달라고 하면 되는 것이다. 민호는 주방 문 뒤에 숨어서 혼자 몸을 비비 꼬며 수만 가지 하트 모양을 만들어 문밖의 사나이에게 날려 보내며 섹시한 사나이의 앞태와 뒤태를 '눈깔이 빠지도록' 감상했다.

황홀한 시간은 오래가지 못했다. 누군가 물을 먹으려고 주방 문을 열고 들어가려다 문 뒤에 서 있던 민호와 딱 마주쳤던 것이다. 민호는 그때 팔을 들어 저 섹시한 사나이에게 있는 힘껏 대형 하트를 그려 보이던 중이었다.

이완의 손에서 레이저포인터가 떨어졌다. 대형 하트의 주인장은 으아이고! 와라라라라! 소리를 지르더니 앞치마를 펄럭이며 보조 주방으로 뛰어 들어가 숨어 버렸다. 이완은 머리가 휑 비는 것 같아서 할 말을 고스란히 잊어버리고 말았다. 둘러앉아 있던 사람들은 책상을 두드리며 가가대소했다. 늦깎이로 박사 과정에 합류한 성철언이라는 사내가 어깨를 툭 치며 낄낄거린다.

"어이, 신혼이 좋아요, 박 선생."

"아, 정 선생님, 그런 거 아닙니다. 그, 그냥 우연히 해 보다가 마주친······."

"그렇지, 신혼 정도쯤 되니까 우연히 하트도 그려 주고 우연히 보다가 마주치기라도 하지."

"십 년쯤 돼 봐요. 눈이 마주치면 저게 물건이냐 남편이냐 하고, 손을 잡아도 이게 네 살이냐 내 살이냐 하지."

"하트? 텔레비전 미남들한테 날릴 하트도 모자란데 남편한테 날릴 게 어디 있어요? 우리 사이에 남은 건 수많은 몬스터들을 격퇴하면서 얻은 엄청난 전투능력과 끈끈한 전우애뿐이야!"

"박 선생님, 즐기세요. 좋을 때예요!"

이완은 변명할 생각을 포기하고 고개를 숙이고 말았다. 어쩐지 대역무도한 놈이 된 기분이었다.

보조 주방으로 도망친 민호 씨는 한참 있다가 빨개진 얼굴로 나와 "아, 상 안 가져가고 뭐 해요! 굶겨 버릴까 보다." 하고 투덜거렸다. 안주인의 터프한 말투에 어느덧 익숙해진 동료 선생들이 얼른 일어나 두 개의 커다란 교자상을 마루로 옮긴다.

입을 다물 수 없을 정도의 규모였다. 기본으로 놓고 먹는 찬의 수효도 적지 않은데 오늘은 그야말로 상다리가 부러질 지경이었다. 완자탕에 금중탕, 홍합탕에 편육, 절육, 전유어, 화양적과 찜닭에 도미찜, 만두, 어만두, 어회와 육회, 홍합찜, 신선로에 직접 만들었다는 정과와 생과일, 다식과 약밥, 홍, 황, 백색의 매화강정에 투명하게 고운 수정과까지 빼곡하게 놓였다. 참석한 사람들의 입이 한 발은 내려앉는다. 이완이 주방으로 들어와 더듬더듬 물었다.

"이, 이번 주에 배워 온 게 대체 뭔데 사, 상이 저래요?"

"어, 어떤 과부 할머니 환갑인지 진갑인지 여튼 생일상이라고 배웠는데. 홍혜영 씨? 홍······혜경 씨? 아 씨, 알 게 뭐야······. 아, 아들이 되게 효자였대. 그 잔칫상에서 과자나 과일 종류는 빼고 반찬 할 만한 것들을 골라서 해 봤지. 상에 올라간 건 한 70가지 된다던데 반찬 될 만한 건 별로 많지 않아서."

이완은 여자를 멍하니 내려다보며 입술을 들썩이다 풀썩 웃고 만다. 그는 비틀비틀 대청으로 나가 좌중을 둘러보며 한마디 한다.

"정조의 모친인 혜경궁 홍씨의 환갑 진연상에서 찬이 될 만한 것들을 선정해 소규모로 재현했다고 합니다. 맛있게 드세요."

민호는 앞치마를 벗어 던지고 경중경중 뛰어와 이완의 옆에 앉는다. 다들 시장했는지 얼이 빠졌는지 한동안 달그락거리는 소리밖에 들리지 않는다. 그래도 이완이나 민호와 눈이 마주칠 때마다 엄지손가락을 척척 들어 보이곤 한다.

어째 뺨이 따끔따끔한 것이 영……?

이완은 어느새 자신이 엄청난 부러움과 질투의 대상이 되었음을 피부로 느낀다. 아무려면. 엥겔지수 따위는 개나 먹으라지.

이완은 눈을 찡긋하며 민호에게 소리 없이 말한다. 민호 씨, 맛있어요, 정말 최고예요. 여자는 아직 자료 사진이 걸려 있는 화이트 스크린을 흘끔 보더니 히히 웃으며 상 밑으로 엄지 척을 해 보인다. 이완 씨도 오늘 최고로 섹시했어. 당신이 설명하니까 고양이 나비 새 나부랭이까지도 오라지게 섹시해 보여. 제기랄, 난 이제 꿈도 희망도 없어. 이완은 킬킬 웃고 말았다.

그림 속 모란은 부귀를 상징하고, 해오라기와 연과는 과거급제와 출세를 상징하고 고양이와 나비는 무병장수 오래오래 살기를 기원하는 마음을 담고 있다.

그리고 눈앞에 펼쳐진 이 근사하고 푸짐한 진연은 그녀의 속에 가득히 고여 있는, 자신을 향한 한 낱말을 상징한다.

이완은 자신의 입속에서도 흘러넘칠 것 같은 그 낱말을 사람들 앞에서 값싸게 내보이는 대신, 여자의 어깨를 감싸 안고 톡톡 두드려 주었다. 사람들이 다 돌아가고 나면 그때 말해 주어야지. 꿈에서도 들릴 정도로 많이많이 말해 주고, 밤새도록 정신이 다 빠져나갈 정도로 깊이깊이 알려 주어야지.

하지만 뽀뽀를 해 주고 싶은 마음은 도무지 참을 수가 없었다. 이완은 한숨을 푹 쉬면서 잠시 주방으로 들어가 여자를 불러냈다. 어리둥절 따라와서 고개를 들고 왜? 하고 눈을 말똥거리는데, 아 정말이지 예뻐서 미쳐 버릴 것 같다. 그는 주방의 문을 닫은 후, 여자의 뺨을 잡고 고개를 숙여 얼른 도둑키스를 해 주고 말았다. 여자는 화들짝 놀라 팔을 버둥버둥하더니 이내 얼굴이 빨개진다.

잠시 후 시치미를 떼고 애꿎은 물병을 들고 나와서 다시 자리에 앉았는데 뒤따라 나오는 여자가 빨개진 뺨을 문지르며 에헤헤헤, 요상하게 웃는다. 그 덕에 몰래 불러낸 보람도 없이 무슨 짓을 했는지 들통이 나고 말았다.

박 선생 대체 주방에서 무슨 짓을 하고 온 거야? 그 잠시를 못 참아 염장질이야그래? 앉아 있던 동료들이 휘파람을 불며 다시 야유하기 시작했다.

이완은 이제 아무래도 좋다는 생각이 들었다.

2. 안락재의 설날 풍경

결혼 후 이완은 한동안 400년 종가의 종중에 포진한 어드메 촌수도 알 수 없는 할아버지 할머니 혹은 유물을 아끼고 사랑한다는 젊은 사람들의 진품명품 감정 요청에 시달렸다. 어르신들의 환상과 달리

백 년 묵은 놋타구나 갓, 담뱃대 따위는 로또 4등 정도의 가치도 없었다.

사실 민간에는 쓸 만한 고유물이 거의 남아 있지 않다는 것이 정설인데, 돈 될 만한 유물은 이미 일제와 해방 이후의 혼란기에 안목 있는 장사꾼들이 샅샅이 휩쓸어 버렸기 때문이다. 이완은 친절하고도 사근사근하게 물건의 딱한 시세를 적나라하게 알려 주었다. 겉모습과 달리 뼛속까지 장사꾼인 사위님께서는 빈말로도 좋은 가격으로 구매해 드리겠다는 말을 하지 않았다.

민호의 큰오빠인 종손 어르신도 그 행렬에서 예외는 아니었다. 예외가 무언가. 선봉장이었다. 그리고 역시나 들고 온 것은 한 보따리인데 살 수 있는 것은 거의 없었다. "아니 그래도 종손이신데 물려받으신 걸 죄다 파시면 어쩌시려고요?" 하고 완곡하게 거절하면, "집은 좁아터져 죽겠는데, 돈도 안 되는 이놈의 것을 이고 지고 살려니 마누라 등쌀에 죽을 맛이라고." 하며 한 시간이나 장탄을 늘어놓는 것이다.

당신네 집이 좁아터진 걸 나보고 어쩌라고. 당신 마누라 등쌀에 당신이 죽는 걸 나보고 어쩌라고. 물론 예의 바른 장사꾼은 정의롭게 진심을 말하는 대신, 누가 썼는지 내용이 무엇인지도 알 수 없는, 바스러질 듯한 시커먼 종이 뭉치와 고서 나부랭이라도 사 드리기로 했다.

하지만 알면서도 덤터기를 쓰기는 싫은 것은 인지상정, 장사꾼의 영혼을 지닌 선비님은 물건에 대한 시세를 적나라하게 알려 드리며, 술값 정도라도 받아 가시려느냐 예의 바르게 물었다.

그가 돌아가고 난 뒤 바스라질 것 같은 종이를 조심스럽게 훑어보니, 엄청난 악필 초서체의 서간문이었다. 나라에 충성하고 부모에게 효도하며 조상을 공경하고 섬김에 있어 마음과 정성을 다하여 운운이 주렁주렁 달린 꼬라지를 보니 그만 입맛이 떨어졌다.

조상 공경 좋아하신다. 이완은 캐비닛에 보따리를 처박은 후 문을 쾅, 닫으며 콧방귀를 뀌었다. 그 알량한 조상 공경 때문에 우리 민호 씨를 그렇게 고생시켜 왔단 말이지. 이제 맛 좀 보라지. 민호 씨 없이 앞으로 어디 명절 한번 잘 지내 보라고. 진희 씨도 없으니 아주 볼만 하겠지.

이완은 컴퓨터를 켜고 여행 일정을 확인했다. 결혼식을 한 후에 그럴듯한 신혼여행을 아직 가지 못했으니, 이번 설 연휴를 끼고 한 열흘 푸짐하게 다녀올 계획이었다. 두 사람 모두 수업과 생업으로 인해 은근히 바빴는데 그때만큼은 일정이 없었고, 설 연휴에서 며칠만 더 지나면 밸런타인데이와 연결이 되어, 그야말로 달콤한 스케줄이 가능했다.

명절 전야제 따위도 이젠 다 필요 없다. 고된 막노동을 준비하기 위한 속풀이? 흥, 그 무슨 개 풀 뜯어 먹는 소리냐? 전야제 다른 주축 멤버들도 어드메에 가 있는지 알 수 없으니, 올해부터 명절은 해외여 행 확정이다. 끔찍한 강행군을 준비하고 있다가 이 환상적인 여행 스 케줄을 듣게 되면 민호 씨는 그야말로 깜짝 놀랄 것이다.

그는 알프스 중턱에 있는 작은 산장에 예약을 해 두었다. 스위스 에서는 스키를 타거나 케이블카로 알프스 설경과 호수를 구경할 수 있을 것이고, 치즈 농장 구경을 다닐 수도 있을 것이다. 유명한 시계 공방도 가까이 있다니 두 사람이 커플로 시계도 하나 맞추면 좋겠다. 시내 구경도 다니고. 느긋하게 쉬는 것이 목적이라 일정은 여유 있 게, 맛있는 것을 먹으러 다니는 일에 포커스를 맞춰서. 지중해 쪽으 로 내려가서 유람선도 타야지.

여름에 간다면 니스에 들러서 해수욕을 하면 좋을 텐데. 그때는 커플 비키니 수영복도 사 가면 좋겠다. 공갈빵 말고 딱 맞는 예쁜 것으로. 좋아, 그건 내년 여름쯤으로 잡아 볼까. 그는 어느새 흥얼흥얼 콧노래를 하기 시작했다.

마지막 날은 밸런타인데이니까 호텔에서 편히 쉬면서, 함께 초콜 릿과 케이크도 나누어 먹고, 와인도 함께 마시면서 로맨틱하고 근사 한 밤을 보내고 돌아오면 될 것이다. 그는 비행기 표와 호텔 예약, 관 광 일정에 케이크와 와인 배달 주문까지 꼼꼼하게 확인하고 비죽비 죽 비어져 나오는 웃음을 참으려 얼굴을 탁탁 두드렸다.

이제 민호 씨는 명절의 불개미 군단과 작별을 고할 때가 됐다. 딸 은 출가외인이라 했겠다? 그래서 며느리들을 몇십 년 동안 친정에도 안 보내고 명절 내내 부려 잡수셨겠다. 집안의 전통? 좋다, 그럼 당 신네 동생도 출가외인이야!

이제부터 내가 만든 내 집안의 명절 전통에 따라 내 여자는 내가 지키겠다.

일산의 백산 아파트 104동 1004호 파평 윤씨 소양공파 종가는 설 을 보름 앞두고 발칵 뒤집히고 말았다. 종손께서 꼬꼬마 매부 놈한테 명절 때 언제 오려느냐 물었다가 청천벽력 같은 소리를 듣고 말았던 것이다.

"죄송하지만 명절에 민호 씨 친정으로 보내기 어렵습니다. 저희도 명절 내내 바쁠 것 같아서요. 대신 설 끝나고 같이 찾아뵙겠습니다."

평소보다 훨씬 점잖고 상냥한 대답에 종손께서는 그야말로 꼭지 가 돌고 말았다. 하지만 이완은 더욱 사근사근한 목소리로 말을 잘랐 다.

"형님, 저희 집안도 명절에 며느리 친정에 보내지 못합니다. 혹시 모르실까 봐 드리는 말씀인데 저희 반남 박씨 집안도 나름 뼈대 있습 니다. 뭐 자랑하자는 건 아니지만 고조부님은 대사헌에 판서를 지내

셨고 증조부님과 종조부, 재종조부님 중에서도 당상관이 허다하거든요. 아니, 뼈대건 가시건 중요한 건 그게 아니죠. 생각해 보세요. 어떻게 다른 집안 며느리가 된 동생을, 일할 사람이 없다고 명절 전부터 친정에 불러내십니까? 형님 좀 너무하십니다."

사실 말이야 바른 말이라, 전직 교장 선생님은 꿀 먹은 벙어리가 되고 말았다. 이놈이 이렇게 말을 잘하는 놈이었던가? 처음엔 술도 못 먹고 절절매기에 순둥이 벙어리인 줄 알았는데.

그는 갑자기 눈앞에 닥쳐온 사태에 당황하여 동생들에게 전화를 걸었다. 심심하면 메일이나 띡띡 보내고 있는 불효한 딸년도, 다른 집안 며느리가 된 동생년도 없으니, 명절 음식 수급에도 상당한 차질을 빚게 되었고, 무엇보다 마누라와 제수씨들이 친정에 간 후 손님 접대할 사람이 한 명도 없다.

불똥은 바로 네 명의 마나님들에게 튀었다. 손님 접대할 사람이 없으니 올해부터는 다시 집에 남아 손님을 치러야 한다는 말이 떨어진 것이었다. 말이 그렇지 마나님들은 모두 환갑을 훌쩍 넘기거나 가까워지고 있는 나이였다. 젊어서는 집안의 전통이라는 미명하에 눌려 살았지만 이제는 예이, 하며 다소곳이 고개를 숙일 '짬밥'이 아닌 것이다.

기껏 얻어 낸 친정행 권리를 이렇게 어이없이 뺏길 계제도 아니었다. 이걸 어떻게 얻은 건데. 코찔찔이들이 엉엉 우는 것을 들으면서도 이혼 서류를 들이대고, 막내 아가씨가 제사상을 뒤집어엎다가 두드려 맞고, 아직 시집도 안 간 조그만 딸이 허리 다리가 부러지도록 음식을 차리고 설거지를 해 가면서 만들어 준 결과였다. 이렇게 허망하게 뒤집힐 순 없었다.

종부님들이 악다구니를 하며 덤벼들자 네 형제의 집에서는 그야말로 피 터지는 전쟁이 벌어졌다. 형제들은 그깟것 얼마나 힘들다고,

며칠 접대하고 명절 끝나고 친정에 가면 되지 않느냐 하다가 그중 두 분의 마나님께 개새끼 소리까지 듣고 아주 야단야단이 나고 말았다.

명절을 일주일 앞두고 백산 아파트 1004호에서 4형제 내외와 자식들이 그야말로 흉흉하기 짝이 없는 기세로 모여들었다. 시간이 촉박하니 무슨 수를 써서라도 일의 아귀를 지어야 했다. 아버지와 아들들 사이에서는 기왕 진희랑 민호가 하던 일이니 아직 시집 안 간 딸들에게 시키면 어떠냐는 의견이 나왔다.

하지만 이 집안이 본디 딸이 귀했다. 네 집안의 딸을 통틀어 봐야 넷뿐이었는데 문제는 그중 한 명은 아무도 건드리면 안 된다는 중학교 2학년, 한 명은 시한폭탄 수험생, 한 명은 실종된 진희, 한 명은 명절날 취업 잔소리에 큰 상처를 받고 제 동맥에 칼질을 한 스물여덟 아가씨였다. 그녀는 후에 대기업에 취직하긴 했으나, 명절 때 한 번만 더 불러내면 백산 아파트 옥상에서 뛰어내리겠다고 공언한 상태였다.

난감해진 그들은 여자들의 폭을 조금 넓혀 보았다. 진희의 육촌 중에서 여자애들 미리 오라고 해서 부엌일 거들게 하고 명절 때 남아 있으면서 어른들 식사나 챙기게 하자, 끝나고 용돈이나 몇만 원씩 쥐여 주면 되지 않겠나, 하는 말이 나왔을 때, 마나님들은 기가 막혀서 말도 하지 못했다.

"야, 이 새끼들아, 애비나 새끼들이나 다 똑같아! 왜 늬들이 할 생각을 안 하니! 이 지경이 돼서도 손가락 하나 까딱을 못 하겠니? 손가락이 부러졌니 발가락이 부러졌니!"

입이 건 둘째 동서가 벌떡 일어나 아들들의 등짝을 걷어차며 욕을 퍼붓다가 분해서 엉엉 울기 시작했다. 우리한테 어쩌라고! 아빠가 제사 때 남자들 부엌에 들어가지 말라잖아! 전통이라며! 어디에 뭐 있는지도 모르는데 어떡하라고, 아이씨! 얻어맞은 아들들 역시 왈칵 짜증을 냈다. 이렇게 개 같은 전통이 어디 있어! 사람 사는 게 어떻게 이래! 둘째와 셋째 동서가 악을 쓰며 울고불고하자 또 맞은편에서 벌컥 소리를 높인다.

"고거 조금만 더 해 주고 가면 되는 걸 왜 번번이 이래! 지겹지도 않아?"

"결혼 삼십 년이면 적응할 때도 됐잖아!"

"여자가 잘 들어와야 집안이 조용한데 우리는 종가가 왜 이렇게 시끄러워!"

순간 큰동서가 손을 저어 조용히 시키더니 혀를 차며 자리에서 일어났다.

"에이구, 동서들 그만해. 이런 게 한두 번인가. 다들 이리 나와서 차나 좀 마셔."

진희 어머니가 아랫동서들을 끌고 나가고서야 시끄럽던 방이 조용해졌다.

네 형제와 우르르 포진한 아들들은 일이 해결된 줄 알았다. 진작 그럴 것이지 꼭 소란을 피우고들 그래. 어차피 그렇게 할 거면서 집안 시끄럽게. 그들은 그렇게 가벼운 승리감에 도취한 채, 즐거운 예능 프로그램 레이드와 스마트폰 탐험을 시작했다.

그런데 아무리 기다려도 마누라들이 다시 방으로 들어오지 않았다. 저녁때가 되어 가는데 저녁 하는 소리도 들리지 않는다. 배가 고파서 나와 두리번거리니 집이 텅 비어 있었다. 진희 어머니는 식탁에 종이쪽 한 장을 남겨 두었다.

〈삼십 년 종부 했으면, 우리도 지금까지 해 줄 건 다 해 주었지.〉

네 명의 여자들은 각자 집에 가서 짐을 챙겨 들고 모조리 자취를 감추었다. 설을 일주일 앞두고 벌어진 일이었다.

❀　　❀　　❀

"언니들! 왜요, 왜 그래요. 뭐가 어쩌고 어째? 아오오오 쉐쉐쉥! 내가 미쳐요, 내 오빠들이지만 아주 그냥 자근자근 밟아 주고 싶네, 그냥! 그럼 여기에 와 있어요! 아, 잠깐, 이완 씨, 저기 올케언니들 오늘 여기 와서 자도 돼? 응, 고마워. 언니, 언니! 사우나는 무슨 사우나야, 처량하게! 싹싹 빌 때까지 여기 숨어 있어요! 명절 때 나 스케줄 없어요. 이완 씨한테 물어보니까 친척 집 아무 데도 안 간다고 했어요. 집에 있을 거예요. 우리끼리 떡국이나 끓여 먹고 맛난 거 해 먹으면 되지, 절대미각 요리사 다섯이 다 있는데 무슨 걱정이에요!"

이건 분명 살이 낀 거야.

이완은 슬슬 죽어 가는 코끼리를 어떻게든 살려 보려 끙끙대며 벽을 향해 돌아누웠다. 어쩐지 무사하게 지나가고 있다 생각했지. 우리 두 사람 사이에 뭔가 로맨틱 에로틱한 것이 생겨나려고 하면 어디선가 누군가에게 무슨 일이 반드시 생긴다. 액인지 살인지 저주인지 방자인지 그따위 것이 아니고서는 이럴 수가 없다. 여자는 일을 치르다 말고 전화를 받더니 길길이 뛰며 당장 짐 싸서 오라고 야단이다.

그런데 민호 씨, 올케언니들 부르는 건 좋은데, 예전과 달리 그래도 되냐 물어보고 고마워, 하고 뽀뽀해 주는 것도 정말 기쁜 일인데, 코끼리, 내 코끼리부터 어떻게 좀 해 주면 안 될까. 이완은 서글프게 코를 훌쩍였다.

그리고 민호 씨, 명절 스케줄 없는 거 아니에요. 나 명절 때 비행기 표 예약해 두었는데요. 깜짝 놀라게 해 주려고. 놀라고 좋아하는 거 보고 싶어서.

이완은 슬슬 불길한 예감이 들기 시작했다. 재수 없게 일이 꼬이면 민호 씨는 올케들 때문에 안락재에 남아 있겠다 할지도 모르고, 정 일할 사람이 없다고 소환되어 갈지도 모른다. 거기다 대고 발랄하게 저 사람들 울든 말든 무슨 상관이야, 다 집어치우고 새 집안의 새 전통에 따라 니스 해변에나 갔다 옵시다, 하면 퍽도 좋아할 것이다.

서프라이즈는 무슨, 내가 준비한 서프라이즈와 어머나 감동했어 고마워 흑흑흑이 한 번이라도 통한 적이 있었나. 여자는 분이 가시지 않는지 주먹을 쥐고 시근시근하더니, 거의 빈사에 이른 불쌍한 코끼리를 까맣게 잊고는 차 열쇠를 들고 밖으로 뛰쳐나갔다. 밤거리를 방황하고 있는 언니들을 모시러 가는 것이다. 이완은 손가락을 구부려 벽을 긁었다. 그르르륵, 거칠면서도 애잔한 소리가 났다.

가운을 걸치고 밖으로 나온 이완은 서재로 가서 캐비닛 문을 왈칵 열고는 낡은 보따리에 싸인, 다 삭아 뭉그러져 가는 책들과 종잇조각들을 확확 끌어당겼다. 술값 준 것도 아깝다. 이완은 짜증스럽게 종이 무더기를 움켜잡았다. 저놈의 빌어먹을 집구석, 자랑스러운 전통인지 개통인지 엿이나 먹으라지. 어떤 똘똘이가 이 잘난 걸 술값씩이나 주고 사셨지. 예의는 개뿔이다, 한 글자도 남기지 않고 모조리 갈아 버릴 테다.

이완은 파쇄기 쪽으로 종이를 집어넣으려다 문득 손을 멈췄다.

"……음?"

이완은 고개를 갸웃하고 삭은 종이를 눈앞으로 끌어당겼다. 뭐라고 말도 나오지 않는 악필에 초서로 흘려쓰기까지. 하지만 이완은 파쇄기 앞에 선 채 한참 동안 서서 종이 뭉치를 읽어 내렸다.

"어…… 이거 봐라?"

이완은 잠이 말짱 달아난 얼굴로 종이 뭉치를 책상 위에 올려놓았다. 뒤이어 선반에서 긴 화선지를 꺼내고, 확대경과 접착제와 핀셋을 잡았다.

민호는 다음 날 아침 일어나서야 어젯밤 깜박 잊었던 불쌍한 코끼리를 떠올릴 수 있었다. 밤늦게 올케언니 넷을 안락재로 데려왔고, 마루에서 윤씨 집안과 그놈의 빌어먹고 우라져 마땅한 찬란한 전통에 대해 욕설을 퍼붓다가 그만 까맣게 잊어버리고 말았던 것이다.

아직도 코끼리가 살아 있을까 부질없는 기대를 하고 서재를 빼꼼 열어 본 민호는 이완이 핏발이 선 눈으로 작업 중인 것을 발견하고는 얌전히 문을 닫아야 했다. 오후에 다시 문을 열고 들어가니 이번에는 소파에서 몸을 구부리고 잠을 자고 있었다. 민호는 담요를 가져와 꼭꼭 여며 덮어 주고 뒤를 돌아보았다. 책상에는 화선지가 길게 놓여 있고, 그 위에는 시커멓게 삭아 가는 종잇조각들이 다닥다닥 각을 맞춰 붙어 있었다.

❀　　　❀　　　❀

마누라의 소재를 수소문하던 네 명의 사나이들은 결국 마누라들의 위치를 알아내고야 말았다. 입 싼 어떤 아들놈이 아버지에게 밀고한 탓이었다. 4형제 외에도 뒤에 한 떼거지의 백발 종조부님들과 사촌까지 와글와글 안락재로 들이닥쳤다.

지금 당장 시장 보고 명절 준비를 해야 할 여편네들이 여기 앉아 있으니 발등에 불이 떨어졌다. 이놈의 여편네들이 미쳤네, 가네 안 가네, 끌고 버티는 수라장 한가운데서 민호는 소리를 빽빽 질러 대고 오빠는 동생의 등짝을 후려갈겼고 작은할아버지들은 괘씸하다 고약하다 호통을 치면서 사뭇 야단이었다.

"이거 뭡니까! 형님, 대체 남의 집에서 뭐 하시는 겁니까?"

늦게 퇴근해 안락재로 들어선 이완은 와락 고함을 질렀다.

"동생 집이 어떻게 남의 집이야? 그리고 지금 명절 준비해야 할 여편네들이 와 있으면 자네도 먼저 연락을 해 줘야지. 아, 얼른 안 따라오고 뭐 해! 지금 정신 나간 거 아냐?"

"이제 잘난 남자들끼리 잘해 봐! 친정집에도 안 보내 주는 주제에 뭔 젯밥을 얻어먹길 바라고 뭔 대접을 처받기를 바라!"

"거 30년 이 집안 며느리로 살았으면서 아직도 저렇게 모자란 소릴 하나 그래. 아, 원래 종가에는 집안마다 다 전통이 있는 거야! 그걸 여자들이 좀 귀찮다고 명맥을 끊어 버릴 게야?"

"형님, 조금만 진정하시죠."

이완은 최대한 사근사근 매끄러운 목소리로 말을 붙였다. 나는 영업 중이다 레드 썬, 나는 영업 중이다 스마일, 레드 썬.

"그런데 형님, 아무리 전통도 좋고 종부도 좋지만 그래도 남의 집 귀한 따님들이시기도 한데, 명절마다 엄마 아버지 얼굴도 못 보게 하시면 섭섭하시잖습니까. 요새는 그러면 뒤에서 욕합니다. 형님, 손님 대접하시는 건 조금만 나눠서 해 주시고 차례 지내면 친정에 보내 주시면 안 되는 겁니까?"

"거 자넨 말하는 게 왜 그 모양이야? 다들 밖에선 하나만 알고 둘은 모르니 남의 집 제사에 감 놔라 배 놔라 하지 말라는 거야. 다 집안의 전통이 있는 거고, 전통에는 또 다 깊은 이유가 있어. 우리 집안은 대대로 제사 때 남자가 부엌에 드나들지 않았어. 동티난다고."

"남의 제사……. 전통요? 아하, 예."

이완은 신발을 벗고 성큼성큼 대청으로 올라가더니 가운데서 머리가 까치집이 된 채 끼어 있던 민호의 손을 잡아 끌어당겼다. 그리고 툭 내뱉었다.

"형님, 그래도 여긴 제집이고 이제 민호 씨는 제 집사람이에요. 또한 번 민호 씨 머리가 까치집이 되어 있으면 이 집에 처가 쪽 친척은 아무도 못 오게 할 겁니다."

말투는 조곤조곤했지만 말의 내용은 꽤 살벌했고, 마누라를 끌고 거칠게 방으로 들어가는 모습은 더 살벌했다. 그제야 사람들은 '남의 집'에 난입해서 크게 소동을 부리고 있었음을 깨달았다. 대청에 있는 사람들은 머쓱하게 어깨를 움츠렸다.

이완은 방으로 들어가 민호를 앉혀 놓고 곁에 앉았다. 이런 일이 한두 번은 아니었지만 까치집이 되어 있는 여자의 머리를 보니 속상했다. 이완은 빗을 꺼내 엉망으로 뻗친 여자의 머리를 정돈해 주며 말했다.

"민호 씨, 잘 들어요. 민호 씨는 이제 저 집안의 동생이기 전에 제 아내예요. 제 아이들의 엄마가 될 거고요. 여기는 저하고 민호 씨 영역이고, 저는 제 영역에서 민호 씨와 아이들을 안전하게 보호하고 싶어요. 그러니까 누가 손님으로 온다고 하면 저에게도 미리 알려 주고, 싸우러 오는 사람이면 당당하게 거절하고, 민호 씨가 여기 안주인인 것을 인정하고 존중하는 사람만 받아들이세요. 물론 당연히 저도 그럴 거예요. 아시겠어요?"

"어…… 응."

"이제는 명절에 친정에 가지 마세요. 가고 싶을 때 가시는 건 상관없는데 명절날 그 아수라장에는 끼지 마세요. 모두 다 편하자고 한두 사람한테 일을 몰빵하는 짓 따위는 엿이나 먹으라고 해요. 민호 씨는 이제 우리 집안만의 새로운 전통을 만드시면 돼요."

민호는 눈을 동그랗게 뜨고 위를 올려다보았다.

"전통을 어떻게 우리가 만들어? 그건 옛날에 만들어져서 내려오는 거 아냐?"

"전통 별거 아닙니다. 민호 씨가 만든 명절 전야제 생각해 보세요. 거의 전통이 됐다고 했죠? 십 년, 이십 년만 습관처럼 되풀이하면 전통 소릴 듣게 되고, 서너 세대만 내려가면 삼대를 내려온 건지 백대를 내려온 건지 구별할 수 없게 돼요. 일제시대에 이식된 나쁜 관습들이 천년의 전통인 줄 아는 사람이 많은걸요."

"아니 근데 어떤 엿 같은 놈이 마누라 딸내미 고생시키는 규칙을 자랑스럽게 만들어서 전통이랍시고 물려주기 씩이나 했을까?"

물론 이완은 그 엿 같은 분들이 지금껏 민호 씨 젯밥을 잘 얻어드시던 분들이었다는 말을 구태여 꺼내지는 않았다. 그는 민호의 손을 잡고 차분차분 말을 이었다.

"사실 좋은 관습, 나쁜 관습이란 게 정해진 건 아니고 시대나 상황에 따라 달라지는 것 같긴 해요. 지금은 욕을 먹고 있는 명절 전통들도 애초에 아내와 딸들을 괴롭히려고 만든 건 아니었을 거예요. 처음엔 무언가 선한 의도가 있었겠지요."

"선하기는 개뿔! 지금 올케언니들 눈에서 눈물을 한 됫박씩 뽑고 있는데!"

민호는 와르릉 소리치더니, 잠시 후 묘한 얼굴로 고개를 갸웃했다.

"음? 하긴 그러네. 언니들한테는 친정에 못 가는 게 나쁜 전통인데, 지금 나한테는 좋은 전통이 되는 거네? 또 지금 이완 씨는 나를 위해서 친정에 가지 말라 하지만, 그게 굳어지면 내 며느리, 손자며느리들은 명절에 친정에 가고 싶어도 못 가게 되는 거겠지?"

"바로 그렇죠."

이완은 가볍게 웃었다.

"아하, 그렇다면, 남자들이 부엌에 들어가면 안 된다는 우리 집안의 개통 같은 전통이 만들어진 이유도 대충 알겠다."

"……뭔가요?"

"뻔하지 뭐. 도와주는 건 손가락 하나 까닥 하지도 않으면서 오만 잔소리만 쏟아 내고 참견질 하는 꽁생원들 때문일 거야. 왜 요새도 집안 살림 도와주지도 않으면서 맨날 냉장고 열어 보고 정리가 안 됐네, 지저분하네, 손가락으로 부엌 창틀 문질러 보면서 살림을 하는 거냐 마는 거냐, 똥을…… 변을 입으로 싸는 놈들 있잖아? 그런 놈들 보면 캭 발길로 걷어차서 부엌에서 쫓아내고 싶잖겠어?"

"그거 제 이야기 하는 건 아니죠?"

……하는 말이 목구멍까지 넘어오는 것을 이완은 간신히 집어삼켰다. 아아, 생각해 보면 나 역시 몹쓸 전통의 제작자가 될 위험이 너무너무 높구나. 그녀가 욕하는 '변을 입으로 싸는 사나이'와 자신과의 거리는 불과 한 뼘 정도밖에 안 되어 보인다.

"그렇게 평생 당하던 어머니를 안쓰럽게 생각한 아들이 커서 자기 자손들은 그런 짓 못 하게 규칙을 정해 준 게 틀림없어. 나는 당신을 믿소, 엇흠. 이건 곳간 열쇠요, 부엌살림은 살림의 프로인 당신 전결이오. 내 당신이 잘 할 거라 믿고 참견하지도 않고 부엌은 들여다보지도 않겠소. 대대로 사내놈들은 부엌에 발도 못 들게 하겠소. 그러니 안심하고 맘 편히 일하시오. 그런 착한 마음으로 만들었던 걸 거야. 문제는 지금 대가리에 변이 들어찬 인간들 때문에 그게 독이 됐는데도 아예 고칠 생각을 안 하고 있는 거고."

이완은 감탄하여 고개를 끄덕였다.

"맞아요. 당신이 과거 여행을 하지만 항상 과거를 현재로 받아들여 살듯이, 전통도 과거에서 왔지만 형식을 박제하는 게 아니라 현재의 삶에 포커스를 맞춰야 한다고 생각해요. 최초의 선한 의도가 전해진다면 형식은 바뀌어도 그게 진짜 전통일 거라고 믿어요."

민호는 이완을 올려다보며 눈을 껌벅거렸다. 아아, 똑같은 말을 해도 이 사나이는 어찌 이렇게 폼 나게 근사하게 말을 한다냐. 아이고, 참말로 이 사나이랑 결혼하기 잘했다.

"그러면 이완 씨는 명절에 친정에 가지 말라 했지만, 내가 만약에 가고 싶어지면 어떡할 거야?"

라그넬 여사 가라사대, 여자가 가장 원하는 것은 스스로 결정하는 힘이라 했던가. 얍삽한, 아니 사실은 가장 현명했던 가웨인 경은 빙긋 웃으며 대답했다.

"당연히 가시면 됩니다. 중요한 건 가라 마라의 형식이 아니라 나와 당신이 더 행복할 수 있는 방법 그 자체니까요."

이완은 대화를 정리한 후, 허리를 숙여 여자의 이마에 입술을 댔다. 민호는 이완을 한참 올려다보더니 조금 목멘 소리로 중얼거렸다.

"이완 씨 고마워. 나 아까 이완 씨가 민호 씨는 내 집사람이라고, 나 건드리면 아무도 못 들어오게 한다고 했을 때, 눈물 날 뻔했어."

말대로, 여자의 눈에는 축축하게 습기가 맺혀 있었다. 이완은 조금 당황했다.

"울지 마세요. 별말도 아니었는데. 당연한 말이었는데 왜 그래요."

"그런 말 해 준 사람이 지금까지 하나도 없었단 말이야."

맺혀 있던 습기가 아래로 살풋 고인다. 속이 지끈했다. 이완은 그것이 맺혀서 아래로 구르기 전에, 얼른 눈 위에 입술을 댔다. 여자는 눈을 끔벅끔벅했고, 그의 입술 속으로 액체로 된 어떤 말이 스며들었다.

이완은 귀찮지만 본격적으로 교통정리를 해야겠다고 생각했다.

"형님, 잠시 이것 좀 보시죠. 형님한테 사들인, 형님 집안에서 대대로 내려왔다는 서간문입니다."

이완은 책상에 펼쳐 놓은 긴 두루마리를 들고 대청으로 나왔다. 종손께서는 손에 든 것이 무엇인지 몰라 눈썹을 잔뜩 찌푸리다가 이내 입을 벌렸다. 그 낡아 부스러져 가던 종이 뭉치가 번듯한 두루마리에 깨끗하게 정리되어 있었다. 이완은 시커멓게 된 눈가를 비비며 피곤한 듯 말을 이었다.

"이거 제대로 복원하느라고 며칠 밤을 꼬박 새웠습니다. 7대 위의, 형조참의 벼슬을 하신 조부님께서 후손들에게 남긴 서간문이더군요. 굉장한 악필이고 초서체이지만 어쨌든 해독은 가능했습니다. 그런데 놀랐던 것은, 제가 생각하던 것과 전통 종가의 제사법이 확실히 많이 다르더군요."

"무슨 말인가?"

"파평 윤씨 소양공파에서는 전통적으로 종부나 여자들이 아니라 제사상에 절을 올릴 자격이 있는 적자 중 16세 이상 정남(丁男)들이 제사 준비와 접대를 도맡았더군요."

모여 있던 사람들 사이로 싸르르 적막이 흘렀다. 이완은 그것을 사방탁자에 얹어 놓고 장갑을 낀 손으로 글자를 짚어 나가며 문제의 부분에 대한 해석을 시작했다.

"각종 기일, 명절 제사와 시제가 돌아오면 너희 후손들은 찬물에 정결하게 목욕재계하고, 사오일 전부터 제수와 손님 맞을 준비를 시작한다. 손 없는 날을 보아 장을 보는 것이 좋으며, 장을 볼 때는 물건 값을 흥정하지 아니하며, 제사상에 올리는 모든 음식의 준비는 가문의 적손 중 16세 이상 모든 정남이 정성과 힘을 모아 준비할지니."

물론 글자가 도막도막 나기도 했고, 그 바로 아래 잘려 나간 몇 글자의 공백 부분에 자부라는 말이 들어 있을 것 같다는 생각도 들었지만, 이완은 일단 학자적인 양심을 조금 팔아 치우고 보이는 그대로만 해석해서 알려 주기로 했다.

"나의 아들 연신과 연부, 연서, 연정에서 당부한다. 이 가르침이 끊어지지 아니하도록 모든 아들과 손자들에게 엄히 가르치고 근실히 교훈하여 영구히 이어지게 하라. 조상과 선현을 모시고 섬김은 살아 계신 부모와 조부모를 모시듯 예와 정성에 부족함이 없도록 할지라. 집안의 뿌리가 흔들릴 때, 자손들에게 흉한 일들이 끊이지 않을 때, 몸과 마음을 청정히 다듬고 스스로 경계함에 힘쓰며 잘못되거나 경홀히 여긴 부분이 있으면 속히 바로잡아 집안의 근간을 든든히 하라."

더 이상 나올 말이 없었다. 네 형님들의 얼굴이 허옇게 떴고, 뒤에서 기세등등 서 있던 종조부들도 입을 벌린 채 고스란히 굳어 버렸다.

반면 종부님을 위시한 마나님들은 얼굴이 화산이 터질 것처럼 시뻘게졌다. 30년 동안 고생한 게 제대로 된 전통이 아니었단 말인가? 이완은 한숨을 쉬며 고개를 숙였다.

"형님, 조상님 말씀 중 잘못 지켜지던 부분이 있었던 것 같습니다. 몰랐다면 모르지만 이제라도 알게 된 이상, 이 집안의 사위인데 어떻게 알고도 모른 척하겠습니까."

"이거 뭐야!"

둘째 올케가 찢어지게 고함을 질렀다. 갑자기 네 명의 마마님의 목소리가 화산 터지듯이 솟아올랐다. 뭐가 어쩌고 어째? 남자들이 부엌에 안 들어가는 게 전통? 동티? 어쩐지 이상하다 했어! 당신네 집만 양반이고 당신네만 제사 지내? 어디서 감히 전통 소릴 갖다 붙여, 엉!

그 이후의 일은 어찌 됐는지 이완은 잘 알지 못했다. 아까는 여기가 남의 집이냐 하던 어르신들이 왜 남의 집에서 이래, 소리를 연발하며 마누라들을 끌고 사라졌던 것이다.

❀　　❀　　❀

　이완과 민호는 천신만고 끝에, 명절 연휴를 하루 앞두고 무사히 한국을 벗어날 수 있었다. 두 사람은 눈으로 하얗게 뒤덮인 펜션에 무사히 도착했고, 뒤늦은 신혼여행을 즐기기 시작했다.

　호수와 치즈 농장을 구경하고, 눈사람도 만들고, 커플 시계, 커플 잠옷, 커플 티셔츠, 커플 신발을 샀다. 프랑스 남부 해변으로 가서 지중해 유람선도 타고 계획대로 느긋하고 편안한 휴가를 즐겼다. 이완은 호텔 방으로 배달된 장미 바구니와 와인과 케이크와 초콜릿을 보고 여자가 감동해 주길 바랐으나, 정작 맞춤한 시각에 도착했을 때 더 감격한 것은 이완 본인이었다. 서프라이즈가 제대로 성공한 적이 없던 전적을 생각하면 당연한 반응일지도 몰랐다. 드디어 나도 해냈다, 해냈다.

　두 사람은 초콜릿과 케이크와 포도주 두 병을 홀랑 비운 후, 계획대로 낭만적인 행각을 벌이려고 스마트폰으로 '뭔가 강력한 것'을 찾아보기 시작했다. 우리도 이제는 관록도 있고 경험치도 높아진 부부란 말이다!

　물론 의도도 좋고 용기백배도 좋고 둘 다 의욕도 충만했으나, 안타깝게도 내공이 따라 주지 못했다. 생각보다 굉장히 센 것이 걸렸고, 두 사람은 영상이 시작된 지 10분도 지나지 않아 충격과 공포에 빠져 이불을 뒤집어쓰고 덜덜 떨어야 했다.

　가장 큰 타격을 받은 것은 의외로 섬세하고 여린 성격을 가진 코끼리였다. 덩치만 크고 여리기 짝이 없던 코끼리가 밤새 충격과 공포에서 벗어나지 못하는 바람에, 두 사람은 울며 겨자 먹기로 '뭔가 강력한 것'은 5년 후, 혹은 10년 후를 기약하기로 할 수밖에 없었다. 와인과 당분에 잠식된 니스 해변에서의 낭만적인 밤은 그렇게 끝나고 말았다.

　여행의 중간중간 민호는 메시지로 들어온 이야기를 보여 주었다. 올케들이 이참에 단체 대화방을 만들었는데, 명절을 지내고 친정으로 가는 대신 명절 준비는 남자들에게 맡기고 시내 호텔로 단체 여행을 갔다는 것이다.

　종부마마님께서는 커다란 전지에 '소양공파 16세 이상 정남들에게 고함'이라는 격문을 써서 대문 앞에 붙여 놓고 집을 나왔다. 내키는 대로라면 동남아 단체 여행을 가고 싶었지만 그네들은 명절 연휴가 꽤 오래전부터 여름휴가 피크타임만큼이나 성수기였다는 새로운 사실을 알게 되었다. 하지만 시내 호텔도 분위기 좋고 편안해서 30년 만에 제대로 휴가를 즐기는 기분이라, 네 명의 마나님들은 룸서비스를 시켜 놓고 침대에 요염하게 누운 포즈로 인증샷을 찍었다.

　큰올케가 사나이들의 자존심을 얼마나 긁어 놓았는지, 16세 이상 정남들은 화르륵 불타올랐다. 됐다, 치워라, 그럼 우리가 한다, 그까짓 게 얼마나 힘들다고 그 유세냐, 큰소리를 빵빵 친 정남들의 큰소리 캡처 사진이 대화창에 올라왔다. 네 올케들은 손님들이 내내 먹을 음식은 차치하고, 대체 제사 음식을 어떻게 준비할지 궁금해하며 기다렸다.

　놀랍게도 명절날 아침, 한 상 가득하게 벌어진 차례상 사진이 올라왔다. 깜짝 놀란 마나님들은 사진을 잠시 관찰하더니 금방 폭소를 터뜨렸다. 그녀들은 사진을 본 지 20초도 되지 않아 제사상을 산 것임을 알아차렸다. 집에서는 생전 하지도 않던 음식들이 올라와 있는 것을 보면 뻔하다. 올케들은 정남들의 의도대로 감탄하는 대신 사정없이 웃어 주었다. 큰올케가 손을 젓는다.

　"에이구, 그만들 웃어. 어쨌든 사서라도 무사히 넘겼으니, 잘 됐잖

아. 이제 일 있으면 안심하고 자리 비워도 되겠네."

진희 어머니는 남편에게 투덜대거나 놀리는 대신 고생했다 적어 보낸 후, 뒤에 꼬리를 두어 줄 달아 보냈다.

[후손의 정성이 필요하다고 여자들이 밤을 새워 가며 천 개의 송편을 만들 때는 그렇게 엄하고 무겁던 전통이, 사실은 하루 만에 뒤집혀서 제사상을 사도 될 정도로 가벼웠던 거였네요. 나든, 당신이든, 누구든 진작 좀 알았으면 좋았을 텐데. 그렇지요?]

대답은 돌아오지 않았으나, 종부님은 별로 겁이 나지 않았다. 그 정도로 겁먹고 움츠러들기에는 30여 년 종부의 삶으로 다져진 전투력이 지나치게 높았다. 그녀는 아랫동서들을 둘러보며 어깨를 으쓱하고 웃었다. 다음번 명절은 아무래도 예전 같지는 않으리라는 기분 좋은 예감이 들었다.

❀ ❀ ❀

명절이 지난 후, 몇몇 손님들이 선물 보따리와 명절 음식을 싸 들고 하나둘 안락재를 찾아왔다. 말만 한 것들이 빈손으로 입만 오면 쫄쫄 굶기겠다는 민호의 협박 때문이었는데, 여행을 가느라 명절 시즌의 정기 기름칠에 실패한 내장들이 반란을 일으켰다는 것이 그 이유였다.

대모님에게 새해 인사를 드린다는 고릴라 일당이 가장 먼저 안락재의 문을 넘었고, 뒤이어 명절 내내 결혼 잔소리에 시달린 선정 공주가 피정을 왔다. 오후 느직하게 앤드류가, 예상했던 대로 옛 빨간 지붕 집 막내 아가씨와 함께 찾아와 봉투를 내밀었다. 어느 정도 예견하고 있던 '정의사회구현' 봉투였다. 그리고 한마디 덧붙였다. 우린, 절대, 절대, 절대 전통 혼례는 안 할 거야.

민호는 기름 철철 명절음식은 일단 미뤄 놓고 인절미나 해 먹자 제안했다. 다들 수면 파자마 위에 패딩을 껴입고 목도리를 둘둘 감고 인절미 만들 준비를 한다.

푹 찐 찹쌀이 함지박에 담겨 나온 후, 후원의 나무판에 쏟아진다. 안락재의 주인과 고릴라 무리의 우두머리가 떡메를 쥐고 번갈아 떡을 쳤다. 돌쇠 복장이 아니라도 폼은 좋기만 했다. 떡을 욱여넣는 것은 손이 빠른 민호가 맡았다. 쿵떡 철썩 쿵떡 철썩, 연달아 찍는 떡메소리가 짱짱했고, 메를 휘두르는 사내들의 어깨 근육이 보기 좋게 솟아올랐다. 주변에서 옹기종기 모여 구경하는 사람들의 입에서 하얗게 콧김이 솟았다.

아직도 뜨끈뜨끈한 찹쌀 뭉치를 길게 잡아 늘여 콩가루 위에 굴리며 조그만 나무판으로 썩썩 잘라 만든 인절미는, 접시에 쌓일 것도 없이 누군가의 입속으로 들어가, 씹을 새도 없이 사르르 녹아 버렸다.

절절 끓도록 난방을 한 방에서 발을 뻗고 떡 한 판과 물김치 한 사발씩을 다 먹어 치운 후, 다시 마당으로 나가 놀이판을 벌였다. 바닥에 커다란 윷판을 벌여 놓고 편을 갈라 윷놀이를 하고, 목숨 걸고 인디안 밥을 했다.

윷놀이의 승패가 갈린 다음에는 투호를 했고, 다음에는 신문지와 대나무로 꼬리연을 만들어 날렸다. 창호지 연이 아니라도 어떠랴. 세계의 정보를 담고 있는 회색 연은 조그만 세상을 굽어보듯 높직이 올라 긴 꼬리를 펄럭이며 잘도 날았다.

코가 팽팽 얼어붙는 느낌이 들자 우르르 안채로 들어와 가래떡과 육수로 떡국을 끓여 먹고 달고나를 만들어 먹으며 시간을 보냈다. 페치카에 불을 피워 놓고 그 앞에 동그랗게 둘러앉아 부침개와 전도 다시 굽고 잡채도 다시 볶아 지지재재 떠들며 나눠 먹기도 한다. 물리도록 기름진 명절음식이든, 시시하고 잡다한 이야기든 모두 꿀맛이었다.

시원한 수정과까지 한 그릇씩 비우고 다들 배가 띵띵 올라와 자세가 늘어지자 이젠 방바닥에 커다란 이불이 펼쳐진다. 모인 사람들은 기다렸다는 듯 이불 밑으로 발을 밀어 넣는다. 가끔 간질간질 발가락이 맞닿긴 하지만, 엉덩이는 따뜻하고 몸은 녹진한 것이 마냥 좋았다.

"민호 씨, 명절이 딱 이 정도 분위기면 좋지 않을까요? 음식도 이렇게 각자 집에서 나눠 준비하고, 마음 맞는 사람들끼리만 오붓하게 모여서 지냈던 이야기 하는 정도라면."

"흠, 그것도 좋지만 만약에 우리가 아이들을 많이많이 낳고, 여기 있는 사람들도 아이들을 많이 낳는다면 오붓할지 불개미 떼가 될지 잘 모르겠는데? 일단 기본 쪽수가 많아지면 일산 아파트처럼 와글와글 바글바글이 될지도 몰라."

민호는 발가락을 꼼질거리며 눈을 찡긋한다. 이완은 으으, 하며 진저리를 치려다가 문득 고개를 갸웃했다.

기분이 이상했다. 진저리가 날 거라 생각했는데 딱히 그렇지 않았다. 내 가족, 내 아이들이라면? 그 아이들과 아이들의 아이들이 낳은 아이들이 모여서 와글와글 불개미 떼가 되어 버린다면? 구체적으로 상상할수록 아리송했다. 싫을까? 나쁘지 않을 것 같기도 하고? 아무래도 잘 모르겠다.

우리 아이들과, 또 그 아이들의 아이들과, 내가 좋아하는 사람들과, 그들의 아이들이 한데 얼려 마당에서 재깔재깔 떠들며 뛰어놀고, 나와 민호 씨는 오랜만에 만난 친구들과 서로 준비해 온 음식들을 나누며 함께 발을 뻗고 앉아서 안부를 묻고 덕담을 주고받는 명절이라.

생각보다 괜찮으려나? 이완은 여전히 아리송했다.

이완은 민호가 하는 것처럼 이불 속에 파묻은 발을 꼼지락거려 보았다. 가운데로 모여 있는 다른 사람들의 발도 약속이라도 한 것처럼 꼬물꼬물 한꺼번에 움직였다. 발이 따끈따끈했다.

외전 3
장씨 일가 달나라 정착기

1. 이름

제 이름은 으아리여요. 장으아리.

얼마 전에 떡국을 먹고 나이를 잘 먹어서 막 여섯 살이 된 처녀 아이예요.

전 제 이름이 세상에서 제일 싫어요. 그래서 저는 누가 제 이름을 큰 소리로 부르면 대답하지 않아요. 귀를 잡아당기고 꿀밤을 주어도 대답하지 않아요. 그래서 다들 저를 보면 고집 센 심술 첨지 계집애라고 해요. 시집도 못 가고 시집을 갔다가도 하루 만에 소박맞아 쫓겨날 거래요.

그치만 저는 싫어하는 이름에 대답하지 않았을 뿐이에요. 그때마다 주먹을 꼭 쥐고 큰 소리로 말해 주었어요. 나 시집 안 가! 죽어도 안 가! 그러면 궁둥이 한 대로 끝날 게 세 대가 돼요.

옆집 아줌마들은 제가 매를 번다면서, 여적 제 이름도 모르느냐고 머리가 모자란가 보다 하고 흉을 보지만, 사실 머리가 모자란 건 싫은 것과 머리 나쁜 거 구별도 못 하는 아줌마들이에요.

아빠는 꽃을 좋아해요. 아니, 세상에 있는 예쁜 것들은 다 다 좋아한대요. 세상에서 제일 예쁜 꽃이 엄마고, 그다음으로 예쁜 꽃이 엄마를 닮아서 가늘가늘한 줄기를 가진 하얀 꽃이래요. 그래서 언니의 이름은 장목련이 되었고, 동생들의 이름은 장은방울, 장솜다리가 되었어요.

하지만 저는 언니나 동생만큼 운이 따라 주지 않았어요. 저는 목련이라는 언니 이름이 세상에서 제일 부러워요. 만약 솜다리 장다리 방울꽃 같은 이름만 되었더라도 이름을 부를 때마다 네네네네네! 백 번씩 대답해 주었을 거예요. 하다못해 토끼풀 강아지풀 정도만 됐어도 이렇게 심술단지가 되지는 않았을 걸요. 대체 다 큰 처녀 아이 이름이 으아리가 뭔가요, 으아리가.

으아리인지 큰꽃으아리인지, 그렇게 예쁘대요. 엄마를 정말 닮았대요. 그런데 이름은 왜 그 모양일까요. 아빠한테 졸라 봐야 아무 소용 없어요. 너는 엄마 닮은 조고마하고 예쁜 딸이니까 엄마 닮은 조고마하고 예쁜 꽃 이름을 붙여 주어야 한 대요.

제가 정말 이런 말까지는 안 하려고 했지만, 우리 아빠는 뭔가 이상해요. 그렇다고 엄마한테 졸라 봐야, 엄마는 콧방귀만 흥흥, 할 뿐이에요. 동네에서 제 별명이 장항아리 똥항아리 똥단지 똥장군으로 차츰 변해 가면서 저는 그만 마구 비뚤어져 버렸어요.

"장으아리."

엄마는 목소리가 크지는 않았지만 저렇게 낮고 싸늘한 목소리로 부를 때면 염통이 그만 오그라드는 것 같아요. 오늘 똥항아리 똥장군 이라고 부른 장구 녀석 마빡에 개똥 뭉치를 집어 던졌거든요. 그러다 가 현장에서 걸려서 엄마한테 볼따구를 잡혀 끌려오고 말았어요. 저는 엄마가 세상에서 제일 좋지만 또 제일 무섭기도 해요. 아빠는 엄마가 하루에 열 번씩 야차로 변하는 걸 몰라요. 엄마는 약았어요. 아빠 앞에서는 방귀도 뀌지 않고 트림도 하지 않거든요. 그래서 아빠는 우리가 방귀 뀌는 것을 너무 이상하게 생각해요.

"꽃 중에는."

"……."

"꽈리, 닭의밑씻개, 애기똥풀, 개불알꽃 같은 꽃들도 있어."

"네……."

엄마가 웃음기를 싹 거둔 얼굴로 차분차분 말을 하면 개불알꽃 애기똥풀 같은 이름도 굉장히 무섭게 들려요.

"큰개불알꽃, 붉은개불알꽃 같은 꽃들도 있지. 넌 네 이름이 장큰개불알꽃이면 좋겠어?"

"아뇨……."

큰개불알꽃아, 라고 불리다니, 저는 그만 덜컥 겁이 나서 막 눈물이 나기 시작했어요.

"으아리가 어때서. 아빠가, 엄마 닮아서 조고마하고 예쁜 꽃이라잖아."

'아빠가, 엄마 닮아서 예쁜 어쩌고' 하는 말이 나오면 그건 그냥 끝이에요. 꿈도 희망도 없어요. 저는 그만 코를 훌쩍이고 말았어요.

뭐, 큰개불알꽃 같은 꽃도 실제로 보면 엄청나게 예쁘대요. 그치만 그 이름이 개불알꽃인 이상, 그 꽃의 팔자가 제대로 펴기는 글러먹은 거예요. 엄마 아빠는 그걸 몰라요!

"장개불알꽃 할래, 장으아리 할래."

"장으아리요."

"됐어. 그럼 가 봐."

콧물이 자꾸 떨어졌어요.

"장목련? 우와! 넌 이름도 얼굴처럼 예쁘구나! 여섯 살인데도 이렇게 예쁘면 열여섯, 스물여섯 살이 되면 열 배, 스무 배로 예뻐지겠다! 나는 세상에서 목련꽃이 제일 예쁘더라."

언니 이름을 팔았어요. 이름 때문에 몰래 나무에 올라가서 실컷 울고 있는데 하필 이름을 물어볼 게 뭐예요. 처음 보는 도련님이에요. 먼 데 마을에 사는데 만날 사람이 있어서 지나가다 들렀대요. 그래서 제가 제일 부러워하던 언니 이름을 팔았어요. 그리고 콧물도 얼른 닦았어요. 이야, 여섯 살 땐 아주 귀엽고 쪼끄마했네? 도련님은 입이 째져라 활짝 웃으면서 자꾸 내 얼굴을 올려다보았어요. 저는 순간 우는 걸 까먹어 버렸어요.

도련님은 구김 하나 없는 분홍이 비단 바지저고리에 금박이 짤짤 박힌 복건에 먼지 하나 없는 전복을 걸치고 있었는데, 막 지은 설빔처럼 얼룩 하나 없이 깨끗했어요. 부잣집 양반 도련님이 분명해요. 우와, 저 복건의 꼬랑지하고 전복 자락이 바람에 멋지게 팔락거려요. 손에는 커다란 부채도 있었어요. 완전히 꼬마 선비님 같았어요. 게다가 얼굴도 하얗고 동글동글하고 보조개가 쏙 들어가는, 선녀님처럼 고운 선비님이었어요.

가슴에서 펄렁펄렁 소리가 났어요. 저는 얼굴이 길쭉해서 동글동글한 얼굴만 보면 가슴이 막 두근두근하는 몹쓸 버릇이 있거든요. 도련님은 내려오라고 손짓하면서 말했어요.

"나는 윤식이야. 박윤식. 반남 박씨고, 나이는 열 살이야."

도련님이 미쳤나 봐요! 나 같은 것한테 막막 말을 하는 것도 모자라 이름도 막 가르쳐 주고 그래요!

하지만 저는 얼른 내려가서 도련님한테 인사를 할 수 없었어요.

왜냐하면 오늘따라 엉덩이에 한 뼘짜리 구멍이 난 속바지를 입고 있었기 때문이었어요. 절을 하려고 내려가려면 분명히 치마가 뒤집혀 딸려 올라갈 거고, 그러면 저 동글동글 잘생긴 도련님이 그 구멍을 보고 막 웃을 거니까요.

그런데 제가 내려갈 생각을 안 하니까 도련님이 신발하고 버선을 벗고는 버둥버둥하면서 막 나무에 올라오는 거예요. 도련님은 나무를 더럽게 못 탔어요. 제가 앉은 곳까지 올라왔을 땐(물론 제가 도와줘야 했어요) 발등이 까지고 바지가 다 벗겨질 지경이었어요. 도련님은 잘생긴 얼굴과 달리 주둥이가 좀 가벼…… 아니, 수다쟁이였어요!

"동생 이름이 으아리라고? 별명이 똥항아리라고? 반갑다! 내 동생도 별명이 똥팔인데!"

왜 반가운지 모르겠지만 하여간 저는 서글프면서도 막 초조했어요. 바로 지나갈 줄 알았는데 이게 무슨 일이래요. 동네 친구들이 오기 전에 얼른 가야 하는데. 언니 이름을 훔쳐서 말한 거, 내 이름하고 별명을 동생한테 갖다 붙인 걸 알면 두고두고 놀림을 당할 거거든요. 하지만 도련님은 내려갈 생각도 안 하고 내 옆에 엉덩이를 바짝 들이대고 자꾸 이야기만 늘어놓아요.

"이름은 바꾸면 돼!"

바보가 또 있어요. 부모님이 주신 이름을 바꿀 수 없다는 걸 저 도련님은 왜 모를까요?

"아니야, 나도 이름이 바뀌었는걸. 그리고 우리 형들은 이름이 정말 웃겨. 이름에 번호가 막 매겨져 있어. 윤이, 윤삼, 윤사, 윤오, 형들 이름이 막 그래."

"……."

"이건 비밀인데, 나하고 동생은 윤육이 윤칠이가 되려다가 운 좋게 바뀐 거다? 미국이니까 식스, 세븐을 쓰게 해 달라고 형들이 데모

했거든. 그래서 박윤식, 박윤세. 짠! 멋지지?"

나는 도련님이 무슨 말을 하는지 잘 알 수 없었지만, 이름을 운 좋게 바꾸었다는 이야기 하나는 정말 부러웠어요. 한숨을 폭폭 쉬면서 발을 달랑달랑 흔드니까, 도련님이 엉덩이를 바짝 대고 소곤거렸어요.

"있잖아, 목련아. 옛날 중국에 너랑 똑같은 이름을 가진 유명한 여자 장군이 있었대."

중국이란 게 대체 어디에 붙어 먹은 건지 전혀 모르지만 저는 한마디도 하지 않았어요. 바보야 그것도 몰라? 하는 소리가 나올까 봐요.

목련이는 예쁜 아가씨였대요. 늙고 병든 아버지가 군대에 가야 했는데, 목련이가 남자로 변장하고 대신 군대에 가서 열심히 싸워서 나라를 구했다는 거예요. 저는 이야기를 들으면서 조금씩 희망이 생겼어요. 우리 아빠도 늙고 술병이 들어서 골골하니까, 제가 대신 남자로 변장해서 군대에 가서 장군이 되면 좋을 거 아니에요. 그러면 으아리 따위 이상한 꽃 이름 말고 남자 이름을 새로 지을 수도 있을 거고, 시집 따위 가지 않아도 되니까요!

저는요, 달리는 것도 잘하고, 나무도 잘 타고, 돌팔매도 잘하고, 물수제비도 동네에서 제일 잘 뜨고, 제기도 제일 잘 차고, 연도 제일 잘 날려요. 도련님은 목련이라는 이름이 정말 예쁘고, 너도 예쁘고 용감해 보인다고 말을 해 주어서 저는 어쩐지 굉장히 기쁘면서도 슬퍼서 헷갈리게 되었어요.

"이야! 똥항아리다! 목련아! 여기 네 동생 찾았어! 으아리 여기 나무 위에 있어!"

저는 엄청나게 당황했어요. 언니 이름 훔친 걸 딱 걸렸지 뭐예요. 저쪽에서 목련 언니가 동생들을 데리고 달려오는 게 보여요. 밉상 심술첨지 아랫마을에 사는 장구가 개똥을 집어 던지면서 막 놀려요.

"야! 장으아리! 똥항아리 너 거기서 뭐 해!"

"아니야! 아니야! 아니야! 나 장으아리 아니야! 똥항아리도 아니야!"

"똥항아리 아니면! 똥장군이구나! 으헤헤헤!"

그만 막 울고 싶었어요. 도련님까지 웃는 소리가 들리는 것만 같아서 얼른 나무 아래로 뛰어 내려가 맨발로 장구한테 달려들었어요. 야, 이 오줌싸개 장구벌레야! 코찔찔이야, 이 똥멍청아! 나 으아리 아니야, 아니야!

나를 찾으러 왔던 목련 언니가 소리를 꺅꺅 질렀고, 언니 등에 업힌 솜다리도, 옆에 딸려 온 은방울이도 앵앵 울기 시작했어요. 내가 목련이야, 으아리 아니야, 똥항아리 아니야! 그냥 분하고 속상해서 눈물이 났어요. 저 볼이 포동포동한 도련님이 진작 집으로 돌아갔으면 이렇게 막 눈물이 나오게 속상하진 않았을 거예요.

장구는 눈탱이가 밤탱이가 되고 머리카락을 왕창 뽑혔어요. 저는 코피가 펑 터졌어요. 그치만 코피가 좀 나도 진 건 아니에요. 저는 코피를 소매로 북북 문질러 가면서 막막 덤볐어요. 언니랑 솜다리 은방울이도 꺅꺅하면서 달라붙고 다른 아이들도 한데 뭉쳐서 막 땅바닥에서 굴러다니며 싸웠어요.

그러다 문득 생각이 났어요. 속바지 엉덩이에 구멍이 나 있다는 걸. 나무 위에서 다 봤을 거 아니에요. 저는 너무 당황해서 장구를 올라타 막 때리다 말고 으엉 울고 말았어요. 장구도 막 울기 시작했고 얼결에 끼어들었다 얻어터진 물렁이 목련이 언니도, 걷어차인 은방울이랑 솜다리도 모두 흙투성이가 되어서 모두모두 울기 시작했어요.

하지만 그곳에서 제일 크게 운 사람은 장구도 저도 아니고 동네에서 제일 물렁한 목련이 언니도, 제일 어린 솜다리도 아니었어요. 나무에서 내려오는 법을 몰라 벌벌 떨며 엉금엉금 내려오다가 그대로 나무 아래로 처박힌 윤식이 도련님이었어요. 저는 콧구멍 하나만 코피가 터졌지만 도련님은 그만 쌍코피가 터지고 말았어요. 윤식이 도련님은 소매로 코를 문지르다가 피가 나기 시작하는 걸 보고 동네가 떠나가라 울기 시작했어요.

양반 집 도련님의 코에서 쌍코피가 터져 났으니 우리는 다 죽었어요. 우리는 콩 볶듯이 짜그르르 튀어 도망쳤어요. 윤식 도련님이 목련아아, 목련아, 가지 마! 막 부르면서 우는 소리가 온 동네를 쩡쩡 울렸지만 목련 언니도 저도 장구도 그저 꽁지가 타게 도망질을 쳤어요.

도련님은 그 뒤로 못 만났어요. 그해 겨울에 커다란 소달구지들을 타고 다른 곳으로 이사를 가야 했거든요.

가면서 도련님 생각이 났어요. 이제 도련님을 보지 못하겠구나 하는 생각이 드니까 꼭 삶은 달걀을 한꺼번에 다섯 개쯤 먹은 것 같고, 아랫배로 차가운 바람이 홀홀 들어오는 것 같았어요.

가끔 궁금하기도 했어요. 내 이름을 으아리로 제대로 알려 주었으면 그래도 예쁜 이름이라고 웃어 주었을까요. 목련 대신 으아리 꽃이 예쁘다고 해 주었을까요. 저는 달구지 포장을 조금 걷고 뒤를 돌아보았어요. 어쩌면 조금 울었던 걸까요? 뒤로 보이는 우리 집이 아득하게 펄렁펄렁 흔들리면서 찌그러져 보였어요.

2. 하늘을 나는 배

저는 엄마 아빠하고, 목련 언니, 은방울이 솜다리하고 같이 파란 지붕 집에서 살아요.

우리 집은 동네에서 눈에 제일 잘 띄어요. 우리 집은 한양에서 반나절쯤 걸리는 작은 마을에 있는데요, 마을에 있는 집들을 전부 합치면 서른 집이나 되는데, 그중에서 파란 지붕은 우리 집밖에 없거든요. 파란 지붕이 얼마나 신기한지 이웃 동네에서 가끔 집 구경을 오기도 해요. 그럴 때마다 저는 으쓱한 기분이 들어요. 방이 두 개고 행랑방이 하나, 부엌이 한 칸인 집이지만 그래도 외양간하고 곳간이 따로 있고, 마당도 넓어서 그 정도면 그럭저럭 규모 있는 집이라고들 했어요.

집에서 조금만 걸어 내려가면 우물이 있어요. 아빠가 엄마 편하라고 우물이 가까운 곳에 집을 지었대요. 그런데 어차피 엄마는 물 긷는 일은 거의 안 해요. 나와 목련 언니가 우물가에 들랑대면서 물 항아리를 찰랑찰랑 채워 놓거든요. 아랫말 아희 아줌마도 하루에 한 번씩 와서 빨래랑 바느질, 설거지 같은 걸 도와주고 식은 밥이나 누룽지 같은 걸 싸 가곤 해요.

우리는 아침마다 세수를 해서 동네 다른 아이들보다 얼굴이 훤하게 빛이 나고요, 뒷간에 다녀올 때마다 손도 씻어서 손등이랑 손가락에 때가 다닥다닥 붙지도 않아요. 엄마는 집 뒤에 딸린 밭에 채소하고 콩을 심어서 맛있는 반찬을 해 주고요, 마당에 닭들을 길러서 아침마다 달걀찜도 해 주어요.

아빠는 글을 잘 모르지만 엄마는 한문도 언문도 셈도 척척이에요. 우리는 엄마한테 천자문이랑 소학 그리고 언문도 배웠고, 이상한 글자로 셈도 배웠어요. 나랑 목련 언니는 산가지나 손가락을 쓰지 않고도 덧셈과 여러 곱을 한꺼번에 계산할 줄 알아요.

우리 아빠는 다른 집처럼 농사를 짓지는 않아요. 그렇다고 장사를 하지도 않고, 머슴을 살지도 않아요. 저는 가끔 이상하게 생각했어요. 아빠는 무슨 일을 해서 쌀이랑 소금이랑 술을 사 오시는 걸까? 그래서 한참 연구한 끝에 알게 됐어요.

우리 아빠는 술 마시고 술집에서 니나노 춤추고 노래하는 일을 해요. 그걸로 얼마나 많은 돈을 버는지는 알 수 없지만 하여튼 그래요. 가끔 엄마가 술집들을 돌아다니면서 아빠를 찾아내서 귀를 잡아끌고 집으로 와서 막막 잔소리를 할 때도 있어요. 그렇게 퍼마시다간 오래 못 산다고 막 협박해요. 그럼 아빠는 독한 에미나이 시끄러운 에미나이 맨날 쪼잘쪼잘하고! 하고 조금 대들다가 번번이 엄마한테 져서 아주아주 혼이 나요. 풀이 시무룩 죽어서 방구석에서 코만 훌쩍대는 아빠는 완전히 불쌍해 보여요.

그래 놓고는 다음 날 또 나가서 니나노 춤을 추고 저녁때 오면서 꽃을 한 무더기 꺾어다가 엄마한테 갖다 줘요. 어떤 때는 엿도 사 오고 강정도 사 오고 또 엄마 빨간 치맛감도 사다 주고 엄마한테 빙빙 둘러 주고는 예쁘다, 예쁘다 막 그래요. 그럼 엄마는 어제 화낸 걸 까먹고 아빠 얼굴을 토닥토닥해 주고 또 막 웃어요.

가끔 엄마가 쌀이 없다, 신발이 없다, 옷이 없다, 옷장이 없다 하고 때때 잔소리를 퍼부을 때도 있어요. 그럼 아빠는 또 독한 에미네 못된 에미네 또 귀찮게 하고! 하면서 막 꽥꽥대다가 돈 벌면 될 거 아니야! 응! 하고 훌떡 집을 나가요.

그러고는 며칠 있다가 술을 골골 먹고 큰 소리로 노래를 부르면서 달구지를 덜그덕덜그덕 끌고 들어와요. 어떤 때는 쌀을 다섯 달구지나 실어 와서 조그만 곳간을 터뜨려 놓기도 하고, 치마저고리를 백 벌 짓고도 남을 만큼 비단을 펑펑 막 사 오기도 해요. 신발이 없다고 하면 운혜를 열두 개나 한꺼번에 사 와서 쪽 늘어놓고, 옷장이 없다고 하면 열 자짜리 오동나무 옷장을 다섯 개나 주문해서 실어 오기도 해요. 우리 집에는 조그만 방 세 개밖에 없어서 나머지는 도로 팔아야 하는데도요!

솜다리를 가진 엄마가 돼지고기가 먹고 싶다고 하니까 아빠는 돼지를 세 마리나 잡아 가지고 달구지에 줄줄이 실어 왔어요. 우리는 아무 이유도 없이 동네잔치를 하고도 코에서 노린내가 날 때까지 돼지를 먹어야만 했어요. 우리 가족들은 그 뒤로 다시는 돼지가 먹고 싶다는 말을 하지 않았어요.

아빠한테는 도무지 적당히 알맞게가 없어요. 돈을 어떻게 아껴서 모아야 하는지 아무것도 몰라요. 주머니에 엽전이 있으면 막 쓰고 엄마가 잔소리를 하면 주머니를 다 털어서 주고 한 푼도 없으면 머리만 긁고 에이, 귀찮아! 하고 이불을 뒤집어쓰고 자는 척을 하고 말아요. 그래서 동네 사람들은 다들 아빠를 어디가 모자라는 사람이라고 하는가 봐요.

이 인간이! 이렇게 한 가지를 한꺼번에 사 오지 말라니까! 여러 가지가 골고루 필요하단 말이에요! 엄마가 허리에 손을 얹고 때때때 하면 아빠는 에이이, 항아야, 하고는 게처럼 슬금슬금 옆 걸음으로 와서는 엄마를 번쩍 안아 주어요. 그리고 마당 한가운데서 막 빙빙 돌려요. 엄마 옷고름과 치맛자락이 선녀님처럼 막 팔랑팔랑 날아요. 우리는 그걸 빙빙이라고 했는데 아빠는 우리한테 빙빙이를 아주 조금 해 주지만 엄마한테는 퍽 많이 해 주어서 엄마가 부러웠어요.

아빠가 엄마한테 빙빙이를 해 주면 저희는 얼른 두 손으로 눈을 가려요. 빙빙이가 끝나면 엄마한테 꼭 뽀뽀를 해 주거든요. 이웃집 아줌마들이 그럴 때는 얼른 눈을 가려야 한다고 가르쳐 주었어요. 하지만 저는 아빠가 엄마한테 뽀뽀해 주는 걸 보고 싶기는 해요. 뽀오오옥, 뽁, 뽀뽀 소리는 방귀 소리하고 조금 비슷한데, 듣는 것만으로도 굉장히 부끄러워요.

어느 날부터 아빠 배가 자꾸 튀어나오기 시작했어요. 술병이래요. 자꾸 배가 아프고 밥도 먹기 싫다 하고 끙끙 앓았어요. 엄마는 걱정이 태산이었는데, 우리 동네에서 제일 용하다는 천 의원 영감님이 침으로 약으로 별짓을 다 해도 아빠의 배를 꺼뜨릴 수가 없었어요.

얼굴이 시꺼멓게 돼서 다들 장 서방 죽게 됐다고 수군수군하고, 엄마는 아빠 연세가 벌써 쉰다섯이라고, 벌써 세월이 이렇게 흘렀다는 말만 하면서 밤마다 울었어요. 나는 아빠가 얼른 일어나서 엄마한테 빙빙이를 더 해 주었으면 하고 열심히 치성을 드렸지만, 아빠 얼굴은 시꺼멓게 변해 가고, 아빠 배는 자꾸자꾸 불러서 솜다리를 낳기 직전의 엄마 배처럼 팅팅 붓고 말았어요.

그날 밤에 어떤 선비님하고 젊은 마나님이 찾아왔어요. 큰 갓에 멋진 도포를 입고 먼지 하나 없는 버선을 신고, 근사한 부채를 들고 있는 선비님이었어요. 젊은 마나님은 먼지 한 올 없는 비단 치마에 여러 가지 자수가 아롱아롱한 반짝이 두루마기를 입고 긴 은비녀를 꽂고 있는데 부잣집 새 며느리처럼 곱고 예뻤어요. 그전에도 가끔 와서 인사는 하고 갔다는데 저는 기억이 잘 나지 않았어요.

선비님은 배가 띵띵 부어서 누워 있는 아빠를 보고선 기절하게 놀라더니 스승님을 살리려면 당장 어디론가 가야 한다고 펄펄 뛰었어요. 그리고 그 밤에 선비님하고 아줌마는 아빠를 업고 그대로 사라졌어요. 우리 집은 그날부터 초상집이 다 됐어요. 엄마가 툇마루에 넋을 빼놓고 앉아만 있었거든요.

아빠는 두 달쯤 있다가 선비님하고 마나님하고 같이 오셨어요. 그 동안 엄마가 시름시름 울었던 게 억울할 정도로 씩씩해졌지요. 시꺼멓던 얼굴이 빤드르르해지고 글쎄 그 빵빵 튀어나온 배가 쏙 들어가 버렸지 뭐예요.

아빠는 엄마를 보자마자 요 에미나이, 항아야, 진희야 하면서 빙빙이를 아주 많이 해 주었는데, 엄마는 아빠가 씩씩하게 나아서 왔는데도 웃는 대신 더 정신없이 울기만 했어요.

선비님은 아빠한테 단단히 일렀지요. 스승님은 몸이 다 나으신 게 아닙니다. 급한 불만 끈 상태예요. 간경변이 진행되고 있었단 말입니다. 스승님! 좀 들으세요! 간이 굳어 가는 중이었다고요. 예? 계속 술을 드시면 암으로 진행될 거란 말입니다. ……후, 예. 됐고요, 어쨌든 앞으론 절대 술 드시면 안 되고 몸에 좋은 것들만 드시고 과로하시면 안 되는 거 잊지 마세요. 약 꼬박꼬박 드시고요!

하지만 아빠는 술이란 게 몸에 참 좋은 것이고, 집에 다시 온 기념으로 축하주를 마셔야 한다고 했다가 엄마한테 아주 크게 혼나고 말았지요.

아빠의 뚱뚱배가 쏙 들어가고 술을 조금 먹게 된 건 그래도 다행인데, 새로운 골칫거리가 생겼어요. 아빠가 달나라 타령을 해 대기 시작했거든요. 글쎄, 불뚝이 배를 치료받으러 엄마가 살던 달나라에 다녀왔다지 뭐예요.

달나라에는 사방 어디를 둘러보건 커다란 월궁이 우뚝우뚝 솟아 있는데, 참 신기하고 재미있는 것이 많아서 눈 돌릴 데가 없었대요. 혼자 움직이는 가마와 혼자 돌아다니는 네 바퀴짜리 커다란 초헌, 지붕이 있는 연인지 덩인지 창문이 다락다락 나 있는 커다란 가마들이 수백 수천 대가 돌돌거리고 굴러다니는데 사람도 수백 수천이고, 먹을 것도 수백 수천이고, 난생 못 먹어 본 것들도 엄청 많다면서 입에 침이 마르도록 자랑질을 해 댔어요. 물론 저희는 콧방귀만 뀌었지요. 아빠는 워낙에 허풍이 세고 잘난 척을 많이 하시거든요.

하지만 아빠를 단박에 사로잡았던 건 월궁도 혼자 움직이는 가마도 난생처음 먹어 보는 것들도 아니었어요.

"항아야, 나는 고만 달나라에 가서 살아야겠다. 글쎄 하늘을 나는 커다란 배가 있지 않아? 고것을 한 번 타 보았는데 아주 좋더라! 세상 좋더라! 붕붕붕 크렁크렁크렁하고 흔들흔들하면서 하늘 높이 치솟다가 곤두박질을 치는데 아주 그냥 아랫배가 따르르르하고 오줌이 찍 나올 것처럼 좋더라! 그래도 나중엔 꼭꼭 제자리에 내려 주니까 참말로 착한 배가 아니냐."

아빠는 한번 하고 싶은 것은 끝장이 나도록 하고야 말아요. 산딸기가 먹고 싶었는데 못 먹었으면 나중에 산딸기 철이 돼서 목구멍 콧구멍까지 산딸기 국물이 올라오도록 먹어야 하고요, 춤을 추고 싶었는데 누가 못 추게 하면 오밤중에 혼자 일어나서 마당에 나가서라도 밤새 엉덩이를 흔들어야 직성이 풀리지요. 이제 큰일이 난 거예요. 아빠는 우리가 알지도 못하는 하늘 배에 꽂히고 만 거예요.

"나는 하늘을 나는 큰 배를 타러 갈 거야!"

아빠는 다시 달나라에 가고 싶다고 시름시름 앓았어요. 엄마를 붙잡고 너는 그 배를 타 봤냐 하루 열 번씩 물어보고요, 엄마가 나는 그거 무서워서 못 탔다고 고개를 저으면 벌떡 일어나서 왜 고것 한 번을 못 타 봤냐 한심하다고 마구 야단야단을 하지 뭐예요.

"나는 그 큰 배를 타러 갈 테다. 고것들 빨리 좀 오라고 해! 아이고 죽겠네. 아이고 나는 이제 죽겠다."

이제 아빠는 똥똥배가 돼서 죽어 가는 대신 하늘배가 타고 싶어 죽어 가고, 우리는 들들 볶여서 죽을 판이 됐어요. 우리는 그 선비님과 마나님이 한시라도 바삐 돌아와 주기만 매일매일 빌었지요.

저는 이불을 뒤집어쓰고 세 분이 무슨 말씀을 하는지 들어 보려고 귀를 열심히 기울였어요. 잘 시간이 넘었지만 혹시나 하는 마음으로 뺨을 꼬집으면서 버텼어요.

"걱정 마시고 그냥 믿고 옮기시면 됩니다. 집도 마련해 두었어요. 적응하기 수월하시라고 버스가 닿지 않는 시골의 작은 한옥을 구해 두었습니다. 치료가 다 된 게 아니라 계속 약도 드셔야 하고 관리를 하셔야 해서 아무래도."

"아이들까지 데리고 현대로 가라고요……?"

"아주 현대는 아닙니다. 여러 가지 문제가 산적해 있어서요. 하지만 신분 문제는 걱정 안 하셔도 됩니다."

선비님은 소맷자락에서 뭔가를 꺼내서 엄마 앞에 내밀었어요. 손바닥만 한 조그만 종이쪼가리 같은데 잘 보이지는 않았어요.

"두 분과 비슷한 연배의 무연고사망자 신분증을 구하는 게 어려워서 시간이 좀 걸렸습니다. 어차피 옛날 사진이라 구별도 잘 안 되니, 2000년쯤 주민등록증 전산화 작업을 할 때 사진과 지문을 새로 등록하시면 아무 문제 없으실 겁니다."

엄마는 벼락이라도 맞은 것처럼 완전히 딱딱하게 굳었어요. 이번엔 마나님이 엄마의 어깨를 탁 치면서 얘기했어요.

"야야, 너 놀란 거 알겠는데, 나도 뒤지……입어지게 놀라긴 했는데, 아무 걱정 하지 말라니까? 여기 이 두 사람 신분으로 살면서 혼인신고하고 딸내미들 호적에 올리면 끝나는 거야!"

엄마는 대답도 한마디도 못 하고 턱이 빠진 것처럼 입만 벌리고 있다가 더듬더듬 선비님한테 물었어요.

"박만득…… 내가 김숙…… 맙소사. 애들도 이름이 바뀌는 거군요. 이완 씨는 알고 있었어요?"

"······알고 있었습니다."

"앞으로의 일을 절대 말하지 말라 해서 이야기하지 않았던 건가요?"

"그건 아닙니다. 진희 씨 부탁이 없었어도 말씀드릴 생각은 없었습니다. 놀라셨을 텐데 죄송합니다."

"아니에요. 당연히 그러셔야죠. 정말 잘하셨어요."

엄마는 한참 동안 말도 못 하고 머리를 흔들다가 다시 말을 이었어요.

"다행이네요. 이 엄살쟁이 영감이 올해 죽을 팔자는 아니었군요."

"예. 행복하게 오래오래 잘 사실 겁니다."

"알아요."

엄마는 뒤늦게 활짝 웃었어요.

"여러 가지로 고생하셨을 텐데 정말 고맙습니다. 그렇다면 내일 바로 이사를 하도록 할게요. 그러잖아도 낮이고 밤이고 바이킹 타령에 시달려서 죽는 줄 알았거든요."

"야야, 미안해, 알로하 영감님이 바이킹 타령 하시던 게 생각나서 몰래 딱 한 번 데려가서 태워 드렸다가 아주 똥망했다. 누가 그렇게 정신 빠지게 졸라 댈 줄 알았겠어? 어째 네 남편은 멀미도 안 하냐?"

엄마가 막 웃는 것을 보니까 갑자기 몸이 확 풀리면서 졸음이 쏟아졌어요. 아, 다행이다. 무슨 말인지는 잘 모르겠지만 엄마가 저렇게 웃는 걸 보면 다 좋은 일만 생긴다는 뜻이에요.

이제 아빠가 들들 볶는 것에서 해방이 되겠구나. 아빠가 이제 오래오래 사시겠구나. 아빠가 엄마 빙빙이를 다시 해 주실 수 있겠구나. 다행이라는 생각이 폭포처럼 쏟아져 내리면서 뱃속이 살살 따뜻해지더니 잠이 솔솔 오기 시작했어요.

우리는 다음 날 멀리 이사를 가게 됐어요. 포장이 쳐진 커다란 소달구지 몇 대에 나눠 타고 가야 했어요. 옆에서 아빠가 배를 슬슬 문지르면서 우린 드디어 달나라로 이사를 가는 거라고 헛소리를 늘어놓을 때, 우리는 더 이상 콧방귀를 뀌지 않고 고개를 끄덕여 주기로 했지요.

목련 언니랑 저랑 은방울이랑 솜다리는 모두 멀미를 했어요. 하늘배도 아닌 고작 소달구지 위에서 말이에요. 탄 지 얼마 되지도 않아서 우리는 먹은 것을 수레 밖으로 몽땅 토하고 완전히 축 늘어지고 말았지요. 달나라로 가는 길은 참말로 멀고도 험난했어요.

3. 장씨 일가 달나라 정착기

이완은 인터넷 전산 정보 문제와 전자 신분증 문제로 진희가 본래 있던 시간으로 돌아오지 못한 것을 내내 유감스러워했지만 진희는 이 시기는 벌써 어지간한 기본 가전이나 자동차, 생활용품이 필수품으로 자리 잡던 때라 불편한 게 하나도 없다고 위로해 주었다. 실제로 그네들이 적응하기는 개인용 컴퓨터가 널리 보급되기 전이 훨씬 수월하기도 했다.

장 화원, 아니 이제 박만득 영감이 된 장 화원 일가의 '달나라 불법 이민'은 후견인을 자처한 이완의 근심과 달리 매우 순적하게 진행되었다. 네 명의 딸들과 박 영감님은 이해가 안 되는 무엇인가가 눈앞에 나타나면 '여기는 달나라니까'라는 '대충대충 자가 납득 시스템'을 돌리기 시작했던 것이다.

게다가 다섯 사람은 눈앞에 펼쳐진 달나라의 모든 새롭고 신기한 문명에 대해 절대 촌스럽게 놀란 척하지 않기로 서로 단단히 약속을 해서, 처음에는 약간의 시행착오가 있었으나, 나중에는 저 인간들이 놀랐는지 안 놀랐는지조차 제대로 알 수 없을 경지에 이르렀다.

그들은 봉고차라는 이름의, 저절로 움직이는 초대형 가마를 보고 얼굴이 하얗게 되면서도 입을 모아 흥, 이까짓 것, 했고, 차가 부릉거리며 엄청난 속도로 혼자 달릴 때, 기절할 것처럼 놀라 경기를 하면서도 나, 난 안 놀랐어! 내가 더 안 놀랐어! 하며 머리를 들이대고 싸웠다. 머리를 쑹덩 깎은 사람들이 이상한 옷을 입고 다니는 것을 보고는 조까짓 것 이까짓 것 하며 통 크게 콧방귀도 뀌어 보았으나, 미니스커트에 짧은 코트를 입은 아가씨까지는 감당할 여력이 안 되었는지 다섯 사람 모두 창문에 달라붙어 입을 벌린 채 굳어 버리고 말았다.

고층 아파트를 얼빠진 듯 구경하며 저 시루떡같이 높직한 것이 몇 켜로 된 것인지 앞다투어 헤아리던 그네들은, 한 층 세는 데 한 냥씩 내야 한다는 민호의 말에 사색이 되어 발을 동동 굴렀다. 나는 한 층도 안 셌어, 언니가 더 많이 셌어, 아니야 네가 더 많이 셌어, 너 아까 다섯 여섯까지 셌잖아, 아니야, 아니야! 주머니에 엽전 한 푼 없는 딸들이 겁에 질려 울음을 터뜨리자 딸 바보인 박 영감님은 허둥지둥 팔을 저으며 큰 소리로 말했다. 내가 제일 많이 셌어, 응! 걱정 마라! 내가 열, 스물, 서른까지 미리 다 셌다! 집에 모아 놓은 돈이 백 냥도 넘게 있으니 괜찮다, 괜찮아! 운전대를 잡고 있는 민호가 발을 버둥대며 웃는 바람에 바퀴가 네 개 달린 커다란 가마는 이리저리 마구 휘청거렸다.

그들이 집에 도착해서 가장 먼저 한 일은 깨끗하게 다린 새 옷으로 갈아입고 새 신을 신고 하늘 배가 있는 곳으로 가 보는 일이었다. 그 배는 용인에 자리 잡은 자연농원이라는 곳에 있었는데 평일이고 날이 제법 쌀쌀해 손님이 거의 없었다. 하지만 그 배를 타기만 학수고대하고 있던 사나이에게 손님이 없는 것보다 더 좋은 일은 없었다.

전직 화원 나리께서는 딸들과 마누라, 그리고 제자 내외를 이끌고 다니며 하루 종일 바이킹과 청룡열차를 번갈아 가면서 탔다. 아래로 내리꽂힐 때마다 시베리아의 찬바람이 귀와 뺨을 잘라 낼 듯이 몰아닥쳤지만, 열혈 청춘 사나이는 손을 번쩍 들고 천세 만세를 크게 외치며 엉덩이를 들썩거렸다.

만세를 부를 때마다 새로 다려 입은 두루마기의 긴 옷고름과 큼직한 소맷자락이 팔팔 소리를 내며 휘날리고, 큰 키 덕분에 무사히 승선하게 된 첫째 둘째 딸들은 신나서 펄쩍펄쩍 뛰기 시작한 지 일 분 만에 고개를 처박고 울기 시작했다.

워낙 손님이 없어 놓으니, 바이킹을 운행하는 담당자는 정해진 시간보다 훨씬 길게 배를 태워 주었다. 같이 타지 못한 어린 두 딸은 부러워서 아래에서 고개를 빼고 우는 동안 선택받은 두 언니는 하늘 위에서 눈물 콧물을 흩뿌리며 다시는 타지 않겠다고 10대 조상까지 팔아 가며 맹세를 했다.

스승에 대한 지극한 팬심과 연약한 여성에 대한 굳건한 기사 의식으로 바이킹과 청룡열차를 열 번씩 돌려 타야 했던 불쌍한 제자는 극심한 멀미에 시달리다 결국 화장실에 가서 아침부터 먹은 것을 모조리 토하는 것으로 하루의 대미를 장식했다. 일찌감치 꽁무니를 뺀 아이들과 진희 씨가 화장실 밖에서 걱정스러운 듯 힐끔거린다. 아이러니한 것은 보호 대상으로 생각했던 노약자 두 명은 태평양을 횡단한 뱃사람들처럼 굳건하기 이를 데 없었다는 사실이었다.

굳건한 마누라는 텅 빈 남자화장실까지 따라 들어와 사내의 등을 두드려 주며, 하마터면 배 타고 날아다니면서 하늘에 이것들을 흩뿌릴 뻔했잖느냐, 얼마나 다행스러우냐 하며 진심으로 위로해 주었지

만 기사는 그 말을 듣고 엊저녁에 먹은 것마저 모조리 올리고 말았
다.

조선 최고의 화원을 사로잡은 또 한 가지 달나라 아이템은 노래방
이었다. 고 길쭉한 요지경 상자 속에는 기특하게도 온갖 타령과 육자
배기가 종류별로 다 들어 있는 데다 긴 꼬리가 박힌 방망이에 대고
노래를 하면 자신의 목소리가 백배는 우렁차게 들려서 참말로 신통
방통하기 그지없었다.

전직 화원은 텔레비전이라 불리는 도깨비 상자에서 온갖 가요 프
로그램과 노래 마당을 샅샅이 훑으며 최신 유행 노래들을 입으로 몸
으로 열심히 연습한 후, 걸어서 사십 분 거리에 있는 '밍키 노래방'
에 매일 출근하기 시작했다.

점심 먹고 바로 노래를 하러 가서는 저녁때가 될 때까지 그는 혼자
마이크를 잡고 춤을 추며 열심히 노래를 불렀다. 난 알아요인지 몰라
요인지 하는 노래가 텔레비전을 휩쓸고 있던 차, 영감님은 뭘 아느냐
뭘 모르느냐 궁시렁거리면서도 그 길고 웅얼대는 랩을 단 한 글자도
빼놓지 않고 모조리 외워 불렀다.

배경으로 아름다운 금수강산이 나오면 그것도 좋고, 헐벗은 처자
들이 둥실둥실 떠다니면 그것도 좋았다. 노래를 하다 말고 조놈의 가
시나 좀 봐라! 조조 요망한 가시나 좀 봐라! 이놈의 에미나이가 어데
서 궁뎅이를 흔들어 대고! 하며 흥분한 목소리로 야단을 쳐 주면 그
것도 나름 보람 있는 일이었다.

주인장인 밍키 영감님은 박인지 장인지 하는 손님 영감이 마음에
들었다. 어느 두메산골에서 상경한 건지 어딘가 모르게 모자라는 부
분은 있었다. 멀쩡할 땐 저를 박만득이라 하는데 꼭지가 돌게 취하면
장 화원이라 하기도 했고, 마누라 이름도 윤 씨인지 김 씨인지 한참

헷갈렸다. 두 번째 결혼이라는 말에야 이해하긴 했지만 밍키 영감은 자신 같으면 간 떨려서 하지도 못할 실수를 아무렇지도 않게 하는 박 영감이 새삼 대단해 보였다. 돈 계산도 잘 못 해서 내내 헤매고, 아무렇지도 않게 골목 끝에서 노상방뇨를 하려다가 시비가 붙기도 했다.

하지만 사람 자체는 순박하고 화통한 데다 정도 많아서 만날수록 마음이 갔다. 그의 젊은 마누라나 키 큰 제자가 와서 박 영감님이 마음대로 부르게 하시라고 통 크게 선금을 넣어 두고 가는 것도 밍키 영감님의 호감도 상승에 큰 영향을 주었다.

밍키 영감님은 가끔 룸에 들어와 반짝이 전구를 켜 놓고 같이 노래하고 춤을 추기도 하고 가끔 맥주와 안주를 넣어 주어, 자칭 세계 최고 화가의 그림을 두 장이나 얻어 내는 위업을 달성했다. 밍키 영감님은 그 그림들을 카운터 뒤 귀퉁이에 투명테이프로 붙여 두었는데, 몇 달 후 노래방 선금을 지불하러 온 키 큰 젊은이에게 담배 두 보루와 그림 두 점을 맞바꾸는 횡재를 하기도 했다.

박 영감은 달나라에서 배워야 할 모든 것을 밍키 노래방에서 다 배웠다. 새로 유행하는 108가지 온갖 노래들을 눈 감고도 줄줄이 부르게 되어 마이크만 잡았다 하면 유행의 선도자 소리까지 듣게 되었고, 노래방 가사를 하나씩 읽으며 현대식 한글도 제대로 익히게 되었으며, 볼일을 보고 나면 물을 눌러 주고 손을 씻어야 하는 화장실 매너라든가, 남은 시간 읽는 법과 시계 보는 법까지 모조리 노래방에서 배웠다.

게다가 나중에는 버스를 타고 노래방에 오가는 법도 알게 되었고, 종이돈과 동전을 제대로 골라 쓰는 법까지 익혀 하산하게 되었으니, 그때부터 박 영감은 동네 슈퍼, 옷가게, 주류백화점, 학교 앞 문방구, 미장원에 남대문 동대문 새벽 도깨비시장까지 사통팔달 두루두루 못 가는 곳이 없게 되었다. 대원 장씨 가문에 밍키 노래방과 주인장 밍키 영감님이 끼친 공덕은 그렇게 한량없었다.

　대형 슈퍼마켓에서 술을 종류대로 팔고 있다는 것을 알게 된 박 영감님은, 세상이란 길게 살아 볼 만한 것이라 확신했다. 막걸리, 동동주, 소주, 과일주 나부랭이 말고도 색깔이 아주 없는 술, 하얀 술, 노란 술, 빨간 술, 까만 술, 각종 과일 술, 대나무 술, 곡주, 약술들이 오지게도 많고, 불붙는 술, 얼음 넣는 술, 거품 나는 술, 섞어 먹는 술도 어찌 그리 종류가 많은지 몰랐다.

　하지만 만화경 같은 알코올의 재발견은 결과가 그리 좋지 않았는데, 김숙자 여사가 막내딸을 낳고 배가 꺼진 지 반년도 되지 않아, 그의 배가 새로이 부풀기 시작했던 것이다. 내가 마누라 대신 여덟째로 아들을 낳아 보겠노라 애써 농담을 했으나 아무도 웃어 주지 않았다.

　멀대 제자와 그의 마누라는 그를 이번에는 어드메 별나라로 끌고 가서 한껏 야단을 하고는 몇 달 후에야 돌려보내 주었는데, 박 영감의 부푼 배는 홀쭉해졌으나 이젠 오갈 데 없는 대머리가 되어 버리고 말았다.

　그는 맨숭해진 머리를 두 손으로 감싸 안고 엉엉 울며 집으로 돌아왔는데, 첫 번째 귀환에서는 울며 맨발로 맞이하던 마누라가 이번에는 슬리퍼를 찍찍 끌고 걸어 나와 등짝을 호되게 후려갈겼다. 그는 앞으로는 술 대신 과자와 아이스크림만 먹고 살겠다고 싹싹 빌어야 했다.

　그는 딸들이 엄마 몰래 한 입씩 나눠 주는 달고나와 쫀드기, 쥐포 혹은 아이스크림과 온갖 종류의 불량식품에 매혹되기 시작했다. 새로 알게 된 과자나 간식들이라는 것이 어쩌면 그렇게 신선과도 같고 요물과도 같은지 몰랐다.

　그는 하루가 멀다 하고 문방구를 드나들며 달고나 안에 그려진 별

모양을 따서 덤으로 하나 더 얻어먹으려 노력하다가 고 요망한 것을 집에서 만들 수 있다는 획기적인 소식을 듣게 되었다.

그날부터 박 영감님은 하루걸러 하나씩 국자를 태워 먹기 시작했다. 마누라가 국자를 감추자 이번엔 작은 프라이팬을 동원했고, 프라이팬의 코팅을 몽땅 벗겨 못 쓰게 만든 후에는 냄비를 태우기 시작했다. 갱엿 호박엿과는 차원이 다른 강렬한 불량스러운 맛에 홈빡 빠진 그는 환갑이 다 될 때까지 충치 하나 없이 버텨 왔던 이빨 중 네 개에 벌레가 구멍을 뚫어 놓았다는 소식을 듣고서야 달고나 제작을 그만두게 되었다.

하지만 그가 가장 사랑한 것은 팔다리도 꼬리도 긴 점박이 동물—치타라는 놈이 겉봉에 그려진 이상한 과자였다. 딸들은 그 과자 안에 있는 따조라는 것을 열심히 모았다. 따조는 치타 과자 속에 들어 있는 동그랗고 딱딱한 표였는데 그 안에는 알락달락 재미있는 그림이 있었다. 그것으로는 세게 때려 뒤집기 놀이도 할 수 있었고, 옴폭 팬 홈에 다른 놈을 끼워 재미있는 모양을 만들 수도 있었고, 핑, 하고 튕겨 멀리 날리며 놀 수도 있었다. 조그맣고 똘똘하게 생긴 것이 재미있고 쓸모도 많으니, 참말로 신통한 놈이라고 생각했다.

일곱 딸과 영감님은 시작을 했으니 끝장을 보아야 한다는 신념으로 밤이고 낮이고 그 과자만 사 먹었다. 나중에는 감질이 난 영감님이, 제자가 설날에 세배를 하고 쥐여 주고 간 돈으로 치타 과자 세 박스를 집에 들여놓는 패기를 부렸다. 노린내로만 남게 된 세 마리 아기 돼지와 마찬가지로 그들은 입에서 치타가 기어 나올 때까지 똑같은 과자를 먹어야 했고 그제야 장씨 일가에 몰아닥친 따조 열풍이 잠잠해졌다.

영감님은 이후 패션에 눈을 뜨기 시작했다. 그중에서도 세상을 아름답게 만드는 옷과 각종 '간지 아이템'이라 부르는 것들에 열광하게 되었다. 커다란 꽃무늬가 일렁일렁하는 화사한 옷을 보면 자신이 그렸던 그림이 무색해질 지경이었고, 목에서 출렁이는 황금 사슬 목걸이와 눈앞을 새까맣게 가려 주는 '라이방'이 내뿜는 작렬하는 카리스마의 맛도 삼삼하기 그지없었다.

그는 마누라에게 아침마다 돈을 몇천 원씩 받아 버스와 전철을 타고 동대문, 남대문, 강남, 명동 등지를 두루두루 돌아다니며 행복한 시간을 보냈다. 달나라에는 그의 눈을 잡아끄는 것이 너무 많아, 그는 자신이 한때 화원이었다거나 술을 좋아했었다는 사실조차 까맣게 잊어버리고 말았다.

달나라 불법 이민에 지나치게 무사히 성공한 장씨 일가는 딱히 큰 의미도 없었던 몇 년의 적응 기간을 끝내고 천마산 쪽으로 이사를 하게 되었다. 낡고 칙칙한 2층 양옥집이었다.

새로운 안주인이 된 김숙자 여사는 주인 영감의 강력한 건의를 받아들여, 칙칙한 검정 지붕을 빨간 페인트로 칠했다. 그 후부터 삼거리 집은 정열의 빨간 지붕 집으로 불리게 되었고 그 집에 사는 꽃무늬 옷을 좋아하는 주인 영감은 알로하 영감이라는 사랑스러운 별칭으로 불리게 되었다.

❀   ❀   ❀

그들이 삼거리 빨간 지붕 집에 정착하고 몇 년 후 방송된 '달의 요정 세일러문'은 일곱 명의 딸에게 폭발적인 인기였다. 물론 세대 차이만은 어쩔 수 없어서 패가 갈리긴 했다. 초등학생 및 미취학 꼬꼬마들은 세일러문과 세일러 비너스에 환장했고, 중학생 딱지쯤 이마에 붙으면 유치하네 어쩌네 콧방귀를 뀌면서 세일러 우라노스나 세일러 넵튠에 대한, 언니들만이 알 수 있는 아름다움에 대한 찬사를 늘어놓았다. 하지만 일곱 딸이 모두 '본방사수족'에, 세일러 마술봉한 자루에 머리채를 쥐어 잡는 난투극을 벌인다는 사실은 부인할 수 없었다.

방송이 시작되면 그들은 텔레비전 앞에 엉덩이를 붙이고 둘러앉아 오프닝 송을 따라 불렀다. 오늘따라 집에 놀러 온 동네 친구들이 끼어드는 바람에 노랫소리는 더욱 커졌다.

갑자기 한나가 동생의 어깨를 툭 친다.

"있잖아, 두나야. 너 혹시 기억나니? 우리 어릴 적엔 뭔가 이해가 안 가는 게 있으면 '여기는 달나라니까.' 하고 말했던 거."

"어……. 맞다. 분명 그랬었던 것 같은데."

"우리 그때 왜 그랬을까? 그때 분명 우리뿐만 아니라 아빠도 그런 말을 자주 했었는데."

"몰라, 우리가 왜 그랬지?"

두나는 옆에 앉아 있는 민호를 곁눈질하며 심드렁하게 대답했다. 미안해 솔직하지 못한 내가으아아, 너에게로 다가가 모든 걸 고백할 텐데에이에이에! 주먹을 움켜쥐고 노래 가사를 육자배기처럼 뽑아 대던 민호가 고개를 비죽 들이밀고 끼어들었다.

"야야, 두나야! 너희 아빠 말에 죄다 신경 쓰면 지는 거야! 우리도 아는 걸 네가 모르냐? 분명히 까마득한 옛날에 유행하던 말이었을 거야."

대화는 길게 이어지지 않았다. 동생들은 신경 쓰지 않았고, 한나언니와 친구들은 금방 잊었다. 두나는 침묵하는 대신 노래를 따라 부르는 쪽을 택했다.

수없이 많은 별들 중에서 당신을 만날 수 있는 건
결코 우연이라 할 수 없어 기적의 세일러문~

떠들썩한 노래가 빨간 지붕 집 담장을 넘어가는 사이, 그들의 달
나라에서는 보름달이 선명하게 떠올랐다.

작가 후기

　여자 중학교, 아무 일도 일어나지 않았습니다. 여자 고등학교, 아무 일도 일어나지 않았습니다. 드디어 남녀공학 대학교에 입학했습니다. 제가 진학한 학과는 그 해에 성비도 50:50, 기적의 비율이었습니다. 주변의 남초 학과와 여초 학과 친구들 사이에서 저는 부러움의 대상이었습니다.

　……아무 일도 일어나지 않았습니다.

　졸업 후 취직했습니다. 여초 직장입니다. 아무 일도 일어나지 않았습니다.

　학생 때부터 봉사하던 곳에서는 저희 학번이 유난히 인원이 많고 성비 역시 반반으로 매우 이상적이었습니다. 분위기도 화기애애했습니다. 시간이 흘러갈수록 주변 여기저기서 정의사회구현 봉투가 막 쏟아집니다. 저는 회수의 그날을 생각하며 10년 가까이 열심히 투자했습니다.

　아무 일도 일어나지 않았습니다.

어느 날 문득 회사에서 나눠 준 작업 점퍼를 입고 사무실용 책상을 번쩍번쩍 들거나 무거운 생수통을 어깨에 지고 날아다니는 제 모습을 발견합니다. 저건 내가 아니여, 레드 썬을 걸기 시작합니다.

그래서일까요? 제가 어느 날 홀린 듯이 "나도 알콩달콩 연애하고 찐하게 결혼하는 이야기 한번 써 보고 싶어……." 했을 때 주변의 반응이 가히 폭발적이었습니다(물론 긍정적인 의미는 아닙니다).

성공했을까요?

모르겠습니다. 이제 판단은 읽어 주신 분들의 손으로 떨어졌으니까요. 저는 지금 콜로세움에서 황제석을 바라보고 있는, 썩 가냘프진 않지만 어쨌든 가련한 검투사가 된 기분입니다. 대체 여자에게 사랑이란 무엇이고, 결혼이란 또 무엇인가……에 대한 연애 고자의 의문과 결론이 그래도 조금이라도 마음에 드셨는지. 부디 재미있게 읽어 주셨기를 바라며, 황제 마마님의 손가락이 아래가 아니라 위로 척 올라가는 구명의 순간을 조마조마 기다리고 있습니다.

1부와 2부 모두 약간의 반전이 포함되어 있습니다만, 이 이야기의 가장 큰 반전은 아마 저나 민호 같은 우주적 연애 고자도 천년의 모태 솔로도 모두모두 사랑을 하고, 결혼할 수 있다는 아름다운 결론이 아닐까 생각합니다. 중간 과정이 낭만적이든 똥망적이든 꿈은 이루어졌잖아요? 소설보다 훨씬 더 소설 같은 이야기로 가득한 세상이니까요.

독자분들께서 '과거를 바꾸면 현재도 바뀌지 않느냐, 내가 나를 만나는 게 가능하냐' 하는 질문을 종종 해 주셨습니다. 이에 대해 몇 마디만 첨언을 좀 해 보자면…….

타임 슬립 창작물들은 작품별로 각각의 설정이 다 다릅니다. 그리고 이 글의 패러다임에서는 현재가 바뀐다는 패러독스가 존재할 수 없습니다.

　사실 이 작품에서의 시간 여행 설정은 좀 해묵은 의문에서 시작됐어요. 예전에 칼뱅(역사책에 나오는 제네바의 그 칼뱅 맞습니다)의 이론에 대해 강의를 들을 기회가 있었습니다. 물론 전공과는 별 상관이 없었으니 무슨 말인지 니나노 알 턱은 없었지만, 그가 주장한 예정론이 결정론적 사관이라는 것은 눈치로 알 수 있었어요. 미래는 정해져 있다는 것이죠. 아니! 그렇다면 내 자유의지는 어떻게 되는 거지? 나는 내 맘대로 착해질 권리도 있고 비뚤어질 권리도 있단 말이다! 그런데 어떻게 모든 게 다 정해져 있단 말이냐. 사람들이 모두 마리오네트냐.

　그 찜찜함을 나름 오랫동안, 가장 단순한 형태로 해결해 보려고 용을 쓴 결과가 현재 민호의 시간 여행 패러다임으로 나타나게 되었습니다.

　시간에 속한 자가 아닌 시간에서 벗어난 시선으로 세계사 연표 책을 가만히 내려다보고 있으면 뭐랄까 굉장히 특이한 느낌을 받게 됩니다. 이 자잘자잘한 숫자와 글자로만 가득한 연표가 수많은 사람이 자유의지대로 열심히 살아갔던 거대한 시공의 강처럼 느껴지는 거죠.

　저는 어떤 블랙홀 안에 쪼그리고 앉아서 순간이 영원 같고 영원이 한순간 같은 느낌으로 파란 지구를 보고 있는 상상을 해 봅니다. 그러고 있노라면 자연스럽게 느낌이 옵니다. 그들은 자유의지로 행동하며, 그럼에도 모든 것은 결정되어 있노라고.

　그렇게 강물처럼 흘러내려 가는 시공 위에서 누군가 메뚜기처럼 튀어 뒤로 갔다 제자리로 간다 하더라도 모순이 발생하지 않습니다. 미래의 민호가 과거에 가서 저지른 짓은 당연히 과거의 일에 포함됩니다. 그 결과가 현재를 만들고 있는 것이고요. 그래서 이 세계관에서는 '내가 알고 있는 현재가 바뀐다' 라는 패러독스가 생기지 않는 것입니다.

내가 과거로 돌아가서 어린 시절의 할머니를 죽인다면 나는 어떻게 되느냐고요? 이 패러다임에선 나는 할머니를 죽이지 않습니다. 죽일 수 없습니다. 아무리 죽이고 싶어 용을 써도 '어디선가 누군가에게 무슨 일이 생겨서' 할머니가 죽을 상황이 되지 않을 겁니다. 내가 존재하고 있음이 그 증거지요. 그렇기 때문에 민호와 시간 여행자들은 과거를 마음대로 여행하고 자유 의지대로 마음껏 행동할 수 있는 것입니다.

그 모든 순간을 현재로 살기 위해서, 민호는 절대 역사에 해박하면 안 되었습니다. 지금도 그 점은 민호에게 굉장히 미안하게 생각합니다. 그래서 이완이에게, 네가 네이롱이 되어 플러스마이너스 제로의 추를 잡아 주어야겠다, 할 수밖에 없었습니다. 물론 그 때문에 매 순간 만두 부인처럼 속이 푹푹 터졌을 불쌍한 그 총각에게도 정말 미안하게 생각하고 있습니다.

여기 나오는 민호네 집은 종가이긴 한데 상당히 '얼러리 짬뽕' 입니다. 전통이 가진 선한 의도와 아름다운 정신은 사라지고 형식만 남은 상태에서 일방의 이기심이 결합한 형태라는 생각을 해 봅니다. 실제 명문 종가들은 제사나 차례의 음식을 생각보다 훨씬 간소하게 준비하더라고요. 대신 기본이 되는 아름다운 정신을 잇는 것을 중시했고요. 오히려 그 집안들은 시대와 사람들을 위해서 전통의 형식을 바꾸는 데 주저하지 않는 멋진 유연성도 갖고 있었습니다.

그리고 종부는 한 가문의 재물을 관장하고 어려운 동네 사람들을 구휼하는 도의적 책임을 갖고 있으며 정신적으로도 모범이 되는 자리, 가문과 지역에서 존중받는 자부심 넘치는 자리였습니다. 시댁 사람들이 한 손가락으로 부리는 '무보수 유휴노동력'이 아니었던 거죠. 남편과 일가 사람들, 심지어 시아버지일지라도 종부만큼은 존중했다고 들었습니다.

명문 전통 종가들이 전통을 통해 아름다운 정신을 잇는 모습이야말로 진정으로 존경할 만하다고 생각합니다. 본의 아니게 그런 귀한 전통을 잇고 있는 분들께 안 좋은 이미지를 갖다 붙인 것 같아서 이 자리를 빌려서 죄송한 마음을 전합니다.

또 한 가지 이해를 부탁드릴 것은 기생의 신참례에 대한 부분입니다. 사료에 의거하여 작업을 하긴 했지만 현대의 시선으로 보면 받아들이기 어려운 내용이라 쓸 때도 고민이 많았습니다. 그래서 사실과는 거리가 멀지만 그냥 열아홉 살에 머리를 얹는 것으로 눈가림을 해볼까 하는 유혹에 휘말리기도 했습니다.

하지만 '실재했던 일들'을 토대로 재현된 현실감과 완성도를 포기하기가 어려웠습니다. 결국 고증에 충실하기로 어렵사리 결론을 내리게 되었습니다.

물론 읽으시는 분들의 불쾌감을 고려하여 기존 연재분의 묘사에서 상당히 많은 분량을 쳐내기는 했습니다. 하지만 여전히 거북하신 분이 계시리라 생각합니다. 그 점에 대해 뒤늦게나마 양해를 구합니다.

과거의 인물과 사건들을 다루기 때문에 고증에 나름 신경을 썼습니다만 써 놓은 것을 되짚어 볼 때마다 여전히 부족한 부분투성이라 민망하기 짝이 없습니다. 넉넉한 마음으로 눈감아 주시기만 바랄 따름입니다.

그리고 외래어의 경우는 한글맞춤법표기법을 기본적으로 따르되 이미 널리 통용되는 외래어의 경우, 1부와 마찬가지로 널리 통용되는 쪽을 택하기도 했습니다. 양해하여 주시길 바랍니다.

이 책이 나오기까지 보이지 않게 애써 주신 분들이 많이 계십니다.

연재할 때 댓글과 서평으로 격려해 주신 분들께 이 자리를 통해 감사드립니다. 정성 어린 피드백과 응원, 날카로운 평가가 얼마나 큰 힘과 도움이 되었는지 모릅니다.

정신없이 바쁜 일정에도 지인이라는 죄 하나로 기꺼이 모니터링과 초고를 봐 주신 H님, 캐릭터 분석, 흐름에 대한 평가, 비문과 오타를 잡아 주는 것도 모자라 연애하는 남녀의 심리 상태에 대한 강의까지 해 주어야 했습니다. 뭐라 고맙다 인사를 드려야 할지 모르겠습니다.

제가 글에 매달려서 오크 같은 형상으로 밤마다 어슬렁어슬렁 거실을 배회하며 여기저기서 화산을 터뜨릴 때 너그럽게 이해해 주고, 시시때때로 맛있는 것을 들이대면서 격려해 준 가족들에겐 고맙고 미안할 뿐입니다. "날개만 안 달렸지 다들 천사가 따로 없어, 고마워, 사랑해!"라고 해 주려고 했는데, 음, 가족끼리는 아마추어같이 이런 말 하면 안 된다고 헌법에 나와 있다네요. 그래서 일 끝나고 프로(?)답게 맛있는 것을 한턱 쏘기로 하였습니다.

이 책이 과연 2부가 나올 수 있을까 한참 걱정을 하고 있었는데 다행히 출판사에서 2부도 출판하자는 오케이 사인이 떨어졌습니다. 게다가 짧은 외전 격으로 구상하고 있던 마지막 3부까지 선선히 허락을 해 주시는 바람에 감격의 만세 삼창을 하고 말았습니다. 감사합니다. 덕분에 자칫하면 이 책에서 무거운 꼬리가 될 뻔했던 두나나 안락재 아이들의 이야기 등등이 3부로 자리를 찾아갈 수 있게 되었습니다.

예정보다 분량이 한참 넘치고 말았지만 그래도 예쁘게 다듬어서 근사한 책으로 뽑아 주신 편집부 분들께 감사드립니다. 안리라 팀장님, 정시연 님, 이은정 님, 항상 상상 그 이상의 표지를 보여 주시는, 이백북 디자인의 이보라 디자이너 님과 정필 사장님께 고개 숙여 사의를 전합니다.

작고 예쁜 에미나이들은 용감하게 사랑을 하여 누군가의 연인이 되고, 아내가 되고 어머니가 되어 한 일가의 견고한 울타리가 되었고, 결국은 긴 시간을 잇는 장대한 피륙을 짜는 직녀가 되었습니다. 저는 이 세상에서 가장 아름다운 직녀이자 제일 용감한 전사, 그리고 가장 견고한 울타리가 되어 주었던 두 명의 어머니, 김순자, 전혜옥 님께 이 글을 드립니다.

감사합니다.

2015년 겨울
윤소리 배상

참고 문헌

1차 자료

국사편찬위원회, 승정원일기(承政院日記) http://sjw.history.go.kr/main/main.jsp

국사편찬위원회, 조선왕조실록(朝鮮王朝實錄) http://sillok.history.go.kr/main/main.jsp

김용준, 『새 근원수필(近園隨筆)』, 열화당, 2009.

오세창, 『국역 근역서화징(槿域書畵徵)』, 동양고전학회 역, 시공사, 1998.

이능화, 『동문선 문예신서 29—조선해어화사』, 이재곤 역, 동문선, 1992.

작자 미상, 『열여춘향슈절가』완판 84장본(영인본), 민음사, 2014.

장지연, 『일사유사(逸士遺事)』, 1922. (『한국기인열전』, 김영일 역, 을유문화사, 1988. 재인용)

황현, 『매천야록(梅泉野錄)』, 허경진 역, 서해문집, 2006.

2차 자료

〈국내자료〉

강명관, 『그림이 있는 조선풍속사 시리즈』, 서울신문 2008년 연재분, 2008.

강명관, 『조선의 뒷골목 풍경』, 푸른역사, 2013.

강민기 외 5인, 김원룡 감수, 『한국 미술문화의 이해』, 예경, 2011.

강인희, 『한국의 떡과 과줄』, 대한교과서, 1997.

김열규, 『한국인의 혼례』, 현실문화연구, 2006.

김익두, 『우리문화 길잡이』, 한국문화사, 1998.

신창호, 『사람 : 하나를 심어 백을 얻어야, 교육과 배려의 시선으로 읽는 관자』, 서현사, 2009.

유홍준, 『명작순례 옛 그림과 글씨를 보는 눈』, 눌와, 2013.

은미희, 『조선의 천재화가 장승업』, 이룸, 2007.

이경민 · 아카이브연구소, 『기생은 어떻게 만들어졌는가』, 아카이브북스, 2006.

이동천, 『진상－미술품 진위 감정의 비밀』, 동아일보사, 2008.

이성주, 『조선사 진풍경』, 추수밭, 2011.

이수광, 『조선을 뒤흔든 16인의 기생들』, 다산초당, 2009.

이연자, 『명문종가 이야기』, 컬처라인, 2004.

일연, 『삼국유사』, 이민수 역, 을유문화사 1991.

임명석, 『고서화 감정과 나의 발자취』, 아트프라이스, 2013.

정명섭, 『조선직업실록』, 북로드, 2014.

조용진 · 배재영, 『동양화란 어떤 그림인가』, 열화당, 2004.

조용진, 『동양화 읽는 법』, 집문당, 2014(개정판).

조정육, 『신선이 되고 싶은 화가 장승업』, 아이세움, 2012.

한국 생활사 박물관 편찬위원회, 『한국 생활사 박물관 9 조선생활관 1』, 사계절, 2003.

한국 생활사 박물관 편찬위원회, 『한국 생활사 박물관 10 조선생활관 2』, 사계절, 2004.

황두진, 『한옥이 돌아왔다』, 공간사, 2006.

〈국외 자료〉

공자, 『논어』, 이원섭 역주, 제5세대, 1987.

마르크 블로크, 『봉건사회 2 - 계급과 통치』, 한정숙 역, 한길사, 1988.

서방달, 『동문선 문예신서 194—고서화감정개론』, 곽노봉 역, 동문선, 2004.

요시카와 헤스이, 『근대문화사 읽기로서 조선기생관찰기』, 김일관 · 이에나가 유코 역, 민속원, 2013.

– 대원사 빛깔 있는 책들 총서 중

김광언, 『빛깔 있는 책들 총서 195—한국의 부엌』, 대원사, 1998.

박용숙, 『빛깔 있는 책들 총서 130—한국화 감상법』, 대원사, 1999.

뿌리깊은나무 편집부, 『빛깔 있는 책들 총서 64—봄가을음식』, 대원사, 1998.

뿌리깊은나무 편집부, 『빛깔 있는 책들 총서 65—여름음식』, 대원사, 1998.

이춘자 외 3인, 『빛깔 있는 책들 총서 207—통과의례음식』, 대원사, 1997.

이태호, 『빛깔 있는 책들 총서 164—풍속화 하나』, 대원사, 1997.

이태호, 『빛깔 있는 책들 총서 177—풍속화 둘』, 대원사, 1998.

장상진, 『빛깔 있는 책들 총서 209—한국의 화폐』, 대원사, 1997.

장순용 · 김종섭, 『빛깔 있는 책들 총서 32—창덕궁』, 대원사, 1998.

한복려, 『빛깔 있는 책들 총서 166—궁중음식과 서울음식』, 대원사, 1998.

한복려, 『빛깔 있는 책들 총서 62—떡과 과자』, 대원사, 1997.

한복선, 『빛깔 있는 책들 총서 66—명절음식』, 대원사, 1997.

한복진, 『빛깔 있는 책들 총서 60—전통음식』, 대원사, 1997.

한정희, 『빛깔 있는 책들 총서 194—옛 그림 감상법』, 대원사, 1999.

히든트랙
X files about Boys

by 박이완

〈아들들〉

　나의 아들은 모두 여덟 명이다. 비인간 종족이 하나 포함되어 있다. 친자가 다섯, 양자가 셋이다.

　어쩌다가 사태가 이 지경에 이르게 되었는가 하면, 우리 두 사람이 확률 전쟁에서 장렬하게 패배했기 때문이다. 좀 더 정확히 말하면, 우리 두 사람 모두 딸에 대한 욕심을 포기하지 못해서 벌어진 일이다.

　나와 민호 씨는 우리에게 아들들이 많다는 것은 알고 있었으나, 우리가 알지 못하는 딸도 하나쯤은 있을 것이라는 미련을 끝내 버리지 못했다. 우리는 결혼식이나 돌잔치 등에 초대받아 가서 머리를 곱게 말고 노랗고 분홍색이 도는 드레스를 입고 다니는 공주님을 볼 때마다 분해서 어쩔 줄 몰랐고, 어디 누가 이기나 해 보자 하는 확률과의 허망한 전쟁을 시작했다.

하지만 확률은 잔인한 속성을 갖고 있다. 아들이 줄줄이 열 명이 있다고 해서 다음번에 태어나는 아이가 딸일 가능성이 커지는 것은 아니었다. 위로 아들이 백 명이든 천 명이든 다음에 태어나는 아이가 딸일 가능성은 여전히 절반, 아니 정확히 말하면 48.5%에 불과하다.

나는 아내보다 포기가 조금 더 빨랐다. 사실은 네 명의 아들들이 매일매일 만들어 내는 쓰나미와 계속되는 임신으로 인한 금욕을 견디기 힘들어서 윤오를 낳은 후 정관수술을 받았다. 포기를 모르는 불굴의 아내에게는 차마 말하지 못했다. 그리고 윤식이와 윤세가 운명처럼 우리와 인연이 닿아 아들이 되었을 때 나는 우리 두 사람의 팔자에 딸이 존재하지 않는다는 것을 겸손히 받아들였다.

정관 수술이 성욕감퇴와 관련이 있음을 입증하는 연구결과는 없다. 하지만 민호 씨의 생각은 그렇지 않았다. 그래서 의도치 않게 수술한 것을 들킨 후, 나는 상당히 모욕적인 발언에 시달려야 했다. ~~어쩐지 이 불쌍한 것이 그동안 정신 못 차리고 헤매더라니. 그렇게 친친 묶어 놓으니 애가 제정신이었겠어. 따위의 말을~~……. 요는, 정관수술의 부작용으로 성 기능이 퇴화하였다는 것이다.

수술 부작용이라니 당치 않다. 오히려 기나긴 임신 기간 동안 원치 않게 금욕을 하면서 기능이 퇴화했다는 용불용설 쪽이 타당하지 않겠나. 물론 설득이 되지는 않았다. 용불용설이 아니라 하더라도 나이에 따른 자연스러운 성욕의 감소, 오차범위 내의 약간의 감소 상태를 보일 뿐이다. 나는, 내가 판단하건대 아직 충분히 젊다.

묶은 것이 들통 났고, 용불용설이 받아들여지지 않은 데다 아직도 딸에 대한 미련이 온전히 떨쳐지지 않은 아내의 강력한 건의에 따라, 나는 복원수술을 받았다.

하지만 복원을 한 후로도 성욕은 예전 수준으로 회복되지 않았다.

대신 막내아들 윤위가 생겼다.

현재 안락재에 적을 두고 있는 여덟 명의 아들은 다음과 같다.

1. 토마스 폰 에디슨

민호 씨가 결혼 전에 들인 양자. 솔리드 블랙 컬러의 슈나우저로 멋진 콧수염을 갖고 있다. 허리가 늘씬하고 다리는 길고 단단하며 검은 털은 항상 깨끗하고 윤기 있게 손질이 되어 있다. 머리가 좋고 원기 왕성한 데다 자존심도 강하다. 아침마다 콧수염을 정리하고 식사를 하자마자 밀어내기 한 판을 해치우는 건강한 생활습관을 갖고 있다. 적어도 삼 개 국어를 이해할 수 있는 것으로 추정된다. 사소한 흠이 있다면 사소한 것 두 개가 부족하다는 것뿐이다.

주인에게 많은 기쁨을 주고, 몇 가지 위급 사태와 긴급 작전에서 다방면으로 공헌을 세웠다. 다만 그는 무슨 이유에선지 스스로를 아들이나 애완견이 아닌, 귀족이나 서열 높은 기사로 여기는 것으로 보인다. 하지만 고집 센 견공의 오해를 정정하는 것보다는 원하는 대로 불러 주는 것이 편할 듯하여 우리는 그를 토마스 폰 에디슨 경으로 부르고 있다. 돈 드는 일은 아니니까.

중간에 세 번의 큰 수술을 받긴 했으나 현재까지 팔팔하게 노익장을 과시하고 있다.

2. 박윤이

아버지의 성과 어머니의 성을 한 글자씩 물려받아 박윤이라는 이름을 갖게 되었다. 아들들 중 유일하게 시간 여행을 하지 못한다. 자신과 마찬가지로 시간 여행을 하지 못하는 아버지에게 깊은 동질감을 느끼는 듯하고 어머니에 대한 효심이 지극하다.

멘사 회원이며 바른 생활 사나이의 표본이지만 각종 격투기와 익스트림 스포츠를 광적으로 즐긴다. 배려심이 많고 신중하되 가끔 욱하는 성질이 있다. 말이 적고 입맛이 까다롭다. 현재 여자친구는 없는 것으로 알고 있다. 동생들에게 절대적인 신임을 받는 안락재의 숨은 권력자.

3. 박윤삼

자신의 이름에 상당한 불만을 갖고 개명 신청을 하려 했으나, 숫자 작명 시스템을 당연하게 받아들인 형제들의 강력한 반발로 신청을 포기한 아픈 과거가 있다. 자신의 이름은 윤삼으로 받아들였지만 동생들의 이름만은 제대로 된 것으로 만들어 주려고 최선을 다한 것을 보면 배려심이 깊은 것으로 보인다.

일급 타임 트래커. 말이 제대로 통하기도 전부터 실종이 잦아, 우리 두 사람은 보육 도우미를 구하거나 어린이집에 아이들을 보내려는 꿈을 일찌감치 접어야 했다.

제법 유명한 건담 플라모델 마니아로, 아버지가 열과 성을 다해 가르쳐 준 유물 복원 기술을 플라모델 제작과 개조에 쏟아붓는 중이다. 각종 커뮤니티에서 신의 기술이라는 둥 마이더스의 손이라는 둥 나름 찬사를 받는 모양이지만, 집에서는 그의 취미에 대해 아무도 신경 쓰지 않는다.

4. 박윤사

일급 타임 트래커. 수학과 음악적인 감각이 뛰어난 편이나 어머니의 전승을 이어받겠노라 공언하고 다닌다. 요리보다 완제품을 섭취하는 데 훨씬 관심이 많아 '염불보다 잿밥' 파로 파악된다.

자신이 요리한 결과물의 대부분을 스스로 먹어 치우는 것을 보면 책임감이 강하고 불굴의 인내심을 갖고 있는 것으로 추측된다. 최근 들어 드디어 사람이 먹을 만한 음식을 만들어 내기 시작했다.

5. 박윤오

일급 타임 트래커. 사람과 사람, 기업 및 국가 간에 이루어지는 파워 게임과 군사 및 경제 문제에 지대한 관심을 갖고 있다. 얼마 전 정치가가 되고 싶다는 꿈을 실토해 온 가족을 충격과 공포에 빠뜨리기도 했다.

사람을 잘 끌어모으고 수족처럼 부리는 재능이 있으나, 안락재에서는 아버지와 맏형의 권위에 복종하며 필요하지 않은 분란을 만들지 않는다. 녀석이 앞장서서 하는 모든 일에는 의도가 있다. 의도가 불순한지 선량한지에 대해서는 애매할 때가 많다. 안락재 유일의 호모 폴리티쿠스.

6. 박윤식

……일단 말이 많다.

아이가 여섯 살 때 인연이 닿아 양자로 맞이하게 되었다. 특급 타임 트래커로, 민호 씨만큼이나 놀라운 이동 능력에 민호 씨보다 훨씬 풍부한 실전 경험이 쌓여, 추적 및 귀환 능력은 그 누구보다 뛰어난 것으로 보인다.

권위를 싫어하고 소탈하며 순발력이 좋고 재기가 뛰어나다. 위기 대처능력이 탁월하고 어떤 사람과도 위화감 없이 잘 어울리나 사건, 사고를 불러일으키기로도 타의 추종을 불허한다.

연상의 여자친구가 있는 것으로 알고 있다. 안락재의 미워할 수 없는 트릭스터.

7. 박윤세

윤식의 친동생. 타임 트래커. 트래킹 능력은 친형인 윤식에 비해 상당히 떨어지지만 그래도 여타 타임 트래블러들과 비교할 경우 일급 트래커로 분류될 정도. 가족에 대한 정이 많고 밝고 낙천적이나 속을 잘 보여 주는 편은 아니다.

글을 쓰는 것을 좋아하고 하루도 빼놓지 않고 열심히 일기를 쓴다. 이집트 상형문자와 수메르 쐐기 문자 따위를 얼른 배워 자신이 쓴 일기를 아무도 훔쳐 읽을 수 없게 만드는 것이 윤세의 유일한 희망 사항이다.

8. 박윤위

일급 타임 트래커. 조용하고 성품이 온후하며, 형들과 어울려 밖에 나가 노는 대신 집에 앉아 백과사전이나 동물의 왕국, 내셔널 지오그래픽을 시청하는 것을 좋아한다. 생물학자가 되어 자연과 하나 되는 삶을 꿈꾼다. 다만, 윤위가 말하는 '자연과 하나 된다'는 개념은 일반적 상식과 다르게 아프리카 오지에 들어가 살을 파고들어 알을 낳는 벌레에 물리는 일 따위를 의미한다. 궁극의 일치 상태는 다른 포식자에게 잡아먹혀 흙으로 돌아가는 일이라고 하는데, 물론 윤위는 그런 상태까지 바라는 것은 아니라고 했다.

아마존 밀림에 서식하는 파란 나비를 구경하러 가기 위해 열 살 때부터 주식투자를 하고 있는데. 의외로 수익률이 굉장히 높은 편이다. 그가 투자하는 종목이 떨어지는 법은 별로 없는데, 자신도 이유를 모른다. 형들은 그를 행운의 마스코트처럼 여기고 귀여워한다. 안락재의 호모 펠릭스.

〈이름〉

늦둥이 막내가 생긴 것을 알게 된 여섯 형들은 빼도 박도 못하게 윤팔이라는 이름으로 불리게 될 동생에 대해 크게 우려하기 시작했다. 윤식, 윤세는 미국에 거주하고 있을 당시 이름을 얻은 덕에 six, seven에서 앞 자를 따오는 행운을 누릴 수 있었지만, 막내에게는 그런 운이 따라 주지 않았다. 불굴의 형님들은 밤마다 머리를 맞대고 의논에 의논을 거듭했다.

어느 날인지부터, 아들들은 프랑스 여행을 가고 싶다고 졸라 대기 시작했다. 루브르, 오르세, 베르사유, 에펠탑, 노트르담, 몽마르트, 니스의 누드 비치 비치 비치, 그들은 관광명소를 메들리로 엮어 노래까지 지어 불렀다.

결국 여름 방학 때 임신 6개월이 된 아내와 아이들을 이끌고 프랑스 여행을 가는 만용을 저질렀다. 아이가 태어나면 한동안 꼼짝 못할 테니 그전에 갔다 오자, 우리 누드 비치 한 번도 못 가 봤잖느냐, 태교 따윈 상관없이 밤새워 졸라 댄 여자의 용기가 가장 대단했다. 아내의 몸 때문에 최대한 느긋하게 일정을 잡았고, 우리는 프랑스에서 두 달을 머물렀다.

그런데 출국 일정이 다가오며 아이들이 말도 없이 사라지기 시작했다. 유물이 근사해서 잠시 들어갔다 나온 거라 해서 그러지 말라고 매번 타일렀지만 소용이 없었다. 다른 아이들을 보내 찾아오게 하면 이번에는 찾으러 보낸 아이들이 없어졌다.

우리는 점점 예민하게 아이들을 단속하고 다잡았지만 결국 예약한 비행기를 놓치고 말았다. 아이들이 공항에서 한꺼번에 셋이나 없어졌던 것이다. 민호 씨는 노이로제 상태였고 나는 패닉이었다.

시간 여행에서 내가 할 수 있는 일은 아무것도 없었지만 그렇다고 아이를 찾기 위해 민호 씨를 보낼 수도 없었다. 이미 만삭이어서 다른 곳에서 산통이 시작되는데 귀환하지 못하는 사태가 벌어지면 낭패였다. 우리는 정신이 붕괴할 것 같은 상태로 시간을 보내다가, 예정일보다 한 달 반이나 빠르게 진통이 시작되었다.

말도 제대로 통하지 않는 관광객이 임산부를 싣고 병원을 찾아가 의사에게 상황 설명을 하고 아이를 받아 달라 요청하는 일은 끔찍한 과정이었다. 천신만고 끝에 2.4kg의 막내아들이 태어났다. 그 직후 거짓말처럼 모든 형들이 제자리에 모였다. 나는 그저 모두가 안전하게 모였다는 것 한 가지만으로도 고마워서 새로 태어난 아이와 아들들을 끌어안고 눈물을 쏟았다.

하지만 귀국을 위해 공항에 도착했을 때, 얘는 이제 윤팔이는 안 되겠구나, 프랑스어로 8이 위프(Huit)니까 윤위 맞지? 하는 소곤거림을 듣고서야 일이 어떻게 된 것인지 알아차렸다.

여섯 아들은 샤를 드골 공항 대기실에서 세 시간 동안 머리를 박고 얼차려를 받았다. 비행기 시간만 아니었으면 24시간을 꼬박 굴렀을 것이다. 나는 내가 민호 씨보다 욕설을 잘 퍼부을 수 있다는 것을 처음 알았다. 전후 분위기를 대충 눈치챈 공항 직원들은 신들린 것처럼 날뛰는 나를 말리는 대신 아직 사태를 눈치채지 못한 어머니와 신생아를 VIP 휴게실로 모셔 가는 쪽을 택했다.

형들은 기껏 이름을 바꾸어 놓고는 평소에는 그를 윤팔이, 기분이 좋을 때는 똥팔이라 부른다.

〈테이블 매너〉

안락재의 테이블 매너는 상당히 엄격한 편이다. 식사 때는 반드시

정해진 시간에 정해진 자리에 와서 앉아야 하고, 어른이 수저를 들 때까지 참고 기다려야 한다. 허리를 펴고 단정하게 앉아서, 다른 사람이 먹는 속도에 맞추어서 소리 나지 않게, 입을 다물고, 도구를 제대로 사용해서 먹어야 한다. 큰 소리로 목소리를 높여서도 안 되고, 입에 음식이 든 채 떠들어서도 안 된다.

식탁에 앉을 때는 반드시 정장 차림으로 앉아야 한다. 특히 누가 시간 여행이라도 하고 온 경우, 예외 없이 전원 격식 있는 정장에 보타이 차림으로 와서 앉아야 한다. 그중 한 놈이라도 규칙을 제대로 지키지 않으면 전원 밥을 굶어야 하는데, 그것은 어머니의 요리를 목숨처럼 사랑하는 아들들에게 대단히 가혹한 벌이었다. 위기의식을 느낀 녀석들이 큰형을 필두로 필사적으로 자체 규율을 잡기 시작하면서 밥을 모조리 굶는 일은 없어졌으나 그래도 항시 경계를 소홀히 하면 안 된다.

물론 처음부터 그렇게 포멀하고 가혹한 식탁예절을 강조했던 것은 아니다. 나는 편안한 대화와 부드러운 웃음이 오가는 즐거운 식사 시간을 원했다. 분명히 그랬다.

아들들은 태어날 때부터 식욕이 왕성했다. 우리 두 사람 모두 키가 큰 편이긴 했지만, 아들들은 태어나면서부터 겁도 없이 많이 먹고 무섭게 자랐다. 아이들이 쑥쑥 자라는 것을 보는 것은 퍽 뿌듯하고 기분 좋은 일이긴 하다.

하지만 아들들이 시간 여행을 시작하면서부터 식탐은 걷잡을 수 없이 커졌다. 아내의 여행 후유증으로 인한 식욕 폭발이 애교로 보일 지경이었다. 일반적으로 식욕이 상투를 치는 청소년기에 접어들면서 녀석들의 식욕은 통제할 수 없는 지경이 되었다.

그들은 아침에 일어나서 밤에 잠들 때까지 하루 종일 먹을 것 타령이었고, 일곱 놈이 일 분마다 한 번씩 안채로 뛰어 들어가 냉장고를 뒤졌다. 시트 청소를 시킬 때마다 침대에서는 말라붙은 음식의 잔해들이 한 보따리씩 쏟아졌다. 엥겔지수는 매년 최대치를 갱신했고, 나는 매달 식비를 계산할 때마다 뉴질랜드 대규모 젖소농장의 사료를 대는 기분이 되곤 했다.

놈들이 시간 여행을 하지 않는 큰형까지 잡아끌고 일박이일 동안 어디서 신나게 놀고 돌아온 적이 있었다. 놈들은 꼬질꼬질 땟국이 얽힌 꼴로 돌아와서는 나에게 인사도 하는 둥 마는 둥 부엌으로 돌진해 밥솥과 냉장고를 뒤졌다.

집의 밥솥은 식당용으로 나온 30인용이었는데, 그곳에 남은 밥 두어 공기를 놓고 다섯 놈이 주먹질을 해 가며 전쟁을 벌였다. 승패가 쉽게 갈리지 않자 일단 미친 듯이 달려들어 손으로 한 주먹씩 움켜먹는데, 얼굴이 밥풀투성이가 되는 것도 아랑곳하지 않고, 여행 중 한 번도 씻지 않았을 손가락을 쭉쭉 빨아 대더니, 번개 같은 속도로 밥솥 한가득 쌀을 안치고—쌀도 한 번밖에 헹구지 않았다— 김칫독에서 김치를 함지박으로 담아 나르기 시작했다. 놈들은 밥이 되는 그 시간도 참지 못하고 포기김치를 손으로 찢어 마구 먹어 대더니 밥이 되기 전까지 짜장면, 아니 라면이라도 끓여 먹고 참아 보겠다는 기가 막힌 결론을 내렸다.

한 놈이 영업용으로 쓰는 커다란 들통에 물을 끓여 대는 사이, 한 놈은 슈퍼마켓으로 달려가 라면 두 박스를 끌어안고 멧돼지처럼 달려왔다. 한 놈은 근처 중국집에 전화를 해서 짜장면 열 그릇에 짬뽕 열 그릇에, 하며 메뉴를 훑을 기세로 주문을 질렀다.

개인 그릇 따위를 쓰는 놈은 아무도 없었다. 놈들이 주방 바닥에 둘러앉아 들통에 담긴 것을 시근거리며 배 속으로 쓸어 넣기 시작하는데, 라면 스무 개가 그 자리에서 사라졌고, 그들이 지나간 자리에는 라면 봉지만 산처럼 쌓였다. 한강수처럼 남은 벌건 국물에다 뜸도 제대로 들지 않은 밥을 왕창 담아 말더니 다시 들통에 달라붙어 주먹질 발길질을 해 가며 라면 밥을 퍼먹었다. 때마침 중국집에서 음식이 도착했고, 놈들은 안채에서 대문까지 맨발로 뛰어가 철가방 형님을 영접해 이젠 사랑채 대청마루에서 판을 벌였다.

짜장면, 짬뽕, 탕수육, 고추잡채, 군만두까지 알뜰하게 먹고 드디어 뿌듯하게 솟아오른 배를 어루만지며 대청에 널브러진 시커먼 놈들과 부엌 가득히 널린 잔해를 보고 나는 그만 넋을 잃고 말았다. 화산이 폭발한 직후 쓰나미가 휩쓸고 지나간 폐허를 보는 기분이었다.

녀석들이 일 인당 몇 인분을 먹어 치운 건지 겁이 나서 계산조차 하지 못했다. 공룡도 코끼리도 멧돼지도 녀석들에 대면 신사 소리를 들을 것이다.

나는 그날 당장 테이블 매너 매뉴얼을 짜고, 녀석들이 아침과 저녁 식사 시간에 입을 정장과 보타이를 주문했다.

〈프로젝트 빅맨 Project Bigman〉

수장고 정리를 돕던 윤이가 비밀 금고에서 춘화첩을 발견한 것은 대학생 때의 일이었다. 윤이가 금고를 어떻게 열었는지는 지금도 알 수 없는데, 아들들은 이상하게 온갖 잠금장치를 수월하게 여는 편이다. 심지어 지문인식장치도 전원을 정지시킨 후 분해해서 문을 따는 것을 보면 안락재 보안의 가장 강력한 위협세력은 일곱 아들인지도 모른다.

어쨌든 한창 성욕이 끓어오르는 놈들의 손에 춘화첩이 떨어졌다.

우리가 모르는 사이에 녀석들은 우리의 결혼 첫날밤 체위를 샅샅이 연구하고 마르고 닳도록 돌려 보았다.

인터넷에 돌아다니는 영상이 그렇게 많은데 왜 춘화첩에 열광했는지는 알 수 없는 일이다. 이런 유물까지 수집하셨다니 신기해서, 라는 것은 점잖은 윤이의 설명이었고 남자 주인공이 워낙 대물이라 부러워서, 라는 것은 솔직 발랄한 윤식의 말이었다.

하지만 춘화첩과 같이 세트로 붙어 있던 혼례화첩이, 우리가 결혼식 때 알로하 영감님께 받아 소중히 간직하던 혼례식 그림과 동일한 것임을 알게 된 아들들은 심각한 혼란에 빠지고 말았다. 그들은 안방에서 혼례식 그림을 가져와 여러 차례 대조하며 각자의 방법으로 추리를 시작했다.

진상을 알아차린 것은 윤식이었는데, 매우 간단한 방법을 사용했다. 나에게 춘화첩을 들이대며 대체 이것을 어떻게 구한 것이냐, 물려받은 것이냐 대놓고 질문을 했던 것이다. 기겁한 내가 아들들을 소집해 입에서 단내가 날 때까지 천마산 정상 왕복을 시키고 어머니에게 입을 다물 것을 명령하자, 나의 과잉반응에서 아들들이 빅맨의 정체를 추리해 내고 말았다.

아들들은 나와 아내의 얼굴을 제대로 보지도 못하고 일주일 동안 슬슬 피해 다녔고, 나도 아들들을 피해 도망 다녔다. 민호 씨는 영문을 몰랐고, 나는 말하지 못했다.

처음에는 이 그림을 다시 얌전히 금고 속에 박아 둔 후 어머니에게 배운 레드 썬을 걸어 깨끗하게 잊어버리자는 의견이 대세였다고 했다. 물론 아들들은 어머니와 마찬가지로 레드 썬에 성공한 적이 거의 없다.

하지만 큰형이 심각한 얼굴로, 그렇다면 이 책이 부모님 손에 들어올 때까지, 두 분의 첫날밤 정사 그림들은 과거의 여러 장소에서 다른 사람들의 손에 이리저리 옮겨 다니며 구경거리가 될 것인데, 그것을 용납해서야 되겠느냐, 적어도 눈에 띄지 않게 다른 그림으로라도 덮어 놓아야 하지 않겠느냐 하는 주장을 펼치기 시작했다.

윤식은 이야말로 가문의 자랑……이 아니고, 우리가 그래도 고미술품에 대해서 배우는 사람인데 그런 개인적인 이유로 역사적 유물에 손을 대서야 되겠느냐 하며 맹렬히 반론을 펼쳤다. 양쪽 주장이 모두 타당해서 문제가 해결되기까지 상당히 긴 시간이 걸린 모양이었다.

아직 빅맨과 아가씨가 무엇을 하는지 보고도 모르는 어린 윤위를 제외한 나머지 여섯 형은 삼 대 삼으로 패가 갈려 팽팽하게 맞섰다. 그들은 두 붕당의 이름을 은봉이파―은폐봉인파, 그리고 홍콩파―홍익공유파로 불렀다.

은봉이파의 영수는 맏이인 윤이였고 홍콩파의 영수는 윤식이었는데, 홍콩파의 보스는 비교적 어린 나이에도 의외로 완강하게 버텼다. 아버지의 자랑스러운 사이즈를 만천하에 알려야 한다는 신념으로 그 핍박을 버틸 수 있었다고 했다. 부부관계인데 부끄러울 게 뭐냐, 자랑스러운 것이다, 아버지도 자랑스러울 것이다, 혹은 어차피 다른 사람들이야 저 튼실한 물건의 소유주가 박이완인 것을 모르지 않느냐. 은봉이 파의 영수는 그런 말이 나올 때마다 얼굴이 시뻘게져서 홍콩파 보스의 멱살을 틀어잡았다.

그들은 시간이 갈수록 사이가 벌어져 나중에는 얼굴을 마주할 때마다 으르렁거리며 시비를 걸고 싸워 댔는데, 결국 일 년 정도를 싸우다 지친 그들은 천마산 정상에서 만나 결판을 내고 결과에 깨끗이 승복하기로 했다.

그들은 천마산 정상은 고사하고 중턱도 못 되는 천마산 입구에서 밤 열한 시에 패싸움을 벌였다. 물론 정정당당한 싸움은 아니었다. 정정당당하기에는 격투기광인 윤이의 파워가 너무 셌다. 그래서 홍콩파 보스는 은봉이파 당수에게 꼼수를 부렸다. 콜라에 술을 잔뜩 넣어 미리 먹인 후, 술에 약한 당수 어르신이 뻗은 틈을 타서 은봉이파를 접수했던 것이다.

다음 날 술에서 간신히 깬 은봉이파의 당수는 불같이 노했다. 진데 노한 것이 아니라 비겁하고 정정당당하지 못한 방법을 썼다는 이유였다. 그는 승리에 도취해 뻗어 있는 홍콩파 삼인방을 일 대 삼으로 늘씬하게 두들겨 준 후, 다른 동생들을 소집해서 타임 트래킹을 명령했다.

스승님이 몰래 그려 두었다가 귀머거리 계집이 훔쳐 간 춘화 7종 세트는 움막의 항아리 속에 다른 여러 그림과 함께 잘 보관되어 있었다. 그들은 안방에서 들고 간 혼례식 그림과 항아리 속에서 찾은 가난한 혼례식 그림 뒤에 춘화 일곱 점을 배접한 후 제본했다. 그나마 다행인 것은 아이들이 그간 표구와 배접 등의 기본 기술을 착실하게 배워 두어 그림을 상하게 하지는 않았다는 점이었다.

그들은 그렇게 위장한 화첩을 그 귀머거리 계집의 항아리에 다시 깊이 박아 두어 먼 훗날 부모님의 손으로 넘어올 때까지 기다리기로 했다.

그날 지친 얼굴로 돌아온 은봉이파 삼인방은 손을 내밀어 화해를 청했고, 윤식은 운명을 받아들였다. 맏형은 여섯 동생을 둘러앉히고 진지한 얼굴로 레드 썬을 걸었다.

그 후로 그들은 아무 말도 하지 않았다.